中国历代文言小说精选读本

黄云生 编注

中国书籍出版社
China Book Press

图书在版编目（CIP）数据

中国历代文言小说精选读本 / 黄云生编注. —北京：中国书籍出版社，2010.3
（美丽中文悦读书系 / 乔继堂主编）
ISBN 978-7-5068-2057-8

Ⅰ．①中… Ⅱ．①黄… Ⅲ．①古典小说—文学欣赏—中国 Ⅳ．① I207.41

中国版本图书馆 CIP 数据核字（2010）第 002190 号

中国历代文言小说精选读本

黄云生　编注

责任编辑	赵月华　武　斌
责任印制	孙马飞　马　芝
出版发行	中国书籍出版社
地　　址	北京市丰台区三路居路 97 号（邮编：100073）
电　　话	（010）52257143（总编室）　　（010）52257140（发行部）
电子邮箱	chinabp@vip.sina.com
经　　销	全国新华书店
印　　刷	三河市华东印刷有限公司
开　　本	700 毫米 × 1000 毫米　1/16
字　　数	437 千字
印　　张	24.5
版　　次	2014 年 1 月第 2 版　2019 年 5 月第 3 次印刷
书　　号	ISBN 978-7-5068-2057-8
定　　价	68.00 元

版权所有　翻印必究

前　言

　　任何一种语言的美丽都有其载体，那就是它千古流传的华章；与此相应，我们要领略一种语言的美丽，乃至感受一个民族的精神气质和生活趣味，也必然要通过它那些千古流传的华章。我们从康德的哲学著作中揣摩德文的严谨，从蒙田散文中领略法文的优雅，从莎翁戏剧中体会英文的矜重，从普希金诗歌中见识俄文的奔放，从川端康成随笔中品味日文的暧昧……

　　当然，一种美丽的语言肯定不会是单调平板的，它的美丽自有其丰富性和灵动性。而各体文章则从不同的角度全面体现着这种美丽语言的丰富和灵动。诸如诗歌体现的结构美和音乐美，论说文体现的严密性和规范性，戏剧、小说体现的丰富表现力和感染力，乃至于日常书牍体现的周详礼貌、曲尽人情……

　　在人类语言的百花园中，中文是一朵绚烂夺目的奇葩。它的表意文字特点，它的四声变化，它的整饬对偶，它的表现能力都是出类拔萃的。尤其是其文体之丰赡，可谓举世罕匹。人们熟知的诗词曲赋、书论传赞、传奇话本、宫调杂剧，以及相对专门的奏疏、对策、序跋、碑铭……几乎不胜枚举。而中文的美丽，也就体现在这千古流传的各体华章中。

　　为了与广大读者一起领略中文之美，品赏中文之精妙，我们专门编写了这套"美丽中文悦读"书系。书系按体裁分册，计有《中国历代诗词精选读本》、《中国历代散文精选读本》、《中国历代白话小说精选读本》、《中国历代文言小说精选读本》、《中国历代传记精选读本》、《中国历代戏剧精选读本》六种，基本上涵盖了中国古典文学的重要作品和经典篇章。

　　《中国历代诗词精选读本》选录从先秦至近代的诗词佳作。其中既有民众的集体创作，更多的是文人的作品，也有无名氏的篇什。

选目突出一个"美"字，所以那些时代印迹突出而文采不彰的作品未予收录。同时，基于诗词自身发展的特点，更多地选取了古典诗词最为辉煌的唐宋时代的作品。

《中国历代散文精选读本》选录从先秦至近代的散文。体裁上涉及各种文体，只是传记作品留给了书系中专门的一种。选录的标准仍旧是名家名篇，尤其注重作品的抒情、叙事、说理之美，而不以存史料、明学术为尚。

《中国历代白话小说精选读本》主要选收宋代的话本和明代的拟话本。选收时除注重文字之美外，特别考虑了三个方面，一是反映我国古代白话短篇小说的总体发展脉络；二是兼顾各种题材；三是考虑作品的知名度及其与姊妹艺术的关系。

《中国历代文言小说精选读本》主要选录魏晋以来直到晚清的作品。文言短篇小说是中国叙事文学的宝藏，如今人们耳熟能详的各类故事（表现为小说、戏曲、曲艺）有许多本于文言短篇小说。这也正是本书选目所依据的一个主要因素。与此同时，选目还考虑了题材因素，较多地选取了虚构作品而少选依托真实历史人物的作品，以充分体现"小说"的本色。

《中国历代传记精选读本》选收从先秦至近代的传记作品。之所以单列传记为一册，缘于我国自古以来书史不分的传统，缘于千百年来脍炙人口的华章美文有相当一部分是传记作品的状况。本书所录，正史中的著名列传占了相当的比例，此外则是其他散见的精彩篇什。体裁上除了史传外，还有叙、记、状等；篇幅上，有《项羽本纪》那样的"长篇"，也有《芋老人传》那样的"短幅"。

《中国历代戏剧精选读本》选录自元至清的作品。由于篇幅所限，多为节选。且由于是文学选本，晚近的演出本未能入选。尽管如此，中国古典戏剧的精美之处已尽在其中。戏剧作为一门综合艺术，兼有诗、文、小说的特点，或许更能体现中文的美丽和精妙。

美丽的中文也要"悦读"才好。为此，编写这套丛书时，我们除着意选取美文外，还在编排上作了适应时代的人性化设计：作者简介，侧重文采而非功行；题解导读，三言两语，留不尽余味请读者细品；注释注音，则尽可能全面详尽，扫清通向美的路障。特别值得一提的是，本套书的注释随文侧排，与正文一一对应，极大地免除了读者的翻检之劳，可以最大限度地方便读者阅读，使读者轻松享受探美历程的娱悦。与坊间流行的各种古典文学注释本相比，这样的编排方式是一种新颖的创造，它的诸种优点读者在使用后一定能切实体会到。

　　那么好吧，现在就让我们捧起这套书，满心喜悦地出发，踏上品赏中文之美的浪漫、快乐旅程。

编　者
2010 年 1 月

目 录

干 宝
    董永 ··· (1)
    干将莫邪 ·· (2)
    东海孝妇 ·· (3)
    斑狐 ··· (4)
    李寄 ··· (6)

王 嘉
    薛灵芸 ·· (8)

陶渊明
    白水素女 ··· (10)

刘义庆
    刘晨阮肇 ··· (12)
    周处 ·· (13)

吴 均
    清溪庙神 ··· (15)

王 琰
    赵泰 ·· (17)

杨衒之
    王子坊 ··· (21)

无名氏
    补江总白猿传 ···································· (24)

沈既济
    任氏传 ··· (28)
    枕中记 ··· (36)

陈玄祐
    离魂记 ··· (40)

许尧佐
　　柳氏传 …………………………………………………（42）
李朝威
　　柳毅传 …………………………………………………（46）
蒋　防
　　霍小玉传 ………………………………………………（58）
李公佐
　　南柯太守传 ……………………………………………（67）
白行简
　　李娃传 …………………………………………………（76）
陈　鸿
　　长恨歌传 ………………………………………………（86）
元　稹
　　莺莺传 …………………………………………………（90）
杜光庭
　　虬髯客传 ………………………………………………（100）
袁　郊
　　红线 ……………………………………………………（106）
裴　铏
　　昆仑奴 …………………………………………………（110）
　　裴航 ……………………………………………………（113）
皇甫枚
　　王知古 …………………………………………………（118）
薛　调
　　无双传 …………………………………………………（124）
张　实
　　流红记 …………………………………………………（131）
佚　名
　　梅妃传 …………………………………………………（136）
柳师尹
　　王幼玉记 ………………………………………………（142）
李献民
　　四和香 …………………………………………………（149）

佚 名
　　李师师外传 ……………………………………（154）
佚 名
　　李莺莺传 ………………………………………（161）
洪 迈
　　九圣奇鬼 ………………………………………（166）
周 密
　　台妓严蕊 ………………………………………（174）
陈仁玉
　　贾云华还魂记 …………………………………（176）
瞿 佑
　　绿衣人传 ………………………………………（213）
　　翠翠传 …………………………………………（217）
李 祯
　　长安夜行录 ……………………………………（225）
　　秋千会记 ………………………………………（231）
董 玘
　　东游纪异 ………………………………………（235）
马中锡
　　中山狼传 ………………………………………（238）
李 渔
　　秦淮健儿传 ……………………………………（244）
蒲松龄
　　劳山道士 ………………………………………（249）
　　画皮 ……………………………………………（251）
　　婴宁 ……………………………………………（255）
　　聂小倩 …………………………………………（263）
　　红玉 ……………………………………………（270）
　　公孙九娘 ………………………………………（275）
　　促织 ……………………………………………（280）
　　花姑子 …………………………………………（285）
　　小翠 ……………………………………………（291）
　　席方平 …………………………………………（297）
　　胭脂 ……………………………………………（303）

钮　琇
　　睐娘 ………………………………………………（311）

沈起凤
　　鲛奴 ………………………………………………（320）
　　村姬 ………………………………………………（322）
　　桃夭村 ……………………………………………（324）

和邦额
　　米芗老 ……………………………………………（327）

浩歌子
　　落花岛 ……………………………………………（330）
　　翠衣国 ……………………………………………（334）
　　青眉 ………………………………………………（338）
　　秦吉了 ……………………………………………（348）

陆次云
　　圆圆传 ……………………………………………（353）

纪　昀
　　老翁捕虎 …………………………………………（358）
　　三宝四宝 …………………………………………（359）

袁　枚
　　地藏王接客 ………………………………………（362）
　　奇骗 ………………………………………………（364）

王　韬
　　因循岛 ……………………………………………（367）

宣　鼎
　　麻疯女邱丽玉 ……………………………………（374）

干 宝

干宝（生卒年不详），东晋史学家、文学家。字令升，新蔡（今河南新蔡）人。少时勤学，博览群书，好阴阳术数。所著《搜神记》，是六朝志怪小说的代表作。

董 永

【题解】 董永相传为东汉时人，家在今山东省博兴县，他曾经卖身葬父，传为千古佳话，并入选"二十四孝"，成为家喻户晓的孝子楷模。董永的一片孝心，不仅感动了"主人"，慷慨赠与钱财，也感动了天帝，派织女前来相助。孝道是儒家提倡的最大美德，是人类"性本善"的重要表现，古人相信，孝心秉承于天德，因此受到上天的特别顾佑。

汉董永，千乘人①。少偏孤②，与父居。肆力田亩，鹿车载自随③。父亡，无以葬，乃自卖为奴，以供丧事。主人知其贤，与钱一万，遣之④。永行三年丧毕，欲还主人，供其奴职⑤。道逢一妇人曰："愿为子妻。"遂与之俱。主人谓永曰："以钱与君矣。"永曰："蒙君之惠，父丧收藏⑥。永虽小人，必欲服勤致力⑦，以报厚德。"主曰："妇人何能？"永曰："能织。"主曰："必尔者⑧，但令君妇为我织缣百疋⑨。"于是永妻为主人家织，十日而毕。女出门，谓永曰："我，天之织女也。缘君至孝⑩，天帝令我助君偿债耳。"语毕，凌空而去⑪，不知所在。

① 千乘：汉代所置郡名，治在今山东省高青县。
② 偏孤：双亲之中死去一人，这里指失去母亲。偏，配偶中的一方。
③ 鹿车载自随：用小车载着父亲，终日跟随。鹿车，古时候一种小车。
④ 遣：送走，使离开。
⑤ 供其奴职：做奴仆。供，担任。
⑥ 父丧收藏：父亲的尸体得到埋葬。丧，尸骨；藏，掩埋。
⑦ 服勤致力：辛勤劳作，尽心尽力。服勤，服侍别人，为人做勤苦之事。
⑧ 必尔者：一定要这么做的话。
⑨ 但：只要。缣（jiān）：双经双纬的细绢。疋（pǐ）：同"匹"。
⑩ 缘：因为。
⑪ 凌空：升到天空之中。

干将莫邪

【题解】 本篇选自《搜神记》。作品通过干将、莫邪为楚王铸剑而终为楚王所杀,其子长大后立志替父报仇而不惜自刎托头于山中客的故事,写出了莫邪子至死不渝的复仇精神以及山中客的豪侠机智,表现了民众对暴君的痛恨及对英雄的歌颂。

楚干将、莫邪为楚王作剑,三年乃成①。王怒,欲杀之。剑有雌雄。其妻重身当产②。夫语妻曰:"吾为王作剑,三年乃成。王怒,往必杀我。汝若生子是男,大,告之曰:'出户望南山③,松生石上,剑在其背。'"于是即将雌剑往见楚王。王大怒,使相之④:"剑有二,一雄一雌,雌来雄不来。"王怒,即杀之。

莫邪子名赤比⑤,后壮,乃问其母曰:"吾父所在⑥?"母曰:"汝父为楚王作剑,三年乃成。王怒,杀之。去时嘱我:'语汝子,出户望南山,松生石上,剑在其背。'"于是子出户南望,不见有山,但睹堂前松柱下,石低之上⑦。即以斧破其背,得剑。日夜思欲报楚王⑧。

王梦见一儿,眉间广尺⑨,言欲报仇。王即购之千金⑩。儿闻之,亡去⑪,入山行歌⑫。客有逢者,谓:"子年少,何哭之甚悲耶?"曰:"吾干将、莫邪子也,楚王杀吾父,吾欲报之。"客曰:"闻王购子头千金。将子头与剑来,为子报之。"儿曰:

① 干将、莫邪(yé):东周时楚国冶铸工人,善于铸剑。夫干将,妻莫邪。后也作为宝剑名。
② 重(chóng)身:身怀有孕的意思。
③ 户:门。
④ 相:观察,察看。
⑤ 赤比:又作"赤鼻",但从后文看,莫邪子的名字应为"尺比",似"赤"与"尺"、"比"与"鼻"因音近而致讹。
⑥ 所在:在哪里。
⑦ 石低:柱脚石。"低"应为"砥"。
⑧ 报楚王:报复楚王。
⑨ 眉间广尺:两眉之间的距离有一尺宽。广,宽。
⑩ 购之千金:用千金悬赏。购,此处指用钱悬赏。
⑪ 亡:逃跑。
⑫ 行歌:这里指哭唱。

"幸甚！"即自刎，两手捧头及剑奉之，立僵①。客曰："不负子也。"于是尸乃仆②。

客持头往见楚王，王大喜。客曰："此乃勇士头也，当于汤镬煮之③。"王如其言。煮头三日三夕，不烂。头踔出汤中，瞋目大怒④。客曰："此儿头不烂，愿王自往临视之，是必烂也⑤。"王即临之。客以剑拟王⑥，王头随坠汤中。客亦自拟己头，头复坠汤中。三首俱烂，不可识辨。乃分其汤肉葬之，故通名"三王墓"。今在汝南北宜春县界⑦。

① 立僵：人虽死，尸体却直立不倒。僵，僵直，这里指直立不倒。
② 仆：倒下。
③ 汤镬（huò）：煮汤的大锅。镬，无脚的大鼎。
④ 踔（chuō）出：跳出。踔，跳，跳跃。瞋（chēn）目：瞪大眼睛。
⑤ 愿：请求。临视：前去察看。
⑥ 拟：打算，揣度，此处引伸为对准、指向。
⑦ 北宜春：西汉置宜春县，后为侯国，东汉改为北宜春，故城在今河南汝南县西南六十里。

东海孝妇

【题解】"东海孝妇"的故事源自汉朝，干宝进行了重新加工，此后一直流传下来。元代杂剧名著《窦娥冤》，就是以此为蓝本的。本篇通过周青的含冤而死，揭露了封建官僚草菅人命的昏聩。周青临死许愿，鲜血逆流直上竹竿，在她死后，郡中三年不雨，都是浪漫主义的文学手法，反映了作者对周青的同情，也反映了人民群众的爱憎。

汉时，东海孝妇养姑甚谨①。姑曰："妇养我勤苦，我已老，何惜余年，久累年少②。"遂自缢死。其女告官云："妇杀我母。"官收系之③，拷掠毒治④。孝妇不堪苦楚，自诬服之⑤。时于公为狱吏，曰："此妇养姑十余年，以孝闻彻⑥，必不杀也。"太守不听。于公争不得理，抱其狱词，哭于府而去。自后郡中枯旱，三年不雨。后太守至，于公曰："孝妇

① 东海：秦朝所置郡名，今山东郯城北。姑：婆母。谨：恭敬。
② 久累年少：长年拖累年轻人。累，拖累，使受苦。
③ 收系：逮起来绑上。收，逮捕，拘押；系，束缚，捆绑。
④ 拷掠：严刑拷打。掠，拷打，拷问。毒治：凶狠逼问。毒，凶狠，暴烈；治，审理，审问。
⑤ 诬服：承认别人强加的罪名。诬，被诬陷，冤屈；服，承认，招认。
⑥ 闻彻：远近闻名。彻，通，达。

不当死，前太守枉杀之①，咎当在此。"太守即时身祭孝妇冢②，因表其墓③。天立雨，岁大熟④。长老传云："孝妇名周青。青将死，车载十丈竹竿，以悬五旛⑤。立誓于众曰：'青若有罪，愿杀，血当顺下；青若枉死，血当逆流。'既行刑已，其血青黄，缘旛竹而上标⑥，又缘旛而下去。"

①枉杀：屈杀。枉，使受委屈。
②即时：立即。冢（zhǒng）：坟墓。
③表其墓：在坟前立碑加以表彰。
④岁大熟：这一年出现了大丰收。熟，（庄稼）收成好。
⑤旛（fān）：长幅下垂的旗帜。
⑥缘：沿着，顺着。上标：上升到竹竿顶端。标：末梢，顶端。

斑　狐

【题解】本篇选自《搜神记》。小说通过斑狐横遭张华迫害的故事，对知识与权势的矛盾，对知识分子与当权者的冲突作了生动的描绘，深刻揭露了古代专制社会当权者的偏狭与蛮横，以及知识分子在强权面前的软弱与无奈。

　　张华，字茂先，晋惠帝时为司空①，于时燕昭王墓前②，有一斑狐，积年③，能为变幻。乃变作一书生，欲诣张公。过问墓前华表曰④："以我才貌，可得见张司空否？"华表曰："子之妙解⑤，无为不可。但张公智度，恐难笼络。出必遇辱，殆不得返。非但丧子千岁之质，亦当深误老表⑥。"狐不从，乃持刺谒华⑦。

　　华见其总角风流，洁白如玉，举动容止，顾盼生姿，雅重之⑧。于是论及文章，辨校声实⑨，华未尝闻。比复商略三史，探赜百家⑩，谈老庄之奥区，披风雅之绝旨⑪，包十圣，贯三才，箴八儒，摘五礼⑫，华无不应声屈滞⑬。乃叹曰："天下岂有

①张华：西晋文学家，著有《博物志》。司空：官名，掌管各类工程。
②燕（yān）昭王：战国时燕国国君。
③积年：年深日久。
④华表：此处指燕昭王墓前的枯木。
⑤妙解：此处指本领高、学问精。
⑥老表：指年代久远的华表。
⑦刺：旧时交际用的名帖。
⑧总角：这里指少年。雅：甚。
⑨辨校（jiào）：剖析、比较。声实：名声与实际。
⑩比复：并且。商略三史：讨论古代历史著作。探赜（zé）：探求精微。
⑪谈老庄之奥区：讨论《老子》及《庄子》的深奥之处。披风雅之绝旨：阐述《诗经》的幽深意旨。
⑫箴八儒：批评儒家各学派。摘（tī）：揭发。
⑬屈滞：指被对方难倒。

此少年！若非鬼魅，则是狐狸。"乃扫榻延留①，留人防护。此生乃曰："明公当尊贤容众，嘉善而矜不能②，奈何憎人学问？墨子兼爱，其若是耶③？"言卒④，便求退。华已使人防门，不得出。既而又谓华曰："公门置甲兵栏骑⑤，当是致疑于仆也。将恐天下之人，卷舌而不言；智谋之士，望门而不进。深为明公惜之。"华不应，而使人防御甚严。

时丰城令雷焕，字孔章，博物士也⑥，来访华，华以书生白之。孔章曰："若疑之，何不呼猎犬试之？"乃命犬以试，竟无惮色。狐曰："我天生才智，反以为妖，以犬试我。遮莫千试万虑⑦，其能为患乎？"华闻，益怒，曰："此必真妖也！闻魑魅忌狗，所别者数百年物耳⑧，千年老精，不能复别；惟得千年枯木照之，则形立见。"孔章曰："千年神木，何由可得？"华曰："世传燕昭王墓前华表木，已经千年。"乃遣人伐华表。

使人欲至木所⑨，忽空中有一青衣小儿来，问使曰⑩："君何来也？"使曰："张司空有一少年来谒，多才巧辞，疑是妖魅，使我取华表照之。"青衣曰："老狐不智，不听我言。今日祸已及我，其可逃乎⑪！"乃发声而泣⑫，倏然不见。使乃伐其木，血流。便将木归⑬，燃之以照书生，乃一斑狐。华曰："此二物不值我⑭，千年不可复得。"乃烹之。

①扫榻（tà）：打扫床榻，表示恭敬。延留：挽留。延，请。
②嘉善而矜不能：嘉奖好人，帮助没有能力的人。矜，同情。
③兼爱：墨子的核心学说之一，即主张人与人之间应不分彼我地互助互爱。其：语气词。
④言卒：言毕，说完。
⑤置甲兵栏骑（jì）：设置门卫挡住去路。栏，同"拦"。
⑥丰城令：丰城（今属江西）的县令。博物士：见多识广的人。
⑦遮莫：尽管。古代口语。
⑧魑魅（chī mèi）：鬼怪邪祟之类。别：辨别，区分。
⑨木所：华表木所在地。
⑩使：这里指派去伐华表的人。
⑪其：语气词，表示感叹。逃：逃脱。
⑫发声而泣：哭出声来。倏（shū）然：快速的样子。
⑬将（jiāng）：抬着。
⑭值：遇到。

李寄

【题解】本篇选自《搜神记》。小说以洗炼的文笔塑造了有勇有谋、智斩蛇妖、为民除害的少女李寄的形象。文章写得一波三折,颇具故事性;结构完整,开端、发展、结局及尾声一应俱全。

东越闽中有庸岭①,高数十里。其西北隰中有大蛇,长七八丈,大十余围。土俗常惧。东冶都尉及属城长吏②,多有死者。祭以牛羊,故不得祸。或与人梦,或下谕巫祝,欲得啖童女年十二三者③。都尉令长,并共患之。然气厉不息④。共请求人家生婢子⑤,兼有罪家女养之。至八月朝祭⑥,送蛇穴口。蛇出,吞啮之。累年如此,已用九女。

尔时预复募索⑦,未得其女。将乐县李诞⑧,家有六女,无男。其小女名寄,应募欲行。父母不听⑨。寄曰:"父母无相⑩,唯生六女,无有一男,虽有如无。女无缇萦济父母之功⑪,既不能供养,徒费衣食,生无所益,不如早死。卖寄之身,可得少钱,以供父母,岂不善耶?"父母慈怜,终不听去⑫。寄自潜行⑬,不可禁止。

寄乃告请好剑及咋蛇犬⑭。至八月朝,便诣庙中坐,怀剑将犬⑮。先将数石米餈,用蜜麨灌之⑯,以置穴口。蛇便出,头大如囷⑰,目如二尺镜。闻餈香气,先啖食之。寄便放

①东越:汉初小国,其地在今福建、浙江境内。闽中:古郡名,治所在东冶(今福州)。庸岭:山名。
②长吏:地位较高的县吏。
③巫祝:巫师。啖(dàn):吃。
④气厉不息:传染病泛滥不止。气厉,厉气,传染病。
⑤家生婢子:旧时奴婢所生子女仍为奴婢,男称"家生子",女称"家生婢"。
⑥朝(cháo)祭:每月初一的祭祀。
⑦尔时预复募索:那时又预先征求(童女)。募、索,都是找、求的意思。
⑧将乐县:今福建西北部。
⑨听:听从,允许。
⑩无相(xiàng):没有福相。
⑪缇(tí)萦:汉代女子,甘愿为官婢以赎其父肉刑之罚,竟感动皇帝废除了肉刑。济:帮助。
⑫听去:听任离去。
⑬潜行:悄悄地逃走。
⑭告请:报告,请求。咋(zé):咬住。
⑮诣:往,到。怀剑将犬:抱着剑牵着犬。
⑯米餈(cí):糯米做的饼,俗称"餈团"。餈,糍粑,一种以糯米为主要原料做成的食品。蜜麨(chǎo):用蜂蜜和炒面和成的食品。
⑰囷(qūn):圆形的米仓。

犬，犬就啮咋①，寄从后斫得数创②。疮痛急，蛇因踊出③，至庭而死。寄入视穴，得其九女髑髅，悉举出，咤言曰④："汝曹怯弱，为蛇所食，甚可哀愍⑤。"于是寄女缓步而归。

越王闻之，聘寄女为后，拜其父为将乐令，母及姊皆有赏赐。自是东冶无复妖邪之物。其歌谣至今存焉。

①就：靠拢。
②斫（zhuó）：砍。创（chuāng）：伤。
③踊（yǒng）：跳。
④咤（zhà）言：痛惜地说。
⑤汝曹：你们。哀愍（mǐn）：悲哀怜悯。

王 嘉

王嘉（？～约390），东晋小说家。字子年，陇西安阳（今甘肃陇西县西南）人。著有《拾遗记》。

薛灵芸

【题解】本篇选自《拾遗记》，作品进述魏文帝与薛灵芸的爱情故事。文中突出薛灵芸的贫贱出身和孝顺品格，而对她的美丽，则用烘托手法，即由邺中少年和魏文帝的行为来表现。文字简练而描写不无夸饰，情节概括而细节多有铺排。

文帝所爱美人①，姓薛，名灵芸，常山人也②。父名邺，为酂乡亭长③；母陈氏，随邺舍于亭傍④。居生穷贱，至夜，每聚邻妇夜绩，以麻蒿自照⑤。灵芸年至十五，容貌绝世，邺中少年夜来窃窥，终不得见。咸熙元年⑥，谷习出守常山郡⑦，闻亭长有美女而家甚贫。时文帝选良家子女，以入六宫。习以千金宝赂聘之⑧。既得，乃以献文帝。

灵芸闻别父母，歔欷累日⑨，泪下沾衣。至升车就路之时⑩，以玉唾壶承泪⑪，壶则红色。既发常山，及至京师，壶中泪凝如血。

帝以文车十乘迎之⑫，车皆镂金为轮辋，丹画其毂⑬，轭前有杂宝为龙凤，衔百子铃，锵锵和鸣，响于林野。驾青色之牛，日行三百里。此牛尸涂国所献，足如马蹄也。道侧

① 文帝：指魏文帝曹丕。
② 常山：郡名，治所在今河北元氏县西北。
③ 亭长：掌管治安等的基层官吏。
④ 舍：结舍居住。傍：近旁。
⑤ 居生：指生计、家境。绩：纺。以麻蒿自照：用麻杆或蒿草照明。
⑥ 咸熙：魏元帝曹奂年号（264～265）。咸熙元年为公元264年，此时曹丕已死去数十年。"咸熙"二字实系错字。
⑦ 谷习：人名。出守：指出任郡守。
⑧ 宝赂：珍贵财货。赂，货。
⑨ 歔欷（xū xī）：抽泣。
⑩ 升车就路：登车上路。
⑪ 唾壶：痰盂。承：接。
⑫ 文车：饰有花纹的马车。乘（shèng）：古代称一车四马为一乘。
⑬ 辋（wǎng）：车轮的外周。毂（gǔ）：车轮中心，连接车轴和辐条的部件。
⑭ 轭（è）：车辕前面扼住牛马颈项的横木。杂宝：各种珠玉宝物。

烧石叶之香，此石重叠，状如云母，其光气辟恶厉之疾。此香腹题国所进也。灵芸未至京师数十里①，膏烛之光，相续不灭，车徒咽路②，尘起蔽于星月，时人谓为"尘宵"。

又筑土为台，基高三十丈，列烛于台下，名曰"烛台"，远望如列星之坠地③。又于大道之傍，一里一铜表，高五尺，以志里数④。故行者歌曰⑤：

　　青槐夹道多尘埃，
　　龙楼凤阙望崔嵬⑥。
　　清风细雨杂香来，
　　土上出金火照台。

此七字是妖辞也⑦。为铜表志里数于道侧，是"土上出金"之义。以烛置台下，则"火在土下"之义。汉火德王⑧，魏土德王，火伏而土兴，土上出金，是魏灭而晋兴也。

灵芸未至京师十里，帝乘雕玉之辇，以望车徒之盛，嗟曰⑨："昔者言'朝为行云，暮为行雨'，今非云非雨，非朝非暮。⑩"改灵芸之名曰"夜来"。

入宫后居宠爱⑪。外国献火珠龙鸾之钗。帝曰："明珠翡翠，尚不能胜，况乎龙鸾之重?!⑫"乃止不进⑬。

夜来妙于针工，虽处于深帷之内，不用灯烛之光，裁制立成。非夜来缝制，帝则不服。宫中号为"神针"也。

①未至京师数十里：离京师还有数十里。
②车徒咽路：车辆和人填塞道路。形容车辆和人很多。
③列星：排列有序的繁星。
④铜表：当时以铜表标志里数。志：记。
⑤行者：路人。
⑥崔嵬（wéi）：高大巍峨。
⑦妖辞：蛊惑人心的话，或者具有预言性质的言辞。
⑧火德：五德之一。战国末期阴阳家邹衍用水、火、金、木、土五种物质德性相生相克、终而复始的循环变化（木生火，火生土，土生金，金生水，水生木），来说明王朝兴替的原因，称"五德终始"。王：称王，指立国。
⑨辇：用人拉或推的车。嗟：感叹词。
⑩"昔者言"四句：宋玉《高唐赋序》写楚怀王梦中与神女相会，称神女"朝为行云，暮为行雨，变化莫测"。这里魏文帝把薛灵芸比作巫山神女，说此时的情形不同于巫山神女，并非梦幻。
⑪居：积聚。
⑫"明珠翡翠"三句：用明珠翡翠之钗与火珠龙鸾之钗比较，说前者虽轻，薛灵芸都不能承受，何况后者之重呢。此处极言薛灵芸的娇弱，以及文帝对她的宠爱。胜（shēng）：承受。
⑬止不进：阻止而没有送去。

陶渊明

陶渊明（约365～427），晋代文学家。字元亮，又名潜，世称靖节先生，号五柳先生。浔阳（今江西九江）人。相传《搜神后记》为其所撰。

白水素女

【题解】本篇选自《搜神后记》。小说讲的是神女帮助凡人（谢端）解困脱贫的故事。小说在教化方面宣扬了人应该具备本分知足的操守，而情节方面则体现了中国古典文学中典型的"禁忌—破禁—后果"的传统叙事模式。

晋安帝时①，侯官人谢端②，少丧父母，无有亲属，为邻人所养。至年十七八，恭谨自守，不履非法③。始出居④，未有妻。邻人共悯念之，规为娶妇⑤，未得。

端夜卧早起，躬耕力作，不舍昼夜。后于邑下得一大螺，如三升壶⑥，以为异物，取以归，贮瓮中。畜之十数日⑦。端每早至野，还，见其户中有饭饮汤火⑧，如有人为者；端谓邻人为之惠也⑨。数日如此，便往谢邻人。邻人曰："吾初不为是，何见谢也⑩？"端又以邻人不喻其意⑪。然数尔如此⑫。后更实问⑬，邻人笑曰："卿已自娶妇，密著室中炊爨⑭，而言我为之炊耶？"端默然心疑，不知其故。

后以鸡鸣出去，平旦潜归⑮，于篱外窃窥其家中，见一少女从瓮中

①晋安帝：即司马德宗。
②侯官：地名，在今福建闽侯县东北。
③不履非法：不做非法之事。言其品行端正。履，行，做。
④出居：指从邻家搬出，自立门户。
⑤悯念：同情，关怀。规：打算，计划。
⑥邑下：当地。三升壶：可以装三升的壶，比喻螺之大。
⑦畜（xù）：饲养。
⑧户中：家中，屋子里。
⑨谓：自认为。为之惠：帮助做了这些。惠，好处。
⑩初不为是：原本没做过这件事。初，原初。见：放在动词前，表示对自己怎么样。
⑪不喻其意：邻人不想说明他的好意。喻，说明，告诉。
⑫数尔：屡次。尔，语助词。
⑬实问：着实追问。
⑭密著：暗中放在。炊爨（cuàn）：烧火做饭。
⑮平旦：天亮。潜归：偷偷地回来。

出，至灶下燃火。端便入门，径至瓮所视螺，但见女①。乃到灶下，问之曰："新妇从何处来，而相为炊？"女大惶惑②，欲还瓮中，不能得去。答曰："我天汉中白水素女也③。天帝哀卿少孤，恭慎自守，故使我权为守舍炊烹④。十年之中，使卿居富得妇，自然还去。而卿无故窃相窥掩⑤，吾形已现，不能复留，当相委去⑥。虽然⑦，尔后自当少差⑧，勤于田作，渔采治生⑨。留此壳去，以贮米谷，常可不乏。"端请留，终不肯。时天忽风雨，翕然而去⑩。

端为立神座，时节祭祀⑪。居常饶足，不致大富耳。于是乡人以女妻之。后仕至令长云。今道中素女祠是也。

①瓮所：放瓮的地方，瓮那里。但：只。
②惶惑：惊慌得不知所措。
③天汉：天河，又称银河。
④权：权且，暂且。
⑤窥掩：偷看。掩，乘人不备而采取行动。
⑥委：舍弃。
⑦虽然：尽管这样。
⑧少（shǎo）差：稍微好一些。差，通"瘥"。本指病愈，此处指日子过得好。
⑨治生：治理生计。
⑩翕（xī）然：安祥的样子。
⑪时节：指按时按节。

刘义庆

刘义庆（403～444），南朝宋文学家。彭城（今江苏徐州）人。宋武帝刘裕的侄子，袭封临川王。平生著书甚多，其中以《世说新语》和《幽明录》最有名。

刘晨阮肇

【题解】 本篇选自《幽明录》。小说写刘晨、阮肇进入深山采谷树皮迷路，无意中进入仙人所居，受到仙女的招待并留宿。小说体现了人们希望过上美好生活的愿望，揭示了行善积福的观念，也在一定程度上透露出仙凡异路的感喟。

汉明帝永平五年①，剡县刘晨、阮肇共入天台山取谷皮②，迷不得返。经十三日，粮食乏尽，饥馁殆死③。遥望山上，有一桃树，大有子实④；而绝岩邃涧，永无登路⑤。攀援藤葛，乃得至上。各啖数枚，而饥止体充⑥。复下山，持杯取水，欲盥漱。见芜菁叶从山腹流出⑦，甚鲜新；复一杯流出，有胡麻饭糁⑧。相谓曰："此必去人径不远⑨。"便共没水⑩，逆流二三里，得度山，出一大溪⑪。

溪边有二女子，姿质妙绝，见二人持杯出，便笑曰："刘、阮二郎，捉向所失流杯来⑫。"晨、肇既不识之，缘二女便呼其姓，如似有旧⑬，乃相见欣喜。问："来何晚耶？"因邀还家。其家筒瓦屋⑭。南壁及东壁下各有一大床，皆施绛罗帐，

① 永平：汉明帝刘庄年号。
② 剡县：古县名，治所在今浙江嵊县西南十二里。天台山：浙江天台县北。谷皮：谷树皮。
③ 乏尽：穷尽。殆：差不多。
④ 大有子实：有很多大桃子。
⑤ 绝岩邃涧，永无登路：山岩高峻，涧深无底，根本没有上山的路。
⑥ 啖：吃。体充：指腹饱气足。
⑦ 芜菁叶：即芥菜叶。芜菁也叫蔓菁，根叶可食。
⑧ 胡麻饭糁（sǎn）：芝麻饭粒。
⑨ 去：距离。人径：人走的路，指有人烟的地方。
⑩ 没（mò）水：没入水中，此处指涉水。
⑪ 度：穿过。出：呈现出。
⑫ 捉：拿。向：过去。
⑬ 缘：因为。有旧：过去就有交情。
⑭ 筒瓦：剖竹做成的瓦。

帐角悬铃，金银交错。床头各有十侍婢。敕云①："刘、阮二郎，经涉山岨②，向虽得琼食③，犹尚虚弊④，可速作食。"食胡麻饭、山羊脯⑤、牛肉，甚甘美。食毕，行酒⑥。有一群女来，各持五三桃子，笑而言："贺汝婿来。"酒酣作乐，刘、阮忻怖交并⑦。至暮，令各就一帐宿，女往就之，言声清婉，令人忘返。

十日后，欲求还去，女云："君已来是，宿福所牵⑧，何复欲还耶？"遂停半年。气候草木是春时，百鸟啼鸣，更怀悲思，求归甚苦。女曰："罪牵君⑨，当可如何？"遂呼前来女子，有三四十人，集会奏乐，共送刘、阮，指示还路。

既出，亲旧零落，邑屋改异⑩，无复相识。问讯得七世孙⑪，传闻上世入山，迷不得归⑫。至晋太元八年⑬，忽复去，不知何所⑭。

①敕：嘱咐。这里指吩咐婢女。
②岨（jū）：顶土的石山，泛指山。
③琼实：指上文所食的桃子，因为是仙桃，故称琼实。
④虚弊：饥饿疲乏。
⑤脯：干肉。
⑥行酒：轮番喝酒，劝酒。
⑦忻（xīn）怖交并：既高兴又害怕。忻，同"欣"。
⑧宿福：佛家用语，前世的福德善根。牵：牵联。
⑨罪牵：罪孽牵累。指尘世的牵累。
⑩亲旧：亲戚故旧。零落：稀少。邑屋：城郭、房屋。
⑪问讯：打听消息。
⑫"传闻"二句：当是七世孙所告诉的讯息。上世，上个朝代。
⑬太元：晋孝武帝司马曜年号。
⑭不知何所：不知到了哪里。

周　处

【题解】本篇选自《世说新语》。故事的主人公历史上实有其人。文字虽不足二百，但周处一生的大概了然如在。文章特别描写了周处的转变，表彰了他所体现的改过自励精神。主人公周处已经成为中国文化中"浪子回头金不换"的典型。

周处年少时，凶强侠气①，为乡里所患。又义兴水中有蛟②，山中有邅迹虎③，并皆暴犯百姓。义兴人谓为"三横"④，而处尤剧。或说处杀

①凶强侠气：凶狠而霸道。
②蛟：传说中的龙一类的动物。
③邅（zhān）迹虎：行踪不定、难以捕捉的老虎。
④三横（hèng）：三种祸害。

虎斩蛟，实冀三横唯余其一①。处即刺杀虎，又入水击蛟。蛟或浮或没，行数十里，处与之俱。经三日三夜，乡里皆谓已死，更相庆②。竟杀蛟而出③，闻里人相庆，始知为人情所患，有自改意。乃自吴寻二陆④。平原不在，正见清河⑤。具以情告，并云："欲自修改⑥，而年已蹉跎⑦，终无所成。"清河曰："古人贵朝闻夕死⑧，况君前途尚可。且人患志之不立，何忧令名不彰邪⑨？"处遂改励⑩，终为忠臣孝子。

① 或说：有人劝说。说，此处有鼓动的意思。冀：希望。
② 更相庆：彼此庆贺。
③ 竟：最终。
④ 自：疑为"至"之误。二陆：指陆机与陆云。
⑤ 平原：指陆机，官至平原内史。清河：指陆云，官至清河内史。
⑥ 修改：修身改过。
⑦ 蹉跎（cuō tuó）：此处指年岁已大。
⑧ 朝闻夕死：语出《论语·里仁》："朝闻道，夕死可矣。"
⑨ 令名不彰：美名不显扬。令，美好。
⑩ 改励：励志改过从善。励，振奋。

吴 均

吴均（469～520），南朝著名文学家、史学家。字叔庠，吴兴故鄣（今浙江安吉县西北）人。著有《齐春秋》、《续齐谐记》，明人辑有《吴朝请集》。

清溪庙神

【题解】本篇选自《续齐谐记》。小说写神人之恋，表现了女神对人间情爱的向往和追求。全文以歌曲贯穿，淋漓尽致地表达了情感，如泣如诉，如怨如慕，同时使作品显现了浓郁的南朝民歌风味。

会稽赵文韶，为东宫扶侍①，住清溪中桥，与尚书王叔卿家隔一巷，相去二百步许。秋夜嘉月，怅然思归，倚门唱《西乌夜飞》②，其声甚哀怨。忽有青衣婢女，年十五六，前曰③："王家娘子白扶侍④：闻君歌声，有门人逐月游戏，遣相闻耳⑤。"时未息⑥，文韶不之疑，委曲答之，亟邀相过⑦。

须臾女到，年十八九，容步颜色可怜⑧，犹将两婢自随。问家在何处。举手指王尚书宅曰："是⑨。闻君歌声，故来相诣，岂能为一曲耶？"文韶即为歌《草生盘石》⑩。音韵清畅，又深会女心⑪。乃曰："但令有瓶，何患不得水⑫？"顾谓婢子⑬："还取箜篌，为扶侍鼓之。"须臾至。女为酌两三弹⑭，泠泠更增楚绝⑭。乃令婢子歌《繁霜》，自解裙

①东宫扶侍：太子宫中地位较低的属官。
②《西乌夜飞》：乐府歌曲名，内容多写男女恋情。
③前：上前来。
④白：告诉。
⑤"有门人"二句：意思不好理解，疑有错漏。
⑥时未息：时间尚未到歇息之时，指时间尚早。
⑦委曲：婉转。亟（jí）：急。过：访问。
⑧容步颜色：指举止和容貌。可怜：可爱。
⑨是：这儿。
⑩《草生盘石》：歌辞不详。
⑪会：契合。深会，即深深打动。
⑫但令有瓶，何患不得水：双关语，表示答允对方的求爱。
⑬顾：回头。
⑭酌两三弹：选择两三支曲子演奏。泠泠（líng）：象声词，本为泉水声，借以形容音乐清脆悦耳。楚绝：凄楚到了极点。

带系箜篌腰，叩之以倚歌①。歌曰：

　　日暮风吹，叶落依枝。
　　丹心寸意，愁君未知。
　　歌繁霜，侵晓幕，
　　何意空相守，坐待繁霜落！

歌阕②，夜已久，遂相伫燕寝③，竟四更别去④，脱金簪以赠文韶。文韶亦答以银碗、白琉璃匕各一枚。

　　既明，文韶出，偶至清溪庙，歇神座上，见碗甚疑，而悉委之屏风后⑤，则琉璃匕在焉，箜篌带缚如故。祠庙中惟女姑神像，青衣婢立在前，细视之，皆夜所见者。于是遂绝⑥。当宋元嘉五年也⑦。

① 倚歌：即伴奏。
② 阕：止息，结束。
③ 伫：长久站立。燕寝：私秘的寝室。
④ 竟四更：四更完了，即四更之后。竟，结束，完了。
⑤ 委：弃置，随便扔在一旁。
⑥ 绝：指死去。
⑦ 元嘉：南朝宋文帝刘义隆年号（424～454）。元嘉五年即公元428年。

王 琰

王琰（生卒不详），南朝文人。太原人。梁时曾做过吴兴县令。信佛，所撰《冥祥记》旨在宣扬佛教的灵异，劝人奉佛。

赵 泰

【题解】本篇通过赵泰死后复苏的故事，详尽地描述阴间地狱的恐怖景象，以劝人戒恶向善，皈依佛教。在艺术手法上，故事情节离奇曲折，叙事细致，并运用多种描写手法，时见精彩之笔。

晋赵泰，字文和，清河贝丘人也①。祖父京兆太守②。泰，郡举孝廉③。公府辟④，不就。精思典籍，有誉乡里。当晚乃膺仕⑤，终于中散大夫⑥。泰年三十五时，尝猝心痛，须臾而死。下尸于地，心暖不已，屈伸随人。留尸十日，平旦，喉中有声如雨，俄儿苏活话。

说初死之时，梦有一人，来近心下。复有二人，乘黄马，从者二人，来扶泰腋，径将东行，不知可几里。至一大城，崔嵬高峻，城色青黑，状锡⑦。将泰向城门入，经两重门，有瓦屋可数千间，男女大小，亦数千人，行列而立。吏著皂衣，有五六人，条疏姓字⑧，云当以科呈府君⑨，泰名在三十。须臾，将泰与数千人男女一时俱进。府君西向坐，简视名簿讫⑩，复遣泰南入黑门。有人著绛衣，坐大屋下，以次呼名，问

① 清河：魏晋时期的清河国，在今河北省清河县东。贝丘：清河国的属县，在今山东清平县西南。
② 京兆：魏晋时期的京兆郡，治所在今湖北襄阳县西。
③ 孝廉：选拔官吏的科目之一，由各郡国在所属吏民中推举。
④ 公府辟：中央政府征召他做官。公府，中央直属部门，如晋代有太宰、太傅、太保、大司马、大将军、太尉、司徒、司空等八公。辟，征召。
⑤ 当晚乃膺仕：直到晚年才得以做官。膺，担当，接受重任。
⑥ 中散大夫：汉代官名，掌管顾问应对之职。魏晋时为闲职。
⑦ 状锡：（城池的颜色）像锡一样。状，引申为"像"。
⑧ 条疏：有条理地记录。
⑨ 科：科目，指根据各自的善恶表现进行分类。
⑩ 简视：验看。简，查验。

生时所事："作何孽罪？行何福善？谛汝等辞①，以实言也。此恒遣六部使者，常在人间，疏记善恶，具有条状，不可得虚。"泰答："父兄仕宦皆二千石②，我少在家修学而已③，无所事也，亦不犯恶。"乃遣泰为水官监作使，将二千余人④，运沙裨岸⑤，昼夜勤苦。后转泰水官都督，知诸狱事⑥，给泰马兵，令案行地狱⑦。

所至诸狱，楚毒各殊⑧。或针贯其舌，流血竟体。或披头露发，裸形徒跣⑨，相牵而行。有持大杖，从后催促。铁床铜柱，烧之洞然⑩，驱迫此人，抱卧其上，赴即焦烂⑪，寻复还生⑫。或炎炉巨镬，焚煮罪人，身首碎堕，随沸翻转。有鬼持叉，倚于其侧。有三四百人，立于一面，次当入镬，相抱悲泣。或剑树高广，不知限量，根茎枝叶，皆剑为之，人众相訾⑬，自登自攀，若有欣意，而身首割截，尺寸离断。泰见祖父母及二弟，在此狱中，相见涕泣。

泰出狱门，见有二人赍文书来⑭，语狱吏，言有三人，其家为其于塔寺中悬幡烧香⑮，解救其罪，可出福舍⑯。俄见三人，自狱而出，已有自然衣服，完整在身。南诣一门，云名"开光大舍"，有三重门，朱彩照发。见此三人，即入舍中。泰亦随入。前有大殿，珍宝周饰，精光耀目，金玉为床。见一神人，姿容

① 谛：谛听，仔细听的意思。
② 二千石（dàn）：指代郡守。郡守官俸二千石粮食。
③ 修学：治学，即从事学习。
④ 将：带领。
⑤ 裨：修补。
⑥ 知：主持，主管。
⑦ 案行：巡查，巡视。
⑧ 楚毒各殊：肉体上的痛苦与折磨各不相同。此处指地狱中的种种酷刑。殊，不同。
⑨ 裸形徒跣（xiǎn）：光着身子赤着脚。
⑩ 洞然：本是清楚明了的意思，此处指通红、透明的样子。
⑪ 赴：身体靠上去。
⑫ 寻：不久。
⑬ 相訾（zǐ）：互相争吵。訾，毁谤，非议。
⑭ 赍（jī）：带着。
⑮ 悬幡：悬挂绣经文佛像的旗。
⑯ 福舍：即福地，指奉佛、持戒、乐善好施才能到达的地方。

伟异,殊好非常①,坐此座上。边有沙门立侍,甚众。见府君来,恭敬作礼,泰问:"此是何人,府君致敬?"吏曰:"号名世尊②,度人之师③,有顷令恶道中人④,皆出听经。"时云有百万九千人,皆出地狱,入百里城。在此到者,奉法众生也。行虽亏殆⑤,尚当得度,故开经法,七日之中,随本所作善恶多少,差次免脱⑥。

泰未出之顷,已见十人升虚而去⑦。出此舍,复见一城,方二百余里,名为"受变形城"。地狱考治已毕者,当于此城,更受变报。泰入其城,见有土瓦屋数千区,各有坊巷。正中有瓦屋高壮,阑槛采饰,有数百局吏,对校文书。云杀生者当作蜉蝣⑧,朝生暮死;劫盗者当作猪、羊,受人屠割;淫泆者作鹤、鹜、獐、麋⑨;两舌者作鸱枭、鸺鹠⑩;捍债者为驴、骡、牛、马⑪。泰案行毕,还水官处。主者语泰:"卿是长者子⑫,以何罪过,而来在此?"泰答:"祖父兄弟,皆二千石。我举孝廉,公府辟,不行⑬。修志念善,不染众恶。"主者曰:"卿无罪过,故相使为水官都督,不尔,与地狱中人无以异也。"泰问主者曰:"人有何行,死得乐报⑭?"主者惟言:"奉法弟子,精进持戒⑮,得乐报,无有谪罚也。"泰复问曰:"人未事法时,所行罪过,事法之后,得

①殊:很。非常;不同一般。
②世尊:佛之尊号,取其为万世所尊或于世独尊之意,故称世尊。
③度人:济度众生。
④有顷:一会儿。
⑤亏殆(dài):(德行上)有欠缺或过错。
⑥差次:按等级次序。
⑦升虚:此处指脱离地狱转生。
⑧蜉蝣:也作蜉蝤,虫名,其成虫的生存期极短。
⑨淫泆(yì):纵欲,放纵。
⑩两舌:以言语拨弄是非,为佛家所谓"十恶之一"。鸺鹠(xiū liú):属猛禽类,捕食鼠、兔等。羽毛棕褐色,有横斑。
⑪捍债:赖账。
⑫长者:有德行的人。
⑬不行:没有去。
⑭乐报:好报。
⑮精进持戒:佛家用语,指专心从佛。精,意念精纯;进,指坚持不懈;持戒,指受持戒律。

以除否？"答曰："皆除也。"语毕，主者开縢箧，检泰年纪，尚有余算三十年在，乃遣泰还。临别，主者曰："已见地狱罪报如是，当告世人，皆令作善。善恶随人，其犹影响①，可不慎乎？"

时亲表内外候视泰者，五六十人，同闻泰说。泰自书记，以示时人，时晋太始五年七月十三日也②。乃为祖父母二弟延请僧众，大设福会③。皆命子孙改意奉法，课劝精进④。时人闻泰死而复生，多见罪福，互来访问。时有太中大夫武城孙丰⑤，关内侯常山郝伯平等十人⑥，同集泰舍，款曲寻问⑦，莫不惧然⑧，皆即奉法也。

① 影响：指善有善报，恶有恶报。
② 晋太始五年：公元269年。太始，又作"泰始"，是晋武帝司马炎的年号。
③ 福会：指请僧超度亡灵的道场。也有多善多福的意思。
④ 课劝：佛家用语，又称劝课，指劝勉。
⑤ 太中大夫：官名，掌议论之官。武城：今山东省武城县。
⑥ 关内侯：爵位名。常山：常山郡，今河北省元氏县。
⑦ 款曲：委曲详细。
⑧ 惧然：大惊失色的样子。

杨衒之

杨衒之，北魏学者。北魏北平（今河北保定）人。生平事迹不详，约生活于6世纪初至中叶。著有《洛阳伽蓝记》。

王子坊

【题解】本篇选自《洛阳伽蓝记》。作品对南北朝时期京城景观及社会生活加以实录，同时深刻揭露了上层贵族的奢靡贪暴。在语言表达方面，作者善于运用当时占主导地位的四言及四六骈句，并以基本的散文形式，细致地描述了王子坊的典型环境，生动地刻画了人物的个性。

自退酤以西，张方沟以东①，南临洛水，北达芒山②，其间东西二里，南北十五里，并名为寿丘里。皇宗所居也③，民间号为王子坊。

当时四海晏清，八荒率职④。缥囊纪庆，玉烛调辰⑤。百姓殷阜，年登俗乐⑥。鳏寡不闻犬豕之食，茕独不见牛马之衣⑦。于是帝族王侯，外戚公主，擅山海之富，居川林之饶⑧，争修园宅，互相夸竞。崇门丰室，洞户连房⑨，飞馆生风，重楼起雾。高台芳树，家家而筑；花林曲池，园园而有。莫不桃李夏绿，竹柏冬青。

而河间王琛最为豪首⑩。常与高阳争衡⑪，造文柏堂，形如徽音殿，置玉井金罐，以金五色绩为绳。妓女三百人，尽皆国色。有婢朝云，善吹篪⑫，能为《团扇歌》、《垄上声》⑬。琛为秦州刺史，诸羌外叛，屡

① 退酤（gū）：即退酤里；张方沟：张方桥下的沟。故址均在今洛阳城西。
② 芒（máng）山：指北邙山，在今洛阳北郊。
③ 皇宗：即皇族。
④ 四海晏清：指天下太平。八荒：泛指周围边远的地区。率职：全都向天子进贡。
⑤ 缥（piǎo）囊：盛书布囊，此处指图书。玉烛调辰：比喻风调雨顺。
⑥ 殷阜：殷实富足。年登俗乐：五谷丰登，百姓安乐。
⑦ "鳏寡"二句：指孤独无依的人也不会吃粗粮、穿破衣。
⑧ 擅：专有。居：占有。
⑨ 崇门丰室：高门大屋。洞户连房：洞开的门连着成片的房。
⑩ 琛（chēn）：指元琛。其妻为世宗舅父之女，高皇后的妹妹。
⑪ 高阳：指高阳王元雍。争衡：争胜。
⑫ 篪（chí）：古代乐器，类似竹笛。
⑬ 《团扇歌》、《陇上歌》：均为乐府歌曲。

讨之，不降。琛令朝云假为贫妪，吹篪而乞。诸羌闻之，悉皆流涕，迭相谓曰："何为弃坟井在山谷为寇也①？"即相率归降。秦民语曰："快马健儿，不如老妪吹篪！"

琛在秦州，多无政绩。遣使向西域求名马，远至波斯国②，得千里马，号曰"追风赤骥"。次有七百里者十余匹，皆有名字。以银为槽，金为锁环。诸王服其豪富。

琛语人云："晋室石崇，乃是庶姓③，犹能雉头狐掖，画卵雕薪④。况我大魏天王，不为华侈？"造迎风馆于后园，窗户之上，列钱青琐⑤，玉凤衔铃，金龙吐佩⑥。素柰朱李⑦，枝条入檐，伎女楼上，坐而摘食。

琛常会宗室，陈诸宝器，金瓶银瓮百余口，瓯檠盘盒称是⑧。自余酒器有水晶钵、玛瑙杯、琉璃碗、赤玉卮数十枚。作工奇妙，中土所无，皆从西域而来。又陈女乐，及诸名马。复引诸王按行府库，锦罽珠玑，冰罗雾縠⑨，充积其内。绣缬紬绫、丝彩、越葛、钱绢等⑩，不可数计。琛忽谓章武王融曰⑪："不恨我不见石崇，恨石崇不见我！"融立性贪暴，志欲无限，见之愊叹，不觉生疾。还家，卧三日不起。江阳王继来省疾⑫，谓曰："卿之财产，应得抗衡，何为叹羡，以至于此？"融曰："常谓高阳一人宝货多于融，

① 弃坟井：指离乡背井，抛开自己的家园。
② 波斯国：西域诸国之一，即今之伊朗。
③ 庶姓：指与天子或诸侯国君不同姓者，即异姓。也指与皇帝无亲戚关系者。
④ 雉头狐掖：珍贵皮袄。"掖"又作"腋"。画卵雕薪：吃的鸡蛋上画着图画，烧的木材上雕着花纹。
⑤ 列钱：指窗孔形状，如同一个个排列开来的铜钱。青琐：古代门窗上的装饰。
⑥ 玉凤衔铃：玉制的凤凰口衔金铃。金龙吐佩：用黄金或铜做的龙口含佩环。
⑦ 素柰（nài）：白色的沙果。
⑧ 瓯檠（qíng）盘盒称是：一般日用器皿的数量与金瓶银瓮大略相当。瓯，酒器；檠，灯架、烛台；称，相等；是，指代上句金瓶银瓮的数量。
⑨ 锦罽（jì）珠玑：彩色地毯上缀着珠宝。冰罗雾縠（hú）：穿着凉爽的细薄如雾的织物。
⑩ 绣：绣花织物。缬：编织的彩结。绫：织有平纹花卉的丝织品。彩：带有颜色的丝织品。越葛：南方布名，麻织品。
⑪ 章武王融：章武王元融。
⑫ 江阳王继：元继，字世仁，袭封江阳王。省（xǐng）疾：探病。

谁知河间,瞻之在前①!"继笑曰:"卿欲作袁术之在淮南,不知世间复有刘备也②?"融乃蹶起③,置酒作乐。

于时国家殷富,库藏盈溢,钱绢露积于廊者,不可较数。及太后赐百官负绢,任意自取,朝臣莫不称力而去④。唯融与陈留侯李崇负绢过任,蹶倒伤踝⑤。太后即不与之,令其空出,时人笑焉。侍中崔光止取两匹⑥,太后问:"侍中何少?"对曰:"臣有两手,唯堪两匹,所获多矣!"朝贵服其清廉。

经河阴之役⑦,诸元歼尽⑧,王侯第宅,多题为寺⑨。寿丘里间,列刹相望,祇洹郁起⑩,宝塔高凌。四月初八日,京师士女多至河间寺,观其廊庑绮丽,无不叹息,以为蓬莱仙室亦不足过。入其后园,见沟渎蹇产,石磴礁峣⑪,朱荷出池,绿萍浮水,飞梁跨阁,高树出云,咸皆啧啧⑫,虽梁王兔苑⑬,想之不如也。

① 瞻之在前:语出《论语》,本义指孔子之道高深莫测。这里用其字面意义,指本以为对方不如自己,谁知对方竟然胜过自己。
② "卿欲作"二句:是说天外有天,人外有人。袁术:汉末军阀,字公路。献帝时据寿春(淮南)称帝,两年后粮尽众散,乃北走青州,为刘备所击,复还寿春而死。
③ 蹶(guì)起:猛然坐起来。
④ 称力:即量力。
⑤ 过任:超过自己的能力。蹶(jué)倒:跌倒。
⑥ 侍中:官名,宫廷内的近侍官。
⑦ 河阴之役:北魏孝明帝元诩武泰元年,叛臣尔(尔)朱荣等人将朝臣及王公卿士三千余人骗到河阴之野尽诛之。
⑧ 诸元:元魏同姓侯王。
⑨ 题:署。这里有改称的意思。
⑩ 列刹:诸寺。祇洹:也指佛寺。
⑪ 蹇(jiǎn)产:即曲折。礁峣(yáo):山高的样子。
⑫ 咸皆啧啧:大家莫不啧啧称赞。
⑬ 梁王兔苑:西汉梁孝王所建园林,故址在今河南开封附近。

无名氏

本篇选自《太平广记》，原题作《欧阳纥》，《唐书·艺文志》收录，改今名，皆不载作者。相传本文是为讽刺唐初欧阳询而作。

补江总白猿传

【题解】猿猴劫掠人间妇女为妻，西晋《博物志》等书多有记载。本篇在构思上受其影响，不过结构更完整，情节更曲折，描写也颇为生动，在唐代传奇的成熟过程中有一定的历史地位。

梁大同末①，遣平南将军蔺钦南征，至桂林，破李师古、陈彻。别将欧阳纥略地至长乐②，悉平诸洞，深入险阻。纥妻纤白，甚美。其部人曰③："将军何为挈丽人经此④？地有神，善窃少女，而美者尤所难免，宜谨护之。"纥甚疑惧，夜勒兵环其庐⑤，匿妇密室中，谨闭甚固，而以女奴十余伺守之⑥。

尔夕⑦，阴风晦黑，至五更，寂然无闻⑧。守者怠而假寐⑨，忽若有物惊寤者⑩，即已失妻矣。关扃如故⑪，莫知所出。出门山险，咫尺迷闷⑫，不可寻逐。迨明，绝无其迹。纥大愤痛，誓不徒还。因辞疾，驻其军，日往四遐，即深凌险以索之⑬。

既逾月，忽于百里之外丛筱上⑭，得其妻绣履一双，虽为雨侵濡，犹可辨识。纥尤凄悼，求之益坚。选壮士三十人，持兵负粮⑮，岩栖

① 大同：南朝梁武帝年号，公元535年至545年，共十一年。
② 略地：攻取地盘。略，侵夺，强取。长乐：一作"平乐"，今在桂林东南。
③ 部人：指欧阳纥带领的人。
④ 挈（qiè）：携带。
⑤ 勒：统率。庐：房屋。
⑥ 伺：观察，守候。
⑦ 尔夕：当天夜里。
⑧ 寂然无闻：静悄悄的，没有声音。
⑨ 怠：疲倦，疲惫。假寐：不脱衣帽，和衣而打盹。
⑩ 惊寤：惊醒。寤，睡醒。
⑪ 关扃（jiōng）：门户。关，门门的横木；扃，从外面关门的闩、钩。
⑫ 迷闷：迷茫，难以辨清。
⑬ 即深凌险：去深山攀险峰。即，临近，到达。凌：凌驾，攀登。
⑭ 筱（xiǎo）：细竹，竹子。
⑮ 兵：兵器。负：背着。

野食。又旬余，远所舍约二百里，南望一山，葱秀迥出①。至其下，有深溪环之，乃编木以度②。

绝岩翠竹之间，时见红彩，闻笑语音。扪萝引縆③，而陟其上④，则嘉树列植，间以名花，其下绿芜，丰软如毯。清迥岑寂，杳然殊境⑤。东向石门，有妇人数十，帔服鲜泽⑥，嬉游歌笑，出入其中，见人皆慢视迟立⑦，至则问曰："何因来此？"纥具以对。相视叹曰："贤妻至此月余矣。今病在床，宜遣视之。"

入其门，以木为扉⑧，中宽辟若堂者三，四壁设床，悉施锦荐⑨。其妻卧石榻上，重茵累席⑩，珍食盈前。纥就视之。四眸一睇⑪，即疾挥手令去。诸妇人曰："我等与公之妻，比来久者十年⑫。此神物所居，力能杀人，虽百夫操兵，不能制也⑬。幸其未返，宜速避。但求美酒两斛⑭，食犬十头⑮，麻数十斤，当相与谋杀之⑯。其来必以正午后。慎勿太早，以十日为期。"因促之去。纥亦遽退⑰。

遂求醇醪与麻、犬，如期而往。妇人曰："彼好酒，往往致醉。醉必骋力⑱，俾吾等以彩练缚手足于床，一踊皆断⑲。尝纫三幅⑳，则力尽不解。今麻隐帛中束之，度不能矣㉑。遍体皆如铁，唯脐下数寸，常护蔽之，此必不能御兵刃㉒。"指其傍一

①迥（jiǒng）出：高耸的样子。迥，高，远。
②度：通"渡"，过河。
③扪萝引縆（gēng）：攀沿着藤条扯绳索。扪，攀，挽；縆，大绳索。
④陟（zhì）：登高，晋升。
⑤杳然：幽深，幽寂。
⑥帔（pèi）：古代披在肩背上的服饰。
⑦慢视迟立：停下步伐慢慢观看。
⑧扉：门扇。
⑨荐：席子，垫子。
⑩重茵累（léi）席：好几层的席子褥垫。茵，通"裀"，褥子，床垫；累，堆积，重叠。
⑪睇（dì）：斜着眼睛看。
⑫比来：来到这里。
⑬制：制服。
⑭但：只，只要。斛（hú）：古代器物名，也是容量单位，十斗为一斛。
⑮食犬：专供食用的肉狗。
⑯相与：一起，共同。
⑰遽（jù）：急忙，仓促。
⑱骋力：发泄力气。骋，施展，发挥。
⑲踊：蹦，跳跃。
⑳尝纫三幅：曾经试过捆三层（彩练）。纫，连缀；幅，量词，用于布帛、图画等。
㉑度：推测，估计。
㉒御：抵挡，抵抗。

岩曰："此其食廪①，当隐于是，静而伺之。酒置花下，犬散林中，待吾计成，招之即出。"如其言，屏气以俟②。日晡③，有物如匹练，自他山下，透至若飞④，径入洞中。少选⑤，有美髯丈夫，长六尺余，白衣曳杖⑥，拥诸妇人而出⑦。见犬惊视，腾身执之，披裂吮咀⑧，食之致饱。妇人竞以玉杯进酒⑨，谐笑甚欢。

既饮数斗，则扶之而去，又闻嘻笑之音。良久，妇人出招之，乃持兵而入。见大白猿，缚四足于床头，顾人蜷缩⑩，求脱不得，目光如电。竞兵之，如中铁石。刺其脐下，即饮刃⑪，血射如注。乃大叹咤曰："此天杀我，岂尔之能？然尔妇已孕，勿杀其子，将逢圣帝⑫，必大其宗⑬。"言绝乃死。

搜其藏，宝器丰积，珍羞盈品⑭，罗列案几。凡人世所珍，靡不充备。名香数斛，宝剑一双。妇人三十辈，皆绝色。久者至十年，云色衰必被提去⑮，莫知所置。又捕采唯止其身⑯，更无党类。旦盥洗，著帽，加白袷⑰，被素罗衣，不知寒暑。遍身白毛，长数寸。所居常读木简，字若符篆⑱，了不可识，已则置石蹬下。晴昼或舞双剑，环身电飞，光圆若月。其饮食无常，喜咱果栗⑲，尤嗜犬，咀而饮其血。日始逾午，即欻然而逝⑳。半昼往返数千里，及晚必归，此其常也。所须无

①食廪：储藏食物的仓库。廪，米仓，仓库。
②俟：等，等待。
③晡（bū）：申时，即午后三点至五点。
④透至：非常快速地到来。透，穿过，通达。
⑤少选：少许，片刻，一会儿。
⑥曳杖：拄着拐杖。曳，拉，牵引。
⑦拥：环绕，簇拥，这里指被诸妇人环绕。
⑧披裂吮咀：（把狗）撕裂吸血嚼肉，说明白猿吃相很急迫。
⑨竞：竞相，争着做。
⑩顾人蜷缩：蜷缩着身体看着别人。顾，看；蜷缩，收缩，蜷缩。
⑪饮刃：被刀刃刺进身体。
⑫圣帝：英明的皇帝。
⑬大：广大。宗：宗庙，宗族。
⑭珍羞盈品：美味的食物各式各样。珍羞，也作"珍馐"，美味的肴馔；盈，众多，丰足。
⑮提：带走，古时常指带走犯人。
⑯捕采：捕取食物。止其身：只有自己一个人。止，只有。
⑰加白袷（jié）：穿上白色的大衣。袷，古代交叠于胸前的衣领，这里指大衣。
⑱符篆：道教符箓上的文字符号。
⑲咱：同"啖"，吃。
⑳欻（xū）然：忽然。逝：离开。

不立得。夜就诸床嬲戏①,一夕皆周②,未尝寝寐③。言语淹详④,华旨会利⑤。然其状,即猳玃类也⑥。今岁木落之初,忽怆然曰:"吾为山神所诉,将得死罪。亦求护之于众灵,庶几可免。"前月哉生魄⑦,石瞪生火,焚其简书,怅然若失曰:"吾已千岁而无子。今有子,死期至矣。"因顾诸女,汍澜者久之⑧,且曰:"此山峻绝,未尝有人至。上高而望,绝不见樵者,下多虎狼怪兽。今能至者,非天假之⑨,何耶?"纥即取宝玉珍丽及诸妇人以归,犹有知其家者。纥妻周岁生一子,厥状肖焉⑩。后纥为陈武帝所诛,素与江总善⑪,爱其子聪悟绝人,常留养之,故免于难。及长,果文学善书⑫,知名于时。

① 嬲(niǎo)戏:狎密玩弄。嬲,纠缠,戏弄。
② 周:遍及,一遍。
③ 寝寐:躺下来睡觉。
④ 淹详:渊博详密。
⑤ 华旨会利:语意华美深刻,口齿敏捷没有凝滞。旨,意思;利,流畅。
⑥ 猳玃(jiā jué):猿猴类动物。
⑦ 哉生魄:指农历每月十六日,此日月亮始缺,即始生月魄。魄,通"霸",月出或月没的微光。
⑧ 汍澜:又作"汍澜",意为涕泣。
⑨ 假:帮助。
⑩ 厥状肖焉:他的相貌很像白猿。
⑪ 善:友好,交好。
⑫ 善书:擅长书法。

沈既济

沈既济（约750～800），唐代学者、小说家。苏州吴（今江苏苏州）人。著有《建中实录》十卷，传奇小说《任氏传》和《枕中记》。

任氏传

【题解】《任氏传》以浪漫主义手法，藉神怪故事表达了当时女性对爱情的执着追求。故事写得跌宕起伏，其中对人物的塑造尤为成功，如写任氏的美丽，作者并不直接描述，而是借家僮之口，用烘云托月的方法衬托出任氏之美。

任氏，女妖也。有韦使君者，名崟，第九①，信安王祎之外孙②。少落拓③，好饮酒。其从父妹婿曰郑六④，不记其名。早习武艺，亦好酒色，贫无家，托身于妻族⑤；与崟相得，游处不间⑥。天宝九年夏六月⑦，崟与郑子偕行于长安陌中，将会饮于新昌里⑧。至宣平之南，郑子辞有故，请间去，继至饮所⑨。崟乘白马而东。郑子乘驴而南，入升平之北门。偶值三妇人行于道中⑩，中有白衣者，容色姝丽。郑子见之惊悦，策其驴，忽先之，忽后之，将挑而未敢⑪。白衣时时盼睐，意有所受⑫。郑子戏之曰："美艳若此，而徒行⑬，何也？"白衣笑曰："有乘不解相假，不徒行何为⑭？"郑子曰："劣乘不足以代佳人之步，今辄以相奉⑮。某得步从，足矣。"相视大笑。

① 使君：即刺史。崟：读yín。第九：排行第九。
② 信安王祎（yī）：指李祎，封信安郡王，官至礼部尚书。
③ 落拓：豪放不羁。
④ 从父：伯父或叔父。
⑤ 妻族：岳父家。
⑥ 相得：相处融洽。不间：不间断，指关系亲密。
⑦ 天宝：唐玄宗年号（742～756）。
⑧ 陌中：街市里。新昌里：即新昌坊。下文中的宣平、升平都是坊名。
⑨ "辞有故"三句：推说有事，请求暂时离开，等一会儿再到饮酒的地方去。
⑩ 偶值：偶然遇上。
⑪ 策：鞭打。挑：挑逗。
⑫ 盼睐（lài）：眼睛斜瞟着。意有所受：有接受之情的意思。
⑬ 徒行：徒步行走。
⑭ 乘：坐骑。不解相假：不明白为何要借别人用。何为：怎么办？
⑮ 辄以：即以。

同行者更相眩诱，稍已狎昵。

郑子随之东，至乐游园①，已昏黑矣。见一宅，土垣车门，室宇甚严②。白衣将入，顾曰："愿少踟蹰③。"而入。女奴从者一人，留于门屏间④，问其姓第⑤，郑子既告，亦问之。对曰："姓任氏，第二十。"少顷，延入。郑絷驴于门⑥，置帽于鞍。始见妇人年三十余，与之承迎⑦，即任氏姊也。列烛置膳，举酒数觞。任氏更妆而出，酣饮极欢。夜久而寝，其娇姿美质，歌笑态度，举措皆艳，殆非人世所有。将晓，任氏曰："可去矣。某兄弟名系教坊，职属南衙⑧，晨兴将出，不可淹留⑨。"乃约后期而去。

既行，及里门，门扃未发⑩。门旁有胡人鬻饼之舍，方张灯炽炉⑪。郑子憩其帘下，坐以候鼓，因与主人言⑫。郑子指宿所以问之曰："自此东转，有门者，谁氏之宅？"主人曰："此隤墉弃地⑬，无第宅也。"郑子曰："适过之，曷以云无⑭？"与之固争。主人适悟，乃曰："吁！我知之矣。此中有一狐，多诱男子偶宿，尝三见矣，今子亦遇乎？"郑子赧而隐曰⑮："无。"质明⑯，复视其所，见土垣车门如故。窥其中，皆蓁荒及废圃耳⑰。既归，见鋆。鋆责以失期⑱。郑子不泄，以他事对。然想其艳冶，愿复一见之心，尝存之不忘⑲。

①乐游园：唐代长安登临游赏之地。
②车门：大户人家车驾出入的专门。比普通门大，门内即停车地方。室宇甚严：房屋高大整齐。
③少踟蹰：要进不进的样子，此处是稍为等待的意思。
④屏：挡门的小墙，即影壁。
⑤姓第：姓名与排行。
⑥絷（zhí）：拴。
⑦承迎：招呼，接待。
⑧教坊：唐代管理娼优和乐工的机构。职属南衙：唐代的禁卫军分为南北两衙。教坊设在禁中，由南衙或北衙管辖。
⑨淹留：久留。
⑩门扃（jiōng）未发：门锁着，还未打开。
⑪胡人：泛指当时中国北部、西部的回纥等少数民族和西方各国之人。鬻（yù）：卖，出售。张灯炽炉：点着灯火，生起炉子。
⑫候鼓：等待敲动晨鼓。当时规定在暮鼓之后居民禁止外出行动。因：顺便。
⑬隤（tuí）墉：坏墙。隤，同"颓"。
⑭适：刚才。曷以云无：为何说没有？
⑮赧（nǎn）：因害羞而脸红。
⑯质明：天大亮的时候。
⑰蓁（zhēn）荒：长满了野草的荒地。
⑱失期：失约。
⑲尝：通"常"，时常。

经十许日，郑子游，入西市衣肆①，瞥然见之，曩女奴从②。郑子遽呼之。任氏侧身周旋于稠人中以避焉③。郑子连呼前迫，方背立，以扇障其后，曰："公知之，何相近焉？"郑子曰："虽知之，何患④？"对曰："事可愧耻。难施面目⑤。"郑子曰："勤想如是，忍相弃乎？"对曰："安敢弃也，惧公之见恶耳。"郑子发誓，词旨益切。任氏乃回眸去扇，光彩艳丽如初，谓郑子曰："人间如某之比者非一，公自不识耳，无独怪也⑥。"郑子请之与叙欢。对曰："凡某之流，为人恶忌者，非他，为其伤人耳。某则不然。若公未见恶，愿终己以奉巾栉⑦。"郑子许与谋栖止⑧。任氏曰："从此而东，大树出于栋间者，门巷幽静，可税以居⑨。前时自宣平之南，乘白马而东者，非君妻之昆弟乎⑩？其家多什器，可以假用⑪。"是时韦崟伯叔从役于四方⑫，三院什器，皆贮藏之。郑子如言访其舍，而诣崟假什器。问其所用。郑子曰："新获一丽人，已税得其舍，假具以备用。"崟笑曰："观子之貌，必获诡陋，何丽之绝也⑬。"崟乃悉假帷帐榻席之具，使家僮之惠黠者，随以觇之⑭。俄而奔走返命，气吁汗洽⑮。崟迎问之："有乎？"又问："容若何⑯？"曰："奇怪也！天下未尝见之矣。"崟姻

①西市：西市和东市是长安城里占地最广（各占地约两坊面积）、规模最大的市场。西市主要有衣肆、绢行等。

②瞥然：不经意间看见。曩（nǎng）：过去。

③稠人中：密集的人群里。

④何患：有什么关系呢？

⑤难施面目：没有脸面相见。

⑥某：我，谦称。无独怪：不要少见多怪。

⑦愿终己以奉巾栉（zhì）：自愿终身服侍梳洗，是做妻子的委婉说法。

⑧谋栖（qī）止：找住处。这里是找地方与人同住的意思。

⑨税：租赁。

⑩昆弟：兄弟。

⑪什器：指日常生活所用器物。假：借。

⑫从役：指做事或做官。

⑬观子之貌，必获诡陋，何丽之绝也：看你那样子，肯定只能找到一个丑陋女人，哪里会有什么绝色佳人。这是取笑郑六的话。诡陋，奇丑之人。

⑭悉假：全部借给。惠黠：聪明伶俐。惠，同慧。觇（chān）：（暗中）观察。

⑮奔走返命，气吁汗洽：赶着回来报告，跑得气喘吁吁，汗流浃背。

⑯容若何：容貌如何？

族广茂①,且夙从逸游②,多识美丽。乃问曰:"孰若某美③?"僮曰:"非其伦也④!"崟遍比其佳者四五人,皆曰:"非其伦。"是时吴王之女有第六者,则崟之内妹⑤,秾艳如神仙⑥,中表素推第一⑦。崟问曰:"孰与吴王家第六女美?"又曰:"非其伦也。"崟抚手大骇曰⑧:"天下岂有斯人乎?"遽命汲水澡颈,巾首膏唇而往⑨。

既至,郑子适出。崟入门,见小僮拥彗方扫⑩,有一女奴在其门,他无所见。征于小僮⑪。小僮笑曰:"无之。"崟周视室内,见红裳出于户下⑫。迫而察焉,见任氏戢身匿于扇间⑬。崟引出就明而观之,殆过于所传矣⑭。崟爱之发狂,乃拥而凌之⑮,不服。崟以力制之,方急,则曰:"服矣。请少回旋⑯。"既缓,则捍御如初,如是者数四⑰。崟乃悉力急持之。任氏力竭,汗若濡雨。自度不免,乃纵体不复拒抗,而神色惨变⑱。崟问曰:"何色之不悦?"任氏长叹息曰:"郑六之可哀也!"崟曰:"何谓⑲?"对曰:"郑生有六尺之躯,而不能庇一妇人,岂丈夫哉!且公少豪侈,多获佳丽,遇某之比者众矣。而郑生,穷贱耳。所称惬者,唯某而已。忍以有余之心,而夺人之不足乎?哀其穷馁,不能自立,衣公之衣,食公之食,故为公

①姻族广茂:亲戚众多。
②夙(sù)从逸游:向来放纵于游乐。夙:平素。
③孰若某美:任氏和某女子相比,哪个美。孰:谁。若:与之相比。
④非其伦:不是她的同等,即比不上任氏的意思。伦,同等。
⑤吴王:李琨,信安王祎的父亲。内妹:妻子的妹妹。
⑥秾(nóng)艳:花木茂盛艳丽。这里用以比喻女子的美丽。
⑦中表:表兄弟或表姊妹。中表,内外的意思。父亲姊妹的儿子为外兄弟,母亲兄弟姐妹的儿子为内兄弟,故称"中表"。
⑧抚手:拍手,这里表示惊异。骇(hài):惊异。
⑨巾首膏唇:戴头巾,搽唇膏。巾、膏二字都用作动词。
⑩拥彗(huì):拿着扫帚。彗,扫帚。
⑪征:询问。
⑫裳:指下衣,即裙子。户:门。
⑬迫:靠近。戢(jí)身匿于扇间:把身子藏于门扇及门板后面。戢,收敛。
⑭就明:靠近明处。殆:大概。
⑮凌:侵犯。这里指迫求欢。
⑯少回旋:稍许放松回转一下身子。
⑰捍御:抵抗。数四:再三再四,即多次。
⑱自度不免:自己觉得避免不了要遭受侵犯。纵体:放松身体。
⑲何谓:怎么说。

所系耳①。若糠糗可给②，不当至是。"崟豪俊有义烈，闻其言，遽置之，敛衽而谢曰③："不敢。"俄而郑子至，与崟相视哈乐④。

自是，凡任氏之薪粒牲饩⑤，皆崟给焉。任氏时有经过，出入或车马舆步，不常所止⑥。崟日与之游，甚欢。每相狎昵，无所不至，唯不及乱而已⑦。是以崟爱之重之，无所悋惜⑧，一食一饮，未尝忘焉。任氏知其爱己，言以谢曰："愧公之见爱甚矣。顾以陋质，不足以答厚意，且不能负郑生，故不得遂公欢⑨。某，秦人也⑩，生长秦城；家本伶伦⑪，中表姻族，多为人宠媵⑫，以是长安狭斜⑬，悉与之通⑭。或有姝丽，悦而不得者，为公致之可矣。愿持此以报德。"崟曰："幸甚！"

廛中有鬻衣之妇曰张十五娘者⑮，肌体凝结，崟常悦之。因问任氏识之乎。对曰："是某表娣妹⑯，致之易耳。"旬余，果致之，数月厌罢⑰。任氏曰："市人易致，不足以展效⑱。或有幽绝之难谋者⑲，试言之，愿得尽智力焉。"崟曰："昨者寒食⑳，与二三子游于千福寺㉑。见刁将军缅张乐于殿堂㉒。有善吹笙者，年二八，双鬟垂耳，娇姿艳绝。当识之乎㉓？"任氏曰："此宠奴也。其母，即妾之内姊也㉔。求之可也。"崟拜于席下。任氏许之，乃出入刁

①系：掌握。
②糠糗（qiǔ）可给（jǐ）：能够有一碗饭吃。即能维持起码的生活。糠糗，粗粮。
③敛衽（rèn）：把衣襟拉扯整齐，表示对人恭敬。衽，衣襟。谢：道歉。
④哈（hāi）乐：嘻笑高兴。
⑤薪粒牲饩（xì）：柴火肉食。饩，古代祭祀或馈赠用的活牲畜，此指生肉。
⑥"出入"二句：来来去去，有时坐车，有时骑马，有时乘舆，有时步行，没有一定之规。
⑦不及乱：没有达到淫乱的地步。
⑧悋（lìn）惜：吝啬。悋，同"吝"。
⑨不得遂公欢：不能如你所愿地同你相好。遂，顺从。
⑩秦：指陕西一带。
⑪伶伦：优伶一类人物。
⑫宠媵（yìng）：受宠爱的姬妾。媵，古代指姬妾婢女。
⑬狭斜：原意指小路、曲巷。这里指妓院。
⑭通：交往。
⑮廛（chán）中：街市、市场。
⑯表娣妹：表妹。
⑰厌罢：满足而放弃。
⑱展效：展示手段。
⑲幽绝：深藏、隐藏。
⑳昨者：前些日子。寒食：传统节日，在清明前一天。
㉑二三子：两三个朋友。千福寺：在唐代长安西北隅的安定坊，宣宗时改名为兴元寺。
㉒张乐：陈列乐队。
㉓当：此处作可能、或者解。
㉔内姊：表姊。

家。月余,崟促问其计。任氏愿得双缣以为赂①。崟依给焉。后二日,任氏与崟方食,而缅使苍头控青骊以迓任氏②。任氏闻召,笑谓崟曰:"谐矣③。"初,任氏加宠奴以病,针饵莫减④。其母与缅忧之方甚,将征诸巫⑤。任氏密赂巫者,指其所居,使言从就为吉⑥。及视疾,巫曰:"不利在家,宜出居东南某所,以取生气。"缅与其母详其地⑦,则任氏之第在焉。缅遂请居。任氏谬辞以逼狭,勤请而后许⑧。乃辇服玩⑨,并其母偕送于任氏。至,则疾愈。未数日,任氏密引崟以通之,经月乃孕。其母惧,遽归以就缅,由是遂绝。

他日⑩,任氏谓郑子曰:"公能致钱五六千乎?将为谋利。"郑子曰:"可。"遂假求于人,获钱六千。任氏曰:"鬻马于市者,马之股有疵,可买入居之⑪。"郑子如市⑫,果见一人牵马求售者,眚在左股⑬。郑子买归。其妻昆弟皆嗤之⑭,曰:"是弃物也。买将何为?"无何,任氏曰:"马可鬻矣,当获三万。"郑子乃卖之。有酬二万⑮,郑子不与。一市尽曰:"彼何苦而贵卖,此何爱而不鬻?"郑子乘之以归;买者随至其门,累增其估⑯,至二万五千也。不与,曰:"非三万不鬻。"其妻昆弟聚而诟之⑰。郑子不获已⑱,遂卖,

①双缣(jiān):两匹或两段缣。缣,细绢,质重而略带黄色,古代用作馈赠礼品,有时也代货币用。
②苍头:仆人。汉代规定仆人用苍色头巾包头,故后来用苍头代指仆人。控:驾驭。骊(lí):纯黑色的马。迓(yà):迎接。
③谐矣:解决了,成功了。
④针饵莫减:扎针服药都没有使病减轻。
⑤征诸巫:请巫师治病。
⑥使言从就为吉:让巫师告诉怎么做才能吉利。
⑦详其地:审看那个地方。
⑧谬:假意。逼狭:为难。勤请:殷勤请求。
⑨辇:用车装。服玩:衣物与玩赏之物。
⑩他日:有这么一天。
⑪居之:豢养着。也可作居奇解,即奇货可居。
⑫如市:到市场上去。如,去,到。
⑬眚(shěng):毛病。此处指黑斑。
⑭嗤之:讥笑他。
⑮酬:出价。
⑯累增其估:一次次地不停加价。
⑰诟:辱骂。
⑱不获已:不得已。

卒不登三万①。既而密伺买者，征其由②，乃昭应县之御马疵股者③，死三岁矣，斯吏不时除籍④。官征其估⑤，计钱六万。设其以半买之⑥，所获尚多矣。若有马以备数，则三年刍粟之估⑦，皆吏得之。且所偿盖寡，是以买耳。

任氏又以衣服故弊⑧，乞衣于鲑。鲑将买全彩与之⑨。任氏不欲，曰："愿得成制者。"鲑召市人张大为买之，使见任氏，问所欲⑩。张大见之，惊谓鲑曰："此必天人贵戚⑪，为郎所窃。且非人间所宜有者。愿速归之，无及于祸。"其容色之动人也如此。竟买衣之成者而不自纫缝也，不晓其意。

后岁余，郑子武调⑫，授槐里府果毅尉⑬，在金城县⑭。时郑子方有妻室，虽昼游于外，而夜寝于内，多恨不得专其夕⑮。将之官，邀与任氏俱去⑯。任氏不欲往，曰："旬月同行，不足以为欢。请计给粮饩，端居以迟归⑰。"郑子恳请，任氏愈不可。郑子乃求鲑资助。鲑与更劝勉，且诘其故。任氏良久，曰："有巫者言某是岁不利西行，故不欲耳。"郑子甚惑也，不思其他⑱，与鲑大笑曰："明智若此，而为妖惑，何哉！"固请之。任氏曰："倘巫者言可征⑲，徒为公死⑳，何益？"二子曰："岂有斯理乎？"恳请如初。任氏不得已，遂行。

① 卒不登三万：到底没有卖上三万。
② 征其由：打听他买马的原因。
③ 昭应县：在长安县东，今陕西临潼县。
④ 斯吏不时除籍：这个养马的吏役不等到任满就被解职了。
⑤ 官征其估：官府向他征收赔偿马匹的折价。
⑥ 设：假设。
⑦ 三年刍粟之估：三年来喂马所费粮草的钱数。
⑧ 故弊：破旧。
⑨ 全彩：整匹的绸子。
⑩ 问所欲：问需要什么样的花色、款式等。
⑪ 天人：天上神仙一样的人，形容极美。
⑫ 武调：调任武官。
⑬ 授槐里府果毅尉：任命到槐里府去做果毅尉。槐里府，为作者所虚构的地方；果毅尉，即果毅都尉，武官名。
⑭ 金城县：今甘肃兰州市。
⑮ 不得专其夕：不能每天晚上都在一起幽会。
⑯ 之官：赴任。之，去，到。俱去：一同前往。
⑰ 端居以迟（zhì）归：安安稳稳地住着以等待归来。迟，等待。
⑱ 不思其他：没有想别的。
⑲ 倘：假使。征：可信，有根据。
⑳ 徒：白白地。

崟以马借之，出祖于临皋①，挥袂别去②。信宿③，至马嵬④。任氏乘马居其前，郑子乘驴居其后，女奴别乘，又在其后。是时西门圄人教猎狗于洛川⑤，已旬日矣。适值于道⑥，苍犬腾出于草间。郑子见任氏欻然坠于地，复本形而南驰⑦。苍犬逐之。郑子随走叫呼，不能止。里余，为犬所获。郑子衔涕出囊中钱，赎以瘗之，削木为记⑧。回睹其马，啮草于路隅⑨，衣服悉委于鞍上，履袜犹悬于镫间，若蝉蜕然⑩。唯首饰坠地，余无所见。女奴亦逝矣。

旬余，郑子还城。崟见之喜，迎问曰："任子无恙乎？"郑子泫然对曰⑪："殁矣⑫。"崟闻之亦恸，相持于室⑬，尽哀。徐问疾故⑭。答曰："为犬所害。"崟曰："犬虽猛，安能害人？"答曰："非人。"崟骇曰："非人，何者？"郑子方述本末。崟惊讶叹息不能已。明日，命驾与郑子俱适马嵬⑮，发瘗视之，长恸而归。追思前事，唯衣不自制，与人颇异焉。

其后郑子为总监使⑯，家甚富，有枥马十余匹⑰。年六十五，卒。大历中⑱，沈既济居钟陵⑲，尝与崟游，屡言其事，故最详悉。后崟为殿中侍御史⑳，兼陇州刺史㉑，遂殁而不返。

嗟乎，异物之情也有人焉！遇

①出祖于临皋：在临皋这个地方为他们饯行。祖，本指路神，后指饯行。临皋，指当时长安附近的小城镇。
②挥袂（mèi）：挥动袖子，即招手示意给人送行。袂，衣袖。
③信宿：两夜。古代称一宿为"舍"，再宿为"信"。
④马嵬（wéi）：马嵬城，在今陕西兴平县西。传说晋人马嵬在此处筑马嵬城，故名。
⑤圄（yǔ）人：养马的官员。洛川：唐县名，今陕西洛川县。
⑥适值：恰巧相遇。
⑦欻（xū）然：忽然。复本形：恢复狐狸本来的形体。
⑧衔涕：含着眼泪。瘗（yì）：埋葬。削木为记：砍一根木头，插在坟前作为标记。
⑨啮（niè）：咬嚼。
⑩委：委弃。若蝉蜕然：就好比蝉的蜕壳一般。
⑪泫（xuàn）然：形容流泪的样子。
⑫殁（mò）：死亡。
⑬恸：极度悲哀。相持：手拉着手。
⑭疾故：病因。
⑮命：运用，指挥。
⑯总监使：唐代主管盐池、宫苑、养牧的官员。
⑰枥（lì）马：养着马。枥，马槽。
⑱大历：唐代宗年号。
⑲钟陵：唐县名，在今江西进贤县。
⑳殿中侍御史：唐代主管宫殿仪礼、巡察京城、取缔不法官吏的官员。
㉑陇州：也称汧（qiān）阳郡，在今陕西汧阳县。

暴不失节，徇人以至死①，虽今妇人，有不如者矣。惜郑生非精人②，徒悦其色而不征其情性。向使渊识之士③，必能揉变化之理，察神人之际，著文章之美，传要妙之情，不止于赏玩风态而已④。惜哉！建中二年⑤，既济自左拾遗于金吴将军裴冀⑥，京兆少尹孙成，户部郎中崔需，右拾遗陆淳，皆适居东南⑦，自秦徂吴⑧，水陆同道。时前拾遗朱放因旅游而随焉。浮颍涉淮⑨，方舟沿流⑩，昼宴夜话，各征其异说。众君子闻任氏之事，共深叹骇，因请既济传之⑪，以志异云。沈既济撰。

①徇人以至死：为了所爱的人而牺牲自己的性命。徇，同"殉"。
②精人：精细明理的人。
③渊识之士：学问渊博、见识非凡的人。
④赏玩风态：玩赏风情媚态。
⑤建中：唐德宗年号（780～783）。
⑥左拾遗：唐代的谏官。于：与，和。
⑦适（zhé）：同"谪"，贬谪。
⑧徂（cú）：往。
⑨浮颍涉淮：乘船经过颍水和淮水。
⑩方舟：两只船并着航行。
⑪传（zhuàn）：记载。

枕中记

【题解】 本篇讲一位青年书生在邯郸逆旅中，借道士吕翁的瓷枕入睡，梦中经历了平生追求的"出将入相"的人生理想，梦醒时却发现还不到一顿黄粱饭蒸熟的时间，由此看透人生，大彻大悟。作品比较成功地融合了寓言与志怪小说的创作手法，强化了作品所渲染的"人生如梦"的思想主题。

开元十九年①，道者吕翁，经邯郸上邸舍中②，设榻设席，担囊而坐③。俄有邑中少年卢生，衣短裘，乘青驹，将适于田④，亦止邸中，与翁接席⑤，言笑殊畅。

久之，卢生顾其衣装敝亵⑥，乃叹曰："大丈夫生世不谐，而困如是乎⑦！"翁曰："观子肤极腴，体胖无恙,谈谐方适⑧，而叹其困者，何

①开元十九年：公元731年。开元，是唐玄宗李隆基年号。
②邯郸：城名，战国时为赵国国都。邸舍：客舍。
③担囊：背着口袋。
④适：前往。田：打猎。
⑤止：休息。接席：坐在一起。
⑥敝亵：破旧的短褐。
⑦是：这样。
⑧腴：即"愉"，美好。适：舒畅。

也？"生曰："吾此苟生耳①，何适之为？"翁曰："此而不适，而何为适？"生曰："当建功树名，出将入相②，列鼎而食③，选声而听④，使族益茂而家益肥，然后可以言其适。吾志于学而游于艺，自惟当年朱紫可拾⑤。今已过壮室⑥，犹勤田亩，非困而何？"言讫，目昏思寐。是时主人蒸黄粱为馔⑦。翁乃探囊中枕以授之曰："子枕此，当令子荣适如志。"

其枕瓷而窍其两端，生俯首就之，寐中，见其窍大而明朗可处，举身而入，遂至其家。娶清河崔氏女，女容甚丽，而产甚殷⑧。由是衣裘服御，日已华侈。明年⑨，举进士，登甲科，解褐授校书郎⑩。应制举⑪，授渭南县尉，迁监察御史，转起居舍人为制诰⑫，三年即真⑬，出典同州⑭，寻转陕州。生好土功⑮，自陕西开河八十里，以济不通，邦人赖之，立碑颂德。迁汴州岭南道采访使⑯，入京为京兆尹⑰。是时，神武皇帝方事夷狄⑱，吐蕃新诺逻、龙莽布功陷瓜沙⑲，节度使王君䅮与之战于河湟⑳，败绩。帝思将帅之任，遂除生御史中丞河西陇右节度使。大破戎虏七千级，开地九百里，筑三大城以防要害。北边赖之，以石纪功焉。归朝策勋㉑，恩礼极崇。转御史大夫吏部侍郎，物望清重，群情翕习㉒。大为当时宰相所忌，以飞语中之，贬端州刺史。三年征还，

① 苟生：苟活，偷生。
② 出将入相：出外则为将帅，入朝则为宰相。
③ 列鼎而食：豪贵之家吃饭时鸣钟列鼎。后来用以指生活豪侈。
④ 选声而听：挑选音乐欣赏。
⑤ 自惟：自以为。朱紫：大官官服之色，代指高官。
⑥ 壮室：三十岁。
⑦ 馔（zhuàn）：饭食。
⑧ 产甚殷：财产很多。殷，富有。
⑨ 明年：第二年。
⑩ 解褐：脱掉寒贱者所穿的粗布衣，意思是初次当官。校书郎：掌管校订书籍的官。
⑪ 制举：由皇帝亲自主持的考试。
⑫ 起居舍人为制诰：以起居舍人代行知制诰之职。起居舍人，管诏、诰、制、策。为制诰，掌起草诏令。
⑬ 即真：官职由代理转为实际掌职。
⑭ 出典同州：离京到同州为典签。典签，掌管表启书疏，宣行教命。
⑮ 土功：这里指兴修水利。
⑯ 采访使：即采访处置使。
⑰ 京兆尹：管理京师地区的长官。
⑱ 神武皇帝：即唐玄宗。方事夷狄：正同吐蕃交战。
⑲ 瓜沙：瓜州与沙州，在今甘肃省。
⑳ 河湟：黄河与湟水一带。
㉑ 策勋：纪功，论功行赏。
㉒ 物望：威望。群情翕习：即得人心。翕习，亲近。

除户部尚书。未几,拜中书侍郎同中书门下平章事。与萧令嵩、裴侍中光庭同掌大政十年。嘉谟密命,一日三接①,献替启沃②,号为贤相。同列者害之,遂诬与边将交结,所图不轨,下狱。府吏引徒至其门,迫之甚急。生惶骇不测,泣谓其妻子曰:"吾家本山东③,良田数顷,足以御寒馁,何苦求禄?而今及此,思复短裘,乘青驹,行邯郸道中,不可得也。"引刃欲自裁,其妻救之,得免。共罪者皆死。生独有中人保护④,得减死论,出授骥牧⑤。数岁,帝知其冤,复起为中书令,封赵国公,恩旨殊渥⑥,备极一时。生有五子:俨、倜、俭、位、倚。俨为考功员外,俭为侍御史,位为太常丞⑦。季子倚最贤,年二十四,为右补阙⑧。其姻媾皆天下族望。有孙十余人。

　　凡两窜岭表,再登台铉⑨,出入中外,回翔台阁⑩。三十余年间,崇盛赫奕,一时无比。末节颇奢荡,好逸乐,后庭声色皆第一。前后赐良田甲第,佳人名马,不可胜数。后年渐老,屡乞骸骨⑪,不许。及病,中人候望,接踵于路⑫,名医上药毕至焉。将终,上疏曰:"臣本山东书生,以田圃为娱。偶逢圣运,得列官序,过蒙荣奖,特授鸿私⑬,出拥旄钺⑭,入升鼎辅⑮,周旋内

①嘉谟密命:向皇帝献的善策,皇帝所下的密诏。一日三接:说明他同皇帝有直接的密切关系。
②献替启沃:为皇帝献好主意,效忠皇帝。献替,献可替否,向皇帝献善策而去不善;启沃,披肝沥胆效忠皇帝。
③山东:太行山以东地区。
④中人:朝中高官贵族。
⑤骥牧:骥州太守。骥州在今越南北部。
⑥殊渥(wò):特别优厚。
⑦考功员外:掌管官吏的考课赏罚。侍御史:主管纠察非法。太常丞:主要掌管宗庙祭祀。
⑧右补阙:谏官名,掌讽谏。
⑨凡两窜岭表:共有两次被流放到岭表。岭表,指岭外,即今广东省一带。台铉:指宰相的职位。
⑩中外:朝中朝外,即中央和地方。回翔台阁:经常在尚书省任职。
⑪屡乞骸骨:多次请求告老还乡。
⑫接踵(zhǒng):脚后跟碰脚后跟,形容人多而密集。
⑬鸿私:皇上的大恩。
⑭拥旄钺:拿着旄节和斧钺。指握有兵权。
⑮鼎辅:即宰相。

外，绵历岁年。有忝恩造①，无裨圣化，负乘致寇，履薄战兢②。日极一日，不知老之将至。今年逾八十，位历三公，钟漏并歇③，筋骸俱弊，弥留沉困，殆将溘尽④。顾无诚效，上答休明⑤，空负深恩，永辞圣代。无任感恋之至⑥。谨奉表称谢以闻。"诏曰："卿以俊德⑦，作余元辅，出雄藩垣，入赞缉熙⑧。升平二纪⑨，寔卿是赖，比因疾累，日谓痊除。岂遽沉顿，良深悯默。今遣骠骑大将军高力士就第候省⑩，其勉加针灸，为余自爱。燕冀无妄，期丁有喜⑪。"其夕卒。

卢生欠伸而寤⑫，见方偃于邸中，顾吕翁在旁，主人蒸黄粱尚未熟，触类如故⑬。蹶然而兴曰："岂其梦寐耶？"翁笑谓曰："人世之事，亦犹是矣。"生然之，良久谢曰："夫宠辱之数，得丧之理，生死之情，尽知之矣。此先生所以窒吾欲也⑭。敢不受教！"再拜而去。

① 有忝（tiǎn）恩造：有负于皇上的恩德。忝，自谦之词。
② 负乘致寇：因为不称职，以致祸至。履薄战兢：面临危险，小心谨慎。
③ 钟漏并歇：这里的意思是年迈体衰。
④ 弥留：病重临终。沉困：病重。溘尽：人突然死亡。
⑤ 休明：皇上恩德。
⑥ 无任：不胜，不禁。
⑦ 俊德：大德。
⑧ 入赞缉熙：入朝辅佐光明的朝政。
⑨ 二纪：二十四年。一纪为十二年。
⑩ 骠（piào）骑大将军：武官。高力士：宦官，极受唐玄宗宠信。
⑪ 燕冀无妄，期丁有喜：希望这病是非预期的疾病，并且撞上不用药便能痊愈的好运气。燕，安、息；无妄，也作毋望，非预期者；丁，当，遇到。
⑫ 欠伸：打哈欠，伸懒腰。
⑬ 触类如故：眼前的一切如同原来的模样。
⑭ 窒（zhì）吾欲：消除我的欲念。窒，阻碍不通。

陈玄祐

陈玄祐，唐代小说家。唐代宗（李豫）大历（766～779）时人，生平事迹不详。

离魂记

【题解】本篇传奇写倩娘与张宙的爱情故事，倩娘因追求爱情而灵魂脱离躯体，与所爱结合。小说极富浪漫主义色彩，肯定了青年男女对自主爱情的追求。结尾以大团圆结束，反映了人们的审美习惯，也揭示了对自由爱情的信念。

天授三年①，清河张镒②，因官家于衡州③。性简静，寡知友。无子，有女二人。其长早亡；幼女倩娘，端妍绝伦。镒外甥太原王宙④，幼聪悟，美容范。镒常器重，每曰："他时当以倩娘妻之。"后各长成。宙与倩娘常私感想于寤寐⑤，家人莫知其状。后有宾寮之选者求之⑥，镒许焉。女闻而郁抑，宙亦深恚恨。托以当调⑦，请赴京，止之不可，遂厚遣之⑧。

宙阴恨悲恸，决别上船。日暮，至山郭数里。夜方半，宙不寐，忽闻岸上有一人，行声甚速，须臾至船。问之，乃倩娘徒行跣足而至⑨。宙惊喜发狂，执手问其从来。泣曰："君厚意如此，寝食相感。今将夺我此志⑩，又知君深情不易，思将杀身奉报，是以亡命来奔⑪。"宙非意所

① 天授三年：公元692年。天授为武则天年号。
② 清河：即贝州郡，在今河北清河之西。
③ 衡州：衡阳郡，在今湖南衡阳。
④ 太原：又称并州，在今山西太原。
⑤ 感想于寤寐（wù mèi）：醒时睡时都在思念。寤寐，醒和睡。
⑥ 宾寮（liáo）之选者：幕僚中赴吏部应选者。唐代科举及第者还得赴吏部应选，选后方得委任官职。寮，同"僚"。
⑦ 托以当调：以要去京中赴选为托辞。调，选。
⑧ 厚遣之：以厚礼送他走。
⑨ 跣足：光脚。
⑩ 夺我此志：强迫我放弃爱情。
⑪ 亡命：逃亡。奔：私奔。

望,欣跃特甚。遂匿倩娘于船,连夜遁去。

倍道兼行,数月至蜀。凡五年,生两子,与镒绝信。其妻常思父母,涕泣言曰:"吾曩日不能相负,弃大义而来奔君。向今五年①,恩慈间阻②。覆载之下③,胡颜独存也④?"宙哀之,曰:"将归,无苦。"遂俱归衡州。

既至,宙独身先至镒家,首谢其事。镒曰:"倩娘病在闺中数年,何其诡说也⑤!"宙曰:"见在舟中⑥!"镒大惊,促使人验之。果见倩娘在船中,颜色怡畅,讯使者曰:"大人安否?"家人异之,疾走报镒。室中女闻,喜而起,饰妆更衣,笑而不语,出与相迎,翕然而合为一体⑦,其衣裳皆重。其家以事不正⑧,秘之。惟亲戚间有潜知之者。后四十年间,夫妻皆丧。二男并孝廉擢第⑨,至丞、尉⑩。

玄祐少常闻此说,而多异同,或谓其虚。大历末,遇莱芜县令张仲规⑪,因备述其本末。镒则仲规堂叔祖,而说极备悉,故记之。

①向今:自昔至今。
②恩慈间阴:与父母隔离。恩慈,指父母。
③覆载:天覆地载,指天地。
④胡颜独存:有何脸面独自生存下去。胡,何,有什么。
⑤诡说:怪异之言。
⑥见:同"现",现在。
⑦翕然:合在一起。
⑧事不正:事情不合礼法。
⑨孝廉擢第:以孝廉身份考取明经或进士科。
⑩丞、尉:县丞、县尉。
⑪莱芜:今山东省莱芜县。

许尧佐

许尧佐，唐代传奇作家。贞元中进士及第，举宏辞科，后做过太子校书郎及谏议大夫。

柳氏传

【题解】本篇选自《太平广记》。小说写诗人韩翊与柳氏相爱，历经动乱离散，最终获得团圆。故事情节委婉曲折，结构完整，文笔典雅优美，情感动人，主人公的经历表现了现实生活中的悲欢离合。小说对柳氏个性的刻画细致，较为成功。韩柳故事多为后世戏曲等取材。

天宝中，昌黎韩翊有诗名①，性颇落托②，羁滞贫甚③。有李生者，与翊友善，家累千金，负气爱才④。其幸姬曰柳氏，艳绝一时，喜谈谑，善讴咏，李生居之别第，与翊为宴歌之地。而馆翊于其侧⑤。翊素知名，其所问候，皆当时之彦⑥。柳氏自门窥之，谓其侍者曰："韩夫子岂长贫贱者乎！"遂属意焉。李生素重翊，无所吝惜。后知其意，乃具膳请翊饮。酒酣，李生曰："柳夫人容色非常，韩秀才文章特异。欲以柳荐枕于韩君⑦，可乎？"翊惊栗，避席曰⑧："蒙君之恩，解衣辍食久之⑨，岂宜夺所爱乎？"李坚请之。柳氏知其意诚，乃再拜，引衣接席。李坐翊于客位，引满极欢⑩。李生又以资三十万，佐翊之费。翊仰柳氏之色，柳氏慕翊之才，两情皆获，喜可知也。

① 昌黎韩翊（yì）：昌黎人韩翊。昌黎，古郡名，在今辽宁省义县。韩翊，以《寒食诗》"春城无处不飞花"句名世。
② 落托：即落拓，潦倒落魄。
③ 羁滞：在外旅居。
④ 负气：讲义气。
⑤ 馆：安排住宿。
⑥ 彦：俊杰之士。
⑦ 荐枕：作人妻妾的意思。
⑧ 避席：离席，表示对人尊敬。
⑨ 解衣辍（chuò）食：把自己的衣服和食物让给别人。
⑩ 引满：斟酒满杯而饮干。

明年,礼部侍郎杨度擢翊上第①,屏居间岁②。柳氏谓翊曰:"荣名及亲,昔人所尚。岂宜以濯浣之贱③,稽采兰之美乎④?且用器资物,足以待君之来也。"翊于是省家于清池⑤。岁余,乏食,鬻妆具以自给。天宝末,盗覆二京⑥,士女奔骇。柳氏以艳独异,且惧不免,乃剪发毁形,寄迹法灵寺。是时侯希逸自平卢节度淄青⑦,素藉翊名⑧,请为书记⑨。洎宣皇帝以神武反正⑩,翊乃遣使间行求柳氏⑪,以练囊盛麸金⑫,题之曰:"章台柳,章台柳⑬!昔日青青今在否?纵使条条似旧垂,亦应攀折他人手。"柳氏捧金呜咽,左右凄悯,答之曰:"杨柳枝,芳菲节,所恨年年赠离别。一叶随风忽报秋,纵使君来岂堪折!"

无何⑭,有蕃将沙吒利者,初立功,窃知柳氏之色,劫以归第,宠之专房。及希逸除左仆射⑮,入觐⑯,翊得从行。至京师,已失柳氏之所,叹想不已。偶于龙首冈见苍头以驳牛驾辎⑰,从两女奴⑱。翊偶随之,自车中问曰:"得非韩员外乎⑲?某乃柳氏也。"使女奴窃言失身沙吒利,阻同车者,请诘旦幸相待于道政里门⑳。及期而往,以轻素结玉合㉑,实以香膏,自车中授之,曰:"当遂永诀,愿真诚念。"乃回车,以手挥之,轻袖摇摇,香车辚辚㉒,目断意迷,失于惊尘。翊大不胜情。

① 上第:唐代科举的第一等级。
② 屏居间岁:闲居一年。
③ 濯浣(zhuó huàn)之贱:古代视洗衣物为贱役,家里一般妻妾当此役,故柳氏自称"濯浣之贱"。
④ 稽:阻止,耽误。采兰:此处是指皇帝征用贤能之士。
⑤ 省(xǐng)家:探亲。清池:在今河北省沧县东北。
⑥ 盗覆二京:天宝十四载(755年)安禄山攻陷东京洛阳,第二年攻陷京城长安。
⑦ 侯希逸自平卢节度淄青:侯希逸任平卢淄青节度使。
⑧ 素藉:早就仰慕。
⑨ 书记:负责书写工作的吏。
⑩ 洎(jì):等到。宣皇帝以神武反正:唐肃宗神明英武,收复京都。
⑪ 间行:悄悄出行。
⑫ 练囊:丝织的囊袋。麸(fū)金:像碎小麦皮那样小的碎金。
⑬ 章台:战国时期秦国所建宫殿名,汉时长安有章台街。
⑭ 无何:没有多久。
⑮ 左仆射(yè):尚书省长官的副职。
⑯ 入觐(jìn):入朝进见皇帝。
⑰ 龙首冈:也称龙道山,地处长安北。苍头:奴仆。驳牛:毛色驳杂的牛。
⑱ 从两女奴:后面跟着两个女奴。
⑲ 员外:员外郎。
⑳ 诘旦:次日早晨。
㉑ 合:同"盒"。
㉒ 辚辚:象声词,车行时轮轴发出的声音。

会淄青诸将合乐酒楼，使人请翊。翊强应之，然意色皆丧，音韵凄咽。有虞候许俊者①，以材力自负，抚剑言曰："必有故。愿一效用。"翊不得已，具以告之。俊曰："请足下数字②，当立致之。"乃衣缦胡③，佩双鞬④，从一骑，径造沙吒利之第⑤。候其出行里许，乃被衽执辔，犯关排闼⑥，急趋而呼曰："将军中恶⑦，使召夫人！"仆侍辟易⑧，无敢仰视。遂升堂，出翊札示柳氏，挟之跨鞍马，逸尘断鞅⑨，倏急乃至。引裾而前曰："幸不辱命。"四座惊叹。柳氏与翊执手涕泣，相与罢酒。是时沙吒利恩宠殊等，翊、俊惧祸，乃诣希逸。希逸大惊曰："吾平生所为事，俊乃能尔乎⑩？"遂献状曰⑪："检校尚书、金部员外郎兼御史韩翊⑫，久列参佐⑬，累彰勋效，顷从乡赋⑭。有妾柳氏，阻绝凶寇，依止名尼。今文明抚运，遐迩率化⑮。将军沙吒利凶恣挠法，凭恃微功，驱有志之妾，干无为之政⑯。臣部将兼御使中丞许俊，族本幽蓟⑰，雄心勇决，却夺柳氏，归于韩翊。义切中抱⑱，虽昭感激之诚⑲，事不先闻，故乏训齐之令⑳。"寻有诏，柳氏宜还韩翊，沙吒利赐钱二百万。柳氏归翊，翊后累迁至中书舍人。

然即柳氏，志防闲而不克者㉑；许俊，慕感激而不达者也。向使柳

①虞候：军官。
②请足下数字：请您写几个字作凭证。足下，对对方的敬称。
③缦胡：意指武士的服装。
④鞬（jiàn）：装弓箭的囊袋。
⑤造：到。
⑥犯关排闼：冲进大门小门。
⑦中恶：患了急病。
⑧辟易：退避。
⑨逸尘断鞅：马在尘土中狂奔，颈子上的皮革带子都跑断了。
⑩能尔：能这样，即能像侯希逸自己平时所干的那样。
⑪献状：上书汇报情况。
⑫检校尚书：即加衔的尚书。金部：户部。
⑬参佐：僚属。
⑭乡赋：即乡贡，由州郡荐举入京考试。
⑮文明抚运，遐迩率化：皇上治理国家，远近无不服从归化。
⑯干：干扰。无为之政：无为而治，能以德化民，不用刑政。
⑰幽蓟：幽州、蓟州一带。
⑱义切中抱：心怀义气。中抱，内心。
⑲感激之诚：激于义愤的诚意。
⑳训齐之令：上级对下级整肃的政令。
㉑防闲：防备禁阻非礼的行为。

氏以色选，则当熊、辞辇之诚可继①；许俊以才举，则曹柯、渑池之功可建。夫事由迹彰，功待事立。惜郁堙不偶②，义勇徒激，皆不入于正。斯岂变之正乎③？盖所遇然也④。

①当熊、辞辇：两个有关女德的故事。
②郁堙不偶：抑塞不得志。
③变之正：虽不合最正的正道，但也算合正道。
④所遇然：遭遇使之如此。

李朝威

　　李朝威（约766～820），唐代著名传奇作家。陇西（在今甘肃）人。作品仅存《柳毅传》和《柳参军传》。

柳毅传

【题解】 本篇选自《太平广记》，写的是中国流传极广的柳毅传书的故事。故事充满想象，情节曲折，结构完整，已经是较为成熟的短篇。人物性格的刻画也较鲜明。柳毅的正直磊落，龙女的一往情深，钱塘君的刚直暴烈，都栩栩如生。其中还有较为成功的心理描写，细腻传神。

　　唐仪凤中①，有儒生柳毅者，应举下第②，将还湘滨③。念乡人有客于泾阳者④，遂往告别。至六七里，鸟起马惊，疾逸道左⑤，又六七里，乃止，见有妇人，牧羊于道畔。毅怪视之，乃殊色也⑥。然而蛾脸不舒⑦，巾袖无光，凝听翔立⑧，若有所伺。毅诘之曰："子何苦而自辱如是？"妇始楚而谢，终泣而对曰："贱妾不幸，今日见辱问于长者⑨。然而恨贯肌骨，亦何能愧避，幸一闻焉⑩。妾，洞庭龙君小女也。父母配嫁泾川次子，而夫婿乐逸，为婢仆所惑，日以厌薄⑪。既而将诉于舅姑⑫，舅姑爱其子，不能御⑬。迨诉频切⑭，又得罪舅姑。舅姑毁黜以至此⑮。"言讫，歔欷流涕，悲不自胜。又曰："洞庭于兹⑯，相远不知其几多也？长天茫茫，信耗莫通⑰。心目

① 仪凤：唐高宗李治的年号。
② 应举下第：科举考试落选。
③ 湘滨：湘江之滨。
④ 泾阳：在今陕西省西安市北。
⑤ 疾逸道左：急速奔向路旁。
⑥ 殊色：特别好看。
⑦ 蛾脸（jiǎn）不舒：愁容满面。蛾，眉毛；脸，眼脸。
⑧ 凝听翔立：站立细听。翔，止。
⑨ 见辱问：被您屈尊下问。
⑩ 幸一闻焉：请听我说。
⑪ 日以厌薄：日渐厌恶薄情。
⑫ 舅姑：古代妻称夫之父为舅，称夫之母为姑。后来称为公婆。
⑬ 御：驾驭，控制。
⑭ 迨（dài）：等到。
⑮ 毁黜（chù）：遭到斥逐。
⑯ 洞庭于兹：从洞庭湖到这里。
⑰ 信耗：音信，消息。

断尽，无所知哀。闻君将还吴，密通洞庭。或以尺书①，寄托侍者②，未卜将以为可乎③?"毅曰："吾义夫也④。闻子之说，气血俱动，恨无毛羽，不能奋飞。是何可否之谓乎！然而洞庭，深水也。吾行尘间，宁可致意邪⑤？唯恐道途显晦⑥，不相通达，致负诚托，又乖恳愿。子有何术，可道我邪？"女悲泣且谢，曰："负载珍重⑦，不复言矣。脱获回耗⑧，虽死必谢。君不许，何敢言；既许而问，则洞庭之与京邑，不足为异也⑨。"毅请闻之。女曰："洞庭之阴⑩，有大橘树焉，乡人谓之'社橘'⑪。君当解去兹带⑫，束以他物，然后叩树三发，当有应者。因而随之，无有碍矣。幸君子书叙之外⑬，悉以心诚之话倚托，千万无渝⑭！"毅曰："敬闻命矣⑮。"女遂于襦间解书⑯，再拜以进，东望愁泣，若不自胜。毅深为之戚。乃置书囊中，因复问曰："吾不知子之牧羊，何所用哉？神祇岂宰杀乎？"女曰："非羊也，雨工也。""何为雨工？"曰："雷霆之类也。"毅顾视之，则皆矫顾怒步⑰，饮龁甚异⑱；而大小毛角，则无别羊焉。毅又曰："吾为使者，他日归洞庭，幸勿相避。"女曰："宁止不避，当如亲戚耳。"语竟，引别东去。不数十步，回望女与羊，俱亡所见矣。

其夕，至邑而别其友⑲。月余，到乡。还家，乃访于洞庭。洞庭之阴，

①尺书：信扎。古代无纸，字写在竹简或木简上，简长度一般在一尺左右，故称书信为尺书。
②侍者：左右侍候的人。指侍奉柳毅的随从。
③未卜：不知道。
④义夫：讲义气的人。
⑤宁可致意邪：怎能传达你的意思呢？
⑥显晦：指人世间与神仙界。显，人世间；晦，仙界。
⑦负载珍重：即厚德好意。珍重，此处指好意。
⑧脱获回耗：若得回音。脱，如果。
⑨不足为异：没有什么不同。
⑩洞庭之阴：洞庭湖的南岸。
⑪社橘：用于祭社神（土地神）的橘树。
⑫兹带：这条腰带。古代男子束带用皮革，女子用丝织品。
⑬书叙：书信所叙说的内容。
⑭无渝：不要改变态度。
⑮闻命：听命，照办。
⑯襦（rú）：短衣。
⑰矫顾怒步：顾盼行走都表现出强健威风的神态。
⑱龁（hé）：咬。
⑲邑：指泾阳。友：在泾阳为客的同乡。

果有社橘。遂易带，向树三击而止。俄有武夫出于波间，再拜请曰①："贵客将自何所至也？"毅不告其实，曰："走谒大王耳②。"武夫揭水指路③，引毅以进。谓毅曰："当闭目，数息可达矣④。"毅如其言，遂至其宫，始见台阁相向，门户千万，奇草珍木，无所不有。夫乃止毅，停于大室之隅⑤，曰："客当居此以俟焉。"毅曰："此何所也？"夫曰："此灵虚殿也。"谛视之⑥，则人间珍宝，毕尽于此：柱以白璧，砌以青玉；床以珊瑚，帘以水精；雕琉璃于翠楣⑦，饰琥珀于虹栋⑧。奇秀深杳，不可殚言⑨。然而王久不至。毅谓夫曰："洞庭君安在哉？"曰："吾君方幸玄珠阁⑩，与太阳道士讲《火经》，少选当毕⑪。"毅曰："何谓《火经》？"夫曰："吾君，龙也。龙以水为神，举一滴可包陵谷。道士，乃人也。人以火为神圣，发一灯可燎阿房⑫。然而灵用不同，玄化各异⑬。太阳道士精于人理，吾君邀以听焉。"

言语毕而宫门辟⑭。景从云合⑮，而见一人，披紫衣，执青玉。夫跃曰："此吾君也！"乃至前以告之。君望毅而问曰："岂非人间之人乎？"毅对曰："然。"毅遂设拜⑯，君亦拜，命坐于灵虚之下⑰。谓毅曰："水府幽深，寡人暗昧，夫子不远千里，将有为乎⑱？"毅曰："毅，大王之乡人也。长于楚，游学于秦。

① 请：问。
② 走谒（yè）大王：来拜访龙王。
③ 揭水：拨开水路。
④ 数息可达：一会儿便能到达。数息，呼吸几下，言时间很短。
⑤ 隅（yú）：角落。
⑥ 谛视：仔细看。
⑦ 雕琉璃于翠楣：翠色横楣上镶嵌着琉璃。楣，门梁上的横木。
⑧ 饰琥珀于虹栋：如虹的栋梁上装饰有琥珀。
⑨ 不可殚言：无法形容，即说不清楚。
⑩ 方幸玄珠阁：正在玄珠阁。幸，古代皇帝所至曰"幸"；玄珠，黑中带赤的珠。
⑪ 少选：一会儿。
⑫ 阿房（páng）：阿房宫。
⑬ 玄化：神奇变化。
⑭ 辟：打开。
⑮ 景从云合：形容随从簇拥洞庭君归来的盛况。景，同"影"；景从，言如同影之随形。
⑯ 设拜：行礼。
⑰ 灵虚：灵虚殿。
⑱ 将有为乎：来做什么呢？

昨下第，闲驱泾水之涘①，见大王爱女牧羊于野，风鬟雨鬓，所不忍视。毅因诘之。谓毅曰：'为夫婿所薄，舅姑不念，以至于此。'悲泗淋漓②，诚怛人心③。遂托书于毅。毅许之，今以至此。"因取书进之。洞庭君览毕，以袖掩面而泣曰："老父之罪，不能鉴听，坐贻聋瞽④，使闺窗孺弱⑤，远罹构害⑥。公，乃陌上人⑦也，而能急之⑧。幸被齿发⑨，何敢负德！"词毕，又哀咤良久⑩。左右皆流涕。时有宦人密侍君者⑪，君以书授之，令达宫中。须臾，宫中皆恸哭。君惊，谓左右曰："疾告宫中，无使有声，恐钱塘所知。"毅曰："钱塘，何人也？"曰："寡人之爱弟，昔为钱塘长，今则致政矣⑫。"毅曰："何故不使知？"曰："以其勇过人耳。昔尧遭洪水九年者⑬，乃此子一怒也。近与天将失意⑭，塞其五山⑮。上帝以寡人有薄德于古今，遂宽其同气之罪⑯。然犹縻系于此⑰，故钱塘之人，日日候焉。"

语未毕，而大声忽发，天坼地裂⑱，宫殿摆簸，云烟沸涌。俄有赤龙长千余尺，电目血舌。朱鳞火鬣，项掣金锁，锁牵玉柱，千雷万霆，激绕其身，霰雪雨雹，一时皆下。乃擘青天而飞去⑲。毅恐蹶仆地。君亲起持之曰："无惧。固无害。"毅良久稍安，乃获自定。因告辞曰："愿得生归，以避复来。"君曰："必

①涘（sì）：水边。
②悲泗淋漓：痛哭流涕的样子。泗，鼻涕。
③诚怛（dá）人心：实在令人痛心。怛，伤心，痛心。
④不能鉴听，坐贻聋瞽（gǔ）：没能多看多闻，变得就像瞎子聋子一样。
⑤孺：小孩子，这里指龙女。
⑥远罹（lí）构害：在远方遭到陷害。罹，遭遇。
⑦陌上人：过路行人。
⑧急之：热心助人解脱患难。
⑨幸被齿发：有幸具备齿发。意思是说，属于人类。
⑩哀咤（zhà）良久：悲叹很久。咤，痛惜的意思。
⑪宦人：太监。
⑫致政：即致仕，不再管理政务，犹言今之退休。
⑬尧遭洪水九年：据《史记·五帝本纪》，尧时洪水泛滥，鲧治水九年，未成功，至禹才根治水灾。
⑭失意：不称意，不和。
⑮五山：似指五岳，即泰山、华山、衡山、恒山、嵩山。
⑯同气：指兄弟。
⑰縻系：囚拘。
⑱坼（chè）：拉着。
⑲擘（bò）：剖的意思。

不如此。其去则然，其来则不然，幸为少尽缱绻①。"因命酌互举，以款人事②。

俄而祥风庆云，融融怡怡③，幢节玲珑④，箫韶以随⑤。红妆千万，笑语熙熙⑥，中有一人，自然蛾眉，明珰满身⑦，绡縠参差⑧。迫而视之，乃前寄辞者。然若喜若悲，零泪如丝。须臾，红烟蔽其左，紫气舒其右，香气环旋，入于宫中。君笑谓毅曰："泾水之囚人至矣。"君乃辞归宫中。须臾，又闻怨苦，久而不已。有顷，君复出，与毅饮食。又有一人，披紫裳，执青玉，貌耸神溢⑨，立于君左。君谓毅曰："此钱塘也。"毅起，趋拜之。钱塘亦尽礼相接，谓毅曰："女侄不幸，为顽童所辱⑩。赖明君子信义昭彰，致达远冤；不然者，是为泾陵之土矣。飨德怀恩⑪，词不悉心⑫。"毅抒退辞谢⑬，俯仰唯唯⑭。然后回告兄曰："向者辰发灵虚，巳至泾阳，午战于彼，未还于此⑮。中间驰至九天⑯，以告上帝。帝知其冤，而宥其失⑰，前所谴责⑱，因而获免。然而刚肠激发，不遑辞候⑲，惊扰宫中，复忤宾客。愧惕惭惧，不知所失。"因退而再拜。君曰："所杀几何？"曰："六十万。""伤稼乎？"曰："八百里。""无情郎安在？"曰："食之矣。"君忾然曰⑳："顽童之为是心也，诚不可忍。然汝亦太草草。赖

① 缱绻（qiǎn quǎn）：情意厚重。
② 以款人事：以尽诚意。款，诚；人事，人情。
③ 融融怡怡（yí）：快乐的样子。
④ 幢节：旌旗和旌节，指仪仗之类。
⑤ 箫韶：相传为虞舜时的乐曲，此处指音乐。
⑥ 熙熙：和乐的样子。
⑦ 明珰：珠玉做的耳饰，此处泛指饰物。
⑧ 绡縠参差：丝绸衣裳纷然飘动。
⑨ 貌耸神溢：容貌不凡，精神饱满。
⑩ 顽童：指泾川次子。
⑪ 飨（xiǎng）德怀恩：蒙受您的大德，感激您的大恩。
⑫ 词不悉心：内心感激之情无法用言词表达。
⑬ 抒退：告退。
⑭ 俯仰唯唯：打躬作揖，诺诺连声。
⑮ 辰、巳、午、未：均为十二支之一。此处分别指一天中的时辰。
⑯ 九天：九重天。古代传说天有九重，第九重为天帝所居。
⑰ 帝知其冤，而宥其失：天帝知道侄女的冤情，因而宽恕我的过失。
⑱ 前所谴责：指前因与天将不和"塞其五山"，触怒天帝，因而被囚拘的事。
⑲ 不遑（huáng）：没有闲暇，没顾得上。
⑳ 忾（wǔ）然：形容失望的样子。

上帝显圣，谅其至冤。不然者，吾何辞焉①。从此已去，勿复如是。"钱塘复再拜。

是夕，遂宿毅于凝光殿。明日，又宴毅于凝碧宫。会友戚，张广乐，具以醪醴②，罗以甘洁。初，箛角鼙鼓③，旌旗剑戟，舞万夫于其右。中有一夫前曰："此《钱塘破阵乐》。"旌铤杰气，顾骤悍栗④，坐客视之，毛发皆竖。复有金石丝竹⑤，罗绮珠翠⑥，舞千女于其左。中有一女前进曰："此《贵主还宫乐》。"清音宛转，如诉如慕，坐客听之，不觉泪下。二舞既毕，龙君大悦，锡以纨绮⑦，颁于舞人。然后密席贯坐⑧，纵酒极娱。酒酣，洞庭君乃击席而歌曰：

　　大天苍苍兮，大地茫茫。
　　人各有志兮，何可思量。
　　狐神鼠圣兮，薄社依墙⑨。
　　雷霆一发兮，其孰敢当！
　　荷贞人兮信义长⑩，
　　令骨肉兮还故乡。
　　齐言惭愧兮何时忘⑪！

洞庭君歌罢，钱塘君再拜而歌曰：

　　上天配合兮，生死有途。
　　此不当妇兮彼不当夫。
　　腹心辛苦兮，泾水之隅⑫。
　　风霜满鬓兮，雨雪罗襦。

① 吾何辞焉：我哪有理由推卸责任呢？
② 醪醴（láo lǐ）：又醇又甘的美酒。
③ 箛（jiā）角鼙（pí）鼓：三种军乐器。箛，军中管乐器；角，军中吹奏乐器；鼙鼓，军中打击乐器。
④ 顾骤悍栗：舞者顾盼驰骤，威风凛凛。
⑤ 金石丝竹：泛指各种乐器，也指乐队。金，指钟一类金属制作的乐器；石，指磬；丝，指琴瑟一类弦乐器；竹，指箫、笛一类管乐器。
⑥ 罗绮珠翠：指舞女的丝织舞衣和珠玉首饰。
⑦ 锡以纨绮：赐给丝织细绢和细绫。锡，同赐。
⑧ 密席贯坐：一条席接一条席，一个挨着一个坐着。
⑨ 狐神鼠圣兮，薄社依墙：意思是，掘城狐熏社鼠，恐怕破坏了城墙和社稷。薄，迫近。
⑩ 荷贞人兮信义长：承蒙有道德的君子啊，信义深长。荷，承蒙。
⑪ 言：助词。
⑫ 腹心：心腹所爱的人，指龙女。

赖明公兮引素书①,
令骨肉兮家如初。
永言珍重兮无时无。

钱塘君歌阕,洞庭君俱起,奉觞于毅。毅踧踖而受爵②,饮讫,复以二觞奉二君。乃歌曰:

碧云悠悠兮,泾水东流。
伤美人兮,雨泣花愁。
尺书远达兮,以解君忧。
哀冤果雪兮,还处其休③。
荷和雅兮感甘羞④。
山家寂寞兮难久留⑤。
欲将辞去兮悲绸缪⑥。

歌罢,皆呼万岁。洞庭君因出碧玉箱,贮以开水犀⑦;钱塘君复出红珀盘,贮以照夜玑⑧:皆起进毅。毅辞谢而受。然后宫中之人,咸以绡彩珠璧,投于毅侧,重叠焕赫,须臾埋没前后。毅笑语四顾,愧揖不暇。洎酒阑欢极⑨,毅辞起,复宿于凝光殿。翌日⑩,又宴毅于清光阁。钱塘因酒作色⑪,踞谓毅曰⑫:"不闻猛石可裂不可卷,义士可杀不可羞耶?愚有衷曲⑬,欲一陈于公。如可,则俱在云霄;如不可,则皆夷粪壤⑭。足下以为何如哉?"毅曰:"请闻之。"钱塘曰:"泾阳之妻,则洞庭君之爱女也。淑性茂质⑮,为九姻所重⑯。不幸见辱于匪人。今则绝矣。将欲

① 赖明公兮引素书:全赖明公捎带书信。明公,尊称,指柳毅。
② 踧踖(cù jí):恭敬而不安的样子。
③ 休:美好。
④ 感甘羞:多谢用美食款待。羞,同"馐"。
⑤ 山家寂寞:自己家中冷清。山家,对自家的谦称。
⑥ 悲绸缪(chóu móu):离情别绪,缠绵于怀。绸缪,缠绵。
⑦ 犀:犀牛。这里指犀角。
⑧ 照夜玑:即夜明珠。玑,不圆的珠子。
⑨ 酒阑:酒席将尽,已近散席。阑,晚的意思。
⑩ 翌(yì)日:第二天。
⑪ 作色:脸上变了颜色,即板起面孔。
⑫ 踞(jù):盘坐。
⑬ 衷曲:心里话。
⑭ 夷粪壤:毁为粪土。与上文"在云霄"相对。
⑮ 淑性茂质:性情温和,资质美好。
⑯ 九姻:义近"九亲"、"九族",指自家的众亲戚。

求托高义①，世为亲戚。使受恩者知其所归，怀爱者知其所付，岂不为君子始终之道者②？"毅肃然而作③，歔然而笑曰④："诚不知钱塘君孱困如是⑤！毅始闻跨九州，怀五岳，泄其愤怒；复见断金锁，掣玉柱，赴其急难：毅以为刚决明直，无如君者。盖犯之者不避其死，感之者不爱其生，此真丈夫之志。奈何箫管方洽，亲宾正和，不顾其道，以威加人？岂仆之素望哉！若遇公于洪波之中，玄山之间⑥，鼓以鳞须，被以云雨，将迫毅以死，毅则以禽兽视之，亦何恨哉！今体被衣冠，坐谈礼义，尽五常之志性⑦，负百行之微旨⑧，虽人世贤杰，有不如者，况江河灵类乎？而欲以蠢然之躯，悍然之性，乘酒假气，将迫于人，岂近直哉⑨！且毅之质，不足以藏王一甲之间，然而敢以不伏之心，胜王不道之气。惟王筹之⑩！"钱塘乃逡巡致谢曰⑪："寡人生长宫房，不闻正论。向者词述狂妄，唐突高明。退自循顾，戾不容责⑫。幸君子不为此乖间可也⑬。"其夕，复欢宴，其乐如旧。毅与钱塘，遂为知心友。

明日，毅辞归。洞庭君夫人别宴毅于潜景殿。男女仆妾等，悉出预会⑭。夫人泣谓毅曰："骨肉受君子深恩，恨不得展愧戴⑮，遂至睽别⑯。"使前泾阳女当席拜毅以致谢。夫人又曰："此别岂有复相遇之日

①求托高义：希望嫁给你这样德行高尚的人。高义，德行高的人，指柳毅。
②始终：善始善终。
③肃然而作：严肃地起立。
④歔(xū)然：忽然。
⑤孱(chán)困如是：这样软弱无能，恶劣无赖。
⑥洪波、玄山：指钱塘君前时发洪水、塞五山事。玄山，指五山。
⑦五常：儒家称仁、义、礼、智、信为人伦中永恒不变的常道，故称"五常"。
⑧百行：包括德行、孝行等，是古代士人的规范。
⑨岂近直哉：哪里是正道之举呢。直，义，此处指正道。
⑩惟王筹之：希望大王考虑一下我的意见。筹，原意为计算之具，即筹码，引伸为计算，此处是考虑的意思。
⑪逡(qūn)巡：指因理亏而向后退缩。致谢：谢罪。
⑫戾：罪过。
⑬乖间：关系不正常，疏远。
⑭悉出：都出来。预会：出席宴会。
⑮展愧戴：表达惭愧感激的心情。戴，感恩戴德。
⑯睽别：离别。

乎?"毅其始虽不诺钱塘之请,然当此席,殊有叹恨之色。宴罢,辞别,满宫凄然。赠遗珍宝,怪不可述。毅于是复循途出江岸,见从者十余人,担囊以随,至其家而辞去。

毅因适广陵宝肆①,鬻其所得②;百未发一,财已盈兆③。故淮右富族,咸以为莫如。遂娶于张氏,亡。又娶韩氏,数月韩氏又亡。徙家金陵④。常以鳏旷多感⑤,或谋新匹⑥。有媒氏告之曰:"有卢氏女,范阳人也⑦。父名曰浩,尝为清流宰⑧。晚岁好道⑨,独游云泉⑩,今则不知所在矣。母曰郑氏。前年适清河张氏⑪,不幸而张夫早亡。母怜其少,惜其慧美,欲择德以配焉⑫。不识何如?"毅乃卜日就礼⑬。既而男女二姓,俱为豪族,法用礼物,尽其丰盛。金陵之士,莫不健仰⑭。居月余,毅因晚入户,视其妻,深觉类于龙女,而逸艳丰厚,则又过之。因与话昔事。妻谓毅曰:"人世岂有如是之理乎?"经岁余,有一子。毅益重之。既产⑮,逾月,乃秾饰换服⑯,召毅于帘室之间⑰,笑谓毅曰:"君不忆余之于昔也?"毅曰:"夙非姻好,何以为忆?"妻曰:"余即洞庭君之女也。泾川之冤,君使得白,衔君之恩,誓心求报。洎钱塘季父论亲不从⑱,遂至睽违,天各一方,不能相问。父母欲配嫁于濯

① 广陵:唐代也称扬州,商业城市。在今江苏省扬州市。宝肆:珠宝商店。
② 鬻(yù)其所得:出卖他在洞庭君那里得到的珍宝。
③ 百未发一:没卖出百分之一的东西。盈兆:满百万之数。
④ 金陵:今江苏省南京市。
⑤ 鳏(guān)旷:独身无妻。鳏,老而无妻叫鳏。旷,男子到一定年龄未娶妻叫旷夫。
⑥ 匹:配偶。
⑦ 范阳:唐天宝初年,改幽州为范阳节度使,治所在今北京大兴县。
⑧ 为清流宰:做清流县令。清流,唐县名,今属安徽省滁县。
⑨ 晚岁好道:晚年笃信神仙道术。
⑩ 云泉:烟霞泉石。
⑪ 适:出嫁。
⑫ 择德:选择德行好的人。
⑬ 卜日就礼:选择好日子举行婚礼。
⑭ 健仰:极其仰慕。
⑮ 既:已经。
⑯ 秾(nóng)饰:浓妆。
⑰ 帘室之间:内室。
⑱ 季父:叔父。

锦小儿①,某遂闭户剪发,以明无意。虽为君子弃绝,分无见期②;而当初之心,死不自替③。他日父母怜其志,复欲驰白于君子。值君子累娶,当娶于张,已而又娶于韩。迨张、韩继卒,君卜居于兹④,故余之父母乃喜余得遂报君之意。今日获奉君子,咸善终世⑤,死无恨矣!"因呜咽,泣涕交下。对毅曰:"始不言者,知君无重色之心;今乃言者,知君有爱子之意。妇人匪薄,不足以确厚永心,故因君爱子,以托相生⑥。未知君意如何?愁惧兼心⑦,不能自解。君附书之日,笑谓妾曰:'他日归洞庭,慎无相避。'诚不知当此之际,君岂有意于今日之事乎?其后季父请于君,君固不许。君乃诚将不可邪,抑忿然邪⑧?君其话之!"毅曰:"似有命者。仆始见君于长泾之隅,枉抑憔悴⑨,诚有不平之志。然自约其心者,达君之冤,余无及也。又言慎勿相避者,偶然耳,岂有意哉。洎钱塘逼迫之际,唯理有不可直⑩,乃激人之怒耳。夫始以义行为之志,宁有杀其婿而纳其妻者邪?一不可也。某素以操贞为志尚,宁有屈于己而伏于心者乎?二不可也。且以率肆胸臆,酬酢纷纭,唯直是图,不遑避害⑪。然而将别之日,见君有依然之容⑫,心甚恨之。终以人事扼束,无由报谢。吁!今日,君,卢氏也,又家于人间,则

①濯锦小儿:濯锦江龙君的儿子。濯锦,水名,即今四川省成都市的锦江。
②分(fèn):料想。
③替:衰败。
④卜居:择地而居。
⑤咸善终世:和好一辈子。
⑥"妇人匪薄……以托相生"句:意思是说,妇女身份卑贱,难得你的白头到老的爱恋之心,所以想借您疼爱儿子的感情,维持我们的爱情生活。
⑦愁惧兼心:愁闷和畏惧并存于心。
⑧诚将不可邪,抑忿然邪:真的不愿意,还是心里有气?
⑨枉抑:冤屈。
⑩理有不可直:道理说不通。
⑪"且以率肆胸臆"四句大意如此:在乱哄哄的酒宴上,坦率说出了心里话,只考虑正理,未想到要远离是非祸害。
⑫有依然之容:脸上露出爱恋不舍的表情。

吾始心未为惑矣①。从此以往，永奉欢好，心无纤虑也②。"妻因深感娇泣，良久不已。有顷，谓毅曰："勿以他类，遂为无心③，固当知报耳。夫龙寿万岁，今与君同之。水陆无往不适。君不以为妄也?"毅嘉之曰："吾不知国容乃复为神仙之饵④。"乃相与觐洞庭。既至，而宾主盛礼，不可具纪。后居南海⑤，仅四十年，其邸第、舆马、珍鲜、服玩，虽侯、伯之室⑥，无以加也⑦。毅之族咸遂濡泽⑧。以其春秋积序⑨，容状不衰，南海之人，靡不惊异。洎开元中，上方属意于神仙之事⑩，精索道术。毅不得安，遂相与归洞庭。凡十余岁，莫知其迹。

　　至开元末，毅之表弟薛嘏为京畿令⑪，谪官东南。经洞庭，晴昼长望，俄见碧山出于远波。舟人皆侧立⑫，曰："此本无山，恐水怪耳。"指顾之际⑬，山与舟相逼，乃有彩船自山驰来，迎问于嘏。其中有一人呼之曰："柳公来候耳。"嘏省然记之⑭，乃促至山下，摄衣疾上⑮。山有宫阙如人世，见毅立于宫室之中，前列丝竹，后罗珠翠，物玩之盛，殊倍人间。毅词理益玄，容颜益少。初迎嘏于砌⑯，持嘏手曰："别来瞬息，而发毛已黄。"嘏笑曰："兄为神仙，弟为枯骨，命也。"毅因出药五十丸遗嘏，曰："此药一丸，可增一岁耳。岁满复来，无久居人世以

①吾始心未为惑矣：这与我原来心里想的并不矛盾，之所以这样说是因为情况变了，龙女已经成为人世间的卢家女了。
②心无纤虑也：内心没有丝毫可忧虑的了。
③无心：无情。
④国容：国色，容貌美丽冠绝一国的女子。神仙之饵：神仙所服食的药石。这句是说国容美色居然也有神仙药饵的效用。
⑤南海：唐郡名，治所在今广东省广州市。
⑥侯、伯：禄爵等级。古有五等爵：公、侯、伯、子、男。
⑦加：超过。
⑧咸遂濡泽：都得到恩惠。濡泽，指受到皇恩的润泽。
⑨春秋积序：年纪不断增长。春秋，年纪；积序，累积，增长。
⑩上：皇帝。指唐玄宗李隆基。
⑪京畿（jī）令：京畿属县县令。京畿，京城附近。
⑫侧立：侧身站立，表示敬畏。
⑬指顾之际：手指眼视之间，意为很短的时间内。
⑭省（xǐng）然记之：回想起来还记得。
⑮摄衣疾上：撩起衣服急忙上去。
⑯砌（qì）：台阶。

自苦也。"欢宴毕,嘏乃辞行。自是已后,遂绝影响①。嘏常以是事告于人世。殆四纪,嘏亦不知所在。陇西李朝威叙而叹曰②:五虫之长③,必以灵著,别斯见矣。人,裸也,移信鳞虫④。洞庭含纳大直⑤,钱塘迅疾磊落,宜有承焉。嘏咏而不载⑥,独可邻其境。愚义之,为斯文。

①影响:此处指反应或消息。
②陇西:唐郡名,治所在今甘肃陇西县。
③五虫:指倮虫(人类)、羽虫(鸟类)、毛虫(兽类)、鳞虫(鱼类)、介虫(龟类)。
④人,裸也,移信鳞虫:柳毅是人,却能取信行义于龙类。裸,同"倮";鳞虫,鱼类。
⑤含纳:有度量,能包容。
⑥嘏(gǔ)咏而不载,独可邻其境:薛嘏只向人叙述柳毅的故事却不肯用文字记录下来,因此只有他自己可以接近柳毅的神仙境界。

蒋 防

蒋防（生卒年不详），唐代传奇作家。字子微，义兴县（治所在今山西和顺）人，善诗文，与诗人李绅交厚。

霍小玉传

【题解】《霍小玉传》是唐人传奇中的优秀作品，小说以当朝人物的传说为题材，描写了一个现实生活中的爱情故事。作品情节之转折，场面之铺垫，对话之运用，性格之描写，均十分出色。其中霍小玉的形象刻画得相当成功，具有强大的艺术感染力。对李益的始乱终弃，也着力揭示其个人意志和家长权威对立中的矛盾和痛苦，显得真实可信。

大历中，陇西李生名益①，年二十，以进士擢第②。其明年，拔萃③，俟试于天官④。夏六月，至长安，舍于新昌里。生门族清华，少有才思，丽词嘉句，时谓无双；先达丈人⑤，翕然推伏⑥。每自矜风调，思得佳偶，博求名妓，久而未谐。长安有媒鲍十一娘者，故薛驸马家青衣也；折券从良⑦，十余年矣。性便辟⑧，巧言语，豪家戚里，无不经过，追风挟策⑨，推为渠帅⑩。当受生诚托厚赂，意颇德之。

经数月，李方闲居舍之南亭。申未间⑪，忽闻扣门甚急，云是鲍十一娘至。摄衣从之，迎问曰："鲍卿今日何故忽然而来？"鲍笑曰："苏姑子作好梦也未⑫？有一仙人，谪在下界，不邀财货，但慕风流。如此色目⑬，

① 陇西李生名益：李益，陇西人。唐诗人，与李贺齐名。
② 擢（zhuó）第：登第，及第。
③ 拔萃（cuì）：科举考试及第者为得官职需参加的一种考试。
④ 俟（sì）试于天官：到吏部等待考试。
⑤ 先达丈人：有地位有声望的前贤长辈。
⑥ 翕（xī）然：众人的意见统一。推伏：推许佩服。伏，通"服"。
⑦ 折券从良：女婢赎身嫁人。
⑧ 便（pián）辟：善于阿谀谄媚。
⑨ 追风挟策：原意是挥鞭驱马，此处意为有主意，会说话。
⑩ 渠帅：即大首领。
⑪ 申未间：申未交替之时，即午后三时左右。
⑫ 作好梦也未：即梦到什么好的兆头没有。
⑬ 色目：名色名目。此处指人。

共十郎相当矣。"生闻之惊跃,神飞体轻,引鲍手且拜且谢曰:"一生作奴,死亦不惮。"因问其名居①。鲍具说曰:"故霍王小女②,字小玉,王甚爱之。母曰净持。——净持,即王之宠婢也。王之初薨,诸弟兄以其出自贱庶,不甚收录③。因分与资财,遣居于外,易姓为郑氏,人亦不知其王女。资质秾艳,一生未见;高情逸态,事事过人;音乐诗书,无不通解。昨遣某求一好儿郎格调相称者④。某具说十郎。他亦知有李十郎名字,非常欢惬。住在胜业坊古寺曲⑤,甫上车门宅是也。已与他作期约。明日午时,但至曲头觅桂子,即得矣。"

鲍即去,生便备行计。遂令家僮秋鸿,于从兄京兆参军尚公处假青骊驹⑥,黄金勒⑦。其夕,生浣衣沐浴⑧,修饰容仪,喜跃交并,通夕不寐。迟明⑨,巾帻引镜自照⑩,惟惧不谐也。徘徊之间,至于亭午⑪,遂命驾疾驱,直抵胜业。至约之所,果见青衣立候,迎问曰:"莫是李十郎否?"即下马,令牵入屋底,急急锁门。见鲍果从内出来,遥笑曰:"何等儿郎,造次入此⑫?"生调诮未毕⑬,引入中门。庭间有四樱桃树;西北悬一鹦鹉笼,见生入来,即语曰:"有人入来,急下帘者⑭!"生本性雅淡,心犹疑惧,忽见鸟语,愕然不敢进。

逡巡,鲍引净持下阶相迎,延入

① 名居:姓名地址。
② 霍王:高祖(李渊)第十四子李元轨,武德中封霍王,垂拱四年(688年)与越王贞合谋起兵,事败而死,后来又追复爵位。神龙初年又曾封元轨长子绪论之孙晖为嗣霍王。本篇所记之事似指嗣霍王。
③ 不甚收录:不肯收留,即不能容纳。
④ 格调:品格气度。
⑤ 曲:唐时坊间小巷。古寺:小巷名。
⑥ 从兄:堂兄。京兆参军:京兆府的属官参军事。参军,参军事的简称。原为军事机构,隋唐州郡也设此官。
⑦ 勒:马笼头。
⑧ 浣(huàn):洗。
⑨ 迟明:及至天明,即黎明。
⑩ 巾帻(zé):(系上)包头发的头巾。巾,名词作动词;帻,古代的头巾。
⑪ 亭午:正午。
⑫ 造次:冒失,仓促。
⑬ 调诮:嘲笑讥讽,此处指说开玩笑的话。
⑭ 者:语气助词。

对坐。年可四十余,绰约多姿,谈笑甚媚。因谓生曰:"素闻十郎才调风流,今又见仪容雅秀,名下固无虚士①。某有一女子,虽拙教训②,颜色不至丑陋,得配君子,颇为相宜。频见鲍十一娘说意旨,今亦便令永奉箕帚③。"生谢曰:"鄙拙庸愚,不意顾盼④,倘垂采录,生死为荣。"遂命酒馔,即令小玉自堂东阁子中而出⑤。生即拜迎。但觉一室之中,若琼林玉树,互相照曜,转盼精彩射人。既而遂坐母侧。母谓曰:"汝尝爱念'开帘风动竹,疑是故人来⑥',即此十郎诗也。尔终日吟想,何如一见。"玉乃低鬟微笑,细语曰:"见面不如闻名。才子岂能无貌?"生遂连起拜曰:"小娘子爱才,鄙夫重色。两好相映,才貌相兼。"母女相顾而笑,遂举酒数巡。生起,请玉唱歌。初不肯,母固强之⑦。发声清亮,曲度精奇。

酒阑,及暝,鲍引生就西院憩息⑧。闲庭邃宇⑨,帘幕甚华。鲍令侍儿桂子、浣沙与生脱靴解带。须臾,玉至,言叙温和,辞气宛媚。解罗衣之际,态有余妍,低帏昵枕,极其欢爱。生自以为巫山、洛浦不过也⑩。中宵之夜,玉忽流涕观生曰:"妾本倡家,自知非匹。今以色爱,托其仁贤。但虑一旦色衰,恩移情替⑪,使女萝无托⑫,秋扇见捐⑬。极欢之际,不觉悲至。"生闻之,不

①名下固无虚士:果然名不虚传的意思。
②拙教训:拙于教训,即教育得不好。
③奉箕帚:本意指拿着簸箕和扫帚扫地,指代做人妻妾。
④不意顾盼:没料到被您看上。
⑤东阁子:东边小门。
⑥开帘风竹动,疑是故人来:两句所本为乐府诗《华山畿》:"夜相思,风吹窗帘动,竟是所欢来。"
⑦强(qiǎng):勉强,带有命令色彩的劝请。
⑧憩(qì):休息。
⑨闲庭邃宇:宽敞的庭院,深深的屋宇。
⑩巫山:指巫山神女。洛浦:洛水之滨,传说中的洛水神女。
⑪恩移情替:恩情变易,意思是指爱情变得淡漠。
⑫女萝无托:被丈夫捐弃,失去依靠。女萝即松萝,蔓状植物,依附树木而生,这里喻女子依靠丈夫。
⑬秋扇见捐:如秋凉时节扇子被弃置一旁。

胜感叹。乃引臂替枕，徐谓玉曰："平生志愿，今日获从，粉骨碎身，誓不相舍。夫人何发此言！请以素缣①，著之盟约。"玉因收泪，命侍儿樱桃褰幄执烛②，授生笔研③。玉管弦之暇，雅好诗书，筐箱笔研，皆王家之旧物。遂取绣囊，出越姬乌丝栏素缣三尺以授生④。生素多才思，援笔成章，引谕山河，指诚日月，句句恳切，闻之动人。染毕⑤，命藏于宝箧之内。自尔婉娈相得⑥，若翡翠之在云路也⑦。

如此二岁，日夜相从。其后年春，生以书判拔萃登科⑧，授郑县主簿⑨。至四月，将之官，便拜庆于东洛⑩。长安亲戚，多就筵饯。时春物尚余，夏景初丽，酒阑宾散，离思萦怀。玉谓生曰："以君才地名声，人多景慕，愿结婚媾，固亦众矣。况堂有严亲，室无冢妇⑪，君之此去，必就佳姻。盟约之言，徒虚语耳。然妾有短愿，欲辄指陈⑫，永委君心⑬，复能听否？"生惊怪曰："有何罪过，忽发此辞？试说所言，必当敬奉。"玉曰："妾年始十八，君才二十有二，迨君壮室之秋，犹有八岁。一生欢爱，愿毕此期，然后妙选高门，以谐秦晋⑭，亦未为晚。妾便舍弃人事，剪发披缁⑮。夙昔之愿，于此足矣。"生且愧且感，不觉涕流。因谓玉曰："皎日之誓⑯，死生以之。与子偕老，独恐未惬素志，

① 素缣（jiān）：白色的细绢。缣，一种细薄的纺织品。纸张发明前常以素缣书写文字。
② 褰（qiān）幄：揭起帐帏。褰，揭起。
③ 研：同"砚"。
④ 乌丝栏：绢上所织黑丝网格线。
⑤ 染毕：写好。
⑥ 婉娈相得：即相亲相爱。婉娈，相爱。
⑦ 若翡翠之在云路：就像翡翠鸟在天空比翼双飞。云路，指天空。
⑧ 书判：拔萃科试书判。
⑨ 郑县：唐县名，治所在今陕西省华县。主簿：职掌文书簿籍的官员。
⑩ 拜庆于东洛：到东都洛阳去探望母亲。拜庆，归家探双亲。
⑪ 冢妇：嫡长子之妻。这里似指正配之妻，区别于"妾"。
⑫ 欲辄指陈：想立即说明。
⑬ 永委君心：永远倾心于您。
⑭ 秦晋：春秋时期的秦国和晋国世代互为婚姻，后世指代结姻的两家，或者指代婚姻。
⑮ 剪发披缁：剪去头发，穿上缁衣。意思是出家当尼姑。缁，缁衣，即和尚、尼姑所穿的黑色袈裟。
⑯ 皎日之誓：对着太阳所发的誓言。

岂敢辄有二三①。固请不疑，但端居相待。至八月，必当却到华州，寻使奉迎，相见非远。"

更数日，生遂诀别东去。到任旬日②，求假往东都觐亲。未至家日，太夫人已与商量表妹卢氏，言约已定。太夫人素严毅，生逡巡不敢辞让，遂就礼谢，便有近期。卢亦甲族也③，嫁女于他门，聘财必以百万为约，不满此数，义在不行。生家素贫，事须求贷，便托假故④，远投亲知，涉历江、淮⑤，自秋及夏。生自以孤负盟约⑥，大愆回期⑦，寂不知闻，欲断其望，遥托亲故，不遗漏言。

玉自生逾期，数访音信。虚词诡说，日日不同。博求师巫⑧，遍询卜筮⑨，怀忧抱恨，周岁有余。羸卧空闺⑩，遂成沉疾。虽生之书题竟绝⑪，而玉之想望不移，赂遗亲知，使通消息。寻求既切，资用屡空，往往私令侍婢潜卖箧中服玩之物，多托于西市寄附铺侯景先家货卖⑫。曾令侍婢浣沙将紫玉钗一只，诣景先家货之。路逢内作老玉工⑬，见浣沙所执，前来认之曰："此钗，吾所作也。昔岁霍王小女，将欲上鬟⑭，令我作此，酬我万钱。我尝不忘。汝是何人，从何而得？"浣沙曰："我小娘子，即霍王女也。家事破散，失身于人。夫婿昨向东都，更

① 二三："二三其德"的省略语，意思是朝三暮四，不守诺言。
② 旬日：十日。
③ 甲族：门第高贵的大族。
④ 托假故：找借口。
⑤ 江、淮：长江、淮河。
⑥ 孤负盟约：违背誓言。孤，同"辜"，违背的意思。
⑦ 愆（qiān）：延迟。
⑧ 师巫：泛指从事"卜筮"活动的人。
⑨ 卜筮：古人占卜吉凶的活动方式。卜用龟甲，筮用蓍草。
⑩ 羸（léi）：瘦弱。
⑪ 书题：书信题咏。
⑫ 寄附铺：代人保管或出售宝贵东西的商店，相当于今天的信托商行。
⑬ 内作：皇家工匠分"内作"和"外作"。
⑭ 上鬟：古代装束。幼年头发散垂称"垂发"或"垂髫"。女子十五岁为"及笄"，这时必须将垂发挽成双鬟，插上簪钗，叫"上鬟"。

无消息。悒怏成疾①,今欲二年。令我卖此,赂遗于人,使求音信。"玉工凄然下泣曰:"贵人男女,失机落节②,一至于此!我残年向尽③,见此盛衰,不胜伤感。"遂引至延光公主宅④,具言前事。公主亦为之悲叹良久,给钱十二万焉。

时生所定卢氏女在长安,生既毕于聘财,还归郑县。其年腊月,又请假入城就亲。潜卜静居⑤,不令人知。有明经崔允明者⑥,生之中表弟也。性甚长厚,昔岁常与生同欢于郑氏之室,杯盘笑语,曾不相间⑦。每得生信,必诚告于玉。玉常以薪刍衣服⑧,资给于崔。崔颇感之。生既至,崔具以诚告玉。玉恨叹曰:"天下岂有是事乎!"遍请亲朋,多方召致。生自以愆期负约,又知玉疾候沉绵⑨,惭耻忍割⑩,终不肯往。晨出暮归,欲以回避。玉日夜涕泣,都忘寝食,期一相见⑪,竟无因由。冤愤益深,委顿床枕⑫。

自是长安中稍有知者。风流之士,共感玉之多情;豪侠之伦,皆怒生之薄行⑬。时已三月,人多春游。生与同辈五六人诣崇敬寺玩牡丹花⑭,步于西廊,递吟诗句。有京兆韦夏卿者,生之密友,时亦同行。谓生曰:"风光甚丽,草木荣华。伤哉郑卿,衔冤空室⑮!足下终能弃置,实是忍人⑯。丈夫之心,不宜如此。足下宜为思之!"

①悒怏(yì yàng):忧愁不乐。
②失机落节:意思是落魄失意。
③向尽:将尽。
④延光公主:唐肃宗(李亨)的女儿。先嫁裴徽,又嫁萧升。先封延光,后封郜国,又称郜国公主。
⑤潜卜静居:暗中寻找僻静的居处。
⑥明经:唐代科举考试最主要的两科是进士和明经,进士考诗赋,明经考经义。
⑦相间:有隔阂,有矛盾。
⑧薪刍:指日常生活的消费。薪,柴;刍,同"刍",喂牲口的饲料。
⑨疾候沉绵:症状严重。沉绵,即沉痼,疾病严重。
⑩惭耻忍割:惭愧羞耻,忍痛割爱。
⑪期:希望。
⑫委顿:疲惫不堪。
⑬薄行:即无行,无情无义。
⑭诣(yì):到。
⑮衔冤:含冤。
⑯忍人:残忍之人。

叹让之际①，忽有一豪士，衣轻黄纻衫，挟弓弹，丰神隽美，衣服轻华，唯有一剪头胡雏从后②，潜行而听之。俄而前揖生曰："公非李十郎者乎？某族本山东③，姻连外戚。虽乏文藻，心尝乐贤。仰公声华，常思觏止④。今日幸会，得睹清扬⑤。某之敝居，去此不远，亦有声乐，足以娱情。妖姬八九人⑥，骏马十数匹，唯公所欲。但愿一过。"生之侪辈⑦，共聆斯语⑧，更相叹美。因与豪士策马同行，疾转数坊，遂至胜业⑨。生以近郑之所止，意不欲过，便托事故⑩，欲回马首。豪士曰："敝居咫尺⑪，忍相弃乎？"乃挽挟其马，牵引而行。迁延之间，已及郑曲。生神情恍惚，鞭马欲回。豪士遽命奴仆数人，抱持而进。疾走推入车门，便令锁却，报云："李十郎至也！"一家惊喜，声闻于外。

先此一夕⑫，玉梦黄衫丈夫抱生来，至席，使玉脱鞋。惊寤而告母。因自解曰："'鞋'者，'谐'也，夫妇再全。'脱'者，'解'也。既合而解，亦当永诀。由此征之⑬，必遂相见，相见之后，当死矣。"凌晨，请母妆梳。母以其久病，心意惑乱，不甚信之。黾勉之间⑭，强为妆梳。妆梳才毕，而生果至。玉沉绵日久，转侧须人⑮；忽闻生来，欻然自起，更衣而出，恍若有神。遂与生相见，

①叹让：叹息责备。
②胡雏：幼小的胡人家奴。唐代称少数民族为"胡"。
③山东：这里指华山以东地区。
④觏（gòu）止：相会。觏，遇见；止，语气助词。
⑤清扬：本指人的眉目清秀，此处是客气话，如同说"尊容"。《诗经·郑风·野有蔓草》："有美一人，清扬婉兮。"
⑥妖姬：漂亮歌妓。
⑦侪（chái）辈：同辈，同伴。
⑧聆（líng）：听。
⑨胜业：好地方。
⑩事故：理由。
⑪咫（zhǐ）尺：比喻距离很近。咫，八寸。
⑫先此一夕：在这一天的前一晚。
⑬征：证，验。
⑭黾（mǐn）勉：勤勉，努力。
⑮转侧须人：连翻身也要别人帮忙。

含怒凝视，不复有言。嬴质娇姿①，如不胜致②，时复掩袂③，返顾李生。感物伤人，坐皆歔欷。

顷之，有酒肴数十盘，自外而来。一坐惊视，遽问其故。悉是豪士之所致也。因遂陈设，相就而坐。玉乃侧身转面，斜视生良久，遂举杯酒酬地曰④："我为女子，薄命如斯！君是丈夫，负心若此！韶颜稚齿⑤，饮恨而终。慈母在堂，不能供养。绮罗弦管，从此永休。征痛黄泉⑥，皆君所致。李君李君，今当永诀！我死之后，必为厉鬼，使君妻妾，终日不安！"乃引左手握生臂，掷杯于地⑦，长恸号哭数声而绝⑧。母乃举尸⑨，置于生怀⑩，令唤之，遂不复苏矣。生为之缟素⑪，旦夕哭泣甚哀。将葬之夕，生忽见玉穗帷之中⑫，容貌妍丽，宛若平生。着石榴裙，紫裓裆⑬，红绿帔子⑭。斜身倚帷，手引绣带，顾谓生曰："愧君相送，尚有余情。幽冥之中，能不感叹。"言毕，遂不复见。明日，葬于长安御宿原⑮。生至墓所，尽哀而返。

后月余，就礼于卢氏。伤情感物，郁郁不乐。夏五月，与卢氏偕行⑯，归于郑县，至县旬日，生方与卢氏寝，忽帐外叱叱作声。生惊视之，则见一男子，年可二十余，姿状温美，藏身映幔⑰，连招卢氏。生

①嬴(léi)质：瘦弱的体质。
②如不胜致：好似有无穷情态。
③袂(mèi)：衣袖。
④酬地：泼在地上以设誓。下文即誓词。
⑤韶颜稚齿：青春年少的意思。韶，美好。
⑥征痛黄泉：招引痛苦至于地下。意思是，死后仍然要忍受痛苦。
⑦掷(zhì)：扔。
⑧长恸(tòng)：大悲而哭。
⑨举尸：抬起尸体。
⑩置：放置。
⑪缟(gǎo)素：白色衣服，意思是穿丧服。
⑫穗(suì)帷：灵帐。
⑬裓(kè)裆：古代妇人穿的外袍。
⑭帔(pèi)子：披于肩背的纱巾。
⑮御宿原：在长安城南，当时死者多葬此地。
⑯偕行：一同行路。
⑰幔(màn)：为遮挡而悬挂起来的布、绸、丝绒等。

惶遽走起，绕幔数匝①，倏然不见。生自此心怀疑恶，猜忌万端，夫妻之间，无聊生矣②。或有亲情，曲相劝喻，生意稍解③。后旬日，生复自外归，卢氏方鼓琴于床，忽见自门抛一斑犀钿花合子④，方圆一寸余，中有轻绢，作同心结⑤，坠于卢氏怀中。生开而视之，见相思子二⑥、叩头虫一⑦、发杀觜一⑧、驴驹媚少许⑨。生当时愤怒叫吼，声如豺虎，引琴撞击其妻，诘令实告，卢氏亦终不自明。尔后往往暴加捶楚⑩，备诸毒虐，竟讼于公庭而遣之⑪。卢氏既出⑫，生或侍婢媵妾之属，暂同枕席，便加妒忌。或有因而杀之者。生尝游广陵，得名姬曰营十一娘者，容态润媚，生甚悦之。每相对坐，尝谓营曰："我尝于某处得某姬，犯某事，我以某法杀之。"日日陈说，欲令惧己，以肃清闺门。出则以浴斛覆营于床⑬，周回封署，归必详视，然后乃开。又畜一短剑，甚利，顾谓侍婢曰："此信州葛溪铁⑭，唯断作罪过头！"大凡生所见妇人，辄加猜忌，至于三娶，率皆如初焉⑮。

① 匝（zā）：周，圈。
② 无聊：无依靠，这里指不信任和矛盾。
③ 意稍解：心里的猜忌和不平有所化解平息。
④ 斑犀钿（diàn）花合子：饰斑纹的犀牛角的花盒子。钿，把金属宝石等镶嵌在器物上作装饰。
⑤ 同心结：古人用锦带结为连环回文的样子，表示相爱之意。
⑥ 相思子：即红豆，古人用以表示相思的意思。
⑦ 叩头虫：人一碰便叩头的小虫。赠送叩头虫似有表示顺从的意思。
⑧ 发杀觜（zī）：古代的一种媚药。觜，猫头鹰之类头上的毛角。
⑨ 驴驹媚：传说一种女用的媚药。
⑩ 捶楚：杖击棍打。楚，一种灌木，俗称"荆条"，古代用作刑杖。
⑪ 讼于公庭而遣之：告到官府，然后再休弃她。
⑫ 出：古代妇女违犯礼教规定的"妇德"而被休，叫"出"。有所谓"七出"：无子、淫泆、不事姑舅、口舌、盗窃、妒忌、恶疾。
⑬ 浴斛：澡盆之类。斛，容器。
⑭ 信州：治所在今江西省上饶市。
⑮ 率皆如初：差不多都跟以前一样。

李公佐

　　李公佐（生卒年不详），唐代传奇作家。字颛蒙，陇西（今甘肃陇西）人。撰有传奇《南柯太守传》、《谢小娥传》等。

南柯太守传

【题解】《南柯太守传》记述游侠之士淳于棼酒醉后梦入大槐安国，被招为驸马，又拜南柯郡守，历尽富贵二十载；后失势，被送归故里。一梦醒来，于是感慨人生之虚幻，遂遁入空门。小说意在讽刺窃据高位者，同时也宣扬了浮生若梦的思想。描摹细致，文辞华丽，流传甚广。明代汤显祖的戏剧《南柯记》即取材于此。

　　东平淳于棼①，吴、楚游侠之士。嗜酒使气、不守细行②。累巨产，养豪客。曾以武艺补淮南军裨将③，因使酒忤帅④，斥逐落魄，纵诞饮酒为事⑤。家住广陵郡东十里⑥。所居宅南有大古槐一株，枝干修密，清阴数亩。淳于生日与群豪大饮其下。

　　贞元七年九月⑦，因沉醉致疾。时二友人于坐扶生归家，卧于堂东庑之下⑧。二友谓生曰："子其寝矣！余将秣马濯足⑨，俟子小愈而去⑩。"生解巾就枕，昏然忽忽⑪，仿佛若梦。见二紫衣使者，跪拜生曰："槐安国王遣小臣致命奉邀。"生不觉下榻整衣，随二使至门。见青油小车⑫，驾以四牡⑬，左右从者七八，扶生上车，出大户，指古槐穴而去。使者即驱入穴中。生意颇甚异之，不

① 东平：唐郡名，治所在今山东东平县西北。
② 不守细行：不拘小节。细行，小节。
③ 补淮南军裨（pí）将：补任淮南节度使所属军队副将的缺额。裨，副，偏。
④ 使酒忤（wǔ）帅：任性使气，醉酒狂言触犯主帅。使酒，发酒疯。
⑤ 纵诞：行为放荡，不自约束。
⑥ 广陵郡：治所在今江苏省扬州市。
⑦ 贞元七年：公元791年。贞元是唐德宗李适的年号。
⑧ 庑（wǔ）：走廊。
⑨ 秣（mò）马濯足：喂马洗脚。秣，饲料；此处用作动词，喂的意思。
⑩ 俟子小愈：等你病好得差不多了。
⑪ 昏然忽忽：昏昏沉沉，迷迷糊糊。
⑫ 青油小车：一种用青油涂车壁的小车。
⑬ 驾以四牡：用四匹公马拉车。牡，公马。

敢致问。忽见山川、风候、草木、道路，与人世甚殊。前行数十里，有郛郭城堞①。车舆人物，不绝于路。生左右传车者传呼甚严②，行者亦争辟于左右③。又入大城，朱门重楼，楼上有金书，题曰"大槐安国"。执门者趋拜奔走④。旋有一骑传呼曰："王以驸马远降，令且息东华馆。"因前导而去。

俄见一门洞开，生降车而入。彩槛雕楹，华木珍果，列植于庭下，几案茵褥，帘帏肴膳，陈设于庭上。生心甚自悦。复有呼曰："右相且至。"生降阶祗奉⑤。有一人紫衣象简前趋⑥，宾主之仪敬尽焉。右相曰："寡君不以弊国远僻⑦，奉迎君子，托以姻亲⑧。"生曰："某以贱劣之驱，岂敢是望⑨。"右相因请生同诣其所。行可百步，入朱门。矛戟斧钺⑩，布列左右，军吏数百，辟易导侧。生有平生酒徒周弁者，亦趋其中。生私心悦之，不敢前问。

右相引生升之殿，御卫严肃，若至尊之所⑪。见一人长大端严，居正位，衣素练服，簪朱华冠⑫。生战栗，不敢仰视。左右侍者令生拜。王曰："前奉贤尊命⑬，不弃小国，许令次女瑶芳，奉事君子⑭。"生但俯伏而已，不敢致词。王曰："且就宾宇⑮，续造仪式⑯。"有旨，右相亦与生偕还馆舍。生思念之，意以为父在边将，因殁虏中⑰，不知存

①郛郭城堞（dié）：外城和城墙。郛，即郭，城外护城的外城；堞，城上如齿状的矮墙。
②传车者：驿站的差卒。
③争辟于左右：急忙向道路两侧躲避让路。辟，同"避"。
④执门者：看守城门的人。
⑤祗（zhī）奉：恭敬地奉迎。祗，恭敬。
⑥紫衣象简：穿紫色服，拿象牙笏。简，即朝笏，上朝时记事的手板。
⑦寡君：对自己国君的谦称。弊国：对自己国家的谦称。弊，同"敝"。
⑧托以姻亲：结为姻亲。
⑨是望：即望是，希望这个。指前面说的"托以姻亲"。
⑩钺（yuè）：古代兵器，青铜制，像斧，比斧大，圆刃，可砍劈。
⑪至尊：最尊贵者，指皇帝。
⑫簪朱华冠：戴红花冠。古人戴冠加簪别在头发上，故用"簪"字。
⑬贤尊：犹言"令尊"，对对方父亲的尊称。
⑭奉事：服侍，此处是嫁人的意思。
⑮且就宾宇：暂且去宾馆住下。
⑯续造仪式：接着再举办婚礼仪式。
⑰殁房中：与胡人交战失利。殁，即"没"，深陷。

亡。将谓父北蕃交通①，而致兹事。心甚迷惑，不知其由。是夕，羔雁币帛②，威容仪度，妓乐丝竹，肴膳灯烛，车骑礼物之用，无不咸备。有群女，或称华阳姑，或称青溪姑，或称上仙子，或称下仙子，若是者数辈。皆侍从数十，冠翠凤冠，衣金霞帔，采碧金钿，目不可视。遨游戏乐，往来其门，争以淳于郎为戏弄③。风态妖丽，言词巧艳，生莫能对。复有一女谓生曰："昨上巳日④，吾从灵芝夫人过禅智寺，于天竺院观石延舞《婆罗门》⑤。吾与诸女坐北牖石榻上⑥，时君少年，亦解骑来看。君独强来亲洽，言调笑谑。吾与穷英妹结绛巾，挂于竹枝上，君独不忆念之乎？又七月十六日，吾于孝感寺侍上真子，听契玄法师讲《观音经》。吾于讲下舍金凤钗两只⑦，上真子舍水犀合子一枚。时君亦讲筵中于师处请钗合视之。赏叹再三。嗟异良久。顾余辈曰：'人之与物，皆非世间所有。'或问吾氏，或访吾里。吾亦不答。情意恋恋，瞩盼不舍。君岂不思念之乎？"生曰："中心藏之，何日忘之。⑧"群女曰："不意今日与君为眷属。"复有三人，冠带甚伟，前拜生曰："奉命为附马相者⑨。"中一人与生且故⑩。生指曰："子非冯翊田子华乎⑪？"田曰："然。"生前，执手叙旧久之。生谓曰："子何以居此？"子华：

①北蕃交通：勾通北蕃。北蕃，唐代称北方的几个少数民族，如契丹、奚等。
②羔雁币帛：古代结婚聘礼，按等级分别用羊、雁、钱、帛。此处泛指聘礼。
③为戏弄：作为调笑的对象，即拿他开玩笑。
④上巳（sì）日：古历三月上旬巳日。自魏晋以后定于三月初三日。古人上巳日有修禊风俗（古代春秋两季在水边举行的清除不祥的祭祀，称"修禊"），后演变成郊游和洗濯。巳，地支的第六位，属蛇。又用于计时：巳时为上午九点至十一点。
⑤婆罗门：印度婆罗门族居多，故称婆罗门国。
⑥牖（yǒu）：窗户。
⑦讲下：讲座之下。
⑧中心藏之，何日忘之：心里一直思念，没有哪天忘记。语出《诗经·小雅·隰桑》。
⑨相者：赞佐婚礼的人。助人行礼称"相礼"。
⑩与生且故：而且与淳于棼还是老朋友。
⑪冯翊：即同州，治所在今陕西大荔县。

"吾放游①,获受知于右相武成侯段公,因以栖托②。"生复问曰:"周弁在此,知之乎?"子华曰:"周生,贵人也。职为司隶③,权势甚盛。吾数蒙庇护④。"言笑甚欢。俄传声曰:"驸马可进矣。"三子取剑佩冕服,更衣之。子华曰:"不意今日获睹盛礼,无以相忘也。"

有仙姬数十,奏诸异音,婉转清亮,曲调凄悲,非人间之所闻听。有执烛引导者,亦数十。左右见金翠步障⑤,彩碧玲珑,不断数里。生端坐车中,心意恍惚,甚不自安。田子华数言笑以解之。向者群女姑姊,各乘凤翼辇,亦往来其间。至一门,号"修仪宫"。群仙姑姊亦纷然在侧,令生降车辇拜,揖让升降⑥,一如人间。

撤障去扇⑦,见一女子,云号"金枝公主"。年可十四五⑧,俨若神仙⑨。交欢之礼,颇亦明显。生自尔情义日洽⑩,荣曜日盛。出入车服,游宴宾御,次于王者⑪。王命生与群寮备武卫。大猎于国西灵龟山。山阜峻秀⑫,川泽广远,林树丰茂,飞禽走兽,无不蓄之。师徒大获,竟夕而还⑬。生因他日⑭,启王曰:"臣顷结好之日,大王云奉臣父之命。臣父顷佐边将,用兵失利,陷没胡中。尔来绝书信十七八岁矣⑮。王既知所在,臣请一往拜觐。"王遽谓曰:"亲家翁职守北土,信问不绝。

①放游:随心所欲地走动。放,恣意而为。
②栖托:寄托。
③司隶:原为辑拿盗贼的官职,汉置司隶校尉,专管巡察京畿及近郡。唐京畿采访使职权类似司隶。
④庇(bì)护:保护。
⑤步障:古代达官贵族出行时,沿途所设的遮蔽风寒、尘土和行人的帷幕。
⑥揖让升降:古代宾主相见的礼仪。
⑦撤障去扇:撤去障扇。
⑧可:大约。
⑨俨(yǎn)若:好像。
⑩自尔:从此。
⑪次于王者:只比王者差一点。
⑫山阜(fù):土山。
⑬竟夕:黄昏过了。
⑭因:于,在。
⑮岁:年。

卿但具书状知闻①，未用便去。"遂命妻致馈贺之礼，一以遣之②。数夕还答。生验书本意，皆父平生之迹。书中忆念教诲，情意委曲，皆如昔年。复问生亲戚存亡，闾里兴废。复言路道乖远③，风烟阻绝。词意悲苦，言语哀伤。又不命生来觐，云："岁在丁丑，当与女相见④。"生捧书悲咽，情不自堪⑤。他日，妻谓生曰："子岂不思为政乎？"生曰："我放荡不习政事。"妻曰："卿但为之，余当奉赞⑥。"妻遂白于王。累日，谓生曰："吾南柯政事不理，太守黜废。欲借卿才，可曲屈之⑦。便与小女同行。"生敦授教命。王遂敕有司备太守行李⑧。因出金玉、锦绣、箱奁、仆妾、车马，列于广衢，以饯公主之行。生少游侠，曾不敢有望，至是甚悦。因上表曰："臣将门余子，素无艺术⑨，猥当大任⑩，必败朝章⑪。自悲负乘⑫，坐致覆𫗧⑬。今欲广求贤哲，以赞不逮⑭，伏见司隶颖川周弁⑮，忠亮刚直，守法不回。有毗佐之器⑯。处士冯翊田子华⑰，清慎通变，达政化之源。二人与臣有十年之旧，备知才用，可托政事。周请署南柯司宪⑱，田请署司农。庶使臣政绩有闻，宪章不紊也⑲。"王并依表以遣之。

其夕，王与夫人饯于国南。王谓生曰："南柯国之大郡，土地丰壤，人物豪盛，非惠政不能以治之。

①具书状知闻：写书信告之情况。
②一以遣之：专程送去。
③乖远：遥远阻隔。
④女：同"汝"，你。
⑤情不自堪：无法控制自己的感情。堪，承受。
⑥奉赞：帮忙，赞助。
⑦曲屈：委屈。意思是屈才，客气话。
⑧有司：主管某部门的机构或官员。
⑨艺术：这里专指政治才干。
⑩猥：辱，自谦之辞。
⑪朝章：国家的法制章程。
⑫负乘：此处是自谦的说法。意思是才疏学浅，不堪重任却勉强地承担了重任。
⑬覆𫗧（sù）：失败。𫗧，锅里的食物。坐致覆：因而导致失败。
⑭以赞不逮：以帮助我所没办到或照顾不到的问题。
⑮颖川：唐郡名，治所在今河南省许昌县。
⑯毗佐之器：助理政事的才干。
⑰处士：有品德才能而隐居的人。
⑱署：凡官员出缺或离任，以他人暂理其务，称为"署理"。此处是请求任命的意思。司宪：指州郡主管司法的司法参军一类官职。
⑲宪章不紊：典章法制不乱。

况有周、田二赞。卿其勉之，以副国念①。"夫人戒公主曰："淳于郎性刚好酒，加之少年。为妇之道，贵乎柔顺。尔善事之，吾无忧矣。南柯虽封境不遥②，晨昏有间③。今日睽别，宁不沾巾④。"生与妻拜首南去⑤，登车拥骑，言笑甚欢。累夕达郡。郡有官吏、僧道、耆老、音乐、车舆、武卫、銮铃⑥，争来迎奉。人物阗咽⑦，钟鼓喧哗，不绝十数里。见雉堞台观⑧，佳气郁郁。入大城门，——门亦有大榜，题以金字，曰"南柯郡城"。——见朱轩棨户⑨，森然深邃。生下车，省风俗⑩，疗病苦，政事委以周、田，郡中大理。自守郡二十载，风化广被⑪，百姓歌谣，建功德碑，立生祠宇⑫。王甚重之，赐食邑⑬，锡爵位，居台辅。周、田皆以政治著闻，递迁大位。生有五男二女。男以门荫授官⑭，女亦娉于王族⑮。荣耀显赫，一时之盛，代莫比之。

是岁，有檀萝国者，来伐是郡。王命生练将训师以征之。乃表周弁将兵三万，以拒贼之众于瑶台城。弁刚勇轻敌，师徒败绩。弁单骑裸身潜遁，夜归城。贼亦收辎重铠甲而还⑯。生因囚弁以请罪。王并舍之。是月，司宪周弁疽发背，卒。生妻公主遘疾⑰，旬日又薨⑱。生因请罢郡⑲，护丧赴国。王许之。便以司农田子华行南柯太守事。生哀恸

① 以副国念：以实现国家的期望。副，相称。
② 封境：封国。此处指南柯郡境。封，疆界。
③ 晨昏有间：不能在早晚向父母请安问候。晨昏，"昏定晨省"的省语，指早上和晚上给父母请安。
④ 沾巾：泪水渍湿巾帕。
⑤ 拜首：叩头下拜。
⑥ 銮铃：车上所饰鸾鸟形状的铃铛。此处指车。銮，通"鸾"。
⑦ 人物阗咽：人多物盛，拥挤不堪。
⑧ 雉（zhì）堞：城墙上修造的矮墙。
⑨ 朱轩棨（qǐ）户：红色的窗子，外面列戟（木制的符信）的门户。
⑩ 省风俗：视察风俗民情。
⑪ 风化广被：教育民众的教令全面推行。
⑫ 生祠宇：为活着的人建立的祠堂。
⑬ 食邑：古代皇帝赐给功臣和贵族一块地方，一定户数，受赐者可以食用那里的租税。
⑭ 门荫：古代凭借前辈的功劳官爵，依例得官。
⑮ 娉：同"聘"，嫁的意思。
⑯ 辎重：古代行军时携带的兵器、粮草等物资。
⑰ 遘（gòu）疾：患病。
⑱ 薨（hōng）：古代天子诸侯或二品以上官员之死称"薨"，后来贵族公主之死也称"薨"。
⑲ 罢郡：罢免郡守之职。

发引①,威仪在途,男女叫号,人吏奠馈,攀辕遮道者不可胜数②,遂达于国。王与夫人素衣哭于郊,候灵舆之至。谥公主曰"顺仪公主"。备仪仗羽葆鼓吹③,葬于国东十里盘龙冈。是月,故司宪子荣信,亦护丧赴国。

生久镇外藩④,结好中国,贵门豪族,靡不是洽⑤。自罢郡还国,出入无恒,交游宾从⑥,威福日盛。王意疑惮之。时有国人上表云:"玄象谪见⑦,国有大恐。都邑迁徙,宗祀崩坏。衅起他族⑧,事在萧墙⑨。"时议以生侈僭之应也⑩。遂夺生侍卫,禁生游从,处之私第。生自恃守郡多年,曾无败政,流言怨悖⑪,郁郁不乐。王亦知之,因命生曰:"姻亲二十余年,不幸小女夭枉⑫,不得与君子偕老,良用痛伤。"夫人因留孙自鞠育之⑬,又谓生曰:"卿离家多时,可暂归本里,一见亲族。诸孙留此,无以为念。后三年,当令迎卿。"生曰:"此乃家矣,何更归焉?"王笑曰:"卿本人间,家非在此。"生忽若惛睡,瞢然久之,方乃发悟前事,遂流涕请还。王顾左右以送生。生再拜而去,复见前二紫衣使者从焉。至大户外,见所乘车甚劣,左右亲使御仆,遂无一人,心甚叹异。

生上车,行至数里,复出大城。宛是昔年东来之途,山川原野,依然如旧。所送二使者,甚无威势。生

① 发引:古代出殡,灵车前面系白布,叫"引"。牵布在前引导叫"发引"。
② 攀辕遮道:古代有些有政绩的地方官,离任时,百姓拉住车辕,拦着道路,表示挽留。后来便以"攀辕遮道"歌颂离任地方官的政绩。
③ 羽葆鼓吹:官员出行的仪仗。此处指出殡的仪仗。羽葆,用羽毛装饰伞形的华盖;鼓吹,指乐队。
④ 久镇外藩:长期镇守藩国。藩,古代诸侯的封国作为卫护王室的屏藩,所以称封邑为外藩。
⑤ 靡不是洽:没有不和洽的,意思是都很和好。
⑥ 宾从:宾客随从。
⑦ 玄象谪见:天象变异之迹是对人事的谴责。玄象,天象;谪,谴责。
⑧ 衅起他族:仇衅将由异类引起。他族,指淳于棼,因他不同于蚁类,故称"他族"。
⑨ 事在萧墙:意思是说祸患在内而非在外。萧墙,门内和为屏障的小墙。
⑩ 侈僭:奢侈得超过了本分。僭,僭越。
⑪ 流言怨悖:被流言中伤而遭致国王的怨恨疏远。悖,违背,此处是指关系隔膜。
⑫ 夭枉:早死。
⑬ 鞠育:抚养。

逾怏怏①。生问使者曰："广陵郡何时可到？"二使讴歌自若，久乃答曰："少顷即至。"俄出一穴，见本里闾巷，不改往日，潸然自悲②，不觉流涕。二使者引生下车，入其门，升其阶，已身卧于堂东庑之下③。生甚惊畏，不敢前近。二使因大呼生之姓名数声，生遂发寤如初④。

　　见家之僮仆拥篲于庭⑤，二客濯足于榻，斜日未隐于西垣，余樽尚湛于东牖⑥。梦中倏忽，若度一世矣。生感念嗟叹，遂呼二客而语之。惊骇，因与生出外，寻槐下穴。生指曰："此即梦中所经之处。"二客将谓狐狸木媚之所为祟⑦。遂命仆夫荷斤斧⑧，断拥肿，折查枿⑨，寻穴究源。旁可袤丈⑩，有大穴，洞然明朗，可容一榻。上有积土壤，以为城郭台殿之状。有蚁数斛，隐聚其中。中有小台，其色若丹。二大蚁处之，素翼朱首，长可三寸；左右大蚁数十辅之，诸蚁不敢近：此其王矣。即槐安国都也。又穷一穴⑪，直上南枝，可四丈，宛转方中，亦有土城小楼，群蚁亦处其中，即生所领南柯郡也。又一穴：西去二丈，磅礴空圬⑫，嵌窞异状⑬。中有一腐龟壳，大如斗。积雨浸润，小草丛生，繁茂翳荟⑭，掩映振壳⑮，即生所猎灵龟山也。又穷一穴，东去丈余，古根盘屈，若龙虺之状⑯。中有小土壤，高尺余，即生所葬妻盘龙

①逾怏怏：更加闷闷不乐。
②潸（shān）然：流泪的样子。《诗经·小雅·大东》："潸焉出涕。"
③已身卧于堂东庑之下：见自己的身躯躺在大堂东边的走廊下。
④发寤：醒过来。
⑤拥篲（huì）：拿着扫帚。
⑥湛：清澈。
⑦狐狸木媚之所为祟：狐狸和树妖作怪。
⑧荷斤斧：拿着斧头。斤，即斧头。
⑨枿（niè）：砍过又长出来的树枝。枿，同"櫱"，本义是树木砍去后又长出的芽子。
⑩袤丈：深宽约一丈。古代以横长为"广"，纵长为"袤"。
⑪穷：尽，这里指全挖开。
⑫磅礴空圬：广大的洞穴里四壁涂抹泥土。
⑬嵌窞（kàn dàn）异状：土穴的形状各不相同。嵌窞，即地穴。
⑭翳荟：形容草长得芜杂。
⑮掩映振壳：遮蔽着古旧的龟壳。振，古。
⑯虺（huǐ）：毒蛇。

冈之墓也。追想前事，感叹于怀，披阅穷迹，皆符所梦。不欲二客坏之，遽令掩塞如旧。

是夕①，风雨暴发。旦视其穴，遂失群蚁，莫知所去。故先言"国有大恐，都邑迁徙"，此其验矣。复念檀萝征伐之事，又请二客访迹于外。宅东一里有古涸涧，侧有大檀树一株，藤萝拥织，上不见日。旁有小穴，亦有群蚁隐聚其间。檀萝之国，岂非此耶！嗟乎！蚁之灵异，犹不可穷，况山藏木伏之大者所变化乎？时生酒徒周弁、田子华并居六合县②，不与生过从旬日矣③。生遽遣家僮疾往候之④。周生暴疾已逝，田子华亦寝疾于床。生感南柯之浮虚，悟人世之倏忽，遂栖心道门⑤，绝弃酒色。后三年，岁在丁丑，亦终于家。时年四十七，将符宿契之限矣⑥。

公佐贞元十八年秋八月，自吴之洛⑦，暂泊淮浦，偶觌淳于生儿楚⑧，询访遗迹，翻覆再三⑨，事皆摭实⑩，辄编录成传，以资好事⑪。虽稽神语怪，事涉非经⑫，而窃位著生，冀将为戒。后之君子，幸以南柯为偶然，无以名位骄于天壤间云⑬。

前华州参军李肇赞曰⑭，贵极禄位，权倾国都⑮。达人视此⑯，蚁聚何殊⑰。

①是夕：这一晚。
②六合县：今江苏省六合县。
③过从：相互来往。
④候：问候。
⑤栖心道门：专心修行。
⑥符宿契之限：符合已定的期限。淳于棼丁丑年死，正合上文他父亲的复信所说"岁在丁丑，当与女相见"。
⑦之洛：前去洛阳。
⑧觌（dí）：见。
⑨翻覆：反复调查。
⑩摭实：拾取实事。此处指传说与所访遗迹都相吻合。
⑪好事：喜欢奇怪之事。
⑫非经：不合常理。
⑬天壤间：天地间。此处指人世间。
⑭赞：文体的一种。用于对人或事发议论、感慨，通常押韵。
⑮权倾国都：权力之大，超过京都其他人。
⑯达人：达观之人，即看破世情的人。
⑰何殊：有什么差别呢？

白行简

白行简（776～826），唐代传奇作家。字知退，下邽（今陕西渭南东北）人。诗人白居易之弟。今存作品除《李娃传》外，还有《三梦记》。

李娃传

【题解】《李娃传》写妓女李娃与士族子弟的爱情故事。作品以有情人终成眷属的喜剧作结，肯定了对真挚爱情的追求，同时也讽刺了当时等级森严的门阀制度。故事结构完整，发展脉络分明，情节曲折有致，语言凝练流畅，人物刻画生动传神，李娃的形象多为后代作品取材。

汧国夫人李娃①，长安之倡女也。节行瑰奇②，有足称者，故监察御史白行简为传述。天宝中，有常州刺史荥阳公者，略其名氏，不书。时望甚崇，家徒甚殷。知命之年③，有一子，始弱冠矣④；隽朗有词藻⑤，迥然不群，深为时辈推伏。其父爱而器之⑥，曰："此吾家千里驹也。"应乡赋秀才举，将行，乃盛其服玩车马之饰。计其京师薪储之费⑦，谓之曰："吾观尔之才，当一战而霸⑧。今备二载之用，且丰尔之给，将为其志也⑨。"生亦自负，视上第如指掌⑩。

自毗陵发⑪，月余抵长安，居于布政里。尝游东市还，自平康东门入⑫，将访友于西南。至鸣珂曲，见一宅，门庭不甚广，而室宇严邃，阖一扉⑬。有娃方凭一双鬟青衣立，妖姿要妙⑭，绝代未有。生忽见之，不

① 汧（qiān）国：也称陇州，治所在今陕西省千阳县。
② 节行瑰奇：节行操守高贵奇特。
③ 知命之年：五十岁。
④ 弱冠：二十左右的年纪。
⑤ 隽朗有词藻：清俊秀美而有文才。
⑥ 器：看重。
⑦ 计其京师薪储之费：筹划他在京城的柴米和日常费用。
⑧ 一战而霸：一考及第。
⑨ 志：指及第登榜的宏愿。
⑩ 视上第如指掌：把及第看得很容易。指掌，形容容易取得，相当于"易如反掌"。
⑪ 毗陵：郡名，治在今江苏省常州市。
⑫ 平康：长安平康里，当时妓女多聚集此地。
⑬ 阖一扉：关闭一扇门。
⑭ 妖姿要妙：姿色娇艳动人。

觉停骖久之①，徘徊不能去。乃诈坠鞭于地，候其从者，敕取之。累眄于娃，娃回眸凝睇，情甚相慕。竟不敢措辞而去。生自尔意若有失，乃密征其友游长安之熟者②，以讯之。友曰："此狭邪女李氏宅也③。"曰："娃可求乎？"对曰："李氏颇赡④。前与之通者多贵戚豪族，所得甚广。非累百万，不能动其志也。"生曰："苟患其不谐，虽百万，何惜。"

他日，乃洁其衣服，盛宾从而往。扣其门，俄有侍儿启扃⑤。生曰："此谁之第耶？"侍儿不答，驰走大呼曰："前时遗策郎也⑥！"娃大悦曰："尔姑止之。吾当整妆易服而出。"生闻之私喜。乃引至萧墙间，见一姥垂白上偻⑦，即娃母也。生跪拜前致词曰："闻兹地有隙院，愿税以居，信乎⑧？"姥曰："惧其浅陋湫隘⑨，不足以辱长者所处，安敢言直耶。"延生于迟宾之馆⑩，馆宇甚丽。与生偶坐⑪，因曰："某有女娇小，技艺薄劣，欣见宾客，愿将见之。"乃命娃出。明眸皓腕，举步艳冶。生遽惊起，莫敢仰视。与之拜毕，叙寒燠⑫，触类妍媚，目所未睹。复坐，烹茶斟酒，器用甚洁。久之，日暮，鼓声四动。姥访其居远近。生绐之曰："在延平门外数里⑬。"——冀其远而见留也。姥曰："鼓已发矣。当速归，无犯禁。"生曰："幸接欢笑，不知日之云夕。道

①停骖（cān）：停住马车。骖，古代马车，一车驾三匹马叫"骖"，驾四匹马叫"驷"。
②征：求。
③狭邪女：指妓女。狭邪，也作"狭斜"，小街曲巷。古代妓院多设在小街巷，故以"狭邪"称之。
④颇赡：相当富有。
⑤启扃（jiōng）：开门。扃，从外面关门的闩、钩等。
⑥遗策郎：掉落马鞭的青年。
⑦上偻：驼背。
⑧信乎：确实吗？这里指是否真有"隙院"（空着的房舍）。
⑨浅陋湫（jiǎo）隘：粗俗简陋，又湿又狭。
⑩迟（chí）宾之馆：招待客人的馆舍。迟，接待。
⑪偶坐：对坐。
⑫叙寒燠（yù）：寒暄，闲聊应酬。燠，温暖。
⑬延平门：长安西城门。平康里在东城，与延平门距离很远。

里辽阔,城内又无亲戚。将若之何?"娃曰:"不见责僻陋,方将居之,宿何害焉。"生数目姥①。姥曰:"唯唯②。"生乃召其家童,持双缣③,请以备一宵之馔④。娃笑而止之曰:"宾主之仪,且不然也⑤。今夕之费,愿以贫窭之家,随其粗粝以进之。其余以俟他辰⑥。"固辞,终不许。

俄徙坐西堂,帷幕帘榻,焕然夺目;妆奁衾枕⑦,亦皆侈丽。乃张烛进馔,品味甚盛。彻馔⑧,姥起。生娃谈话方切,诙谐调笑,无所不至。生曰:"前偶过卿门,遇卿适在屏间。厥后心常勤念⑨,虽寝与食,未尝或舍⑩。"娃答曰:"我心亦如之。"生曰:"今之来,非直求居而已,愿偿平生之志。但未知命也若何?"言未终,姥至,询其故,具以告。姥笑曰:"男女之际,大欲存焉⑪。情苟相得,虽父母之命,不能制也。女子固陋,曷足以荐君子之枕席?"生遂下阶,拜而谢之曰:"愿以己为厮养⑫。"姥遂目之为郎,饮酣而散。及旦,尽徙其囊橐⑬,因家于李之第。

自是生屏迹戢身⑭,不复与亲知相闻。日会倡优侪类⑮,狎戏游宴。囊中尽空,乃鬻骏乘,及其家童。岁余,资财仆马荡然。迩来姥意渐怠⑯,娃情弥笃。

他日,娃谓生曰:"与郎相知一

① 数目姥:几次看姥的态度。
② 唯唯:可以,可以。表示因敬畏或心不在焉而肯定或附和。
③ 缣(jiān):细绢。
④ 馔:饮食。
⑤ 宾主之仪,且不然也:主客之间的礼数不应如此,指不该让客人出钱办酒宴。
⑥ 他辰:即他日,他时,别的时日。
⑦ 妆奁(lián):嫁妆。奁,妇女梳妆用的镜匣。
⑧ 彻:完。
⑨ 厥后:之后。
⑩ 或:助词。
⑪ 男女之际,大欲存焉:指男女之间的情爱。
⑫ 厮养:指做日常家务活的奴仆,如烧饭、喂猪、养马等。厮养,也称"厮台"。
⑬ 囊橐:口袋,此处指行旅财物。
⑭ 屏迹戢(jí)身:躲藏起来,隐匿踪迹。屏,隐蔽;戢,收敛,收藏。
⑮ 侪:同辈。
⑯ 迩来:近来。

年,尚无孕嗣。常闻竹林神者,报应如响,将致荐酹求之①,可乎?"生不知其计,大喜。乃质衣于肆②,以备牢醴③。与娃同谒祠宇而祷祝焉,信宿而返。策驴而后,至里北门,娃谓生曰:"此东转小曲中,某之姨宅也。将憩而觎之④,可乎?"生如其言。前行不逾百步。果见一车门。窥其际,其弘敞。其青衣自车后止之曰:"至矣。"生下,适有一人出访曰:"谁?"曰:"李娃也。"乃入告。俄有一妪至,年可四十余,与生相迎,曰:"吾甥来否?"娃下车,妪逆访之曰⑤:"何久疏绝?"相视而笑。娃引生拜之。既见,遂偕入西戟门偏院⑥。中有山亭,竹树葱茜⑦,池榭幽绝。生谓娃曰:"此姨之私第耶?"笑而不答,以他语对。俄献茶果,甚珍奇。食顷⑧,有一人控大宛⑨,汗流驰至,曰:"姥遇暴疾颇甚,殆不识人。宜速归。"娃谓姨曰:"方寸乱矣⑩!某骑而前去,当命返乘,便与郎偕来。"生拟随之⑪。其姨与侍儿偶语,以手挥之,令生止于户外,曰:"姥且殁矣。当与某议丧事以济其急,奈何遽相随而去?"乃止,共计其凶仪齐祭之用。日晚,乘不至。姨言曰:"无复命,何也?郎骤往觇之⑫,某当继至。"生遂往,至旧宅,门扃钥甚密⑬,以泥缄之⑭。生大骇,诘其邻人。邻人曰:"李本税此而居,约已

①荐酹(lèi):祭奠鬼神。荐,祭奠用的物品;酹,洒酒于地。
②质衣于肆:去当铺典当衣物。质,典当;肆,店肆、店铺,这里指当铺。
③醴(lǐ):甜酒。
④憩(qì):休息。
⑤逆访:迎上来问。
⑥戟门:古代官吏出行时作为前导的仪仗,表示尊贵和威严。
⑦竹树葱茜:竹林茂密,绿树葱郁。
⑧食顷:一顿饭的功夫,喻时间短促。
⑨控大宛(yuān):骑着大宛马。大宛,汉代西域国名,所产良马也称大宛。
⑩方寸:指心。
⑪拟:打算。
⑫觇(chān):窥视,观测。
⑬门扃钥甚密:把门关锁得严严实实。
⑭缄(jiān):封闭。

周矣①。第主自收。姥徙居，而且再宿矣。"征徙何处，曰："不详其所。"生将驰赴宣阳，以诘其姨，日已晚矣，计程不能达。乃弛其装服②，质馔而食，赁榻而寝。生恚怒方甚，自昏达旦，目不交睫③。质明④，乃策蹇而去⑤。既至，连扣其扉，食顷无人应。生大呼数四，有宦者徐出。生遽访之："姨氏在乎？"曰："无之。"生曰："昨暮在此，何故匿之？"访其谁氏之第。曰："此崔尚书宅。昨者有一人税此院，云迟中表之远至者。未暮去矣。"

生惶惑发狂，罔知所措，因返访布政旧邸。邸主哀而进膳。生怨懑，绝食三日，遘疾甚笃，旬余愈甚。邸主惧其不起，徙之于凶肆之中⑥。绵缀移时⑦，合肆之人共伤叹而互饲之。后稍愈，杖而能起⑧。由是凶肆日假之⑨，令执穗帷，获其直以自给。

累月，渐复壮。每听其哀歌，自叹不及逝者⑩，辄呜咽流涕，不能自止，归则效之。生，聪敏者也。无何，曲尽其妙，虽长安无有伦比。初，二肆之佣凶器者⑪，互争胜负。其东肆车舆皆奇丽，殆不敌，唯哀挽劣焉⑫。其东肆长知生妙绝，乃醵钱二万索顾焉⑬。其党耆旧⑭，共较其所能者，阴教生新声，而相赞和。累旬，人莫知之。其二肆长相谓曰：

①约已周：租期已满。
②弛其装服：脱下衣服。弛，松弛，此处是解开衣服的意思。
③目不交睫：不曾合眼，意思是睡不着。
④质明：天亮的时候。
⑤策蹇（jiǎn）：赶着驴走。蹇，驴。
⑥凶肆：代人办理丧事的店铺。
⑦绵缀（chuò）移时：指一度濒于死亡。绵缀，病危将死的兆头；移时，指时间上有一阵子。
⑧杖：动词，柱着拐杖。
⑨日假之：每天借用它。
⑩不及逝者：不如死去的人。
⑪佣凶器者：替人做棺材、灵车之类丧葬之器的人。
⑫哀挽：出丧时唱挽歌表示哀悼。
⑬醵（jù）钱：大家凑钱。醵，聚集众人的资财。索顾：要求雇佣他。顾，通"雇"。
⑭其党：指在东肆唱挽歌的人。耆（qí）旧：老前辈。耆，六十岁以上的老人。

"我欲各阅所佣之器于天门街①，以较优劣。不胜者罚直五万，以备酒馔之用，可乎？"二肆许诺。乃邀立符契②，署以保证，然后阅之。士女大和会，聚至数万。于是里胥告于贼曹③，贼曹闻于京尹。四方之士，尽赴趋焉，巷无居人。自旦阅之，及亭午，历举辇舆威仪之具，西肆皆不胜，师有惭色。乃置层榻于南隅，有长髯者，拥铎而进④，翊卫数人⑤。于是奋髯扬眉，扼腕顿颡而登⑥，乃歌《白马》之词⑦。恃其夙胜⑧，顾眄左右⑨，旁若无人。齐声赞扬之；自以为独步一时，不可得而屈也⑩。有顷，东肆长于北隅上设连榻，有乌巾少年，左右五六人，秉翣而至⑪，即生也。整衣服，俯仰甚徐，申喉发调，容若不胜。乃歌《薤露》之章⑫，举声清越，响振林木⑬。曲度未终，闻者歔欷掩泣。西肆长为众所诮⑭，益惭耻。密置所输之直于前，乃潜遁焉。四坐愕眙⑮，莫之测也。

　　先是，天子方下诏，俾外方之牧，岁一至阙下，谓之"入计⑯"。时也适遇生之父在京师，与同列者易服章⑰，窃往观焉。有老竖⑱，即生乳母婿也，见生之举措辞气，将认之而未敢，乃泫然流涕。生父惊而诘之。因告曰："歌者之貌，酷似郎之亡子。"父曰："吾子以多财为盗所害，奚至是耶⑲？"言讫，亦泣。

① 阅：汇聚，展出。
② 立符契：订立条约。
③ 里胥：一里之长叫里胥。唐代以百户为里。贼曹：东汉掌管京都水、火、盗贼、词讼等的官员。此处借指唐代在京师长安、万年两县所设维护社会治安的官员。
④ 拥铎：拿着大摇铃。
⑤ 翊（yì）卫：护卫的人。
⑥ 顿颡（sǎng）：古代叩头礼。颡，额头或脑门儿。
⑦ 《白马》之词：大略指挽歌。出处不详。
⑧ 恃其夙胜：倚赖他往日擅场的优越地位。
⑨ 顾眄（miǎn）：斜着眼看。
⑩ 不可得而屈：不可能为人所压倒。
⑪ 秉翣（shà）：拿着饰棺的翣。翣，羽毛或布、席制成的棺饰。
⑫ 《薤露》之章：古挽歌。薤，百合科植物。
⑬ 响振林木：形容歌声嘹亮动听。
⑭ 诮（qiào）：责备。
⑮ 愕眙：惊呆了。
⑯ 入计：外官入朝汇报、请示工作。
⑰ 易服章：换掉官服。
⑱ 老竖：对年老奴仆的贱称。
⑲ 奚至是耶：怎么可能到这里呢？

及归，竖间驰往①，访于同党曰："向歌者谁？若斯之妙欤②？"皆曰："某氏之子。"征其名，且易之矣。竖凛然大惊；徐徐，迫而察之③。生见竖色动，回翔将匿于众中。竖遂持其袂曰："岂非某乎？"相持而泣。遂载以归。至其室，父责曰："志行若此，污辱吾门！何施面目，复相见也？"乃徒行出，至曲江杏园东④，去其衣服，以马鞭鞭之数百。生不胜其苦而毙。父弃之而去。

其师命相狎昵者阴随之⑤，归告同党，共加伤叹。令二人赍苇席瘗焉⑥。至，则心下微温。举之，良久，气稍通。因共荷而归，以苇筒灌勺饮，经宿乃活。月余，手足不能自举。其楚挞之处皆溃烂，秽甚。同辈患之，一夕，弃于道周⑦。行路咸伤之⑧，往往投其余食，得以充肠。十旬，方杖策而起。被布裘⑨，裘有百结，褴褛如悬鹑⑩。持一破瓯⑪，巡于闾里，以乞食为事。自秋徂冬⑫，夜入于粪壤窟室，昼则周游廛肆⑬。

一旦大雪，生为冻馁所驱⑭，冒雪而出，乞食之声甚苦。闻见者莫不凄恻⑮。时雪方甚，人家外户多不发⑯。至安邑东门，循里垣北转第七八，有一门独启左扉⑰，即娃之第也。生不知之，遂连声疾呼："饥冻之甚！"音响凄切，所不忍听。娃自阁中闻之，谓侍儿曰："此必生也。我辨其音矣。"连步而出。见生枯瘠

①间：私下。
②向歌者谁，若斯之妙欤：即"向歌若斯之妙者，谁欤"，刚才唱歌那样好的，是谁呢？若，像；斯，那样；欤，语气词。
③迫而察之：靠近了细看。
④曲江：曲江池，在长安东南，是唐代长安的游览区。
⑤阴：偷偷，暗暗。
⑥瘗（yì）：掩埋。
⑦道周：路边。
⑧行路：行路者，路人。
⑨被：同"披"。
⑩悬鹑：形容衣服破烂的样子。
⑪瓯（ōu）：盅。
⑫徂（cú）：往，到。
⑬廛（chán）肆：市集中的店铺。
⑭馁（něi）：饥饿。
⑮恻（cè）：悲伤。
⑯不发：不开。
⑰扉（fēi）：门扇。

疥疬①，殆非人状。娃意感焉，乃谓曰："岂非某郎也？"生愤懑绝倒②，口不能言，颔颐而已③。娃前抱其颈，以绣襦拥而归于西厢。失声长恸曰："令子一朝及此，我之罪也！"绝而复苏。姥大骇，奔至，曰："何也？"娃曰："某郎。"姥遽曰："当逐之。奈何令至此？"娃敛容却睇曰④："不然。此良家子也⑤。当昔驱高车，持金装，至某之室，不逾期而荡尽。且互设诡计，舍而逐之，殆非人。令其失志，不得齿于人伦⑥。父子之道，天性也。使其情绝，杀而弃之。又困踬若此⑦。天下之人尽知为某也。生亲戚满朝，一旦当权者熟察其本末，祸将及矣。况欺天负人，鬼神不佑，无自贻其殃也⑧。某为姥子，迨今有二十岁矣。计其资，不啻直千金。今姥年六十余，愿计二十年衣食之用以赎身，当与此子别卜所诣⑨。所诣非遥，晨昏得以温清⑩，某愿足矣。"姥度其志不可夺⑪，因许之。给姥之余，有百金。北隅四五家，税一隙院。乃与生沐浴，易其衣服。为汤粥，通其肠；次以酥乳润其脏；旬余，方荐水陆之馔⑫。头巾履袜，皆取珍异者衣之。未数月，肌肤稍腴；卒岁，平愈如初。

异时，娃谓生曰："体已康矣，志已壮矣。渊思寂虑⑬，默想曩昔之

①枯瘠疥疬：身子枯瘦如柴又生了疥疮。
②绝倒：昏倒。
③颔颐：点头。颔，点头；颐，下巴。
④敛容却睇：带着严肃的表情回头看着。
⑤良家子：清白人家的子侄。
⑥人伦：古代社会中，儒家为了维持人与人之间的正常关系而确定的人际伦理道德。《孟子·滕文公上》认为，人伦即"父子有亲，君臣有义，夫妇有别，长幼有序，朋友有信"。
⑦困踬（zhì）：困顿，落魄。
⑧无自贻其殃：不要自己招祸。
⑨别卜所诣：另找一个住处。所诣，即所往，所至。
⑩晨昏得以温清（qìng）：早晚还能问寒问暖，即问安侍候，尽子女之孝道。清，凉的意思。
⑪度其志不可夺：料想她的决心不可改变。
⑫荐水陆之馔：给他吃水里和陆地上的美味食品。
⑬渊思寂虑：沉思。

艺业①,可温习乎?"生思之,曰:"十得二三耳。"娃命车出游,生骑而从。至旗亭南偏门鬻坟典之肆②,令生拣而市之③,计费百金,尽载以归,因令生斥弃百虑以志学,俾夜作昼,孜孜矻矻④。娃常偶坐,宵分乃寐⑤。伺其疲倦,即谕之缀诗赋⑥。二岁而业大就,海内文籍,莫不该览⑦。生谓娃曰:"可策名试艺矣⑧。"娃曰:"未也。且令精熟,以俟百战。"更一年,曰:"可行矣。"于是遂一上登甲科⑨,声振礼闱⑩。虽前辈见其文,罔不敛衽敬羡⑪,愿友之而不可得⑫。娃曰:"未也。今秀士,苟获擢一科第,则自谓可以取中朝之显职,擅天下之美名。子行秽迹鄙⑬,不侔于他士⑭。当砻淬利器以求再捷⑮,方可以连衡多士,争霸群英。"生由是益自勤苦,声价弥甚。

其年,遇大比⑯,诏征四方之俊,生应直言极谏科⑰,策名第一,授成都府参军⑱。三事以降⑲,皆其友也。将之官。娃谓生曰:"今之复子本躯,某不相负也。愿以残年,归养老姥。君当结媛鼎族⑳,以奉蒸尝㉑。中外婚媾,无自黩也。勉思自爱。某从此去矣。"生泣曰:"子若弃我,当自刭以就死!"娃固辞不从,生勤请弥恳。娃曰:"送子涉江,至于剑门㉒,当令我回。"

生许诺。月余,至剑门。未及发

① 曩(nǎng):以前。
② 旗亭:古代都市里的市楼称旗亭。鬻坟典之肆:卖典籍的书店。
③ 市:买。
④ 孜孜矻矻(kū):勤奋不懈。
⑤ 宵分乃寐:夜半才睡。
⑥ 谕之缀诗赋:劝告他作诗赋。意思是让他换换脑筋。
⑦ 该览:博览,读遍。该,完备。
⑧ 策名试艺:参加科举考试。
⑨ 登甲科:唐制进士分甲乙科,明经分甲乙丙丁四科,优者登甲科。
⑩ 礼闱:礼部。
⑪ 敛衽:整理衣襟,表示肃敬。
⑫ 女之:将女儿嫁给他。
⑬ 行秽迹鄙:行迹污秽鄙贱。指嫖妓落拓的一段经历。
⑭ 不侔于他士:不同于别人。
⑮ 砻淬利器:把武器磨炼得更锋利,比喻使学问更加精深。
⑯ 大比:在京举行的科举考试。
⑰ 直言极谏科:吏部主持的特别科的考试。考生通过考试即可授官。
⑱ 成都府:治所在今四川省成都市。
⑲ 三事以降:三公以下的官员。
⑳ 结媛鼎族:同贵族的女儿结婚。
㉑ 奉蒸尝:主持祭祀。冬祭为"蒸",秋祭为"尝"。古代礼制,妇女无子不可主祀,妾也不可主祀。李娃自知像她这样的身份是不能主祀的,所以说这话。
㉒ 剑门:在今四川省剑阁县东北。

而除书至①，生父由常州诏入，拜成都尹，兼剑南采访使②。浃辰③，父到。生因投刺，谒于邮亭④。父不敢认，见其祖父官讳，方大惊，命登阶，抚背恸哭移时，曰："吾与尔父子如初。"因诘其由，具陈其本末。大奇之，诘娃安在。曰："送某至此，当令复还。"父曰："不可。"翌日，命驾与生先之成都，留娃于剑门，筑别馆以处之。明日，命媒氏通二姓之好，备六礼以迎之⑤，遂如秦晋之偶。

娃既备礼，岁时伏腊，妇道甚修，治家严整，极为亲所眷尚⑥。后数岁，生父母偕殁，持孝甚至。有灵芝产于倚庐⑦，一穗三秀⑧。本道上闻⑨。又有白燕数十，巢其层甍⑩。天子异之，宠锡加等。终制⑪，累迁清显之任。十年间，至数郡。娃封汧国夫人。有四子，皆为大官；其卑者犹为太原尹。弟兄姻媾皆甲门，内外隆盛，莫之与京⑫。

嗟乎！倡荡之姬，节行如是，虽古先烈女，不能逾也。焉得不为之叹息哉！予伯祖尝牧晋州⑬，转户部，为水陆运使⑭，三任皆与生为代⑮，故谙详其事。贞元中，予与陇西李公佐话妇人操烈之品格，因遂述汧国之事。公佐拊掌竦听⑯，命予为传。乃握管濡翰⑰，疏而存之⑱。时乙亥岁秋八月⑲，太原白行简云。

①除书：授新官的诏书。除，除去旧官，就任新官。
②剑南：唐剑南道，治所在今四川省成都市。
③浃辰：从子到亥十二辰，即十二天。浃，一周。
④邮亭：古代传递公文、迎送官员的驿站。
⑤六礼：古代婚礼的六道程序：纳采、问名、纳吉、纳征、请期、亲迎。
⑥眷：眷爱，爱重。
⑦倚庐：古代守父母丧时居住的草屋。
⑧一穗三秀：一个穗上开三朵花。这在古代被视作祥瑞，因为通常一穗一花。
⑨本道上闻：该道（剑南道）奏知皇帝。
⑩层甍（méng）：高高的屋脊。
⑪终制：服丧期满。古代父母丧事，要"守制"三年（实际是二十七个月）。
⑫莫之与京：没谁能同他比。京，大的意思。
⑬牧晋州：为晋州牧，即作晋州刺史。晋州治所在今山西临汾县。
⑭水陆运使：管理水陆运输的官名，属户部。
⑮三任皆与生为代：连续三任都和荥阳生为前后任。
⑯竦听：敬听。
⑰濡翰：以笔蘸墨。翰，毛笔。
⑱疏：详细记述。
⑲乙亥岁：贞元十一年（795年）。

陈 鸿

陈鸿（生卒年不详），唐代小说家、史学家。字大亮。与白居易为友。著有史书《大统纪》，小说《长恨传》、《东城老父传》。

长恨歌传

【题解】本篇是与白居易的《长恨歌》同时创作的传奇小说，所写均为杨李爱情故事。小说不以故事取胜，写来文采斐然，布局谨严，叙事舒徐，文笔优美，具有浓厚的抒情意味。后世取材于此的小说戏曲不胜枚举。

开元中，泰阶平①，四海无事。玄宗在位岁久，倦于旰食宵衣②，政无大小，始委于右丞相③，稍深居游宴，以声色自娱。先是，元献皇后④、武惠妃皆有宠⑤，相次即世⑥。宫中虽良家子千数，无可悦目者。上心忽忽不乐。时每岁十月，驾幸华清宫，内外命妇⑦，熠耀景从⑧，浴日余波⑨，赐以汤沐，春风灵液，澹荡其间，上必油然若有所遇，顾左右前后，粉色如土。

诏高力士潜搜外宫，得弘农杨玄琰女于寿邸⑩。既笄矣，鬓发腻理，纤秾中度，举止闲冶，如汉武帝李夫人⑪。别疏汤泉⑫，诏赐澡莹。既出水，体弱力微，若不任罗绮。光彩焕发，转动照人。上甚悦。进见之日，奏《霓裳羽衣曲》以导之；定情之夕，授金钗钿合以固之。又命戴步摇⑬，垂金珰⑭。明年，册为贵妃，半

① 泰阶平：天下太平。
② 旰（gàn）食宵衣：形容日夜操劳国事，连吃饭睡觉都顾不上。
③ 右丞相：指李林甫。
④ 元献皇后：肃宗生母。
⑤ 武惠妃：恒安王武攸止之女。
⑥ 相次即世：一个接一个先后去世。
⑦ 命妇：受诰封的妇女。
⑧ 景从：如影随形，形容随从众多。
⑨ 日：指皇帝。
⑩ 得弘农杨玄琰女于寿邸：杨玄琰，虢州（曾改为弘农郡）阌乡人。其女杨玉环，原为玄宗子寿王李瑁妃子。
⑪ 汉武帝李夫人：李延年的妹妹，为汉武帝刘彻的爱妾。
⑫ 别疏汤泉：另外开辟温泉浴室。
⑬ 步摇：一种插在头上的首饰。
⑭ 金珰：金质耳珰，一种戴在耳朵上的首饰。

后服用①。籋是冶其容，敏其词，婉娈万态，以中上意。上益嬖焉。时省风九州②，泥金五岳③，骊山雪夜，上阳春朝④，与上行同辇，止同室，宴专席，寝专房。虽有三夫人、九嫔、二十七世妇、八十一御妻，暨后宫才人⑤，乐府妓女，使天子无顾盼意。自是六宫无复进幸者。非徒殊艳尤态致是，盖才智明慧，善巧便佞，先意希旨⑥，有不可形容者。叔父昆弟皆列位清贵，爵为通侯。姊妹封国夫人。富埒王宫⑦，车服邸第，与大长公主侔矣⑧。而恩泽势力，则又过之，出入禁门不问，京师长吏为之侧目⑨。故当时谣咏有云："生女勿悲酸，生男勿喜欢。"又曰："男不封侯女作妃，看女却为门上楣⑩。"其为人心羡慕如此。

天宝末，兄国忠盗丞相位，愚弄国柄⑪。及安禄山引兵向阙，以讨杨氏为词。潼关不守，翠华南幸。出咸阳⑫，道次马嵬亭⑬，六军徘徊，持戟不进。从官郎吏伏上马前，请诛晁错以谢天下。国忠奉牦缨盘水⑭，死于道周。左右之意未快。上问之。当时敢言者，请以贵妃塞天下怨。上知不免，而不忍见其死，反袂掩面，使牵之而去。仓皇展转，竟就死于尺组之下⑮。

既而玄宗狩成都⑯，肃宗受禅灵武⑰。明年，大凶归元，大驾还都。尊玄宗为太上皇，就养南宫。自南

①半后服用：衣服首饰日常费用之量为皇后的一半。
②省风：视察民风。
③泥金五岳：祭祀天地山川，即"封禅"（祭天为封，祭地为禅）。泥金，以金为泥，作为"泥封"。
④上阳：上阳宫，皇帝的行宫。在当时的东都洛阳。
⑤才人：宫中女官名。
⑥善巧便佞：很会花言巧语。先意希旨：能揣度唐玄宗的心思，不等他说出就先迎合他。
⑦埒（liè）：相等，等同。
⑧大长公主：皇帝的姑母。
⑨长吏：大吏，泛指京中大官。
⑩看女却为门上楣：此处是说，杨贵妃像门上楣一样支撑着杨家的门户，家族都受宠荣。
⑪国柄：国家的权柄，即国家权力。
⑫咸阳：唐县名，与长安仅渭河之隔，治所在今陕西省咸阳市东。
⑬道次马嵬亭：途中停驻马嵬驿。马嵬在今陕西省兴平县附近。
⑭牦缨盘水：古代一种请罪仪式，白色冠上缀牦牛尾的缨，表示待罪。盘上放一把剑，表示判罪公平，必要时自刎。
⑮死于尺组之下：指被吊死。尺组，上吊用的丝绸带子。
⑯狩：即巡狩，皇帝出行叫巡狩。这儿作为对逃奔的讳称。
⑰肃宗受禅灵武：天宝十五年七月，肃宗（李亨）在灵武郡（治所在今甘肃灵武县西南）即位。受禅，受皇帝所传帝位。

宫迁于西内①。时移事去，乐尽悲来。每至春之日，冬之夜，池莲夏开，宫槐秋落，梨园弟子，玉琯发音②，闻《霓裳羽衣》一声，则天颜不怡，左右歔欷。三载一意，其念不衰。求之梦魂，杳不能得。

适有道士自蜀来，知上皇心念杨妃如是，自言有李少君之术③。玄宗大喜，命致其神。方士乃竭其术以索之，不至。又能游神驭气，出天界，没地府以求之，不见。又旁求四虚上下④，东极天海，跨蓬壶⑤。见最高仙山，上多楼阙，西厢下有洞户，东向，阖其门，署曰："玉妃太真院。"方士抽簪扣扉，有双鬟童女，出应其门。方士造次未及言⑥，而双鬟复入。俄有碧衣侍女又至，诘其所从。方士因称唐天子使者，且致其命⑦。碧衣云："玉妃方寝，请少待之。"于时云海沉沉，洞天日晓，琼户重阖⑧，悄然无声。方士屏息敛足，拱手门下。久之，而碧衣延入⑨，且曰："玉妃出。"见一人冠金莲，披紫绡⑩，佩红玉，曳凤舄⑪，左右侍者七八人。揖方士⑫，问："皇帝安否？"次问天宝十四载已还事⑬。言讫，悯然。指碧衣取金钗钿合，各析其半⑭，受使者曰："为我谢太上皇，谨献是物，寻旧好也。"方士受辞与信⑮，将行，色有不足⑯。玉妃固征其意⑰。复前跪致词："请当时一事，不为他人闻

①西内：又称西宫，即太极宫。
②玉琯：即玉管，玉制的管乐器，如箫、笛一类。琯，通"管"。
③李少君之术：即求仙求长生之术。
④四虚：四个方位，指东南西北。
⑤蓬壶：即蓬莱，传说中的仙山。世传蓬莱、方丈、瀛洲在海之中，皆神仙所居。
⑥造次：仓促。
⑦且致其命：并且说明唐皇交给自己的使命。
⑧阖：关闭。
⑨延：请。
⑩绡（xiāo）：生丝织成的绸子。
⑪凤舄（xì）：饰有凤头的鞋。
⑫揖（yī）：拱手行礼。
⑬已还：以后。
⑭析：分开。
⑮信：信物，金钗和钿盒，各取一半，作为信物。
⑯色有不足：脸上现出还不满足的神态。
⑰征：询问。

者，验于太上皇，不然，恐钿合金钗，负新垣平之诈也①。"玉妃茫然退立，若有所思，徐而言曰："昔天宝十载，侍辇避暑于骊山宫。秋七月，牵牛织女相见之夕，秦人风俗，是夜张锦绣，陈饮食，树瓜华②，焚香于庭，号为'乞巧③'。宫掖间尤尚之④。时夜殆半，休侍卫于东西厢，独侍上。上凭肩而立，因仰天感牛女事，密相誓心，愿世世为夫妇。言毕，执手各呜咽。此独君王知之耳。"因自悲曰："由此一念，又不得居此。复堕下界，且结后缘。或为天，或为人⑤，决再相见，好合如旧。"因言："太上皇亦不久人间，幸惟自安，无自苦耳。"使者还奏太上皇，皇心震悼，日日不豫⑥。其年夏四月，南宫晏驾⑦。元和元年冬十二月，太原白乐天自校书郎尉于盩厔⑧，鸿与琅琊王质夫家于是邑⑨，暇日相携游仙游寺，话及此事，相与感叹。质夫举酒于乐天前曰："夫希代之事，非遇出世之才润色之，则与时消没，不闻于世。乐天，深于诗，多于情者也。试为歌之，如何？"乐天因为《长恨歌》。意者不但感其事⑩，亦欲惩尤物⑪，窒乱阶，垂于将来者也。歌既成，使鸿传焉。世所不闻者，予非开元遗民，不得知；世所知者，有《玄宗本纪》在⑫。今但传《长恨歌》云尔。

① 负新垣平之诈：犯新垣平那样的欺诈之罪。新垣平，汉文帝（刘恒）时人，诈称能"望气"，说长安东北有神气，又说阙下有"玉气"，后被人告发处死。
② 树瓜华：种植瓜果。
③ 乞巧：向织女求教针织等女工。阴历七月七日，传说牛郎织女会于天河，人间有乞巧的风俗。
④ 宫掖：皇宫掖庭。掖庭是嫔妃居住的地方。
⑤ 或为天，或为人：或在天上，或在人间。
⑥ 不豫：不乐。
⑦ 晏驾：皇帝车驾迟出，意思是皇帝死了。
⑧ 白乐天：白居易。尉于盩厔（zhōu zhì）：任盩厔县尉。盩厔，治所在今陕西省周至县。
⑨ 琅琊：又称沂州，治所在今山东省临沂市。
⑩ 意者：揣想起来。意，揣想、意料。
⑪ "惩尤物"三句：以好色（尤物）为戒，塞祸乱所由之路，留下鉴戒于后世。
⑫ 玄宗本纪：指唐史中的玄宗本纪。

元　稹

元稹（779～831），唐代文学家。字微之，河南府（今河南洛阳附近）人。与白居易友善，诗亦齐名，时号"元白"。有诗文百卷，辑《元氏长庆集》。

莺莺传

【题解】 这篇传奇选自《太平广记》。小说写崔莺莺与张生的故事，歌颂了男女之间的爱情。作品文笔优美，描摹生动，人物形象刻画和心理描写都比较成功。《莺莺传》在文学史上产生了深远影响，后世《董西厢》、《王西厢》均脱胎于此。不同的是，这些作品将结局改成了大团圆。在本传奇中，张生的负心和辩解反映了封建正统观念的顽固，而后世的大团圆结局则表现出不同的思想审美倾向。

贞元中，有张生者，性温茂①，美风容，内秉坚孤②，非礼不可入。或朋从游宴，扰杂其间，他人皆汹汹拳拳③，若将不及④，张生容顺而已，终不能乱⑤。以是年二十三，未尝近女色。知者诘之。谢而言曰："登徒子非好色者，是有凶行；余真好色者，而适不我值⑥。何以言之？大凡物之尤者，未尝不留连于心，是知其非忘情者也。"诘者识之。

无几何，张生游于蒲⑦。蒲之东十余里，有僧舍曰普救寺，张生寓焉。适有崔氏孀妇，将归长安，路出于蒲，亦止兹寺。崔氏妇，郑女也。张出于郑，绪其亲，乃异派之从母⑧。

是岁，浑瑊薨于蒲⑨。有中人丁

① 性温茂：脾气随和温顺。
② 内秉坚孤：刚强有个性，不随便附和他人。
③ 汹汹拳拳：吵闹扰嚷。
④ 若将不及：闹得比谁都厉害。
⑤ 乱：不合礼法。
⑥ "登徒子"四句：意思是说，登徒子因好色而被说成有好色的恶行。我的确好色却偏偏遇不到美色。适，偏偏；值，遇上。
⑦ 蒲：蒲州，又称河中府。治所在今山西省运城县蒲州镇。
⑧ "张出于郑"三句：张生母亲也姓郑，叙起亲戚来，崔氏妇是他不同支派的姨母。
⑨ 浑瑊（jiān）：西域铁勒九姓的浑部人，曾为郭子仪部将，后继子仪镇河中，在代宗及德宗二朝屡立战功，官至兵马副元帅，死于德宗贞元十五年（797年）。

文雅，不善于军，军人因丧而扰，大掠蒲人。崔氏之家，财产甚厚，多奴仆。旅寓惶骇，不知所托。先是，张与蒲将之党有善，请吏护之，遂不及于难。十余日，廉使杜确将天子命以总戎节①，令于军，军由是戢②。郑厚张之德甚③，因饰馔以命张，中堂宴之。复谓张曰："姨之孤嫠未亡④，提携幼稚。不幸属师徒大溃，实不保其易。弱子幼女，犹君之生⑤，岂可比常恩哉！今俾以仁兄礼奉见，冀所以报恩也。"命其子，曰欢郎，可十余岁，容甚温美。次命女："出拜尔兄，尔兄活尔。"久之，辞疾⑥。郑怒曰："张兄保尔之命，不然，尔且掳矣。能复远嫌乎⑦？"久之，乃至。常服睟容⑧，不加新饰，垂鬟接黛⑨，双脸销红而已。颜色艳异，光辉动人。张惊，为之礼。因坐郑旁。以郑之抑而见也⑩，凝睇怨绝，若不胜其体者。问其年纪。郑曰："今天子甲子岁之七月⑪，终于贞元庚辰⑫，生年十七矣。"张生稍以词导之，不对。终席而罢。

张自是惑之，愿致其情，无由得也。崔之婢曰红娘。生私为之礼者数四，乘间遂道其衷。婢果惊沮⑬，腆然而奔。张生悔之。翼日⑭，婢复至。张生乃羞而谢之，不复云所求矣。婢因谓张曰："郎之言，所不敢言，亦不敢泄。然而崔之姻族，君所详也。何不因其德而

① 廉使：观察使。杜确：人名，生平事迹不详。总戎节：主管军事。
② 令于军，军由是戢：向军队发布命令，军队的叛乱由此得到了平定。
③ 厚张之德甚：很感激张生的恩德。
④ 孤嫠（lí）未亡：指寡妇。孤嫠，孤独寡妇；未亡，未亡人，古代寡妇的自称。
⑤ 犹君之生：如同你给的生命。
⑥ 辞疾：推托有病，不相见。
⑦ 远嫌：远避嫌疑。
⑧ 睟（suì）容：温润的面容。
⑨ 垂鬟接黛：结鬟的头发低垂到双眉间。黛，画眉的颜料，通常代指眉毛。
⑩ 抑：强迫。
⑪ 甲子岁：唐德宗兴元元年（784年）。
⑫ 终于：到。贞元庚辰：唐德宗贞元十六年（800年）。莺莺从甲子到庚辰十六周岁，下文"生年十七"指虚岁。
⑬ 惊沮（jǔ）：吓坏了。
⑭ 翼日：同"翌日"，第二天。

求娶焉？"张曰："余始自孩提①，性不苟合。或时纨绮闲居②，曾莫流盼。不为当年，终有所蔽③。昨日一席间，几不自持④。数日来，行忘止，食忘饱，恐不能逾旦暮⑤，若因媒氏而娶，纳采问名，则三数月间，索我于枯鱼之肆矣⑥。尔其谓我何⑦？"婢曰："崔之贞慎自保，虽所尊不可以非语犯之⑧。下人之谋，固难入矣。然而善属文⑨，往往沉吟章句⑩，怨慕者久之。君试为喻情诗以乱之，不然，则无由也。"张大喜，立缀《春词》二首以授之⑪。是夕，红娘复至，持彩笺以授张，曰："崔所命也。"题其篇曰《明月三五夜》。其词曰："待月西厢下，迎风户半开。拂墙花影动，疑是玉人来。"张亦微喻其旨。

是夕，岁二月旬有四日矣⑫。崔之东有杏花一株，攀援可逾。既望之夕⑬，张因梯其树而逾焉。达于西厢，则户半开矣。红娘寝于床上，因惊之。红娘骇曰："郎何以至？"张因绐之曰："崔氏之笺召我也。尔为我告之。"无几，红娘复来，连曰："至矣！至矣！"张生且喜且骇，必谓获济⑭。及崔至，则端服严容，大数张曰⑮："兄之恩，活我之家，厚矣。是以慈母以弱子幼女见托。奈何因不令之婢⑯，致淫逸之词？始以护人之乱为义，而终掠乱以求之⑰，是以乱

① 孩提：幼年。
② 或时纨绮闲居：有时同妇女们在一起。纨绮，妇女所穿用的华美衣裙扇巾等物品，此处代指妇女。
③ "不为"二句：当年不做的事（指追求女性），最终还是被它迷惑住了。
④ 几不自持：几乎无法控制自己。
⑤ 恐不能逾旦暮：恐不能过早晚之间。
⑥ 索我于枯鱼之肆：意思是说，到那时我已经死了。枯鱼之肆，干鱼店。典出《庄子·外物》。
⑦ 尔其谓我何：你说我该如何是好。
⑧ 非语：非礼之语，不正经的话语。
⑨ 善属文：擅长写文章。
⑩ 沉吟章句：低声吟诵诗文。章句，代指诗文。
⑪ 缀：组合字句篇章。
⑫ 二月旬有四日：二月十四日。十日为一旬。
⑬ 既望：到了十五这天。阴历十五为"望"，十六日为"既望"。此处的"既"作"已到"或"到了"解。
⑭ 必谓获济：以为一定获得成功。
⑮ 数：数落，责备。
⑯ 不令：不善，不好。
⑰ 掠乱以求：乘乱而求取。

易乱，其去几何①？诚欲寝其词②，则保人之奸，不义；明之于母，则背人之惠，不祥；将寄于婢仆，又惧不得发其真诚③：是用托短章，愿自陈启。犹惧兄之见难，是用鄙靡之词，以求其必至。非礼之动，能不愧心？特愿以礼自持，毋及于乱！"言毕，翻然而逝。张自失者久之。复逾而出，于是绝望。

数夕，张生临轩独寝，忽有人觉之④。惊骇而起，则红娘敛衾携枕而至，抚张曰："至矣！至矣！睡何为哉！"并枕重衾而去。张生拭目危坐久之⑤，犹疑梦寐；然而修谨以俟⑥。俄而红娘捧崔氏而至。至，则娇羞融冶，力不能运支体⑦，曩时端庄，不复同矣。是夕，旬有八日也。斜月晶莹，幽辉半床。张生飘飘然，且疑神仙之徒，不谓从人间至矣。有顷，寺钟鸣，天将晓。红娘促去。崔氏娇啼宛转，红娘又捧之而去，终夕无一言。张生辨色而兴，自疑曰："岂其梦邪？"及明，睹妆在臂，香在衣，泪光荧荧然，犹莹于茵席而已⑧。是后又十余日，杳不复知⑨。张生赋《会真》诗三十韵⑩，未毕，而红娘适至，因授之，以贻崔氏⑪。自是复容之。朝隐而出，暮隐而入，同安于曩所谓西厢者，几一月矣⑫。张生常诘郑之情。则曰："我不可奈何矣。"因欲就成之。无何⑬，张生将之长

① 其去几何：差别多少呢？意思是没有什么区别。
② 寝其词：把话收起来，即不说出来。
③ "将寄于婢仆"二句：本来想叫婢仆转达我的意思，又怕她说不清楚我的真意。
④ 觉之：唤醒他。觉，醒的意思，作动词解。
⑤ 危坐：端正地坐着。
⑥ 修谨：诚挚而恭敬。
⑦ 支：同"肢"。
⑧ 莹于茵席：在褥子上闪着晶莹的光。
⑨ 杳（yǎo）：远得不见踪影。
⑩ 会真：与神仙相会。真，真人，仙人。三十韵：六十句。律诗一般两句一叶韵，即一韵两句。
⑪ 贻（yí）：赠送。
⑫ 几（jī）：几乎。
⑬ 无何：没多久。

安，先以情谕之。崔氏宛无难词①，然而愁怨之容动人矣。将行之再夕，不复可见，而张生遂西下。

数月，复游于蒲，会于崔氏者又累月。崔氏甚工刀札②，善属文。求索再三，终不可见。往往张生自以文挑，亦不甚睹览。大略崔之出人者，艺必穷极，而貌若不知；言则敏辩③，而寡于酬对。待张之意甚厚，然未尝以词继之。时愁艳幽邃，恒若不识，喜愠之容④，亦罕形见。异时独夜操琴，愁弄凄恻。张窃听之。求之，则终不复鼓矣⑤。以是愈惑之。张生俄以文调及期⑥，又当西去。当去之夕，不复自言其情，愁叹于崔氏之侧。崔已阴知将诀矣，恭貌怡声，徐谓张曰："始乱之，终弃之，固其宜矣⑦。愚不敢恨。必也君乱之，君终之，君之惠也。则没身之誓，其有终矣，又何必深感于此行？然而君既不怿⑧，无以奉宁⑨。君常谓我善鼓琴，向时羞颜，所不能及。今且往矣，既君此诚⑩。"因命拂琴，鼓《霓裳羽衣》序，不数声，哀音怨乱，不复知其是曲也。左右皆歔欷。崔亦遽止之，投琴，泣下流连，趋归郑所，遂不复至。明旦而张行。

明年，文战不胜⑪，张遂止于京。因赠书于崔，以广其意⑫。崔氏缄报之词⑬，粗载于此，曰："捧览来问，抚爱过深。儿女之情，悲喜

①难：为难。
②甚工刀札：很会写字。古代无纸，字缮写在竹简上或木简上，错了用刀削去。札，木简的小薄片。
③言则敏辩：说话敏捷而且雄辩，即很会说话。
④愠（yùn）：怒。
⑤鼓：弹琴。
⑥文调及期：考期已到。
⑦"始乱之"三句：最初结合在一起就不合礼法，现在以放弃作结尾，还是理所当然的。
⑧怿（yì）：喜欢。
⑨奉宁：给予安慰。
⑩既君此诚：满足你这个愿望。既，完、尽，引申为完成、实现。
⑪文战不胜：考试落第。
⑫广其意：使她宽心。
⑬缄报：复信。

交集。兼惠花胜一合、口脂五寸，致耀首膏唇之饰。虽荷殊恩，谁复为容①？睹物增怀，但积悲叹耳。伏承使于京中就业，进修之道，固在便安。但恨僻陋之人，永以遐弃②。命也如此，知复何言！自去秋已来，常忽忽如有所失。于喧哗之下，或勉为语笑，闲宵自处，无不泪零。乃至梦寐之间，亦多感咽离忧之思。绸缪缱绻，暂若寻常，幽会未终，惊魂已断。虽半衾如暖，而思之甚遥。一昨拜辞，倏逾旧岁。长安行乐之地，触绪牵情。何幸不忘幽微③，眷念无斁④。鄙薄之志，无以奉酬。至于终始之盟，则固不忒⑤。鄙昔中表相因，或同宴处。婢仆见诱，遂致私诚。儿女之心，不能自固。君子有援琴之挑⑥，鄙人无投梭之拒⑦。及荐寝席，义盛意深。愚陋之情，永谓终托。岂期既见君子，而不能定情，致有自献之羞，不复明侍巾帻⑧。没身永恨，含叹何言！倘仁人用心，俯遂幽眇⑨，虽死之日，犹生之年。如或达士略情⑩，舍小从大，以先配为丑行，以要盟为可欺⑪，则当骨化形销，丹诚不泯，因风委露，犹托清尘⑫。存没之诚，言尽于此。临纸呜咽，情不能申。千万珍重，珍重千万！玉环一枚，是儿婴年所弄⑬，寄充君子下体所佩。玉取其坚润不渝，环取其终始

①谁复为容：谁还有心思梳妆打扮呢？
②遐弃：远弃。遐，远。
③幽微：卑贱者，自称的谦词。
④无斁（yì）：不会厌弃，不忍厌弃。斁，厌弃。
⑤不忒（tè）：不差，不变。
⑥援琴之挑：用司马相如以琴声挑逗卓文君事。
⑦投梭之拒：典出《晋书·谢鲲传》。晋朝谢鲲调戏邻家少女，邻女正在织布，投梭打掉谢鲲两颗牙齿。
⑧不复明侍巾帻：不能明媒正娶，成为对方的妻子。侍巾帻，古代用作妻妾的代词。
⑨俯遂幽眇：降格顺从我的隐情，意思是希望张生屈就这件婚事。
⑩略情：把事情看得微不足道。
⑪要盟：原指胁迫对方订立盟约或胁迫所订之盟约。此处指上文所说二人所订的"没身之誓"。
⑫"骨化"四句：意思是，我就是死了，丹心也不会泯灭，它也要借着风随着露，永远跟随着你。
⑬儿：古代妇女的自称。

不绝。兼乱丝一绚、文竹茶碾子一枚①。此数物不足见珍，意者欲君子如玉之真，弊志如环不解。泪痕在竹，愁绪萦丝，因物达情，永以为好耳。心迩身遐②，拜会无期。幽愤所钟，千里神合。千万珍重！春风多厉③，强饭为嘉④。慎言自保，无以鄙为深念。"

张生发其书于所知，由是时人多闻之。所善杨巨源好属词⑤，因为赋《崔娘》诗一绝云：清润潘郎玉不如，中庭蕙草雪销初⑥。风流才子多春思，肠断萧娘一纸书⑦。河南元稹亦续生《会真》诗三十韵，诗曰：

微月透帘栊⑧，
莹光度碧空。
遥天初缥缈，
低树渐葱茏⑨。
龙吹过庭竹⑩，
鸾歌拂井桐⑪。
罗绡垂薄雾，
环珮响轻风。
绛节随金母，
云心捧玉童⑫。
更深人悄悄，
晨会雨濛濛。
珠莹光文履，
花明隐绣龙⑬。
瑶钗行彩凤，
罗帔掩丹虹⑭。

①一绚（qū）：一缕。文竹茶碾子：文竹制成的茶磨，是一种制茶的器具。
②心迩身遐：心和你很近，身子却离你很远。
③厉：通"疠"，疾病。
④强饭为嘉：努力加餐为好。
⑤杨巨源：蒲人，官至礼部员外郎。
⑥潘郎：指潘岳，晋代人，有才干，容貌俊美，为妇女所爱慕。蕙草：香草名。雪销初：意谓其花已开，诗中喻指莺莺。
⑦萧娘：此处代指莺莺。
⑧栊：窗户，也指房室。
⑨葱茏：青翠的树色。
⑩龙吹：一种管乐器，此处喻风吹竹子发出的声音。
⑪鸾歌：指入夜。
⑫绛节：指仙人的仪仗。金母：本指神话中的西王母，此处借指莺莺。玉童：仙童，此处借指张生。
⑬花明隐绣龙：指"文履"（绣鞋）上所绣的鲜艳龙形花纹。
⑭罗帔掩丹虹：绫罗制的披巾像彩虹。

言自瑶华浦①，
将朝碧玉宫②。
因游洛城北③，
偶向宋家东④。
戏调初微拒，
柔情已暗通。
低鬟蝉影动⑤，
回步玉尘蒙。
转面流花雪，
登床抱绮丛⑥。
鸳鸯交颈舞，
翡翠合欢笼。
眉黛羞偏聚，
唇朱暖更融。
气清兰蕊馥，
肤润玉肌丰。
无力慵移腕，
多娇爱敛躬。
汗流珠点点，
发乱绿葱葱。
方喜千年会，
俄闻五夜穷⑦。
留连时有恨，
缱绻意难终。
慢脸含愁态⑧，
芳词誓素衷。
赠环明运合，
留结表心同。
啼粉流宵镜，
残灯远暗虫。
华光犹苒苒，
旭日渐曈曈。

①瑶华浦：即瑶池，西王母居住的地方。此处借指莺莺住所。
②碧玉宫：仙人所居之处。此处借指张生住所。
③因游洛城北：典出《洛神赋》，曹植朝京师洛阳，遇洛水之神。
④偶向宋家东：此句暗喻张生与莺莺的爱情关系。
⑤蝉影：鬓影。
⑥绮丛：绮罗丛，指丝绸。
⑦五夜穷：五更尽，天将亮。
⑧慢：无精打采的样子。脸（jiǎn）：目下颊上之处。

乘鹜还归洛①,
吹箫亦上嵩②。
衣香犹染麝,
枕腻倘残红。
幂幂临塘草,
飘飘思渚蓬③。
素琴鸣怨鹤④,
清汉望归鸿⑤。
海阔诚难渡,
天高不易冲。
行云无处所,
萧史在楼中。

张之友闻之者,莫不耸异之,然而张志亦绝矣。稹特与张厚,因征其词⑥。张曰:"大凡天之所命尤物也,不妖其身,必妖于人⑦。使崔氏子遇合富贵,乘宠娇,不为云为雨,则为蛟为螭⑧,吾不知其变化矣。昔殷之辛⑨,周之幽,据百万之国⑩,其势甚厚。然而一女子败之,溃其众,屠其身,至今为天下僇笑⑪。予之德不足以胜妖孽,是用忍情。"于时坐者皆为深叹。

后岁余,崔已委身于人,张亦有所娶。适经所居,乃因其夫言于崔,求以外兄见。夫语之,而崔终不为出。张怨念之诚,动于颜色。崔知之,潜赋一章,词曰:

自从消瘦减容光,
万转千回懒下床。

①乘鹜(wù)还归洛:把莺莺比作洛水之神,言其归去。
②吹箫亦上嵩:指张生离开莺莺而去,典出《列仙传》。
③"幂幂(mì)临塘草"二句:形容两人在一起时感情亲密,就像池塘边的青草一样茂密。幂,覆盖;幂幂,繁茂厚密的样子。
④素琴鸣怨鹤:素琴弹奏琴曲《别鹤操》,发出幽怨的乐音。《别鹤操》是一种表达幽怨情绪的乐曲。
⑤清汉望归鸿:意即盼望音信。清汉,银河,此处泛指天空;归鸿,古代传说鸿雁能传递书信。
⑥征其词:请他说说感想。征,请求。
⑦"不妖"二句:不害自身,必害他人。妖,祸害之意,此处作动词解。
⑧螭(chī):传说中没有角的龙。
⑨殷之辛,周之幽:殷朝的受辛(殷纣王),周朝的幽王,受辛败于妲己,幽王败于褒姒。
⑩百万之国:喻土地人口众多。
⑪僇(lù):同"辱",耻笑。

98

> 不为旁人羞不起,
> 为郎憔悴却羞郎。

竟不之见。后数日,张生将行,又赋一章以谢绝云:

> 弃置今何道,
> 当时且自亲。
> 还将旧时意,
> 怜取眼前人①。

自是,绝不复知矣。时人多许张为善补过者。予尝于朋会之中,往往及此意者,夫使知者不为,为之者不惑。贞元岁九月。执事李公垂宿于予靖安里第②,语及于是。公垂卓然称异,遂为《莺莺歌》以传之。崔氏小名莺莺,公垂以命篇。

①眼前人:指莺莺的丈夫。
②李公垂:唐诗人李绅,字公垂,官至尚书右仆射。同元稹、白居易交往甚密,参与元、白的新乐府运动,创作了不少新乐府诗,大都失传。

杜光庭

杜光庭（850～933），唐代大臣、作家。字圣宾，括苍（今浙江丽水）人。著有《广成集》《谏书》《王氏神仙传》等。

虬髯客传

【题解】本篇以隋末群雄逐鹿的情况为背景，描写了虬髯客、红拂、李靖三个侠客，以及他们与李世民的交往。小说的结构巧妙，极富匠心，特别是结尾耐人寻味。其故事屡为后世戏剧等艺术样式取材，产生了深远影响。

隋炀帝之幸江都也①，命司空杨素守西京②。素骄贵，又以时乱，天下之权重望崇者，莫我若也③，奢贵自奉，礼异人臣。每公卿入言，宾客上谒，未尝不踞床而见，令美人捧出④，侍婢罗列，颇僭于上⑤。末年愈甚，无复知所负荷⑥，有扶危持颠之心⑦。

一日，卫公李靖以布衣上谒⑧，献奇策。素亦踞见。公前揖曰："天下方乱，英雄竞起。公为帝室重臣⑨，须以收罗豪杰为心，不宜踞见宾客。"素敛容而起，谢公；与语，大悦，收其策而退。

当公之骋辩也⑩，一妓有殊色，执红拂⑪，立于前，独目公。公既去，而执拂者临轩指吏曰："问去者处士第几？住何处？"公具以对。妓诵而去。

公归逆旅⑫。其夜五更初，忽闻叩门而声低者，公起问焉。乃紫衣戴

① 隋炀帝：隋文帝杨坚之子杨广。杨广杀父自立，后为宇文化及所杀。江都：隋郡名，也称扬州。
② 杨素：隋朝开国功臣，封越国公。西京：长安，隋朝国都。
③ 莫我若也：不如我。
④ 捧出：簇拥而出。
⑤ 僭于上：排场奢华得超越了礼制所规定的界限，几乎与皇帝齐平。僭，僭越，超越礼制。
⑥ 负荷：指应该承担的责任。
⑦ 扶危持颠：挽救当时隋朝行将灭亡的局势。
⑧ 卫公李靖：李靖，字药师，三原（今陕西三原）人。初仕隋，后归唐，后封卫国公。布衣：普通百姓。
⑨ 重臣：身负重任的朝廷大臣。
⑩ 骋辩：雄辩，侃侃而谈。
⑪ 红拂：红色的拂尘。
⑫ 逆旅：客店，旅社。

帽人，杖揭一囊①。公问谁。曰："妾，杨家之红拂妓也。"公遽延入。脱衣去帽，乃十八九佳丽人也。素面画衣而拜②。公惊答拜。曰："妾侍杨司空久，阅天下之人多矣。无如公者。丝萝非独生③，愿托乔木，故来奔耳。"公曰："杨司空权重京师，如何④？"曰："彼尸居馀气⑤，不足畏也。诸妓知其无成，去者众矣。彼亦不甚逐也。计之详矣。幸无疑焉。"问其姓。曰："张。"问其伯仲之次⑥。曰："最长。"观其肌肤、仪状、言词、气性，真天人也。公不自意获之⑦。愈喜愈惧，瞬息万虑不安。而窥户者无停履。数日，亦闻追访之声，意亦非峻⑧。乃雄服乘马，排闼而去。将归太原。行次灵石旅舍⑨，既设床，炉中烹肉且熟。张氏以发长委地，立梳床前。公方刷马，忽有一人，中形⑩，赤髯如虬⑪，乘蹇驴而来。投革囊于炉前，取枕欹卧⑫，看张梳头。公怒甚，未决，犹亲刷马。张熟视其面，一手握发，一手映身摇示公⑬，令勿怒。急急梳头毕，敛衽前问其姓。卧客答曰："姓张。"对曰："妾亦姓张，合是妹。"遽拜之。问第几。曰："第三。"问妹第几。曰："最长。"遂喜曰："今夕多幸逢一妹。"张氏遥呼："李郎且来见三兄！"公骤拜之。遂环坐。曰："煮者何肉？"曰："羊肉，计已熟矣。"客曰：

①揭：高举。
②素面画衣：面不抹脂粉，身上穿画有图案花纹的衣服。
③丝萝：菟（tù）丝和女萝，都是蔓生植物，依附树木而生。古代常用来比喻女子倚靠男子，喻指夫妇关系。
④如何：意思是奈何，怎么办。
⑤尸居馀气：意思是说人快要死了。
⑥伯仲之次：兄弟姐妹排行次序。伯，老大；仲，老二。
⑦不自意：不自料，自己没料到。
⑧非峻：不着急。
⑨灵石：县名，治所在今山西省娄石县。
⑩中形：中等身材。
⑪赤髯如虬：赤色的胡须蜷蜷曲曲像虬龙。虬，传说中生有两角的小龙。
⑫欹：斜。
⑬一手映身摇示公：一只手在身后摇动向李靖示意。映，遮，蔽。

"饥。"公出市胡饼①。客抽腰间匕首，切肉共食。食竟，余肉乱切送驴前食之，甚速。客曰："观李郎之行，贫士也。何以致斯异人②？"曰："靖虽贫，亦有心者焉。他人见问，故不言；兄之问，则不隐耳。"具言其由。曰："然则将何之③？"曰："将避地太原。"曰："然吾故非君所致也。"曰："有酒乎？"曰："主人西，则酒肆也。"公取酒一斗，既巡④，客曰："吾有少下酒物，李郎能同之乎？"曰："不敢。"于是开革囊，取一人头并心肝。却头囊中⑤，以匕首切心肝，共食之。曰："此人天下负心者，衔之十年⑥，今始获之。吾憾释矣。"又曰："观李郎仪形器宇，真丈夫也。亦闻太原有异人乎？"曰："尝识一人，愚谓之真人也⑦；其余，将帅而已。"曰："何姓？"曰："靖之同姓。"曰："年几？"曰："仅二十。"曰："今何为？"曰："州将之子⑧。"曰："似矣。亦须见之。李郎能致吾一见乎？"曰："靖之友刘文静者⑨，与之狎⑩。因文静见之可也⑪。然兄何为？"曰："望气者言太原有奇气，使访之。李郎明发，何日到太原？"靖计之日。曰："达之明日，日方曙，候我于汾阳桥。"言讫，乘驴而去，其行若飞，回顾已失。

公与张氏且惊且喜，久之，曰："烈士⑫，不欺人，固无畏。"促鞭而行。及期，入太原。果复相见。大

①胡饼：一种上面加胡麻（芝麻）的烧饼。
②致斯异人：招致这个奇人。异人，指红拂妓。
③何之：之何，去哪里。
④既巡：敬完一遍酒。
⑤却头：放回头。
⑥衔：怀恨在心。
⑦真人：此处意谓"真命天子"，指李世民。
⑧州将：李世民父亲李渊在隋朝任太原留守，所以称为"州将"。
⑨刘文静：字肇兴，京兆武功人，多谋略，隋末为晋阳令，因与李密连婚，入狱。李世民探狱，遂共谋起义。起兵后，为行军司马。李渊称帝（唐高祖），刘文静自以为功高，而禄位居下，屡有怨言。高祖恐其谋反，借故杀了他。
⑩狎：亲近。
⑪因：通过。
⑫烈士：豪侠之士，重义轻生的人。

喜，偕诣刘氏。诈谓文静曰："有善相者思见郎君①，请迎之。"文静素奇其人，一旦闻有客善相，遽致使迎之。使回而至②，不衫不履，裼裘而来③，神气扬扬，貌与常异。虬髯默然居末坐，见之心死。饮数杯，招靖曰："真天子也！"公以告刘，刘益喜，自负。既出，而虬髯曰："吾得十八九矣④。然须道兄见之。李郎宜与一妹复入京。某日午时，访我于马行东酒楼，下有此驴及瘦驴，即我与道兄俱在其上矣。到即登焉。"又别而去。公与张氏复应之。

及期访焉⑤，宛见二乘⑥。揽衣登楼，虬髯与一道士方对饮，见公惊喜，召坐。围饮十数巡，曰："楼下柜中有钱十万。择一深隐处，驻一妹毕⑦。某日复会我于汾阳桥。"如期至，即道士与虬髯已到矣。俱谒文静。时方弈棋，揖而话心焉⑧。文静飞书迎文皇看棋⑨。道士对弈，虬髯与公傍侍焉。俄而文皇到来，精采惊人，长揖而坐⑩。神气清朗，满坐风生，顾盼炜如也⑪。道士一见惨然，下棋子曰⑫："此局全输矣！于此失却局哉！救无路矣？复奚言⑬！"罢弈而请去。

既出，谓虬髯曰："此世界非公世界，他方可也。勉之，勿以为念。"因共入京。虬髯曰："计李郎之程，某日方到。到之明日，可与一

① 郎君：指李世民。
② 使回而至：使者回来，他跟着也到了。
③ 裼（xī）裘：古人穿裘，外加正服，将正服的袖子卷起露出裘袖，叫"裼裘"。
④ 吾得十八九矣：我已看准十分之八九了。
⑤ 及期：到了约定的日子。
⑥ 宛见：正看见。
⑦ 驻一妹毕：给一妹安排好住的地方。一妹，指红拂女。
⑧ 揖而话心：作揖行礼后便开始谈心。
⑨ 文皇：指李世民。李世民称帝庙号为太宗，死后谥为"文"，所以后来称他为太宗文皇帝。小说中以他后来的帝号称呼他。
⑩ 长揖：拱手高举，自上而下行礼。
⑪ 顾盼炜如：眼睛炯炯发光。
⑫ 下棋子：扔下棋子。
⑬ 复奚言：还有什么可说的呢！

妹同诣某坊曲小宅相访。李郎相从一妹，悬然如磬①。欲令新妇祗谒②，兼议从容③，无前却也。"言毕，吁嗟而去④。公策马而归。即到京，遂与张氏同往。乃一小贩门子，叩之，有应者，拜曰："三郎令候李郎、一娘子久矣。"延入重门，门愈壮。婢四十人，罗列庭前。奴二十人，引公入东厅。厅之陈设，穷极珍异，巾箱妆奁冠镜首饰之盛，非人间之物。巾栉妆饰毕，请更衣，衣又珍异。既毕，传云："三郎来！"乃虬髯纱帽裼裘而来，亦有龙虎之状⑤，欢然相见。催其妻出拜，盖亦天人耳。遂延中堂，陈设盘筵之盛，虽王公家不侔也。四人对馔讫，陈女乐二十人，列奏于前，若从天降，非人间之风。食毕，行酒。家人自堂东舁出二十床⑥，各以锦绣帕覆之。既陈，尽去其帕，乃文簿钥匙耳。虬髯曰："此尽宝货泉贝之数⑦。吾之所有，悉以充赠。何者？欲于此世界求事，当或龙战三二十载⑧，建少功业。今既有主，住亦何为？太原李氏，真英主也。三五年内，即当太平。李郎以奇特之才，辅清平之主，竭心尽善，必极人臣。一妹以天人之姿，蕴不世之艺⑨，从夫之贵，所盛轩裳⑩。非一妹不能识李郎，非李郎不能荣一妹。起陆之贵，际会如期，虎啸风生，龙吟云萃⑪，固非偶然也。持余之赠，以佐真主，

①悬然如磬（qìng）：比喻清贫。《国语·鲁语》："室如悬磬，野无青草。"意思是鲁国国库空虚，只有梁栋，如悬挂的石磬，空空如也。磬，古代打击兵器，形状像曲尺，用玉、石制成，可悬挂。
②祗（zhī）谒：拜访，拜见。祗，敬的意思。
③兼议从容：顺便叙谈。从容，悠闲自得的样子。
④吁嗟：感叹。
⑤龙虎之状：很不平常的模样。
⑥舁（yú）：共同抬。
⑦泉贝：即钱币。古人也把钱叫作"泉"，以其能流通。贝，古代用作货币，后来的金钱也有作贝形的。
⑧龙战：指争夺帝位的战争。古代以龙作为皇帝的象征，所以争夺帝位称"龙战"。
⑨蕴不世之艺：具有世间罕见的才艺，意思是很有才能。
⑩盛轩裳：享受荣华富贵。轩裳，车辆和衣服。
⑪"起陆之贵"四句：意思是，帝王之成就大业，如龙虎与风云际会，必有英雄辅佐。起陆，指蛰龙从陆地飞举上天，喻帝王起事以成帝业；萃，草茂盛。

赞功业也,勉之哉!此后十年,当东南数千里外有异事,是吾得事之秋也①。一妹与李郎可沥酒东南相贺。"因命家童列拜,曰:"李郎、一妹,是汝主也!"言讫,与其妻从一奴,乘马而去。数步,遂不复见。

公据其宅,乃为豪家,得以助文皇缔构之资②,遂匡天下③。贞观十年④,公以左仆射平章事⑤。适南蛮入奏曰⑥:"有海船千般,甲兵十万,入扶余国⑦,杀其主自立。国已定矣。"公心知虬髯得事也。归告张氏,具衣拜贺,沥酒东南祝拜之。

乃知真人之兴也,非英雄所冀⑧。况非英雄者乎?人臣之谬思乱者,乃螳臂之拒走轮耳。我皇家垂福万叶,岂虚然哉。或曰:"卫公之兵法,半乃虬髯所传耳。"

① 得事之秋:成大业的时候。
② 缔构:原义为建造大厦,常用来借指建立帝王基业。
③ 匡天下:统一天下。
④ 贞观十年:公元636年。贞观,唐太宗李世民年号(627~649)。
⑤ 左仆射(yè)平章事:即宰相。左右仆射不一定是宰相,加"平章事"即为宰相。
⑥ 南蛮:战国以前曾称楚国为南蛮;秦汉统一之后,歧视南方少数民族,也称之为"南蛮"。
⑦ 扶余国:古代国名,在今吉林、辽宁一带。
⑧ 非英雄所冀:不是英雄希求所能得到的。意思是说,帝王的出现皆出于天意,非人力所致。

袁 郊

袁郊（生卒年不详），唐代文学家。字之乾，蔡州朗山（今南确山）人。能诗，曾与温庭筠唱和。作有传奇《甘泽谣》，共有九篇。

红 线

【题解】本篇写侠女红线报恩惩凶的故事，反映了当时社会藩镇割据、豪强横行的现实，也体现了普通百姓对和平生活的向往。这种故事情节是后世侠义小说的基本套路，因此可以说本作品开侠义小说的先河。作品中对人物的细腻刻画，场面气氛的渲染，虽然简略，但却是侠义小说的上乘手笔。

红线，潞州节度使薛嵩青衣①。善弹阮②，又通经史，嵩遣掌笺表③，号曰："内记室④"。时军中大宴，红线谓嵩曰："羯鼓之音调颇悲⑤，其击者必有事也。"嵩亦明晓音律，曰："如汝所言。"乃召而问之，云："某妻昨夜亡，不敢乞假。"嵩遽遣放归。

时至德之后⑥，两河未宁⑦，初置昭义军，以釜阳为镇⑧，命嵩固守，控压山东。杀伤之余，军府草创⑨。朝廷复遣嵩女嫁魏博节度使田承嗣男，男娶滑州节度使令狐彰女；三镇互为姻娅⑩，人使日浃往来⑪。而田承嗣常患热毒风，遇夏增剧。每曰："我若移镇山东⑫，纳其凉冷，可缓数年之命。"乃募军中武勇十倍者得三千人，号"外宅男"，而厚恤养之。常令三百人夜直州宅⑬。卜选良日，将迁潞州⑭。

①潞州：又称上党郡，治所在今山西省长治市。
②阮：一种琵琶一类的弦乐器。
③掌笺表：起草奏章和表文。
④内记室：即女秘书。
⑤羯鼓：一种打击乐器。
⑥至德：唐肃宗（李亨）的年号。
⑦两河未宁：河北河南处于战乱中。
⑧釜阳：也叫滏阳，在今河北省磁县。
⑨草创：刚建立。
⑩三镇：指昭义、魏博、滑州三个藩镇。姻娅：连姻结亲的意思。
⑪日浃往来：经常往来。
⑫山东：此处指华山之东。
⑬直：值班。
⑭迁：此处是侵占、并吞的意思。

嵩闻之，日夜忧闷，咄咄自语①，计无所出。时夜漏将传②，辕门已闭，杖策庭除③，唯红线从行。红线曰："主自一月，不遑寝食，意有所属，岂非邻境乎？"嵩曰："事系安危，非汝能料。"红线曰："某虽贱品，亦有解主忧者。"嵩乃具告其事，曰："我承祖父遗业④，受国家重恩，一旦失其疆土，即数百年勋业尽矣。"红线曰："易尔，不足劳主忧。乞放某一到魏郡⑤，看其形势，觇其有无⑥。今一更首途⑦，三更可以复命。请先定一走马兼具寒暄书⑧，其他即俟某却回也。"嵩大惊曰："不知汝是异人，我之暗⑨也。然事若不济，反速其祸⑩，奈何？"红线曰："某之行，无不济者。"乃入闺房，饰其行具。梳乌蛮髻⑪，攒金凤钗，衣紫绣短袍，系青丝轻履。胸前佩龙文匕首，额上书太乙神名⑫。再拜而行，倏然不见。

嵩乃返身闭户，背烛危坐。常时饮酒，不过数合，是夕举觞十余不醉。忽闻晓角吟风⑬，一叶坠露，惊而试问，即红线回矣。嵩喜而慰问曰："事谐否？"曰："不敢辱命⑭。"又问曰："无伤杀否？"曰："不至是。但取床头金合为信耳。"红线曰："某子夜前三刻，即到魏郡，凡历数门，遂及寝所。闻外宅男止于房廊，睡声雷动。见中军士卒⑮，步于庭庑⑯，传呼风生。其发其左扉，抵其寝帐。

① 咄咄（duō）：哀叹声。
② 夜漏将传：将起初更的时候。古代以壶漏计时，奏报时刻叫传漏。
③ 杖策庭除：拄着拐杖，在庭院里散步。
④ 承祖父遗业：指承薛仁贵的遗业和六荫。薛嵩是薛仁贵之孙。
⑤ 魏郡：即魏州。魏博节度使治所。
⑥ 觇（chān）：窥探虚实。
⑦ 首途：启程，上路。
⑧ 寒暄书：说些交际应酬的话的书信。
⑨ 暗：昏暗，不明情况。
⑩ 反速其祸：反而更快招致祸害。
⑪ 乌蛮髻：仿乌蛮的发髻。乌蛮，也称黑罗罗，古代西南一带（今云南等地）的少数民族。
⑫ 太乙神：又作"泰一"、"太一"。
⑬ 晓角：早晨吹的号角声。
⑭ 辱命：玷污使命，指没完成任务。《论语》："使于四方，不辱使命。"
⑮ 中军：古代行军作战分为中军和左、右军，称"三军"。中军由主帅直接指挥。
⑯ 庭庑：庭院。

见田亲家翁正于帐内，鼓跌酣眠①，头枕文犀②，髻包黄縠，枕前露一七星剑③。剑前仰开一金合，合内书生身甲子与北斗神名④；复有名香美珍，散覆其上。扬威玉帐⑤，但其心豁於生前⑥；同梦兰堂⑦，不觉命悬於手下。宁劳擒纵，只益伤嗟。时则蜡炬光凝，炉香烬煨，侍人四布，兵器森罗。或头触屏风，鼾而弹者⑧；或手持巾拂，寝而伸者。某拔其簪珥，縻其襦裳⑨，如病如昏，皆不能寤；遂持金合以归。既出魏城西门，将行二百里，见铜台高揭⑩，而漳水东注；晨飙动野⑪，斜月在林。忧往喜还，顿忘於行役⑫；感知酬德，聊副于心期⑬。所以夜漏三时，往返七百里；入危邦，经五六城；冀减主忧，敢言其苦。"

嵩乃发使遗承嗣书曰："昨夜有客从魏中来，云：自元帅头边获一金合。不敢留驻，谨却封纳⑭。"专使星驰，夜半方到。搜捕金合，一军忧疑。使者以马挝扣门⑮，非时请见。承嗣遽出，以金合授之。捧承之时，惊怛绝倒⑯。遂驻使者止于宅中，狎以宴私，多其赐赉。明日遣使赍缯帛三万匹、名马二百匹，他物称是⑰，以献于嵩曰："某之首领，系在恩私⑱。便宜知过自新，不复更贻伊戚⑲。专膺指使，敢议姻亲⑳。役当奉毂后车㉑，来则挥鞭前马。所置纪纲仆号

① 鼓跌(fū)：两腿弯曲，脚背朝上。
② 文犀：犀牛角，犀角有文彩。此处指饰文犀的枕头。
③ 七星剑：饰有七星图案的宝剑。
④ 生身甲子：出生的年月日时，即年庚。古人用天干地支记年月日时，共用八个字。此处"甲子"用以代称八字。北斗神：主管人间生死的神。
⑤ 玉帐：主将所居之所。
⑥ 心豁：心情开朗，感到快活。
⑦ 兰堂：指内室。
⑧ 弹(duǒ)：头下垂的样子，即打盹。
⑨ 縻：系，打结。
⑩ 铜台高揭：铜雀台高高耸立。铜台，即铜雀台。曹操所建。
⑪ 晨飙(biāo)：早晨的暴风。
⑫ 行役：奔走于道路的差使。
⑬ 聊副于心期：总算实现了报恩的愿望。
⑭ 谨却封纳：恭敬地退回，封好了送上。纳，此处是送致的意思。
⑮ 马挝(zhuā)：马鞭。
⑯ 惊怛(dá)绝倒：惊诧异常。
⑰ 称：相当。
⑱ "某之首领"二句：我的头之所以能保存下来，完全是你对我的私人恩情所致。
⑲ 更贻伊戚：再招来烦恼。
⑳ "专膺指使"二句：从此专心专意服从你的指挥驱使，岂敢以平等的亲戚关系自居。
㉑ 奉毂后车：在车后服侍照料。毂，车轮中心的圆木。

为外宅男者①,本防它盗,亦非异图。今并脱其甲裳,放归田亩矣。"

由是一两月内,河北河南,人使交至。而红线辞去。嵩曰:"汝生我家,而今欲安往?又方赖汝,岂可议行?"红线曰:"某前世本男子,历江湖间,读神农药书,救世人灾患。时里有孕妇,忽患蛊症②。某以芫花酒之下③,妇人与腹中二子俱毙。是某一举杀三人。隐司见诛④,降为女子,使身居贱隶,而气禀贼星⑤。所幸生于公家,今十九年矣。身厌罗绮⑥,口穷甘鲜,宠待有加,荣亦至矣。况国家建极⑦,庆且无疆。此辈背违天理,当尽弭患⑧。昨往魏郡,以示报恩。两地保其城池,万人全其性命,使乱臣知惧。烈士安谋⑨。某一妇人,功亦不小,固可赎其前罪,还其本身。便当遁迹尘中,栖心物外,澄清一气,生死长存。"嵩曰:"不然,遗尔千金为居山之所给。"红线曰:"事关来世,安可预谋。"嵩知不可驻,乃广为饯别;悉集宾客,夜宴中堂。嵩以歌送红线,请座客冷朝阳为词曰:

采菱歌怨木兰舟⑩,
送别魂消百尺楼。
还似洛妃乘雾去,
碧天无际水长流。

歌毕,嵩不胜悲。红线拜且泣,因伪醉离席,遂亡其所在。

①纪纲仆:即仆人。纪纲原为统领仆隶的人,故有"纪纲之仆"的说法,后来纪纲成为仆人的代名词。
②蛊(gǔ)症:腹中长虫的病。蛊,腹中长虫的寄生虫。
③芫花酒:浸过芫花的酒。芫花,瑞香科植物,性甚毒,投入水中能毒死鱼,故又名"鱼毒"。
④见诛:被处死。
⑤气禀贼星:命里带着贼星。此处因红线盗金盒,故取"贼"义,说"气禀贼星"。
⑥厌:满足于。
⑦国家建极:国家建立皇极。
⑧弭(mǐ):平息,消灭。
⑨安谋:安分守法,不生谋反作乱的异心。
⑩采菱:《古今乐录》中《有江南弄七曲》,其中第七曲为《采菱曲》。木兰舟:木兰所作的船。

裴铏

裴铏（生卒不详），唐代传奇作家。著有《传奇》三卷。

昆仑奴

【题解】 本篇描述了一品勋臣挟势掠夺民间女子红绡女为歌妓，而昆仑奴磨勒拯救被压迫的弱女子并成全其幸福的故事。篇幅虽然较短，但情节生动，叙述委婉有致，也不乏浪漫色彩。元明杂剧多有取材此故事创作的，其影响至今犹在。

大历中有崔生者，其父为显僚，与盖代之勋臣一品者熟①。生是时为千牛②，其父使往省一品疾③。生少年容貌如玉，性禀孤介，举止安详，发言清雅。一品命妓轴帘召生入室④。生拜传父命。一品忻然爱慕⑤，命坐与语。时三妓人，艳皆绝代，居前以金瓯贮含桃而擘之⑥，沃以甘酪而进。一品遂命衣红绡妓者，擎一瓯与生食。生少年赧妓辈⑦，终不食。一品命红绡妓以匙而进之，生不得已而食。妓哂之⑧。遂告辞而去。一品曰："郎君闲暇，必须一相访，无间老夫也。"命红绡送出院。时生回顾，妓立三指，又反三掌者，然后指胸前小镜子，云："记取。"余更无言。

生归，达一品意，返学院⑨，神迷意夺，语减容沮⑩，恍然凝思，日不暇食。但吟诗曰："误到蓬山顶上游，明珰玉女动星眸⑪。朱扉半掩深

① 盖代：即"盖世"，为避唐太宗李世民讳，易"世"为"代"。一品：自魏以后官分九品，一品最高。

② 千牛：禁卫的官名。唐置左右千牛卫，为禁卫之一。

③ 省（xǐng）一品疾：探视一品的病。

④ 轴帘：能卷起的帘幕。

⑤ 忻（xīn）然：高兴的样子。

⑥ 含桃：即樱桃。擘（bāi）：即掰。

⑦ 赧（nǎn）：羞愧脸红。

⑧ 哂（shěn）：微笑。

⑨ 学院：书房。

⑩ 语减容沮：沉默少语，面色颓丧。

⑪ 明珰（dāng）玉女动星眸：戴着珠玉耳环的仙女眼里闪着光芒。珰，妇女戴在耳垂上的装饰品。玉女，仙女，此处喻指红绡妓。

宫月，应照琼芝雪艳愁①。"左右莫能究其意。时家中有昆仑奴磨勒②，顾瞻郎君曰："心中有何事，如此抱恨不已？何不报老奴？"生曰："汝辈何知，而问我襟怀间事？"磨勒曰："但言，当为郎君解释③。远近必能成之。"生骇其言异，遂具告知。磨勒曰："此小事耳，何不早言之，而自苦耶？"生又白其隐语④。勒曰："有何难会。立三指者，一品宅中有十院歌姬，此乃第三院耳。返三掌者，数十五指，以应十五日之数。胸前小镜子，十五夜月圆如镜，令郎来耶。"生大喜，不自胜，谓磨勒曰："何计而能导达我郁结？"磨勒笑曰："后夜乃十五夜，请深青绢两匹，为郎君制束身之衣。一品宅有猛犬守歌妓院门，非常人不得辄入，入必噬杀之。其警如神，其猛如虎。即曹州孟海之犬也⑤。世间非老奴不能毙此犬耳。今夕当为郎君挝杀之。"遂宴犒以酒肉。

至三更，携链椎而往⑥，食顷而回曰："犬已毙讫，固无障塞耳。"

是夜三更，与生衣青衣，遂负而逾十重垣⑦，乃入歌妓院内，止第三门。绣户不扃，金釭微明⑧，惟闻妓长叹而坐，若有所俟。翠环初坠，红脸才舒⑨，玉恨无妍，珠愁转莹。但吟诗曰："深谷莺啼恨阮郎⑩，偷来花下解珠珰。碧云飘断音书绝，

①琼芝雪艳愁：指红绡妓红里透白的脸上的愁容。琼芝，即玉芝，仙草，喻红绡妓。
②昆仑奴：昆仑族人为奴称昆仑奴。当时皮肤黑色的其他种族的奴仆也被称为昆仑奴。昆仑，古代种族名，其族"拳发黑身"，居今东南亚一带。
③解释：解决。
④隐语：指上文所说的红绡妓竖三指头，反掌三次等手势语。
⑤曹州：又称济阴郡，治所在今山东省荷泽县。孟海：疑是孟公海。隋末农民起义领袖之一，为窦建德所俘。
⑥链椎：带锁链的槌。
⑦负而逾十重垣：背着崔生越过十道墙。
⑧金釭（gāng）：古代的油灯。
⑨"翠环"二句：指刚卸完妆准备安寝。翠环，指翡翠珠玉之类的发饰和耳环。
⑩阮郎：指阮肇。详见前《刘晨阮肇》篇的注释。此处借指崔生。

空倚玉箫愁凤凰①。"

　　侍卫皆寝,邻近阒然②。生遂缓褰帘而入③。良久,验是生。姬跃下榻执生手曰:"知郎君颖悟,必能默识,所以手语耳。又不知郎君有何神术,而能至此?"生具告磨勒之谋,负荷而至。姬曰:"磨勒何在?"曰:"帘外耳。"遂召入,以金瓯酌酒而饮之。姬白生曰:"某家本富,居在朔方④。主人拥旄⑤,逼为姬仆。不能自死,尚且偷生。脸虽铅华⑥,心颇郁结。纵玉箸举馔,金炉泛香,云屏而每进绮罗⑦,绣被而常眠珠翠,皆非所愿,如在桎梏⑧。贤爪牙既有神术⑨,何妨为脱狴牢⑩?所愿既申,虽死不悔。请为仆隶,愿侍光容。又不知郎君高意如何?"生愀然不语⑪。磨勒曰:"娘子既坚确如是,此亦小事耳。"姬甚喜。磨勒请先为姬负其囊橐妆奁,如此三复焉。然后曰:"恐迟明⑫。"遂负生与姬而飞出峻垣十余重。一品家之守御,无有警者。遂归学院而匿之。

　　及旦,一品家方觉。又见犬已毙。一品大骇曰:"我家门垣,从来邃密,扃锁甚严,势似飞腾,寂无形迹,此必侠士而挈之⑬。无更声闻⑭,徒为患祸耳。"

　　姬隐崔生家二载,因花时驾小车而游曲江,为一品家人潜志认。遂白一品。一品异之。召崔生而诘之。事惧而不敢隐,遂细言端由:皆

①空倚玉箫愁凤凰:这句化用萧史和弄玉吹箫乘凤飞升的典故,表现因为不能同崔生在一起而产生的幽怨情绪。
②阒(qù)然:寂静无声的样子。
③褰(qiān):撩起,揭起。
④朔方:汉置郡名,唐代相沿,辖境在河套以下的灵武、盐池一带。
⑤拥旄:拥旄节,握有军权的一种标志。唐代节度使皆拥旄节。
⑥铅华:铅粉,此处指化妆傅粉。
⑦云屏:云母屏风。
⑧桎梏(zhì gù):脚镣和手铐。
⑨贤爪牙:指昆仑奴。
⑩狴(bì)牢:监狱。狴,即狴犴,一种猛兽,或说如虎,或说如狮,常立于狱门,故称监狱为"狴牢"。
⑪愀(qiǎo)然:神色严肃而不愉快的样子。
⑫恐迟明:迟了就要天亮了。
⑬挈(qiè):携带。
⑭声闻:声张出去。

因奴磨勒负荷而去。一品曰："是姬大罪过，但郎君驱使逾年，即不能问是非。某须为天下人除害。"命甲士五十人，严持兵仗，围崔生院，使擒磨勒。磨勒遂持匕首飞出高垣，瞥若翅翎①，疾同鹰隼②，攒矢如雨③，莫能中之。顷刻之间，不知所向。然崔家大惊愕。后一品悔惧，每夕多以家童持剑戟自卫。如此周岁方止④。

后十余年，崔家有人见磨勒卖药于洛阳市，容颜如旧耳。

①瞥若翅翎：看上去好像长了翅膀。
②隼（sǔn）：一种凶猛的鸟。速度快，善于捕袭其他鸟类。
③攒矢如雨：箭簇密集像雨点似的。
④周岁：一年。

裴　航

【题解】《裴航》写人神恋爱的故事。书生裴航钟情于云英，经过努力而终成夫妻。故事叙事跌宕起伏，写人细腻传神，描写裴航对爱情的执着不落俗套，在同类作品中别具一格。

长庆中①，有裴航秀才，因下第游于鄂渚②，谒故旧友人崔相国③。值相国赠钱二十万，远挈归于京。因佣巨舟载于湘汉。同载有樊夫人，乃国色也。言词问接，帷帐昵洽④。航虽亲切，无计道达而会面焉。因赂侍妾袅烟而求达诗一章，曰：

　　同为胡越犹怀想⑤，
　　况遇天仙隔锦屏。
　　倘若玉京朝会去⑥，
　　愿随鸾鹤入青云⑦。

①长庆：唐穆宗（李恒）年号（821～824）。
②鄂渚：地名，在鄂州（今湖北省武昌县）西。
③崔相国：即崔群。宪宗朝宰相。
④"言词"二句：二人言语问答，虽然隔着帷帐，却很谈得来。
⑤胡越：胡在北方，越在南方，相去甚远，比喻疏远。
⑥玉京：天帝所居之处。
⑦鸾鹤：仙人所骑的鸟。

诗往，久而无答。航数诘袅烟。烟曰："娘子见诗若不闻，如何？"航无计，因在道求名醖珍果而献之。夫人乃使袅烟召航相识。及褰帷，而玉莹光寒，花明丽景，云低鬟鬓，月淡修眉，举止烟霞外人①，肯与尘俗为偶。航再拜揖，愕眙良久之。夫人曰："妾有夫在汉南②，将欲弃官而幽栖岩谷③，召某一诀耳。深哀草扰，虑不及期④，岂更有情留盼他人，的不然耶？但喜与郎君同舟共济，无以谐谑为意耳。"航曰："不敢。"饮讫而归。操比冰霜，不可干冒。

夫人后使袅烟持诗一章，曰：

　　一饮琼浆百感生，
　　玄霜捣尽见云英⑤。
　　蓝桥便是神仙窟，
　　何必崎岖上玉清⑥。

航览之，空愧佩而已，然亦不能洞达诗之旨趣。后更不复见，但使袅烟达寒暄而已。遂抵襄汉⑦，与使婢挈妆奁，不告辞而去。人不能知其所造。

航遍求访之，灭迹匿形⑧，竟无踪兆。遂饰妆归辇下⑨。经蓝桥驿侧近，因渴甚，遂下道求浆而饮⑩。见茅屋三四间，低而复隘。有老妪缉麻苎。航揖之，求浆。妪咄曰："云英，擎一瓯浆来，郎君要饮。"航讶

①烟霞外人：即仙人。
②汉南：唐代县名，治所在今湖北省宜城县。
③幽栖岩谷：隐居山林，以隐士自处。
④深哀草扰，虑不及期：哀痛烦扰，担心赶不上诀别的日期。
⑤玄霜：道教丹药名。《汉武帝内传》："仙家上药，有玄霜绛雪。"
⑥玉清：道教说天外有三清境：圣登玉清，真登上清，仙登太清。"玉清"为最上，圣者可登。
⑦襄汉：指襄阳，即今湖北省襄樊市。
⑧灭迹匿形：不见踪影。
⑨辇下：京师。"辇毂之下"的省称。辇，皇帝乘坐的车子，故以辇下代称京师。
⑩浆：水。

之，忆樊夫人诗有云英之句，深不自会。俄于苇箔之下①，出双玉手，捧瓷②。航接饮之，真玉液也。但觉异香氲郁③，透于户外。因还匜，遽揭箔，睹一女子，露浥琼英④，春融雪彩，脸欺腻玉⑤，鬓若浓云，娇而掩面蔽身，虽红兰之隐幽谷，不足比其芳丽也。航惊怛植足⑥，而不能去。因白姬曰："某仆马甚饥，愿憩于此，当厚答谢，幸无见阻。"姬曰："任郎君自便。"且遂饭仆秣马⑦。良久，谓姬曰："向睹小娘子，艳丽惊人，姿容擢世⑧，所以踌蹰而不能适⑨，愿纳厚礼而娶之，可乎？"姬曰："渠已许嫁一人，但时未就耳⑩。我今老病；只有此女孙。昨有神仙遗灵丹一刀圭⑪，但须玉杵臼⑫，捧之百日，方可就吞，当得后天而老⑬。君约取此女者，得玉杵臼，吾当与之也。其余金帛，吾无用处耳。"航拜谢曰："愿以百日为期，必携杵臼而至，更无他许人⑭。"姬曰："然。"

航恨恨而去。及至京国⑮，殊不以举事为意⑯。但于坊曲闹市喧衢而高声访其玉杵臼，曾无影响⑰。或遇朋友，若不相识，众言为狂人。数月余日，或遏一货玉老翁曰："近得虢州药铺卞老书云⑱：'有玉杵臼货之。'郎君恳求如此，此君吾当为书导达。"航愧荷珍重，果获杵臼。下

①苇箔：苇子编成的门帘。
②瓷：瓷器，瓷碗、瓷杯之类。
③氲郁：香气浓烈。
④露浥琼英：含露的花。浥，湿润。琼英，美玉，此处指花，形容女子。
⑤脸欺腻玉：脸色细腻洁白，胜过润滑的白玉。
⑥植足：站着发呆。
⑦饭仆：安排仆人吃饭。
⑧擢（zhuó）世：高出于当世。
⑨踌蹰（chóu chú）：犹豫不前。适：前往，离开。
⑩时未就：时间未到。
⑪刀圭：古代量药末的工具。一刀圭为方寸匕（即匙）的十分之一，是很少的量。
⑫杵臼（jiù）：捣药的工具。杵是捣药的棍棒，臼是容器。
⑬后天而老：寿命比天还长。
⑭他许人：许给他人。
⑮京国：京城。
⑯举事：考试之事。
⑰曾无影响：没有效果。
⑱虢（guó）州：又叫弘农郡，郡治在今河南省灵宝县东南。

老曰:"非二百缗不可得①。"航乃泻囊②,兼货仆货马,方及其数。

遂步骤独挈而抵蓝桥③。昔日妪大笑曰:"有如是信士乎?吾岂爱惜女子而不酬其劳哉。"女亦微笑曰:"虽然,更为吾捣药百日,方议姻好。"妪于襟带间解药,航即捣之。昼为而夜息。夜则妪收药臼于内室。航又闻捣药声,因窥之,有玉兔持杵臼④,而雪光辉室,可鉴毫芒⑤。于是航之意愈坚。如此日足,妪持而吞之曰:"吾当入洞,而告姻戚为裴郎具帐帏。"遂挈女入山,谓航曰:"但少留此。"

逡巡,车马仆隶,迎航而往。别见一大第连云,珠扉晃日,内有帐幄屏帏,珠翠珍玩,莫不臻至⑥。愈如贵戚家焉。仙童侍女,引航入帐就礼讫。航拜妪悲泣感荷。妪曰:"裴郎自是清冷裴真人子孙⑦,业当出世⑧,不足深愧老妪也。"及引见诸宾,多神仙中人也。后有仙女,鬟髻霓衣,云是妻之姊耳。航拜讫,女曰:"裴郎不相识耶?"航曰:"昔非姻好,不醒拜侍⑨。"女曰:"不忆鄂清同舟回而抵襄汉乎?"航深惊悒,恳悃陈谢⑩,后问左右,曰:"是小娘子之姊,云翘夫人,刘纲仙君之妻也⑪,已是高真⑫,为玉皇之女吏⑬。"妪遂遣航将妻入玉峰洞中,琼楼珠室而居之,饵以绛雪琼英之

① 缗 (mín):一串铜钱,一般一千文。
② 泻囊:把袋子里的钱全数倒出来。
③ 步骤:快步。骤,疾,快。
④ 玉兔持杵臼:玉兔捣药。
⑤ 可鉴毫芒:可以照见很细的东西,形容很亮。
⑥ 臻至:达到,兼备。
⑦ 清冷裴真人:即裴玄仁,汉代扶风阳夏(今河南太康县)人,学道,号清灵真人。真人,原意是指得道之人,后来道教称修道登仙的人为真人。
⑧ 业当出世:按业报(佛家语)应当离开尘世(登仙)。此处将道教思想和佛教思想揉合起来。业,业报,业缘。佛教认为,善业招善果,恶业招恶果。
⑨ 不醒拜侍:记不得曾经拜见过。醒,同"省",记忆。
⑩ 恳悃陈谢:衷心感谢。"恳"和"悃"都有诚心的意思。
⑪ 刘纲仙君之妻:《神仙传》载,刘纲仕为上虞令,有道术,能拘召鬼神,为政清静简易而政令大行,民受其惠,岁岁丰登,后与夫人同升天去。
⑫ 高真:指仙人。
⑬ 玉皇:又叫玉帝,玉皇大帝,道教所尊奉的天帝。

丹，体性清虚，毛发绀绿，神化自在，超为上仙。

至大和中①，友人卢颢遇之于蓝桥驿之西。因说得道之事。遂赠蓝田美玉十斤②，紫府云丹一粒③，叙话永日④，使达书于亲爱⑤，卢颢稽颡曰："兄既得道，如何乞一言而教授？"航曰："老子曰：'虚其心⑥，实其腹。'今之人，心愈实，何由得道之理。"卢子憮然，而语之曰："心多妄想，腹漏精溢，即虚实可知矣。凡人自有不死之术，还丹之方⑦，但子未便可教，异日言之。"卢子知不可请，但终宴而去。后世人莫有遇者。

①大和：唐文宗（李昂）年号（827～835）。
②蓝田：蓝田山，在今陕西省蓝田县东南，出美玉。
③紫府：仙人游憩之处。
④永日：整天，终日。
⑤亲爱：亲戚好友。
⑥虚其心，实其腹：无欲，饱食。此处的意思是说求道的人要超然于物外，不存妄念。
⑦还丹：道教炼丹，将丹砂烧成水银，然后又还成丹砂，称"还丹"，说服食它就可成仙。

皇甫枚

皇甫枚，唐代小说家。字遵美，安定（今甘肃泾川北）人。著有《三水小牍》，多记灵异仙怪之事。

王知古

【题解】《王知古》选自《三水小牍》。作品从一个侧面反映藩镇武将张直方的骄横残暴。本篇借狐仙故事写现实内容，虚虚实实，虚中有实；真真假假，寓真于假；虚实相济，高妙旨远，寄寓了作者的现实情怀。

咸通庚寅岁①，卢龙军节度使、检校尚书、左仆射张直方抗表②，请修入觐之礼③。优诏允焉④。

先是，张氏世莅燕土，民亦世服其恩。礼昭台之嘉宾⑤，抚易水之壮士；地沃兵庶，朝廷每姑息之，洎直方之嗣事也⑥，出绮纨之中⑦，据方岳之上⑧，未尝以民间休戚为意；而酣酒于室，淫兽于原⑨，巨赏狎于皮冠，厚宠袭于绿帻⑩，暮年而三军大怨。直方稍不自安。左右有为其计者，乃尽室西上至京。懿宗授之左武卫大将军。而直方飞苍走黄，莫亲徼道之职⑪，往往设置罝于通道⑫，则犬麑无遗。臧获有不如意者⑬，立杀之。或曰："辇毂之下，不可专戮⑭。"其母曰："尚有尊于我子者乎？"则僭轶可知也⑮。于是谏官列状上，请收付廷尉，天子不忍置于法，乃降为昭王府司马，俾分

①咸通庚寅岁：即咸通十一年（870年）。
②抗表：也称"抗疏"，上奏章直陈其事。
③修入觐之礼：行晋谒皇帝之礼。
④优诏：给予嘉奖诏书。
⑤礼昭台之嘉宾：在燕地能礼贤下士。
⑥嗣事：继任。
⑦绮纨之中：富贵人家。
⑧方岳：四方之岳。
⑨淫兽于原：在郊原无限度地打猎。
⑩"巨赏"两句：厚赏管山林者、厨师等人，指过于重视享乐。
⑪莫亲徼（jiào）道之职：不管巡察禁地的任务。徼道，巡更警备之道路。
⑫罝罦（jū fú）：罗捕鸟兽的网。
⑬臧获：奴婢。
⑭专戮：擅自杀人。
⑮僭轶：僭越，超越礼制。

务洛师焉①。直方至东京,既不自新,而慢游愈亟。洛阳四旁鬻者走者②,见皆识之,必群噪长噱而去。

有王知古者,东诸侯之贡士也③。虽薄涉儒术④,而数奇不中春官选⑤,乃退处于三川之上⑥,以击鞠飞觞为事⑦,遨游于南邻北里间。至是有闻于直方者。直方延之。睹其利喙赡辞⑧,不觉前席⑨;自是日相狎。

壬辰岁⑩,冬十一月,知古尝晨兴,僦舍无烟⑪,愁云塞望,悄然弗怡。乃徒步造直方第;至则直方急趋,将出田也。谓知古曰:"能相从乎?"而知古以祁寒有难色⑫。直方顾谓僮曰:"取短皂袍来。"请知古衣之。知古乃上加麻衣焉,遂联辔而去。

出长夏门,则凝霰始零⑬,由阙塞而密雪如往⑭。乃渡伊水而东,南践万安山之阴麓,而韝弋之获甚伙⑮。倾羽觞⑯,烧兔肩,殊不觉有严冬意。及乎霰开雪霁,日将夕焉,忽有封狐突起于知古马首⑰,乘酒驰三数里,不能及,又与猎徒相失。须臾,雀噪烟暝,莫知所如;隐隐闻洛城暮钟,但仿徨于樵径古陌之上。俄而,山川黯然,若一鼓将半⑱,试长望,有炬火甚明,乃依积雪光而赴之。复若十余里,至则乔木交柯,而朱门中开,皓壁横亘,真北阙之甲第也。知古及门,下马,

① 俾分务洛师:使他到东都洛阳分理政务。
② 鬻(zhù)者走者:飞禽走兽。鬻,飞。
③ 东诸侯:洛阳。
④ 薄涉:粗略懂一些。
⑤ 数奇:遭逢不偶,运气不好。古人以偶数为好运,以奇数为厄运。春官:礼部的别称。
⑥ 三川:指河、洛、伊三水。
⑦ 击鞠飞觞:走马击球,聚宴饮酒。
⑧ 利喙赡辞:嘴快善辩,很会说话。
⑨ 前席:向同席者凑近称"前席"。
⑩ 壬辰岁:唐懿宗咸通十三年(872年)。
⑪ 僦舍无烟:家中无米下锅。僦舍,租赁的房舍。无烟,无炊烟,没做饭。
⑫ 祁寒:很冷。
⑬ 凝霰(xiàn)始零:开始下小雪珠。凝霰,小雪珠;零,落。
⑭ 阙塞:也叫伊阙,又叫龙门,在洛阳西南约二十五里。
⑮ 韝弋(gōu yì)之获:猎获物。
⑯ 羽觞:酒器名。
⑰ 封狐:大狐。
⑱ 一鼓将半:一更将半。鼓,更鼓。

将徙倚以达旦①。无何，小驷顿辔②，阍者觉之，隔壁而问阿谁。知古应曰："成周贡士太原王知古也③。今旦有友人将归于崆峒旧隐者，仆饯之伊水滨，不胜离觞，既掺袂④，马逸，复不能止，失道至此耳。迟明将去，幸无见让⑤。"阍曰："此乃南海副使崔中丞之庄也。主父近承天书赴阙⑥，郎君复随计吏西征，此惟闺闱中人耳，岂可淹久乎。某不敢去留，请闻于内。"知古虽怵惕不宁，自度中宵矣，去将安适？乃拱立以候。

少顷，有秉蜜炬自内至者⑦，振钥管辟扉⑧，引保母出。知古前拜，仍述厥由。母曰："夫人传语：主与小子，皆不在家，于礼无延客之道。然僻居与山薮接畛⑨，豺狼所嗥，若固相拒，是见溺不救也。请舍外厅，翌日可去。"知古辞谢。乃从保母而入。过重门，门侧厅事⑩，栾栌宏敞⑪，帷幕鲜华，张银灯，设绮席，命知古坐焉。酒三行，陈方丈之馔⑫，豹胎鲂腴⑬，穷水陆之美。保母亦时来相勉。食毕，保母复问知古世嗣宦族及内外姻党⑭，知古具言之。乃曰："秀才轩裳令胄⑮，金玉奇标⑯，既富春秋⑰，又洁操履，斯实淑媛之贤夫也。小君以钟爱稚女⑱，将及笄年，尝托媒的，为求谐对久矣。今夕何夕，获遘良人。潘、杨之睦可遵⑲，凤凰之兆斯在⑳。未

①徙倚以达旦：徘徊到天亮。
②顿辔：震动马。
③成周：洛阳的古称。
④掺（shǎn）袂：留别，分别。
⑤让：责备。
⑥主父：古代奴婢对主人的称呼。天书：皇帝的诏书。
⑦蜜炬：蜡烛。
⑧振钥管辟扉：用钥匙开门。
⑨僻居与山薮接畛：偏僻的居室和山林草泽交界。
⑩厅事：厅堂。
⑪栾栌宏敞：屋宇宽广。
⑫陈方丈之馔：摆一大桌酒菜。方丈，一丈见方。
⑬鲂腴：鳊鱼腹部的脂肪。
⑭世嗣宦族及内外姻党：家世为官情况，以及父系和母系各门亲戚。
⑮轩裳令胄：贵族的好后代。
⑯金玉奇标：奇异的品格像金玉一样高贵不凡。
⑰富春秋：年富力强，正当少壮。
⑱小君：也作"少君"，古代诸侯之夫人称小君，后通称妻为小君。此处指崔中丞的妻子。
⑲潘杨之睦：潘家和杨家三代相互通婚。
⑳凤凰之兆：意思是结婚有好的兆头。

知雅抱何如耳①？"知古敛容曰："仆文愧金声，才非玉润；岂家室为望，惟泥涂是忧②。不谓宠及迷津③，庆逢子夜。聆好音于鲁馆④，逼佳气于秦台⑤。二客游神，方兹莫及⑥；三星委照⑦，唯恐不扬⑧。倘获托彼强宗⑨，眷以佳偶，则生平所志，毕在斯乎。"保母喜，谑浪而入白。复出，致小君之命，曰："儿自移天崔门⑩，实秉懿范⑪；奉蘋蘩之敬⑫，如琴瑟之和⑬。惟以稚女是怀，思配君子。既辱高义，乃叶夙心。上京飞书，路且不远；百两陈礼，事亦非奢。忻慰孔多，倾瞩而已。"知古磬折而答曰⑭："某虫沙微类⑮，分及湮沦⑯；而钟鼎高门，忽蒙采拾。有如白水⑰，以奉清尘，鹤企凫趋，惟待休旨⑱。"知古复拜。保母戏曰："他日锦雉之衣欲解，青鸾之匣全开；貌如月华，室若云遂。此际颇相念否？"知古谢曰："以凡近仙，自地登汉⑲，不有所举⑳，孰能自媒。谨当誓彼襟灵，志之绅带；期于没齿，佩以周旋㉑。"复拜。

少时，则燎沈当庭，良夜将艾㉒。保母请知古脱服以休。既解麻衣，而皂袍见。保母诮曰："岂有逢掖之士㉓，而服从役之衣耶㉔？"知古谢曰："此乃假之于与所游熟者，固非己有。"又问所从。答曰："乃卢龙张直方仆射所借耳。"保母忽惊叫仆地，色如死灰。既起，不顾而走入

① 雅抱何如：意下如何。
② "岂家室为望"二句：哪里敢望成家，只是以自己身份卑下为忧。泥涂，喻地位卑下。
③ 迷津：迷路。此处指迷路之人。
④ 鲁馆：嫁女别住的代词。
⑤ 秦台：指凤女台，亦称凤台。即秦穆公女弄玉与萧史吹箫引凤处。
⑥ 方兹：同这（今夜奇遇）相比。
⑦ 三星委照：喻嫁娶之事。
⑧ 唯恐不扬：恐怕不能和谐成事。
⑨ 强宗：豪族。
⑩ 移天：出嫁。
⑪ 懿范：妇女美德的典范。
⑫ 奉蘋蘩：主持祭祀。
⑬ 琴瑟之和：喻夫妇和好。
⑭ 磬折：弯着腰，表示恭敬。
⑮ 虫沙微类：渺小，自谦之辞。
⑯ 分及湮沦：论本分定会落到沉沦落魄的地步。
⑰ 有如白水：表示决心。
⑱ 休旨：美好的旨意。
⑲ 汉：天汉，即银河。此处指天。
⑳ 举：推荐，赞助。
㉑ "谨当"四句：誓必铭记保母赞助婚事的恩德，写在腰带上，永远佩带着，终身不忘。
㉒ 艾：尽的意思。
㉓ 逢掖之士：穿逢掖衣的士人。逢掖，一种宽大的衣服。
㉔ 从役之衣：服贱役者穿的衣服。

宅，遥闻大叱曰："夫人差事宿客，乃张直方之徒也！"复闻夫人者叫曰："火急斥去，无启寇仇①！"于是婢子小竖辈②，群出秉猛炬③，曳白梏而登阶。知古俚儴④，避于庭中，四顾逊谢。骂言狎至，仅得出门。

既出，已横关阖扉，犹闻喧哗未已。知古愕立道左，且怛久之。将隐颓垣，乃得马于其下，遂驰走。遥望大火若燎原者，乃纵辔赴。至则输租车方饭牛附火耳⑤。询其所，则伊水东草店之南也。复枕辔假寐⑥。食顷，而震方洞然⑦，心思稍安，乃扬鞭于大道。比及都门，已有张直方骑数辈来迹矣⑧。

遥至其第。既而见直方，而知古愤懑不能言。直方慰之。坐定，知古乃述宵中怪事。直方起而抚髀曰⑨："山魈木魅，亦知人间有张直方耶？且止知古。复益其徒数十人，皆射皮饮胄者⑩，享以卮酒豚肩。与知古复南出；既至万安之北，知古前导，雪中马迹宛然。直诣柏林下，则碑板废于荒坎，樵苏残于茂林⑪。中列大冢十余，皆狐兔之窟宅，其下成蹊。于是，直方命四周张罗彀弓以待⑫。内则秉蕴荷锸，且掘且熏⑬。少焉，有群狐突出，焦头烂额者，罝罗罥挂者⑭，应弦饮羽者⑮，凡获狐大小百余头以归。

三水人曰⑯："嗟乎王生，生世不谐，而为狐貉所侮，况其大者乎。

①无启寇仇：不要引起仇意，不要招惹大祸。
②小竖：小奴，小仆人。
③秉猛炬：举大火把。
④俚儴（kuāng ráng）：急迫不安的样子。
⑤饭牛附火：喂牛烤火。
⑥假寐：和衣而睡。
⑦震方洞然：东方已亮。震方，东方；洞然，透亮。
⑧来迹：来寻找。
⑨抚髀（bì）：拊髀，拍大腿。表示惊叹。
⑩射皮饮胄者：勇武善猎的人。射皮，射穿兽皮；饮胄，射穿盔甲。
⑪樵苏：砍木割草。
⑫张罗彀弓：张开罗网，拉开弓弦。彀，使劲拉弓。
⑬"秉蕴荷锸"二句：举着火引子，拿着铁锹，边挖掘，边烟薰。蕴，聚草以备火烧。
⑭罝罗罥（juàn）挂：被罗挂在猎网上。罝罗，捕捉鸟兽的网。
⑮饮羽：指箭穿得很深，连箭尾的羽毛都射进去了。此处指中箭。
⑯三水人：作者皇甫枚的自称。

向若无张公之皂袍,则强死于秽兽之穴也①。余时在洛敦化里第,于宴集中,博士渤海徐公谠为余言之②。岂曰语怪,亦以摭实,故传之焉。"

①强死:被害死。
②博士:官名。

薛 调

薛调（约829～872），河中宝鼎（今山西万荣）人。父薛膺，曾任婺州刺史。薛调在唐宣宗大中年间进士及第，宪宗时曾任户部员外郎、翰林学士承旨等职。咸通十三年暴卒，有人认为是被毒死。薛调形貌映丽，时人称之为"生菩萨"。

无双传

【题解】《无双传》是薛调的传奇代表作，讲述了王仙客与刘无双精诚不渝的爱情，故事离奇曲折，富有艺术魅力。作品在后世很有影响，唐末范摅《云溪友议》所载崔郊与姑婢故事，情节与此类似；明代人陆采以此为蓝本，创作传奇剧本《明珠记》。

王仙客者，建中中朝臣刘震之甥也①。初，仙客父亡，与母同归外氏②。震有女曰无双，小仙客数岁，皆幼稚，戏弄相狎。震之妻常戏呼仙客为王郎子。如是者凡数岁，而震奉孀姊及抚仙客尤至③。

一旦，王氏姊疾，且重，召震约曰："我一子，念之可知也④，恨不见其婚室⑤。无双端丽聪慧，我深念之，异日无令归他族⑥，我以仙客为托。尔诚许我，瞑目无所恨也⑦。"震曰："姊宜安静自颐养，无以他事自挠⑧。"其姊竟不痊。仙客护丧，归葬襄、邓。服阕⑨，思念："身世孤子如此⑩，宜求婚娶，以广后嗣⑪。无双长成矣，我舅氏岂以位尊官显，而废旧约耶？"于是饰装抵京师⑫。

时震为尚书租庸使⑬，门馆

① 建中：唐德宗年号（780～783）。
② 外氏：外祖父家。
③ 孀姊：守寡的姐姐。孀，死了丈夫的女人；姊，姐姐。
④ 念：爱怜，喜爱。
⑤ 婚室：结婚成家。
⑥ 异日：他日，将来。归：古代指女子出嫁。
⑦ 恨：遗憾。
⑧ 挠：恼乱，烦扰。
⑨ 服阕：服丧期满。阕，终结。
⑩ 孤子：孤单，没有亲人。
⑪ 广后嗣：增加后代的人数。广，扩大，扩充；嗣，子孙，后代。
⑫ 饰装：置办行李。饰，通"饬"，整理，置办；装，行装，行李。
⑬ 租庸使：主持国家税收的官员。

赫奕①,冠盖填塞②。仙客既觐③,置于学舍,弟子为伍。舅甥之分,依然如故,但寂然不闻选取之议④。又于窗隙间窥见无双,姿质明艳,若神仙中人。仙客发狂,唯恐姻亲之事不谐也⑤。遂鬻囊橐⑥,得钱数百万,舅氏舅母左右给使⑦,达于厮养⑧,皆厚遗之。又因复设酒馔,中门之内,皆得入之矣。诸表同处⑨,悉敬事之。遇舅母生日,市新奇以献⑩,雕镂犀玉⑪,以为首饰。舅母大喜。

又旬日,仙客遣老妪,以求亲之事闻于舅母。舅母曰:"是我所愿也,即当议其事。"又数夕,有青衣告仙客曰⑫:"娘子适以亲情事言于阿郎⑬,阿郎云:'向前亦未许之⑭。'模样云云⑮,恐是参差也⑯。"仙客闻之,心气俱丧,达旦不寐⑰,恐舅氏之见弃也,然奉事不敢懈怠。

一日,震趋朝,至日初出,忽然走马入宅,汗流气促。唯言:"锁鍱大门⑱!锁鍱大门!"一家惶骇⑲,不测其由。良久乃言:"泾、原兵士反,姚令言领兵入含元殿⑳,天子出苑北门㉑,百官奔赴行在㉒。我以妻女为念,略归部署。"疾召仙客:"与我勾当家事㉓,我嫁与尔无双。"仙客闻命,惊喜拜谢。乃装金银罗锦二十驮,谓仙客曰:"汝易衣服,押领此物出开远门㉔,觅一深隙店安下㉕;我与汝舅母及无双出启夏门㉖,

①赫奕:煊威显赫。
②冠盖填塞:挤满了达官贵人。冠,冠服;盖,车盖。
③觐:(下级对上级)进见,拜访。
④选取:择日成亲。取,通"娶"。
⑤不谐:不顺利,不能成功。
⑥鬻(yù):卖。囊橐(tuó):行囊袋子,这里指行李财物。
⑦左右给使:常在身边供使唤的人。
⑧达于厮养:就连那些小厮下人。达,以至于。
⑨诸表:众位表兄弟(姐妹)。
⑩市:买。
⑪犀玉:指犀牛角和玉石。
⑫青衣:丫鬟,婢女。
⑬娘子:古时下人对女主人的称呼。阿郎:古时下人对男主人的称呼。
⑭向前:从前,以前。
⑮模样云云:照这样说来。
⑯参差:不一致,这里指误会。
⑰达旦不寐:到了天明还睡不着。
⑱锁鍱:锁住。鍱(kè),小金块,这里也是指门锁。
⑲惶骇:惊恐不安。
⑳姚令言:当时的泾原节度使。含元殿:唐朝长安大明宫的正殿。
㉑苑北门:唐朝长安东内宫城门。
㉒行在:君王在外面的临时驻地。
㉓勾当:管理,料理。
㉔开远门:唐代长安城的西门。
㉕深隙店:盖在偏僻隐蔽处的旅店。
㉖启夏门:唐代长安城的南门。

绕城续至。"仙客依所教。至日落，城外店中待久不至。城门自午后扃锁，南望目断。遂乘骢①，秉烛绕城，至启夏门，门亦锁。守门者不一，持白棓②，或立或坐。仙客下马，徐问曰③："城中有何事如此？"又问："今日有何人出此？"门者曰："朱太尉已作天子④。午后有一人重戴⑤，领妇人四五辈，欲出此门。街中人皆识，云是租庸使刘尚书，门司不敢放出。近夜追骑至，一时驱向北去矣。"仙客失声恸哭，却归店⑥。三更向尽⑦，城门忽开，见火炬如昼，兵士皆持兵挺刃，传呼斩斫使出城⑧，搜城外朝官。仙客舍辎骑惊走⑨，归襄阳，村居三年。后知剋复，京师重整，海内无事。乃入京，访舅氏消息⑩。

至新昌南街，立马彷徨之际，忽有一人马前拜。熟视之，乃旧使苍头塞鸿也⑪。鸿本王家生⑫，其舅常使得力⑬，遂留之。握手垂涕。仙客谓鸿曰："阿舅、舅母安否？"鸿云："并在兴化宅。"仙客喜极云："我便过街去。"鸿曰："某已得从良⑭，客户有一小宅子，贩缯为业⑮。今日已夜，郎君且就客户一宿，来早同去未晚。"遂引至所居，饮馔甚备。

至昏黑，乃闻报曰："尚书受伪命官⑯，与夫人皆处极刑⑰。无双已入掖庭矣⑱。"仙客哀冤号绝，感动邻里。谓鸿曰："四海至广，举目无

①骢（cōng）：青白杂毛的骏马。
②棓：同"棒"，棒子。
③徐问：低声细气地问。
④朱太尉：即朱泚，时任太尉，叛军姚令言拥戴他做皇帝。
⑤重戴：在头巾上再戴一顶帽子，唐朝人流行的一种装束。
⑥却：退回。
⑦向尽：将要结束。向，临近。
⑧传呼：彼此口耳相传。斩斫使：专门负责杀人的军中校尉。
⑨辎骑：行李和车马。辎，古时一种有帷盖的大车，也指车上所载物资。
⑩访：探访，打听。
⑪苍头：奴仆，古代奴仆常常头戴青巾，故称"苍头"。
⑫王家生：王家的世奴。奴婢所生的子女仍在主家当奴婢，谓之"家生"。
⑬得力：非常能干。
⑭从良：古时称奴婢役满被释放，或者赎身为自由民。
⑮贩缯（zēng）：贩卖布匹。缯，古代对丝织品的总称。
⑯受伪命官：接受叛乱政权任命的官职。伪，造反者建立的非法政权。
⑰极刑：即死刑。
⑱掖庭：皇宫偏房，妃嫔居住的地方。

亲戚，未知托身之所①。"又问曰："旧家人谁在?"鸿曰："唯无双所使婢采苹者，今在金吾将军王遂中宅。"仙客曰："无双固无见期，得见采苹，死亦足矣。"由是乃刺谒②，以从侄礼见遂中，具道本末，愿纳厚价以赎采苹③。遂中深见相知④，感其事而许之。

仙客税屋⑤，与鸿、苹居。塞鸿每言："郎君年渐长⑥，合求官职⑦。悒悒不乐⑧，何以遣时⑨?"仙客感其言，以情恳告遂中。遂中荐见仙客于京兆尹李齐运，齐运以仙客前衔为富平县尹⑩，知长乐驿⑪。

累月⑫，忽报有中使押领内家三十人往园陵⑬，以备洒扫，宿长乐驿，毡车子十乘下讫⑭。仙客谓塞鸿曰："我闻宫嫔选在掖庭，多是衣冠子女⑮，我恐无双在焉。汝为我一窥，可乎?"鸿曰："宫嫔数千，岂便及无双⑯?"仙客曰："汝但去，人事亦未可定。"因令塞鸿假为驿吏，烹茗于帘外⑰。仍给钱三千，约曰："坚守茗具，无暂舍去，忽有所睹⑱，即疾报来。"塞鸿唯唯而去。宫人悉在帘下，不可得见之，但夜语喧哗而已。

至夜深，群动皆息，塞鸿涤器构火⑲，不敢辄寐。忽闻帘下语曰："塞鸿，塞鸿，汝争得知我在此耶⑳?郎健否?"言讫呜咽。塞鸿曰："郎君见知此驿㉑，今日疑娘子在此，令塞鸿问候㉒。"又曰："我不久语。明日我去后，汝于东北舍阁子中紫褥下，

① 托身：寄身，安身。
② 刺谒：通名拜见。刺，名帖。
③ 纳：交纳，给。
④ 深见相知：非常同情他。
⑤ 税：租赁。
⑥ 郎君：古时对富贵子弟的尊称。
⑦ 合：应该。
⑧ 悒悒：忧郁愁闷的样子。
⑨ 遣时：打发时间。
⑩ 前衔：之前曾得到的官衔。
⑪ 知长乐驿：掌管长乐驿的事物。知，主持，管理。
⑫ 累(lěi)月：过了几个月。累，多次，多个。
⑬ 中使：宫中派出的使者，多指宦官。内家：皇宫里的宫女。园陵：古时帝王的陵墓。
⑭ 毡车子：以毛毡为帘篷的车子。乘(shèng)：古时四马一车为一乘，这里仅作为车辆的单位。讫：通"迄"，到，来到。
⑮ 衣冠子女：缙绅士大夫家的孩子。
⑯ 便：就，偏偏。及：到，轮上。
⑰ 茗：茶叶。
⑱ 忽：突然，不经意。
⑲ 涤器：清洗茶具。构火：生火。
⑳ 争得：怎得，怎么。
㉑ 见：同"现"。
㉒ 问候：问安，这里指找到你问安。

127

取书送郎君。"言讫便去。忽闻帘下极闹,云:"内家中恶①。"中使索汤药甚急,乃无双也。塞鸿疾告仙客,仙客惊曰:"我何得一见?"塞鸿曰:"今方修渭桥②,郎君可假作理桥官③,车子过桥时,近车子立。无双若认得,必开帘子,当得瞥见耳。"仙客如其言。至第三车子,果开帘子,窥见,真无双也。仙客悲感怨慕,不胜其情④。塞鸿于阁子中褥下得书送仙客,花笺五幅⑤,皆无双真迹,词理哀切,叙述周尽。仙客览之,茹恨涕下⑥,自此永诀矣。其书后云:"常见敕使说富平县古押衙⑦,人间有心人,今能求之否?"

仙客遂申府⑧,请解驿务,归本官。遂寻访古押衙,则居于村墅⑨。仙客造谒,见古生。生所愿,必力致之,缯彩宝玉之赠⑩,不可胜纪。一年未开口。秩满,闲居于县。古生忽来,谓仙客曰:"洪一武夫,年且老,何所用?郎君于某竭分⑪,察郎君之意,将有求于老夫。老夫乃一片有心人也,感郎君之深恩,愿粉身以答效⑫。"仙客泣拜,以实告古生。古生仰天,以手拍脑数四,曰:"此事大不易。然与郎君试求,不可朝夕便望⑬。"仙客拜曰:"但生前得见⑭,岂敢以迟晚为限耶?"半岁无消息。

一日扣门,乃古生送书。书云:"茅山使者回⑮,且来此⑯。"仙客奔

①中恶:得了暴病。
②渭桥:汉唐时代长安附近渭水上的桥梁。东、中、西共有三座。这里应指中渭桥,在长安城西北。
③假作:假装,装作。
④不胜其情:不能控制悲伤的感情。胜,承受,经得起。
⑤花笺:精致华美的信纸。五幅:五张。幅,量词,用于布帛或纸张。
⑥茹(rú)恨:饮恨,含恨。茹,吃,引申为忍受、承受。
⑦敕使:皇帝的使者。押衙:管领皇帝仪仗的武官。
⑧申府:向上级部门申请。
⑨村墅:乡村房舍,泛指乡村。墅(shù),田庐,村舍。
⑩缯(zēng):古代对丝织品的总称。彩:指彩色的丝织品。
⑪竭分:努力尽到了情分。
⑫答效:报效,报答。
⑬朝夕便望:一朝一夕便奢望(成功)。朝夕,指较短的时间。
⑭但:只要。得见:得到见面的机会,即能够见面。
⑮茅山使者:即法力高深的道士。茅山,又称三茅山,在江苏句容县,传说汉代茅盈曾在此修道,因此成为道教的圣地。
⑯且:即将。

马去①,见古生,生乃无一言。又启使者②,复云:"杀却也③,且吃茶④。"夜深,谓仙客曰:"宅中有女家人识无双否?"仙客以采苹对⑤。仙客立取而至。古生端相⑥,且笑且喜云:"借留三五日,郎君且归。"后累日,忽传说曰:"有高品过⑦,处置园陵宫人⑧。"仙客心甚异之,令塞鸿探所杀者⑨,乃无双也。仙客号哭,乃叹曰:"本望古生,今死矣,为之奈何⑩?"流涕欷歔⑪,不能自已。是夕更深⑫,闻叩门甚急,及开门,乃古生也。领一笕子入⑬,谓仙客曰:"此无双也,今死矣。心头微暖,后日当活。微灌汤药⑭,切须静密⑮。"言讫,仙客抱入阁子中,独守之。至明,遍体有暖气。见仙客,哭一声遂绝⑯,救疗至夜方愈。古生又曰:"暂借塞鸿,于舍后掘一坑。"坑稍深,抽刀断塞鸿头于坑中。仙客惊怕,古生曰:"郎君莫怕,今日报郎君恩足矣。比闻茅山道士有药术⑰,其药服之者立死,三日却活。某使人专求,得一丸,昨令采苹假作中使,以无双逆党⑱,赐此药令自尽。至陵下,托以亲故⑲,百缣赎其尸⑳。凡道路邮传㉑,皆厚赂矣,必免漏泄㉒。茅山使者及舁笕人㉓,在野外处置讫。老夫为郎君,亦自刎。君不得更居此㉔,门外有檐子一十人㉕,马五匹,绢二百匹,五更

① 奔马:骑马飞奔,形容迅速。
② 启:询问。
③ 杀却:杀掉了。却,用在动词后面,相当于"去"、"掉"。
④ 且:暂且,暂时先。
⑤ 对:回答。
⑥ 端相:正视,细看。
⑦ 高品:品级很高的大官。
⑧ 处置:这里指处死。
⑨ 探:打探,打听。
⑩ 为之奈何:对此怎么办呢。
⑪ 欷歔(xī xū):叹息声,呜咽声。
⑫ 更(gēng)深:夜深。更,古时夜间计时单位,一夜分为五更。
⑬ 笕子:一种有座位而无轿厢的竹轿。
⑭ 微:少许。
⑮ 静密:安宁寂静。
⑯ 绝:气息中止,晕死过去。
⑰ 比闻:近来听说。
⑱ 逆党:相互勾结、犯上作乱的人。
⑲ 托以亲故:冒称是她的亲戚。托,假托,冒称;亲故,亲戚、故交。
⑳ 缣(jiān):双丝织成的细绢。赎:用财物抵消或换回。
㉑ 道路邮传:沿途驿站里的人员。邮传,传舍,驿馆。
㉒ 必:确定,保证。
㉓ 舁(yú):抬。
㉔ 更:连续,继续。
㉕ 檐子:唐代盛行的肩舆之类的轿子,这里指轿夫。

挈无双便发①,变姓名浪迹以避祸②。"言讫举刀,仙客救之,头已落矣,遂并尸盖覆讫。未明发,历四蜀下峡③,寓居于渚宫④。悄不闻京兆之耗⑤,乃挈家归襄、邓别业⑥,与无双偕老矣,男女成群。噫,人生之契阔会合多矣⑦,罕有若斯之比⑧,常谓古今所无。无双遭乱世籍没⑨,而仙客之志,死而不夺⑩。卒遇古生之奇法取之,冤死者十馀人。艰难走窜后,得归故乡,为夫妇五十年。何其异哉!

① 挈:带着。发:出发,动身。
② 浪迹:到处漫游,行踪不定。
③ 历四蜀下峡:经蜀地,出三峡。
④ 渚宫:春秋时期楚国的宫名,在今湖北省江陵县,这里泛指楚地。
⑤ 悄:完全,彻底。耗:音信,坏消息。
⑥ 别业:家居以外的产业。
⑦ 契阔:离别,疏远。
⑧ 比:相似,等同。
⑨ 籍没:因犯罪将所有的人员、财产,一律登记没收。
⑩ 夺:丧失,改变。

张 实

张实，宋代传奇作家。字子京。生卒年不详。

流红记

【题解】 本篇录自宋人刘斧《青琐高议》。小说写唐僖宗时书生于祐与被遣宫女韩氏喜结良缘的曲折故事，其中"红叶题诗"及"流水传情"写得尤其生动传神。作品一方面从正面铺陈于祐与韩氏的一段巧遇，同时从侧面反映了宫女们感情上被禁锢的苦闷。

　　唐僖宗时①，有儒士于祐，晚步禁衢间②。于时万物摇落，悲风素秋③，颓阳西倾④，羁怀增感⑤。视御沟浮叶⑥，续续而下。祐临流浣手，久之，有一红叶，差大于他叶⑦，远视之，若有墨迹载于其上。浮红泛泛，怨意绵绵。祐取而视之，果有四句题于其上。其诗曰：

　　　　流水何太急？
　　　　深宫尽日闲。
　　　　殷勤谢红叶，
　　　　好去到人间⑧。

　　祐得之，蓄于书笥，终日咏味，喜其句意新美。然莫知何人作而书于叶也。因念御沟水出禁掖⑨，此必宫中美人所作也。祐但宝之⑩，以为念耳。亦时时对好事者言之⑪。祐自此思念，精神俱耗。一日，友人见之，

① 唐僖宗：李儇，在位十四年（874～888）。
② 禁衢（qú）：禁城（皇宫）边的街道。衢，大路。
③ 素秋：秋天的别称，梁元帝《纂要》："秋曰白藏，亦曰素秋。"
④ 颓阳西倾：太阳西沉，即快落山之义。
⑤ 羁怀：漂泊的情怀。羁，羁旅，漂泊。
⑥ 御沟：由禁苑中流出水的通道，也叫禁沟、天沟。
⑦ 差大于他叶：略大于别的叶子。
⑧ "流水何太急"四句：此诗亦见于《唐诗纪事》卷五十九所载卢渥所得红叶题诗。
⑨ 禁掖：禁宫，皇宫。
⑩ 宝之：把它当宝贝。
⑪ 好事者：好管闲事的人。

曰:"子何清削如此①?必有大故,为吾言之。"祐曰:"数月以来,寝食俱废。"因以红叶句言之。友人大笑曰:"子何愚如是也!彼书之者,无意于子,子偶得之,何置念如此?子虽思爱之勤,帝禁深宫,子虽有羽翼,莫敢往也。子之愚,亦可笑耳。"祐曰:"天虽高而听卑②,人苟有志,天必从人愿耳!吾闻王仙客与无双之事,卒得古生之奇计③。但患无志耳。事固未可知也。"祐终不废思虑,复题二句,书于红叶上。云:

　　曾闻叶上题红怨,
　　叶上题诗赠阿谁?

置御沟上流水中,俾其流入宫中④。人或笑之,亦为好事者称道。有赠之诗者,曰:

　　君恩不禁东流水,
　　流出宫情是此沟。

祐后累举不捷⑤,迹颇羁倦,乃依河中贵人韩咏门馆⑥,得钱帛稍稍自给⑦,亦无意进取。久之,韩咏招祐谓之曰:"禁宫人三十余得罪,使各适人⑧。有韩夫人者,吾同姓,久在宫。今出禁庭⑨,来居吾舍。子今未娶,年又逾壮,困苦一身,无所成就,孤生独处,吾甚怜汝。今韩夫人箧中不下千缗⑩,本良家女,

① 清削:清瘦。
② 天虽高而听卑:上天虽然高高在上,却能俯察下界的一切。"天高听卑"为古代宋国司星子韦的话,见《史记·宋微子世家》。
③ "王仙客"二句:王仙客与无双有婚约,后无双因国乱入宫,王仙客想尽办法,历尽艰难险阻,终于与无双团聚。古生是用诈死之法帮王仙客与无双团聚的人。见《无双传》。
④ 俾(bǐ):使。
⑤ 累举不捷:几次参与考试都没考上。
⑥ 河中:唐府名,又称蒲州。门馆:此处指在某人门下帮忙干些文字工作一类的事。
⑦ 稍稍自给(jǐ):基本上能过日子。
⑧ 适人:嫁人。
⑨ 禁庭:皇宫。
⑩ 箧(qiè):小箱子。缗(mín):一千文串成的铜钱。

年才三十，姿色甚丽。吾言之，使聘子①。何如？"祐避席伏地曰："穷困书生，寄食门下，昼饱夜温，受赐甚久。恨无一长，无以图报。早暮俱愧，莫知所为，安敢复望如此！"

咏令人通媒妁，助祐进羔雁，尽六礼之数②，交二姓之欢。祐就吉之夕③，乐甚。明日，见韩氏装橐甚厚④，姿色绝艳。祐本不敢有此奢望，自以为误入仙境，神魂飞跃。既而韩氏于祐书笥中见红叶⑤，大惊曰："此吾所做之句，君何故得之？"祐以实告。韩氏复曰："吾于水中亦得红叶，不知何人所作也。"乃开笥取之，乃祐所题之诗。相对惊叹感慨良久。曰："事岂偶然哉？莫非前定也。"韩氏曰："吾得叶之初，尝有诗，今尚在箧中。"取以示祐。诗云：

> 独步天沟岸，
> 临流得叶时。
> 此情谁会得⑥？
> 肠断一联诗。

闻者莫不叹异惊骇⑦。一日，韩咏开宴召祐洎韩氏⑧。曰："子二人今日可谢媒人也。"韩氏笑曰："吾为祐之合⑨，乃天意也，非媒妁之力也⑩。"咏曰："何谓也？"韩氏索笔作诗曰：

①使聘子：要她嫁给你。
②羔雁：小羊和雁。古代定婚之礼，男方要向女方送小羊和雁，后故以"羔雁"指代聘礼。六礼：古代婚礼的六个程序，包括纳采、问名、纳吉、纳征、请期、亲迎。
③就吉之夕：结婚的晚上。吉，吉日，结婚的日子。
④橐（tuó）：一种口袋。
⑤笥（sì）：方形竹筐。
⑥会得：能理解，可体会。
⑦骇（hài）：惊吓、震惊。
⑧洎（jì）：及。
⑨为：与。
⑩媒妁（shuò）：媒人。

一联佳句题流水，
十载幽思满素怀。
今日却成鸾凤友①，
方知红叶是良媒。

咏叹曰："天下事无偶然也，今知之耳。"僖宗之幸蜀②，韩咏令祐将家僮百人前导。韩以宫人得见帝，具言适祐事。帝曰："朕亦微闻之。"召祐，笑曰："卿乃朕门下旧客也。"祐伏地请罪。帝还西都，以从驾得官，为神策军虞候③。韩氏生五子三女，子以力学俱有官④，女配名家。韩氏治家有法度，终身为命妇⑤。宰相张浚作诗曰⑥：

长安百万户，
御水日东注⑦。
水上有红叶，
子独得佳句。
子复题红叶，
流入宫中去。
深宫千万人，
叶归韩氏处。
出宫三十人，
韩氏籍中数。
回首谢君恩，
泪洒胭脂雨。
寓居贵人家，
方与子相遇。
通媒六礼具，
百岁为夫妇。

① 鸾凤友：比喻夫妻。
② 僖宗之幸蜀：广明元年（880年）十二月黄巢率农民起义军打下东都洛阳，又攻入京师长安，僖宗出奔入蜀，次年正月到达成都。直到光启三年（885年）三月才得还长安。幸，皇帝到某处或做某事称"幸"。
③ 神策军虞候：神策军，唐代禁军之一。自贞元以后，分神策军为左右厢，由宦官统率，其势力在皇帝直接掌握的诸禁军之上。神策军中的虞候掌侦察、巡逻等事务。
④ 力学：努力读书。有官：得官。
⑤ 命妇：受有朝廷封号的妇女。
⑥ 宰相张浚（jùn）：字禹川，河间（治所在今河北省河间县）人。僖宗时任谏议大夫，官至尚书右仆射（宰相）。后被朱全忠使人所杀。
⑦ 东注：东流。

儿女满眼前，
青紫盈门户①。
兹事自古无，
可以传千古。

议曰：流水者，无情也；红叶者，亦无情也。以无情寓无情而求有情，终为有情者得之，复为有情者合，信前世所未闻也②。夫在天理可合，虽胡、越之远，亦可合也；天理不合，则虽比屋邻居③，不可得也。悦于得，好于求者，观此，可以为诫也。

①青紫：官服颜色，此处代指官。
②信：确实，实在。
③此屋邻居：门挨着门的邻居。此，并列，紧靠。

佚 名

本篇作者不详。鲁迅先生认为梅妃实无其人。

梅妃传

【题解】本篇录自明陶宗仪辑《说郛》中。小说写梅妃与杨妃（杨玉环）争宠的故事，对唐玄宗的荒淫失政和后宫的勾心斗角均有揭露和批判。作品文笔细腻，杨妃和梅妃也写得各具个性。明人吴世美根据这个题材改编成戏剧《惊鸿记》。

梅妃，姓江氏，莆田人①。父仲逊，世为医。妃年九岁，能诵《二南》②。语父曰："我虽女子，期以此为志。"父奇之，名曰采蘋③。开元中，高力士使闽越，妃笄矣。见其少丽，选归，侍明皇④，大见宠幸。长安大内⑤、大明、兴庆三宫，东都大内、上阳两宫，几四万人，自得妃，视如尘土。宫中亦自以为不及。妃善属文，自比谢女⑥。淡妆雅服，而姿态明秀，笔不可描画。性喜梅，所居栏槛，悉植数株，上榜曰"梅亭"⑦。梅开，赋赏至夜分⑧，尚顾恋花下不能去。上以其所好，戏名曰"梅妃"。妃有《萧兰》、《梨园》、《梅花》、《凤笛》、《玻杯》、《剪刀》、《绮窗》七赋。

是时承平岁久，海内无事。上于兄弟间极友爱，日从燕间⑨，必妃侍侧。上命破橙往赐诸王。至汉邸⑩，

① 莆田：唐县名。在今福建省莆田县东南。
② 二南：《诗经》中的《周南》和《召南》。
③ 采蘋：古人由家庭主妇奉蘋蘩主祭祀。取名"采蘋"，就是希望她以后能成为一个遵循礼法、主持祭祀的主妇。
④ 明皇：即唐玄宗李隆基。
⑤ 大内：皇宫的别称，此处专指长安太极宫，和大明、永兴二宫鼎立为三大内。下文"东都大内"，指洛阳皇宫。
⑥ 谢女：指东晋女诗人谢道韫。
⑦ 榜：题字。
⑧ 夜分：夜半。
⑨ 燕：同"宴"。
⑩ 汉邸：汉王在京师的邸舍。此处即代指汉王。汉王李元昌，高祖李渊第七子，武德十年封汉王。

潜以足蹑妃履，妃登时退阁。上命连宣①，报言："适履珠脱缀，缀竟当来②。"久之，上亲往命妃。妃曳衣迓上，言"胸腹疾作，不果前也③"，卒不至。其恃宠如此。后上与妃斗茶④，顾诸王戏曰："此'梅精'，也，吹白玉笛，作惊鸿舞⑤，一座光辉。斗茶今又胜我矣。"妃应声曰："草木之戏，误胜陛下。设使调和四海，烹任鼎鼐⑥，万乘自有宪法⑦，贱妾何能较胜负也。"上大悦。

会太真杨氏入侍，宠爱日夺，上无疏意。而二人相疾，避路而行。上尝方之英、皇⑧，议者谓广狭不类，窃笑之。太真忌而智，妃性柔缓，亡以胜⑨，后竟为杨氏迁于上阳东宫⑩。后，上忆妃，夜遣小黄门灭烛⑪，密以戏马召妃至翠华西阁⑫，叙旧爱，悲不自胜。既而上失寤⑬，侍御惊报曰："妃子已届阁前⑭，当奈何？"上披衣，抱妃藏夹幕间。太真既至，问："'梅精'安在？"上曰："在东宫。"太真曰："乞宣至，今日同浴温泉⑮。"上曰："此女已放屏⑯，无并往也。"太真语益坚，上顾左右不答。太真大怒，曰："肴核狼藉，御榻下有妇人遗舄，夜来何人侍陛下寝，欢醉至于日出不视朝⑰？陛下可出见群臣，妾止此阁以俟驾回。"上愧甚，曳衾向屏复寝，曰："今日有疾，不可临朝。"太真怒甚，径归私第。上顷觅妃所在，已为小黄门送令步归东宫。

①连宣：接连叫了几次。宣，宣圣旨。
②"履珠脱缀"二句：鞋子上的珠子脱线散了，串缀完了就来。
③不果前：结果终究没来。
④斗茶：比赛煮茶技术的优劣。
⑤作惊鸿舞：表演轻盈的舞蹈。惊鸿，形容风度翩翩，体态轻盈。
⑥"调和四海"二句：这是借烹饪比喻治理国家的手段。鼎鼐，烹饪的用具。
⑦万乘（shèng）：指皇帝。古代天子有兵车万乘。宪法：规章制度，政策法令。
⑧方之英、皇：比作女英和娥皇。娥皇、女英为古尧帝二女，配舜为妃。
⑨亡以胜：无法战胜。亡，同"无"。
⑩上阳东宫：即上阳之东宫。
⑪小黄门：小宦官。东汉黄门令、中黄门等官都是由宦官担任，所以后来就称宦官为"黄门"。
⑫戏马：形状不详，当是一种可作凭证的信物。
⑬失寤：失醒，睡过了头。
⑭妃子已届阁前：杨太真已经到翠华西阁前。
⑮温泉：指华清池。
⑯放屏：放逐，摒弃。
⑰视朝：临朝处理政事。

上怒斩之。遗舄并翠钿命封赐妃。妃谓使者曰："上弃我之深乎？"使者曰："上非弃妃，诚恐太真恶情耳①！"妃笑曰："恐怜我则动肥婢情，岂非弃也？"妃以千金寿高力士②，求词人拟司马相如为《长门赋》，欲邀上意③。力士方奉太真④，且畏其势，报曰："无人解赋⑤。"妃乃自作《楼东赋》，略曰：

  玉鉴尘生，凤奁香殄⑥。懒蝉鬓之巧梳，闲缕衣之轻练⑦。苦寂寞于蕙宫，但凝思乎兰殿。信摽落之梅花，隔长门而不见⑧。况乃花心飏恨，柳眼弄愁。暖风习习，春鸟啾啾。楼上黄昏兮，听凤吹而回首⑨；碧云日暮兮，对素月而凝眸。温泉不到，忆拾翠之旧游⑩；长门深闭，嗟青鸾之信修⑪。忆太液清波，水光荡浮，笙歌赏宴，陪从宸旒⑫。奏舞鸾之妙曲⑬，乘画鹢之仙舟⑭。君情缱绻，深叙绸缪。誓山海而常在，似日月而亡休。奈何嫉色庸庸，妒气冲冲⑮。夺我之爱幸，斥我乎幽宫。思旧欢之莫得，想梦著乎朦胧。度花朝与月夕，羞懒对乎春风。欲相如之奏赋，奈世才之不工。属愁吟之未尽，已响动乎疏钟。空长叹而掩袂，踌躇步于楼东⑯。

  太真闻之，诉明皇曰："江妃庸贱，以廋词宣言怨望⑰，愿赐死。"上默然。会岭表使归⑱，妃问左右："何处驿使来，非梅使耶？"对曰：

① 恶情：发怒。
② 寿：以金银布帛相赠。
③ 欲邀上意：想求皇上回心转意。
④ 奉：奉迎。
⑤ 无人解赋：没人能写赋。
⑥ 凤奁（lián）香殄（tiǎn）：绘有彩凤的梳妆匣香气已经消失。
⑦ "懒蝉鬓之巧梳"二句：懒于梳成蝉翼似的巧式鬓发，轻薄的丝绸制成的华贵衣服也闲置不穿了。以上四句写失宠后无心梳妆打扮。
⑧ "信摽落之梅花"二句：化用《诗经·召南·摽有梅》的典故。摽，落。《诗经》的"梅"是梅子。原诗以梅子喻女子已经长成，希望爱她的人及时向她求爱，不要等到梅子落尽，错过了美好的时机。
⑨ 凤吹：指笙、箫一类的管乐器。
⑩ 拾翠：古代妇女游春采拾芳草的一种娱乐活动。
⑪ 嗟青鸾之信修：这句借用曹植《洛神赋》"嗟佳人之信修"语。青鸾，皇帝车上的鸾铃；信修，信善，的确好。
⑫ 宸（chén）旒：指皇帝。
⑬ 奏舞鸾之妙曲：指奏雅乐。
⑭ 画鹢（yì）：古代船头常画鹢，用以吓唬江神水怪，鹢，古书上说的一种水鸟。
⑮ "嫉色庸庸"二句：形容杨贵妃的嫉妒。
⑯ 踌躇：徘徊不前的样子。
⑰ 廋（sōu）词：隐语。
⑱ 岭表：岭外，岭南，今广东省一带。

"庶邦贡杨妃荔实使来①。"妃悲咽泣下。上在花萼楼②,会夷使至③,命封珍珠一斛密赐妃。妃不受,以诗付使者曰:"为我进御前也。"曰:

柳叶双眉久不描,
残妆和泪污红绡。
长门自是无梳洗,
何必珍珠慰寂寥。

上览诗,怅然不乐。令乐府以新声度之④,号《一斛珠》,曲名是此始。后禄山犯阙⑤,上西幸⑥,太真死。及东归,寻妃所在,不可得。上悲,谓兵火之后,流落他处。诏:"有得之,官二秩⑦,钱百万。"访搜不知所在。上又命方士飞神御气,潜经天地,亦不可得。有宦者进其画真⑧,上言:"甚似,但不活耳。"诗题于上,曰:

忆昔娇妃在紫宸⑨,
铅华不御得天真⑩。
霜绡虽似当时态⑪,
争奈娇波不顾人。

读之泣下,命模像刊石。后上暑月昼寝,仿佛见妃隔竹间泣,含涕障袂,如花蒙雾露状。妃曰:"昔陛下蒙尘⑫,妾死乱兵之手。哀妾者埋骨池东梅株旁。"上骇然流汗而寤。登时令往太液池发视之⑬,无获。

① 庶邦贡杨妃荔实:庶邦,春秋时统属于周的诸侯国称庶邦。此处指唐朝属地。荔实,即荔枝。
② 花萼楼:兴庆宫内的花萼相辉楼。
③ 夷使:外国使者。
④ 乐府:汉武帝时所置采诗、采乐的音乐官署。度:谱曲,作曲。
⑤ 犯阙:侵犯京城。安禄山于天宝十五载(756年)攻入帝都长安。
⑥ 上西幸:指唐玄宗奔蜀。
⑦ 官二秩:加官二级。秩,禄位。
⑧ 画真:画像,描绘真容。
⑨ 紫宸:指大明宫内紫宸殿。
⑩ 铅华不御:不施脂粉,不加打扮。天真:天然,自然。
⑪ 霜绡:白色丝织品,指画像。
⑫ 蒙尘:皇帝逃亡在外,蒙受风尘,称"蒙尘"。
⑬ 发视之:挖开土看有没有。

上益不乐。忽悟温泉汤池侧有梅十余株，岂在是乎！上自命驾，令发视。才数株，得尸，裹以锦裀，盛以酒槽，附土三尺许。上大恸，左右莫能仰视。视其所伤，胁下有刀痕。上自制文诔之①，以妃礼易葬焉。

赞曰：明皇自为潞州别驾②，以豪伟闻。驰骋犬马鄠、杜之间③，与侠少游。用此起支庶，践尊位④，五十余年，享天下之奉，穷奢极侈，子孙百数，其阅万方美色众矣。晚得杨氏，变易三纲，浊乱四海，身废国辱，思之不少悔，是固有以中其心，满其欲矣。江妃者，后先其间，以色为所深嫉，则其当人主者⑤，又可知矣。议者谓：或覆宗⑥，或非命⑦，均其媚忌自取。殊不知明皇耄而忮忍⑧，至一日杀三子⑨，如轻断蝼蚁之命。奔窜而归，受制昏逆⑩，四顾嫔嫱，斩亡俱尽，穷独苟活，天下哀之。《传》曰"以其所不爱及其所爱"，盖天所以酬之也⑪。报复之理，毫发不差，是岂特两女子之罪哉！汉兴，尊《春秋》，诸儒持《公》《谷》角胜负，《左传》独隐而不宣，最后乃出。盖古书历久始传者极众。今世图画美人把梅者，号梅妃，泛言唐明皇时人，而莫详所自也。盖明皇失邦，咎归杨氏，故词人喜传之。梅妃特嫔御擅美，显晦不同，理应尔也。

① 诔：为她拟定诔文。
② 明皇自为潞州别驾：唐玄宗即帝位前任过潞州别驾。
③ 驰骋犬马鄠、杜之间：游猎。
④ 起支庶：唐玄宗是睿宗李旦的第三子，属庶出。
⑤ 当人主：为皇上所喜。
⑥ 覆宗：覆没宗族，即族诛。指杨贵妃、杨家被族诛。
⑦ 非命：死于非命，指梅妃为乱兵所杀。
⑧ 耄（mào）而忮（zhì）忍：年老而狠心残忍。
⑨ 一日杀三子：唐玄宗听信谗言，同一天杀三个儿子太子瑛、鄂王瑶、光王琚。
⑩ 受制昏逆：受唐肃宗的控制。
⑪ "传（zhuàn）曰"二句：不仁的人，所干的坏事，其恶果先落到他所不爱的人，但是最后必定会落到他所亲爱的人。

此传得自万卷朱遵度家①。大中二年七月所书②,字亦媚好。其言时有涉俗者。惜乎史逸其说。略加修润而曲循旧语,惧没其实也。惟叶少蕴与余得之③,后世之传,或在此本。又记其所从来如此。

①万卷朱遵度:南唐人朱遵度,藏书繁富,称为"朱万卷"。
②大中二年:公元848年。
③叶少蕴:叶梦得,宋朝吴县人,著有《石林春秋传》。

柳师尹

柳师尹，淇上（今河南淇县）人。生平不可考。

王幼玉记

【题解】本篇选自《青琐高议》。小说写王幼玉和柳富的爱情故事，歌颂了身在娼门的王幼玉对真挚爱情和美好生活的执著追求。所写王幼玉为追求真挚爱情而表现出的勇敢与卓见，令人印象深刻。

王生名真姬，小字幼玉，一字仙才，本京师人。随父流落于湖外①，与衡州女弟女兄三人皆为名娼②，而其颜色歌舞，甲于伦辈之上③。群妓亦不敢与之争高下。幼玉更出于二人之上，所与往还皆衣冠士大夫。舍此，虽巨商富贾，不能动其意。夏公西（夏贤良名噩，字公西）游衡阳，郡侯开宴召之④。公西曰："闻衡阳有歌妓名王幼玉，妙歌舞，美颜色，孰是也？"郡侯张郎中⑤，公起乃命幼玉出拜。公西见之，嗟吁曰："使汝居东西二京⑥，未必在名妓之下。今居于此。其名不得闻于天下。"顾左右取笺，为诗赠幼玉。其诗曰："真宰无私心⑦，万物逞殊形。嗟尔兰蕙质⑧，远离幽谷青。清风暗助秀，雨露偶其泠。一朝居上苑⑨，桃李让芳馨。"

由是益有光。但幼玉暇日常幽艳愁寂，寒芳未吐。人或询之，则曰：

①湖外：湖南，洞庭湖以南。
②衡州：唐代州名，治所在今湖南省衡阳市。
③伦辈：同辈。
④郡侯：郡太守。此处指宋代州的长官知州。
⑤郎中：官名，唐宋时期在朝外的郎中经常任州的刺史，宋代称为知州。
⑥东西二京：东京洛阳，西京长安。
⑦真宰：指天。古人认为，天是主宰万物的。
⑧兰蕙：兰和蕙都属兰科香花。此处用以喻指王幼玉。
⑨上苑：皇家花园。居上苑，喻王幼玉如能得居京洛（东西二京），则桃李逊色。

"此道非吾志也①。"又询其故。曰:"今之或工或商或农或贾或道或僧,皆足以自养,惟我侪涂脂抹粉②,巧言令色③,以取其财,我思之,愧赧无限。逼于父母姊弟,莫得脱此。倘从良人,留事舅姑,主祭祀,俾人回指曰:'彼人妇也。'死有埋骨之地。"会东都人柳富字润卿,豪俊之士,幼玉一见曰:"兹吾夫也。"富亦有意室之④。富方倦游⑤,凡于风前月下,执手恋恋,两不相舍,既久,其妹窃知之。一日,诟富以语曰:"子若复为向时事,吾不舍子,即讼子于官府。"富从是不复往。

一日,遇幼玉于江上。幼玉泣曰:"过非我造也。君宜以理推之。异时幸有终身之约,无为今日之恨。"相与饮于江上,幼玉云:"吾之骨,异日当附子之先陇⑥。"又谓富曰:"我平生所知,离而复合言甚众。虽言爱勤勤,不过取其财帛。未尝以身许之也,我发委地⑦,宝之若金玉,他人无敢窥觇⑧,于子无所惜。"乃自解鬟,剪一缕以遗富。富感悦深至,去又羁思不得会为恨,因而伏枕⑨。幼玉日夜怀思,遣人侍病。既愈,富为长歌赠之云:

　　紫府楼阁高相倚⑩,
　　金碧户牖红晖起。
　　其间燕息皆仙子⑪,
　　绝世妖姿妙难比。

① 此道:指为娼妓。
② 我侪(chóu):我辈。
③ 巧言令色:语出《伦语·学而》:"巧言令色,鲜矣仁。"郑玄注:"好其言,善其色,致饰于外,务以悦人。"此处指逢迎他人。
④ 室之:以之为室,意思是娶她为妻。
⑤ 倦游:对外游他乡已感厌倦。
⑥ 陇:通"垄",坟墓。这一句话是说,我死之后将葬在你的祖坟之中。意思是将来二人必成夫妻。
⑦ 我发委地:我的头发拖到地上。意即头发很长。古人以长发为美。
⑧ 窥觇(chān):偷看。意思是,他人无从得到我的头发。
⑨ 伏枕:原意形容思念之深切。语出《诗经·陈风·泽陂》:"寤寐无为,辗转伏枕。"注:"辗转伏枕,卧而不寐,思之深且久也。"此处指卧病。
⑩ 紫府:道教以紫府为天宫,仙人居游之所。《十洲记》:"青丘有风山,山恒震声,有紫府宫,天真仙女游于此地。"此处指幼玉居处。
⑪ 燕息:休息。

偶然思念起尘心,
几年滴向衡阳市。
阳娇飞下九天来①,
长在娼家偶然耳。
天姿才色拟绝伦,
压倒花衢众罗绮。
绀发浓堆巫峡云②,
翠眸横剪秋江水③。
素手纤长细细圆,
春笋脱向青云里④。
纹履鲜花窄窄弓⑤,
凤头翘起红裙底。
有时笑倚小栏杆,
桃花无言乱红委⑥。
王孙逆目似劳魂⑦,
东邻一见还差死⑧。
自此城中豪富儿,
呼僮控马相追随。
千金买得歌一曲,
暮雨朝云镇相续⑨。
皇都年少是柳君,
体段风流万事足。
幼玉一见苦留心,
殷勤厚遣行人祝。
青羽飞来洞户前⑩,
惟郎苦恨多拘束。
偷身不使父母知,
江亭暗共才郎宿。
犹恐恩情未甚坚,
解开鬟省对郎前。
一缕云随金剪断,
两心浓更密如绵。

① 阳娇:似指仙女,出处不详。
② 绀(gān)发:黑里透红的头发。
③ 翠眸横剪秋江水:写眼睛有神。古人常以"秋水"、"秋波"、"横波"形容眼神。翠眸,黑眼珠。
④ 春笋:春天的竹笋。此处用以比喻女子手指。
⑤ 纹履鲜花窄窄弓:弓鞋绣有花纹图案。
⑥ 乱红委:指花瓣飘落在地上。
⑦ "王孙"句:意思是说,公子哥儿看了为之神魂颠倒。
⑧ 东邻:宋玉《登徒子好色赋》中的"东家之子"。宋玉说他的东邻女子极美。此处以美女见王幼玉而羞怯反衬王的美貌无与伦比。
⑨ 镇:常。
⑩ 青羽飞来:指音信寄来。青羽,青鸟,西王母信使。

自古美事多磨隔,
无时两意空悬悬。
清宵长叹明月下,
花时洒泪东风前。
怨入朱弦危更断,
泪如珠颗自相连。
危楼独倚无人会,
新书写恨托谁传。
奈何幼玉家有母,
知此端倪蓄嗔怒。
千金买醉嘱佣人,
密约幽欢镇相误。
将刃欲加连理枝①,
引弓欲弹鹣鹣羽②。
仙山只在海中心,
风逆波紧无船渡。
桃源去路隔烟霞,
咫尺尘埃无觅处。
郎心玉意共殷勤,
同指松筠情愈固③。
愿郎誓死莫改移,
人事有时自相遇。
他日得郎归来时,
携手同上烟霞路④。

①连理枝:比喻男女爱情。
②鹣:鸟名,俗称比翼鸟,喻情侣。
③松筠(yún):松树和竹子。松竹冬夏长青,此处用以比喻爱情坚定。
④烟霞路:即前"桃源去路隔烟霞"之桃源路。此处暗用刘晨、阮肇遇仙女事,言共入仙境,永相和好。
⑤潜:偷偷。
⑥潇湘:湘江的别称,在今湖南省。

  富因久游,亲促其归。幼玉潜往别⑤,共饮野店中。玉曰:"子有清才,我有丽质。才色相得,誓不相舍,自然之理。我之心,子之意,质诸神明,结之松筠久矣。子必异日有潇湘之游⑥,我亦待君之来。"于是二人共盟,焚香,致其灰于酒中，共饮之。是夕同宿江上。翌日，富作词别幼玉，名《醉高楼》①，词曰：

人间最苦，最苦是分离。伊爱我，我怜伊。青草岸头人独立②，画船东去櫓声迟。楚天低，回望处，两依依。

后会也知俱有愿，未知何日是佳期。心下事，乱如丝。好天良夜还虚过，辜负我，两心知。愿伊家，衷肠在，一双飞。

富唱其曲以沽酒③，音调辞意悲惋，不能终曲④。乃饮酒，相与大恸，富乃登舟。富至辇下，以亲年老⑤，家又多故，不得如约，但对镜洒涕。会有客自衡阳来，出幼玉书，但言幼玉近多病卧。富遽开其书疾读，尾有二句云："春蚕到死丝方尽，蜡烛成灰泪始干⑥。"富大伤感，遗书以见其意，云：

忆昔潇湘之逢，令人怆然⑦。尝欲拿舟⑧，泛江一往。复其前盟，叙其旧契⑨，以副子念切之心⑩，适我生平之乐⑪。奈因亲老族重，心为事夺，倾风结想，徒自潸然。风月佳时，文酒胜处，他人怡怡，我独惚惚如有所失。凭酒自释，酒醒，

①醉高楼：作者自造词牌，未曾流传，不见于《词律》和《词谱》。
②青草：指青草湖。在今湖南省岳阳市，与洞庭湖相连。
③沽（gū）：买。
④不能终曲：（因情感悲凄而）无法唱完这首曲子。
⑤以亲年老：因为父母亲年老。亲，双亲。
⑥"春蚕"二句：李商隐《无题》诗的第三、四句。"蜡烛"，今本李诗作"蜡炬"。"丝"与"思"谐音。蜡泪暗喻相思之泪。
⑦怆（chuàng）然：悲伤的样子。
⑧拿舟：引舟，乘船。
⑨旧契：旧约。
⑩副：符合，迎合，满足。
⑪适：满足。

情思愈彷徨,几无生理。古之两有情者,或一如意,一不如意,则求合也易。今子与吾,两不如意,则求偶也难。君更待焉,事不易知,当如所愿。不然,天理人事果不谐,则天外神姬,海中仙客,犹能相遇,吾二人独不得遂①,岂非命也!子宜勉强饮食,无使真元耗散②,自残其体,则子不吾见,吾何望焉。子书尾有二句,吾为子终其篇,云:

  临流对月暗悲酸,
  瘦立东风自怯寒。
  湘水佳人方告疾③,
  帝都才子亦非安④。
  春蚕到死丝方尽,
  蜡烛成灰泪始干。
  万里云山无路去,
  虚劳魂梦过湘滩。

  一日,残阳沉西,疏帘不卷,富独立庭帏⑤,见有半面出于屏间。富视之,乃幼玉也。玉曰:"吾以思君得疾,今已化去⑥。欲得一见,故有是行⑦。我以平生无恶,不陷幽狱,后日当生兖州西门张遂家⑧,复为女子。彼家卖饼。君子不忘昔日之旧,可过见我焉。我虽不省前世事,然君之情当如是⑨,我有遗物在侍儿处,君求之以为验。千万珍重。"忽不见。富惊愕,但终叹惋。

① 遂:如愿。
② 真元:真气、元气。
③ 湘水:即湘江。湘水佳人,指王幼玉。
④ 帝都:京城。帝都才子,指柳富。
⑤ 帏(wéi):帐子。
⑥ 化去:死去。
⑦ 是行:这次来访。
⑧ 兖州:今山东省兖州县。
⑨ "我虽不省"两句:我虽然投生后不知道前世的事,但你的情感依旧。

异日有过客自衡阳来，言幼玉已死，闻未死前嘱侍儿曰："我不得见郎，死为恨。郎平日爱我手发眉眼。他皆不可寄附。吾今剪发一缕，手指甲数个，郎来访我，子与之。"后数日，幼玉果死。

议曰：今之娼，去就狗利①，其他不能动其心。求潇女霍生事②，未尝闻也。今幼玉爱柳郎，一何厚耶③？有情者观之，莫不怆然。善谐音律者，广以为曲，俾行于世，使系牙齿之间，则幼玉虽死不死也。吾故叙述之。

①狗利：即徇利，从利。《汉书·贾谊传》："贪夫徇财，烈士徇名。"注："以身从物曰徇。"
②潇女霍生事：出处不详。
③一何：多么，何等。

李献民

　　李献民，字彦文，北宋廪延（今属河南延津）人。大约生活在北宋中后期，生卒年月不详。著有传奇小说集《云斋广录》。

四和香

【题解】《四和香》出自《云斋广录》，讲述一位书生邂逅了一位美丽女子，却始终不知道她的身世来历。小说以此为悬念，层层铺展，每每有了线索，立刻又付诸阙如，直到最后，仍然留给读者一个问号。

　　孙敏，字彦明，河朔人也①。父守官于淮阳，敏住太学，为外舍生②。乃于崇宁乙酉上元前一日③，请告出城西，省谒一亲④。其亲乃贵戚，而族属甚厚⑤，其族之长，乃生之姑丈也。既至，接坐于堂上，备有酒，叙话甚久。时见绮罗珠翠交杂于堂下⑥，往往皆妙龄秀色，生亦不敢顾视⑦。

　　及酒罢，生告归，乃取道于阊阖门⑧，因游启圣禅刹⑨。过法堂之后⑩，轩窗四敞，竹槛相对，生乃凭栏而坐。久之，见一丽人，衣不尚彩⑪，但浅红淡碧而已，然而姿色殊绝，生目所未睹也。与一侍妾同行⑫，徐止于生旁，乃憩于坐末。数眄生微笑⑬，与其侍妾窃窃有语。生疑之，以为所谒贵戚之家耳，然不欲问其故。乃起游别殿，徘徊周览，复憩于前竹轩之地。少顷⑭，其丽人又至，似相亲密。适会一鬻茶者过其侧，

① 河朔：古地名，泛指黄河以北。
② 外舍生：宋代将太学分为三等，即外舍、内舍、上舍，一般刚入学的士子都住在外舍，以后逐次迁升。
③ 崇宁乙酉：即宋徽宗崇宁四年（1105 年）。上元：古时以每年正月十五为上元节。
④ 省谒：省视，探望。
⑤ 厚：深厚，亲近。
⑥ 绮罗珠翠：这里指穿着锦罗，戴着珠玉的人。
⑦ 顾：回头看，泛指看。
⑧ 阊阖门：宋代东京汴梁的里城西门，又称梁门。
⑨ 刹：佛塔寺庙。启圣禅刹，在汴梁皇城西面启圣街。
⑩ 法堂：寺中演说佛法的讲堂。
⑪ 彩：彩色；绚丽。
⑫ 侍妾：这里指侍女，丫鬟。
⑬ 眄（miǎn）：斜着眼睛看。
⑭ 少顷：过了不久。

姬乃呼茶以饮生①。敏不敢措辞，茶彻②，遂遽起，因游伽蓝③，入东塔院。方行于廊上，后有一女使呼生甚急。生回视，乃启圣丽人之侍妾也。言："娘子在前殿奉候④，令妾邀君子叙话，幸无见疑。"生惊喜交集，随侍妾至前殿。丽人凝立于阶下⑤，见生，乃嫣然微笑，曰："适邂逅相遇，倾慕风采，虽不待援琴之挑⑥，而已有窃香之志⑦，君何避焉？"生对以"素非识面，实不谓有意于疏拙"⑧。姬乃敛眉筹思，复谓生曰："妾之微诚，已闻左右。然缱绻之情⑨，未暇款曲⑩。君可来日于崇夏寺西厢以南廊上⑪，寻第二院老李师，则妾在彼矣，可与君相见。愿无愆期⑫。"生曰："敏，河朔鄙人也，重辱垂顾，虽千里之远亦当从命，况咫尺之间，而敢愆期乎？愿效尾生之信⑬。"言讫，遂各别去。

抵暮⑭，生归太学，是夜心意恍惚，坐以待旦。及晓，乃出斋，迤逦诣崇夏⑮，访老李师院，则姬之侍妾斜倚朱扉。见生至，则含笑入报曰："郎至矣！至矣！"姬出以迎，相见皆不胜其喜。生亦慰谢于李师⑯，李师乃令一女童设饮馔于小阁中⑰。师与姬邀生于席上，视其珍品异果，皆殊方绝域所有，与其器皿什物⑱，迥远尘俗。酒行数四，互相劝勉，谈笑熙熙⑲，莫不尽其乐。至

①姬：即前文所谓"丽人"。饮：喝，这里指让别人喝。
②彻：结束，完结。
③伽（qié）蓝：佛寺内僧众居住的庭园，也可作为寺院的通称。
④娘子：下人对主妇的尊称。
⑤凝立：伫立，站立。
⑥援琴之挑：这里指挑逗。西汉司马相如弹奏《凤求凰》，挑动卓文君情思，二人于是私奔。
⑦窃香之志：这里指委身。西晋贾充之女与韩寿私通，将皇帝赐给父亲的外国进贡香料偷偷送给韩寿。
⑧不谓：想不到。疏拙：粗疏笨拙，对自己的谦称。
⑨缱绻（qiǎn quǎn）：缠绵，感情深厚。
⑩款曲：细诉深情。
⑪崇夏寺：汴梁城东一尼寺。
⑫愆（qiān）期：失约，误期。
⑬尾生之信：坚决信守承诺。传说尾生与一女子相约桥下，女子一直没来，却来了大水。尾生抱着桥梁不肯离去，最后被淹死。
⑭抵暮：到了天黑。
⑮迤逦（yǐ lǐ）：慢慢行走的样子。诣：造访，到某处去。
⑯慰谢：答谢。
⑰饮馔（zhuàn）：饮食。馔，食物。
⑱什（shí）物：物什，物件，多指日常生活用品。
⑲熙熙：温和欢乐的样子。

中夜酒阑①，姬乃促生归寝。至其寝所，则烛摇红彩，麝袅清烟②，帐掩流苏③，衾铺绣凤，生意愈惑。遂相与就枕④，云情雨意，不可具道。生问其居处、姓氏，但笑而不答。叩之尤切⑤，乃曰："君他日当自知，愿无相诘⑥。"不久，寺钟鸣晓，姬与生同起，乃谓生曰："君能不以菲薄见外⑦，如欲相见，请于皇建院前卖时果张生处先达一信⑧，则妾翌日至此⑨，以俟车马。君千万无稀阔也⑩。"曰："敬闻命矣。"生乃辞去。

后数日，生乃访问皇建院前，果有张生者，遂令通耗⑪。翌日，生至李师之院，则姬已至矣。又命生于小阁中，杯盘间列⑫，水陆毕具⑬，甚于前日。是夜，又同寝焉。尔后，每令张生通耗，会遇于李师之院者，月内不下数四。敏累于张生处穷诘丽人姓氏⑭，则托以他故而不言，生常以此为不足⑮。

一日，生在太学与同舍聚话，忽有一老仆持一小盒子，言以遗生⑯。用碧纱缄封⑰，上书"香和"二字。生不解其旨，然已知其丽人所赠也。同舍共观，或曰："此四和香字耳。"启封⑱，乃四和香也。众以谓敏有佳约⑲，悉皆夺去。生私窃自喜⑳，以谓丽人姓名因可得也㉑，乃避众，窃问其仆曰："谁遣汝送是香至此?"曰："崇夏寺老李师也。他皆不知焉。"则丽人居处、姓氏，

①阑：残，尽。
②麝：麝香。袅：缠绕，缭绕。
③流苏：用彩色羽毛或丝线等制成的穗状垂饰物，常饰于车马、帷帐等物件上面。
④相与：共同，一起。
⑤叩：询问。切：急切，急迫。
⑥诘（jié）：追问。
⑦菲薄：德才鄙陋，自谦之词。
⑧皇建院：宋代汴梁城的一座禅院。
⑨翌日：隔日，第二天。
⑩稀阔：稀疏，长久分离。
⑪耗：音信，消息。
⑫间列：罗列。间，间隙，空隙。
⑬水陆：指水产和陆产的食物。
⑭累（lěi）：多次。
⑮不足：不满足，不满意。
⑯遗（wèi）：送交，交付。
⑰碧纱：绿色的纱布。缄封：封闭，封口。
⑱启封：打开封口。
⑲佳约：与佳人的约会。
⑳私窃：私底下，暗暗。窃，私自，暗中。
㉑以谓：以为，认为。因：乘便，趁着（这个机会）。

生又不可得而知之。

至六月间，生忽抱疾①，容采憔悴②，饮食顿减③。同舍趣令归侍下④，生但佯诺之⑤，而终不成行。同舍有与生素相善者⑥，乃寓书与生之父⑦，具道疾状。父乃遣仆马召生归，生不得已而备行计焉⑧，乃令张生预约丽人于水柜街一祖宅内叙别。至期日⑨，姬乘一小轿诣生所，生延入⑩，饮食草略⑪，意绪愁惨。生谓姬曰："此者⑫，家君召我归侍下调摄⑬，暂当暌阔⑭，实非所愿。"姬乃踌躇⑮，顾谓生曰⑯："君此行，固不可抑留⑰。如不相忘，能于中秋日复至京辇⑱，则可得相见。如或过期，则不得与郎再会矣。千万自爱⑲，以副卑愿。"相与泣别，久之而去。

生后到淮阳，躯渐康愈。时将及中秋，恐负丽人之约，乃辞亲，欲赴太学参告⑳。父母以为敏未甚平复㉑，故强留之，乃不遂其志，但郁郁而已㉒。至重阳，父母方遣生成行。及抵都下，首询皇建院张生处，求丽人之耗。则是年皇建院为火焚，张生不知其所㉓。敏亦未以为怪，乃访崇夏寺老李师。至其院，则无老李师焉。乃问其在院者，则云："老李师非本寺中尼，税此院居半年余，今去已二旬矣㉔。"生错愕失措，盘桓于昔所聚小阁中㉕，于壁间有"留示故人诗"一绝，乃丽人所题也。

①抱疾：抱病，得病。
②容采：又作"容彩"，仪容风采。
③顿减：一顿比一顿减少。
④趣（cù）：督促，催促。侍下：自己家里，父母身边。侍，陪在尊长身边以供差遣。
⑤佯诺：假装答应。
⑥素：向来，一直。
⑦寓书：传寄书信。
⑧行计：远行的计划。
⑨期日：约定的日子。期，预定的时间。
⑩延入：请进来。延，迎接，引见。
⑪草略：粗疏，不丰盛。
⑫此者：日前，这次。
⑬家君：家父。调摄：调理，养护。摄，保养。
⑭暌（kuí）阔：分开一段较长的时间。
⑮踌躇：徘徊不定，来回走动。
⑯顾：回头。
⑰抑留：强行留下来。
⑱京辇（niǎn）：京城，国都。
⑲自爱：自己珍重。
⑳参告：本意是官吏休假期间参与政事，这里指带病学习。
㉑未甚平复：还没有完全康复。
㉒郁郁：忧伤、沉闷的样子。
㉓所：着落，结果。
㉔旬：古代十日为一旬。
㉕盘桓：徘徊，逗留。

诗曰：

> 雨滴梧桐韵转凄，
> 黄昏凝伫倚朱扉①。
> 相期已过中秋后，
> 不见郎来泪湿衣。

生览讫，惊骇无地，以此荧惑②，几及周载③，后亦无他焉。

评曰：孙敏之遇，竟不知其谁氏之家，亦不知其居处何地。暨敏之归④，谓过中秋之后，无复再会。及重阳，敏方抵阙下⑤，则张生失在⑥，李师遽往⑦，丽人之耗不复闻矣。何言之验也⑧。然则敏之所遇，人耶？鬼耶？仙耶？此不可得而知也，岂不异哉！

①凝伫：凝立，伫立。
②荧惑：眩惑，迷惑。
③周载：周年，一整年。
④暨（jì）：到，至。
⑤阙下：宫阙之下，这里借指京城。阙，皇帝居住的宫殿。
⑥失在：失踪，不在了。
⑦遽（jù）：遂，就。
⑧验：灵验，应验。

佚 名

本篇作者不详。

李师师外传

【题解】本篇录自《琳琅秘室丛书》，写的是当朝故事。小说写名妓李师师与宋徽宗赵佶的情感纠葛，以及北宋灭亡后她的流徙辗转，反映了当时朝野的靡弱苟且之风，讽刺了以宋高宗赵构为首的统治者的软弱。作品文字简洁，描述细腻，人物性格刻画生动传神。

　　李师师者，汴京东二厢永庆坊染局匠王寅之女也①。寅妻既产女而卒，寅以菽浆代乳乳之②，得不死，在襁褓未尝啼③。汴俗：凡男女生，父母爱之，必为舍身佛寺④。寅怜其女，乃为舍身宝光寺。女时方知孩笑。一老僧目之曰："此何地，尔乃来耶？"女至是忽啼。僧为摩其顶，啼乃止。寅窃喜，曰："是女真佛弟子。"为佛弟子者，俗呼为"师"，故名之曰师师。师师方四岁，寅犯罪系狱死。师师无所归，有倡籍李姥者收养之。比长，色艺绝伦，遂名冠诸坊曲⑤。

　　徽宗帝即位⑥，好事奢华，而蔡京、章惇、王黼之徒⑦，遂假绍述为名⑧，劝帝复行青苗诸法⑨。长安中粉饰为饶乐气象⑩。市肆酒税，日计万缗，金玉缯帛，充溢府库。于是童贯、朱勔辈复导以声色狗马宫室苑囿之乐。凡海内奇花异石，搜采

①汴京：北宋都城，今河南省开封市。厢：宋代京城划分为若干区域，称为"厢"。
②菽浆：豆浆。
③襁褓（qiǎng bǎo）：指婴孩时代。
④舍身：佛家语，意思是舍出自身去供养佛。
⑤坊曲：原义为小街巷，此处指妓院。
⑥徽宗帝：宋徽宗赵佶。
⑦蔡京、章惇（dūn）、王黼（fǔ）：这几人都是北宋的权奸。
⑧绍述：继承。宋哲宗和徽宗继续实行宋神宗（赵顼）朝王安石制定的新法，史称"绍述"之政。蔡京打着推行"新法"的招牌，借以结党营私，排斥异己。
⑨青苗诸法：指王安石做宰相时所实行的青苗、农田水利、均输、保甲等法。
⑩长安：本来是汉、唐的首都，后来就作为帝都的代称。此处指北宋京城汴京。饶乐：富饶安乐。

殆遍。筑离宫于汴城之北，名曰艮岳。帝般乐其中①，久而厌之。更思微行，为狎邪游②。内押班张迪者③，帝所亲幸之寺人也④。未宫时⑤，为长安狎客，往来诸坊曲，故与李姥善。为帝言陇西氏色艺双绝⑥，帝艳心焉⑦。翼日，命迪出内府紫茸二匹，霞氎二端⑧，瑟瑟珠二颗，白金廿镒⑨，诡云大贾赵乙，愿过庐一顾。姥利金币，喜诺。

暮夜，帝易服杂内寺四十余人中，出东华门，二里许，至镇安坊。镇安坊者，李姥所居之里也。帝麾止余人⑩，独与迪翔步而入⑪。堂户卑庳⑫。姥出迎，分庭抗礼⑬，慰问周至。进以时果数种，中有香雪藕、水晶苹婆⑭，而鲜枣大如卵，皆大官所未供者。帝为各尝一枚。姥复款洽良久⑮，独未见师师出拜，帝延伫以待⑯。时迪已辞退，姥乃引帝至一小轩。棐几临窗⑰，缥缃数帙⑱，窗外新篁，参差弄影。帝翛然兀坐⑲，意兴闲适，独未见师师出侍。少顷，姥引帝到后堂。陈列鹿炙、鸡酢、鱼脍、羊签等肴，饭以香子稻米，帝为进一餐。姥侍旁，款语移时，而师师终未出见。帝方疑异，而姥忽复请浴，帝辞之。姥至帝前，耳语曰："儿性好洁，勿忤。"帝不得已。随姥至一小楼下湢室中浴竟⑳。姥复引帝坐后常，肴核水陆，杯盏新洁，劝帝欢饮，而师师终未一见。

①般乐：大乐，纵乐。
②狎邪游：指狎妓。邪，同"斜"；狭斜，妓女所居之所。
③内押班：皇帝随身的内侍官。
④寺人：也称"内侍"，即太监。
⑤未宫时：未当太监时。
⑥陇西氏：指李姓。自汉以来陇西大族数李姓，所以称李姓为陇西氏。
⑦艳心：艳羡，欣羡，羡慕。
⑧内府：皇家的府库。紫茸：一种细而软的毛。霞氎（dié）：一种有文采的棉布。
⑨白金廿镒：白银四百八十两。
⑩麾：同"挥"。
⑪翔步：安闲舒缓地行走。
⑫堂户卑庳（bì）：厅堂门户低矮简陋。
⑬分庭抗礼：平起平坐，礼节平等。语出《庄子·渔父》。
⑭苹婆：苹果。
⑮款洽：亲切地接待叙谈。
⑯延伫：久立。
⑰棐几：榧木做的几。棐，同"榧"，一种高大的常绿乔木。
⑱缥缃数帙：有书数卷。缥缃，丝织的书衣。
⑲翛（xiāo）然：无拘无束、自由自在的样子。
⑳湢（bì）室：浴室。

良久，姥才执烛引帝至房，帝搴帷而入，一灯荧然，亦绝无师师在。帝益异之，为倚徙几榻间。又良久，见姥拥一姬珊珊而来①。淡妆不施脂粉，衣绢素，无艳服。新浴方罢，娇艳如出水芙蓉。见帝，意似不屑，貌殊倨，不为礼。姥与帝耳语曰："儿性颇愎②，勿怪。"帝于灯下凝睇物色之③，幽姿逸韵，闪烁惊眸④。问其年，不答。复强之，乃迁坐于他所。姥复附帝耳曰："儿性好静坐，唐突勿罪。"遂为下帷而出。师师乃起，解玄绢褐袄，衣轻绨，卷右袂，援壁间琴⑤，隐几端坐而鼓《平沙落雁》之曲⑥。轻拢慢捻⑦，流韵淡远。帝不觉为之倾耳，遂忘倦。比曲三终，鸡唱矣。帝亟披帷出。姥闻，亦起，为进杏酥饮、枣糕、饦饦诸点品⑧。帝饮杏酥杯许，旋起去。内侍从行者皆潜候于外，即拥卫还宫。时大观三年八月十七日事也⑨。

姥私语师师曰："赵人礼意不薄，汝何落落乃尔⑩？"师师怒曰："彼贾奴耳。我何为者？"姥笑曰："儿强项⑪，可令御史里行也⑫。"而长安人言籍籍⑬，皆知驾幸陇西氏。姥闻大恐，日夕惟涕泣。泣语师师曰："洵是⑭，夷吾族矣。"师师曰："无恐，上肯顾我，岂忍杀我？且畴昔之夜，幸不见逼，上意必怜我。惟是我所窃自悼者，实命不犹⑮，流落下贱，使不洁之名，上累至尊，此

①珊珊：玉声。此处似应作"姗姗"，形容走路缓慢从容的姿态。
②愎（bì）：执拗，任性。
③物色：仔细端详，认真地看。
④闪烁惊眸：光彩耀眼。
⑤援：取，拿。
⑥隐几：倚几，靠着几。平沙落雁：琴曲名，作者不详。也有用别的乐器合奏的。
⑦轻拢慢捻：弹琴指法。
⑧饦饦：即不托，一种汤饼。
⑨大观三年：公元1109年。大观，宋徽宗年号（1107～1110）。
⑩落落：不随和。乃尔：像这个样子，到如此地步。
⑪强项：不低头，倔强。
⑫御史里行：似是有特定涵义的口语，与"强项"有关，具体涵义不详。
⑬人言籍籍：议论纷纷。
⑭洵是：诚然如此，真的这样。
⑮实命不犹：命运不如人。

则死有余辜耳。若夫天威震怒，横被诛戮，事起佚游，上所深讳，必不至此，可无虑也。"

次年正月，帝遣迪赐师师蛇跗琴①。蛇跗琴者，琴古而漆黦②，则有纹如蛇之跗，盖大内珍藏宝器也。又赐白金五十两。三月，帝复微行如陇西氏。师师仍淡妆素服，俯伏门阶迎驾。帝喜，为执其手令起。帝见其堂户忽华敞③，前所御处④，皆以蟠龙锦绣覆其上。又小轩改造杰阁⑤，画栋朱阑，都无幽趣。而李姥见帝至，亦匿避，宣至，则体颤不能起，无复向时调寒送暖情态。帝意不悦，为霁颜⑥，以老娘呼之，谕以一家子无拘畏。姥拜谢，乃引帝至大楼。楼初成，师师伏地叩帝赐额。时楼前杏花盛放，帝为书"醉杏楼"三字赐之。少顷置酒，师师侍侧，姥匍匐传樽为帝寿。帝赐师师隅坐⑦，命鼓所赐蛇跗琴，为弄《梅花三叠》⑧。帝衔杯饮听，称善者再。然帝见所供肴馔皆龙凤形，或镂或绘，悉如宫中式。因问之，知出自尚食房厨夫手⑨，姥出金钱倩制者。帝亦不怿，谕姥今后悉如前，无矜张显著⑩。遂不终席，驾返。

帝尝御画院⑪，出诗句试诸画工，中式者岁间得一二⑫。是年九月，以"金勒马嘶芳草地，玉楼人醉杏花天"名画一幅赐陇西氏。又

① 蛇跗（fū）琴：一种名贵的古琴，琴身漆的断纹，如蛇腹鳞纹。
② 漆黦（yuè）：漆为黄黑色。
③ 华敞：华丽宽敞。
④ 御处：皇帝所到之处所，所接触之器物。
⑤ 杰阁：高阁。杰，突出，高大。
⑥ 霁颜：收住怒气，表现出和颜悦色。
⑦ 隅坐：在旁边坐下。
⑧ 梅花三叠：又叫"梅花三弄"，原为晋代桓伊笛曲，后改编为古琴曲。三叠，指曲调反复三次。
⑨ 尚食房：即主管皇帝御膳的尚食局，主管官称奉御。
⑩ 矜张显著：指讲究排场，大肆张扬。
⑪ 画院：北宋设翰林图画院，是皇帝御用的画院。
⑫ 中式：合于选式，即符合考试标准。

赐藕丝灯、暖雪灯、芳苡灯①、火凤衔珠灯各十盏；鸬鹚杯、琥珀杯、琉璃盏、镂金偏提各十事②；月闭、凤团③、蒙顶等茶百斤；饦饳、寒具、银馃饼数盒④。又赐黄白金各千两。时宫中已盛传其事，郑后闻而谏曰⑤："妓流下贱，不宜上接圣躬。且暮夜微行，亦恐事生叵测⑥。愿陛下自爱。"帝颔之。阅岁者再⑦，不复出。然通问赏赐，未尝绝也。

宣和二年⑧，帝复幸陇西氏。见悬所赐画于醉杏楼，观玩久之，忽回顾见师师，戏语曰："画中人乃呼之竟出耶？"即日赐师师辟寒金钿，映月珠环，舞鸾青镜，金虬香鼎。次日，又赐师师端溪、凤咮砚⑨，李廷珪墨⑩，玉管宣毫笔⑪，剡溪绫纹纸⑫。又赐李姥钱百千缗。

迪私言于上曰："帝幸陇西，必易服夜行，故不能常继。今艮岳离宫东偏有官地袤延二三里，直接镇安坊。若于此处为潜道⑬，帝驾往还殊便。"帝曰："汝图之⑭。"于是迪等疏言："离宫宿卫人向多露处。臣等愿捐赀若干，于官地营室数百楹，广筑围墙，以便宿卫。"帝可其奏。于是羽林巡军等⑮，布列至镇安坊止，而行人为之屏迹矣⑯。四年三月，帝始从潜道幸陇西，赐藏阄、双陆等具⑰。又赐片玉棋盘，碧白二色玉棋子，画院宫扇，九折五花之簟，鳞文蓐叶之席，湘竹绮帘，五彩

① 苡（yǐ）：薏苡，多年生草本植物。
② 偏提：又叫"酒鳖"，扁形的酒壶。十事：十件。
③ 月团、凤团、蒙顶等茶：都是名贵的茶叶。月团，出湖南省衡山；凤团，出福建省建溪；蒙顶，出四川省蒙山。
④ 寒具：又叫馓子，一种食品，以糯粉和面、芝麻，加糖，油炸成。银馃（dàn）饼：一种乳酪和肉类制作的饼。
⑤ 郑后：宋徽宗郑皇后。
⑥ 叵（pǒ）测：不可推测，指意外。
⑦ 阅岁者再：再一次阅岁，指经过两年。
⑧ 宣和二年：公元1120年。宣和，宋徽宗年号（1119～1125）。
⑨ 端溪、凤咮（zhòu）砚：两种著名的砚台。
⑩ 李廷珪墨：南唐墨工李廷珪所制作的墨，坚硬精良，非常耐用。
⑪ 宣毫笔：宣州（今安徽省泾县）所制的名贵的毛笔。
⑫ 剡溪绫纹纸：剡溪纸。
⑬ 潜道：隐蔽的通道。
⑭ 图：策划，准备。
⑮ 羽林巡军：皇帝的禁军。宋代无羽林军，此处是借用前代的名称。
⑯ 屏迹：绝迹。
⑰ 藏阄、双陆：两种游戏玩具。藏阄，古代的藏钩之戏；双陆，南北朝时期从天竺（今印度）传入的棋类游戏。

珊瑚钩。是日，帝与师师双陆不胜，围棋又不胜，赐白金二千两。嗣后师师生辰，又赐珠钿金条脱各二事①，玑琲一箧②，毳锦数端，鹭毛缯翠羽缎百匹，白金千两。后又以灭辽庆贺③，大赍州郡，加恩宫府。乃赐师师紫绡绢幕，五彩流苏，冰蚕神锦被④，却尘锦褥，麸金千两，良酝则有桂露、流霞、香蜜等名。又赐李姥大府钱万缗⑤。计前后赐金银钱、缯帛、器用、食物等，不下十万。

帝尝于宫中集宫眷等宴坐，韦妃私问曰⑥："何物李家儿，陛下悦之如此？"帝曰："无他，但令尔等百人，改艳妆，服玄素，令此娃杂处其中，迥然自别。其一种幽姿逸韵，要在色容之外耳。"

无何，帝禅位，自号为道君教主⑦，退处太乙宫。佚游之兴，于是衰矣。师师语姥曰："吾母子嘻嘻，不知祸之将及。"姥曰："然则奈何？"师师曰："汝第勿与知，唯我所欲。"

时金人方启衅，河北告急⑧。师师乃集前后所赐金钱，呈牒开封尹，愿入官⑨，助河北饷。复赂迪等代请于上皇，愿弃家为女冠⑩。上皇许之，赐北郭慈云观居之。

未几，金人破汴⑪。主帅闼懒索师师，云："金主知其名⑫，必欲生得之。"乃索之累日不得。张邦昌等

① 金条脱：金钏，金手镯。
② 玑琲（bèi）：珠串子。玑，不圆的珠子。琲，珠十贯（串）为一琲。引伸为珠串子。
③ 灭辽庆贺：宣和五年（1123年），金朝击败辽，掠夺后将空城还宋。童贯接域后宣称灭了辽国，收复失地。朝廷和地方大加赏赐，表示庆贺。
④ 冰蚕：传说员峤山有冰蚕，在冰雪下结五彩茧。这种蚕丝织成锦不怕水火。
⑤ 大府：国库。
⑥ 韦妃：宋徽宗韦贤妃，开封人，高宗赵构的母亲。
⑦ "帝禅位"二句：宣和七年（1125年）金兵大举进犯，徽宗禅位给太子赵桓（钦宗），太子尊徽宗为道君太上皇帝。
⑧ 河北告急：宣和七年，金兵分两路进攻宋朝。
⑨ 愿入官：将所有赏赐全部捐献给官府。
⑩ 女冠：女道士。
⑪ 金人破汴：靖康元年（1126年）十一月汴京陷落，次年徽、钦二帝被虏北上。
⑫ 金主：指金太宗完颜晟。

为踪迹之,以献金营。师师骂曰:"吾以贱妓,蒙皇帝眷,宁一死无他志。若辈高爵厚禄,朝廷何负于汝,乃事事为斩灭宗社计①?今又北面事丑虏,冀得一当②,为呈身之地。吾岂作若辈羔雁贽耶③?"乃脱金簪自刺其喉,不死;折而吞之,乃死。道君帝在五国城④,知师师死状,犹不自禁其涕泣之汍澜也⑤。

  论曰:李师师以娼妓下流,猥蒙异数⑥,所谓处非其据矣。然观其晚节,烈烈有侠士风,不可谓非庸中佼佼者也。道君奢侈无度,卒召北辕之祸⑦,宜哉。

①宗社:宗庙社稷,代指国家。
②当:机会。
③羔雁贽:见面礼。
④五国城:在今黑龙江省依兰县以东松花江一带。
⑤汍澜:涕泪横流。
⑥猥蒙异数:指得到不应该得到的优厚待遇。
⑦北辕之祸:指徽、钦二帝被俘北去事。

佚 名

本篇录自《绿窗新话》。《绿窗新话》为南宋风月主人编,是南宋说书人的重要参考书。其内容多属恋爱故事,也有少数文人才女的轶事诗文及艺术方面的传说。

李莺莺传

【题解】 本篇故事与唐代元稹的《莺莺传》及元代王实甫的《西厢记》在题材、人物、细节方面都有某些相似之处。小说的篇幅短小,叙事曲折生动,对人物的性格和心理的刻画细腻。

张浩,字巨源,西洛人也①。荫补为刊正②。家财巨万,豪于里中。甲第壮丽,与王公大人侔③。浩好学,年及冠,洛中士人,多慕其名。贵族多与结姻好,每拒之曰:"声迹晦陋④,未愿婚也。"第北构圃⑤,为宴私之所,风轩月榭,水馆云楼,危桥曲槛,奇花异草,靡所不有,与俊杰士游宴其间。

一日,与廖山甫闲坐宿香亭下,时桃李已芳,牡丹未坼,春意浩荡。步至轩东,有方束发小鬟,引一青衣倚立。细视,乃出世色⑥,新月笼眉,秋莲著脸⑦,垂螺厌鬓,皓齿排琼,嫩玉生光,幽花未艳,见浩亦不避。浩乃告廖曰:"仆非好色者,今日深不自持,魂魄几丧,为之奈何!"廖曰:"以君才学、门第,结婚于此,易若反掌。"浩曰:"待媒成好,当逾

① 西洛:即洛阳。宋时以汴京(今开封)为国都。洛阳在汴京西边,故称"西洛"。
② 刊正:校正文字的缪误。此处指任刊正之职。
③ 侔(móu):相等。
④ 声迹晦陋:声名未扬,事迹未显。
⑤ 第北构圃:在第宅的北面修了个花园。
⑥ 出世色:容貌盖世,非常美丽。
⑦ 新月笼眉,秋莲著脸:眉毛弯弯像新月,面容姣好如秋莲。

岁月，则我在枯鱼肆矣①。"廖曰："但患不得之，苟得之，何晚早为恨？君试以言谑之。"浩乃进揖之，女亦敛容致恭。浩曰："愿闻子族望姓氏。"女曰："某乃君之东邻也。家有严君②，无故不得出，无缘见君也。"浩乃知李氏耳，曰："敝苑幸有隙馆③，欲少备酒肴，以接邻里之欢，如何？"女曰："某之此来，诚欲见君，今日幸遇，愿无及乱④，即幸也。异日倘执箕帚，预祭祀之末，乃某之志。"浩喜出望外，曰："若得与俪偕老，即平生之乐，不知命分如何耳⑤。"女曰："愿得一物为信，即某之志有所定，亦用以取信于父母。"浩乃解罗带与之，女曰："无用也，愿得一篇亲笔，即可矣。"遂以拥项香罗⑥，令浩题诗。浩喜，询其年月，曰："十三岁。"乃指未开牡丹为题，作诗曰：

　　迎日香苞四五枝⑦，
　　我来恰见未开时。
　　包藏春色独无语⑧，
　　分付芳心更待谁？
　　碧玉瓿中藏蜀锦⑨，
　　东吴宫里锁西施⑩。
　　神功造化有先后，
　　倚槛王孙休怨迟⑪。

女阅之，益喜曰："君真有才者，生平在君，愿君留意。"乃去。

① 我在枯鱼肆：指为时已晚。《庄子·外物》载：庄子见车辙里有条鱼，快干死了。鱼请庄子弄点水来救它。庄子非常重视鱼的请求，打算到吴越引西江水。鱼生气地说，等你引完水来，只能到枯鱼之肆（卖干鱼的店）中找我了。
② 严君：严厉的父亲。
③ 隙馆：空馆舍，空房子。
④ 无及乱：不要做出越礼的举动。
⑤ 命分：命运，福分。
⑥ 拥项香罗：围在脖子上的香罗巾。
⑦ 香苞：指含苞待放的牡丹。全诗以此喻少女。
⑧ 春色：言花色。
⑨ 碧玉瓿（bù）中藏蜀锦：碧绿色的花苞里藏着如锦的花瓣。碧玉瓿，本义是覆盖于棚架上以遮蔽阳光的草席，此处指包花蕊的花衣。蜀锦，古蜀地锦城（今四川省成都市）产锦，称为蜀锦。此处以锦喻花瓣。
⑩ 东吴宫里锁西施：春秋时越国美女西施，在越王勾践为吴战败时，被献给好色的吴王夫差，所以说"吴宫锁西施"。东吴，指春秋时期的吴国，而非三国时期的"东吴"。
⑪ 王孙：泛指贵族公子。休怨迟：不要埋怨开得迟。

浩自兹忽忽如有所失，寝食俱废。月余，有尼至，——盖常出入门者，曰："李氏致意，近以前事托乳母白父母，不幸坚不诺。业已许君，幸无疑焉。"至明年，牡丹正芳，浩开轩赏之，独叹。乃剪花数枝，使人窃遗李曰："去岁花未坼，遇君于阑畔①，今岁花已开，而人未合。既为夫妻，窃一见，亦非乱也。如何？"李复遣尼曰："初夏二十日，亲族中有适人者②，父母俱去，必挈同行。我托病不往，可于前苑轩中相会也。"浩大喜，严洁馆宇，预备酒醴以俟。至望后一日③，前尼复至，曰："李氏遗君书。"浩开读，乃词一首，云："昨夜赏月堂前，颇有所感，因成小阕④，以寄情郎。"曲名《极相思》，曰："红疏翠密晴暄，初夏困人天。风流滋味，伤怀尽在，花下风前。后约已知君定⑤，这心绪尽日悬悬！鸳鸯两处，清宵最苦，月甚先圆⑥！"

至期，浩入苑待至。不久，有红绸覆墙⑦，乃李逾而来也。生迎归馆。时街鼓声沉，万动俱息，轻幕摇风，疏帘透月。秋水盈盈，纤腰袅袅，解衣就枕，羞泪成交。浩以为巫山、华胥之遇⑧，不过此也。天将晓，青衣复拥李去，浩诗戏曰：

华胥佳梦惟闻说，

① 阑：栏杆。
② 有适人者：有女嫁给人家。
③ 望后一日：望为阴历十五日，后一日即十六日，又称既望。
④ 阕：词。
⑤ 后约：指前所说夏月二十日的约会。
⑥ 月甚先圆：这首词作于十五日赏月，正是月圆时候，而他们俩须到二十日才能见面团圆，所以说月亮为什么比他们先圆。
⑦ 绸：通"茵"，席，蓐。
⑧ 华胥：《列子·黄帝》载，黄帝"昼寝而梦，游于华胥氏之国，……其国无帅长，自然而已；其民无嗜欲，自然而已。……黄帝既寤，怡然自得"。所谓"华胥梦"，本来泛指好梦而非特指男女爱情，但此处是指不期而遇的爱情。

解佩江皋浪得声①。
一夕东轩多少事,
韩郎虚负窃香名②。

　　李得诗,谓浩曰:"妾之此身,已为君所有,幸终始成之。"遂携手下亭,转柳穿花,至墙下,浩扶策李升梯而去③。自此之后,虽音耗时通,而会遇无便。

　　不数月,李随父之官。李遣尼谓浩:"俟父替回④,当成秦晋之约。"李去二载,杳然无耗。及浩叔典郡替回⑤,谓浩:"汝年及冠,未有室,吾为掌婚⑥。"浩不敢拒。叔乃与约孙氏,亦大族也。方纳采问名⑦,会李父替回,李知浩已约婚孙;李告父母曰:"儿先已许归浩,父母若便不诺儿有死而已。"一夕,李不见,父母急寻之,已在井中矣。使人救之,则喘然尚有余息。既苏,父曰:"吾不复拒汝矣,当遣人通好,但浩已约孙,奈何!"李曰:"自有计。"

　　一日,诣府陈词,曰:"某已与浩结姻素定,会父赴官,泪归,则浩复约孙氏。"因泣下,陈浩诗及笺记之类。府尹乃下符召浩⑧,曰:"汝先约李,而复约孙乎?"浩曰:"非某本心,叔父之命,不敢拒耳。"尹曰:"孙未成娶,吾为汝作伐⑨,复娶李氏。"遂判曰:"花下相逢,已

①解佩江皋浪得声:典出刘向《列仙传》:江妃二女游于江汉,逢郑交甫。郑目而挑之,女遂解佩与之,交甫行数步,空怀无佩,女亦不见。"浪得声",虚闻其说。
②韩郎:即韩寿,字德真,晋南阳人,初为司空贾充掾,后官至散骑常侍,河南尹,元康初卒。
③扶策:扶助李往上爬梯的意思。策,策动,促动。
④替回:古代为官有时限,到期更替。此处指更替回家。
⑤典郡:指任州郡长官。典,主管。
⑥掌婚:主婚,决定婚姻之事。
⑦纳采问名:古代婚礼中的两项内容。
⑧府尹:州郡长官,即宋代的知州。符:符信,凭证。此处指官府通知人犯的文书。
⑨作伐:作媒人。

有终身之约;中道而止,欲乖偕老之心。在人情深有所伤,论律文亦有所禁①。宜从先约,可绝后婚。"由是浩复娶李氏。二人再拜谢府尹,归而成亲。夫妇恩爱,偕老百年。生二子,皆登科矣②。

①律文:法律条文。
②登科:考上进士。

洪 迈

洪迈（1123~1202），字景卢，别号野处，南宋鄱阳（今江西鄱阳县）人。撰有《容斋随笔》、《夷坚志》等书。

九圣奇鬼

【题解】本篇选自《夷坚志·丙志》，根据薛季宣《志过》改写而成。作者通过一个小孩的眼光，细腻传神地描写了正邪之间一场酣畅淋漓的战斗，文字极富功力。文中直接提到岳飞，可以说是一部政治寓意小说。

永嘉薛季宣，字士隆，左司郎中徽言之子也①。隆兴二年秋②，比邻沈氏母病③，宣遣子沄与何氏二甥问之。其家方命巫沈安之治鬼，沄与二甥皆见神将，着戎服④，长数寸⑤，见于茶托上，饮食言语，与人不殊。得沈氏亡妾，挟与偕去⑥，追沈母之魂，顷刻而至。形如生身⑦，化为流光，入母顶，疾为稍间⑧。沄归，夸语薛族⑨，神其事。

时从女之夫家苦魈怪⑩，女积抱心恙⑪，邀安之视之，执二魈焉。状类猴而手足不具⑫。神将曰："其三远遁，请得追迹。"俄甲士数百⑬，建旗来前⑭。旗章画三辰八卦⑮，舒光烨然。器械悉具，弩梁施八龙首⑯，机藏柄中⑰，触一机则八龙张吻受箭，激而发之⑱，跃如也⑲。无何，缚三魈至，又执二人，一青巾，一鬃髻⑳，皆木叶被体。命置狱考竟㉑。地狱百

①左司郎中：尚书省左司的长官。
②隆兴二年：1164年。隆兴，南宋孝宗年号。
③比邻：近邻，街坊。
④戎服：军服，战衣。
⑤长：这里指身高。
⑥挟：挟制，用胳膊夹着。偕：共同，一起。
⑦生身：肉体，肉身。
⑧间：拔去，除去。
⑨夸语：很夸张地对人说。
⑩魈（xiāo）：传说中山里的妖魅。
⑪心恙：心病。恙，疾病。
⑫不具：不全，不完整。
⑬俄：短暂的时间，一会儿。
⑭建旗：举着旗子。建，树立。
⑮章：旌旗。三辰：指日、月、星。
⑯弩梁：弓架。施：安放，设置。
⑰机：机关，开关。
⑱激：鼓动。发：把箭放出去。
⑲跃如：急速弹出的样子。
⑳鬃髻（zhuā jì）：中老年妇女发型。
㉑考竟：刑讯，追问穷竟。

毒，汤镬刲碓，随索随见。鬼形糜碎①，死而复苏屡矣，讫不承②。安之呼别将蓝面跨马者讯治③，叱左右考鞫④，亲折鬼四肢，投于空而承以槊⑤，大抵不能过前酷，而鬼屈服。受辞⑥，具言乃宅旁树。刳其腹⑦，得一卷书，曰："此女魂也。"投之于口，亦入其顶中。

是夕小愈⑧。明日，神将言："魈党三辈，挟大力不肯就逮，方以兵见拒，请击之。"遽发卒数万，且召会城隍五岳兵，侦候络绎⑨。既而告败，或有为所劓刖⑩，窜而归者⑪，曰："通郡郭为战场⑫，我军巷斗皆不利。"又遣铁帻将⑬，率十倍之众以往，亦败。安之色不怡，烧符追玉笥三雷院兵为援⑭。会日暮，不决。后二日，始有执旗来献捷者，如世间捷旗，而后加"谨报"二字。得一酋，冕服而朱缨⑮，械之⑯。大青鬼称为雷部，凭空立，云气覆冒其体，鼓于云间，霆声再震，金蛇长数丈，乘电光入幽圄中⑰。沨及何甥谓与常雷电无异，而余人不觉。

其夜，神将曰："闻远方神物为诸鬼地⑱，且将劫吾狱。"命槛车锢囚于内，罗甲卒卫守。安之焚楮锭数万以犒士⑲，既焚，则已班给⑳，人纔得七钱。数日，女疾如故。安之复领神将来，曰："女魂又为鬼所夺矣。"于是解发禹步㉑，仗剑呵祝㉒，每俘获必囚之。何甥自是无所睹。

① 糜碎：粉碎。
② 讫：终究，到底。承：承当，招认。
③ 别将：辅佐主将的将领。
④ 考鞫（jū）：拷问。鞫，审问犯人。
⑤ 承：托着，举着。槊（shuò）：长矛。
⑥ 受辞：听取供词。
⑦ 刳（kū）：剖开。
⑧ 小愈：稍微好了一点。
⑨ 侦候：侦察，侦探。络绎：连续不断，往来不绝。
⑩ 劓（yì）：割掉鼻子。刖（yuè）：砍掉脚。
⑪ 窜：乱跑，逃走。
⑫ 通郡郭：整个郡城。通，整个，全部。
⑬ 铁帻（zé）将：头戴铁盔的将军。帻，古代的头巾。
⑭ 玉笥（sì）：玉笥山，道教三十六洞天之一，在江西永新县。三雷院：当是玉笥山所辖之雷神机构。
⑮ 冕服：古代大夫以上官员的礼冠与服饰。
⑯ 械：枷锁，这里指戴上枷锁。
⑰ 幽圄（yǔ）：牢狱。圄，监狱。
⑱ 为诸鬼地：在诸鬼的地盘上有动静，有所举动。
⑲ 楮锭（qiǎng）：祭供时焚化用的纸钱。锭，钱贯，引申为钱。
⑳ 班给：依次发放。班，按次序排成的行列。
㉑ 禹步：古时称巫师、道士作法的步法为禹步。
㉒ 呵祝：念咒。祝，通"咒"。

泛见神将形渐长大如人。揖季宣就席①，与论鬼神之事，曰："是非真有原，皆起于人心，人心存而有之。无无有有，盖无所致诘②。"又语泛问学，曰："当读睿智、显谟两先生文集③。"告以世无此书，曰："书已为秦政焚灭矣。承烈先生者④，显谟先生子也。"其意盖指帝尧及文王、武王。又曰："人无信不立，果知自信⑤，则先生之道可由学而致。"

宣外甥久病疟⑥，女兄睹此事⑦，敬异之。神即傍顾⑧，曰："闻亲戚间有鬼疟，可并案也⑨。"安之不许。明日，女兄来，假室治甥病，神降者三人，其一类左司公⑩，呼宣小字曰⑪："虎儿，吾汝父也。今为天上明威王，位在岳飞右⑫。吾兄吏部嘉言、待制弼、姻家孙秘丞端朝分将五雷兵⑬，亦为三⑭，明当与孙公过，汝宜治具以待⑮。"凡捕得七鬼，悉系狱。迨夜下漏⑯，呼囚，大略如人世。明日，神将来甚众，自此不复离堂户⑰。或称南北斗、真武、岳帝、灌口神君⑱、成汤、高宗⑲、伊尹、周公、陈抟、司马温公者，又言尧舜在天为左右相，文王典枢密，孔子居翰苑。其语多鄙野可笑。阎罗王续至⑳，望神将，再拜谒㉑。敕阴吏索薛氏先亡者，得男女十有六人，宣父母及外舅孙公

①揖：古代的拱手礼。
②致诘：究问，推究。
③睿智、显谟：作者虚构的两个人。
④承烈：继承先辈功业。
⑤自信：自觉表现出诚信。
⑥病疟（nüè）：得了疟病。疟，一种时冷时热的急性传染病。
⑦女兄：姐姐。
⑧傍顾：顾及，兼顾。
⑨并案：一并查办。
⑩左司公：即薛季宣之父，左司郎中薛徽言。
⑪小字：小名，乳名。
⑫右：等级高，古代以右为尊。
⑬五雷：道教方术，画成雷公墨篆，可致雷雨，祛疾苦，立功救人。因雷公有兄弟五人，故称之五雷。
⑭为三：分为三部，或与上文所谓"三雷院"相应。
⑮治具：设宴，备办酒食。
⑯下漏：古人用漏壶计时。漏，古代计时器，有孔可以滴水或漏沙，有刻度标志以计时间。
⑰堂户：庭户，指门庭之内。
⑱灌口神君：即灌口二郎，也称二郎神。相传秦代李冰及其次子曾在灌口开离堆，锁孽龙，有德于蜀人，蜀人因此建庙祭祀，奉为神灵。
⑲高宗：即商高宗武丁，在位期间励精图治，出征四方，开创了"武丁中兴"的局面。
⑳续至：在后面到来。
㉑再拜谒：两次行参拜之礼。

咸在，皆公服帔裳①，一家婢仆悉见。席罢，曰："狱事未竟，明当再来。今日馔具殊薄恶②，后必加丰，令足以成礼③。"遂去，独留两偏将徼巡④。沨出，见吏士塞途，所经祠庙，主者迎谒。一走卒还白⑤，曰："上天以下元考功⑥，吾王转飞天大神王，以元帅董督五院矣⑦。"五院者，安之所行法也。宣兄宁仲窃怪之⑧，诵言曰⑨："此奇鬼附托，不足复祀。"宣曰："鬼神固难知，既称吾先人，安得不祭？"神将稍不怿⑩，为奏诬宁仲等不孝，请于帝，减其算⑪。旋得诏报可⑫，意欲以惧宣。

明夜，十六人复集，自设供张⑬，变堂奥为广庭⑭。幄帟皆锦绣，器用皆金玉，男子貂蝉冕服⑮，妇人袆衣⑯，侍女珠翠金石，备乐如埙、篪、柷、敔之属⑰，沨所未尝见。酒既酣，奏妓为泼寒胡、曼延、龙爵之戏⑱，千诡万态，听其音调，若因风自远而至。伶官致语，多谶未来事⑲。或诮不已信者，皆粗俗持两端，自相缪戾⑳，颇觉人议己。左司者哭而言，曰："汝谓死而无知，可乎？殆有相荧惑者㉑，非汝之过，可绘我与孙公像，并所事神将祠于室。"宣曰："大人死为天神，甚善。子孙当蒙福，不宜见怪，以邀非正之享㉒。今其绝影响㉓，勿复来。"应

①帔（pèi）：古代披在肩背上的服饰。
②馔具：餐具，代指饭菜。薄恶：土地贫瘠，这里指饭菜不丰盛。
③成礼：符合（接待的）礼节。
④徼（jiào）巡：巡察。徼，巡逻。
⑤还白：回复，回来报告。
⑥下元：即下元节，旧历十月十五日。考功：考核官员政绩。
⑦董督：统率，总领。
⑧窃：私底下。
⑨诵言：公然辩称。诵，通"讼"，争辨是非。
⑩怿（yì）：高兴。
⑪算：数目，这里指寿命。
⑫旋：不久。
⑬供张：指供宴饮之用的帷帐、用具、饮食等。
⑭堂奥：厅堂和内室。
⑮貂蝉：貂尾和附蝉，古代为侍中、常侍等贵近之臣的冠饰。
⑯袆（huī）：古代王后所穿，上有五彩鸡形图案的祭服。
⑰埙（xūn）：用陶土烧制的一种吹奏乐器。篪（chí）：八孔的竹制乐器。柷（zhù）：木制打击乐器。敔（yǔ）：古乐器，形如木虎。
⑱泼寒胡：古代西域的一种乐舞。每年严寒时，由勇壮少年裸体结队而舞，鼓乐伴奏，观者以水泼之。曼延：古代百戏的一种，主要道具为长达八十丈的鱼龙。龙爵：本是西周早期的饮酒器，此戏玩法不详。
⑲谶（chèn）：用迷信的方式预言。
⑳缪戾（miù lì）：错乱，违背。
㉑荧惑：炫惑，使人迷惑。
㉒邀：要求。享：贡献，祭品。
㉓影响：影子和声响，引申为踪迹。

曰:"诺。"诘旦①,久未起②。妻淑者,秘丞女也,亦疑以为不可复祀,宜未对。所谓左司、秘丞者,已泣于床隅③,曰:"真绝我乎?"淑曰:"阿舅、阿父幸见临④,何为造儿女子床下⑤?"皆大惭,曰:"汝言是也,吾即去。"遂跨虎以出。淑谓长姒⑥:"吾翁、吾父皆正人,必不为此,殆是假其名而窃食者。"语竟,即有驱先二人来⑦,曰:"此等皆妄也,真飞天王使我捕之。"宣叱曰:"汝辈魑魅亡状⑧,又欲以真飞天诳我。"拔剑击之,则复其本质。少焉,尽室皆魑,移时乃没⑨。

明日,沄诵书堂上,又有启户者,曰:"二魑已伏诛,吾来报子。"宣以剑拂其处,血光赫然。它奇形异状者踵至⑩,皆计穷舍去。其一盘辟于廷⑪,曰:"昼日吾无可奈何,夜能苦子耳⑫。"及夜,径来逼沄。宣抱之于怀,魑将以物置沄口,宣掩之,沄于手中得药,投诸地,有声,堕宣指间,疮即隐起⑬。已⑭,又投食器中,淑取食之,无伤也。夜半不去。沄困急⑮,闷闷不自持⑯,默诵《周易·乾卦》,似小定⑰,既而复然。淑取真武象挂于傍⑱,沄觉如人噀水入身中⑲,冷若冰雪。魑化为光气,穿牖而灭⑳,精神始宁。薛氏议呼道士行正法㉑,魑历指其短㉒,惟不及张彦华。偶随请而至㉓,魑诈称旧仆陈德。华叱令吐实,曰:"我西

①诘旦:平明,清晨。
②起:治愈,身体好转。
③隅(yú):角落,边沿。
④阿舅:即细问所谓"翁",古代女子称呼丈夫的父亲。
⑤造:到,去。儿女子:妇孺之辈。
⑥长姒(sì):大嫂。姒,古代以兄妻为姒,弟妻为娣,相互亦可称姒。
⑦有驱先二人:有人赶着前面说到的那两个人(即所谓左司、秘丞)。
⑧魑魅(chī mèi):害人的山泽神怪,也可泛指鬼怪。亡:通"无"。
⑨移时:过了一段时间。
⑩踵至:一个个接踵而来。
⑪盘辟:回旋徘徊,不进不退。
⑫苦子:使你受苦。
⑬疮:伤口。隐起:隐没,消失。
⑭已:之后,不久。
⑮困急:非常困。急,严重。
⑯闷闷:昏昏噩噩的样子。自持:自我控制。
⑰小定:稍稍安定。
⑱真武:即玄武。本为北方七宿(斗、牛、女、虚、危、室、壁)的总称,后来指称北方之神。
⑲噀(xùn)水:将水含在口中,然后喷出。
⑳牖(yǒu):窗户。
㉑正法:道教正当的法术,针对邪门左道而言。
㉒历:遍及,全部(包括在内)。
㉓偶:用木头或泥土等制成的人形,这里指张彦华的神像。

庙五通九圣也①。沈安之所事，皆吾魑属。此郡人事我谨②，唯薛氏不然，故因沈巫以绐之③。欲害其子，今手足俱露，请从此别。"华去之。明日，妖复作，攻沄益甚。华始命召考。沄见神人散发飞空，乘铁火轮。魅以药瓢迎拒之，人轮皆丧。九圣者自称神将，着纱帽赭服④，与道士并步罡噀水⑤，略无忌惮。华归，焚章上奏，扫室为狱，置灰焉。明旦阅灰迹，一鬼一妇人就系⑥，狱吏朱衣在傍立。空中鬼反呼正神为贼将，言曰："勿得以戈舂我⑦，我为王邦佐，铁心石肠人也。汝何能为？趣修我庙乃已⑧。"宣不复问，领仆毁其庙，悉断土偶首。

　　初，沄梦为群猴舁入穴⑨，青色鬼牵虎訢訢然⑩，于是祀其像。庙既坏，邦佐方引咎请于沄⑪。宣还家，续又七人至，其一自名萧邦贡，沄呼曰："神将胡不擒此？"即有大星出中庭，云烝其下⑫，三魑扶摇而上⑬。旋至于灰室，其四脱走，火轮石斧交涌云际⑭，凡俘鬼二十一，皆斩首。其十五尸，印火文于背，曰："山魑不道，天命诛之。"其六尸，印文称："古埋伏尸，不着坟墓，害及平人者⑮，竿枭其首以徇⑯。"是夕启狱，灰迹纵横凌乱，而絷者才五辈⑰。将上送北酆⑱，金甲神持黄纸符敕示沄⑲，上为列星九，中画黑杀符⑳，下云"大小鬼神邪道者并诛之"。沄

①五通：古时江南民间供奉的邪神，传说为兄弟五人。九圣：道教信奉的九位神仙。
②谨：恭敬，小心。
③绐（dài）：同"诒"，欺骗，欺诈。
④纱帽：纱制官帽。赭（zhě）服：红色战衣。赭，红褐色。
⑤步罡（gāng）：也称"步罡踏斗"，道士礼拜星宿、召遣神灵的一套仪式。其步行转折，宛如踏在罡星斗宿之上。罡，北斗七星之柄。
⑥就系：被关住，被逮住。
⑦舂（chōng）：撞击。
⑧趣（cù）：从速，赶快。
⑨舁（yú）：带，载。
⑩訢訢（yín）：喜笑和悦的样子。
⑪请：请罪。
⑫烝：同"蒸"，热气升腾。
⑬扶摇：盘旋上升。
⑭交涌：竞相涌现。
⑮平人：普通人，平民百姓。
⑯竿枭（xiāo）：把头割下来悬挂在竹竿上。枭，斩首。
⑰絷（zhí）：拴，捆，拘禁。
⑱北酆（fēng）：也称"北罗酆"，即北方癸地之罗酆山。道家称山上有六天鬼神，主断人间生死祸福。
⑲符敕：即符箓，道士所画的一种图形文字，相传可以役鬼辟邪。
⑳黑杀：也作"黑煞"，即所谓凶星、恶神。

录示华，华喜曰："上帝有命矣①。"质明②，诣狱问吏。吏白："制敕已定③，行刑可也。首恶非王邦佐，实萧文佐、萧忠彦、李不逮，余不可胜计，姓名不足问也。"甲卒以木驴、石砭、火印、木丸之属列廷下④，吏具成案、律书盈几。呼军正案法⑤，一吏捧策书至，曰："已有特旨，无庸以律令从事⑥。"先列罪于漆板，易以朱榜，金填之⑦，立大旗，书太清天枢院⑧。下揭牌，曰："奉敕某神将行刑。"吏以引示沄⑨，曰："有敕，诸魈并其所偶，一切案诛之。"五雷判官者进曰⑩："元恶毙以阴雷⑪，皆三生三死。次十五人支解，余阴雷击之。"引三魈震于前，酌水灌顶，旋复活，如是三击乃死。以篮盛尸去，三朱榜标其后，曰九圣、曰山魈、曰五通，罪皆有状，使徇于庙⑫。相次以驴床钉二男四女及六魈⑬，刽者朱帕首，虎文衣，亦各书其罪。一人乃旧婢华奴，以震死而为厉者⑭；一人非命而为木魅者⑮；男强死而行疫者⑯；魈正神而邪行者；诈称九圣者；窃正神之庙食者。生不守正，死为邪鬼，杀人误国，无所不至，而踪迹诡秘如某人者，皆先啖以食⑰，吞以木丸，而后脔之⑱。其毙于雷火者又二十二人，竟刑，皆失所在。武吏持天枢院牒⑲，致宣曰："山魈之戮，非本院敢违天律，为据臣僚奏请，专敕

①上帝：天帝，主宰一切的最高神。
②质明：黎明，天刚亮的时候。
③制敕：皇帝（上帝）的诏令。
④木驴：刑具，装有轮轴的木架，载犯人游行示众。石砭（biān）：原指刺穴治病的石针，这里也是刑具。火印：在犯人身上使用的火烙铁。木丸：木制的球形刑具，塞入犯人口中，使不能出声。
⑤案法：查看法律文书。
⑥无庸：无须，不必。
⑦金填之：敲响金鼓。填，鼓声高震。
⑧太清：道教三清之一，元始天尊、玉皇大帝法身所居之地，地位在玉清、上清之上。
⑨引：使者凭证。
⑩判官：传说冥司中阎王属下掌管生死簿的官。
⑪阴雷：阴间的雷击。
⑫徇：同"殉"，死。
⑬相次：依次。驴床：有钉的木架，将犯人钉在架上处死。
⑭厉者：即恶鬼。
⑮非命：意外死亡。木魅：附在树上的鬼怪。
⑯强死：壮年而死。行疫：传播疾病。
⑰啖（dàn）：吃或给人吃。
⑱脔（luán）：把肉切成细块。
⑲牒：证书，文件。

施行。牒请照会①。"

初，郡人事九圣淫祠②，久为民患。及是，光响讫熄③。自沈巫治从女病，以十月七日迨二十八日，乃毕事，首尾逾再旬④。彦华所降天人，与沈巫之怪无以异。弟语音如钟磬金玉⑤，细若婴儿，而怪声则重浊类人云⑥。宣恨其始，以轻信召祸，自为文曰《志过》，记本末尤详。予采取其大概著诸此。沄时方十四五岁⑦。

①照会：对相关文件进行核查。
②淫祠：祭祀不该祭的或邪恶的鬼神而建造的祠庙。
③光响：供奉神祇所用的烟火炮仗。
④再旬：二十天。再，二次，二倍。
⑤弟：但，只是。
⑥重浊：声音低沉粗重。
⑦方：才，刚刚。

周 密

周密（1232~1308），南宋著名文学家。字公谨，号草窗。祖籍济南，后迁居吴兴（今属浙江）弁台，故自号弁山老人。著作《齐东野语》辑录轶闻旧事，保存了许多宋代珍贵的文史资料。

台妓严蕊

【题解】本篇所写是当时颇有影响的真人真事。严蕊虽为歌妓，但精弈棋，通音律，擅书画，能歌善舞。因其与知府有词曲来往，竟遭受道学家朱熹的迫害。小说描摹形象生动，对人物心理的刻画十分细腻。

天台营妓严蕊①，字幼芳，善琴、弈、歌舞、丝竹、书画，色艺冠一时。间作诗词，有新语。颇通古今，善逢迎。四方闻其名，有不远千里而登门者。

唐与正守台日②，酒边尝命赋红白桃花③，即成《如梦令》云："道是梨花不是，道是杏花不是，白白与红红，别是东风情味。曾记，曾记。人在武陵微醉④。"与正赏之双缣。

又七夕，郡斋开宴⑤，坐有谢元卿者，豪士也，夙闻其名，因命之赋词，以己之姓为韵。酒方行，而已成《鹊桥仙》云："碧梧初出，桂香才吐，池上水花微谢⑥。穿针人在合欢楼⑦，正月露玉盘高泻⑧。蛛忙鹊懒，耕慵织倦，空做古今佳话。人间刚道隔年期，指天上方才隔夜⑨。"元卿为之心醉，留其家半载，

① 天台：今浙江省天台县。营妓：古代军中的官妓。
② 唐与正守台日：意指唐与正在台州任知州的那段时间。
③ 酒边：酒席前。
④ 武陵：指桃花树林。典出晋代诗人陶渊明《桃花源记》。
⑤ 郡斋：知州衙署内的书记或客厅。斋，房舍，一般指学舍或书房。
⑥ 水花：指荷花。
⑦ "穿针人"句：此句写妇女七夕（阴历七月七日）"乞巧"情景。
⑧ 玉盘：比喻明月。
⑨ "人间"二句：传说天上一日，地上一年。

尽客囊橐馈赠之而归①。其后，朱晦庵以使节行部至台②，欲摭与正之罪③，遂指其尝与蕊为滥④，系狱月余。蕊虽备受箠楚⑤，而一语不及唐，然犹不免受杖。移籍绍兴，且复就越⑥，置狱鞫之⑦，久不得其情。狱吏因好言诱之曰："汝何不早认，亦不过杖罪，况已经断⑧，罪不重科⑨，何为受此辛苦邪？"蕊答云："身虽贱妓，纵是与太守有滥，科亦不至死罪；然是非真伪，岂可妄言以污士大夫？虽死不可诬也。"其辞既坚，于是再痛杖之，仍系于狱。两月之间，一再受杖，委顿几死。然蕊声价愈腾，至彻阜陵之听⑩。

未几，朱公改除⑪，而岳霖商卿为宪⑫，因贺朔之际⑬，怜其病瘁，命之作词自陈。蕊略不构思，即口占《卜算子》云："不是爱风尘，似被前缘误，花落花开自有时，总赖东君主⑭。去也终须去，住也如何住。若得山花插满头，莫问奴归处。"即日判令从良。继而宗室近属纳为小妇，以终身焉。《夷坚志》亦尝略载其事⑮，而不能详。余盖得之天台故家云⑯。

① "尽客"句：意思是说，谢元卿把客游所带的全部财物都送给严蕊方才别去。囊橐：袋子，此处指行李。
② 朱晦庵：朱熹（1130～1200），字元晦，号晦庵。
③ 摭（zhí）：拾取，摘取。
④ 滥：过度，过分。此处指唐与正同严蕊发生过男女关系。
⑤ 箠楚：杖刑。箠是短木棍，楚是荆杖，都是古代打人的刑具。
⑥ 越：指绍兴。
⑦ 鞫：审讯罪人。
⑧ 断：判罪。
⑨ 重科：重新判罪。
⑩ 至彻阜陵之听：直传到孝宗赵昚（shèn）的耳朵里。
⑪ 改除：改授别的官职。
⑫ 岳霖：字商卿，岳飞的第三个儿子。宪：朝廷委任的地方高级官吏。
⑬ 贺朔：此处是指新官上任，下属前来拜贺。
⑭ 东君：司春之神。主：动词。作主的意思。
⑮《夷坚志》：南宋洪迈编著的笔记小说集。
⑯ 故家：世家大族。

陈仁玉

陈仁玉，生平不详。

贾云华还魂记

【题解】 本文在我国古代文言小说中，篇幅较长，对后来的话本和戏曲都颇有影响。所叙故事曲折离奇，波澜起伏。为了获得美满的爱情生活，活人竟以先行死去然后借尸还魂的方式来实现与意中人的团聚，表现出浓厚的浪漫主义色彩。艺术方面，作品的叙事流畅且富于文采，但"粉饰闺情，拈缀艳语"在书中占了较大比重。

魏鹏，字寓言，其先巨鹿人①。九世祖飞卿，宋高宗朝，仕至御史中丞②。以论秦桧误国，贬襄阳令，死葬白马山③，子孙遂留居焉。宗族蕃衍④，富拟封君⑤，迨元朝尤盛。鹏父巫臣，延祐初，参政江浙行省⑥，生鹏于公廨⑦。而父卒⑦。母郢国萧夫人⑧，携鹏暨二兄栴、榮，扶榇归襄阳。

生五岁通五经⑨，七岁能属文，肌肤莹然，眉目如画，乡里以神童称之。至正间⑩，累举不偶⑪，深置恨焉。尝曰："大丈夫当唾手以取功名，而一第乃不可得耶！"因抚几长叹。萧夫人闻之，恐其悒郁成疾，遂命之曰："钱塘，汝父故治也。凡此时名师夙儒，多前日门生故吏，汝往讲业，庶或有成。况东南大藩⑫，山水奇胜，可以开豁心胸，吟咏情性，汝

① 巨鹿：即今河北省巨鹿县。
② 御史中丞：掌纠察，肃正纲纪的官员。
③ 白马山：在湖北襄阳县南十里。
④ 蕃衍：言其众多。
⑤ 封君：领受封邑的贵族。
⑥ 参政：即"参知政事"的略称，代行中书省中品秩最低的副主任长官（行省的长官为丞相，副长官为平章政事右丞、左丞、参知政事）。
⑦ 公廨（xiè）：即官衙。
⑧ 郢国萧夫人："郢"指当时的楚都，在今湖北省江陵县。"国夫人"是古代贵妇人的封号。唐代规定，文武官一品及国公母、妻为"国夫人"。
⑨ 五经：《易经》《尚书》《诗经》《礼记》《春秋》为儒家的五部经典。
⑩ 至正：元顺帝的年号（1341～1368）。
⑪ 不偶：即不遇，遭遇不顺利。
⑫ 大藩：指人口繁盛的大都邑。

其行哉,毋事一室。"乃于怀中出书一缄,付之曰:"到彼读书之暇,当往访故贾平章妇邢国莫夫人①,以此呈之,议汝姻事。吾自有说,慎勿妄开也。"生退,私启其封,始知己未生时,母氏与彼有指腹之约。不胜忻喜,促驾而行。

生奉命,翌旦戒行②。逾两月抵杭,僦居于北关门边妪家③。妪善延纳④,生颇安之。越数日,舍馆既定,乃渐出游,访问故人,无一在者。惟见湖山佳丽,清景满前,车马喧门,笙歌盈耳。生乃赋《满庭芳》词一阕,以纪其胜,因题于寓舍纸窗之上。词云:

　　天下雄藩⑤,浙江名郡,自来惟说钱塘。水清山秀,人物异寻常。多少朱门甲第,闹丛里,争沸丝簧⑥。少年客,谩携绿绮⑦,到处鼓求凰。　徘徊应自笑,功名未就,红叶谁将⑧?且不须惆怅,柳嫩花芳。闻道蓝桥路近,愿今生一饮琼浆。那时节,云英觑了,欢喜杀裴航⑨。

偶边妪见之,问曰:"斯作郎君所缀乎⑩?"生未答。妪曰:"郎君岂以老妇为不知音也耶?大凡乐府蕴藉为先⑪,此词虽佳,尚欠妩媚⑫,欧、晏、秦、黄⑬,殆不如是。"生闻之,

① 贾平章妇邢国莫夫人:平章,指江浙行中书省的首席副长官"平章政事"。邢,邢州,治所在今河北省邢台市。
② 戒行:义同"戒途",登程,启行。
③ 僦(jiù)居:租屋居住。
④ 延纳:延接容纳,接待。
⑤ 雄藩:重镇。
⑥ 丝簧:丝指弦乐器,簧指管乐器,丝簧泛指乐器。
⑦ 绿绮:汉代司马相如的琴名。此处泛指乐器。
⑧ 红叶谁将:意思是说,谁是媒人能成全这件良缘。
⑨ 云英、裴航:参见《裴航》。
⑩ 缀:连接。此处指缀文,即联缀辞句成文章。
⑪ 乐府:此处指词。
⑫ 妩媚:姿态美好可爱。尚欠妩媚,意思是说词写得太显露,太呆板,不够含蓄。
⑬ 欧、晏、秦、黄:指欧阳修、晏殊、秦观、黄庭坚四位宋代著名词人。

乃大惊,因致谢曰:"浅陋之言,献笑多矣。"因诹姬出处①,方知为达睦丞相宠姬②。丞相薨,出嫁民家,今老矣,通诗书,晓音律,喜笑谈,善刺绣,多往来达官家,为女子师,皆呼为边孺人③。生曰:"然则丞相正与先公使参及贾平章为同辈人矣④。"姬骇曰:"郎君岂魏参政子乎?"生曰:"然。"姬曰:"真韩子所谓称其家儿者也⑤。"因出杯款生⑥,生乃得备询参政旧日僚寀⑦。姬曰:"俱无矣,惟贾氏一门在此耳。"生曰:"老母有书达彼,敢托为之先启。"姬许诺。生又问:"平章弃禄数年⑧,今有谁在?生事若何⑨?"姬曰:"平章一子名麟,字灵昭。一女名娉娉,字云华,母梦孔雀衔牡丹蕊置怀中而生。语颜色则若桃花之映春水,论态度则似流云之迎晓日。十指削纤纤之玉,双鬟绾袅袅之丝⑩。填词度曲,李易安难继后尘⑪;织锦绣图,苏若兰讵容独步⑫!邢国钟爱之,俾从余讲学,余自以为弗如也。且夫人勤励,治产有方,珠履玳簪⑬,不减昔时之丰盛;钟鸣鼎食,宛如向日之繁华。"生闻之,知其必指腹之人也,急欲一往。会姬病目,弗能前,遂止。

夫人讶姬久不来,乃遣婢春鸿往姬家问焉。时姬目愈,欲生偕行,值生偶出,姬乃先随鸿往,诣夫人谢,且道魏生母寄书事。邢国骇愕,曰:"正尔念之,今焉至此,亟为我召

① 诹(zōu):询问。
② 达睦丞相:即达识帖睦迩,字九成。
③ 孺人:旧时对妇女的尊称。
④ 先公使参:出任参政的先父。先公,先父,已故的父亲,指魏鹏的父亲魏巫臣。使,出使。此处作"出任"解。
⑤ "真韩子"句:意思是说,魏生真的是韩非子书中称赞的那个聪明智慧的孩子。韩子,即战国末期哲学家、法家韩非,著有《韩非子》。其中的《说难》篇讲了一个故事:"宋有富人,天雨墙坏。其子曰:'不筑且有盗。'其邻人之父亦云。暮而果大亡其财,其家甚知(同智,用作动词,以其子为智)其子,而疑邻人之父。"
⑥ 款:招待。
⑦ 僚寀(cǎi):同僚,一同作官的人。
⑧ 弃禄:官吏死亡的讳称。禄,俸禄。
⑨ 生事:生活。
⑩ 绾(wǎn):盘结。
⑪ 李易安:宋代著名女词人李清照,号易安居士,济南人。
⑫ 苏若兰:东晋时前秦女诗人苏蕙,字若兰,始平(今陕西咸阳)人。丈夫窦滔为秦州刺史,因罪被徙流沙。苏蕙织锦为回文璇玑图诗以赠,诗反转回环都可读,文辞凄惋,寄托思念之情。
⑬ 珠履玳簪:比喻贵盛。珠履,缀有明珠的鞋子;玳簪,用玳瑁甲片刻成的簪,是一种珍贵的装饰品。

来,勿缓也!"春鸿承命,复至请生,生便同行。既及门,鸿先入。俄而二青衣导生至重堂,即东阶少立①。邢国服命服出②,坐堂中。生再拜。夫人曰:"魏郎几时来耶?"生曰:"数日耳。"命坐于西鸳前钿椅上。茶罢,夫人曰:"记得别时,尚在襁褓,今长成若是矣!"慰劳甚至,且问萧夫人暨栴、荣安否。生答以幸俱无恙。夫人为生道旧,如在目前,但不及指腹誓姻之说。生疑之,乃顾随来老仆青山解囊,取母书投上。夫人拆封,观毕,纳诸袖中③,亦不发言。顷间,一童子出,娟娟如琼瑶④。夫人命拜生。生答拜。夫人曰:"小儿子也,当教之,乃答礼耶⑤?"复命侍妾秋蟾曰:"召娉娉来。"须臾,边妪领二丫鬟拥一女子从绣幕后冉冉而至,面生前展拜。生逡巡欲起避⑥。夫人曰:"无妨!小女子也。"拜毕,退立于夫人座右。边妪亦侍座于坐隅。窃窥娉娉,真国色也,虽西施、洛神,未可优劣⑦。生见后,魂神飞越,色动心驰,恐夫人觉之,即起辞出。夫人曰:"先平章视先参政犹骨肉,尊堂亦视老身如姊妹。自二父云亡⑧,两家阔别⑨,鱼沉雁杳⑩,音耗不闻。本谓此生无复再见,岂意馀年得睹英妙⑪,老怀喜慰,何可胜言!郎君乃尔寡情耶?"生揖返席,不敢复辞。

邢国目娉娉入,意若使治具然⑫。

①少:暂时,一会儿。
②服命服:穿着皇帝按等级赐给的制服,指国夫人的衣服。
③纳诸袖中:放入袖中。
④娟娟:明媚美好的样子。
⑤"小儿子也"三句:意指这是小孩子,魏生只需要教导他就行,不必向他行礼。
⑥起避:起身避开,表示受不起对方拜礼。这是一种礼节。
⑦未可优劣:不可以跟娉娉比较。
⑧二父云亡:父亲和公公都去世了。二父,指妇之父与婿之父。云,语气助词。
⑨阔别:久别。
⑩鱼沉雁杳:书信全无。在古代,"鱼"、"雁"代指书信。
⑪馀年:晚年。
⑫治具:整理宴客的器具。

于时开宴,水陆毕陈①。夫人亲酌饮生,生跪受而饮。既而命麟与娉娉更劝迭进。娉酒至,生辞以"乍出远方,久疏麴蘖②,今不胜杯酌矣"。娉娉捧杯再拜。生欲熟视之,固辞不敢先饮。夫人曰:"郎君年长于汝,自今以后,既是通家③,当为兄妹,汝宜跪劝。"娉遂跪。生仓皇遽接,一吸而尽。娉娉收杯,至夫人前,沥馀酒于案曰④:"兄饮未釂⑤,更告一杯可乎⑥?"夫人笑曰:"才为兄妹,便钟友爱之情,郎君岂得戛然乎⑦?"边姬亦从旁更相劝⑧,生乃尽饮。夫人复让边姬曰⑨:"郎君既舍汝家⑩,乃不早以见告,当满进一觥。"姬笑而饮。宴罢,告归。夫人曰:"郎君毋还邸中,只在寒舍安下。"生略辞⑪。夫人曰:"贫家寂寥,愿勿嫌也。"即呼家仆脱欢、小苍头宜童,引生于前堂外东厢房止宿。生入门,但见屏帏床褥,书几盥盆,笔砚琴棋,靡一不备。姬家行李,亦已在焉。生既得定居,复遇绝色,且惊且喜,睡不能成,因赋《风入松》一阕,乘醉书于粉壁之上。

是夕,娉娉返室,亦厚属生,因呼侍女朱樱曰:"魏兄卧否?"樱曰:"弗知也。"娉语之曰:"汝往厢房窥之。"去良久,反命云:"郎君微吟烛下,若有深思,既而取笔,题数行于壁间,妾谛视之,乃《风入松》词也。"娉曰:"汝记忆乎?"樱曰:"已

①水陆毕陈:水中和陆上的佳肴都很齐全。
②麴蘖(qū niè):酒母。此处指酒。蘖,生芽的米,酿酒的曲。
③通家:世交。两家世代交好,如同一家。
④沥:水下滴。此处指滴下杯中的剩酒。
⑤未釂(jiào):饮酒未尽。釂,干杯,把酒饮尽。
⑥告一杯:少饮一杯。
⑦戛然:形容声音突然中止。此处指停杯。
⑧更:又,也。
⑨让:责备。
⑩舍:此处用作动词,住宿的意思。
⑪略辞:稍微辞让。

记之矣。"遂口占一过。娉濡毫，展双鸾霞笺，次其韵①，顷刻而就，封缄付樱曰："明晨汝奉汤与郎君盥面时②，以此授之。"樱收于囊。次日黎明，如教而往。生盥沃毕，樱出缄谓生曰："娉小娘致意郎君，有书奉达。"生慌忙取视之，乃和生所赋壁间《风入松》，词云：玉人家在汉江边，才貌及春妍③，天教分付风流态④，好才调，会管能弦⑤。文采胸中星斗，词华笔底云烟。蓝田新锯璧娟娟，日暖绚晴天。广寒宫阙应须到，霓裳曲，一笑亲传。好向嫦娥借问，冰轮怎不教圆？生读之数过，不忍释手，知娉之赋情特甚也，遂珍藏于书笈中。方欲细询娉性情，而夫人已遣宜童召生矣。生偕童入，夫人见生来，迎谓生曰："郎君奉命萱堂⑥，远来游学，不可虚度光阴，玩时废日。此中有大儒何先生者，及门之士，常数百人，郎君如从之游⑦，必有进益。贽见之礼⑧，吾已办矣。"食罢，请行。生睹娉后，万念俱灰，不求闻达⑨，惟云华是念。不虞夫人之逼令就学也⑩，黾勉应承⑪，然亦不数数往也⑫。因念夫人虽甚见爱，而挂口不及姻事⑬，且令与娉认为兄妹，盖有可疑，而无从质问。乃潜往伍相祠祈梦⑭，得神报云："洒雪堂中人再世，月中方得见嫦娥。"既觉，莫晓所谓，但私识之⑮。

一日，偶与朋友游西湖，娉伺

①次其韵：用相同的韵脚作诗或填词。
②汤：热水。
③妍：艳丽。
④天教分付：上天安排。
⑤会管能弦：会吹能弹，音乐才华高。
⑥萱堂：古代母亲居室的代称，此处借指母亲。
⑦游：游学。
⑧贽见之礼：旧时初次拜见人时所送的礼物。
⑨闻达：名誉显达。此处指功名仕进。语出《论语·颜渊》"在邦必闻"和"在邦必达"。
⑩不虞：不料想。
⑪黾（mǐn）勉应承：勉强答应。黾勉，勤勉，此处是勉强的意思。
⑫数数：屡次，常常。
⑬挂口：闭口。
⑭伍相：即伍子胥，名员，春秋楚国人。
⑮私识（zhì）：暗中记住。

生不在，携侍姬兰苕，潜至其室，遍阅简牍，见有《娇红记》一册①，笑谓苕曰："郎君观此书，得无坏心术乎？"因戏题绝句二首于生卧屏上。诗曰：

> 净几明窗绝点尘，
> 圣贤长日与相亲。
> 文房潇洒无馀物，
> 惟有牙签伴玉人②。

> 花柳芳菲二月时，
> 名园剩有牡丹枝。
> 风流杜牧还知否？
> 莫恨寻春去较迟③。

抵暮，生归，见诗，知为娉作，深悔一出，不得相见。乃赓其韵④，用赵松雪体行楷⑤，书于花笺以答娉。诗曰：

> 冰肌玉骨出风尘，
> 隔水盈盈不可亲。
> 留下数联珠与玉，
> 凭将分付有情人。

> 小桃才到试花时，
> 不放深红便满枝。
> 只为易开还易谢，
> 东君有意故教迟。

写毕，无便寄去。踌躇间，忽春鸿

① 《娇红记》：元代宋梅洞所著的传奇小说，写申纯和王娇的恋爱故事。
② 牙签：旧时藏书者缀系于书函上的作为标志的象牙（或兽骨）制作的签牌。此处指代书。
③ "风流杜牧"二句：比喻寻春应及早。晚唐诗人杜牧于大和末年往游湖州（治所在今浙江吴兴），遇到一个十多岁的绝色少女，与她约婚，以十年为期，逾时由她另嫁。大中三年（829年），杜牧移授湖州刺史，相隔十四年，那个女子已出嫁三年，并生下两个孩子了。杜牧感慨系之，作了《怅别》诗："自恨寻芳到已迟，往年曾见未开时，如今风摆花狼藉，绿叶成阴子满枝。"
④ 赓其韵：即和韵。赓，继续，连续。
⑤ 赵松雪体行楷：赵松雪，元代著名书画家、诗人赵孟頫（1254～1322），字子昂，号松雪道人。行楷体是他著名的书法，介于正楷和草书之间的一种字体，用笔圆转流美，骨力遒劲。

来，谓生曰："夫人闻郎君西湖归，惧为酒困，遣妾持武夷小龙团茶奉饮①。"生喜甚，即啜一瓯②。因移身逼鸿坐，笑语鸿曰："娉娉既视我为兄，汝何惜暂为吾妇③?"鸿变色曰："夫人理家严肃，婢妾只任使令，岂敢荐枕于君④，以污清德?"生曰："东园桃李，片时春也。何害?"遂与鸿狎。且谓鸿曰："吾有一简奉娉娉，能为我持去否?"鸿曰："敢不承命，当亟递去⑤。"鸿入，遇娉茶堂中，即以与之。娉急置于怀，嘱鸿勿泄。返室观之，乃和其绝句二首。读罢，叹曰："清楚流丽⑥，类其为人⑦。"

言未已，闻夫人呼曰："有客。"娉趋出，乃外兄莫有壬也，自藁城来省⑧。邢国因设宴待之，生亦与坐。夫人以久别有壬，且悲且喜，姑侄劝酬，不觉至醉，兼之有壬远来，驱驰鞍马，困惫不任酒，急欲休息，苦告夫人。夫人乃令脱欢扶掖至礼宾堂之南小斋内歇卧。生亦随出，独立于重堂。无何⑨，夫人亦眩晕思卧，乃先就榻。惟娉率诸婢收拾器皿，锁闭门户。朱樱持烛，伴娉出重堂巡逻，见生孤立，惊曰："兄未寝乎？何此延伫?"生告以："渴甚，求浆，弗能得。"娉即令樱入厨中取茶。因代樱执烛，置案上，烛为风烁⑩，蜡液泪流，娉以金剪剪之曰："汝亦风流乎?"生曰："子不闻李义山诗云⑪：'春蚕到死丝方尽，蜡炬成灰泪始

① 武夷小龙团茶：宋代武夷山出产的茶叶，用特制的刻有龙的花纹的圆模压制茶饼，专供皇帝及大臣饮用。下文"分食泉州凤饼香茶"的"凤饼"是印有凤凰的花纹的团茶。
② 啜一瓯：喝一杯。啜，饮，尝。
③ 汝何惜：你为什么不。
④ 荐枕于君：做你的妾。
⑤ 亟：立即。
⑥ 流丽：形容诗作华美，字体流利圆润。
⑦ 类其为人：做的诗跟他为人一样。
⑧ 藁（gǎo）城：今河北省藁城县。
⑨ 无何：不久。
⑩ 烁：吹。
⑪ 李义山：晚唐著名诗人李商隐（813～858），字义山，号玉溪生，怀州河内（今河南沁阳）人。

干'。"娉曰:"义山浪子耳,何眷恋之深耶?"生曰:"人同此心、心同此欲,乌可以此病义山乎①?"娉曰:"然则兄亦义山之流亚乎②?"生曰:"风情幽思,自谓过之③。"娉曰:"若兄之言,真风流蕴藉之士也。但佳句云劳心者,果劳何事?不知商隐亦有是乎?"生曰:"室迩人遐故也④。"娉不答,指壁上琴曰:"兄善是耶?"生曰:"幼耽此技⑤,小姐闻亦能之⑥。"娉曰:"谩寄指耳⑦,敢言能乎?"俄朱樱捧茶至,娉起递与生。生谢曰:"何烦郑重?"娉曰:"爱亲敬兄⑧,礼宜如是。"生将促席与言,娉遽敛身曰:"今夕夜深,兄宜返室,来宵有便,当诣听琴,幸无他往也。"遂道万福而退⑨。

次日,夫人中酒不能起。薄暮⑩,娉偷至厢房。生正悬望,伫俟阶前,陡见娉来,喜心翻倒,即拥娉入。坐定,生拂几焚香,解锦囊出天风环珮琴⑪,请娉弹。娉羞涩固辞,生于是转轸调弦⑫,鼓《关雎》一曲以感动之⑬。娉曰:"吟猱绰注⑭,一一皆精,但惜取声太巧,下指略轻耳!"生甚服其言,必欲观娉之指法,请之不已。娉乃命朱樱取琴,放己前琅玕石卓上,操《雉朝飞》一调以答生⑮。生曰:"佳哉指法,但此曲未免淫艳之声多。"娉曰:"无妻之人,其词哀苦,其声凄怨,何淫艳之有?"生曰:"自非牧犊子妻,安能

① 病:责备。
② 流亚:同一类的人。
③ 自谓过之:我认为胜过义山。
④ 室迩人遐:住得很近,但无法接近。迩,近;遐,远。
⑤ 耽此技:在这项技艺上迷恋。
⑥ 小姐闻也能之:闻小姐也能之。
⑦ 谩(mán):本意轻慢无礼,这里指随意,漫不经心。
⑧ 亲:父母。
⑨ 万福:多福。古代妇女见客行礼,常口称"万福"。此处"道万福",即互相请安的意思。
⑩ 薄暮:傍晚。
⑪ 天风环珮琴:古琴名。
⑫ 轸(zhěn):通"畛",指弦乐器上转动弦线的轴。
⑬ 《关雎》:《诗经》的第一篇,是表现男子思慕和追求女子的爱情诗。此处是根据诗意改编的琴曲。
⑭ 吟猱(náo)绰注:吟猱和绰注,弹琴的两种指法。
⑮ 《雉朝飞》:琴曲。据崔豹《古今注》,为战国时齐人牧犊子所作。

造此妙乎？"娉无言，惟微哂而已。是夕，谈话稍款①，言情颇深。值夫人睡觉，呼娉索人参汤，娉惶恐走去。生茫然自失，魂魄俱丧，面若死灰，大失所望。因枕上赋《如梦令》一阕自悼。词云：明月好风良夜，梦到楚王台下。云薄雨难成，佳会又成虚话！误也，误也，青著眼儿干罢！平旦②，生起，整衣冠，趋夫人阁，问安否。出至重堂，转从堂后，循曲巷，欲造娉室③。迷路而回。至清凝阁前，少憩④。时娉正坐阁中，低鬟束双弯，着绣鞋。生即屏身户外，窥于隙间，为娉小婢福福见之，报与娉。娉大愤，将起白夫人⑤。生惶恐，告娉曰："向于夫人处问安，路迷至此，兄妹之情，宁忍见窘⑥？"娉曰："男子无故不入中堂，况可直造人家闺阁乎？今且恕兄，后勿再至。"生连揖不已。娉曰："聊恐兄耳，毋劳深谢！"因指阁前灵清小瓦盆养瑞香一株⑦，命福福云："送去兄卧房中，为幽人之伴。"生曰："得此一株，当贮诸金屋⑧。"娉笑而颔之⑨。福遂捧花送生出。生知福乃娉之亲随，即探囊中金数星与之⑩，冀其传递简帖，潜通殷勤。福拜而受之，自此得其用矣。

然生自离家之后，两月有馀，寒食初过，清明又到，夫人备酒肴，召邻曲及边姬⑪，并拉生出郭扫坟，

①款：诚恳。
②平旦：天亮的时候。
③造：造访。
④憩：休息。
⑤白：禀告。
⑥见窘：使我为难。
⑦灵清：形容小巧玲珑。瑞香：花名。瑞香科常绿灌木，可供观赏。
⑧金屋：用汉武帝幼时说作金屋贮阿娇的典故。此处魏生引用，是表达他希望同娉结成夫妻。
⑨颔（hàn）之：点头表示认可。
⑩星：碎金碎银。
⑪邻曲：邻居，邻人。

惟娉娉以小疾新愈,不得偕行。生觇知娉不去,乃佯出。夫人留之。生曰:"适何先生遣人见呼,不敢不去,弗及拜平章神道①,意甚缺然!"夫人曰:"先生召无诺,宜速往也②。"生去,夫人亦登舆,举家毕从,惟留福福及小女使兰苕伴娉。生度夫人行远,徐徐而归,至重堂。门闭不得入,徘徊庑下③。福福闻人履声,谓是客至,启门问之,乃生也。生急持福裾,问娉所在,欲见之。福曰:"小姐敏慧聪明,知书识礼,持身谨慎,不离闺房,贞静幽娴,凛不可犯,妾安敢暗昧导君④,唐突西子⑤!"生曰:"吾之遇汝,自谓有缘,虽张珙之红娘,不啻过也⑥。今汝乃有是言,予之觖望甚矣⑦!"福沉吟半晌曰⑧:"彼虽以礼自持,然幽情颇切,吾尝见其临镜自照,回顾妾曰:'我何如月中之嫦娥也?'妾覆之曰:'不已夸乎?'彼乃曰:'姮娥虽貌美⑨,叵耐只孤眠⑩!'由是观之,可以情乱也。"生曰:"为今之计,将若之何?"福曰:"妾有吴绫手帕⑪,郎君试为情诗,染其上,我当持与之观。郎君轻步踵妾后窥之,彼若动心,事谐必矣。"生欣然握管,题以付之。诗曰:鲛绡原自出龙宫,长在佳人玉手中。留待洞房花烛夜,海棠枝上拭新红。福袖帕入,生尾福后,至柏泛堂。娉方倚槛,玩庭前新柳,曰:"绿阴

①神道:神行的道路,也即墓道。此处"拜神道",即清明扫墓。
②"先生招无诺":语出《礼记·曲礼上》:"父招无诺,先生召无诺,唯而起。"意思是说,父和先生呼招,只能称"唯唯",不能称"诺"。此处引用承接上文"何先生遣人见呼",是说先生呼唤,理应恭恭敬敬答应着前去。
③庑(wǔ)下:廊下。
④暗昧:昏暗。此处指暗中。
⑤唐突西子:轻率地冒犯了漂亮的小姐。唐突,用言语或举动轻率地冒犯他人;西子,西施,古代著名美女。
⑥不啻(chì):不仅。
⑦觖(jué)望:怨望,指因不满意而生怨。觖,不满足。
⑧半晌:好久,一会儿。
⑨姮(héng)娥:即嫦娥(汉代因避文帝刘恒讳改姮为嫦),神话中美丽的月中女神。
⑩叵(pǒ)耐:不可忍受,受不了。
⑪吴绫:产于吴地的绫。

如许矣!"因诵稼轩词云①:"莫去倚危栏,斜阳正在烟柳断肠处。"生遽前,抚其背曰:"断肠何所为乎?"娉惊曰:"狂生又至此耶?"生曰:"韩寿窃香,相如涤器②,狂者固如是乎?"娉乃命福取茶。福伴堕手帕于地,娉拾而观之,见诗,怒曰:"此必兄所为,小妮子何敢无忌惮如是?吾将持以白夫人。"生愧谢再三,继之以跪。娉因回颜一莞③,收置怀中曰:"毋多言,姑此共坐,少叙半晌之欢,倘老母来归,则无及矣④。"生大喜,就坐。娉呼福出江瑶荐酒⑤,亲持金荷叶杯,酌以劝生。生辞不饮。娉固劝。生谢曰:"此意良已勤,正昔人所谓,虽吃锥子亦醉⑥,不烦酒⑦。"略饮数杯,因命撤去,娉从之。生乃促席与娉联坐,语娉曰:"我奉命慈亲,为此姻事,艰难水陆,千里远来。今夫人了无一语,道及前盟,必有他谋。事恐中变,命为兄妹,其意可知。子复漠然,路人相视,殊无聊赖⑧。久拟赋归,但以未与子言,故迟迟不决耳。今幸相逢,难期再会,予之心事,子既知之,谐与不谐,明以见告,毋徒使我为周南留滞之客也⑨。"娉闻之,抚髀叹曰⑩:"余岂木石之人哉!兄之此言,岂知我者!妾自遇兄来,忘飧废事,心动神疲,夜寐夙兴,惟君子是念。顾以菲菲⑪,得侍房帷,偕老百年,乃深幸也。第

①稼轩:南宋杰出的词人辛弃疾(1140~1207),字幼安,号稼轩,山东历城(今山东省济南市)人。"休去倚危栏,斜阳正在,烟柳断肠处"是辛弃疾《摸鱼儿》词中的句子。

②韩寿窃香,相如涤器:古代两个男女恋情故事。晋时,韩寿为权臣贾充下属,常出入贾府,贾充之女贾午看上韩寿,两人得以结合。汉时司马相如用琴打动名宦之女卓文君,两人私奔。相如家贫,常在市上以清洗器具为生。

③莞(wǎn):微笑。

④无及:没法在一起。

⑤江瑶:软体动物,名贵的海产。其闭壳肌的干制品,即干贝,味乐鲜美,可食用。

⑥虽吃锥子亦醉:这是幽默话,意思是面对美女,心醉不已,不管吃什么东西,心都是醉的。

⑦不烦:用不着。

⑧无聊赖:无所依靠,无所寄托,指十分无聊。

⑨周南留滞之客:汉时皇帝封禅大典,司马迁之父留在周南(陕西以东之地),无法参与,急愤而死。

⑩髀(bì):大腿。

⑪菲菲:自谦词,与下文"营蒭"意近,指不要嫌弃。

恐天不与人方便，不能善始令终。张珙、申纯①，足为明鉴。兄如不弃菅蒯②，妾可永执箕帚，毋轻一举，当计万全。"生曰："若待六礼告成，则予墓草宿矣③。子其怜之，毋吝今夕！"娉未及对，而兰苕报夫人回矣。生仓忙趋出。是日，三月丙午也④。

丁未清晨，生入谒，夫人曰："昨因祭扫，就过湖上诸寺一行，佳景满前，令人应接不暇，所惜者，寓言不在耳。"生唯唯而退。至中堂侧门，与娉相遇，侍妾森然，前遮后拥，彼此注视，莫交一言。生归室闷闷，因诵崔颢《黄鹤楼》诗云⑤："日暮乡关何处是？烟波江上使人愁！"适娉经窗处，闻之，因穴窗呼生曰："男儿何怀土之切乎⑥？"生曰："事属参差⑦，终不能就，处此无益，莫若归去。"娉曰："少顷，当令福福诣君。"言讫而去。早饭罢，福果来，谓生曰："娉小娘有简奉君。"生拆而观之，乃诗一首云：

　　春光九十恐无多，
　　如此良宵莫浪过。
　　寄语风流攀桂客⑧，
　　直教今夕见姮娥。

读毕，生喜不自制，颙颙然视日之斜⑨，汲汲然望夜之至⑩。岂期向午，生之友人金在镕来，拉生过

① 张珙（gǒng）、申纯：张珙是元稹《莺莺传》中的男主角，申纯是宋梅洞《娇红记》中的男主角，他们都是对女子始乱终弃的薄情郎。
② 菅（jiān）蒯（kuài）：两种草名。菅根坚韧，可制帚、刷、绳索，蒯茎可织席。此处以菅蒯自比，意思是说如果不嫌弃我微贱。
③ 则予墓草宿矣：那么我坟墓上的草根都长老了。意思是我早死了。草宿，即宿草，隔年的草。
④ 丙午：古代用天干地支相配以纪年、月、日，"丙午"指某一具体的一天。下文"丁未"即"丙午"的第二天。
⑤ 崔颢：唐代诗人。汴州（今河南开封）人。《黄鹤楼》诗是其名作。
⑥ 怀土之切：思念故土心切。
⑦ 参差：不顺利。
⑧ 攀桂：指科举登第。这里用字面引伸为偷香。下文"所愿桂枝高折"，即用登科之意。
⑨ 颙（yóng）颙然：不转头的样子。
⑩ 汲汲然：心情急切的样子。

平康①。生以他事拒之，金固不许，不得已，乃与同行。至彼，妓有秀梅者，颇晓诗词，素慕才俊，见生洒落②，劝以巨觥，金又与轰饮③。生意不在酒，为二人所困，痛醉而归，展紫丝褥，卧于房前石栏杆侧地上。迨暮月明④，夫人睡熟，娉乘便赴约⑤，不意生酣寝⑥，酒气逼人，呼之不应，乃怅然行于阶下。徐入生室，取宣毫⑦，写绝句一首于生练裙上⑧，投笔而去。诗曰：

　　暮雨朝云少定踪⑨，
　　空劳神女下巫峰。
　　襄王自是无情者⑩，
　　醉卧月明花影中。

五更天明，生酒亦醒，起步花阴，但见落红沾袖，坠露湿衣，追省娉期⑪，潸然流泪。正郁郁间，忽风吹生衣裾⑫，裾翻字见，生举视之，乃七言绝句，娉所染也。因大怅恨，失此良会，为人所误，深负娉期。因剪下裙幅，装潢成轴，悬于壁间，仍赓原韵，缄以寄娉。诗曰：飘飘浪迹与萍踪，误入蓬莱第几峰。凡骨未仙尘俗在，罡风吹落醉乡中⑬。诗后复有一词，名《忆秦娥》云：春萧索，可怜更负佳人约！佳人约，今番准定，莫教违却。世间虽有相思药，应知难疗身如削。身如削，盈盈珠泪，夜深偷落。

①平康：指妓院。唐代长安丹凤街有平康坊（也作平康里），是妓女聚居的地方，因地近北门，又称北里。早些时因以"平康"、"北里"泛指妓女所居之地。
②洒落：潇洒，举止大方，不拘束。
③轰饮：狂饮。
④迨（dài）：等到。
⑤乘便：乘着机会。
⑥不意：没想到。
⑦宣毫：宣城所产毛笔。这里泛指毛笔。
⑧练裙：绢做的裙。古代男子也穿裙。
⑨暮雨朝云：比喻男女之情。战国时楚国宋玉《高唐赋》载：楚襄王与宋玉游于云梦之台，见高唐上云气变化，对襄王说这是朝云。并说了先王之事。先王游高唐时，尽寝，梦一女子与其合欢，女子自称是巫山之女，且为朝云，暮为行雨。
⑩襄王：这里指魏生。
⑪追省娉期：追想起跟娉约会的时间。
⑫裾（jū）：衣服大襟。
⑬罡（gāng）：道家所称极高处的风，也指强烈的风。

一日，忽闻夫人唤春鸿云："平章忌辰在迩，合照常规。汝可往西邻靖恭姚长者家①，问几时建金山佛会，亦欲附荐平章，以徼冥福②。"鸿少选返命云："只在此月二十五日为始，适届忌辰，凡三昼夜。若欲与荐善功，必须先严斋戒，至日，请诣法筵③，炷香礼佛，竣事方归④。"至期，夫人分付娉家事毕，乃往姚宅。娉与生俱送及门，因得同行入内，经过生卧房前，生苦邀入，欲赋高唐⑤。娉恳辞曰："蒲柳贱躯⑥，敢自吝惜。但今白昼，仆妾众多，若交接之顷，云雨方浓，妾于此时，如醉如梦，能保无他虑乎？莫若少待今宵，兄宜亲即妾所，妾当明烛启门，焚香迎候。"生深然之。至暮，娉戒诸奴仆曰："夫人偶不在家，汝等各宜早歇，男仆不许擅入中门，女仆亦须不离内寝，毋得辄便私相往来。"众皆拱听⑦，莫敢不遵。人既定，生乃寻向路。由柏泛堂后，转过横楼西，适有两巷相联，莫知何者可达，狐疑未决。忽风送好香一炷，逆鼻而来⑧。生心喜曰："娉不远矣！"径趋右巷，巷穷，果得娉寝。但见绿窗半启，绛烛高烧⑨。娉上服紫罗衫，下着翠文裙，自拈生龙脑于金雀尾炉中焚之⑩，香烟缥缈，烛影晶荧。骤得见娉，疑与仙遇。娉笑曰："巨卿⑪，信人也。"出户迎生，延入室内。室中安墨漆罗钿屏风床，

①长者：佛家称具备"十德"者为长者。
②冥福：古代迷信所谓死后之福。
③法筵：佛会说话的座席。
④竣事：事情结束。
⑤赋高唐：指做《高唐赋》中提及的男女之事。
⑥蒲（pú）柳：水杨，秋天很早凋落，喻体质衰弱。
⑦拱听：恭听。
⑧逆鼻：迎鼻。
⑨绛：深红色。
⑩生龙脑：一种中药，可作香料。
⑪巨卿：东汉范式的字。范式是守信之人，游太学，与新交张劭相约过两年看其父母并约定日期。到了约定日期，张劭在家杀鸡煮小米饭等候，范式果然如约前来。

红罗圈金杂彩绣帐，床左有一殷红矮几，几上盛绣鞋二双，弯弯如莲瓣，仍以锦帕覆之。右有铜丝梅花笼，悬收香鸟一只①，余外无长物②。房前宽阔仅丈许，东壁挂二乔并肩图③，西壁挂美人梳头歌，壁下二犀毗相对④，一放笔砚文房具，一放妆奁梳掠具，小花瓶插海棠一枝，花笺数番，玉镇纸一枚。对房则藕丝吊窗，窗下作船轩，轩外缭以粉墙。墙内叠石为台，台上牡丹数本⑤，四傍佳花异草，丛错相间。距台二尺许，砖甃一方池，池中金鱼数十尾，护阶草笼罩其上。生未暇遍观，即携娉就寝。娉乃取白绒软帕付生曰："兄诗验矣，可谓海棠枝上拭新红也。"生笑为娉解衣，共入帐中。娉低声告生曰："妾幼处深闺，未谙情事。媾欢之际，第恐弗胜，兄若见怜，不为已甚。"生曰："姑且试之，庶几他日见惯。"岂期娉之身体纤柔，腰肢颤掉，花心才折，桃浪已翻，羞赧呻吟，如不堪处。而生蜂锁蝶恋，未肯即休，直至兴阑，将过夜半。生起，持帕剪烛观之，乃与娉使藏焉，留为后日之验。娉曰："贱妾陋躯，为兄所破，静言思之，有腼面目！伉俪之约⑥，兄善图之，毋使妾为章台之柳则幸矣⑦！不然，当坠楼、赴水，以死谢兄，断不能学流俗之人，背盟他适，以负所天⑧。"生曰："我为男子，岂不能谋一妇人？

① 收香鸟：鸟名，也称"收香倒挂"，产于岭南，似鹦鹉而小。
② 长（zhàng）物：多余的东西。长，同"涨"。
③ 二乔：三国时东吴太尉乔玄的两个女儿，大乔嫁孙权，小乔嫁周瑜。
④ 犀毗（pí）：带钩。
⑤ 本：量词，株，棵。
⑥ 伉俪（kàng lì）：夫妻。
⑦ "毋使"句：不要使我也像故事中的柳氏那样落在别人手里就算有幸了。章台柳故事见《柳氏传》。
⑧ 天：指丈夫。古代以"天次之序"比附伦常关系，以天为最高的尊称，故称君、父、夫为天。此处是妻子称丈夫。

脱有夙缘①，不必过为之虑。"乃于枕上口占《唐多令》一阕以赠娉。词云：

  深院锁幽芳，三星照洞房。蓦然间、得效鸾凰。烛下诉情犹未了，开绣帐，解衣裳。　　新柳未舒黄，枝柔那耐霜？耳畔低声频付嘱：偕老事，好商量。

娉亦依韵，和以酬生：

  少小惜红芳，文君在绣房。马相如、赋就求凰②。此夕偶谐云雨事，桃浪起，湿衣裳。　　从此褪蜂黄，芙蓉愁见霜！海誓山盟休忘却，两下里，细思量。

自此，往来频数，无夕不欢，虽连理之柯，比翼之鸟③，奚以过也④。何期光阴易逝⑤，乐极悲来。夏暑将残，秋风又动，忽收萧夫人及二兄书，取生回，应乡试⑥。生得书怏怏，不遣娉知⑦，然言动之间，屡有嗟叹之意。娉察之，生不获隐⑧，出母书示之，彼此流涕。未数日，二兄又遣一仆海仙，驰书奉邢国夫人，使促生早还。夫人启缄，读毕，令人召生至，以母书示之，且谓生曰："尊夫人相念至深，二令兄促归亦急，且欲同应秋科⑨，实人间美事。老身虽不忍遽舍郎君，然母命兄书，安可违越，所愿桂枝高折，早占鳌头，侧耳捷音，与有荣耀。瓜期未及⑩，恭候

① 脱：也许，或许。
② 马相如：即司马相如。相传他曾作琴曲《凤求凰》，以此曲琴挑卓文君。求凰：即琴曲《凤求凰》。
③ "连理"二句：即连理枝，比翼鸟。
④ 奚以过也：哪里比得上他们。
⑤ 何期：不料。
⑥ 乡试：科举考试中的地方考试，每三年一次。
⑦ 遣：让。
⑧ 获隐：瞒不住。
⑨ 秋科：即乡试，在秋天举行。
⑩ 瓜期未及：旧称任职期满、等候移交的时候为瓜期。瓜期未及，即收获时期未到，也就是仍在任上当官的时候。此处"瓜期未及"似指及第而未赴任之时。

再来。"遂备办行装，送生上路。娉时侍夫人座侧，闻知此言，泪落如注，即起入内。其夜，伺夫人睡静，乃潜出别生，相视饮泣。遂谓生曰："正尔欢娱，乃有远别！天耶人耶！何至此极也！"生曰："我为母兄所逼，且只暂归，三两月间，再图相见。子第宽心，保摄眠食，勿为无益之悲，徒损倾城之貌。"娉掩涕曰："兄途中谨慎，早早到家，有便再来，勿为长往。妾丑陋之身，乃兄所有，倘念么么，不我遐弃①，虽死之日，犹生之年。"乃面生再拜曰："只此别兄，明日不能出矣。"生亦哽咽，目送娉退。次早，娉又遣福福叩门，持手简，送鸦青珝丝履一双，绫袜一緉赠生②。简曰：

薄命妾娉再拜白，寓言兄前：娉薄命，不得奉侍左右为久计。今马首欲东③，无可相赆④，手制粗鞋一双，绫袜一緉，聊表微意。庶步武所至⑤，犹妾之在足下也。悠悠心事，书不尽言，伏楮緘辞⑥，涕泪交下！不具⑦。

生览毕，惟堕泪而已，遂收拾锁于书笈。既登途，凡道中风晨月夕，水色山光，睹景怀人，只增悲惋。

及抵家，已迫槐黄矣⑧。遂偕二兄往就试，梽、棨失利，惟鹏领高荐而归。贺客填门，杂遝数月。追冬

①不我遐弃：不要把我远远地抛开。典出《诗经·周南·汝坟》："既见君子，不我遐弃。"
②一緉（liǎng）：一双。"緉"是古代计算鞋袜的量词。
③马首欲东：指归去。
④赆：赠给人的路费或礼物。此处指赠送礼物。
⑤步武：脚步。六尺为步，半步为武，指较短的距离。
⑥楮（chǔ）：楮树，是造纸的原料。这里指代纸。
⑦不具：不具名，是"知名不具"的省略法。一般用在信末。
⑧槐黄：指应试的考期。

末，同年促上礼闱①，生方欲托病不赴，图为杭游，以践凤约。而母与二兄之弗容，府尹、县侯之敦遣，不获已，黾勉而行，期在下第，庶得即归。讵意青钱万选万中②，会闱揭晓③，名次群英，廷试又在甲榜④，擢应奉翰林。文字才名日起，藉甚当时，虞、揭诸公⑤，皆加爱重。生虽居清要⑥，而心念云华，未尝暂舍，因求外补。明年正月，得江浙儒学副提举⑦，正惬所愿。遂不归襄汉，径赴钱塘，需次待阙⑧，首具袍笏⑨，诣贾氏，拜夫人。夫人见生来，喜色溢面，劳之曰："具审金榜题名，文台列职⑩。平生之愿，一旦尽酬。第恨灵昭年幼，未历江湖⑪。老病屡躯，不能远涉，无由造贺，作庆尊堂为愧耳！"生谢曰："末学荒疏⑫，谬登科目。续貂之诮⑬，有愧于中⑭。然自别门下，两载光阴，令女贤郎，安否何似？辄敢请见，少慰下怀！"夫人曰："小儿读书郡学，半月一回。丑女在家，寻当上谒。"遂命秋蟾召娉。须臾出见，流眄掠生⑮，悲喜交集。夫人置酒，边妪亦来。邢国举杯致贺，生毕饮。复命娉曰："魏兄高第显官，人间盛事！汝既在妹列，岂可无一杯致贺乎？"娉再拜领命，乃酌酒劝生。生复酬娉。母女极欢而罢。既暮，辞出。夫人曰："幸未上官，免寻邸舍，吾家旧寓，谨以相延。"生且谢且辞，退就寝室，风物依然，一榻如故。因赋律诗一首，

①同年：古代科举考试同届考中的人。礼闱：古代称礼部会试进士。
②青钱万选万中：意谓文辞好，屡试皆中。
③会闱：会试时的试院。
④甲榜：古代科举考试称进士为甲榜。
⑤虞、揭："虞"指虞集（1272～1348），元代文学家，字伯生，号道园，蜀郡（今四川仁寿）人，著有《道园学古录》《道园遗稿》。"揭"指揭傒斯（1274～1344），元代文学家，字曼硕，龙兴富州（今江西南昌）人，著有《揭文安公全集》。
⑥清要：古代称地位高、职司重要的官职。
⑦江浙儒学副提举：元代在各行省所署之地，皆设置儒学提举司。
⑧需次待阙：等候上任。需次，古代指官吏授职后，按资历依次补缺。阙，同"缺"。
⑨首具袍笏：第一次穿着官服，拿着朝笏。
⑩文台：文学的官。台，古代对人尊称的词。
⑪未历江湖：没有出过远门，见过大世面。
⑫末学：学识肤浅。自谦之词。
⑬续貂："狗尾续貂"的省语。古代近侍官员以貂尾为冠饰，任官滥，官太多，貂尾不足，以狗尾代之。此处是自谦滥竽充数。
⑭中：内心。
⑮流眄（miǎn）：眼睛转动的样子。

题于壁以纪重来。诗曰：不到仙家两载馀，竹窗幽户尚如初。梁悬徐孺前时榻①，壁写崔生昔日书②。花柳谩为新态度③，江山不改旧规模。未知当日桓温幕④，还有风流此客无？

次日，生出谒。夫人虑生寓所器物不备，或乏人使命，乃呼娉侍行，过彼点检。及至，凡百所需，悉已完具，宜童复专供役。盖娉已宿戒之矣，而夫人弗知也。周视间，忽见生壁上新题，读之数过，称赏弗已，且顾娉曰："才子！才子！"又云："此人器量弘深⑤，学问该博⑥，聪明敏捷，少有比伦。不出十年，须当远到，提举未足以掩也。女子识之。"夫人素有藻鉴⑦，慎许可⑧。娉见母誉生如此，愈加爱重。由是夜往晨回，倾情倒意，虽接翼之鸾凤，交颈之鸳鸯，未足以喻其和协也。无何，情爱所迷，殊无顾忌，朝欢暮乐，婢妾皆知，所未觉者，惟邢国一人而已。或日，春鸿与兰苕于清凝阁前闲坐，分食泉州凤饼香茶。娉偶过见之，默然不乐。私念此茶夫人物也，惟己尝窃数饼与生，计必生私二人⑨，自彼而得，因诘问之。鸿、苕不能隐，以生与为对。娉大恨恚，妒念顿生，乃捃摭他事⑩，白于夫人，俱遭痛挞。鸿辈衔恨，谋发娉私⑪。乃阚娉与生于后园池上重阴亭前弈棋⑫，急趋白夫人云："圃中池莲，有一花并蒂，红白二色，开已一

① 徐孺前时榻：汉代太守陈蕃平时不接宾客，唯独尊重徐孺，专门为他准备一个榻。徐孺一走就把榻挂起来，不让别人用。这里泛指挂着的榻，有恭维的意思。
② 崔生昔日书：这里指魏生所写的诗。崔生，不知所典，当泛指书生。
③ 谩为新态度：（花柳）是新生长的。
④ 桓温幕：东晋大将桓温的幕府。桓温幕府延揽了一批名士，而当时名士以风流著称。
⑤ 器量：胸襟。
⑥ 该博：渊博。该，通"赅"，完备。
⑦ 藻鉴：亦称"藻镜"。善于品评，鉴别人才。
⑧ 慎许可：很少夸人。
⑨ 私：私下赠给。
⑩ 捃（jùn）：拾取。
⑪ 发娉私：揭发娉娉的隐私，即她与魏生的私情。
⑫ 阚（kàn）：看，望。

日,请往观之,恐久则谢矣。"夫人喜曰:"此祯祥兆也①!"如其请②。生与娉不虞其至,方拊掌大笑曰:"云华姐又输一局矣,敢请子之金钏为赌资,可乎?"言未已,忽风撼败桃一枚③,坠局中。娉惊讶,举首视之,遥见二人侍夫人来,知其故意相袭也④。急目生⑤,使入天林洞避去。而博戏之具,收拾弗及。乃佯趋走,迎语夫人曰:"儿多时不到园中,适因绣倦,与福福携楸枰来此⑥,以消长日。忽见并头莲花,红白二色相向,真嘉瑞也⑦。正拟报知膝下⑧,而娘娘来矣。"鸿、苕虽善其支吾⑨,然未敢面斥⑩,惟相目冷笑而已。幸夫人眼昏,莫辨其为生也。夫人曰:"莲花双蒂者常有之,但一红一白,为难得耳。适闻春鸿言如此,将欲呼汝同观,不意汝已先在此矣。然人家处子⑪,不离闺房,偶或出游,拥蔽其面。今汝不使我知,辄行至此。虽无人见,亦且不宜。况汝读书识礼,岂不知博弈之为非,当痛以自惩,后勿尔。"然夫人只知其与福福手弹⑫,不料其与生对垒也⑬。遂同至亭间,徘徊瞻企。夫人命春鸿曰:"佳哉花也!可召魏郎君来此同玩。"鸿将启齿,娉恐其有言,潜蹑其足⑭。鸿会意,乃绐夫人曰⑮:"有此佳花,而酒肴未备,不若明旦于此开宴,召之赏玩,亦未为晚。"夫人点头曰:"春鸿言是也。"遂回。

① 祯(zhēn):吉祥。
② 如其请:按她们邀请的做。如,符合。
③ 败桃:坏桃。
④ 相袭:突然袭击式的检查。
⑤ 目生:以目示意魏生。
⑥ 楸(qiū)枰:棋盘。楸,楸树,一种落叶乔木。
⑦ 嘉瑞:吉祥的兆头。
⑧ 膝下:借指父母。这里指母亲。子女幼时依于父母膝下,故膝下表示幼年,后借作对父母的敬爱之称。
⑨ 支吾:找借口言谈搪塞。
⑩ 面斥:当面驳斥。
⑪ 处子:处女。
⑫ 手弹:手谈,下棋的雅称。
⑬ 对垒:两军对阵作战,喻下棋。
⑭ 蹑:踩。
⑮ 绐(dài):欺哄。

诘朝①，果于亭上设席，且于郡学呼麟回②，同生赏花。酒半，夫人目麟曰："吾闻人家兴替③，见于花卉。盖草木得气之先，且瑞应之来，必不虚也。汝今秋文战④，或者得捷，双莲之瑞，其在是乎！宜赋一诗，以观汝志气。魏提举如不相弃，亦请唾珠玉⑤，以重斯芳。"麟与生奉命，一挥而就，以呈夫人。夫人览而叹曰："提举绝妙好词！吾儿结意，亦自可取。"因付娉曰："汝观而藏之，留为汝弟秋科张本⑥。"二诗云：若耶溪里万红芳，那似君家并蒂祥？韩虢醉醒殊态度⑦，英皇浓淡各梳妆⑧。徒劳画史丹青手⑨，谩费词人锦绣肠。向夜酒阑明月下⑩，只疑神女伴仙郎。右鹏诗⑪。亭亭翠盖荫召娆，一种风流两样娇。飞燕洗妆迎合德⑫，彩鸾微醉倚文箫⑬。若教解语应相妒，纵自无情也是妖。寄语品题高著眼，直须留作百花标。右麟诗。娉读之，微莞，将收之袖中。生乃请于夫人曰："小姐也不可无佳制。"夫人命娉曰："汝试为之，请教提举。"娉对曰："好语皆为兄所道，尚何言哉？然亦不敢不勉强。"遂口占《声声慢》一阕。词云：

　　太华峰头，若耶溪上⑭，秋波荡漾婵娟；翠盖阴中，佳人并著香肩。深杯怎禁频劝传？玉容霞脸争妍。真个是，善才龙女，

①诘（jié）：明天。
②郡学：府、州的官学。
③兴替：盛衰。
④文战：指科举考试，如武士应战，故称文战。
⑤唾珠玉：比喻言语或诗文很珍贵。
⑥张本：预为布置，为将来的行事准备条件。此处指为将来秋试的结果作印证。
⑦韩虢（guó）：唐玄宗两妃子。
⑧英皇：女英和娥皇，舜的两妃子。
⑨丹青：红色与青色颜料，借指绘画。
⑩酒阑：喝酒尽兴。
⑪右鹏诗：右边所写的是魏鹏的诗，古代书为竖体，从右向左书写。
⑫飞燕：汉成帝皇后。
⑬彩鸾：传说中的仙女，与书生文箫相恋。
⑭若耶溪：在浙江绍兴。古代诗人多有吟咏之作。

不染尘缘。　　共说风流态度，似凤台萧史①，夫妇同仙。描画丹青，生绡难写清联。鸳鸯也知相妒，却爱来，比翼花边。心更苦，委淤泥丝又暗牵②。

生倾听之馀，自愧弗及，因出席揖之曰："风流俊媚，的是当家③，真可谓才调女相如也④！"娉敛绣巾拜谢曰："不敢当！不敢当！"酒散月明，夫人酣寝。娉出就生，具告以昨日围棋之故，且吐舌曰："非桃坠则夫人见矣，奈何！奈何！"生曰："此天也！然非子之临机应变，则罅隙呈露，吾二人安得复合耶？危哉！危哉！"娉曰："夫人以妾昨过园中，微赐呵谴，今不敢再至矣。所恨前时远别，今幸相遭。复被匪人百端间阻⑤，当为兄屈己下之，冀回其意。兄且忍耐，勿自忧煎。然此亦由兄私之之过也⑥！《论语》曰：'惟女子与小人为难养也！近之则不逊，远之则怨。'⑦不可不加之意也。"盖微讽生宠春鸿、兰苕事以箴之⑧，生惭悚交并⑨，莫知为对。娉自此深居简出，杳不相闻。生亦踧踖不安⑩，若有芒刺在背⑪，凡遇内集⑫，多却不来⑬。娉虽谬为敛迹，而益重幽思⑭，故于鸿、苕，特加礼待，但其所欲，举以赠焉。尔后二人俱囿娉术中⑮，夙怨冰释，翻为之用，第生未知耳。踽踽月馀⑯，无聊

① 凤台萧史：萧史为春秋时人，善吹箫，秦穆公把女儿弄玉嫁给了他。萧史教弄玉吹箫，以致把凤凰也吸引来了。穆公为他们俩筑凤凰台。数年后，夫妇乘龙凤升天。
② 委淤泥丝又暗牵：指偷情。
③ 的是当家：确实是行家。
④ "真可谓"句：她的才情真可说是女司马相如。才调，才情。
⑤ 匪人：行为不正当的人。
⑥ 私之：私自对丫环好。
⑦ "惟女子与小人为难养也"三句：典出《论语·阳货》，意思是说只有女子和小人是难得同他们相处的，亲近了，他会过分、乱来，疏远了他又会怨恨。
⑧ 箴：劝告。
⑨ 悚(sǒng)：害怕。
⑩ 踧踖(cù jí)：恭敬不安的样子。
⑪ 芒：某些植物果实外面的针状物。
⑫ 内集：家内宴会。
⑬ 却：推辞。
⑭ 幽思：蕴藏的深微的思想感情。
⑮ 囿(yòu)娉术中：都中了娉的计谋。
⑯ 踽(jǔ)踽：孤独的样子。

特甚。正忧闷中，忽福福送新莲数房来①，且报鸿、苕释憾，早晚可以相见②。生闻之，手舞脚蹈，不任欢情，因以蜀笺写所赋夏景闺情十首③，为小引于前以答娉。其词曰：

　　孤馆无聊，睡起块坐，不见贤淑，岂止鄙吝复生而已哉④！谩成闺思十首奉寄，一则以见此情之拳拳⑤，一则时自省览⑥，犹佳丽之在侧也。
　　香闺晓起泪痕多，
　　卷理青丝发一纲⑦。
　　十八云鬟梳掠遍，
　　更将鸾镜照秋波⑧。

　　侍女新倾盥面汤，
　　轻攘雪腕立牙床⑨。
　　都将隔宿残脂粉，
　　洗在金盆彻底香。

　　红绵拭镜照窗纱，
　　画就双蛾八字斜⑩。
　　莲步轻移何处去？
　　阶前笑折石榴花。

　　深院无人刺绣慵⑪，
　　闲阶自理凤仙丛。
　　银盆细捣青青叶，
　　染得春葱指甲红⑫。

　　薰风无路入珠帘，
　　三尺冰绡怕汗粘。
　　低唤小鬟扃绣户⑬，

①新莲数房：新莲蓬几支。莲房，即莲蓬。
②早晚：随时，天天。
③蜀笺：即薛涛笺，古代一种深红色小信笺。
④鄙吝复生：鄙俗的念头又产生了。
⑤拳拳：恳切。
⑥省（xǐng）览：仔细阅览。省，察看。
⑦纲（guā）：女子头发一束为一纲。
⑧鸾镜：妆镜。
⑨攘（rǎng）：捋起，卷起。
⑩双蛾：眉毛。
⑪慵（yōng）：困倦，懒怠。
⑫春葱：喻指头。
⑬小鬟：小丫头。扃（jiōng）：关门。

双弯自濯玉纤纤。

爱唱红莲白藕词，
玲珑七窍逗冰姿①。
只缘味好令人羡，
花未开时已有丝②。

雪为容貌玉为神，
不遣风尘浼此身③。
顾影自怜还自叹，
新妆好好为何人④？

月满鸿沟信有期⑤，
暂抛残锦下鸣机。
后园红藕花深处，
密地偷来自浣衣。

明月婵娟照画堂⑥，
深深再拜诉衷肠。
怕人不敢高声语，
尽在殷勤一炷香。

阔幅罗裙六叶裁，
好怀知为阿谁开⑦？
温生不带风流性，
辜负当年玉镜台⑧。

① 玲珑七窍：藕中多孔。喻人的玲珑聪明。
② 花未开时已有丝：借藕之丝喻两人未成亲先结合在一起。丝，与思同音，比喻相思。
③ 浼（wò）：弄脏。
④ 为何人：为了谁而打扮。
⑤ 鸿沟：古代最早沟通黄河和淮河的人工运河。
⑥ 婵娟：月亮，也有"姿态美好"之意。
⑦ 阿：助词，无义。
⑧ 玉镜台：翰林学士温峤用玉镜台为聘物骗娶表妹刘倩英。事见关汉卿戏剧《玉镜台》。
⑨ 合欢花：花名，有药用价值。
⑩ 把毫：拿着毛笔。
⑪ 灵犀一点：传说有一种犀牛有一条白纹，贯穿首尾。犀牛角接收的外界信息，可以迅速传遍全身。这种犀牛被称为灵犀，也称通天犀，意即犀牛角上白纹与天相通。后以"灵犀一点通"比喻心灵相通。

诗后，复写一词，名《青玉案》：

合欢花下曾相见⑨，犹记把毫题彩扇⑩；自别佳人冰雪面，朝思暮想，倚门挨户，无虑千来遍。　　灵犀一点悬春线⑪，残梦惊回梁上燕！惆怅佳期成又变！云笺都是蝇头字，难写张生怨！

书毕，付福赍去①。娉得之，启诵。而鸿、苕偶来，问曰："小姐所咏诗，谁人之作？乃尔俊丽耶②！"娉汪然流泪曰："久有心事，思与渠辈谈之③，屡欲吐辞，复嗫嚅而止④。"鸿等同声应曰："某辈贱流，受小姐厚爱多矣！但可为地，当尽力以报。"娉曰："此魏生诗也。吾之遇彼，渠辈颇详。爰自尔日重阴之游⑤，几于狼狈。若为夫人见之，我无措身之地，赖汝调护，遂得无他⑥。今不见生者，一月矣，非惟我念之深，生亦思我尤切。彼此隔越，谁与为谋⑦？"二人起谢曰："今夫人受戒，日坐佛阁，诵内典⑧，家政悉小姐所权，苟有欲为，何敢喘息？若有异议，某等任之⑨。脱不践言，鬼神临鉴！"娉曰："若然，吾何恨⑩。"是夕，始复就生，相与如故矣。或偎红倚翠，尽云雨之欢；或举白弄琴⑪，极从容之乐。

不觉流光奄冉⑫，七夕又临。娉请于夫人，于内堂结彩楼乞巧，瓜果罗列，肴羞备陈。夫人谓娉曰："久不见汝作诗词，今夕天上佳期，人间良夜，或诗或词，随汝所为。吾当召魏生来，与汝讲论，庶有新益⑬。"娉唯命。于时生至。夫人曰："世谓今宵天孙赐巧⑭，小女辈未能免俗，谩设瓜果之筵。亦尝命之赋小诗，以纪佳节，竟未知曾就否？"娉即前应曰："适奉命，缀得七言绝句二首。"遂出诸袖间，墨痕犹湿。

① 赍（jī）：送。
② 乃尔：竟如此。
③ 渠辈：他们。此处按文意指你们，也即鸿、苕。
④ 嗫嚅（niè rú）：形容想说话又吞吞吐吐不敢说出来的样子。
⑤ 爰（yuán）：于，从。
⑥ 无他：没有变故。
⑦ 谁与为谋：与谁为谋。
⑧ 内典：佛教的典籍。佛教徒称佛教的典籍为"内典"，佛教以外的典籍为"外典"。
⑨ 某等任之：我等担当责任。
⑩ 恨：不放心。
⑪ 举白：举起酒杯喝酒。白，原为古代喝酒时用于罚酒的酒杯，后来用作酒杯的泛称。
⑫ 流光奄冉：时间渐渐地消逝。
⑬ 庶（shù）：几乎，就可以。
⑭ 天孙：织女星。

夫人接看毕，递与生曰："小女拙诗，提举无吝见教。"生读竟曰："宋若华姊妹之俦①，诚不易得也！鹏虽不敏，当亦效颦②，第恐白雪阳春③，难为属和耳！"娉诗曰：

梧桐枝上月明多，
瓜果楼前艳绮罗。
不向人间赐人巧，
却从天上渡天河。

鹏和诗曰：

流云不动鹊飞多，
微步香尘涴袜罗④。
若道神仙无配偶，
怎教织女渡银河？

次早，生收家问⑤，报母讣音⑥，竟不及荣上提举之任，而丁忧之行逼矣⑦。夫人乃召边妪告之曰："吾有一切己事相托，未审能为我周全乎⑧？"妪避席曰："愿闻何事？苟可用情⑨，当为极力。"夫人曰："娉娉年长，欲觅一快婿。斧柯之任⑩，相属如何？"妪笑曰："老拙久怀此意，但未敢形言。今夫人门下，自有其人，而欲他谋，徒费齿颊⑪，真所谓道在迩而求诸远也⑫。"夫人曰："得非谓魏生乎？佳则佳矣，然有说焉：生少年高擢，敭历仕途⑬，若以归之，

① 宋若兰姊妹之俦：宋若兰姊妹一类的才女。宋若兰，当作宋若莘，唐代才女。
② 效颦：即"东施效颦"。原意是仿效他人而出丑。此处是自谦之词。颦，皱眉。
③ 白雪阳春：即"阳春白雪"。古代歌曲名，后来多用以比喻高深典雅的歌曲或诗文。
④ 涴（wò）：为泥土所沾污。
⑤ 家问：家信。
⑥ 讣（fù）：报丧。
⑦ 丁忧：遇到父母的丧事。古代礼制，祖父母、父母死后，儿子和长房长孙，自闻丧之日起不得任官、应考、嫁娶，要在家守孝二十七个月，称守制。
⑧ 周全：帮忙照料。
⑨ 可用情：可用人力，即人力范围内做得到。
⑩ 斧柯：媒人。
⑪ 徒费齿颊：白白浪费牙齿和表情，即白费精力与语言。
⑫ 道在迩而求诸远：意思是舍近求远。典出《孟子·离娄上》："道在迩而求诸远，事在易而求诸难。"
⑬ 敭历仕途：指作官。敭，古"扬"字。敭历，原指居官的治绩，后称仕宦所经历为"敭历"。

势必携去。吾止有此一息①，时刻不面②，尚且念之，若嫁他乡，宁死不忍！正为向者生来时，乃母惠书及此，且举昔日指腹之言。我欲答书，深思而止。是以对生亦绝口不曾道及者，非背盟也。今萧夫人弃养③，生又得官，他日当自有佳人，求为匹配，丑女不足以奉箕帚也④。吾不欲面谈，烦妪委曲达及，使之他图。我若不明言，彼又胶于前语，如之何其不两误耶！"妪如教喻生⑤。生曰："余久知之，彼则迟疑未判，今言若此，明说不谐。况寒门重罹荼毒⑥，行色匆匆，陨越之馀⑦，宁暇为计？虽然，此先堂意也，烦妪善为我辞夫人。岂不闻圣人有言：'自古皆有死，民无信不立⑧。'既奉初言，息壤在彼，天地鬼神，昭布森列。岂可以吾母既亡，背盟弃好？且闾阎下贱⑨，尚不食言，曾谓小君，而可失信？妪若以义责之，庶或可允。万一秦晋能谐，当奉千金为寿。"妪曰："我哀王孙而缓颊⑩，岂望报哉？"遂去，备以言反覆劝于夫人。夫人曰："妪虽巧为说客如苏、张⑪，其如吾不听何！"妪见如此，不敢复言。退而告生。生忍泪曰："死生契阔⑫，从此始矣！"乃促装，亟为归计。

娉闻之，与春鸿、秋蝉辈，伺夫人困睡，潜于柏泛堂设宴，召生入，为别。生至相持，魂飞魄丧，呜

①息：子女。此处指女儿。
②不面：不见面。
③弃养：指父母去世。子女奉养父母，父母去世不得奉养，称"弃养"。
④奉箕帚：指嫁为妻子。
⑤喻：告诉。
⑥寒门：贫贱人家。此处是谦称。罹荼毒：遭遇极大不幸，指母亲去世。荼毒，毒害、残害。
⑦陨越：坠落，引申指死亡。陨越之馀，指遭遇不幸以后，也即目前的痛苦景况。
⑧"自古"二句：这是孔子的话，出自《论语·颜渊》，原意是，自古以来谁都免不了一死。老百姓对政府失去信心，国家丧失了信用。此处引用孔子的话，即在说明应守信约，不能背盟弃好。
⑨闾阎：古代平民住宅区。此处引申指平民。
⑩缓颊：婉言劝解或代人讲情。
⑪苏、张：指苏秦、张仪，都是战国时善于辞令之人。
⑫死生契阔：此处作生离死别解。契阔，契是投合，阔是疏远。此处偏重于"阔"。

咽不自胜。鸿等亦哽塞,不能仰视。娉乃举杯于生前,拜曰:"兄行,不来矣!平昔与兄,一日不握手①,此恨何堪。矧今守制三年②,仳离千里③,不谐伉俪,从此途人④。惟兄节哀顺变⑤,保摄金玉之躯。服阕上官⑥,别议佳偶,宗祧为重⑦,勿久鳏居。妾命薄春冰,身轻秋叶,云泥异路,浊水清尘⑧。然既委身于君子,岂再托体于他人。以死为期,言犹在耳,行当毕命穷泉⑨,寄骸空木⑩。长恨悠悠,曷其有极⑪!平时兄屡命我歌,每每怃悷而止,今死生永诀,岂可复辞?我试讴之,兄其侧耳。正唐人所谓'一声《河满子》,双泪落君前⑫'也。"乃歌《踏莎行》一阕云:随水落花,离弦飞箭,今生无处能相见!长江纵使向西流,也应不尽千年怨!盟誓无凭,情缘无便,愿魂化作衔泥燕。一年一度一归来,孤雌独入郎庭院。歌讫,大恸数声,蓦然仆地,左右扶掖,良久乃苏,竟夕不成欢而罢。

来早,娉乃破所照匣中鸾镜,断所弹琴上冰弦⑬,并前时手帕,遣福福持去付生,为相思纪念。福福艴然曰:"小姐赋禀温柔,幽娴贞静,其性不可及,一也。天姿美艳,绝世无双,其貌不可及,二也。歌词流丽,翰墨清新,其才调不可及,三也。谙晓音律,善措言辞,其聪明不可及,四也。至于考究经史,评

① 一日不握手:不握手一日,即相处的时间总共没有一天。或者理解为从来没有过一整天握手的情况。
② 矧(shěn):况且。
③ 仳(pǐ)离:夫妻分离,特指妻子被丈夫遗弃。
④ 途人:路人,陌生人。
⑤ 节哀顺变:古代慰唁守孝人的常用语,意思是调节哀痛,顺应事变。
⑥ 服阕(què):守制结束。阕,终了。
⑦ 宗祧(tiāo):宗庙世系。此处引申为传宗接代。
⑧ "云泥"二句:意思是相差悬殊。云、清尘比魏生,以泥及浊水自比。云泥异路,即天壤之别。
⑨ 穷泉:指九泉之下,也即墓中。
⑩ 空木:棺材。古代传说尧死后用中空之木为棺,后因以空木称棺。
⑪ 曷其有极:哪里有穷尽。
⑫ "一声"二句:唐代诗人张祜《河满子》中的诗句。《河满子》,词曲名。
⑬ 冰弦:用古代传说中冰蚕吐的丝做成的弦。此处指琴弦。

论古今，滔滔然如贯珠，洒洒然若霏雪①。下至女事②，更不在言。矧又为蓟公之孙③，平章之女，母有邢国之贤，弟有令尹之贵④，四德俱备⑤，一族同推。行配高门，岂无佳婿？顾乃逾墙钻穴⑥，轻弃此身，恋恋魏生，甘心委质，流而为崔莺莺、王娇娘淫奔之女⑦，以辱祖宗。且生累然衰绖⑧，五内崩摧⑨，以此与之，毋乃不可！诚所谓既不能以礼自处，又不能以礼处人。妾实耻之，无面目将去也。"娉吁气长叹曰："尔自事吾，小心谨慎，我亦怜汝，不啻已生。来往十年，未尝暂舍，然尚不知我心，犹有此论，则纷纷外议，无怪其然。与其负谤而生，莫若捐躯而死。"乃取白练，将自缢，福遽止之，急促递去。生收置行李中，入辞夫人。夫人赠白金五十两，生固却不受。夫人曰："知不成礼，聊见微情。想读礼之馀⑩，剩有闲暇，毋惜惠音，以慰老朽。"生跪曰："数年门下，深荷恩慈，岂特待我如宾，真乃视余犹子，死生肉骨，镂胆铭肝。方获微官，冀图少报，不幸祸延先妣，遗弃诸孤，守制东还，远违懿范，素心曷已，黄发是期⑪！"俯首阶庭，不胜沾洒⑫。夫人亦感怆，使鸿呼娉出别，促之至再，坚不肯来。生亦不苦请，盖不忍与之见也。遂行。

其年秋，麟果中浙江乡试，夫人

① 洒洒然：连绵不绝的样子。
② 女事：泛指妇女所作的纺织、刺绣、缝纫等女工。
③ 蓟公：指贾云华的祖父，封蓟国公。
④ 令尹：战国时楚国最高的官职。此处泛指贾云华弟弟当官显贵，其实当时贾麟尚未浙江乡试，当咸宁知县也是以后的事情。
⑤ 四德：礼教规定妇女应当具备的四种德行：妇德、妇言、妇容、妇功。
⑥ 顾：连词，表示转折语气，相当于现代白话"反而"。逾墙钻穴：爬墙钻洞，比喻男女不依照古代礼法私自结合的行为。
⑦ 王娇娘：元代传奇小说《娇红记》中的女主角，和表兄申纯私通，后为帅府幼子强纳聘，忧郁而死。
⑧ 累然：憔悴衰颓的样子。衰绖(cuī dié)：居丧所穿的粗麻布制成的孝服。
⑨ 五内：五脏。
⑩ 读礼：此处指居丧。古代礼教规定，居丧期间，要读一些有关丧祭的礼书，因此称居丧为"读礼"。
⑪ "远违"三句：大意是说，远离了你，心里对你想念不已，祝愿你长寿。懿范：女子美德的典范，此处指莫夫人。素心：本心。黄发：古代认为黄发是老人长寿的特征之一。
⑫ 沾洒：指洒泪沾衣。

喜动颜色，曰："双莲之祥验矣。"遂改重阴亭为瑞莲亭。明年，赴春官①，亦得捷，授陕西之咸宁尹②，乃挈家偕行。娉自离生后，柳悴花憔，香消玉减，终日不食，达旦不眠，咄咄书空③，盈盈泪滴。兼之道途顿撼，陆路艰难，抵县浃旬，息将垂绝④。夫人忧损特甚，莫晓其致病之由。研问家人，鸿等始略言其概。夫人懊恨违盟，势已无及，但百端宽喻，使之勉进汤药而已。又月许，将属纩之先一日⑤，沐浴梳饰，具衣帨如常时⑥，于母前拜曰："儿不幸！疾疢弥留，死在朝夕，母恩未报，饮恨黄泉。赖有灵昭，可为终养，愿夫人割不可忍之恩，勿以女子自苦也。"又语麟曰："吾弟聪明才智，早掇巍科，步武青云，前程远大，家门有幸，父母有光。但愿早寻佳偶，以养夫人。姊命薄年促，不及见贤弟耸壑昂霄⑦，徒以死相累耳！我殁后，千万勿焚，谋一抔之土以权殡⑧。俟贤弟解官，北归幽州⑨，携骨还葬，则志愿永毕。"返室，抚福福曰："我将溘先朝露⑩，只在朝夕。汝善事夫人，勿以我为念。"又有手书嘱春鸿曰："为我以是寄谢魏生，俾知我为泉下客矣⑪。"鸿谨藏而慰之曰："小姐平生颖悟，通达过人，虽在女流，深知道理。亦尝贱焦仲卿伉俪之伤生⑫，鄙荀奉倩夫妻之戕性⑬，岂今日忘之，而自

① 春官：唐代曾改礼部为春官，礼部主持会试，故后世常作为进士考试的代称。
② 咸宁尹：咸宁知县。咸宁，旧县名，治所与长安县同城，在今陕西省西安市。
③ 咄咄书空：形容遇到突然的打击，失神失智的样子。
④ 息：指气息。
⑤ 属纩（zhǔ kuàng）：古人检验人是否断气的方法，在人临死时把绵覆在鼻子上，看看绵絮是否摇动。后来指代弥留。
⑥ 帨（shuì）：佩巾。
⑦ 耸壑昂霄：直立山谷，昂首云霄，比喻居高位。
⑧ 一抔（póu）之土：指坟墓。抔，用手捧。
⑨ 幽州：古代州名，治所在今北京市大兴县。
⑩ 溘先朝露：隐喻死亡。溘，忽然、突然。
⑪ 俾：使。泉下客：黄泉下的人。
⑫ 贱焦仲卿伉俪之伤生：不赞同焦仲卿夫妻的自尽行为。贱，贱视，不以为然。
⑬ 鄙荀奉倩夫妻之戕（qiāng）性：鄙薄荀奉倩夫妻自己害自己的性命。三国时荀粲，字奉倩，娶骠骑将军曹洪女儿。不久，妻病死，荀粲痛悼不已，一年多也死了。戕，杀害。

蹈其覆辙乎？且生一去，遽绝音耗，虽在制中，谅亦谋配①。今红叶频来②，纷纭旁午③，天下多奇男子、美丈夫，以小姐才貌配之，孰所不愿？何必魏生，然后快意？况夫人垂暮，爱女只小姐一人，万一果致沦亡，尊怀何以堪处？窃为小姐不取也④！惟小姐不以人废言⑤，曲听鄙语，翻然省悟，以理自遣，则非春鸿之幸，亦非小姐之幸，实夫人之大幸也。"娉曰："嘻！尔过矣！吾岂世间痴淫女子，不知命者之流乎？吾之与生，盖不偶也。彼此在母，先已缔盟。厥后二家，果生男女，斯言斯誓，不爽毫厘，则天意人事，断可知矣。岂料萱亲钟爱，不果命以归生，虽出恩慈，不免负约。且女子事人，惟一而已，苟图他顾，则人尽夫也，鬼神其谓我何⑥？《诗》曰：'穀则异室，死则同穴⑦。'吾之心事，生实知之。春鸿虽厚我念我，然君子爱人以德，不可以姑息也⑧。"言讫，泪落如雨。鸿亦惨惨而出。至晚竟逝。麟以漆棺殓之，殡于开元寺僧舍，期任满载归瘗焉。无何，县有剧盗，遁于襄阳，官遣胥吏康铧者往彼捕之，春鸿乃出娉缄白麟，俾因铧寄去与魏生。麟拆览之，乃集唐人诗成七言绝句十首，与生为诀之词也。麟以白母。夫人曰："人已逝矣，勿违其意。"遂命寄去。其诗曰：

①虽在制中，谅亦谋配：虽然在守制，但估计也会提亲。
②红叶：指媒人。
③旁午：纷繁、交错的样子。
④窃：私下。不取：不可取，这样做不值得。
⑤惟：希望。以人废言：因为不重视我这个人而不采纳我的意见。
⑥鬼神其谓我何：神鬼会把我看成什么人呢。
⑦"穀（gǔ）则异室"二句：《诗经·王风·大车》中的诗句，意思是说，活着的时候不能同室居住，死后也要同穴埋葬。穀，生。
⑧姑息：将就。

两行清泪语前流，
千里佳期一夕休①！
倚柱寻思倍惆怅②，
寂寥灯下不胜愁③！

相见时难别亦难④，
寒潮惟带夕阳还⑤。
钿蝉金雁皆零落⑥，
离别烟波伤玉颜⑦。

倚阑无语倍伤情，
乡思撩人拨不平。
寂寞闲庭春又晚⑧，
杏花零落过清明。

自从消瘦减容光⑨，
云雨巫山枉断肠⑩！
独宿孤房泪如雨⑪，
秋宵只为一人长⑫。

纱窗日落渐黄昏⑬，
春梦无心只似云⑭。
万里关山音信断，
将身何处更逢君？

一身憔悴对花眠，
零落残魂倍黯然⑮！
人面不知何处去⑯，
悠悠生死别经年⑰。

真成薄命久寻思⑱，
宛转蛾眉能几时⑲？
汉水楚云千万里⑳，
留君不住益凄其㉑。

魂归冥漠魄归泉㉒，

①唐代李益《写情》。
②张泌《寄人》。
③陈羽《长安卧病秋夜言怀》。
④李商隐《无题》。
⑤皇甫冉《酬张继》。
⑥温庭筠《弹筝人》。
⑦杨巨源《相和歌辞·大堤曲》。
⑧仿刘方平《春怨》，改一字。
⑨汉徐干《室思》。
⑩李白《清平调》。
⑪李白《乌夜啼》。
⑫白居易《燕子楼》。
⑬刘方平《春怨》。
⑭皮日休《病后春思》。
⑮柳宗元《别舍弟宗一》。
⑯崔护《题都城南庄》。
⑰白居易《长恨歌》。
⑱王昌龄《长信秋词》。
⑲刘希夷《代悲白头翁》。
⑳刘长卿《送李录事兄归襄邓》。
㉑高适《送前卫县李寀少府》。
㉒仿朱褒《悼亡奴》。

却恨青蛾误少年①。
三尺孤坟何处是②？
每逢寒食一潸然③。

物换星移几度秋④，
鸟啼花落水空流⑤！
人间何事堪惆怅⑥？
贵贱同归土一丘⑦。

一封书寄数行啼⑧，
莫动哀吟易惨凄⑨。
古往今来只如此⑩，
几多红粉委黄泥⑪。

生家居苫块⑫，度日如年，追念旧欢，遽成陈迹，然犹不知娉之死也。因赋《摸鱼儿》一阕忆之。词曰：

记当年、浪游江海，湖山佳处频到。绯桃红杏春光媚，骏马骄嘶驰道。亲曾造，拜第一仙人，听鼓《朝飞操》，风流音耗。纵水隔蓬壶⑬，浪翻银汉⑭，青鸟解相报⑮。 徒自悼，忆刹那人情好，万千心事难告！天涯回首成陈迹，还想绿依红靠。空洒泪，叹暑往寒来，绿鬓愁成皓⑯！何时偎抱？把月下鸾箫，花间凤管，细写断肠套。

词成，盖略述与娉相遇颠末⑰。方拟谋人寄去，忽康铧自陕来，得娉凶问，并所集古句绝诗，读之哀怨，闷

① 唐无名氏《冬》。
② 仿许浑《酬邢杜二员外》，改一字。
③ 赵嘏（gǔ）《东望》。
④ 王勃《滕王阁诗》。
⑤ 刘商《送王永》。
⑥ 曹唐《张硕重寄杜兰香》。
⑦ 薛逢《悼古》。
⑧ 王昌龄《别李浦之京》。
⑨ 张泌《晚次湘源县》。
⑩ 杜牧《九日齐山登高》。
⑪ 雍裕之《宫人斜》。
⑫ 苫（shān）：草席，守制所用的东西。
⑬ 蓬壶：蓬莱，传说中仙山，在海中。
⑭ 银汉：银河。
⑮ 青鸟：传说中西王母有青鸟。这里是信使的代称。
⑯ 皓：白。
⑰ 颠末：始末。

而复苏。乃于岘山堕泪碑傍①，为位以哭②，酹酒以祭，且出娉前时所赠破镜、断弦，仰天誓曰："子既为我捐生③，我又何忍相负？惟当终身不娶，少慰芳魂④。"

未久，生服满赴都，升除陕西儒学正提举，阶奉议大夫。而麟尹咸宁，瓜期尚未及代，复得相见，升堂拜母，而夫人益老矣。见生，只加悲悔。旧仆若脱欢辈，亦有物故者⑤，惟春鸿诸姬，一一无恙。生询知殡宫所在⑥，即往痛哭，以手叩墓门曰："云华，魏寓言在此。想子平生精灵未散，岂不能为《华山畿》乎⑦？"生是夕，宿公署，似梦非梦，仿佛见娉来曰："天果从人愿乎？"生忘其死也，遽拥抱之。娉曰："兄勿见持，当有奉告。"生方悟其鬼也，因问之曰："子已谢世⑧，今安得来耶？"娉曰："妾死后，冥司以我无过，命入金华宫，掌笺奏之任。今冥君感子不娶之言，以为义高刘庭式⑨。且曰：'不可使先参政盛德无后。'将命我还魂，而屋舍已坏⑩。今议假他尸，尚未有便。数在冬末，方可遂怀，彼时复得相聚也。"语毕，倏然飞去。生惊觉，但见淡月侵帘，冷风拂面，四顾凄然，泣数行下。

生到任，不觉雪花飘粉，梅蕊舒琼，兔走乌飞，又当腊月。有长安丞宋子璧者，一室女⑪，年及笄，忽暴卒；已三日，复苏，不认其父

① 岘（xiàn）山堕泪碑：岘山，又名岘首山，在湖北襄阳县南。堕泪碑是岘山的一处古迹。
② 为位：设灵位。
③ 捐生：弃生命。捐，放弃。
④ 少：稍微。
⑤ 物故：死亡。
⑥ 殡宫：临时停柩之所。
⑦ 岂不能为《华山畿》乎：难道就不能也像华山畿故事那样，打开棺木，让我进去吗？《古今乐录》记载，一书生爱慕华山一女子，但无法接近，相思而死。死前要求灵车从华山经过。灵车过女子门前，不肯前行。女子得知，唱"华山畿"之曲，表示殉葬之意。棺木打开，女子跳入棺，两人合葬。
⑧ 谢世：去世。
⑨ 义高刘庭式：情义胜过刘庭式。刘庭式，字得之，宋代齐州（今山东省济南市）人。他未中进士时，曾口头约定娶一个同乡人的女儿。后来中了进士，那个女子却因病眼睛失明，女方贫穷，不敢再提起这件事。刘庭式却不嫌弃，终于娶她为妻，后来妻子死了，他非常悲痛。当时人如苏轼等都赞叹他的高义是别人所不及的。
⑩ 屋舍已坏：道教、佛教都称人的身体为"屋舍"，人死后尸骨腐烂，叫做"屋舍已坏"。
⑪ 室女：未出嫁的女子。

母,曰:"我贾平章女云华,今咸宁县尹贾麟姊也。死已二年,数当还魂。今假汝女之尸,其实非汝女也。"父母讶其声音不类①,言语不伦②,正疑怪间,女即径入贾尹宅,如素曾到者③。见夫人及尹,道还魂甚详。夫人与麟察之:声音语笑,娉也;举止态度,娉也。然尚未信。须臾,入其寝室,呼春鸿诸婢妾名字,索其存日遗物,丝发皆不谬,始深信之。盖咸宁与长安,俱西安在城属县,廨宇相邻④。宋丞亦闻贾尹到任时,其姊氏亡故,然还魂之事,世所罕有,乃与其妻陈氏同诣贾宅取回。女子坚不肯出,且诟骂曰⑤:"何为妄认他人家女为女耶?"宋夫妇无计,遂叹息而返。夫人曰:"此天作之合也。"乃报魏生。生亦以梦中见娉事告贾母子。夫人忻忻难言⑥,于是命媒妁⑦,通殷勤,再缔前盟⑧,重行吉礼。生执雁帛往亲迎焉⑨。夫人暨春鸿、兰苕等俱往送。娉花烛之夕,真处子也。枕上与生话旧,一事不遗。翌日,设宴于提举公廨后堂。宋丞一门,亦与礼席,因询丞:"女何名?"乃知呼为月娥。又得之老门子云⑩:"廨宇后堂,旧有匾名洒雪,盖取李太白诗'清风洒兰雪'之义⑪,为前任提举取去,今无矣。"遂悟伍相庙梦中神云者,上句言成婚之地,下句言其妻之名。生遍以告座人,知神言之验,喧传关中⑫,莫不叹异。

①类:像从前。
②不伦:不符合常态。
③素曾到者:以前经常来的人。
④廨(xiè):官吏办事的场所。
⑤诟(gòu):怒骂。
⑥忻(xīn)忻:欣喜得意的样子。
⑦媒妁(shuò):媒人。
⑧缔:缔结。
⑨生执雁帛往亲迎:古代结婚的礼节,新郎要手执雁和绢帛,亲自去迎接新娘。
⑩门子:看门的仆人。
⑪清风洒兰雪:见李白诗《别鲁颂》。
⑫关中:指陕西秦岭北麓渭河流域。这儿基本上是平原,又称"八百里秦川"。

生后与娥产三子，皆列显官。生仕至太禧宗禋院使①、兵部尚书②，年八十三方死。娥亦封鄁国夫人，寿七十九而殁，与生合葬焉。生与娥平昔吟咏赓和之作，多至千馀篇，题曰《唱随集》；酸斋贯云石为序于其前③，生夫妇自序于其后，载于别录，此不著云。

① 太禧宗禋（yīn）院使：元朝官名，职掌宗庙祭祀，为从一品。
② 兵部尚书：兵部的长官。
③ 酸斋贯云石：贯云石（1286～1324），元代文学家，号酸斋，维吾尔族人。

瞿 佑

瞿佑（1341～1427），明代文学家。字宗吉，钱塘（今浙江杭州）人。著作甚富，有诗文集20余种。另著有文言短篇小说集《剪灯新话》。

绿衣人传

【题解】 本篇选自《剪灯新话》。小说写绿衣女鬼和书生赵源泉的生死之恋，反映了当时妇女追求美好生活的愿望，抨击了贾似道专权误国、草菅人命的罪行。本篇故事的叙事模式对后来的小说及戏曲影响很大。

天水赵源①，早丧父母，未有妻室。延祐间②，游学至于钱塘③，侨居西湖葛岭之上④，其侧即宋贾秋壑旧宅也⑤。源独居无聊，尝日晚徙倚门外⑥，见一女子，从东来，绿衣双鬟，年可十五六⑦，虽不盛妆浓饰，而姿色过人，源注目久之。明日出门，又见，如此凡数度，日晚辄来⑧。源戏问之曰："家居何处，暮暮来此？"女笑而拜曰："儿家与君为邻，君自不识耳。"源试挑之，女欣然而应，因遂留宿，甚相亲昵。明旦，辞去，夜则复来。如此凡月余，情爱甚至⑨。源问其姓氏居址，女曰："君但得美妇而已，何用强知。"问之不已，则曰："儿常衣绿⑩，但呼我为绿衣人可矣。"终不告以居址所在。源意其为巨室妾媵⑪，夜出私奔，或恐事迹彰闻⑫，故不肯言耳，信之不疑，宠念转密⑬。

① 天水：今甘肃天水。
② 延祐：元仁宗年号（1314～1319）。
③ 游学：外出求学。钱塘：治所在今杭州市。
④ 葛岭：在杭州西湖之北。相传为晋代葛洪修道炼丹之处，故名。
⑤ 贾秋壑：即贾似道。南宋奸相，理宗贾贵妃之弟，度宗时封太师，权势极盛。秋壑为其在葛岭筑亭名，用以称贾似道。
⑥ 徙（xǐ）倚：散步，徘徊。
⑦ 年可十五六：年龄大概在十五六岁。
⑧ 辄：就。
⑨ 甚至：十分深厚。至，极。
⑩ 儿：此处是女子自称。衣（yì）绿：穿着绿色的衣服。衣，名词用作动词，穿的意思。
⑪ 巨室妾媵（yìng）：豪门大族家的婢妾。
⑫ 彰闻：传扬出去。
⑬ 宠念：宠爱思念。

一夕，源被酒①，戏指其衣曰："此真可谓'绿兮衣兮，绿衣黄裳者也②。'"女有惭色，数夕不至。及再来，源叩之③，乃曰："本欲相与偕老④，奈何以婢妾待之，令人忸怩而不安⑤，故数日不敢侍君之侧⑥。然君已知矣，今不复隐，请得备言之⑦。儿与君，旧相识也，今非至情相感，莫能及此⑧。"源问其故，女惨然曰："得无相难乎⑨？儿实非今世人，亦非有祸于君者，盖冥数当然⑩，夙缘未尽耳⑪。"源大惊曰："愿闻其详。"女曰："儿故宋秋壑平章之侍女也⑫。本临安良家子⑬，少善弈棋⑭，年十五，以棋童入侍，每秋壑朝回，宴坐个半闲堂⑮，必召儿侍弈，备见宠爱。是时君为其家苍头⑯，职主煎茶⑰，每因供进茶瓯⑱，得至后堂。君时年少，美姿容。儿见而慕之，尝以绣罗钱箧⑲，乘暗投君；君亦以玳瑁脂盒为赠⑳。彼此虽各有意，而内外严密，莫能得其便。后为同辈所觉，诉于秋壑，遂与君同赐死于西湖断桥之下㉑。君今已再世为人，而儿犹在鬼箓㉒，得非命欤？"言讫㉓，呜咽泣下。源亦为之动容。久之，乃曰："审若是㉔，则吾与汝乃再世因缘也，当更加亲爱，以偿畴昔之愿㉕。"自是遂留宿源舍，不复更去。

源素不善弈，教之弈，尽传其妙，凡平日以棋称者，皆不能敌也。

①被酒：多喝了酒，醉酒。
②"绿兮"二句：《诗经·邶风·绿衣》中的句子。衣：上衣。裳：下裙。古代黄是正色，应做上衣；绿是间色，应做下裙。现在上下颠倒，比喻婢妾显贵。此处于无意中说出了绿衣人的身份。
③叩：问。
④偕老：白头到老。
⑤忸怩：难为情的样子。
⑥侍君之侧：在您的身边。
⑦备言：详细说明。
⑧莫能及此：不能达到这一步。此处指相爱。
⑨得无相难乎：能不难为我吗。得无，能不。
⑩盖冥数当然：大概命中注定应当如此。
⑪夙缘：过去的姻缘。
⑫平章：宋代宰相称"同平章事"，当时贾似道是"平章军国重事"，位在宰相之上。
⑬临安：南宋京城，今杭州。
⑭弈棋：下围棋。
⑮半闲堂：贾似道在葛岭的府第。
⑯苍头：男仆。
⑰职：职务。主：专责。
⑱茶瓯：茶杯。此处指茶水。
⑲箧（qiè）：小箱子。
⑳玳瑁脂盒：玳瑁做的脂粉盒。玳瑁，龟一类，其骨可做装饰品。
㉑赐死：逼令自杀。
㉒在鬼箓：名在鬼册。
㉓言讫：说罢。
㉔审若是：果真如此。
㉕畴昔：从前。

每说秋壑旧事,其所目击者①,历历甚详。尝言:秋壑一日倚楼闲望,诸姬皆侍②,适二人乌巾素服③,乘小舟由湖登岸。一姬曰:"美哉,二少年!"秋壑曰:"汝愿事之耶④?当令纳聘。"姬笑而无言。逾时⑤,令人捧一盒,呼诸姬至前曰:"适为某姬纳聘⑥。"启视之,则姬之首也。诸姬皆战栗而退。又尝贩盐数百艘至都市货之⑦。太学有诗曰⑧:

昨夜江头涌碧波,
满船都载相公醝⑨;
虽然要作调羹用,
未必调羹用许多⑩!

秋壑闻之,遂以士人付狱,论以诽谤罪。又尝于浙西行公田法⑪,民受其苦,或题诗于路左云⑫:

襄阳累岁困孤城,
豢养湖山不出征⑬。
不识咽喉形势地,
公田枉自害苍生。

秋壑见之,捕得,遭远窜⑭。又尝斋云水千人⑮,其数已足,末有一道士,衣裾褴褛⑯,至门求斋。主者以数足⑰,不肯引入。道士坚求不去,不得已,于门侧斋焉。斋罢,覆其钵于案而去⑱。众悉力举之,不动。启于秋壑,自往举之,乃有诗二句

① 所目击者:亲眼看见的。
② 姬:婢妾。
③ 适:恰好。
④ 事之:嫁给他。
⑤ 逾时:过了一会儿。
⑥ 适:副词,方才的意思。
⑦ 货:卖货。
⑧ 太学:当时国家最高学府的一部分,收下级官员及庶民子弟入学。
⑨ 相公醝(cuò):宰相的盐。相公,称宰相。醝,盐。
⑩ "虽然要作"二句:虽然调味要用咸盐,但未必需要那么多。这是讽刺贾似道假公济私。
⑪ 公田法:贾似道推行的一种限田法,即按官阶大小限定置田数量,超限的要出卖,其中肥美的都被官府压价收购。
⑫ 或:有人。
⑬ "襄阳"二句:襄阳这座孤城连年被元兵围困,贾似道却在山水间享乐,不肯出征。
⑭ 遭远窜:被流放。
⑮ 斋云水千人:供一千个道士斋饭。斋,供和尚、道士饭吃;云水,指道士。
⑯ 衣裾褴褛:衣裳破烂。裾,衣襟。
⑰ 主者:主管斋饭的人。
⑱ 覆其钵于案:把饭碗叩在桌子上。覆,反过来放。

云："得好休时便好休，收花结子在漳州①。"始知真仙降临而不识也。然终不喻"漳州"之意，嗟乎！孰知有漳州木绵庵之厄也②！又尝有舮人泊舟苏堤③，时方盛暑，卧于舟尾，终夜不寐，见三人长不盈尺，集于沙际④，一曰："张公至矣⑤，如之奈何？"一曰："贾平章非仁者，决不相恕！"一曰："我则已矣，公等及见其败也！"相与哭入水中。次日，渔者张公获一鳖，径二尺余⑥，纳之府第⑦。不三年，而祸作。盖物已先知，数而不可逃也。

源曰："吾今日与汝相遇，抑岂非数乎⑧？"女曰："是诚不妄矣！"源曰："汝之精气⑨，能久存于世耶？"女曰："数至则散矣。"源曰："然则何时？"女曰："三年耳。"源固未之信。及期，卧病不起。源为之迎医，女不欲，曰："曩固已与君言矣，因缘之契⑩，夫妇之情，尽于此矣。"即以手握源臂，而与之诀曰："儿以幽阴之质，得事君子，荷蒙不弃⑪，周旋许时⑫。往者一念之私，俱陷不测之祸，然而海枯石烂，此恨难消，地老天荒，此情不泯！今幸得续前生之好，践往世之盟，三载于兹，志愿已足，请从此辞，毋更以为念也！"言讫，面壁而卧，呼之不应矣。源大伤恸，为治棺椁而殓之。将葬，怪其柩甚轻，启而

①"得好休"二句：能罢手的时候就该罢手，彰州就是你的末日。收花结子，喻末日、结局；漳州，治所在福建省。
②木棉庵之厄：贾似道当权时，杀了太学生郑隆。后来贾似道谪配漳州，郑隆的儿子郑虎臣主动做监押官。到了漳州的木棉庵，郑虎臣杀了贾似道，为父报了仇。
③舮人：船夫。苏堤：在西湖中，是苏轼在杭州时所修。
④沙际：沙滩。
⑤张公：即下文的渔者。
⑥径：直径，身长。
⑦纳之府第：送入贾府。
⑧抑：或者。
⑨精气：指鬼魂。
⑩因缘之契：婚姻之约。
⑪荷蒙：表示感激。荷，感戴；蒙，承蒙。
⑫周旋许时：在一起生活这么多时间。

视之，惟衣衾钗珥在耳①。乃虚葬于北山之麓。源感其情，不复再娶，投灵隐寺出家为僧，终其身云②。

①衣衾钗珥：衣被首饰。衾，被子；珥，耳环。
②云：语尾助词，常用于文章的结束。

翠翠传

【题解】本篇选自《剪灯新话》，诗词略有删节。小说通过描写一对自小相爱的新婚夫妇因为乱离而被拆散的生活悲剧，反映了明初人心思定、久乱思安的社会思想潮流，表达了平民百姓要求在和平环境中重建家园的朴实愿望。作者长于对人物性格的分析与表现，对翠翠的聪颖执着个性的刻画尤其生动。

翠翠，姓刘氏，淮安民家女也①。生而颖悟，能通诗书，父母不夺其志②，就令入学。同学有金氏子者，名定，与之同岁，亦聪明俊雅。诸生戏之曰："同岁者当为夫妇。"二人亦私以此自许③。金生赠翠翠诗曰：

　　十二阑干七宝台④，
　　春风到处艳阳开。
　　东园桃树西园柳，
　　何不移教一处栽？

翠翠和曰：

　　平生每恨祝英台，
　　凄抱何为不肯开？
　　我愿东君勤用意，
　　早移花树向阳栽。

已而，翠翠年长，不复至学。年及十六，父母为其议亲，辄悲泣不食。

①淮安：治所在今江苏省淮安县。
②夺其志：强迫她改变意愿。
③自许：自我认可。
④十二阑干：曲折的栏杆。十二，形容多。七宝台：七宝楼台，本是佛教用语，这里指华美的楼台。

以情问之①，初不肯言，久乃曰："必西家金定。妾已许之矣，若不相从，有死而已，誓不登他门也。"父母不得已，听焉。然而刘富而金贫，其子虽聪俊，门户甚不敌②。及媒氏至其家，果以贫辞，惭愧不敢当③。媒氏曰："刘家小娘子，必欲得金生，父母亦许之矣，若以贫辞，是负其诚志，而失此一好姻缘也。今当语之曰：'寒家有子，粗知诗礼，贵宅见求，敢不从命。但生自蓬荜④，安于贫贱久矣，若责其聘问之仪，婚娶之礼，终恐无从而致⑤，彼以爱女之故，当不较也⑥。'"其家从之⑦。媒氏复命⑧，父母果曰："婚姻论财，夷虏之道⑨，吾知择婿而已，不计其他。但彼不足而我有馀，我女到彼，必不能堪⑩，莫若赘之入门可矣。"媒氏传命再往，其家幸甚⑪。遂涓日结亲⑫，凡币帛之类，羔雁之属⑬，皆女家自备。过门交拜，二人相见，喜可知矣！是夕，翠翠于枕上作《临江仙》一阕赠生曰：

  曾向书斋同笔砚，故人今作新人。洞房花烛十分春！汗沾蝴蝶粉，身惹麝香尘。

  㗳雨尤云浑未惯⑭，枕边眉黛羞颦。轻怜痛惜莫嫌频。愿郎从此始，日近日相亲。

邀生继和。生遂次韵曰：

①以情：用情感，按情感。这里指顺着翠翠的情感。
②不敌：不相匹配。
③惭愧不敢当：金家因贫而不敢结亲。
④蓬荜（bì）：形容家门贫贱。
⑤无从而致：没有办法得到金家聘礼。
⑥不较：不计较聘礼。
⑦从之：听了媒人的话。
⑧复命：回来告诉任务完成的情况。
⑨夷虏：对当时少数民族的称谓，意指野蛮人。
⑩堪：忍受。
⑪幸甚：非常庆幸。
⑫涓日：选择吉祥的时日。
⑬羔雁：聘亲的礼品。
⑭㗳（tì）雨尤云：困扰如雨，怨咎如云。㗳，困扰，纠缠。尤，怨恨，归咎。

记得书斋同讲习，新人不是他人。扁舟来访武陵春：仙居邻紫府，人世隔红尘。

　　　誓海盟山心已许，几番浅笑轻颦。向人犹自语频频。意中无别意，亲后有谁亲？

二人相得之乐，虽孔翠之在赤霄，鸳鸯之游绿水，未足喻也。

　　未及一载，张士诚兄弟起兵高邮①，尽陷沿淮诸郡，女为其部将李将军者所掳。至正末②，士诚辟土益广，跨江南北，奄有浙西③，乃通款元朝④，愿奉正朔⑤，道途始通，行旅无阻。生于是辞别内、外父母，求访其妻，誓不见则不复还。行至平江⑥，则闻李将军见为绍兴守御⑦；及至绍兴，则又调屯兵安丰矣⑧；复至安丰，则回湖州驻扎矣⑨。生来往江淮，备经险阻，星霜屡移，囊橐又竭⑩，然此心终不少懈。草行露宿，丐乞于人，仅而得达湖州。则李将军方贵重用事，威焰赫奕。生伫立门墙，踌躇窥伺，将进而未能，欲言而不敢。阍者怪而问焉⑪。生曰："仆淮安人也，丧乱以来，闻有一妹在于贵府，是以不远千里至此，欲求一见耳。"阍者曰："然则，汝何姓名？汝妹年貌若干？愿得详言，以审其实。"生曰："仆姓刘，名金定，妹名翠翠，识字能文。当失去之时，年始十七，以岁

① 张士诚：元末农民起义领袖，后来归顺元朝，成为地方一霸。高邮：地名，治所在今江苏省。
② 至正：元顺帝年号（1341～1368）。
③ 奄（yǎn）有：拥有。奄，覆盖，这里指占据。
④ 通款：表示屈膝投降。
⑤ 奉正朔：承认元朝为正统。正朔，正月初一日。古代每逢改朝换代，便要改定正朔。
⑥ 平江：即平江路，故址在今江苏省苏州一带。
⑦ 绍兴守御：绍兴，浙江省地名。守御，地方带兵军官。
⑧ 安丰：今安徽省寿县一带。
⑨ 湖州：湖州路，今浙江省吴兴一带。
⑩ 囊橐（tuó）：口袋，行囊。
⑪ 阍（hūn）：守门人。

月计之，今则二十有四矣。"阍者闻之，曰："府中果有刘氏者，淮安人，其齿如汝所言①，识字善为诗，性又通慧，本使宠之专房②。汝信不妄③，吾将告于内，汝且止此以待。"遂奔趋入告。须臾，复出，领生入见。将军坐于厅上，生再拜而起，具述厥由④。将军武人也，信之不疑，即命内竖告于翠翠曰⑤："汝兄自乡中来此，当出见之。"翠翠承命而出，以兄妹之礼见于厅前，动问父母外⑥，不能措一辞⑦，但相对悲咽而已。将军曰："汝既远来，道途跋涉，心力疲困，可且于吾门下休息，吾当徐为之所⑧。"即出衣裳一袭⑨，令服之⑩，并以帷帐衾席之属，设于门西小斋⑪，令生处焉。翌日⑫，谓生曰："汝妹能识字，汝亦通书否？"生曰："仆在乡中，以儒为业，以书为本⑬，凡经史子集，涉猎尽矣⑭，盖素所习也⑮，又何疑焉⑯。"将军喜曰："吾自少失学，乘乱崛起。方响用于时⑰，趋从者众，宾客盈门，无人延款，书启堆案，无人裁答⑱。汝便处吾门下，足充一记室矣⑲。"生，聪敏者也，性既温和，才又秀发⑳，处于其门，益自检束，承上接下，咸得其欢，代书回简，曲尽其意。将军大以为得人，待之甚厚。然生本为求妻而来，自厅前一见之后，不可再得，闺阁深邃，内外隔绝，但欲一达其意，而

① 齿：年龄。
② 本使：指李将军。
③ 信：诚，真的。不妄：不假。
④ 厥由：事情的原由。厥，其。
⑤ 内竖：通内外的童仆。
⑥ 动问父母外：除问候父母这种话外。
⑦ 不能措一辞：说不出一句话。
⑧ 为之所：意思是为你安排一个适当的安身之处。
⑨ 袭：套。
⑩ 服之：穿上衣服。
⑪ 小斋：小书房。
⑫ 翌（yì）日：第二天。
⑬ 以书为本：把书当作根本。
⑭ 涉猎：约略读过。
⑮ 素：平常。
⑯ 又何疑焉：当然没有疑问。
⑰ 响用：被重用。
⑱ 裁答：处理回复。
⑲ 记室：秘书，书记。
⑳ 秀发：像植物结穗开花一样表现出来。秀，植物结穗开花。

终无便可乘。荏苒数月①,时及授衣,西风夕起,白露为霜,独处空斋,终夜不寐,乃成一诗曰:

好花移入玉阑干,春色无缘再得看,乐处岂知愁处苦,别时容易见时难!何年塞上重归马②?此夜庭中独舞鸾!雾阁云窗深几许?可怜辜负月团圆!诗成,书于片纸,折布裘之领而缝之,以百钱纳于小竖而告曰:"天气已寒,吾衣甚薄,乞持入付吾妹,令浣濯而缝纴之,将以御寒耳。"小竖如言持入。翠翠解其意,折衣而诗见,大加伤感,吞声而泣,别为一诗,亦缝于内以付生。诗曰:

一自乡关动战锋,
旧愁新恨几重重!
肠虽已断情难断,
生不相从死亦从。
长使德言藏破镜③,
终教子建赋游龙④。
绿珠碧玉心中事⑤,
今日谁知也到侬⑥!

生得诗,知其以死许之,无复致望⑦,愈加抑郁,遂感沉痼⑧。翠翠请于将军,始得一到床前问候,而生病已亟矣⑨。翠翠以臂扶生而起,生引首侧视,凝泪满眶,长吁一声,奄然命尽⑩。将军怜之,葬于道场山麓⑪。翠翠送殡而归,是夜得疾,不复饮药,展转衾席,将及两月。一旦,

① 荏苒(rěn rǎn):渐渐过去。
② 何年塞上重归马:意思是,失去的人何时能够再回来。典出《韩非子》"塞翁失马"。
③ 长使德言藏破镜:意思是你不要丧失重新聚首的信念。南北朝时期陈朝的太子舍人徐德言与乐昌公主婚配,离散时,各持破镜之半,作为相见时的信物。后来公主被隋朝的大官僚杨素所得,德言到京寻找,发现破镜,二人重新团聚。
④ 终教子建赋游龙:意思是指无论生死总是能够相见的。三国时诗人曹植,字子建,相传他与甄后互相爱慕。曹植的《洛神赋》写自己与洛水女神相会的情景,其中形容洛神的美丽有"惊若游龙"的句子。据说洛神暗指甄后。
⑤ 绿珠碧玉心中事:意思是说,如生不得聚首,便以死相从。绿珠是晋朝石崇的爱妾,孙秀向石崇要她,石崇不肯。孙秀便假传圣旨捉拿石崇,绿珠得知,跳楼而死。碧玉是唐朝乔知之的婢女,后被武承嗣夺去,碧玉投井自杀。
⑥ 侬:我。
⑦ 致望:满足愿望。
⑧ 沉痼(gù):经久难好的疾病。
⑨ 亟(jí):急迫,危急。
⑩ 奄然:忽然,匆匆。
⑪ 山麓:山脚下。

告于将军曰:"妾弃家相从,已得八载;流离外境,举目无亲,止有一兄,今又死矣。妾病必不起,乞埋骨兄侧,黄泉之下,庶有依托①,免于他乡作孤魂也。"言尽而卒。将军不违其志,竟附葬于生之坟左,宛然东西二丘焉。

洪武初②,张氏既灭,翠翠家有一旧仆,以商贩为业,路经湖州,过道场山下,见朱门华屋,槐柳掩映,翠翠与金生方凭肩而立③。遽呼之入,访问父母存殁,及乡井旧事④。仆曰:"娘子与郎安得在此?"翠翠曰:"始因兵乱,我为李将军所掳。郎君远来寻访,将军不阻,以我归焉,因遂侨居于此耳⑤。"仆曰:"予今还淮安,娘子可修一书以报父母也⑥。"翠翠留之宿,饭吴兴之香糯,羹苕溪之鲜鲫⑦,以乌程酒出饮之⑧。明旦,遂修启以上父母曰⑨:

伏以父生母育⑩,难酬罔极之恩⑪;夫唱妇随,夙著三从之义⑫。在人伦而已定,何时事之多艰!曩者汉日将颓,楚氛甚恶⑬;倒持太阿之柄,擅弄潢池之兵⑭。封豕长蛇⑮,互相吞并;雄蜂雌蝶,各自逃生。不能玉碎于乱离,乃至瓦全于仓卒。驱驰战马,随逐征鞍。望高天而八翼莫飞,思故国而三魂屡散。良辰易迈⑯,伤青鸾之伴木鸡;怨偶为仇,惧乌鸦之打丹凤。虽应酬而为乐,终感激而生悲。夜月杜鹃之

① 庶:表示希望的副词。
② 洪武:明太祖年号(1368~1398)。
③ 凭肩:肩靠着肩。
④ 乡井:乡里。
⑤ 侨居:在他乡居住。
⑥ 修:写。
⑦ 苕溪:水名。流经吴兴县城。
⑧ 乌程:吴兴县别名。
⑨ 启:书信。
⑩ 伏:表尊敬的句首词。
⑪ 罔极:无穷无尽。
⑫ 三从:古妇女的礼德,指在家从父,出嫁从夫,夫死从子。
⑬ 汉日将颓,楚氛甚恶:汉喻正统王朝,这里指元朝,楚氛喻起义军。
⑭ 潢池之兵:喻造反的军队。语出《汉书·循吏传·龚遂》。潢池,积水塘。
⑮ 封豕(shǐ)长蛇:贪婪如大猪,残暴如大蛇。封,大。
⑯ 迈:逝去。

啼，春风蝴蝶之梦。时移事往，苦尽甘来。今则杨素览镜而归妻①，王敦开阁而放妓②，蓬岛践当时之约，潇湘有故人之逢。自怜赋命之屯③，不恨寻春之晚。章台之柳，虽已折于他人；玄都之花④，尚不改于前度。将谓瓶沉而簪折，岂期璧返而珠还。殆同玉箫女两世因缘，难比红拂妓一时配合。天与其便，事非偶然。煎鸾胶而续断弦，重谐缱绻⑤；托鱼腹而传尺素⑥，谨致丁宁⑦。未奉甘旨，先此申复。父母得之，甚喜。其父即赁舟与仆自淮徂浙⑧，径奔吴兴。至道场山下畴昔留宿之处⑨，则荒烟野草，狐兔之迹交道，前所见屋宇，乃东西两坟耳。方疑访间，适有野僧扶锡而过⑩，叩而问焉，则曰："此故李将军所葬金生与翠娘之坟耳，岂有人居乎？"大惊。取其书而视之，则白纸一幅也。时李将军为国朝所戮⑪，无从诘问其详。父哭于坟下曰："汝以书赚我，令我千里至此，本欲与我一见也。今我至此，而汝藏踪秘迹，匿影潜形，我与汝生为父子，死何间焉？汝如有灵，毋吝一见，以释我疑虑也。"是夜，宿于坟。以三更后，翠翠与金生拜跪于前，悲号宛转。父泣而抚问之，乃具述其始末曰："往者，祸起萧墙⑫，兵兴属郡⑬。不能效窦氏女之烈⑭，乃致为沙吒利之驱⑮。忍耻偷生，离乡去国。恨以蕙兰之

① 杨素：隋大将，权臣。徐德言因动乱与妻分开，约定各持半块铜镜相认。后徐妻被杨素纳为妾。徐德言寻到京城。其妻见镜，苦于不能相见。杨素知道后，令其夫妻团圆。
② 王敦：东晋权臣。
③ 赋命之屯：命运屯塞，不顺。
④ 玄都之花：玄都观的桃花。唐时刘禹锡曾为之题诗，而得罪权贵，被贬。后复回京，再游玄都观题诗。
⑤ 缱绻（qiǎn quǎn）：感情好。
⑥ 鱼腹：陈胜吴广为起义而假托鱼腹藏书。后喻为寄书信。
⑦ 丁宁：问候。
⑧ 徂：往。
⑨ 畴昔：往日。
⑩ 锡：僧人手中所持的锡杖。
⑪ 国朝：明朝。
⑫ 萧墙：屏壁。此处指挨得极近的地方。
⑬ 属郡：邻近的郡县。
⑭ 窦氏女：唐代宗时，奉天县（今陕西乾县）窦家有二女被寇劫持，双双自杀。
⑮ 沙吒利：唐代蕃将，曾经劫取韩翃的宠姬。

弱质，配兹驵侩之下材①。惟知夺石家买笑之姬②，岂暇怜息国不言之妇③。叫九阍而无路④，度一日如三秋。良人不弃旧恩⑤，特勤远访。托兄妹之名，而仅获一见；隔伉俪之情，而终遂不通。彼感疾而先殂⑥，妾含冤而继殒。欲求祔葬⑦，幸得同归。大略如斯，微言莫尽。"父曰："我之来此，本欲取汝还家，以奉我耳。今汝已矣，将取汝骨迁于先垄⑧，亦不虚行一遭也。"复泣而言曰："妾生而不幸，不得视膳庭闱⑨；殁且无缘，不得首丘茔垅⑩。然而地道尚静，神理宜安，若更迁移，反成劳扰。况溪山秀丽，草木荣华，既已安焉，非所愿也。"因抱持其父而大哭。父遂惊觉，乃一梦也。明日，以牲酒奠于坟下，与仆返棹而归。至今过者，指为金、翠墓云。

① 驵侩（zǎng kuài）：买卖居间人，又叫掮客。
② 石家买笑之姬：即上文提到的绿珠。
③ 息国不言之妇：春秋时楚国灭了息国，把息夫人带了回去，息夫人始终不说话。
④ 九阍：即九门。神话中天帝的住处。
⑤ 良人：丈夫。
⑥ 殂（cú）：与下句中的"殒"，都是死的意思。
⑦ 祔（fù）葬：合葬在一起。
⑧ 先垄：祖坟。
⑨ 视膳庭闱：意思是在父母跟前侍奉老年。视，视寒暖；膳，问膳食。
⑩ 首丘：归葬故乡，称为归正首丘。

李 祯

李祯（1376～1452），明代学者、作家。字昌祺，庐陵（今江西吉安）人。曾参与《永乐大典》的编修工作。所著《剪灯余话》，五卷二十一篇，是仿《剪灯新话》的作品，成就略次于《剪灯新话》。

长安夜行录

【题解】本篇选自《剪灯余话》。小说假借唐代故事，揭露了明皇室诸王"穷极奢淫，灭弃礼法"的种种恶行，其中的"贤者"还任意霸占民女，其不贤者就更是可想而知了。同时，小说也讽刺了旧时文人粉饰太平、伪造历史的丑行。

洪武初，汤公铭之与文公原吉，俱以老成练达、学问渊源，政事文章推重当代。未几而秦邸之国①，汤公拜右辅②，文公拜左辅，随从以行。时天下太平，人物繁庶，关中又汉唐故都③，遗迹俱在，二公导翊之暇④，惟从容于诗酒中⑤，临眺于山川，访古寻幽，未尝相舍。

一日，文公谓汤公曰："汉代诸陵，尽在于此。吾徒幸无案牍之劳，且有休退之日，登高能赋，此其时乎？"府僚洛阳巫马期仁对曰："长陵、安陵、阳陵、平陵⑥，皆在渭北咸阳原上，高十二丈，百二十七步。惟茂陵在兴平县东北十七里⑦，高十四丈，百四十步，其形方正，状类复斗；陵东为卫将军青墓⑧；又稍东为霍去病墓，所谓象祁连山者；西北为公孙弘墓⑨，西一里为李夫人墓⑩；山川雄

① 秦邸之国：秦王到他的封地去。秦，古代关中地区；邸，高级官员的办事或居住处所。秦邸，朱元璋的次子朱樉，洪武三年封秦王；之国，藩王到他所封的领地去。
② 辅：即宰辅或宰相。此处指诸王的宰相。
③ 关中：即陕西一带地方。
④ 翊（yì）：协助，辅助。
⑤ 从容：闲散的意思。
⑥ 长陵：即汉高祖刘邦的陵墓。安陵：即汉惠帝刘盈的陵墓。阳陵：汉景帝刘启的陵墓。平陵：汉昭帝刘弗陵的陵墓。
⑦ 茂陵：汉武帝刘彻的陵墓。
⑧ 卫将军青：即卫青。汉武帝时官至大将军，封长平侯。他和霍去病共同打败了匈奴，解除了匈奴对汉朝的威胁。
⑨ 公孙弘：汉武帝时丞相，封平津侯。
⑩ 李夫人：汉武帝刘彻的宠姬。

秀，与他处异。公若欲游，宜先于是。且兴平去此十八里，一日可到。"二公然之，翌日遂往①，期仁从焉，时九月二十日也。

暨归②，至半途，期仁马乏，追公不及，因缓辔徐行③，不觉暝矣④。路遥天黑，将近二更，禽鸟飞鸣，狐兔冲斥，心甚恐，且畏且行。俄而望中隐隐有火光⑤，意谓人家不远，策马以进，至则果民舍也，双户洞开，灯犹未灭。期仁下马，拴于庭树之上，入坐客次，良久寂然，不敢叩门，惟屡謦咳使其家知之⑥。少顷，苍头自便户出⑦，问客何来，期仁以实告，苍头唯唯而去⑧。未几，主人出，乃一少年，韦布翛然⑨，状貌温粹⑩，揖客与语，言辞简当，问劳而已。茶罢，延入中堂⑪，规制幽雅可爱，花卉芬芳，几席雅洁。坐定，少年呼其妻出拜，视之，国色也，年二十余，靓妆常服⑫，不屑朱铅，往来于香烟烛影中，绰约若仙姝神女⑬。期仁私念彼寻常人，而妻美若此，必怪也，亦不敢问，逡巡⑭，设酒馔，杯豆罗列，虽不甚丰腴⑮，而奇美精致，迨非人间饮食⑯，少年相劝，意甚殷勤。

酒半，夫妻俱起拜曰："公，贵人，前程远大。某有少恳⑰，欲托公以白于世⑱。"期仁曰："子夫妇为谁？所恳者何事？"少年曰："公无恐⑲，当以诚告。某唐人，处此已七百余

①翌日：第二天。
②暨：及，到。
③辔（pèi）：缰绳。
④暝：天黑。
⑤俄而：一会儿。
⑥謦（qǐng）咳：咳嗽。謦，咳嗽声。
⑦苍头：奴仆。便户：旁门。
⑧唯唯：答应的声音。
⑨韦布：皮带布衣，指居住在山野的人穿的粗陋衣服。韦，牛皮。翛然：无拘无束，自由自在的样子。
⑩温粹：温和明朗。
⑪中堂：正中的厅堂。
⑫靓妆：美丽的妆饰。
⑬姝（shū）：美女。
⑭逡巡：顷刻，不大一会儿。
⑮丰腴：丰厚，美好。
⑯迨：通"殆"，大约的意思。
⑰少恳：小小的请求。
⑱白于世：告诉世人。
⑲无恐：不要害怕。

年,未尝有至此者。今公临降,殆天意欤?某白于世,必矣。"期仁曰:"愿卒闻之。"少年羞赧低回,欲说复止。其妻曰:"何害!我则言之。妾夫开元间长安鬻饼师也①,让皇帝为宁王时②,建第兴庆坊,吾家适近王邸,妾夫故儒者,知有安、史之祸③,隐于饼以自晦;妾亦躬操井臼,涤器当垆④,不敢以为耻也。王过,见而悦之,妾夫不能庇其伉俪⑤,遂为所夺,从入邸中,妾即以死自誓。终日不食,竟日不言⑥。王使人开谕百端⑦,莫之顾也⑧。一夕,召妾,托以程姬之疾⑨,获免,如此者月余,王无奈何,叱遣归家。当时史官既失妾夫妇姓名,不复登载,惟《本事集》云⑩:'唐宁王宅畔,有卖饼者妻美,王取之经岁⑪,问曰:颇忆饼师否?召之使见,泪下如雨,王悯而还之。'殊不知妾入王宫中,首尾只一月,而谓经岁;妾求死而得出,而谓召之使见;王实未尝问妾,亦未尝召妾夫至也。厚诬若此,何以堪之?而世之骚人墨客有赋《饼师妇吟》,咏妾事者,亦皆逞其才思,过于形容,至有句云:'当时夫婿轻一诺,金屋茆檐两迢递⑫。'呜呼!回思尔时,事出迫夺,薰天之势,妾夫尚敢喘息耶?今以轻一诺为妾夫罪,岂不冤哉?所谓有恳托公者,此也。"期仁曰:"若尔守义,实为可嘉,正须直笔,以励风欲,而使之昧

① 开元:唐玄宗(李隆基)的年号(713~741)。
② 让皇帝为宁王时:指李宪被封为宁王以后。李宪将皇位让给李隆基,李隆基作了皇帝后,将李宪封为宁王。李宪死后被谥为"让皇帝"。
③ 安、史之祸:唐朝天宝十四年(755年),平卢、范阳、河东节度使安禄山和他的部将史思明起兵反唐,直到公元763年,战乱才平息,历史上称这段时期为安史之乱。
④ 当垆:原指卖酒,此处指卖饼。垆,酒店里放酒瓮的土墩子。
⑤ 庇(bì):掩护,庇护。伉俪:夫妻,配偶。
⑥ 竟日:整天。
⑦ 开谕百端:百般开导劝说。
⑧ 莫之顾:莫顾之,不理他,不听从他。
⑨ 程姬之疾:指妇女月经期。程姬为汉景帝之妾,曾因月经而不服侍景帝。事见《史记》。
⑩《本事集》:即《本事诗》,唐孟棨撰。
⑪ 经岁:过了一年。
⑫ 茆(máo)檐:茅草屋,指穷人住的房屋。茆,通"茅"。迢递:远,相离很远。

昧无闻，安得不饮恨于九原①，抱痛于百世哉？期仁不敏②，滥以文辞称，当为子表而出之。但恐相传已久，胶于见闻③，一旦厘正④，不免入疑，愿得子姓字，以补史氏之缺⑤，可乎？"少年愀然不乐，曰："若显余姓名人间，则负愧无尽矣，非所愿也。"期仁曰："然则如之何⑥？"

少年曰："乞以前所去者⑦，辩正足矣。"期仁复问曰："史称宁王明炳机先，因让储副⑧，号称宗英⑨，乃亦为是不道耶⑩？"少年曰："此是其常态，尚足怪乎？然在当时诸王中，最为读书好学，虽其负恃恩宠，昧于自见⑪，然见余拙妇以礼自持，终不忍犯。其他宗室所为，犹不足道。若岐王进膳⑫，不设几案，令诸妓各捧一器，品尝之；申王遇冷不向火⑬，置两手于妓怀中，须臾间易数人；薛王则刻木为美人⑭，衣之青衣，夜宴则设以执烛，女乐纷纭，歌舞杂遝⑮，其烛又特异，客欲作狂⑯，辄暗如漆，事毕复明，不知其何术也？如此之类，难以悉举，无非穷极奢淫，灭弃礼法，设若堕其手中⑰，宁复得出？则王之贤又不可不知也⑱。"

酒罢，夫妇各赠一诗。其夫诗云：

少年十五十六时，
隐身下混屠贩儿，
乍可无营坐晦迹，

①九原：本为山名，在今山西绛县北。相传春秋时晋国卿大夫的墓地在此，后世称墓地为九原。
②不敏：不聪明，无才华。这里是谦词。
③胶：粘，这里指深受影响。
④厘正：更正。厘，整理。
⑤史氏：写史的人，史官。
⑥如之何：怎么办。
⑦去：离开。这里指违背事实。
⑧储副：太子。
⑨宗英：皇室中的杰出人物。
⑩不道：不合道的行为。
⑪自见：自省，自我约束。
⑫岐王：李隆基的弟弟李范，封岐王。
⑬申王：李隆基的次兄李㧑，睿宗时封申王。
⑭薛王：李隆基的幼弟李业，封薛王。
⑮杂遝（tà）：形容人多没秩序，杂乱。
⑯作狂：淫乱。
⑰其：除宁王之外的诸王。
⑱王：宁王。知：使天下知道。

不说有学行求知。
四时活计看垆鏊①,
八节欢情对酒卮②,
紫糖旋泻光滴乳,
白面新和软截脂,
大堪纳吉团遮筥③,
小可充盘圆叠棋。
火中幻出不亏缺,
素手纤纤擎日月;
汉贤逃难亲曾卖④,
今我和光还自摺⑤;
室中莱妇知同调⑥,
窗下儒仲敦高节⑦。
自从结发共糟糠,
长能举案共薇蕨⑧。
怡怡伉俪真难保,
布衣荆钗有人悦。
乐昌明镜一朝分⑨,
奉倩寸肠中夜绝⑩。
内家非是少明眸,
外舍寒微岂好逑?
宝位鸿图既云让⑪,
柳姿蒲质底须留?
贫贱只知操井臼,
凡庸未解事王侯。
去剑俄然得再合⑫,
覆流信矣可重收⑬。
愿挥董笔祛疑惑⑭,
聊为陈人洗愧羞⑮。

其妻诗曰:

①鏊（áo）：烙饼用的锅。
②卮（zhī）：古代的一种盛酒器。
③纳吉：古代婚礼"六礼"之一，男家卜得吉兆之后，备礼通知女家，决定缔结婚姻。筥（jǔ）：圆形的竹容器。
④汉贤逃难：后汉赵岐，逃难北海，卖饼为生。
⑤和光：不露锋芒。
⑥莱妇：春秋时老莱子的妻子，曾劝老莱子不做官。
⑦儒仲：后汉王霸的表字。王霸有清高、不合世俗的节操。
⑧薇蕨：野菜。
⑨乐昌明镜：指乐昌公主破镜重圆的故事。
⑩奉倩：晋朝荀粲的表字，他的妻死了，他内心悲痛，不哭而神伤。
⑪宝位鸿图：指皇帝的高位和国家的广大版图。
⑫"去剑"句：晋朝时雷焕得了龙泉、太阿两把宝剑，把龙泉赠给张华。张华被杀后，剑飞入襄阳水中。雷焕死后，他儿子佩太阿剑渡延平津，太阿忽然跃入水中，只见两条龙游走了。原来剑是龙变的。
⑬"覆流"句：姜太公没得志时，他的妻子马氏嫌他贫穷，和他离婚。太公封齐后，马氏要求复婚，太公取一盆水泼在地上，让马氏收起来，马氏边泥带水也没收满盆。
⑭董笔：董狐的笔。董狐是春秋时晋国的史官，以不畏权势、尊重史实著称。
⑮陈人：指春秋时陈国国君陈灵公。他和夏姬通奸，被夏姬儿子射死。

妾家阀阅本寻常①，
茆屋衡门环堵墙，
辛勤未暇事妆饰，
婉娩惟知佩礼章。
前年嫁得东邻子，
博学多才贯经史。
致身弗愿取功名，
鬻饼宁甘溷闾里②。
朝朝日出肆门开，
童子高僧杂逻来，
得钱即已随闭户，
促席相看同举杯。
何期忽作韩凭别③，
赴水坠楼心已决。
红莲到处洁难汙④，
白璧归来完不缺⑤。
当代豪华久已亡，
贞魂万古抱悲伤。
烦公一扫荒唐论，
为传梁鸿与孟光⑥。

①阀阅（yù）：指门第。阅，门槛。
②溷（hùn）：混杂，隐遁。
③韩凭：战国时宋国大夫，妻子何氏貌美。宋康王杀了韩凭后，将何氏夺走，何氏不从，跳台而死。
④汙：同"污"。
⑤"白璧"句：取自"完璧归赵"的典故。
⑥梁鸿与孟光：梁鸿，后汉人，妻子孟光，夫妻和睦，相敬如宾。
⑦斯须：不大一会儿。
⑧阒（qù）：寂静。
⑨唐体：唐诗的风格。
⑩翰苑：翰林学士院。唐后期翰林学士虽非正式官职，但掌有重权。
⑪符远大之说：与前面卖饼夫妻说的期仁前程远大的说法相符。

期仁玩之再四，收拾囊中，少年即命苍头导客东厅就榻。斯须⑦，远寺钟敲，近村鸡唱，曙色熹微，晨光晻霭。开目视之，但见身沾露以犹湿，马吃草而未休，四顾阒然⑧，咸无所睹。乃以诗呈二公，皆加赏异，以为真得唐体⑨，命刻之郡东，以永其传。期仁果以文学升至翰苑⑩，八十九而终，遂符远大之说⑪。汤公后守吉安，屡为人道其详如此云。

秋千会记

【题解】 本篇选自《绿窗女史》。小说写一对蒙古族青年男女突破阻扰终得团圆的爱情故事。故事虽然未脱"为情而死,死而复生"的套路,情节也比较简单,缺乏曲折起伏,却颂扬了纯真坚贞的爱情理念。作者采用幻想、虚构等一系列浪漫主义艺术手法表达了这样一种认识,即真正的爱情不但可以冲破封建礼教的束缚,还能消除人鬼之间的界限,从而使现实生活中得不到的爱情,通过幻想得以实现。

　　元大德二年戊戌①,孛罗以故相齐国公子拜宣徽院使②,奄都剌为金判③,东平王荣甫为经历④,三家联住海子桥西⑤。

　　宣徽生自相门,穷极富贵,第宅宏丽,莫与为比。然读书能文,敬礼贤士,故时誉翕然称之⑥。私居后有杏园一所,取"春色满园关不住,一枝红杏出墙来⑦"之意,花卉之奇,亭榭之好,冠于诸贵家。每年春,宣徽诸妹、诸女,邀院判、经历宅眷,于园中设秋千之戏,盛陈饮宴,欢笑竟日。各家亦隔一日设馔。自二月末至清明后方罢,谓之秋千会。适枢密同金帖木尔不花子拜住过园外⑧,闻笑声。于马上欠身望之,正见秋千竞蹴,欢哄方浓。潜于柳阴中窥之,睹诸女皆绝色,遂久不去。为阍者所觉⑨,走报宣徽。索之,亡矣。

　　拜住归,具白于母。母解意,乃遣媒于宣徽家求亲。宣徽曰:"得非窥

① 大德二年戊戌:即元成宗大德二年(1298年)。
② 故相:前宰相。宣徽院使:宣徽院长官。宣徽院为元代官署名,掌供御食和燕享宗戚宾客等事务。
③ 金(qiān)判:官名,具体职能为协理政务,总管文书工作。
④ 经历:官名,职掌出纳文书。
⑤ 海子:即北方口语所说的湖沼。此处"海子"应当指今北京市积水潭一带。
⑥ 翕(xī)然:一致。翕,合,聚。
⑦ "春色"二句:宋代诗人叶绍翁《游园不值》里的诗句。
⑧ 枢密同金:即枢密院同金。元朝的枢密院,专掌边防、武官升迁及宫廷禁卫等,权势极大。同金是枢密院中地位较低的官员,位在知院、同知、副枢、金院之下。
⑨ 阍(hūn):看门。

墙儿乎？吾正择婿，可遣来一观，若果佳，则当许也。"媒归报，同金饰拜住以往。宣徽见其美少年，心稍喜①。但未知其才学，试之曰："尔喜观秋千，以此为题，《菩萨蛮》为调，赋南词一阕②，能乎？"拜住挥笔，以国字写之曰③：

　　红绳画板柔荑指④，东风燕子双双起。夸俊与争高，更将裙系牢。　　牙床和困睡⑤，一任金钗坠。推枕起来迟，纱窗月上时。

宣徽虽爱其敏捷，恐是预构⑥，或假手于人。因盛席待之，席间，再命作《满江红》咏莺。拜住拂拭剡藤⑦，用汉字书呈宣徽。宣徽喜曰："得婿矣！"遂面许第三夫人女速哥失里为姻，且召夫人，并呼女出，与拜住相见。他女亦于窗隙中窥之，私贺速哥失里曰："可谓'门阑多喜气，女婿近乘龙⑧'也。"择日遣聘，礼物之多，词翰之雅，喧传都下，以为盛事。拜住莺词附录于此：

　　嫩日舒晴，韶光艳⑨，碧天新霁⑩。正桃腮半吐，莺声初试。孤枕乍闻弦索悄，曲屏时听笙簧细。爱绵蛮、柔舌韵东风，愈娇媚。　　幽梦醒，闲愁

①稍：比较。
②南词：词的别名，与北曲对应。一阕（què）：一首词。
③国字：即国书。古代王朝统治者定本民族文字为国字。元代统治者为蒙古族，故蒙文为国字。
④柔荑（tí）：植物初生的柔软的叶芽。比喻手指之娇嫩。
⑤牙床：有象牙雕刻装饰的床，泛指装饰精美的床。
⑥预构：预先写好。构，写作。
⑦剡（shàn）藤：用浙江剡溪出产的古藤所制成的一种名贵的纸。
⑧"门阑"二句：杜甫《李监宅二首》之一的诗句。"乘龙"即贵婿的意思，典出《楚国先贤传》：汉代孙隽和李元礼都娶了太尉桓焉的女儿。当时人说，桓焉的两个女儿俱乘龙，意思是都得到了贵婿。
⑨韶光：美好的时光。
⑩霁（jì）：雨后转晴。

泥。残杏褪，重门闭。巧音芳韵，十分流丽。入柳穿花来又去，欲求好友真无计。望上林、何日得双栖①？心迢递。

既而同龛豪宕，簠簋不饬②，竟以墨败③。系御史台狱④，得疾囹圄间⑤。以大臣⑥，例蒙疏放，回家医治，未逾旬，竟尔不起。阖室染疾⑦，尽为一空，独拜住在。然冰消瓦解，财散人亡。宣徽将呼拜住回家，教而养之，三夫人坚执不肯。盖宣徽内嬖虽多⑧，而三夫人者，独秉权专宠，见他姬女皆归富贵之门，独己婿家反凋敝如此，决意悔亲。速哥失里谏曰："结亲即结义，一与订盟，终不可改。儿非不见诸姊妹家荣盛，心亦慕之。但寸丝为定⑨，鬼神难欺，岂可以其贫贱而弃之乎？"父母不听，别议平章阔阔出之子僧家奴⑩，仪文之盛，视昔有加。暨成婚，速哥失里行至中道，潜解脚纱⑪，缢于轿中，比至而死矣⑫。夫人以其爱女舆回，悉倾嫁奁及夫家聘物殓之，暂寄清安僧寺。

拜住闻变，是夜，私往哭之，且叩棺曰："拜住在此。"忽棺中应曰："可开枢，我活矣。"周视四隅，漆钉牢固，无由可启。乃谋于僧曰："劳用力，开棺之罪，我一力承之，不以相累，当共分所有也。"僧素知

① 上林：古皇宫苑名，泛指宫苑。
② 簠簋（fǔ guǐ）不饬：古代对官吏贪污行为的婉词。簠、簋，都是古代放祭品的器物；饬，也作饰，不整齐。
③ 墨败：因贪污而丢官。《左传·昭公十四年》："贪以败官为墨。"此处的"墨"为不洁之称。
④ 御史台：官署名，掌纠察百官善恶、政治得失。被弹劾的官吏常发交御史台审讯，故御史台也附设监狱，以拘禁犯罪的官吏。
⑤ 囹圄（líng yǔ）：监狱。
⑥ 以：因为是……的缘故。
⑦ 阖室：全家。
⑧ 内嬖（bì）：宠妾。嬖，宠爱，宠幸。
⑨ 寸丝：贫困之家订亲用少量丝为礼。喻聘礼微薄。
⑩ 阔阔出：元世祖忽必烈第八子。至元二十六年（1289年）封宁远王，元成宗时任平章事，总管军事。至大三年（1310年），三宝奴告其图谋不轨，被捕下狱。
⑪ 脚纱：裹脚布。
⑫ 比：等到。

其厚殓，亦萌利物之意，遂斧其盖①。女果活，彼此喜极，乃脱金钏及首饰之半谢僧。计其馀，尚值数万缗②，因托僧买漆整棺，不令事露。拜住遂挈速哥失里走上都③。住一年，人无知者。所携丰厚，兼拜住又教蒙古生数人，复有月俸，家道从容④。

不期宣徽出尹开平，下车之始，即求馆客⑤，而上都儒者绝少。或曰："近有士自大都挈家寓此⑥，亦色目人⑦，设帐民间，诚有学问。府君欲觅西宾⑧，惟此人为称。"亟召之，则拜住也。宣徽意其必流落死矣，而人物整然，怪之，问："何以至此？且娶谁氏？"拜住实告。宣徽不信，命舁至，则真速哥失里，一家惊动，且喜且悲。然犹恐其鬼假人形，幻惑年少，阴使人诣清安询僧，其言一同⑨。乃发殡⑩，空椁而已。归以告宣徽，夫妇愧叹，待之愈厚，收为赘婿，终老其家。

拜住三子：长教化，仕至辽阳等处行中书省左丞⑪，早卒。次子忙古歹，幼子黑厮，俱为内怯薛⑫，带御器械。忙古歹先死。黑厮官至枢密院使。天兵至燕⑬，顺帝御清宁殿⑭，集三宫后妃、皇太子，同议避兵。黑厮与丞相失列门哭谏曰："天下者，世祖之天下也⑮。当以死守。"不听。夜半，开建德门而遁⑯。黑厮随入沙漠，不知所终。

①斧：用斧头撬开。
②缗：穿钱的绳子。钱一千文为一缗。
③上都：元世祖忽必烈营建城郭宫室于滦水北，后即帝位于此，称开平府。
④从容：此处作宽裕解。
⑤馆客：指塾师。
⑥大都：元代首都。忽必烈至元四年（1267年）在金中都城东北另筑新城，至元九年（1272年）改称大都。故址在今北京市。
⑦色目人：元代对钦察、蒙古、回回等民族的称呼。元政府将统治下的人民依地位高低分为蒙古人、色目人、汉人、南人四等。
⑧西宾：旧时对家塾教师或幕友的敬称。
⑨一同：相同。
⑩发殡：指打开未葬的棺木。
⑪行中书省左丞：元代在中央设置中书省外，又在各路设置行中书省。中书省和行中书省均设左右丞，为省的副长官。
⑫内怯薛：指宫廷宿卫军。
⑬天兵：即秉承天意之兵。此处指明兵。
⑭顺帝：元代末代皇帝妥欢贴睦尔（1320～1370）。
⑮世祖：元代的建立者忽必烈（1251～1294）。
⑯建德门：元代大都的城门之一，即今北京市德胜门。

董 玘（qǐ）

转录自吴曾祺的《旧小说》戊集。董玘（生卒不详），明代作家，字文玉，会稽（今浙江绍兴）人。著有《中锋集》六卷。

东游纪异

【题解】本篇揭露了宦官的腐败专权。更为难得的是作者还探讨了宦官专权的根源，即"禁门之侧"、"雾塞昼冥"，那些"衣冠者流"纷纷与狐为礼。小说深刻而尖锐地抨击了当时整个朝政的黑暗，表现了作者极强的道德勇气和批判精神。

正德庚午①，六月乙巳，予与南安黄子晨出游②。循玉河而东③，见车马旁午④，由夹道直趋东华。东华者，天子之禁门也，外多富人居。予二人私讶游者之众也，乃连骑蹑其后。是日，微露濡衣。黄子笑曰："《诗》所谓'畏行多露⑤'，殆不其然⑥？"予曰："彼，女子也，丈夫而畏濡乎？"俄顷，雾四塞，咫尺不辨人马⑦。行半里许，失所谓东华者。阴风袭人，鬼魅交道⑧。予愕曰："此非人居也，胡为有是？"念已不得归路，复前行。十余步，见一巨室，栋宇宏丽，金碧交映。方凝视焉，忽群狐跃出，若欲邀予二人入者。即却走欲避⑨，疑已为群狐所持⑩。予乃喟曰⑪："雾虽不吾濡，然误予者非雾也耶？"遂随狐入。

及门，门者狐⑫。狐人语曰⑬：

① 正德庚午：正德五年（1510年）。正德为明武宗（1506～1521）年号。
② 南安：地名，当时有南安府和南安州，前者故地在今江西省，后者故地在今云南省。
③ 玉河：即柳城河，是当时皇城的护城河。
④ 旁午：交错，错杂。
⑤ 《诗》：指《诗经》。畏行多露：怕路上有许多露水，见《诗经·行露》篇。
⑥ 殆不其然：大概就是如此吧。
⑦ 咫尺：形容距离近。
⑧ 交道：相交于道。
⑨ 却走：向后退。
⑩ 持：挟持。
⑪ 喟：叹息。
⑫ 门者：守门者。
⑬ 人语：作人语。

"锦衣不可以入吾舍。"不得已,复易素衣而进。及堂,堂者狐①。狐拱而前,若与人揖逊状②。及至③,则见数十狐,呀呀环一狐而号。予微闻旁立者曰:"是老狐今毙矣。老狐常人形出游,见衣冠者流④,生有居,死有藏⑤,有庆吊之礼⑥。习而归,欲以教群狐。其毙也,号曰:'若属勿以狐死我也⑦。'于是,群狐相与谋以人礼丧之⑧。然而狐也,卒莫幸吊焉⑨。有白额虎,是穴之长也。电目而深居,好噬人,不食兽类。上帝命之掌百兽焉。群狐乃相与诉于虎。虎怒曰:'彼薄吾兽类耶⑩?'于是,不狐吊者⑪,辄噬之。乃今吊者如市焉。若已误入⑫,速与狐为礼。不者,虎且噬汝!"予二人方惊骇未信,俄见旅进旅退⑬,绳绳然来者尽衣冠也⑭。拜起左右⑮,咸与狐为礼。黄子顾予曰:"畏狐耶?畏虎耶?"始悟前所见游者,尽狐客也⑯。将退,一狐捧盘帛阶下,招曰:"吊客前!"吊者趋而前⑰,人问姓名⑱,曰:"某某。"若将以白于虎者。于是,诸吊者亦忘其为狐也。受帛而出,皆有德色⑲。予二人益愤惋,然业已入狐穴中,亡可谁何⑳。久之,得与诸吊者偕出,求得故道而归。抵舍,则天欲暝矣。

噫嘻!可怪哉!可怪哉!世其有是耶㉑?彼深山穷谷,魑魅罔象之所游㉒,虎豹狐狸之出入,乃其所

① 堂者:在堂上的。
② 揖逊:揖让谦恭。
③ 及至:待走进堂内。
④ 衣冠者流:达官贵人。
⑤ 藏:埋葬处。
⑥ 庆吊之礼:举办丧事、喜事的礼仪。
⑦ 若属:你们这些人。以狐死我:按狐狸死了的样子来殡葬我。意思是说,要按人死的样子来安排丧事。
⑧ 以人礼丧之:按人间礼仪安排丧事。
⑨ 卒莫幸吊焉:到底没有人前来吊丧。卒,终,到底。
⑩ 薄:轻视。
⑪ 不狐吊者:不为狐吊丧的。倒装句式。
⑫ 若:你。
⑬ 旅进旅退:前后依次进退。
⑭ 绳绳然:小心谨慎而又连续不断的样子。
⑮ 拜起左右:行礼的各种动作。
⑯ 狐客:来狐穴作客的。
⑰ 趋:小步急走。
⑱ 人问姓名:每个人都问清姓名。
⑲ 德色:感激的样子。
⑳ 亡可谁何:无可奈何。
㉑ 其:岂,难道。
㉒ 魑魅(chī mèi)罔象:山川中的妖魔鬼怪。

也①，禁门之侧，胡为而有之焉？且彼狐，狐也，求与人为礼，吾人，人也，而与狐胡为礼耶②？岂非雾塞昼冥，而虎与狐也，乘时跳梁③，如《传》所谓"禽兽逼人，蹄迹交中国者④"，固其类也。不然，太阳在上，虽深山穷谷之中，彼虎与狐也，亦且隐伏而不敢出，矧禁门之侧耶⑤？噫！是吾游之非其时也，而又何怪耶？越数夕，积雾开，初日旭，黄子复邀予往过焉，则狐穴隐灭，居民如故。

① 乃其所也：这才是它们活动的场所。
② 胡为：何为，为什么。
③ 跳梁：跳跃，行凶作怪。
④《传》：《易经》之《传》。引句出自《孟子·滕文公上》，且略异。禽兽逼人，蹄迹交中国者：意思是说，禽兽到处都是，威胁着人们。
⑤ 矧（shěn）：何况。

马中锡

　　选自《马东田孙沙溪两公遗集合编》中的《东田集》卷五。马中锡（？～1512），明代文学家。字天禄，别号东田，明代故城（今属河北）人。著有《东田集》。

中山狼传

【题解】 本篇选自《东田集》。小说写了中山狼和东郭先生的故事，揭露了中山狼忘恩负义、恩将仇报的可憎面目，批评了东郭先生不分善恶、滥施仁慈的愚腐心肠。作品所塑造的人物有较强的典型性，中山狼和东郭先生已分别成为忘恩负义者和好好先生的代名词。

　　赵简子大猎于中山①，虞人导前②，鹰犬罗后③，骇禽鸷兽应弦而倒者不可胜数。有狼当道，人立而啼。简子垂手登车④，援乌号之弓⑤，挟肃慎之矢⑥，一发饮羽⑦，狼失声而逋⑧。简子怒，驱车逐之，惊尘蔽天，足音鸣雷，十里之外，不辨人马。

　　时，墨者东郭先生⑨，将北适中山以干仕⑩，策蹇驴⑪，囊图书，凤行失道⑫，望尘惊悸。狼奄至⑬，引首顾曰："先生岂有志于济物哉⑭？昔毛宝放龟而得渡⑮，隋侯救蛇而获珠⑯，龟蛇固弗灵于狼也。今日之事，何不使我得早处囊中以苟延残喘乎？异时倘得脱颖而出，先生之恩，生死而肉骨也⑰，敢不努力以效龟蛇之诚！"先生曰："嘻，私汝狼以犯世卿，忤权贵，祸且不测，敢望

①赵简子：春秋时晋国的赵鞅。
②虞人：掌管山泽狩猎的官。
③罗后：成群地跟在后面。
④垂手：往手上吐唾沫。垂，同唾。
⑤乌号之弓：古代的好弓。
⑥肃慎：古国名，以产箭著称。
⑦饮：没。羽：箭尾的羽毛。
⑧逋（bū）：逃。
⑨墨者：信仰墨家学说的人。
⑩中山：春秋时小国名。干仕：求官。
⑪蹇（jiǎn）驴：跛足的驴。
⑫凤行：清晨赶路。失道：迷路。
⑬奄：突然。
⑭济物：救助别人。
⑮毛宝：见《搜神记》。
⑯隋侯救蛇：见《淮南子·览冥训》高诱注。
⑰生死：让死者复生。骨肉：让枯骨生肉。

报乎？然墨之道，兼爱为本①，吾终当有以活汝，脱有祸②，固所不辞也！"乃出图书，空囊橐③，徐徐焉实狼其中，前虞跋胡④，后恐疐尾⑤，三纳之而未克，徘徊容与⑥，追者益近。狼请曰："事急矣！先生果将揖逊救焚溺⑦，而鸣銮避寇盗耶⑧？惟先生速图！"乃跼蹐四足⑨，引绳而束缚之，下首至尾⑩，曲脊掩胡，狠缩蜷屈，蛇盘龟息，以听命先生。先生如其指，内狼于囊⑪，遂括囊口，肩举驴上，引避道左⑫，以待赵人之讨。

已而简子至，求狼弗得，盛怒，拔剑斩辕端示先生，骂曰："敢讳狼方向者，有如此辕！"先生伏踬就地⑬，匍匐以进，跽而言曰⑭："鄙人不慧，将有志于世，奔走遐方⑮，自迷正途，又安能发狼踪，以指示夫子鹰犬也！然尝闻之，大道以多歧亡羊。夫羊，一童子可制之，如是其驯也，尚以多歧而亡；狼非羊比，而中山之歧，可以亡羊者何限？乃区区循大道以求之⑯，不几于守株缘木乎⑰？况田猎，虞人之所事也，君请问诸皮冠⑱，行道之人何罪哉？且鄙人虽愚，独不知夫狼乎？性贪而狠，党豺为虐⑲，君能除之，固当窥左足以效微劳⑳，又肯讳之而不言哉！"简子默然，回车就道。先生亦驱驴，兼程而进㉑。

良久，羽旄之影渐没，车马之音不闻，狼度简子之去已远，而作声

① 兼爱：同等地爱各种人物。这是墨家学说的核心。
② 脱：万一。
③ 囊橐（tuó）：口袋。
④ 虞：担心。跋：践踏。胡：胡须。
⑤ 疐（zhì）：阻碍。
⑥ 容与：动作缓慢。
⑦ 揖逊救焚溺：救火、救落水者时作揖讲礼貌。
⑧ 鸣銮避寇盗：逃避强盗的时候，却让所驾的车响着铃声。
⑨ 跼蹐（jú jí）：踡曲。
⑩ 下首：把头低下。
⑪ 龟息：像龟那样调节呼吸。内：同"纳"。
⑫ 道左：路边。
⑬ 伏踬（zhì）：趴下。
⑭ 跽（jì）：跪。
⑮ 遐方：远方。
⑯ 区区：局限。
⑰ 缘木：缘木求鱼。
⑱ 皮冠：狩猎官的代称。
⑲ 党豺：与豺为党。
⑳ 窥左足：举足之劳。窥（kuǐ），同"跬"。
㉑ 兼程：加速赶路。

囊中曰："先生可留意矣①，出我囊，解我缚，拔矢我臂，我将逝矣②！"先生举手出狼，狼咆哮谓先生曰："适为虞人逐，其来甚远，幸先生生我③。我馁甚④，馁不得食，亦终必亡而已。与其饥死道路，为群兽食，毋宁毙于虞人，以俎豆于贵家⑤。先生既墨者，摩顶放踵⑥，思一利天下，又何吝一躯啖我而全微命乎⑦？"遂鼓吻奋爪以向先生⑧。先生仓卒以手搏之⑨，且搏且却，引蔽驴后⑩，便旋而走⑪，狼终不得有加于先生，先生亦极力拒，彼此俱倦，隔驴喘息。先生曰："狼负我！狼负我！"狼曰："吾非固欲负汝，天生汝辈，固需吾辈食也！"相持既久，日晷渐移⑫，先生窃念天色向晚，狼复群至，吾死矣夫！因绐狼曰⑬："民俗，事疑必询三老⑭，第行矣⑮，求三老而问之，苟谓我当食即食，不可即已。"狼大喜，即与偕行。

逾时⑯，道无人行，狼馋甚，望老木僵立路侧，谓先生曰："可问是老！"先生曰："草木无知，叩焉何益⑰？"狼曰："第问之，彼当有言矣！"先生不得已，揖老木，具述始末，问曰："若然，狼当食我邪？"木中轰轰有声，谓先生曰："我杏也。往年老圃种我时⑱，费一核耳，逾年华⑲，再逾年实⑳，三年拱把㉑，十年合抱㉒，至于今二十年矣！老圃食我，老圃之妻子食我，外至宾客，下

①留意：关心。
②逝：逃走。
③生我：救我的命。
④馁：饿。
⑤俎（zǔ）豆于贵家：在贵家作祭祀时的食品。
⑥摩顶放踵（zhǒng）：从头到脚都受折磨。
⑦啖（dàn）我：给我吃。全：成全。
⑧吻：嘴巴。
⑨仓卒：同"仓猝"，匆忙。
⑩引蔽：躲藏。
⑪便旋：回转。
⑫晷（guǐ）：日影。
⑬绐（dài）：骗。
⑭三老：古代掌教化之官。
⑮第行：可以做。第，但。
⑯逾时：过了一会儿。
⑰叩：问。
⑱老圃：种树的老人。
⑲逾年：隔年。华：开花。
⑳实：结果。
㉑拱把：两手合围那样粗。
㉒合抱：两臂合围。

至奴仆，皆食我。又复鬻实于市①，以规利于我②。其有功于老圃甚巨。今老矣，不能敛华就实③，贾老圃怒④，伐我条枚⑤，芟我枝叶⑥，且将售我工师之肆取直焉⑦。噫！樗朽之材⑧，桑榆之景⑨，求免于斧钺之诛而不可得，汝何德于狼，乃觊免乎⑩？是固当食汝。"言下，狼复鼓吻奋爪以向先生。先生曰："狼爽盟矣⑪，矢询三老⑫，今值一杏⑬，何遽见迫邪⑭？"复与偕行。

狼愈急，望见老牸⑮，曝日败垣中，谓先生曰："可问是老！"先生曰："向者草木无知，谬言害事，今牛，禽兽耳，更何问焉？"狼曰："第问之，不问，将咥汝⑯！"先生不得已，揖老牸，再述始末以问。牛皱眉瞪眼，舐鼻张口，向先生曰："老杏之言不谬矣！老牸茧栗少年时⑰，筋力颇健，老农卖一刀以易我，使我贰群牛、事南亩⑱。既壮，群牛日以老惫，凡事我都任之。彼将驰驱，我伏田车⑲，择便途以急奔趋⑳。彼将躬耕，我脱辐衡㉑，走郊坰以辟榛荆㉒。老农视我犹左右手。衣食仰我而给，婚姻仰我而毕，赋税仰我而输，仓庾仰我而实㉓。我亦自谅，可得帷席之敝如马狗也㉔。往年家储无担石，今麦秋多十斛矣；往年穷居无顾藉㉕，今掉臂行村社矣㉖；往年尘卮罂㉗，涸唇吻，盛酒瓦盆，半生未接，今酝黍稷，据樽罍，骄妻妾

① 鬻 (yù)：卖。
② 规利于我：从我身上谋利。
③ 敛华就实：开花后结果。
④ 贾 (gǔ)：引起。
⑤ 条枚：支干。
⑥ 芟 (shān)：砍，除。
⑦ 工师之肆：工匠的铺子。直：同"值"。
⑧ 樗 (chū) 朽之材：无用的树木。
⑨ 桑榆之景：喻晚年时光。
⑩ 觊 (jì)：非分的希望。
⑪ 爽盟：违约。
⑫ 矢：誓。
⑬ 值：仅仅。
⑭ 遽 (jù)：马上。见迫：相逼。
⑮ 牸 (zì)：母牛。
⑯ 咥 (dié)：咬。
⑰ 茧栗：指牛角初生时，像蚕茧和栗子一样小。
⑱ 贰：帮助。事南亩：在农田里耕作。
⑲ 伏：驾。
⑳ 便途：近道。
㉑ 辐衡：指车。辐，车轮中直木；衡，车辕横木。
㉒ 坰 (jiōng)：郊野。
㉓ 仓庾：谷仓，粮仓。实：充实。
㉔ 帷席之敝：用帐子和席子来遮盖。
㉕ 顾藉 (jiè)：顾忌。
㉖ 掉臂：摇摆手臂，逍遥自在。
㉗ 卮 (zhī)：酒杯。罂 (yīng)：腹大口小的容器。

矣；往年衣短褐，侣木石，手不知揖，心不知学，今持《兔园册》①，戴笠子，腰韦带②，衣宽博矣③。一丝一粟，皆我力也。顾欺我老弱，逐我郊野，酸风射眸④，寒日吊影⑤，瘦骨如山，老泪如雨，涎垂而不可收，足挛而不可举⑥，皮毛俱亡，疮痍未瘥⑦。老农之妻妒且悍，朝夕进说曰：'牛之一身，无废物也。肉可脯⑧，皮可鞟⑨，骨角可切磋为器⑩。'指大儿曰：'汝受业庖丁之门年矣⑪，胡不砺刃于硎以待⑫？'迹是观之⑬，是将不利于我，我不知死所矣⑭！夫我有功，彼无情乃若是，行将蒙祸；汝何德于狼，觊幸免乎？"言下，狼又鼓吻奋爪以向先生。先生曰："毋欲速！"

　　遥望老子杖藜而来⑮，须眉皓然⑯，衣冠闲雅⑰，盖有道者也。先生且喜且愕，舍狼而前，拜跪啼泣，致辞曰："乞丈人一言而生⑱。"丈人问故，先生曰："是狼为虞人所窘⑲，求救于我，我实生之。今反欲咥我，力求不免，我又当死之，欲少延于片时，誓定是于三老。初逢老杏，强我问之⑳，草木无知，几杀我。次逢老牸，强我问之，禽兽无知，又几杀我。今逢丈人，岂天之未丧斯文也㉑。敢乞一言而生。"因顿首杖下，俯伏听命。丈人闻之，欷歔再三㉒。以杖叩狼曰："汝误矣！夫人有恩而背之，不祥莫大焉㉓。儒谓受人恩而不忍背者，其为子必孝，又谓

①兔园册：古代村塾所用浅易的识字课本。
②韦带：皮带。
③宽博：宽大舒适。
④酸风：刺人的寒风。
⑤吊影：孤单的样子。
⑥挛（luán）：蜷曲。
⑦痍（yí）：创伤。瘥（chài）：病愈。
⑧脯（fǔ）：肉干，这里指做成肉干。
⑨鞟（kuò）：去毛的皮，这里指做皮革。
⑩切磋：打磨。
⑪庖丁：厨师。
⑫砺：磨。硎（xíng）：磨刀石。
⑬迹是：由此。
⑭不知死所：不知死于何处。
⑮藜：一种植物，树干可做拐杖。
⑯皓然：洁白。
⑰闲雅：整齐雅致。
⑱丈人：对老年男子的尊称。
⑲窘：困。
⑳强：强迫。
㉑斯文：指儒者。
㉒欷歔（xī xū）：叹息。
㉓不祥：凶兆。

虎狼知父子①。今汝背恩如是，则并父子亦无矣②！"乃厉声曰："狼，速去！不然将杖杀汝③！"狼曰："丈人知其一未知其二，请诉之，愿丈人垂听。初，先生救我时，束缚我足，闭我囊中，压以诗书，我鞠躬不敢息，又蔓辞以说简子④，其意盖将死我于囊，而独窃其利也。是安可不咥？"丈人顾先生曰："果如是，是羿亦有罪焉⑤？"先生不平，具状其囊狼怜惜之意。狼亦巧辩不已以求胜。丈人曰："是皆不足以执信也⑥。试再囊之，我观其状，果困苦否⑦。"狼欣然从之，信足先生⑧。先生复缚置囊中，肩举驴上⑨，而狼未之知也。丈人附耳谓先生曰："有匕首否？"先生曰："有！"于是出匕。丈人目先生⑩，使引匕刺狼。先生曰："不害狼乎？"丈人笑曰："禽兽负恩如是，而犹不忍杀。子固仁者，然愚亦甚矣！从井以救人，解衣以活友⑪，于彼计则得，其如就死地何⑫？先生其此类乎？仁陷于愚，固君子之所不与也⑬。"言已大笑，先生亦笑。遂举手助先生操刃，共殪狼⑭，弃道上而去。

①虎狼知父子：虎狼也知父子之情。
②父子亦无：不知道父子之情，即没有亲情，没有人性。
③杖杀：用杖打死。
④蔓辞：说话啰嗦。
⑤羿亦有罪：相传逢蒙向羿学习射箭，逢蒙学会就把羿射死了。《孟子·离娄下》认为羿传授技艺而不知择人，是有罪的。
⑥执信：使人相信。
⑦果：果真。
⑧信：同"伸"。
⑨肩举：用肩扛。
⑩目：以目示意。
⑪"从井"两句：跳到井里救人，解自己的衣服给人御寒，结果自己死了。喻救人方法不当，给自己造成不必要的损失。
⑫"于彼计"两句：对对方来说目的达到了，但对自己来说却是找死。
⑬不与：不参与，不做。
⑭殪（yì）：杀。

李　渔

　　李渔（1611～1679），清代文学家。字笠翁，清初浙江兰溪人。著有《笠翁十种曲》、《笠翁一家言》及《闲情偶寄》。

秦淮健儿传

【题解】 本篇选自《笠翁一家言》。小说写的是一个绰号叫健儿的人，自恃力大无比，平素横行乡里，欺压百姓，最后因受到感召而有所悔悟的故事。小说描写生动，引人入胜，整篇故事虽未有鬼神色彩，却颇具浪漫主义意味，在艺术上可以说别具一格。

　　嘉靖中①，秦淮民间有一儿，貌魁梧，色黝异。生数月便不乳，与大人同饮啜。周岁怙恃交失②，鞠于外氏③。长有膂力④，善拳击，尝以一掌毙一犬，人遂呼为健儿。

　　健儿与群儿斗，莫不辟易⑤；群儿结数十辈攻之，健儿纵拳四挥，或啼或号，各抱头归，诉其父兄。父兄来，叱曰："谁家豚犬，敢与老子相触耶？"健儿曰："焉敢相触，为长者服步武之劳⑥，则可耳！"乃至父兄前，以两手擎父兄，两胫去地二尺许⑦，且行且止，或昂之使高⑧，或抑之使下，父兄恐颠仆，莫敢如何，但咭咭笑⑨，乡人哄焉⑩。健儿性善动，不喜读书，外氏命就外傅⑪，不率教⑫，师夏楚之⑬，则夺扑裂眦曰⑭："功名应赤手致⑮，焉用琐琐章句为⑯？"师出，即与同塾诸儿斗，诸儿无完肤。又时

①嘉靖：明世宗年号。
②怙（hù）恃交失：父母相继去世。
③鞠于外氏：由外祖父家抚养。
④膂（lǚ）力：强壮有力。
⑤辟易：躲避。易：易地居住。
⑥服步武之劳：替你们走路。步武：脚步。
⑦胫：小腿。
⑧昂之：向上高举。
⑨咭咭（jī）：笑声。
⑩哄焉：为这件事哄动起来。
⑪就外傅：到先生那里学习。
⑫不率教：不听从教导。
⑬夏楚：用山楸或荆木制成的责打学生的用具，此处是责打的意思。夏（jiǎ），同"槚"。
⑭夺扑裂眦（zì）：夺下教具，圆睁两眼。
⑮赤手致：空手而得。
⑯琐琐章句：读这些古书。琐琐，繁琐；章句，分析古代的章节、句读（断句）。

盗其外氏簪珥衣物，向酒家饮，醉即猖狂生事。外氏苦之，逐于外。为人牧羊，每窃羊换饮，诈言多歧亡①。主人怒，复见摈②。

时已弱冠矣③，闻倭入寇④，乃大快曰："是我得意时也！"即去海上从军⑤，从小校擢功至裨将⑥。与僚友饮，酒酣，斗，力毙之，罪当死；遂弃官，逃之泗⑦，易姓名，隐于庖丁。民家有犊，丙夜往盗之⑧。牵出必剧呼曰："君家牛，我骑去矣！"呼竟，倒骑牛背，以斧砍牛臀，牛畏痛，迅奔若风，追之莫及。次日，亡牛者适市物色之⑨，健儿曰："昨过君家⑩，取牛者我也。告而后取，道也⑪，奚其盗⑫？"索之，则牛已脯矣⑬，无可凭。市中恶少推为盟主，昼纵六博⑭，夜游狭斜⑮。自恃日甚，尝叹曰："世人皆不足敌！但恨生千载后，不得与拔山举鼎之雄一较胜负耳！"

邑使者禁屠牛⑯，健儿无所事事，取向所积牛皮及骨角，往瓜、扬间售之⑰，得三十金。将归，饮旅馆中，解金置案头⑱。酒家翁见之，谓曰："前途多豪客，此物宜善藏之。"健儿掷杯砍案曰："吾纵横天下三十年矣，未逢敌手，有能取我腰间物者⑲，当叩首降之。"时有少年数人，醵于左席⑳，闻之错愕，起问姓名里居。健儿曰："某姓名不传，向尝竖功于边陲㉑，今挂冠微服㉒，牛耳于泗上诸英雄㉓。"少年问

①多歧亡：因岔路太多，羊趁机逃跑了。
②见摈：被赶走。
③弱冠：近二十岁。
④倭（wō）：日寇。明代日本海盗曾多次入侵中国沿海地区。
⑤海上：沿海。
⑥裨（pí）将：副将。
⑦泗：安徽省泗州。
⑧丙夜：三更天，深夜。
⑨适市物色之：到市上寻找牛。
⑩过：访，到。
⑪道也：意思是讲道理。
⑫奚其盗：怎么能说是偷盗呢？奚，何。
⑬脯（fǔ）：肉干。
⑭昼纵六博：白天大肆赌博。六博，一种赌博方式。
⑮狭斜：指妓院。
⑯邑使者：县里派下来的人。
⑰瓜、扬间：江苏省瓜州、扬州一带。
⑱案：桌子。
⑲腰间物：指金银。
⑳醵（jù）：凑钱饮酒。
㉑"向尝"句：从前曾经在边境上立过功劳。
㉒挂冠微服：辞官为民。挂冠，辞官；微服，普通人的服装。
㉓"牛耳"句：做泗州众英雄的头目。

能敌几何辈①，健儿曰："遇万、万敌，遇千、千敌。计人而敌，斯下矣②！"诸少年益错愕。

健儿饮毕，束装上马。不二三里，一骑追之甚迅。健儿自度曰③："殆所云豪客耶④？"比至⑤，则一后生，健儿遂不介意。后生问："何之⑥？"健儿曰："归泗。"后生曰："予小子亦泗人⑦，归途迷失，望长者指南之⑧。"于是健儿前驱，马上谈笑颇相得。健儿谓后生曰："子服弓矢⑨，善决拾乎⑩？"后生曰："习矣，而未娴。"健儿援弓试之⑪，力尽而弓不及彀⑫，弃之曰："此物无用，佩之奚为？"后生曰："物自有用，用物者无用耳！"乃引自试。时有鹜唳空⑬，后生一发饮羽⑭，鹜坠马前。健儿异之。后生曰："君腰短刀⑮，必善击刺。"健儿曰："然，我所长，不在彼在此。"脱以相示⑯。后生视而剧曰⑰："此割鸡屠狗物，将焉用之？"以两手一折，刀曲如钩；复以两手伸之，刀直如故。健儿失色，筹腰间物，非复我有矣！虽与偕行，而股栗之状，渐不自持⑱。后生转以温言慰之。复前数里，四顾无人，后生纵声一喝，健儿坠马，后生先斩其马，曰："今日之事，有不唯吾命者⑲，如此马！"健儿匍伏请所欲。后生曰："无用物！盍解腰缠来献⑳！"健儿解囊输之㉑，顿首乞命。后生曰："吾得此一囊金，

① 几何辈：多少人。辈，同类人。
② 斯下矣：这就是下等的了。斯，此。
③ 度（duó）：心想。
④ 殆：副词，大约的意思。
⑤ 比至：等来到跟前。比，等。
⑥ 何之：到那里去。之，去。
⑦ 予小子：自我谦称。
⑧ 指南之：指引路途。
⑨ 服：佩带，挚带。
⑩ 决拾：射箭时用的两种用具，分别带在手指或臂上。
⑪ 援弓：拿起弓。
⑫ 不及彀（gòu）：没有拉满弓。
⑬ 有鹜（wù）唳（lì）空：有野鸭在空中鸣叫。
⑭ 一发饮羽：一箭射中。
⑮ 腰：用作动词，腰佩。
⑯ 脱以相示：解下刀来给少年看。
⑰ 剧：立即。
⑱ 不自持：不能控制自己。
⑲ 不唯吾命：不听我的话。
⑳ 盍解腰缠来献：何不解下携带的财物献上来。
㉑ 输之：送上去。

差可十日醉①。子犹草莱②，何足诛锄！"拨马寻故道去。健儿神气沮丧，足循循不前③。自思三十金非长物④，但半世英雄败于乳臭儿之手⑤，何颜复见诸弟兄！遂不归泗，向一村墅，结庐卖酒聊生⑥。每思往事，辄恧恧欲死⑦。

一日，春风淡荡⑧，有数少年索饮。裘马甚都⑨，似五陵公子⑩，而意气豪纵，又似长安游侠儿⑪，击案狂歌，旁若无人。且曰："涤器翁似不俗，当偕之。"遂拉健儿入座。视九人皆弱冠，唯一总角者⑫，貌白皙，若处子⑬，等闲不发言⑭，一言则九人倾听，坐则右之⑮，饮则先之，健儿不解其故。而未坐一冠者⑯，似尝谋面，睇视之⑰，则向斫马劫财之人也！谓健儿曰："东君尚识故人耶⑱？"健儿不敢应。后生曰："畴昔途中解腰缠赠我者⑲，非子而谁？我侪岂攘攫者流⑳！特于邮旁肆中㉑，闻子大言恐世㉒，故来与子雌雄，不意竟输我一筹。今来归赵璧耳㉓！"遂出左袖三十金，置案头曰："此母也㉔。于今一年，子当肖之㉕。"又探右袖，出三十金，共予之。健儿不敢受。旁一后生，投剑努目曰："物为人攫而不能复，还之又不敢取，安用此懦夫为！"健儿惧，急纳袖中。乃治鸡黍为欢㉖。诸后生不肯留，归金者曰："翁亦可怜矣，峻拒之则难堪㉗。"众乃止。时

①差可：差不多可以。
②子犹草莱：你就像蒿草一样，表示轻蔑。
③循循：迟迟。
④长物：重要之物。
⑤乳臭（xiù）儿：小孩子。
⑥结庐卖酒聊生：盖了一间茅草房，靠卖酒维持生活。聊，依赖。
⑦辄恧恧（nǚ）欲死：就惭愧得要死。
⑧淡荡：清爽地吹拂着。
⑨裘：皮衣。都：华美。
⑩五陵公子：指富贵人家的子弟。
⑪长安游侠儿：大城市中的一些见义勇为，打抱不平的人。长安，代指大城市。
⑫总角者：梳角髻的，指少年儿童。
⑬处子：未出嫁的姑娘。
⑭等闲：随便。
⑮坐则右之：酒席上把他尊在上位。
⑯冠者：戴帽子的，即年龄较大的。
⑰睇（dì）视：斜眼看。
⑱东君：东道主，店主人。
⑲畴昔：从前。
⑳我侪（chái）：我辈，我们这些人。攘攫（rǎng jué）：抢劫。
㉑邮：古代传递书信的驿站。肆：店铺。
㉒大言恐世：说大话恐吓世人。
㉓归赵璧：活用"完璧归赵"故事。
㉔母：本钱。
㉕子当肖之：利息也应当像本钱的数目。
㉖治鸡黍：做饭做菜。
㉗峻拒之：严厉拒绝他。

爨下薪穷①，健儿欲乞诸邻。后生指屋旁枯株谓之曰："盍载斧斤②？"健儿曰："正苦无斧斤耳！"后生踌躇久之③，曰："此事须让十弟，我九人无能为也④"。总角者以两手抱株，左右数挠⑤，株已卧矣。遂拔剑砍旁柯燃之⑥。酒至无算，乃辞去。竟不知其何许人。

健儿自是绝不与人较力，人殴之，则袖手不报。或曰："子曩日英雄安在⑦？"健儿则以衰朽谢之。后得以天年终，不可谓非后生力也。

①爨（cuàn）：炉灶。
②盍载斧斤：何不用斧头砍了。载，加，砍；斤，也是斧。
③踌躇（chóu chú）：盘算着。
④无能为：没有能力做这件事。
⑤数挠：几次扭动。
⑥柯：枝。
⑦曩（nǎng）日：从前。

蒲松龄

蒲松龄（1640~1715），清代文学家。字留仙，世称聊斋先生，山东淄川人。年轻时即以文章好出名，但科举屡试不第，一生基本上都在家乡当塾师。倾数十年时间写成的短篇小说集《聊斋志异》为我国古典文言小说的丰碑。

劳山道士

【题解】本篇选自《聊斋志异》，描写王生贪图安逸，学道目的不纯，方法错误，结果受到惩罚。作品叙事采用明暗两条线索交织的方式，使情节曲折离奇，又寓教于事。

邑有王生①，行七，故家子②。少慕道，闻劳山多仙人③，负笈往游。登一顶，有观宇，甚幽。一道士坐蒲团上，素发垂领而神观爽迈④。叩而与语，理甚玄妙。请师之⑤，道士曰："恐娇惰不能作苦⑥。"答言："能之。"其门人甚众，薄暮毕集⑦，王俱与稽首，遂留观中。凌晨，道士呼王去，授一斧，使随众采樵⑧。王谨受教。过月余，手足重茧，不堪其苦，阴有归志⑨。

一夕归，见二人与师共酌。日已暮，尚无灯烛。师乃剪纸如镜黏壁间，俄顷，月明辉室⑩，光鉴毫芒⑪。诸门人环听奔走⑫。一客曰："良宵胜乐，不可不同。"乃于案上取壶酒，分赉诸徒，且嘱尽醉。王自思：七八人，壶酒何能遍给？遂各觅盎盂⑬，竞饮先釂⑭，惟恐樽

① 邑：城市。此处指作者的家乡山东淄川县城。
② 故家：世家。
③ 劳山：即"崂山"，在山东省。
④ 素发垂领：白发披肩的意思。
⑤ 请师之：诚恳地拜他为师。
⑥ 作苦：劳作艰辛。
⑦ 薄暮：傍晚。薄，迫近，此处用作动词。
⑧ 采樵：砍柴。
⑨ 阴有归志：私下里产生了要归家的意愿。阴，私下。
⑩ 辉：照耀。
⑪ 鉴：照耀。
⑫ 环听奔走：围绕着听候使唤。
⑬ 盎：腹大口小的盆。盂：古代食器。
⑭ 釂（jiào）：干杯，把酒喝尽。

尽，而往复挹注①，竟不少减。心奇之。俄一客曰："蒙赐月明之照，乃尔寂饮②！何不呼嫦娥来？"乃以箸掷月中。见一美人自光中出，初不盈尺，至地，遂与人等③。纤腰秀项，翩翩作霓裳舞④。已而歌曰："仙仙乎，而还乎⑤？而幽我于广寒乎⑥！"其声清越⑦，烈如箫管。歌毕，盘旋而起，跃登几上，惊顾之间，已复为箸。三人大笑。又一客曰："今宵最乐，然不胜酒力矣⑧。其饯我于月宫可乎？"三人移席，渐入月中。众视三人坐月中饮，须眉毕见，如影之在镜中。移时⑨，月渐暗，门人燃烛来，则道士独坐而客杳矣⑩。几上肴核尚存，壁上月，纸圆如镜而已。道士问众："饮足乎？"曰："足矣。""足，宜早寝，勿误樵苏⑪。"

众诺而退。王窃欣慕，归念遂息。

又一月，苦不可忍，而道士并不传教一术。心不能待，辞曰："弟子数百里受业仙师，纵不能得长生术，或小有传习，亦可慰求教之心。今阅两三月⑫，不过早樵而暮归。弟子在家，未谙此苦⑬。"道士笑曰："吾固谓不能作苦⑭，今果然。明早当遣汝行。"王曰："弟子操作多日，师略授小技，此来为不负也。"道士问："何术之求⑮？"王曰："每见师行处，墙壁所不能隔，但得此法足矣。"道士笑而允之。乃传一诀，令自咒，毕，呼曰："入之！"王面墙

①挹（yì）注：倾注。
②乃尔：却这般。乃，却，但；尔，如此，这样。
③与人等：身长与人相同。
④《霓裳舞》：即《霓裳羽衣舞》的简称。参见《长恨歌传》注。
⑤"仙仙乎"二句：语出《庄子·在宥》"仙仙乎归矣！"仙仙，轻举飞升的样子。
⑥幽：幽禁。广寒：广寒宫，传说中的月宫，为嫦娥所居。嫦娥弃夫成仙，居月宫而无侣，故曰"幽禁"。
⑦清越：清脆嘹亮。
⑧不胜酒力：喝够了酒。
⑨移时：过了一段时间。
⑩杳：不见。
⑪苏：割野草。
⑫阅：经历。
⑬谙：习惯。
⑭谓不能作苦：说你吃不了苦。
⑮何术之求：想求何求。这是倒装句。

不敢入。又曰："试入之。"王果从容入，及墙而阻。道士曰："俯首骤入，勿逡巡！"王果去墙数步，奔而入。虚若无物，回视，果在墙外矣。大喜，入谢。道士曰："归宜洁持①，否则不验。"遂助资斧遣归②。

抵家，自诩遇仙，坚壁所不能阻。妻不信。王效其作为，去墙数尺，奔而入，头触硬壁，蓦然而踣③。妻扶视之，额上坟起，如巨卵焉。妻挪揄之④。王渐忿，骂老道士之无良而已。

异史氏曰⑤："闻此事，未有不大笑者，而不知世之为王生者正复不少。今有伧父⑥，喜疢毒而畏药石⑦，遂有吮痈舐痔者⑧，进宣威逞暴之术，以迎其旨，绐之曰⑨：'执此术也以往，可以横行而无碍。'初试未尝不小效，遂谓天下之大，举可以如是行矣⑩，势不至触硬壁而颠蹶不止也。"

① 洁持：用高尚纯洁的态度来对待，即不要用它去干坏事。
② 资斧：路费，盘缠。
③ 踣（bó）：跌倒。
④ 挪揄：讥笑，戏弄。
⑤ 异史氏：蒲松林模仿《史记》体例，自称"异史氏"。
⑥ 伧父：对鄙贱之人的称呼，是骂人的话。伧，粗俗鄙贱。
⑦ 喜疢（chèn）毒而畏药石：喜欢有害的阿谀奉承，而害怕有益的批评。疢毒，病毒；药石，治病的药物。
⑧ 吮痈舐痔：指卑鄙无耻的谄媚行为。舐，即"舔"。
⑨ 绐（dài）：此处通"给"，欺骗。
⑩ 举：全，全部。

画 皮

【题解】本篇讲述王生遇一狐妖，因经不住诱惑而招致祸害的故事，揭示了巧伪之人有如画皮美女，对轻信者会造成严重危害。因此善良的人们要提高警觉及辨别能力。文中描述王妻在夫死后苦求回生之法，甚至不惜食人之唾，从而挽回王生性命，这是对男女之间感情及婚姻的肯定和提倡。

太原王生早行，遇一女郎，抱襆独奔①，甚艰于步②，急走趁之③，乃二八姝丽。心相爱乐，问："何夙夜踽踽独行④？"女曰："行道之人，

① 襆（fú）：用布包裹的衣物。
② 甚艰于步：行走费劲、吃力。
③ 趁：赶上前去。
④ 踽（jǔ）踽：独自行走，形容孤独。

不能解愁忧，何劳相问。"生曰："卿何愁忧？或可效力不辞也。"女黯然曰："父母贪赂，鬻妾朱门①。嫡妒甚，朝詈而夕楚辱之②，所弗堪也，将远遁耳。"问："何之③？"曰："在亡之人④，乌有定所⑤。"生言："敝庐不远，即烦枉顾⑥。"女喜从之。生代携橐物，导与同归。女顾室无人，问："君何无家口？"答云："斋耳⑦。"女曰："此所良佳。如怜妾而活之，须秘密勿泄。"生诺之。乃与寝合。使匿密室，过数日而人不知也。生微告妻⑧。妻陈，疑为大家媵妾，劝遣之，生不听。

偶适市，遇一道士，顾生而愕。问："何所遇？"答言："无之。"道士曰："君身邪气萦绕，何言无？"生又力白⑨。道士乃去，曰："惑哉！世固有死将临而不悟者！"生以其言异，颇疑女。转思明明丽人，何至为妖，意道士借魇禳以猎食者⑩。无何，至斋门，门内杜不得入⑪，心疑所作，乃逾垝垣⑫，则室门已闭。蹑足而窗窥之，见一狞鬼，面翠色，齿巉巉如锯⑬，铺人皮于榻上，执彩笔而绘之。已而掷笔，举皮如振衣状，披于身，遂化为女子。睹此状，大惧，兽伏而出⑭。急追道士，不知所往。遍迹之⑮，遇于野，长跪求救，请遣除之。道士曰："此物亦良苦，甫能觅代者⑯，予亦不忍伤其生。"乃以蝇拂授生⑰，令挂寝门。临别约会于青帝庙⑱。生

①朱门：古代大户人家漆成红色的大门。
②楚辱：以杖击方式加以侮辱。楚，即牡荆，一种灌木，古代常用作刑杖。
③何之：去哪里。
④在亡之人：正在逃亡的人。
⑤乌有：没有。
⑥枉顾：对别人来访的客气话，意思是委屈下顾。
⑦斋：本指专用于斋戒的地方，后书房也称斋。这里指偏僻处的书房。
⑧微告：简略地告诉对方。
⑨白：辩解。
⑩借魇禳（yǎn ráng）以猎食：靠装神弄鬼的迷信活动混饭吃。魇禳，古代一种驱鬼消灾的迷信活动；猎，谋取。
⑪内杜：从里面插住。杜，关闭。
⑫垝（guǐ）垣：毁坏的墙。指有缺口的地方。
⑬巉巉（chán）：原指山势险峻，此处形容牙齿的锐利。
⑭兽伏而出：像野兽一样爬着出来。
⑮遍迹之：到处寻找他。迹，踪迹，此处用作动词，寻找的意思。
⑯甫能觅代者：刚刚能找到代替的人。迷信说法，有些鬼（如淹死、吊死等遭遇横死的鬼）只有找到同样的死者作替身，才能去投胎为人。
⑰蝇拂：驱赶蚊蝇的掸子，多用麈尾、马尾做成。
⑱青帝：主管东方的天帝。

归,不敢入斋,乃寝内室,悬拂焉。一更许,闻门外戢戢有声①,自不敢窥,使妻窥之。但见女子来,望拂子不敢进,立而切齿,良久乃去。少时复来,骂曰:"道士吓我,终不然,宁入口而吐之耶②!"取拂碎之,坏寝门而入,径登生床,裂生腹,掬生心而去③。妻号。婢入烛之④,生已死,腔血狼藉。陈骇涕不敢声。

明日使弟二郎奔告道士。道士怒曰:"我固怜之⑤,鬼子乃敢尔!"即从生弟来。女子已失所在。既而仰首四望,曰:"幸遁未远。"问:"南院谁家?"二郎曰:"小生所舍也。"道士曰:"现在君所。"二郎愕然,以为未有。道士问曰:"曾否有不识者一人来?"答曰:"仆早赴青帝庙,良不知,当归问之。"去少顷而返,曰:"果有之,晨间一妪来,欲佣为仆家操作,室人止之⑥,尚在也。"道士曰:"即是物矣。"遂与俱往。仗木剑立庭心,呼曰:"孽鬼!偿我拂子来!"妪在室,惶遽无色⑦,出门欲遁,道士逐击之。妪仆,人皮划然而脱⑧,化为厉鬼,卧嗥如猪。道士以木剑枭其首⑨。身变作浓烟,匝地作堆⑩。道士出一葫芦,拔其塞,置烟中,飕飕然如口吸气⑪,瞬息烟尽。道士塞口入囊。共视人皮,眉目手足,无不备具。道士卷之,如卷画轴声,亦囊之,乃别欲去。

陈氏拜迎于门,哭求回生之法。

①戢戢(jí):象声词,此处是形容鬼走路的响声。
②宁:哪能。
③掬:抓取。
④烛之:用烛照着看。
⑤固:本来。
⑥室人:妻子。止:接纳,安顿。
⑦无色:因害怕而面无人色。
⑧划然:形容皮和肉脱开的声音。
⑨枭其首:此处指把头砍下来。
⑩匝地作堆:在地上环绕成一个小堆。
⑪飕飕(liú)然:微风吹动的声音。

道士谢不能①。陈益悲,伏地不起。道士沉思曰:"我术浅,诚不能起死。我指一人或能之,往求必合有效②。"问:"何人?"曰:"市上有疯者,时卧粪土中,试叩而哀之③。倘狂辱夫人,夫人勿怒也。"二郎亦习知之④,乃别道士,与嫂俱往。见乞人颠歌道上,鼻涕三尺,秽不可近。陈膝行而前。乞人笑曰:"佳人爱我乎?"陈告以故。又大笑曰:"人尽夫也,活之何为⑤!"陈固哀之⑥。乃曰:"异哉!人死而乞活于我,我阎摩耶⑦?"怒以杖击陈,陈忍痛受之。市人渐集如堵⑧。乞人咯痰唾盈把⑨,举向陈吻曰⑩:"食之!"陈红涨于面,有难色;既思道士之嘱,遂强唻焉。觉入喉中,硬如团絮,格格而下,停结胸间。乞人大笑曰:"佳人爱我哉!"遂起,行已不顾。尾之⑪,入于庙中。迫而求之⑫,不知所在,前后冥搜⑬,殊无端兆⑭,惭恨而归。既悼夫亡之惨,又悔食唾之羞,俯仰哀啼,但愿即死⑮。方欲展血敛尸⑯,家人伫望,无敢近者。陈抱尸收肠,且理且哭。哭极声嘶,顿欲呕,觉膈中结物⑰,突奔而出,不及回首,已落腔中。惊而视之,乃人心也,在腔中突突犹跃,热气腾蒸如烟然。大异之。急以两手合腔,极力抱挤。少懈,则气氤氲自缝中出⑱,乃裂缯帛急束之。以

①谢:推辞。
②合:应该。
③叩而哀之:叩头并哀求他。
④习:平时。
⑤活之:使之活过来。
⑥固:坚持。
⑦阎摩:即宗教传说中的阎罗王。
⑧如堵:形容围的人很多。
⑨咯(kǎ):使东西从喉或气管里出来。
⑩吻:嘴。
⑪尾之:尾随他。
⑫迫:接近。
⑬冥搜:到处寻找。
⑭端兆:踪迹。
⑮即死:死去。即,接近,前往。
⑯展:同"振",揩、擦的意思。
⑰膈:即胸膈,是胸腔和腹腔之间的肉膜。膈中,指胸中。
⑱氤氲(yīn yūn):热气上冒的样子。

手抚尸,渐温,覆以衾裯①。中夜启视,有鼻息矣。天明竟活。为言:"恍惚若梦,但觉腹隐痛耳。"视破处,痂结如钱,寻愈。

异史氏曰:"愚哉世人!明明妖也而以为美。迷哉愚人!明明忠也而以为妄。然爱人之色而渔之②,妻亦将食人之唾而甘之矣③。天道好还④,但愚而迷者不悟耳。哀哉!"

①衾裯(chóu):被子。
②渔:此处指对女色的追求。
③甘:自愿。
④天道好还:这是因果报应的迷信说法,即所谓"一报还一报"。

婴 宁

【题解】小说塑造了婴宁这一天真无邪的少女形象,并提出了天性发展与人际环境的矛盾的问题。婴宁自幼活泼好动,追求自由,长大后敢于无视礼教的束缚,这就注定要与周围环境发生冲突。冲突的结果,婴宁不得不收敛起天使般的笑容,遵循人世间的礼法。小说深刻的思想性是以炉火纯青的艺术形式表达出来的。

王子服,莒之罗店人①,早孤,绝慧,十四入泮②。母最爱之,寻常不令游郊野。聘萧氏,未嫁而夭,故求凰未就也。

会上元③,有舅氏子吴生邀同眺瞩④,方至村外,舅家仆来招吴去。生见游女如云,乘兴独游。有女郎携婢,拈梅花一枝,容华绝代,笑容可掬。生注目不移,竟忘顾忌。女过去数武⑤,顾婢子笑曰:"个儿郎目灼灼似贼⑥!"遗花地上,笑语自去。生拾花怅然,神魂丧失,怏怏遂返。至家,藏花枕底,垂头而睡,不语亦不食。母忧之,醮禳,益剧⑦,肌革锐减⑧。

①莒(jǔ):故地在今山东省莒县一带。
②泮(pàn):泮宫,古代学校。
③上元:农历正月十五日为上元节。
④眺瞩:本义是远望,此处是游览的意思。
⑤数武:几步。古代半步为"武"。
⑥个:这个。
⑦醮禳(jiào ráng):祭神仪式。
⑧肌革锐减:身体很快消瘦下去。

医师诊视，投剂发表①，忽忽若迷。母抚问所由，默然不答。适吴生来，嘱秘诘之。吴至榻前，生见之泪下，吴就榻慰解，渐致研诘，生具吐其实，且求谋画。吴笑曰："君意亦痴！此愿有何难遂？当代访之。徒步于野，必非世家，如其未字②，事固谐矣，不然，拚以重赂，计必允遂。但得痊瘳③，成事在我。"生闻之不觉解颐④。吴出告母，物色女子居里。而探访既穷⑤，并无踪迹。母大忧，无所为计。然自吴去后，颜顿开，食亦略进。数日吴复来，生问所谋。吴绐之曰："已得之矣。我以为谁何人，乃我姑之女，即君姨妹，今尚待聘。虽内戚有婚姻之嫌⑥，实告之无不谐者。"生喜溢眉宇，问："居何里？"吴诡曰："西南山中，去此可三十余里⑦。"生又嘱再四，吴锐身自任而去⑧。

生由是饮食渐加，日就平复。探视枕底，花虽枯，未便雕落⑨，凝思把玩，如见其人。怪吴不至，折柬招之⑩，吴支托不肯赴招。生恚怒⑪，悒悒不欢。母虑其复病，急为议姻，略与商榷⑫，辄摇首不愿，惟日盼吴。吴迄无耗⑬，益怨恨之。转思三十里非遥，何必仰息他人⑭？怀梅袖中，负气自往，而家人不知也。伶仃独步，无可问程，但望南山行去。约三十余里，乱山合沓⑮，空翠爽肌，寂无人行，止有鸟道。遥望谷

①发表：中医说法，意思是把病根由里及表地发散出来。
②未字：没有订亲。订亲六礼中有"问名"一次，故用"字"代指订亲。
③瘳（chōu）：病好。
④解颐：开颜而笑。颐，面颊。
⑤探访既穷：已经到处探访过了。
⑥"内戚"句：按中国古代礼法，姨表亲血统较近，因此结婚有嫌忌。内戚，也称"内亲"，母系亲戚。
⑦可：大约。
⑧锐身：挺身，神情积极地做某件事。
⑨未便：未及，还没有的意思。雕：同"凋"。
⑩折柬：裁纸写信。
⑪恚（huì）：怨恨。
⑫商榷（què）：商量。
⑬迄无耗：始终没有消息。
⑭仰息他人：仰人鼻息。
⑮合沓（tà）：环绕重叠。

底丛花乱树中，隐隐有小里落。下山入村，见舍宇无多，皆茅屋，而意甚修雅①。北向一家，门前皆丝柳，墙内桃杏尤繁，间以修竹②，野鸟格磔其中③。意其园亭，不敢遽入。回顾对户，有巨石滑洁，因坐少憩。俄闻墙内有女子长呼："小荣！"其声娇细。方伫听间，一女郎由东而西，执杏花一朵，俯首自簪；举头见生，遂不复簪，含笑拈花而入。审视之，即上元途中所遇也。心骤喜，但念无以阶进④。欲呼姨氏，顾从无还往⑤，惧有讹误。门内无人可问，坐卧徘徊，自朝至于日昃⑥，盈盈望断⑦，并忘饥渴。时见女子露半面来窥，似讶其不去者。忽一老媪扶杖出，顾生曰："何处郎君，闻自辰刻来⑧，以至于今。意将何为？得勿饥耶？"生急起揖之，答云："将以盼亲⑨。"媪聋聩不闻⑩。又大言之。乃问："贵戚何姓？"生不能答。媪笑曰："奇哉！姓名尚自不知，何亲可探？我视郎君亦书痴耳。不如从我来，啖以粗粝⑪，家有短榻可卧。待明朝归，询知姓氏，再来探访。"生方腹馁思啖，又从此渐近丽人，大喜。从媪入，见门内白石砌路，夹道红花片片坠阶上，曲折而西，又启一关，豆棚花架满庭中。肃客入舍⑫，粉壁光如明镜，窗外海棠枝朵，探入室中，裀藉几榻⑬，罔不洁泽。甫坐，即有人自窗外隐约相窥。媪唤：

①修雅：整齐幽雅。
②间：夹杂。
③格磔（zhé）：象声词，形容鸟鸣声。
④阶：原指阶梯。此处引伸为"理由"。
⑤还往：来往。
⑥日昃（zé）：日头偏西。昃，日西斜。
⑦盈盈望断：形容盼望极端殷切。盈盈，目光流动的样子；望断，望穿。
⑧辰刻：指上午七点至九点的时间。
⑨盼亲：探望亲戚。
⑩聩（kuì）：聋。
⑪粗粝：粗米饭。
⑫肃客：郑重引领客人。
⑬裀藉：垫褥。

"小荣！可速作黍①。"外有婢子嗷声而应②。坐次③，具展宗阀。媪曰："郎君外祖，莫姓吴否？"曰："然。"媪惊曰："是吾甥也！尊堂④，我妹子。年来以家屡贫，又无三尺之男，遂至音问梗塞。甥长成如许，尚不相识。"生曰："此来即为姨也，匆遽遂忘姓氏。"媪曰："老身秦姓，并无诞育，弱息亦为庶产⑤。渠母改醮⑥，遗我鞠养⑦。颇亦不钝，但少教训，嬉不知愁。少顷，使来拜识。"未几婢子具饭，雏尾盈握⑧。媪劝餐已，婢来敛具⑨。媪曰："唤宁姑来。"婢应去。良久，闻户外隐有笑声。媪又唤曰："婴宁，汝姨兄在此。"户外嗤嗤笑不已。婢推之以入，犹掩其口，笑不可遏。媪瞋目曰⑩："有客在，咤咤叱叱⑪，是何景象？"女忍笑而立，生揖之。媪曰："此王郎，汝姨子。一家尚不相识，可笑人也⑫。"生问："妹子年几何矣？"媪未能解；生又言之。女复笑，不可仰视。媪谓生曰："我言少教诲，此可见矣。年已十六，呆痴如婴儿。"生曰："小于甥一岁。"曰："阿甥已十七矣，得非庚午属马者耶⑬？"生首应之⑭。又问："甥妇阿谁⑮？"答曰："无之。"曰："如甥才貌，何十七岁犹未聘？婴宁亦无姑家⑯，极相匹敌，惜有内亲之嫌。"生无语，目注婴宁，不遑他瞬⑰。婢向女小语云："目灼灼贼腔未改！"女又大笑，顾

① 作黍：做饭。黍，黄米。
② 嗷（jiào）声而应：大声答应。
③ 坐次：坐着的时候。次，一件事正在进行的时候。
④ 尊堂：也作"令堂"，对别人母亲的敬称。
⑤ 弱息：本指幼弱的女子，此处是对自己女儿的谦称，指婴宁。庶产：小老婆生的。
⑥ 渠：他（她）。改醮：改嫁。醮，婚礼中以酒敬神的仪式。
⑦ 鞠养：抚养。鞠，养育。
⑧ 雏尾盈握：意思是做的鸡鸭菜肴又嫩又肥。雏，小鸡；盈握，抓在手里满把，形容长得肥大。
⑨ 敛具：收拾食具。
⑩ 瞋（chēn）：睁大眼睛。
⑪ 咤（zhà）咤叱叱：本指大声吵闹，此处是形容笑声。
⑫ 可笑人：真让人笑话。
⑬ 庚午属马：我国古代以十天干和十二地支搭配纪年。并以十二种动物，分属于十二地支。庚午年生的人属马。
⑭ 首应：点头答应。
⑮ 阿：句中助词，无义。
⑯ 姑家：即婆家。古代女子称丈夫的母亲为姑。
⑰ 不遑（huáng）：没闲暇。

婢曰:"视碧桃开未?"遽起,以袖掩口,细碎连步而出。至门外,笑声始纵。媪亦起,唤婢襆被①,为生安置。曰:"阿甥来不易,宜留三五日,迟迟送汝归。如嫌幽闷,舍后有小园,可供消遣;有书可读。"

次日,至舍后,果有园半亩,细草铺毡,杨花糁径②。有草舍三楹③,花木四合其所。穿花小步,闻树头苏苏有声,仰视,则婴宁在上,见生来,狂笑欲堕。生曰:"勿尔,堕矣!"女且下且笑,不能自止。方将及地,失手而堕,笑乃止。生扶之,阴捘其腕④。女笑又作,倚树不能行,良久乃罢。生俟其笑歇,乃出袖中花示之。女接之,曰:"枯矣!何留之?"曰:"此上元妹子所遗,故存之。"问:"存之何益?"曰:"以示相爱不忘。自上元相遇,凝思成病,自分化为异物⑤;不图得见颜色,幸垂怜悯。"女曰:"此大细事⑥,至戚何所靳惜⑦?待郎行时,园中花,当唤老奴来,折一巨捆负送之。"生曰:"妹子痴耶?"女曰:"何便是痴?"生曰:"我非爱花,爱拈花之人耳。"女曰:"葭莩之情⑧,爱何待言?"生曰:"我所为爱,非瓜葛之爱⑨,乃夫妻之爱。"女曰:"有以异乎?"曰:"夜共枕席耳。"女俯首思良久,曰:"我不惯与生人睡。"语未已,婢潜至,生惶恐遁去。少时会母所,母问:"何往?"女答以园中共话。媪

①襆(fú):包扎。
②糁(shēn):本指谷物的碎屑,此处作动词,借喻杨花散落在土路上。
③三楹:三间。楹,本为厅堂前柱,后来使用以计算房屋的量词,房一间为一楹。
④阴捘(zùn)其腕:暗中捏她的手腕。
⑤自分化为异物:自以为要死了。异物,指鬼魂。
⑥大细事:太小的事。大,同"太"。
⑦至戚:非常亲的亲戚。靳(jìn)惜:吝惜,舍不得。
⑧葭莩(jiā fú):芦苇筒中的薄膜,本比喻疏远的亲戚关系,这里指亲戚关系。
⑨瓜葛之爱:瓜藤和葛藤那样亲密的爱。瓜、葛都是蔓生植物,藤多纠缠,且依附于其他物体,喻紧密关系。

曰:"饭熟已久,有何长言,周遮乃尔①。"女曰:"大哥欲我共寝。"言未已,生大窘,急目瞠之。女微笑而止。幸媪不闻,犹絮絮究诘。生急以他词掩之,因小语责女②。女曰:"适此语不应说耶?"生曰:"此背人语③。"女曰:"背他人,岂得背老母?且寝处亦常事,何讳之?"生恨其痴,无术可悟之。

食方竟,家人捉双卫来寻生④。先是,母待生久不归,始疑。村中搜觅已遍,竟无踪兆,因往寻吴。吴忆曩言,因教于西南山村寻觅。凡历数村,始至于此。生出门,适相值⑤,便入告媪,且请偕女同归。媪喜曰:"我有志,匪伊朝夕⑥。但残躯不能远涉,得甥携妹子去,识认阿姨,大好!"呼婴宁,宁笑至。媪曰:"有何喜,笑辄不辍?若不笑,当为全人。"因怒之以目。乃曰:"大哥欲同汝去,可装束。"又饷家人酒食,始送之出,曰:"姨家田产丰裕,能养冗人⑦。到彼且勿归,小学诗礼⑧,亦好事翁姑⑨。即烦阿姨择一良匹与汝⑩。"二人遂发。至山坳回顾,犹依稀见媪倚门北望也。

抵家,母睹妹丽,惊问为谁。生以姨妹对。母曰:"前吴郎与儿言者,诈也。我未有姊,何以得甥?"问女,女曰:"我非母出。父为秦氏,没时儿在襁中⑪,不能记忆。"母曰:"我一姊适秦氏良确⑫。然殂谢已久⑬,那得复存?"因审诘面庞、志赘⑭,一一符合。又疑曰:"是矣!然亡已

① 周遮:同"啁嗻",形容多话的样子。
② 小语:低声而意图不强烈的话。
③ 背人:背着人,不应该当面。
④ 捉双卫:牵着两匹驴子。卫,驴的别名。
⑤ 值:遇到。
⑥ 匪伊朝夕:非止一朝一夕了。匪,同"非";伊,语气助词,无义。
⑦ 冗人:多余的人。
⑧ 小学:稍微学点。
⑨ 好事翁姑:将来好侍奉公公婆婆。翁,女子称丈夫之父;姑,女子称丈夫之母。
⑩ 良匹:好配偶。
⑪ 襁(bǎo):包婴儿的被子。
⑫ 良确:确实如此。
⑬ 殂(cú)谢:死亡。
⑭ 志赘:指皮肤上生长的斑点和肉瘤。此处指面部标志特征。志,同"痣"。

多年，何得复存？"疑虑间，吴生至，女避入室。吴询得故，惘然久之，忽曰："此女名婴宁耶？"生然之。吴极称怪事①。问所自知，吴曰："秦家姑去世后，姑丈鳏居②，祟于狐③，病瘠死④。狐生女名婴宁，绷卧床上，家人皆见之。姑丈没，狐犹时来。后求天师符粘壁上⑤，狐遂携女去。将勿此耶？"彼此疑参⑥，但闻室中嗤嗤，皆婴宁笑声。母曰："此女亦太憨⑦。"吴生请面之⑧。母入室，女犹浓笑不顾。母促令出，始极力忍笑，又面壁移时方出。才一展拜，翻然遽入，放声大笑。满室妇女，为之粲然⑨。

　　吴请往觇其异⑩，就便执柯⑪。寻至村所，庐舍全无，山花零落而已。吴忆葬处仿佛不远，然坟垄湮没，莫可辨识，诧叹而返。母疑其为鬼，入告吴言，女略无骇意。又吊其无家⑫，亦殊无悲意，孜孜憨笑而已。众莫之测，母令与少女同寝止⑬，昧爽即来省问⑭，操女红精巧绝伦。但善笑，禁之亦不可止。然笑处嫣然，狂而不损其媚，人皆乐之。邻女少妇，争承迎之。母择吉为之合卺⑮，而终恐为鬼物，窃于日中窥之，形影殊无少异。

　　至日，使华装行新妇礼，女笑极不能俯仰，遂罢。生以憨痴，恐泄漏房中隐事，而女殊秘密，不肯道一语。每值母忧怒，女至一笑即解。

①极称：大叫。
②鳏（guān）：无妻或丧妻。
③祟于狐：遇狐作祟，这里指与狐结合。
④瘠（jí）：瘦弱。
⑤天师：即张天师。
⑥疑参：揣测可疑之处。
⑦太憨：即太娇痴的意思。
⑧面之：见她一面。
⑨粲（càn）然：笑时露齿的样子。
⑩觇（chān）：窥视。
⑪执柯：即"作伐"，做媒的意思。
⑫吊：怜悯。
⑬止：休息。
⑭昧爽：晚上和早上。昧，糊涂，指夜晚；爽，清楚，指早上。
⑮合卺（jǐn）：成婚。卺即葫芦剖成的瓢，婚礼上需将一个葫芦剖成的两个瓢分别给新郎与新娘饮酒。

奴婢小过，恐遭鞭楚，辄求诣母共话，罪婢投见恒得免①。而爱花成癖，物色遍戚党②；窃典金钗，购佳种，数月，阶砌藩溷无非花者③。庭后有木香一架④，故邻西家，女每攀登其上，摘供簪玩。母时遇见辄诃之，女卒不改。一日西人子见之⑤，凝注倾倒。女不避而笑。西人子谓女意已属⑥，心益荡。女指墙底笑而下，西人子谓示约处，大悦。及昏而往，女果在焉，就而淫之，则阴如锥刺，痛彻于心，大号而踣。细视非女，则一枯木卧墙边，所接乃水淋窍也。邻父闻声，急奔研问，呻而不言；妻来，始以实告。爇火烛窥⑦，见中有巨蝎如小蟹然，翁碎木，捉杀之。负子至家，半夜寻卒。邻人讼生，讦发婴宁妖异⑧。邑宰素仰生才，稔知其笃行士⑨，谓邻翁讼诬，将杖责之，生为乞免，遂释而出。母谓女曰："憨狂尔尔，早知过喜而伏忧也。邑令神明，幸不牵累。设鹘突官宰⑩，必逮妇女质公堂⑪，我儿何颜见戚里？"女正色，矢不复笑⑫。母曰："人罔不笑，但须有时。"而女由是竟不复笑，虽故逗之亦终不笑，然竟日未尝有戚容⑬。

一夕，对生零涕。异之。女哽咽曰："曩以相从日浅，言之恐致骇怪。今日察姑及郎，皆过爱无有异心，直告或无妨乎？妾本狐产。母临去，以妾托鬼母，相依十余年，始

①"罪婢"句：有过错的婢女趁着婴宁与母说话的机会见母，一定可以免罪。
②戚党：古代凡亲族皆可称"党"，如父党、母党、妻党，此处指亲戚。
③藩溷（hùn）：到处。藩，篱笆；溷，肮脏，指厕所，猪圈。
④木香：蔓生植物，茎常攀附他物，羽状复叶，开小白花，有香味，可供观赏。
⑤西人子：西边邻居家的儿子。
⑥谓女意已属（zhǔ）：西人子以为婴宁已有意于他。属，属意，看中。
⑦爇（ruò）：点燃。
⑧讦（jié）：以言词攻击别人。
⑨稔（rěn）：熟悉。笃行士：品行纯厚的读书人。
⑩鹘（hú）突：即糊涂。
⑪质公堂：到公堂对质，接受审问。
⑫矢：同誓。
⑬戚：忧伤。

有今日。妾又无兄弟,所恃者惟君。老母岑寂山阿①,无人怜而合厝之②,九泉辄为悼恨③。君倘不惜烦费,使地下人消此怨恫④,庶养女者不忍溺弃。"生诺之,然虑坟冢迷于荒草。女言无虑。刻日夫妇舆榇而往⑤。女于荒烟错楚中⑥,指示墓处,果得媪尸,肤革犹存。女抚哭哀痛。舁归,寻秦氏墓合葬焉。是夜生梦媪来称谢,寤而述之。女曰:"妾夜见之,嘱勿惊郎君耳。"生恨不邀留。女曰:"彼鬼也。生人多,阳气胜,何能久居?"生问小荣,曰:"是亦狐,最黠。狐母留以视妾,每摄饵相哺⑦,故德之常不去心;昨问母,云已嫁之。"由是岁值寒食⑧,夫妇登秦墓,拜扫无缺。女逾年生一子,在怀抱中,不畏生人,见人辄笑,亦大有母风云⑨。

异史氏曰:"观其孜孜憨笑,似全无心肝者。而墙下恶作剧,其黠孰甚焉!至凄恋鬼母,反笑为哭,我婴宁殆隐于笑者矣⑩。窃闻山中有草,名'笑矣乎',嗅之,则笑不可止。房中植此一种,则合欢、忘忧⑪,并无颜色矣。若解语花⑫,正嫌其作态耳。"

①岑寂山阿:在山洼里非常孤独寂寞。岑寂,孤寂。
②合厝(cuò):合葬。
③九泉:又称"黄泉",指地下。
④恫(tōng):哀痛。
⑤舆榇(chèn):用车子拉着棺材。榇,棺材。
⑥错楚:丛生的灌木。
⑦摄:此处是拿取的意思。
⑧寒食:寒食节,在清明前一两日。
⑨母风:母亲的风度。
⑩隐于笑:用笑把自己的真面目隐瞒起来。
⑪合欢:又名夜合,属豆科植物,夏天开红花。忘忧:即萱草,属百合科,夏天开红黄色的花。
⑫解语花:能解人语的花,原是唐玄宗对杨贵妃的称呼,后来用于比喻聪明美丽的女子。

聂小倩

【题解】《聂小倩》塑造的人物形象栩栩如生。宁采臣是一个不好色、不贪财、光明磊落且富于同情心的读书人,聂小倩则是一个被污辱、被损害的勤劳善良的孤苦女子。他们经历了种种不幸,最后在剑客燕生的帮助下终于战胜了邪恶势力,得到了圆满结局。

宁采臣,浙人,性慷爽,廉隅自重①。每对人言:"生平无二色②。"

适赴金华,至北郭,解装兰若③。寺中殿塔壮丽,然蓬蒿没人④,似绝行踪。东西僧舍,双扉虚掩⑤,惟南一小舍,扃键如新⑥。又顾殿东隅,修竹拱把⑦,阶下有巨池,野藕已花。意甚乐其幽杳。会学使案临⑧,城舍价昂,思便留止,遂散步以待僧归。日暮有士人来启南扉,宁趋为礼,且告以意。士人曰:"此间无房主,仆亦侨居⑨。能甘荒落,旦晚惠教⑩,幸甚!"宁喜,藉藁代床⑪,支板作几,为久客计。是夜月明高洁,清光似水,二人促膝殿廊,各展姓字。士人自言燕姓,字赤霞。宁疑为赴试者,而听其音声,殊不类浙。诘之,自言秦人⑫,语甚朴诚。既而相对词竭,遂拱别归寝。

宁以新居,久不成寐。闻舍北喁喁⑬,如有家口。起,伏北壁石窗下微窥之,见短墙外一小院落,有妇可四十余;又一媪衣𬘓绯⑭,插蓬沓⑮,鲐背龙钟⑯,偶语月下⑰。妇曰:"小倩何久不来?"媪曰:"殆好至矣⑱。"妇曰:"将无向姥姥有怨言否⑲?"曰:"不闻。但意似蹙蹙⑳。"妇曰:"婢子不宜好相识㉑。"言未已,有十七八女子来,仿佛艳绝㉒。

① 廉隅自重:廉洁自律的意思。隅,角落;廉隅,用廉洁要求自己。
② 无二色:恪守一夫一妻的制度,不沾惹别的女人。
③ 兰若(rě):梵文译音,寺庙的意思。
④ 没(mò)人:长得比人高。
⑤ 虚掩:关着没上锁,没上闩。
⑥ 扃(jiōng)键:门锁。
⑦ 拱把:有一个手握住到两个手合握那么大。拱,两手合围;把,一手握。
⑧ 学使:主管一省教育和考试的行政长官。
⑨ 仆:自称,谦词。
⑩ 旦晚惠教:早上晚上都随时可以得到你的教导。
⑪ 藉藁:铺垫稻草。
⑫ 秦:指陕西。
⑬ 喁(yú)喁:小声说话。
⑭ 衣𬘓(yè)绯:穿了一件褪色的红衣服。𬘓,变色。
⑮ 蓬沓:一种梳篦,一尺来长,银质,可用作首饰。
⑯ 鲐(tái)背:指老人背上生斑如鲐鱼之背。鲐,鱼名,又称"青花鱼"。龙钟:年迈体衰,行动笨拙。
⑰ 偶语:两人对话。
⑱ 殆(dài)好:大概马上。
⑲ 将无:是不是,大概。向:对。
⑳ 蹙蹙:心情不舒畅的样子。
㉑ 好相识:即好好相待,客气地对待。
㉒ 仿佛:外貌一样(艳绝)

264

媪笑曰："背地不言人，我两个正谈道，小妖婢悄来无迹响，幸不訾着短处①。"又曰："小娘子端好是画中人②，遮莫老身是男子③，也被摄去。"女曰："姥姥不相誉，更阿谁道好？"妇人女子又不知何言。宁意其邻人眷口，寝不复听；又许时始寂无声。

方将睡去，觉有人至寝所，急起审顾，则北院女子也。惊问之，女笑曰："月夜不寐，愿修燕好④。"宁正容曰："卿防物议⑤，我畏人言。略一失足，廉耻道丧。"女云："夜无知者。"宁又咄之⑥。女逡巡若复有词。宁叱："速去！不然，当呼南舍生知。"女惧，乃退。至户外忽返，以黄金一铤置褥上⑦。宁掇掷庭墀⑧，曰："非义之物，污我囊橐！"女惭出，拾金自言曰："此汉当是铁石。"

诘旦有兰溪生携一仆来候试⑨，寓于东厢，至夜暴亡。足心有小孔，如锥刺者，细细有血出，俱莫知故。经宿仆一死⑩，症亦如之。向晚燕生归，宁质之，燕以为魅。宁素抗直⑪，颇不在意。宵分女子复至⑫，谓宁曰："妾阅人多矣，未有刚肠如君者。君诚圣贤，妾不敢欺。小倩，姓聂氏，十八夭殂，葬于寺侧，被妖物威胁，历役贱务，腆颜向人⑬，实非所乐。今寺中无可杀者，恐当以夜叉来⑭。"宁骇求计。女曰："与燕生同室可免。"问："何不惑燕生？"

① 訾（zǐ）：说人坏话。
② 端好：幸亏，正好。
③ 遮莫：此处用作或许、假使之意。
④ 燕好：男女之间相爱。
⑤ 物议：别人的讥议。
⑥ 咄：叱斥的声音。
⑦ 铤：此处同"锭"。
⑧ 墀（chí）：台阶或台阶上的空地。
⑨ 诘（jié）旦：清晨。
⑩ 仆一死：疑是"仆亦死"之误。
⑪ 抗直：刚强，直爽。
⑫ 宵分：夜半。
⑬ 腆（tiǎn）颜：厚着脸皮。腆，丰厚。
⑭ 夜叉：梵文音译，又作"药叉""夜乞叉"。佛经说它是一种吃人的恶鬼。

曰："彼奇人也，固不敢近。"又问："迷人若何？"曰："狎昵我者，隐以锥刺其足，彼即茫若迷，因摄血以供妖饮。又惑以金，非金也，乃罗刹鬼骨①，留之能截取人心肝。二者，凡以投时好耳②。"宁感谢，问戒备之期，答以明宵。临别泣曰："妾堕玄海③，求岸不得。郎君义气干云④，必能拔生救苦。倘肯囊妾朽骨，归葬安宅⑤，不啻再造⑥。"宁毅然诺之。因问葬处，曰："但记白杨之上，有乌巢者是也。"言已出门，纷然而灭⑦。

明日恐燕他出⑧，早诣邀致。辰后具酒馔，留意察燕。既约同宿，辞以性癖耽寂⑨。宁不听，强携卧具来，燕不得已，移榻从之，嘱曰："仆知足下丈夫，倾风良切⑩。要有微衷⑪，难以遽白。幸勿翻窥箧幞，违之两俱不利。"宁谨受教。既各寝，燕以箱箧置窗上，就枕移时，齁如雷吼。宁不能寐。近一更许，窗外隐隐有人影。俄而近窗来窥，目光睒闪⑫。宁惧，方欲呼燕，忽有物裂箧而出，耀若匹练，触折窗上石棂，飙然一射，即遽敛入，宛如电灭。燕觉而起，宁伪睡以觇之。燕捧箧检征，取一物，对月嗅视，白光晶莹，长可二寸，径韭叶许⑬。已而数重包固，仍置破箧中。自语曰："何物老魅，直尔大胆，致坏箧子。"遂复卧。宁大奇之，因起问之，

①罗刹：梵文略译，全名"罗刹娑"。原指恶人恶事，后遂成为恶鬼名。
②凡：总的来说，都是。
③玄海：佛教用语，即苦海。比喻苦难无边。
④干云：冲上云霄。
⑤安宅：安静的住宅。此处是说要脱离魔鬼挟持，迁葬安静的处所。
⑥再造：使亡者死而复生的意思。是对别人给予自己大恩大德的感激之辞。
⑦纷然：本指散乱的样子，此处用来形容小倩离去时身影闪烁不定的样子。
⑧他出：因事而出。
⑨耽寂：喜爱清静。
⑩倾风良切：十分仰慕的意思。风，风度。
⑪要：总之。微衷：微小的心思，是谦辞。
⑫睒（shǎn）：闪烁不定的样子。
⑬径韭叶许：直径像韭叶那么大。

且告以所见。燕曰："既相知爱，何敢深隐。我剑客也。若非石棂，妖当立毙；虽然，亦伤。"问："所缄何物？"曰："剑也。适嗅之有妖气。"宁欲观之。慨出相示，荧荧然一小剑也。于是益厚重燕。

明日，视窗外有血迹。遂出寺北，见荒坟累累，果有白杨，乌巢其颠①。迨营谋既就，趣装欲归。燕生设祖帐②，情义殷渥③，以破革囊赠宁，曰："此剑袋也。宝藏可远魑魅④。"宁欲从受其术。曰："如君信义刚直，可以为此，然君犹富贵中人，非此道中人也。"宁托有妹葬此，发掘女骨，敛以衣衾，赁舟而归。宁斋临野，因营坟葬诸斋外，祭而祝曰："怜卿孤魂，葬近蜗居⑤，歌哭相闻，庶不见陵于雄鬼⑥。一瓯浆水饮⑦，殊不清旨，幸不为嫌！"祝毕而返，后有人呼曰："缓待同行！"回顾，则小倩也。欢喜谢曰："君信义，十死不足以报⑧。请从归，拜识姑嫜⑨，媵御无悔。"审谛之，肌映流霞，足翘细笋⑩，白昼端相⑪，娇丽尤绝。遂与俱至斋中。嘱坐少待，先入白母。母愕然。时宁妻久病，母戒勿言，恐所骇惊。言次⑫，女已翩然入，拜伏地下。宁曰："此小倩也。"母惊顾不遑⑬。女谓母曰："儿飘然一身，远父母兄弟。蒙公子露覆⑭，泽被发肤，愿执

① 乌巢其颠：乌鸦在白杨的顶上做了窝。巢，此处用作动词。
② 祖帐：指送别的宴席。帐，指饯别时设的帐帷。
③ 殷渥：殷勤深厚的意思。
④ 远：此处作动词用，即可使魑魅远避的意思。
⑤ 蜗居：对自己住宅的谦称。意思是说，自己的房屋像蜗牛壳那样狭小。
⑥ 陵：同"凌"，欺负。
⑦ 瓯（ōu）：盅。
⑧ 十死：宁愿为他死十次。极言其受恩之重。
⑨ 姑嫜（zhāng）：婆婆与公公。丈夫之母称姑，丈夫之父称嫜。
⑩ "肌映流霞"二句：脸像被红霞映照着那样光彩，脚像细笋一样尖小。
⑪ 端相：仔细地观看。
⑫ 次：时。
⑬ 遑：闲暇。
⑭ 露覆：像雨露使万物受到滋润。比喻受恩惠的意思。

箕帚,以报高义。"母见其绰约可爱①,始敢与言,曰:"小娘子惠顾吾儿,老身喜不可已。但生平止此儿,用承祧绪②,不敢令有鬼偶。"女曰:"儿实无二心。泉下人既不见信于老母③,请以兄事④,依高堂⑤,奉晨昏⑥,如何?"母怜其诚,允之。即欲拜嫂,母辞以疾,乃止。女即入厨下,代母尸饔⑦。入房穿榻,似熟居者。

日暮母畏惧之,辞使归寝,不为设床褥。女窥知母意,即竟去。过斋欲入,却退,徘徊户外,似有所惧。生呼之。女曰:"室有剑气畏人。向道途中不奉见者,良以此故。"宁悟为革囊,取悬他室。女乃入,就烛下坐;移时,殊不一语。久之,问:"夜读否?妾少诵《楞严经》⑧,今强半遗忘⑨。浼求一卷⑩,夜暇就兄正之。"宁诺。又坐,默然,二更向尽,不言去。宁促之。愀然曰:"异域孤魂,殊怯荒墓。"宁曰:"斋中别无床寝,且兄妹亦宜远嫌。"女起,颦蹙欲啼⑪,足俇儴而懒步⑫,从容出门,涉阶而没。宁窃怜之,欲留宿别榻,又惧母嗔。女朝旦朝母,捧匜沃盥⑬,下堂操作,无不曲承母志。黄昏告退,辄过斋头,就烛诵经。觉宁将寝,始惨然出。

先是,宁妻病废,母劬不可堪⑭;自得女,逸甚,心德之。日渐稔⑮,亲爱如己出,竟忘其为鬼,不忍晚

①绰约:身材苗条的样子。
②承祧(tiāo)绪:本指接续祖庙的祭祀,此处引伸为做传宗接代的继承人。
③泉下人:聂小倩自称,指鬼。
④以兄事:把宁采臣当作哥哥看待。
⑤高堂:指父母。
⑥奉晨昏:早晚服侍。
⑦尸饔:料理饮食。尸,主持,管理;饔,指饮食。
⑧《楞严经》:佛经名。
⑨强半:大半。
⑩浼(měi):请。
⑪颦蹙:愁眉苦脸的样子。
⑫俇儴(kuāng rǎng):脚步歪斜不稳的样子。
⑬匜(yí):舀水的器具。沃:浇灌。盥(guàn):洗。
⑭劬(qú):勤劳。
⑮稔(rěn):熟悉。

令去，留与同卧起。女初来未尝饮食，半年渐啜稀饦①。母子皆溺爱之，讳言其鬼，人亦不知辨也。无何，宁妻亡，母隐有纳女意，然恐于子不利。女微知之，乘间告曰："居年余，当知肝膈②。为不欲祸行人，故从郎君来。区区无他意，止以公子光明磊落，为天人所钦瞩，实欲依赞三数年③，借博封诰④，以光泉壤。"母亦知无恶意，但惧不能延宗嗣。女曰："子女惟天所授。郎君注福籍⑤，有亢宗子三⑥，不以鬼妻而遂夺也。"母信之，与子议。宁喜，因列筵告戚党。或请觌新妇⑦，女慨然华妆出，一堂尽眙⑧，反不疑其鬼，疑为仙。由是五党诸内眷⑨，咸执贽以贺，争拜识之。女善画兰、梅，辄以尺幅酬答⑩，得者藏之什袭以为荣⑪。

一日俯颈窗前，怊怅若失⑫。忽问："革囊何在？"曰："以卿畏之，故缄致他所。"曰："妾受生气已久，当不复畏，宜取挂床头。"宁诘其意，曰："三日来，心怔忡无停息，意金华妖物，恨妾远遁，恐旦晚寻及也。"宁果携革囊来。女反复审视，曰："此剑仙将盛人头者也。敝败至此，不知杀人几何许！妾今日视之，肌犹粟粟⑬。"乃悬之。次日，又命移悬户上。夜对烛坐，约宁勿寝。欻有一物⑭，如飞鸟至。女惊匿夹幕间。宁视之，物如夜叉状，电目血舌，睒闪攫拿而前，至门却步，

①渐啜稀饦（yí）：逐渐能喝点稀粥。
②肝膈：指心地，心肠。
③依赞：依靠，帮助。
④借博封诰：借以博取封诰。明清时代，做了官的人，其祖宗、父母、妻子都要受到皇帝的封典，存者为封，没者为赠。根据官阶大小的不同，有多种不同名目的封赠，统称"封诰"。
⑤注福籍：迷信说法，人的福禄都有一定，事先已在阴间的簿册上登记好了。
⑥亢宗：本指能保卫宗族。此处引申为能光宗耀祖的意思。
⑦觌（dí）：见。
⑧眙（chì）：因惊异而注视。
⑨五党：疑为"三党"之误。三党，父党、母党、妻党，即父系、母系和妻系亲族。
⑩尺幅：一尺见方的画幅。
⑪什袭：重重包裹。言其珍视之至。
⑫怊怅：义同"惆怅"。心里不快，若有所失的样子。
⑬粟粟：此处指因惊惧而皮肤上起的"鸡皮疙瘩"。
⑭欻（xū）：突然。

逡巡久之，渐近革囊，以爪摘取，似将抓裂。囊忽格然一响，大可合簣①，恍惚有鬼物突出半身，揪夜叉入，声遂寂然，囊亦顿索如故②。宁骇诧，女亦出，大喜曰："无恙矣！"共视囊中，清水数斗而已。

后数年，宁果登进士。女举一男③。纳妾后，又各生一男，皆仕进，有声。

①合簣（kuì）：把两个土筐合起来。
②顿索：停止，恢复平静。
③举：生下。

红　玉

【题解】本篇小说通过冯氏父子无辜遭殃、家破人亡的悲惨遭遇，揭露了专制官吏与豪绅互相勾结、鱼肉乡民的恶行，表达了作者对官绅的愤慨和对下层人民的同情。作品写得十分生动，人物形象传神。在故事的结局部分，作者把希望寄托于因果报应上，虽然不免使作品在思想性方面存在某些瑕疵，但也表现出作者强烈的情感立场与良好愿望。

广平冯翁有一子①，字相如，父子俱诸生②。翁年近六旬，性方鲠③，而家屡空④。数年间，媪与子妇又相继逝，井臼自操之⑤。一夜，相如坐月下，忽见东邻女自墙上来窥。视之，美；近之，微笑；招以手，不来亦不去。固请之，乃梯而过，遂共寝处。问其姓名，曰："妾邻女红玉也。"生大爱悦，与订永好，女诺之。夜夜往来，约半年许。翁夜起闻女子含笑语，窥之见女，怒，唤生出，骂曰："畜产所为何事！如此落寞⑥，尚不刻苦，及学浮荡耶？人知之丧汝德，人不知促汝寿⑦！"生跪自投⑧，泣言知悔。翁叱女曰："女子不守闺

①广平：治所在今河北省永年县。"广平"是清代府名。
②诸生：古代一种经考试录取而在官办学校里学习的学生。
③方鲠：为人鲠直。
④屡空：家境贫寒，经常一无所有。
⑤井臼：泛指一般家务劳动。井，汲水，臼，舂米。
⑥落寞：此处暗指家道衰微。
⑦促汝寿：缩短你的寿命。促，短促，使短促。
⑧自投：即自首，自己出来认错的意思。

270

戒，既自玷，而又以玷人。倘事一发，当不仅贻寒舍羞①！"骂已，愤然归寝。女流涕曰："亲庭罪责②，良足愧辱！我二人缘分尽矣！"生曰："父在，不得自专。卿如有情，尚当含垢为好③。"女言辞决绝，生乃洒涕。女止之曰："妾与君无媒妁之言，父母之命，逾墙钻隙④，何能白首？此处有一佳耦⑤，可聘也。"生告以贫。女曰："来宵相俟，妾为君谋之。"次夜女果至，出白金四十两赠生。曰："去此六十里，有吴村卫氏，年十八矣，高其价，故未售也⑥。君重啖之⑦，必合谐允。"言已别去。

生乘间语父⑧，欲往相之⑨，而隐馈金不敢告。翁自度无资，以是故止之。生又婉言："试可乃已⑩。"翁颔之。生遂假仆马⑪，诣卫氏。卫故田舍翁⑫，生呼出引与闲语。卫知生望族⑬，又见仪采轩豁⑭，心许之，而虑其靳于资⑮。生听其词意吞吐，会其旨，倾囊陈几上。卫乃喜，浼邻生居间⑯，书红笺而盟焉，生入拜媪。居室偪侧⑰，女依母自幛。微睨之。虽荆布之饰⑱，而神情光艳，心窃喜。卫借舍款婿，便言："公子无须亲迎。待少作衣妆，即合昇送去。"生与期而归。诡告翁，言卫爱清门⑲，不责资⑳。翁亦喜。

至日卫果送女至。女勤俭，有顺德㉑，琴瑟甚笃㉒。逾二年举一男，名福儿。会清明抱子登墓，遇

① 贻（yí）：留给。寒舍：客气话，对自己家的谦称。
② 亲庭：指父亲。
③ 含垢：忍辱负重。
④ 逾墙钻隙：古代对男女不经父母同意、私自约会相爱行为的贬称。
⑤ 耦：同"偶"。
⑥ 高其价，故未售：要的聘礼极贵重，因而还未出嫁。
⑦ 啖（dàn）：以利益引诱人。
⑧ 乘间：找间隙，趁合适的机会。
⑨ 相：察看。
⑩ 试可乃已：试可否乃已，试一下看行不行，才能罢手。
⑪ 假：借。
⑫ 田舍翁：乡下人，一般指老农民。唐代诗人高适诗："田舍老翁不出门。"
⑬ 望族：指有名望有地位的家族。
⑭ 仪采轩豁：仪表风采轩昂大方。
⑮ 靳（jìn）：吝惜不给。
⑯ 居间：做中间人、介绍人的意思。
⑰ 偪侧：同"逼仄"，狭窄的意思。
⑱ 荆布：即"荆钗布裙"的简称。
⑲ 清门：贫寒的读书人家。
⑳ 不责资：不苛求财礼。
㉑ 顺德：顺从丈夫的美德。
㉒ 琴瑟：喻夫妻关系。

邑绅宋氏。宋官御史，坐行赇免①，居林下②，大煽威虐③。是日亦上墓归，见女艳之，问村人知为生配。料冯贫士，诱以重赂冀可摇，使家人风示之④。生骤闻，怒形于色。既思势不敌，敛怒为笑，归告翁。翁大怒，奔出，对其家人，指天画地，诟骂万端。家人鼠窜而去。宋氏亦怒，竟遣数人入生家，殴翁及子，汹若沸鼎⑤。女闻之，弃儿于床，披发号救。群篡舁之⑥，哄然便去。父子伤残，吟呻在地，儿呱呱啼室中。邻人共怜之，扶之榻上。经日，生杖而能起；翁忿不食，呕血，寻毙。生大哭，抱子兴词⑦，上至督抚⑧，讼几遍，卒不得直⑨。后闻妇不屈死，益悲。冤塞胸吭⑩，无路可伸。每思要路刺杀宋⑪，而虑其扈从繁，儿又罔托。日夜哀思，双睫为之不交⑫。忽一丈夫吊诸其室，虬髯阔颔，曾与无素⑬。挽坐欲问邦族。客遽曰："君有杀父之仇，夺妻之恨，而忘报乎？"生疑为宋人之侦，姑伪应之。客怒，眦欲裂⑭，遽出曰："仆以君人也，今乃知不足齿之伧⑮！"生察其异，跪而挽之，曰："诚恐宋人话我⑯。今实布腹心：仆之卧薪尝胆者⑰，固有日矣。但怜此褓中物⑱，恐坠宗祧。君义士，能为我杵臼否⑲？"客曰："此妇人女子之事，非所能。君所欲托诸人者，请自任之；所欲自任者，愿得

①坐行赇免：因犯有贪赃受贿的罪而免官。坐，犯罪。
②居林下：闲住在乡下。
③大煽威虐：肆行无忌地欺压善良。煽，发挥、行使的意思。
④风示：暗示，委婉曲折地表示。风，此处同"讽"。
⑤汹若沸鼎：气势汹汹，像锅开一般。
⑥篡：夺取。
⑦兴词：告状。
⑧督抚：即总督和巡抚的合称。
⑨不得直：冤枉得不到昭雪，诉讼不能获胜。
⑩吭（háng）：喉咙。
⑪要（yāo）路：在路上拦截。要，同"邀"。
⑫扈从：随从，指担任保卫工作的人。交：合拢。
⑬无素：向来没有交情。指过去从不相识。
⑭眦欲裂：因发怒，眼眶都快要裂开了。
⑮伧（cāng）：粗野。
⑯话（tiǎn）：诱骗，套取。
⑰卧薪尝胆：为报仇而甘愿吃苦。卧薪，不敢贪安逸；尝胆，不近甘味。
⑱褓中物：指婴儿。
⑲杵臼：即公孙杵臼。春秋时晋国人，赵朔的门客。晋国司寇屠岸贾杀了赵朔的全族，又要杀他的遗腹子。公孙杵臼与赵朔的朋友程婴合谋，以己子代赵朔子，救出了赵氏孤儿。

而代庖焉①。"生闻，崩角在地②，客不顾而出③。生追问姓字，曰："不济，不任受怨；济，亦不任受德。"遂去。生惧祸及，抱子亡去。

至夜，宋家一门俱寝，有人越重垣入，杀御史父子三人，及一媳一婢。宋家具状告官。官大骇。宋执谓相如④，于是遣役捕生，生遁不知所之，于是情益真。宋仆同官役诸处冥搜，夜至南山，闻儿啼，踪得之，系缧而行⑤。儿啼愈嗔，群夺儿抛弃之，生冤愤欲绝。见邑令，问："何杀人？"生曰："冤哉！某以夜死，我以昼出，且抱呱呱者，何能逾垣杀人？"令曰："不杀人，何逃乎？"生词穷，不能置辩。乃收诸狱。生泣曰："我死无足惜，孤儿何罪？"令曰："汝杀人子多矣，杀汝子何怨？"生既褫革⑥，屡受桎惨⑦，卒无词。令是夜方卧，闻有物击床，震震有声，大惧而号。举家惊起，集而烛之；一短刀铦利如霜⑧，剁床入木者寸余，牢不可拔。令睹之，魂魄丧失。荷戈遍索，竟无踪迹。心窃馁，又以宋人死，无可畏俱，乃详诸宪⑨，代生解免，竟释生。

生归，瓮无升斗，孤影对四壁。幸邻人怜馈食饮，苟且自度。念大仇已报，则辴然喜⑩；思惨酷之祸几于灭门，则泪潸潸堕；及思半生贫彻骨，宗支不续⑪，则于无人处大哭失声，不复能自禁。如此半年，捕

①代庖：即"越俎代庖"的省辞。意思是代别人作非自己分内的事。
②崩角：磕响头。
③不顾：不回头。
④宋执谓相如：宋家的人坚持说是冯相如干的事。
⑤系缧：用绳索捆绑着。
⑥褫（chǐ）革：取消秀才资格。科举时代，秀才有不官刑的特权，只有剥夺了秀才资格之后，才可动刑。
⑦桎惨：即酷刑。桎，手铐。
⑧铦（xiān）：锋利。如霜：形容刀的明亮。
⑨详诸宪：呈文报告上司。古代下级向上级呈报的文书叫"详"。宪，下级对上司的尊称。
⑩辴（chǎn）：笑的样子。
⑪宗支不续：不能使家族延续，指无子。宗支，宗族的这一支。

禁益懈。乃哀邑令，求判还卫氏之骨。既葬而归，悲怛欲死①，辗转空床，竟无生路。忽有款门者②，凝神寂听，闻一人在门外，哝哝与小儿语。生急起窥觇，似一女子。扉初启，便问："大冤昭雪，可幸无恙！"其声稔熟，而仓卒不能追忆。烛之，则红玉也。挽一小儿，嬉笑跨下③。生不暇问，抱女呜哭，女亦惨然。既而推儿曰："汝忘尔父耶？"儿牵女衣，目灼灼视生。细审之，福儿也。大惊，泣问："儿那得来？"女曰："实告君，昔言邻女者，妄也，妾实狐。适宵行，见儿啼谷中，抱养于秦。闻大难既息，故携来与君团聚耳。"生挥涕拜谢，儿在女怀，如依其母，竟不复能识父矣。天未明，女即遽起，问之，答曰："奴欲去。"生裸跪床头，涕不能仰。女笑曰："妾诳君耳。今家道新创，非夙兴夜寐不可④。"乃剪莽拥篲⑤，类男子操作。生忧贫乏，不自给。女曰："但请下帷读⑥，勿问盈歉⑦，或当不殍饿死⑧。"遂出金治织具，租田数十亩，雇佣耕作。荷镵诛茅⑨，牵萝补屋⑩，日以为常。里党闻妇贤⑪，益乐资助之。约半年，人烟腾茂，类素封家。生曰："灰烬之余⑫，卿白手再造矣。然一事未就安妥，如何？"诘之，答曰："试期已迫，巾服尚未复也⑬。"女笑曰："妾

① 怛（dá）：忧伤。
② 款门：叩门。
③ 跨：同"胯"。
④ 夙兴夜寐：早起晚睡，指勤劳。语出《诗经·卫风·氓》："夙兴夜寐，靡有朝矣。"
⑤ 剪莽拥篲：泛指里里外外辛勤劳动。莽，野草；篲，扫帚。
⑥ 下帷读：放下帷幕，专心读书。下帷，表示隔绝外界的干扰。
⑦ 盈歉：收入多少。
⑧ 殍（piǎo）：也作"莩"，饿死。
⑨ 荷镵（chán）诛茅：扛着镵去除草。镵，掘除草根的铁器。
⑩ 牵萝补屋：用藤萝把漏雨的草屋修补好。萝，一种蔓生的植物。
⑪ 里党：邻居。古代二十五户为一里，五十户为一党。
⑫ 灰烬之余：火灾后剩下的东西。此处比喻遭受大难之后的家庭。
⑬ 巾服：指秀才的帽巾和制服。秀才因罪被革除功名后，就失去了参加乡试的资格。如事后证明无罪，可以申请恢复秀才的功名，重新穿起秀才的衣帽，去参加考试。

前以四金寄广文①，已复名在案。若待君言，误之已久。"生益神之。是科遂领乡荐②。时年三十六，腴田连阡，夏屋渠渠矣③。女袅娜如随风欲飘去，而操作过农家妇。虽严冬自苦，而手腻如脂。自言二十八岁，人视之，常若二十许人。

异史氏曰："其子贤，其父德，故其报之也侠。非特人侠，狐亦侠也。遇亦奇矣！然官宰悠悠④，竖人毛发⑤，刀震震入木，何惜不略移床上半尺许哉？使苏子美读之，必浮白曰：'惜乎击之不中⑥！'"

①广文：教官的代称。
②是科遂领乡荐：在这次乡试中考中了第一名。
③夏屋：高大的房屋。渠渠：形容房屋深广的样子。
④悠悠：此处是荒唐、糊涂的意思。
⑤竖人毛发：令人发指的意思。
⑥"使苏子美读之"三句：宋代文学家苏舜钦，字子美。传说苏舜钦读《汉书·张良传》，读到"良与客狙击秦皇帝"这一段时，他拍手惋惜地说："惜乎击之不中。"然后便满满地喝了一杯酒。

公孙九娘

【题解】小说描述的公孙九娘谈吐高雅，才貌无双，莱阳生一见钟情，两人结为夫妻。但新婚之夜九娘却告诉莱阳生自己是个冤魂，并叙述自己是怎样成为冤魂的可怕经历。九娘做了十年冤鬼，虽然享受到爱情幸福，但总忘不了自己的冤情。

于七一案①，连坐被诛者，栖霞、莱阳两县最多。一日俘数百人，尽戮于演武场中，碧血满地，白骨撑天。上官慈悲，捐给棺木，济城工肆②，材木一空。以故伏刑东鬼③，多葬南郊。

甲寅间④，有莱阳生至稷下⑤，有亲友二三人亦在诛数，因市楮帛⑥，酹奠榛墟⑦，就税舍于下院之僧⑧。明日，入城营干⑨，日暮未归。忽一少年，造室来访⑩。见生不在，

①于七一案：清代的一起农民造反事件。
②济城工肆：济城（今济南）的棺材店。
③东鬼：指于七等被害的造反者。
④甲寅间：康熙十三年（1674年）。
⑤稷（jì）下：指济南市。
⑥市楮（chǔ）帛：买纸钱。
⑦酹（lèi）奠榛（zhēn）墟：在荒野洒酒祭祀。
⑧就税舍于下院之僧：住在下院出租的房舍里。税舍，出租的房舍。
⑨营干：办事。
⑩造：来到。

脱帽登床，着履仰卧。仆人问其谁，合眸不对。既而生归，则暮色朦胧，不甚可辨。自诣床下问之，瞠目曰："我候汝主人，絮絮逼问①，我岂暴客耶！"生笑曰："主人在此。"少年即起着冠，揖而坐，极道寒暄，听其音，似曾相识。急呼灯至，则同邑朱生，亦死于七之难者。大骇却走，朱曳之云："仆与君文字之交②，何寡于情？我虽鬼，故人之念，耿耿不忘。今有所渎③，愿无以异物猜薄之④。"生乃坐，请所命。曰："令女甥寡居无偶，仆欲得主中馈⑤。屡通媒妁，辄以无尊长命为辞。幸无惜齿牙余惠⑥。"先是，生有女甥，早失恃⑦，遗生鞠养，十五始归其家。俘至济南，闻父被刑，惊而绝。生曰："渠自有父⑧，何我之求？"朱曰："其父为犹子启榇去⑨，今不在此。"问："女甥向依阿谁？"曰："与邻媪同居。"生虑生人不能作鬼媒。朱曰："如蒙金诺⑩，还屈玉趾⑪。"遂起握生手，生固辞，问："何之？"曰："第行⑫。"勉从与去。

北行里许，有大村落，约数十百家。至一第宅，朱以指弹扉，即有媪出，豁开两扉，问朱："何为？"曰："烦达娘子，云阿舅至。"媪旋反⑬，顷复出，邀生入，顾朱曰："两椽茅舍子大隘⑭，劳公子门外少坐候。"生从之入。见半亩荒庭，列小室二。甥女迎门啜泣，生亦泣，室

①絮絮：唠唠叨叨。
②文字之交：在学业、文章上相投合的朋友。
③渎：冒犯。此处指麻烦、烦劳。
④以异物猜薄之：因是鬼物而猜疑、冷淡。
⑤主中馈（kuì）：主持家务事。此处指做妻子。
⑥齿牙余惠：顺便说句好话，成全此事。齿牙，指言语；余惠，多余的恩惠。
⑦失恃：死了母亲。
⑧渠：代词，他（她）。
⑨犹子启榇去：由侄子开棺取骨而去。犹子，侄子。
⑩金诺：千金之诺。
⑪屈玉趾：委屈你走一趟。
⑫第行：只管走吧。第，但。
⑬旋：副词，随即。
⑭两椽：两间。大隘：太狭小，不能容人。

中灯火荧然①。女貌秀洁如生,凝目含涕,遍问妗姑②。生曰:"具各无恙,但荆人物故矣③。"女又呜咽曰:"儿少受舅妗抚育,尚无寸报,不图先葬沟渎④,殊为恨恨。旧年伯伯家大哥迁父去,置儿不一念,数百里外,伶仃如秋燕。舅不以沉魂可弃⑤,又蒙赐金帛,儿已得之矣。"生以朱言告,女俯首无语。媪曰:"公子曩托杨姥三五返,老身谓是大好。小娘子不肯自草草,得舅为政⑥,方此意惬得⑦。"

言次,一十七八女郎,从一青衣遽掩入⑧,瞥见生。转身欲遁。女牵其裙曰⑨:"勿须尔!是阿舅。"生揖之。女郎亦敛衽⑩。甥曰:"九娘,栖霞公孙氏。阿爹故家子⑪,今亦'穷波斯'⑫,落落不称意⑬。旦晚与儿还往。"生睨之,笑弯秋月⑭,羞晕朝霞⑮,实天人也。曰:"可知是大家,蜗庐人焉得如此娟好⑯!"甥笑曰:"且是女学士,诗词俱大高作。儿稍得指教。"九娘微哂曰⑰:"小婢无端败坏人,教阿舅齿冷也⑱。"甥又笑曰:"舅断弦未续⑲,若个小娘子⑳,颇能快意否?"九娘笑奔出,曰:"婢子颠疯作也!"遂去。言虽近戏,而生殊爱好之,甥似微察,乃曰:"九娘才貌无双,舅倘不以粪壤致猜㉑,儿当请诸其母。"生大悦,然虑人鬼难匹㉒。女曰:"无伤,彼与舅有夙分。"生乃出。女

①灯光荧然:灯光小而暗。
②妗(jìn):舅母。
③荆人物故:妻子死亡。荆人,谦称自己的妻子。
④沟渎:沟壑。
⑤沉魂:滞留的鬼魂。
⑥为政:做主。
⑦意惬(qiè):满意。惬,满足。
⑧青衣:婢女,丫环。掩入:乘人不备走了进来。
⑨裙:衣前襟。
⑩敛衽:指女子行礼。
⑪故家:世家大族。
⑫穷波斯:破落户。
⑬落落:零落,孤独。
⑭秋月:比喻眉毛。
⑮朝霞:比喻害羞时脸上的红晕。
⑯蜗庐:形容房屋窄小,指小门小户的穷人家。
⑰微哂(shěn):微笑,带有责备的意思。
⑱齿冷:耻笑。笑则张口,笑的时间长了,便会感到齿冷。
⑲断弦未续:丧妻没有再婚。
⑳若个:像这位。
㉑粪壤:粪土、泉壤,指埋在地下的死人。
㉒匹:婚配。

送之，曰："五日后，月明人静，当遣人往相迓①。"生至户外，不见朱。翘首西望。月衔半规②，昏黄中犹认旧径。见南面一第，朱坐门石上，起逆曰③："相待已久，寒舍即劳垂顾④。"遂携手入，殷殷展谢。出金爵一⑤、晋珠百枚⑥，曰："他无长物⑦，聊代禽仪⑧。"既而曰："家有浊醪⑨，但幽室之物，不足款嘉宾，奈何！"生捣谢而退⑩。朱送至中途，始别。

生归，僧仆集问，隐之曰："言鬼者妄也，适友人饮耳。"后五日，朱果来，整履摇箑⑪，意甚欣。方至户，望尘即拜。笑曰："君嘉礼既成，庆在旦夕，便烦枉步。"生曰："以无回音，尚未致聘，何遽成礼？"朱曰："仆已代致之。"生深感荷，从与俱去。直达卧所，则女甥华妆迎笑。生问："何时于归⑫？"女曰："三日矣。"朱乃出所赠珠，为甥助妆⑬。女三辞乃受，谓生曰："儿以舅意白公孙老夫人，夫人作大欢喜。但言老耄无他骨肉⑭，不欲九娘远嫁，期今夜舅往赘诸其家⑮。伊家无男子⑯，便可同郎往也。"朱乃导去。村将尽，一第门开，二人登其堂。俄白："老夫人至。"有二青衣扶妪升阶。生欲展拜，夫人云："老朽龙钟⑰，不能为礼，当即脱边幅⑱。"指画青衣，进酒高会。朱乃唤家人，另出肴俎⑲，列置生前；亦别设一

①迓（yà）：迎接。
②月衔半规：半圆形的月悬在空中。衔，含，镶嵌；半规，半圆。规为画圆之器。
③逆：迎接。
④垂顾：下访，敬语。
⑤金爵：金质盛酒器具。
⑥晋珠：山西省产的珠玉。晋，山西省古为晋国之地。据《尔雅·释地》，山西的霍山一带盛产珠玉。
⑦长物：贵重的东西。
⑧禽仪：送给客人的礼物。
⑨浊醪（láo）：浊酒。
⑩捣（huī）谢：谦逊地辞谢。
⑪箑（jié）：扇子。
⑫于归：出嫁。
⑬助妆：古代指亲友赠送给新嫁娘的礼物。
⑭老耄（mào）：年纪衰迈。
⑮期：约定。
⑯伊家：他家。
⑰龙钟：形容年老行动不便。
⑱脱边幅：不拘礼节，不修边幅。古人以修整布匹的边幅来比喻注意礼貌。
⑲肴俎（zǔ）：菜馔与食具。

壶,为客行觞①。筵中进馔,无异人世。然主人自举,殊不劝进。

既而席罢,朱归。青衣导生去,入室,则九娘华烛凝待。邂逅含情②,极尽欢昵。初,九娘母子,原解赴都③。至郡④,母不堪困苦死,九娘亦自到。枕上追述往事,哽咽不成眠。乃口占两绝云⑤:

昔日罗裳化作尘,
空将业果恨前身⑥。
十年露冷枫林月,
此夜初逢画阁春⑦。

白杨风雨绕孤坟,
谁想阳台更作云⑧?
忽启镂金箱里看⑨,
血腥犹染旧罗裙。

天将明,即促曰:"君宜且去,勿惊厮仆。"自此昼来宵往,嬖惑殊甚⑩。一夕问九娘:"此村何名?"曰:"莱霞里。里中多两处新鬼,因以为名。"生闻之欷歔⑪。女悲曰:"千里柔魂,蓬游无底⑫,母子零孤,言之怆恻⑬。幸念一夕恩义,收儿骨归葬墓侧,使百年得所依栖,死且不朽。"生诺之。女曰:"人鬼路殊,君不宜久滞。"乃以罗袜赠生,挥泪促别。生凄然出,忉怛不忍归⑭。因过叩朱氏之门。朱白足出逆⑮;甥亦起,云鬓蓬松,惊来省问。生惆怅

①行觞:行酒。
②邂逅:偶然相会。
③原解(jiè)赴都:原是押送京城的。解,押送犯人。
④郡:指省城济南。
⑤两绝:两首绝句。
⑥业果:恶果,恶业的报应。
⑦画阁春:指新婚的景象。画阁,华美的闺房。
⑧阳台更作云:指男女欢会,新婚的恩爱。
⑨镂金箱:饰有用金子雕成的花纹的箱子。
⑩嬖(bì)惑:迷恋。
⑪欷歔:即嘘唏,叹息的意思。
⑫蓬游无底:像蓬草那样随处漂游,没有着落。
⑬怆(chuàng)恻:悲痛。
⑭忉怛(dāo dá):哀伤。
⑮白足:赤脚,形容匆忙。

移时，始述九娘语。女曰："妗氏不言①，儿亦夙夜图之。此非人世，不可久居。"于是相对汍澜②，生亦含涕而别。叩寓归寝，展转申旦③。欲觅九娘之墓，则忘问志表。及夜复往，则千坟累累，竟迷村路，叹恨而返。展视罗袜，着风寸断，腐如灰烬，遂治装东旋。

半载不能自释，复如稷门④，冀有所遇⑤。及抵南郊，日势已晚，息树下，趋诣丛葬所。但见坟兆万接⑥，迷目榛荒，鬼火狐鸣，骇人心目。惊悼归舍。失意遨游⑦，返辔遂东。行里许，遥见一女立丘墓上，神情意致，怪似九娘⑧。挥鞭就视，果九娘。下与语，女径走，若不相识。再逼近之，色作怒，举袖自障。顿呼"九娘"，则溘然灭矣⑨。

异史氏曰："香草沉罗⑩，血满胸臆；东山佩玦⑪，泪渍泥沙。古有孝子忠臣，至死不谅于君父者⑫。公孙九娘岂以负骸骨之托，而怨怼不释于中耶⑬？脾膈间物⑭，不能掬以相示⑮，冤乎哉！"

① 妗（jìn）氏：舅舅。
② 汍（wán）澜：流泪的样子。
③ 展转申旦：翻来覆去，直到天明。申，达。
④ 如：往。
⑤ 冀：希望。
⑥ 坟兆：坟丘。
⑦ 失意：没有心思。
⑧ 怪：副词，非常。
⑨ 溘然：消失的样子。
⑩ 香草沉罗：指战国时大诗人屈原被楚怀王放逐，自投汨罗江而死的故事。
⑪ 东山佩玦：春秋时，晋献公宠幸妃子骊姬，要害死太子申生，命他去讨伐东山的一个部落，临行时，给他一块金玦。玦，是有缺口的环形玉，象征决绝之意。
⑫ 不谅于君父：得不到君王和父亲的谅解。
⑬ 不释于中：心中的怨恨不能消除。中，心中。
⑭ 脾膈间物：指心。
⑮ 掬以相示：双手捧出给人看一看。

促 织

【题解】《促织》叙述了成名一家的命运变化，而背后决定这些变化的，只不过是一只促织。随着促织的"不得—得—失—复得"的戏剧变化，成名也经历了"受刑—大喜—恐慌—受赏"的波折起伏。作品尖锐地揭露了统治者一己之偏好给百姓带来的巨大伤害。

宣德①,宫中尚促织之戏②,岁征民间。此物故非西产③。有华阴令,欲媚上官④,以一头进,试使斗而才⑤,因责常供。令以责之里正⑥。市中游侠儿得佳者笼养之⑦,昂其直,居为奇货。里胥猾黠⑧,假此科敛丁口⑨,每责一头,辄倾数家之产。

邑有成名者,操童子业,久不售⑩,为人迂讷,遂为猾胥报充里正役。百计营谋,不能脱,不终岁,薄产累尽。会征促织⑪,成不敢敛户口,而又无所赔偿,忧闷欲死。妻曰:"死何裨益,不如自行搜觅,冀有万一之得⑫。"成然之。早出暮归,提竹筒、铜丝笼,于败堵丛草处,探石发穴⑬,靡计不施,迄无济。即捕三两头,又劣弱不中于款⑭。宰严限追比⑮,旬馀,杖至百,两股间脓血流离⑯,并虫不能行捉矣。转侧床头⑰,惟思自尽。

时村中来一驼背巫,能以神卜。成妻具资诣问,见红女白婆⑱,填塞门户。入其室,则密室垂帘,帘外设香几。问者爇香于鼎⑲,再拜,巫从旁望空代祝⑳,唇吻翕辟㉑,不知何词。各各竦立以听。少间,帘内掷一纸出,即道人意中事,无毫发爽㉒。成妻纳钱案上,焚香以拜。食顷㉓,帘动,片纸抛落。拾视之,非字而画,中绘殿阁类兰若㉔,后小山下,怪石乱卧,针针丛棘,青麻头伏焉㉕,旁一蟆,若将跳舞。

①宣德:明宣宗年号(1426~1435)。
②促织:即蟋蟀,曲曲。
③西:这里指华阴县所属的陕西。
④媚:谄媚,巴结。
⑤才:有才能,这里指善斗。
⑥里正:里长,统治乡里的小吏。
⑦游侠儿:游手好闲,不务正业的年轻人。
⑧猾黠:奸诈,狡猾。黠(xiá),聪明而狡猾。
⑨科敛:搜刮,摊派。丁口:即人口,古代成年男子称丁,未成年男子及女子称口。
⑩不售:这里指修童子科而未中。
⑪会:适逢,正赶上。
⑫冀:希望。
⑬探石发穴:摸索石头,打开洞穴。
⑭款:格式,标准。
⑮追比:旧时地方官限期交税、交差,过期便杖责或监禁。
⑯流离:犹淋漓,沾湿或流滴的样子。
⑰转侧:辗转反侧,翻转身体。
⑱红女白婆:红妆少女和白发老妇。
⑲爇香:烧香。爇(ruò),烧。
⑳祝:祷告,向鬼神求福。
㉑翕辟:开合,启闭。翕(xī),合,聚;辟(pì),打开,开启。
㉒爽:差错。
㉓食顷:一顿饭的时间。
㉔兰若:即寺庙,梵语"阿兰若"的省称。
㉕青麻头:促织的一个品种。

展玩不可晓①,然睹促织,隐中胸怀。折藏之,归以示成。成反复自念:"得无教我猎虫所耶②?"细瞻景状,与村东大佛阁逼似③。乃强起④,扶杖执图诣寺后,有古陵蔚起⑤。循陵而走,见蹲石鳞鳞,俨然类画。遂于蒿莱中侧听徐行⑥,似寻针芥,心目耳力俱穷,绝无踪响。冥搜未已⑦,一癞头蟆猝然跃去⑧,成益愕,急逐趁之⑨。蟆入草间,蹑迹披求⑩,见有虫伏棘根,遽扑之。入石穴中,掭以尖草,不出,以筒水灌之,始出,状极俊健。逐而得之,审视,巨身修尾⑪,青项金翅。大喜笼归,举家庆贺,虽连城拱璧不啻也⑫。土于盆而养之,蟹白栗黄⑬,备极护爱,留待限期以塞官责⑭。

成有子九岁,窥父不在,窃发盆⑮。虫跃掷径出,及扑入手,已股落腹裂,斯须就毙⑯。儿惧,啼告母。母闻之,面色灰死⑰,大骂曰:"业根⑱,死期至矣。而翁归⑲,自与汝覆算耳⑳。"儿涕而出。未几成归㉑,闻妻言,如被冰雪。怒索儿,儿渺然不知所往。既而得其尸于井,因而化怒为悲,抢呼欲绝㉒。夫妻向隅㉓,茅舍无烟,相对默然,不复聊赖。日将暮,取儿藁葬㉔,近抚之,气息惙然㉕。喜置榻上,半夜复苏,夫妻心稍慰。但儿神气痴木,奄奄思睡。成顾蟋蟀笼虚,则气断声吞㉖,

① 展玩:仔细地观看。
② 得无:莫非,岂不是。
③ 逼似:逼真,非常相似。
④ 强起:勉强起床。
⑤ 陵:高大的坟墓。
⑥ 蒿莱(hāo lái):蒿草和藜,这里泛指杂草。
⑦ 冥搜:尽力搜寻。冥,潜心,专心。
⑧ 猝然:突然,出乎意外。
⑨ 趁:追逐,追赶。
⑩ 蹑迹:轻轻跟随它的足迹。披求:翻拨寻找。
⑪ 巨:大。修:长。
⑫ 连城拱璧:价值连城的大玉璧。不啻(chì):不如,比不上。
⑬ 蟹白栗黄:白色的蟹肉和黄色的栗子,指喂养促织的食物。
⑭ 塞(sè):应付,敷衍。
⑮ 窃:偷偷地。发:打开。
⑯ 斯须:须臾,片刻。
⑰ 灰死:灰白无血色。
⑱ 业根:孽种,惹祸的东西。业,佛教用语,即业障,罪恶。
⑲ 而翁:你的父亲。
⑳ 覆算:覆核账目,这里指因过算账,给予惩罚。
㉑ 未几:不久,过了一会儿。
㉒ 抢呼:即呼天抢地,形容极度悲伤。抢,触,撞。
㉓ 向隅(yú):面对着屋子的一个角落。隅(yú),角落。
㉔ 藁葬:用草席裹着尸体埋葬。
㉕ 惙然:呼吸短促的样子。
㉖ 气断声吞:出不来气,说不出话,形容极度忧伤失望。

282

亦不复以儿为念。自昏达曙，目不交睫①。东曦既驾②，僵卧长愁，忽闻门外虫鸣，惊起觇视③，虫宛然尚在。喜而捕之，一鸣辄跃去，行且速。覆之以掌，虚若无物，手裁举，则又超忽而跃④。急趁之，折过墙隅，迷其所往。徘徊四顾，见虫伏壁上，审谛之⑤，短小，黑赤色，顿非前物。成以其小劣之，惟仿徨瞻顾⑥，寻所逐者。壁上小虫忽跃落襟袖间，视之，形若土狗⑦，梅花翅，方首长胫，意似良⑧。喜而收之，将献公堂，惴惴恐不当意，思试之斗以觇之。

村中少年好事者驯养一虫，自名蟹壳青，日与子弟角⑨，无不胜。欲居之以为利，而高其直，亦无售者。径造庐访成⑩，视成所蓄，掩口胡卢而笑⑪，因出己虫，纳比笼中⑫。成视之，庞然修伟⑬，自增惭怍⑭，不敢与较。少年固强之。顾念蓄劣物终无所用⑮，不如拼博一笑。因合纳斗盆⑯，小虫伏不动，蠢若木鸡⑰，少年又大笑。试以猪鬣毛撩拨虫须⑱，仍不动，少年又笑。屡撩之，虫暴怒，直奔，遂相腾击，振奋作声。俄见小虫跃起⑲，张尾伸须，直龁敌领⑳。少年大骇，解令休止。虫翘然矜鸣㉑，似报主知。成大喜。方共瞻玩，一鸡瞥来㉒，径进以啄。成骇立愕呼，幸啄不中，虫跃去尺有咫㉓，鸡健，进逐逼之，虫已在爪下矣。成

①目不交睫：眼睛的睫毛没有互相接触，即没有入睡。
②东曦既驾：即太阳初升，传说中的日神东君，由羲和为其驾车。
③觇（chān）视：窥视，探视。觇，暗中察看。
④超忽：行动迅速的样子。
⑤审谛：仔细观察。谛（dì），详审。
⑥瞻顾：瞻前顾后，犹豫不决。
⑦土狗：也称"土狗子"，即蝼蛄。
⑧意：料想，猜测。
⑨角（jué）：竞争，较量。
⑩径：径直，直接。访：求见。
⑪胡卢：喉咙里发出的笑声，即轻声偷笑。
⑫纳比：一起放进。比，并列。
⑬庞然：高大的样子。
⑭惭怍（zuò）：惭愧，羞愧。
⑮顾念：回头一想。
⑯合：一起。斗盆：专门用来斗虫的盆子。
⑰木鸡：木头做的鸡，比喻呆笨或发愣的样子。
⑱鬣（liè）毛：动物头部或颈部的长毛。
⑲俄：突然，时间很短。
⑳龁（hé）：咬。领：脖子。
㉑翘然：趾高气昂的样子。矜鸣：得意洋洋地鸣叫。矜，夸耀。
㉒瞥（piē）：倏忽，突然。
㉓尺有咫：一尺多远。

仓猝莫知所救，顿足失色。旋见鸡伸颈摆扑①，临视，则虫集冠上，力叮不释。成益惊喜，掇置笼中。

翼日进宰②，宰见其小，怒呵成。成述其异，宰不信，试与他虫斗，虫尽靡③。又试之鸡，果如成言。乃赏成，献诸抚军。抚军大悦，以金笼进上，细疏其能④。既入宫中，举天下所贡蝴蝶、螳螂、油利挞、青丝额，一切异状遍试之，无出其右者⑤。每闻琴瑟之声，则应节而舞，益奇之。上大嘉悦⑥，诏赐抚军名马衣缎。抚军不忘所自，无何⑦，宰以卓异闻⑧。宰悦，免成役，又嘱学使，俾入邑庠⑨，由此以善养虫名。后岁馀，成子精神复旧，自言身化促织，轻捷善斗⑩，今始苏耳。抚军亦厚赉成⑪。不数岁，田百顷，楼阁万椽⑫，牛羊蹄躈各千计⑬。一出门，裘马过世家焉⑭。

异史氏曰⑮：天子偶用一物，未必不过此已忘，而奉行者即为定例。加之官贪吏虐，民日贴妇卖儿⑯，更无休止。故天子一跬步皆关民命⑰，不可忽也。第成氏子⑱，以蠹贫⑲，以促织富，裘马扬扬。当其为里正受扑责时，岂意其至此哉？天将以酬长厚者⑳，遂使抚臣、令尹并受促织恩荫㉑。闻之"一人飞升，仙及鸡犬"，信夫！

①摆扑：摆动扑打。
②翼日：翌日，第二天。
③靡：倒下，失败。
④疏：分条陈述。
⑤右：上，古代以右为上。
⑥嘉悦：高兴并赞许。
⑦无何：没过多久。
⑧卓异：突出，出众。
⑨庠：古代的学校。
⑩轻捷：轻健敏捷。
⑪赉（jī）：给，送给。
⑫万椽（chuán）：万间。椽，本意为放在檩上架着屋顶的木条，也可代指房间数量。
⑬蹄躈（qiào）：指牛羊的数量。躈，动物脊骨的末端。
⑭世家：世代显贵的大家族。
⑮异史氏：作者自称，表明自己的作品不同于正史。
⑯贴妇：典当妻子。
⑰跬步：半步，跨一脚，这里指很小的举动。
⑱第：但，只是。
⑲蠹（dù）：蛀虫，比喻贪官污吏。
⑳酬：（用财物等）报答。
㉑恩荫：庇佑，因其而受惠。

花姑子

【题解】 本篇选自《聊斋志异》，讲述的是香獐报恩的故事。花姑子父女二人，为报安幼舆当年的救命之恩，一个甘愿替他去死，一个甘愿折损七分成的道行。作者由此感叹，认为人类有时候还不如禽兽。在描写花姑子的时候，作者处处突出其"无处不香"的特征。

安幼舆，陕之拔贡生①。为人挥霍好义，喜放生。见猎者获禽，辄不惜重直买释之。

会舅家丧葬，往助执绋②。暮归，路经华岳③，迷窜山谷中，心大恐。一矢之外④，忽见灯火，趋投之。数武中⑤，欻见一叟⑥，伛偻曳杖，斜径疾行。安停足，方欲致问，叟先诘谁何⑦。安以迷途告，且言灯火处必是山村，将以投止⑧。叟曰："此非安乐乡。幸老夫来，可从去茅庐，可以下榻。"安大悦，从行里许，睹小村。叟扣荆扉⑨，一妪出，启关曰⑩："郎子来耶？"叟曰："诺。"既入，则舍宇湫隘⑪。叟挑灯促坐，便命随事具食⑫。又谓妪曰："此非他，是吾恩主。婆子不能行步，可唤花姑子来酾酒⑬。"俄女郎以馔具入，立叟侧，秋波斜盼⑭。安视之，芳容韶齿⑮，殆类天仙。叟顾令煨酒⑯，房西隅有煤炉，女即入房拨火。安问："此女何人？"答云："老夫章姓，七十年止有此女。田家少婢仆，以君非他人，遂敢出妻见子，幸勿哂也⑰。"

① 拔贡生：清朝制度，每隔十二年选拔在学生员，贡于京师，参加廷试，叫做拔贡，被选中的生员就叫拔贡生。
② 执绋：送葬时手执牵引灵柩的大绳以助其行进，也可泛指送殡。
③ 华岳：即西岳华山。
④ 一矢之外：一箭射出去的距离外。
⑤ 武：古人以六尺为一步，半步为一武。
⑥ 欻（xū）：忽然。
⑦ 诘（jié）：询问。谁何：你是谁。
⑧ 投止：投奔，投宿。
⑨ 荆扉：柴门。扉，门扇。
⑩ 启关：开门。关，门闩。
⑪ 湫隘：低下狭小。
⑫ 随事具食：随便准备些家常饭菜。
⑬ 酾（shāi）酒：斟酒。酾，滤酒。
⑭ 秋波：女孩的目光，形容其清澈明亮。盼：看。
⑮ 韶齿：即"韶颜稚齿"，年轻靓丽的样子。
⑯ 煨（wēi）：用文火慢慢加热。
⑰ 哂（shěn）：讥笑，笑话。

安问："婿何家里?"答言："尚未。"安赞其惠丽，称不容口。叟方谦挹①，忽闻女郎惊号。叟奔入，则酒沸火腾，叟乃救止，呵曰："老大婢②，濡猛不知耶③?"回首见炉傍有蜀心插紫姑④，未竟，又呵曰："发蓬蓬许⑤，裁如婴儿⑥。"持向安曰："贪此生涯⑦，致酒腾沸，蒙君子奖誉，岂不羞死?"安审谛之，眉目袍服⑧，制甚精工。赞曰："虽近儿戏，亦见慧心。"斟酌移时⑨，女频来行酒，嫣然含笑，殊不羞涩。安注目情动，忽闻妪呼，叟便去。安觑无人⑩，谓女曰："睹仙容，使我魂失，欲通媒妁，恐其不遂，如何?"女抱壶向火，默若不闻，屡问不对。生渐入室，女起，厉色曰⑪："狂郎，入闼将何为⑫?"生长跪哀之⑬，女夺门欲去，安暴起要遮⑭，狎接朘颔⑮。女颤声疾呼，叟忽遽入问⑯。安释手而出，殊切愧惧。女从容向父曰："酒复涌沸，非郎君来，壶子融化矣。"安闻女言，心始安妥，益德之。魂魄颠倒，丧所怀来⑰。于是伪醉离席，女亦遂去。叟设裀褥⑱，阖扉乃出。

安不寐，未曙呼别，至家即浼交好者造庐求聘⑲。终日而返，竟莫得其居里。安遂命仆马⑳，寻途自往，至则绝壁巉岩㉑，竟无村落。访诸近里，此姓绝少。失望而归，并忘寝

① 谦挹：谦逊退让。挹（yì），古同"抑"，抑制，谦退。
② 老大婢：老大不小的女孩。
③ 濡猛：指水沸腾翻滚。
④ 蜀（shǔ）心插紫姑：用葵花心扎成的紫姑神像。蜀，蜀葵；紫姑，古时民间除秽的厕神。
⑤ 发蓬蓬许：头发已经这么浓密，意思是年龄已经不小。
⑥ 裁：通"才"，还，仅仅。
⑦ 生涯：生计，这里指小孩子游戏。
⑧ 袍服：袍子，长袍。
⑨ 移时：过了一段时间。
⑩ 觑（qù）：观察，探看。
⑪ 厉色：面色严厉，生气的样子。
⑫ 闼（tà）：小门。
⑬ 长跪：两膝着地，直身而跪。
⑭ 暴起要遮：突然起身拦住（她）。
⑮ 狎接朘颔（jué hàn）：亲昵地接吻。朘，口内上腭；颔，同"颔"，下巴颏。
⑯ 遽（jù）：惊惧，慌张。
⑰ 丧所怀来：即失魂落魄。所怀，怀抱，心思。
⑱ 裀（yīn）褥：褥被。裀，褥子。
⑲ 浼（měi）：央求，恳托。求聘：也作"求娉"，男方请求女方许婚。
⑳ 仆马：仆人和马匹。
㉑ 绝壁巉（chán）岩：陡峭的山壁，险峻的山岩。巉，险峻，陡峭。

食，由此得昏瞀之疾①。强啖汤粥，则噇喀欲吐②，溃乱中辄呼花姑子③。家人不解，但终夜环伺之。

气势阽危④。一夜，守者困惫并寐。生朦瞳中觉有人揣而扤之⑤，略开眸，则花姑子立床下。不觉神气清醒，熟视女郎，潸潸涕堕⑥。女倾头笑曰："痴儿⑦，何至此耶？"乃登榻，坐安股上，以两手为按太阳穴。安觉脑麝奇香⑧，穿鼻沁骨⑨，按数刻，忽觉汗满天庭⑩，渐达肢体。小语曰："室中多人，我不便住，三日当复相望。"又于绣袪中出数蒸饼置床头⑪，悄然遂去。安至中夜，汗已思食，扪饼啖之⑫，不知所苞何料，甘美非常。遂尽三枚，又以衣覆馀饼。懵腾酣睡⑬，辰分始醒⑭，如释重负。三日饼尽，精神倍爽，乃遣散家人。又虑女来，不得其门而入，潜出斋庭⑮，悉脱扃键⑯。未几，女果至，笑曰："痴郎子，不谢巫耶⑰？"安喜极，抱与绸缪⑱，恩爱甚至。已而曰："妾冒险蒙垢⑲，所以故来报重恩耳，实不能永谐琴瑟⑳。幸早别图㉑。"安默默良久，乃问曰："素昧生平，何处与卿家有旧，实所不忆。"女不言，但云："君自思之。"生固求永好，女曰："屡屡夜奔固不可，常谐伉俪亦不能㉒。"安闻言，悒悒而悲㉓。女曰："必欲相谐，明宵请临妾家。"安乃收悲以忻㉔，问曰："道路辽远，

① 昏瞀（mào）：视觉昏花，神志错乱。瞀，眼花。
② 噇喀（chuáng kā）：气急呕吐。噇，气喘；喀，呕吐、咳嗽的声音。
③ 溃乱：昏乱，不清醒。
④ 气势阽（diàn）危：病势非常危险。阽，病危。
⑤ 朦瞳：朦朦胧胧。揣（zhuī）：击打。扤（yǎn）：摇动。
⑥ 潸潸（shān）：泪流不止的样子。
⑦ 痴儿：傻瓜，这里是一种昵称。
⑧ 麝（shè）：香气，这里指散发香气。
⑨ 沁（qìn）：浸润，渗入。
⑩ 天庭：相士称两眉之间，或前额中央。
⑪ 袪（qū）：衣袖。
⑫ 扪（mén）：摸。啖（dàn）：吃。
⑬ 懵（měng）腾：蒙眬，迷糊。
⑭ 辰分：辰时，早晨七点至九点。
⑮ 潜出：偷偷走出。
⑯ 扃（jiōng）键：门户关锁。扃，从外面关门的闩、钩等；键，插在门上关锁门户的棍子。
⑰ 巫：巫女，这里指医生。
⑱ 绸缪（chóu móu）：缠绵。
⑲ 蒙垢（gòu）：指女子失去贞洁。
⑳ 永谐琴瑟：永远做夫妻。琴瑟，比喻夫妻感情深厚。
㉑ 幸早别图：希望你尽快另做打算。
㉒ 伉俪（kàng lì）：夫妻。
㉓ 悒悒：忧郁、愁闷的样子。
㉔ 忻（xīn）：同"欣"，高兴。

卿纤纤之步①，何遂能来？"曰："妾固未归。东头聋媪②，我姨行③，为君故，淹留至今。家中恐所疑怪。"安与同衾，但觉气息、肌肤无处不香。问曰："熏何芬泽④，致侵肌骨。"女曰："妾生来便尔⑤，非由熏饰。"安益奇之。

女早起言别，安虑迷途，女约相候于路。安抵暮驰去⑥，女果伺待，偕至旧所。叟媪欢逆⑦，酒肴无佳品，杂具藜藿⑧。既而请客安寝，女子殊不瞻顾，颇涉疑念。更既深，女始至，曰："父母絮絮不寝⑨，致劳久待。"浃洽终夜⑩，谓安曰："此宵之会，乃百年之别。"安惊问之，答曰："父以小村孤寂，故将远徙，与君好合，尽此夜耳。"安不忍释，俯仰悲怆⑪。依恋之间，夜色渐曙⑫。叟忽然闯入，骂曰："婢子玷我清门，使人愧怍欲死⑬。"女失色，草草奔出，叟亦出，且行且詈⑭。安惊屏愕怯⑮，无以自容，潜奔而归。数日徘徊，心景殆不可过⑯。因思夜往逾墙，以观其便。叟固言有恩，即令事泄，当无大谴⑰。遂乘夜窜往，蹀躞山中⑱，迷闷不知所往⑲。大惧，方觅归途，见谷中隐有舍宇。喜诣之，则闳闳高壮⑳，似是世家，重门尚未扃也㉑。安向门者讯章氏之居㉒，有青衣人出，问："昏夜何人询章氏？"安曰："是吾亲好，偶迷居向。"青衣曰："男子无问章也。此是

① 纤纤：细小柔弱。
② 媪（ǎo）：老年妇女。
③ 姨行：母亲的姊妹辈。
④ 芬泽：香气。芬，通"香"。
⑤ 尔：这样。
⑥ 抵暮：到了晚上。
⑦ 逆：迎接。
⑧ 藜藿（lí huò）：野菜，粗劣的饭菜。藜，一年生草本植物，茎直立，嫩叶可吃；藿，豆类植物的叶子，嫩时可食。
⑨ 絮絮：形容说话连续不断。
⑩ 浃洽：和谐，融洽。
⑪ 悲怆（chuàng）：悲伤。怆，悲伤。
⑫ 曙：破晓，天亮。
⑬ 愧怍（zuò）：羞愧，惭愧。怍，惭愧。
⑭ 詈（lì）：骂，责骂。
⑮ 惊屏（chán）愕怯：惊惶害怕，不知所措。屏，窘迫。
⑯ 心景：心情，心境。过：放过，恢复。
⑰ 大谴：非常严厉的责备。
⑱ 蹀躞（dié xiè）：小步走路的样子。
⑲ 迷闷：迷茫，难以辨清。
⑳ 闳闳（hàn hóng）：指住宅的大门。
㉑ 重门：指屋门。扃：关闭。
㉒ 讯：打听，询问。

渠妗家①，花姑即今在此②，容传白之③。"入未几，即出邀安。才登廊舍，花姑趋出迎④，谓青衣曰："安郎奔波中夜⑤，想已困殆，可伺床寝。"少间，携手入帏⑥。安问："妗家何别无人？"女曰："妗他出，留妾代守。幸与郎遇，岂非夙缘⑦？"然偎傍之际，觉甚膻腥⑧，心疑有异。女抱安颈，遽以舌舐鼻孔⑨，彻脑如刺。安骇绝⑩，急欲逃脱，而身若巨绠之缚⑪。少时，闷然不觉矣⑫。

安不归，家中逐者穷人迹。或言暮遇于山径者，家人入山，则裸死危崖下⑬。惊怪莫察其由，舁归⑭，众方聚哭，一女郎来吊。自门外嚎啕而入⑮，抚尸捵鼻，涕洟其中⑯。呼曰："天乎！天乎！何愚冥至此？"痛哭声嘶。移时乃已，告家人曰："停以七日，勿殓也⑰。"众不知何人，方将启问，女傲，不为礼。含涕径出，留之不顾。尾其后，转眸已渺⑱。群疑为神，谨遵所教。夜又来，哭如昨，至七夜，安忽苏，反侧以呻⑲，家人尽骇。女子入，相向呜咽⑳。安举手挥众令去。女出青草一束，燂汤升许㉑，即床头进之。顷刻能言，叹曰："再杀之惟卿㉒，再生之亦惟卿矣。"因述所遇。女曰："此蛇精冒妾也。前迷道时所见灯光，即是物也。"安曰："卿何能起死人而肉白骨也㉓？毋乃仙乎㉔？"曰："久欲言之，恐致惊怪。君五年前曾于华山道上买猎獐

① 渠（qú）：她的。妗（jìn）：舅母。
② 即今：今天，现在。
③ 白：说，告诉。
④ 趋：小步快走的样子。
⑤ 中夜：半夜。
⑥ 帏：帐子，床帘。
⑦ 夙缘：前生的因缘。
⑧ 膻（shān）腥：荤腥。膻，像羊肉一样的气味。
⑨ 舐（shì）：以舌舔物。
⑩ 骇绝：非常惊恐害怕。
⑪ 绠（gěng）：粗实的井绳。
⑫ 闷然：麻木，没有知觉。
⑬ 危崖：高峻的悬崖。
⑭ 舁（yú）：抬。
⑮ 嚎啕：嚎啕，高声大哭。
⑯ 涕洟：眼泪和鼻涕，这里指哭泣。
⑰ 殓（liàn）：把尸体装入棺材。
⑱ 渺：茫茫然，看不清楚。
⑲ 反侧：转动身体。呻：呻吟。
⑳ 相向呜咽：面对面哭泣。呜咽，低声哭泣。
㉑ 燂（tán）：烧热。
㉒ 惟：为，是。
㉓ 起死人：让死人重新起来。肉白骨：让白骨重新长上肉。均指起死回生。
㉔ 毋乃：也作"无乃"，莫非。

而放之否①?"曰:"然,其有之。"曰:"是即妾父也。前言大德,盖以此故。君前日已生西村王主政家,妾与父讼请阎摩王②。阎摩王弗善也③,父愿坏道代郎死,哀之七日,始得当④。今之邂逅,幸耳。然君虽生,必且痿痹不仁⑤,得蛇血合酒饮之,病乃可除。"生衔恨切齿⑥,而虑其无术可以擒之。女曰:"不难。但多残生命,累我百年不得飞升⑦。其穴在老崖中,可于晡时聚茅焚之⑧,外以强弩戒备,妖物可得。"言已,别曰:"妾不能终事,实所哀惨。然为君故,业行已损其七⑨,幸悯宥也⑩。月来觉腹中微动,恐是孽根⑪,男与女,岁后当相寄耳。"流涕而去。

安经宿,觉腰下尽死,爬搔无所痛痒⑫,乃以女言告家人。家人往如其言,炽火穴中⑬,有巨白蛇冲焰而出,数弩齐发⑭,射杀之。火熄入洞,蛇大小数百头,皆焦且死。家人归,以蛇血进。安服三日,两股渐能转侧,半年始起。后独行谷中,遇老媪以绷席抱婴儿⑮,授之曰:"吾女致意郎君⑯。"方欲问讯,瞥不复见。启襁视之⑰,男也。抱归,竟不复娶⑱。

异史氏曰:"人之所以异于禽兽者几希,此非定论也。蒙恩衔结⑲,至于没齿⑳,则人有惭于禽兽者矣。至于花姑,始而寄慧于憨,终而寄情于恝㉑。乃知憨者慧之极,恝者情之至也。仙乎,仙乎!"

① 猎獐:被人猎获的野獐。獐,一种野兽,像鹿而小,头上无角,有长牙露出嘴外。
② 阎摩王:即阎罗王。
③ 弗善:不赞成,不同意。
④ 得当:准许,应允。
⑤ 痿痹(wěi bì):肢体不能动作或丧失感觉。不仁:肌体麻木。
⑥ 衔恨:心中悔恨、怨恨。
⑦ 飞升:即道教所谓修炼成仙。
⑧ 晡时:即申时,午后三点至五点。
⑨ 业行:这里指修炼的功力。
⑩ 幸悯宥:希望你能怜悯宽宥我。
⑪ 孽根:即祸根,常指子女或胎儿。
⑫ 爬搔:用指甲轻挠。
⑬ 炽火:点火,放火。
⑭ 弩:一种用机械力量射箭的弓,也可泛指弓。
⑮ 绷席:又作"绷褓",婴儿的包被。
⑯ 致意:问候。
⑰ 襁(qiǎng):包婴儿的被、毯等。
⑱ 竟:最终,一直。
⑲ 衔结:即"衔环结草",比喻感恩报德,至死不忘。
⑳ 没齿:牙齿掉光,指终身,一辈子。
㉑ 恝(jiá):淡然,无动于衷。

小 翠

【题解】 小说讲的是人狐之情，特别是恩怨之情，映射了人世间人与人之间的复杂心态与关系。狐精小翠幼时受过王御史的救命之恩，为报恩而嫁给王御史的傻儿子元丰为妻，还假冒丞相和皇帝作弄王御史的对头王给事中。婚后三年的一天，小翠治好了元丰的疯癫，却因打碎了王家价值千两的花瓶受到呵斥而愤然离家出走。通过人不如狐知恩图报的情节，揭示了人性的复杂。

王太常，越人①。总角时②，昼卧榻上。忽阴晦，巨霆暴作，一物大于猫，来伏身下，展转不离。移时晴霁，物即径出。视之非猫，始怖，隔房呼兄。兄闻，喜曰："弟必大贵，此狐来避雷霆劫也。"后果少年登进士，以县令入为侍御③。生一子名元丰，绝痴，十六岁不能知牝牡④，因而乡党无于为婚。王忧之。适有妇人率少女登门，自请为妇。视其女，嫣然展笑⑤，真仙品也。喜问姓名。自言："虞氏。女小翠，年二八矣。"与议聘金。曰："是从我糠覈不得饱⑥，一旦置身广厦，役婢仆，厌膏粱⑦，彼意适，我愿慰矣，岂卖菜也而索直乎⑧！"夫人大悦，优厚之⑨。妇即命女拜王及夫人，嘱曰："此尔翁姑，奉侍宜谨。我大忙，且去，三数日当复来。"王命仆马送之，妇言："里巷不远，无烦多事。"遂出门去。小翠殊不悲恋，便即奁中翻取花样。夫人亦爱乐之。数

① 越人：指浙江省一带地方的人。春秋战国时期浙江地区为越国之地。
② 总角：童年的代称。古代儿童将头发扎成两束，称为"总角"，后来就以"总角"指儿童时代。
③ 侍御：指监察御史。
④ 牝牡：指男女性别。牝，雌性；牡，雄性。
⑤ 嫣然：美好的样子。
⑥ 糠覈（hé）：贫穷人家的口粮。糠，谷物的糠皮；覈，碎屑。
⑦ 厌：满足于，享受。膏粱：肥肉和细粮，喻精美食物。
⑧ 索直：索要钱财。直，同"值"。
⑨ 优厚：殷勤款待。

日妇不至，以居里问女，女亦憨然不能言其道路。遂治别院，使夫妇成礼。诸戚闻拾得贫家儿作新妇，共笑姗之①；见女皆惊，群议始息。

女又甚慧，能窥翁姑喜怒。王公夫妇，宠惜过于常情，然惕惕焉惟恐其憎子痴，而女殊欢笑不为嫌。第善谑②，刺布作圆③，蹴蹴为笑④。着小皮靴，蹴去数十步，给公子奔拾之，公子及婢恒流汗相属。一日王偶过，圆砉然来直中面目⑤，女与婢俱敛迹去⑥，公子犹踊跃奔逐之⑦。王怒，投之以石，始伏而啼。王以告夫人，夫人往责女，女俯首微笑，以手刓床⑧。既退，憨跳如故，以脂粉涂公子作花面如鬼。夫人见之，怒甚，呼女诟骂。女倚几弄带，不惧亦不言。夫人无奈之，因杖其子。元丰大号，女始色变，屈膝乞宥。夫人怒顿解，释杖去。女笑拉公子入室，代扑衣上尘，拭眼泪，摩挲杖痕⑨，饵以枣栗。公子乃收涕以忻⑩。女阖庭户，复装公子作霸王，作沙漠人⑪；已乃艳服，束细腰，婆娑作帐下舞；或髻插雉尾，拨琵琶，丁丁缕缕然，喧笑一室，日以为常。王公以子痴，不忍过责妇，即微闻焉，亦若置之。

同巷有王给谏者⑫，相隔十余户，然素不相能；时值三年大计吏⑬，忌公握河南道篆⑭，思中伤之。公知其谋，忧虑无所为计。一夕

① 笑姗：嘲弄、讥笑。
② 第：但。
③ 刺布作圆：即缝布作球。
④ 蹴蹴（cù）：踢。
⑤ 砉（hōng）然：踢球的声音。
⑥ 敛迹：收起嬉乐神态，停止娱乐动作。
⑦ 踊跃：跳跃。
⑧ 刓（wán）：抠挖。形容小翠被责时憨态。
⑨ 摩挲：用手抚摩。
⑩ 忻（xīn）：高兴。
⑪ "复装公子作霸王"二句：霸王，即秦末西楚霸王项羽；沙漠人，指匈奴迎娶王昭君的使者。"作霸王"是串演戏曲《霸王别姬》。"作沙漠人"，是串演戏曲《昭君出塞》。下文"婆娑作帐下舞"指的是虞姬。"髻插雉尾，拨琵琶"指的是王昭君。
⑫ 给谏：即六科给事中，掌管谏诤和监察弹劾六部官员的官职，属都察院。
⑬ 三年大计吏：明清时代，吏部每三年对地方官员的政绩考核一次，据以定赏罚和升降，称为"大计"。
⑭ 握河南道篆：执掌河南道监察御史的官印，就是做河南道监察御史。篆，指官印。

早寝，女冠带饰冢宰状①，剪素丝作浓髭，又以青衣饰两婢为虞候②，窃跨厩马而出，戏云："将谒王先生。"驰至给谏之门，即又鞭挝从人③，大言曰："我谒侍御王，宁谒给谏王耶④！"回辔而归。比至家门，门者误以为真，奔白王公。公急起承迎，方知为子妇之戏。怒甚，谓夫人曰："人方蹈我之瑕⑤，反以闺阁之丑登门而告之，余祸不远矣！"夫人怒，奔女室，诟让之⑥。女惟憨笑，并不一置词。挞之不忍，出之则无家，夫妻懊怨，终夜不寝。时冢宰某公赫甚，其仪采服从，与女伪装无少殊别，王给谏亦误为真。屡侦公门，中夜而客未出，疑冢宰与公有阴谋。次日早期，见而问曰："夜相公至君家耶⑦？"公疑其相讥，惭言唯唯，不甚响答。给谏愈疑，谋遂寝⑧，由此益交欢公⑨。公探知其情窃喜，而阴嘱夫人劝女改行，女笑应之。

逾岁，首相免，适有以私函致公者误投给谏。给谏大喜，先托善公者往假万金⑩，公拒之。给谏自诣公所。公觅巾袍并不可得；给谏伺候久，怒公慢⑪，愤将行。忽见公子衮衣旒冕⑫，有女子自门内推之以出，大骇；已而笑抚之，脱其服冕而去。公急出，则客去远。闻其故，惊颜如土，大哭曰："此祸水也⑬！指日赤吾族矣⑭！"与夫人操杖往。女已知之，阖扉任其诟厉。公怒，斧

① 冢宰：原为古代官名，后用作宰相或吏部尚书的别称。
② 虞候：此处指贵官的侍卫。
③ 挝（zhuā）：打。
④ 宁：哪里是。
⑤ 蹈我之瑕：踩我的短处。
⑥ 让：责备。
⑦ 相公：对宰相的称呼。
⑧ 寝：本指睡，引申为停止。
⑨ 交欢：讨好。
⑩ 善公者：与公相善者。假：借，这里实际是敲诈。
⑪ 慢：怠慢。
⑫ 衮衣旒冕：皇帝典礼时穿的礼服。衮衣，龙袍；旒冕，前后垂有玉饰的帽子。
⑬ 祸水：原来是指汉成帝的皇后赵飞燕，后来泛指招惹祸害的妇女。
⑭ 赤吾族矣：即灭族，就是把全族的人都杀掉。在封建社会，凡犯了谋反的大逆之罪，就要灭族。赤，流血。

其门，女在内含笑而告之曰："翁无烦怒①。有新妇在，刀锯斧钺妇自受之，必不令贻害双亲。翁若此，是欲杀妇以灭口耶？"公乃止。给谏归，果抗疏揭王不轨②，衮冕作据。上惊验之，其旒冕乃粱秸心所制③，袍则败布黄袱也。上怒其诬。又召元丰至，见其憨状可掬，笑曰："此可以作天子耶？"乃下之法司④。给谏又讼公家有妖人，法司严诘臧获⑤，并言无他，惟颠妇痴儿日事戏笑，邻里亦无异词。案乃定，以给谏充云南军。

王由是奇女。又以母久不至，意其非人，使夫人探诘之，女但笑不言。再复穷问，则掩口曰："儿玉皇女，母不知耶？"无何⑥，公擢京卿⑦。五十余每患无孙。女居三年，夜夜与公子异寝⑧，似未尝有所私⑨。夫人舁榻去⑩，嘱公子与妇同寝。过数日，公子告母曰："借榻去，悍不还⑪！小翠夜夜以足股加腹上，喘气不得；又惯掐人股里。"婢妪无不粲然。夫人呵拍令去。一日女浴于室，公子见之，欲与偕；女笑止之，谕使姑待⑫。既去，乃更泻热汤于瓮，解其袍裤，与婢扶之入。公子觉蒸闷，大呼欲出。女不听，以衾蒙之。少时无声，启视已绝。女坦笑不惊，曳置床上，拭体干洁，加复被焉⑬。夫人闻之，哭而入，骂曰："狂婢何杀吾儿！"女辗然曰："如此

①无：勿，不要。
②抗疏：用激烈反对的态度上疏弹劾别人。
③粱秸心：高粱秆瓤儿。
④法司：明清两代以刑部、都察院、大理寺为三法司，负责审理重大案件。
⑤诘（jié）：追问，追查。臧获：这里指证据。
⑥无何：不久。
⑦擢京卿：指提升为太常寺卿，是掌管宗庙祭祀的长官。
⑧异寝：不同屋睡。
⑨私：男女之爱。
⑩舁榻去：把公子的床抬走（藏起来）。
⑪"借榻去"两句：向她借榻睡，但她不给我那个榻。
⑫谕使姑待：告诉他，叫他先等一会儿。姑，姑且。
⑬复被：几床被子。

痴儿，不如勿有。"夫人益恚，以首触女；婢辈争曳劝之。方纷嚣间，一婢告曰："公子呻矣！"辍涕抚之，则气息休休①，而大汗浸淫②，沾浃袵褥③。食顷汗已，忽开目四顾遍视家人，似不相识，曰："我今回忆往昔，都如梦寐，何也？"夫人以其言语不痴，大异之。携参其父，屡试之果不痴，大喜，如获异宝。至晚，还榻故处④，更设衾枕以觇之。公子入室，尽遣婢去。早窥之，则榻虚设。自此痴颠皆不复作，而琴瑟静好如形影焉⑤。

年余，公为给谏之党奏劾免官，小有挂误⑥。旧有广西中丞所赠玉瓶⑦，价累千金，将出以贿当路⑧。女爱而把玩之，失手堕碎，惭而自投⑨。公夫妇方以免官不快，闻之，怒，交口呵骂。女奋而出，谓公子曰："我在汝家，所保全者不止一瓶，何遂不少存面目⑩？实与君言：我非人也。以母遭雷霆之劫，深受而翁庇翼⑪；又以我两人有五年凤分⑫，故以我来报曩恩、了夙愿耳。身受唾骂、撾发不足以数，所以不即行者，五年之爱未盈。今何可以暂止乎！"盛气而出，追之已杳。公爽然自失⑬，而悔无及矣。公子入室，睹其剩粉遗钩，恸哭欲死；寝食不甘，日就羸瘁。公大忧，急为胶续以解之⑭，而公子不乐。惟求良工画小翠像，日夜浇祷其下⑮，几二年。

①休休：同"咻咻"，形容喘气的声音。
②浸淫：渗渍，淋漓，形容出大汗的样子。
③沾浃：湿透。
④还榻故处：把收起来的榻放回原来的地方。
⑤如形影：如影随形，即形影不离的意思。
⑥挂误：也称"挂碍"。
⑦中丞：清代以右副都御史为巡抚的兼衔，副都御史相当于汉代的御史中丞，所以也称巡抚为中丞。
⑧当路：当权者。
⑨自投：自首。
⑩少存面目：稍留点面子。
⑪而翁：你父亲。
⑫凤分：旧有的缘分。
⑬爽然：失意不快。
⑭胶续：指续娶。
⑮浇祷：用酒浆供奉祷告。

偶以故自他里归，明月已皎，村外有公家亭园，骑马墙外过，闻笑语声，停辔，使厩卒捉鞚①，登鞍一望，则二女郎游戏其中。云月昏蒙，不甚可辨，但闻一翠衣者曰："婢子当逐出门！"一红衣者曰："汝在吾家园亭，反逐阿谁？"翠衣人曰："婢子不羞！不能作妇，被人驱遣，犹冒认物产也？"红衣者曰："索胜老大婢无主顾者②！"听其音酷类小翠③，疾呼之。翠衣人去曰："姑不与若争④，汝汉子来矣。"既而红衣人来，果小翠。喜极。女令登垣承接而下之，曰："二年不见，骨瘦一把矣！"公子握手泣下，具道相思。女言："妾亦知之，但无颜复见家人。今与大姊游戏，又相邂逅，足知前因不可逃也。"请与同归，不可⑤；请止园中⑥，许之。公子遣仆奔白夫人。夫人惊起，驾肩舆而往⑦，启钥入亭。女即趋下迎拜；夫人捉臂流涕，力白前过⑧，几不自容，曰："若不少记榛梗⑨，请偕归慰我迟暮。"女峻辞不可⑩。夫人虑野亭荒寂，谋以多人服役。女曰："我诸人悉不愿见，惟前两婢朝夕相从，不能无眷注耳⑪；外惟一老仆应门⑫，余都无所复须。"夫人悉如其言⑬。托公子养疴园中⑭，日供食用而已。

女每劝公子别婚，公子不从。后年余，女眉目音声渐与曩异，出像质之⑮，迥若两人。大怪之。女曰：

①厩卒：马夫。鞚：马缰绳。
②索胜：到底胜过。老大婢无主顾者：到年纪大了还嫁不出去的女子。
③酷类：酷似，十分相似。
④若：你。
⑤不可：不同意。
⑥请止园中：请求自己在园中住。
⑦肩舆：轿子。
⑧力白前过：极力责备自己以前的过错。
⑨榛梗：原指荆棘的枝条，此处指妨碍互相间关系的嫌隙。
⑩峻辞：严肃推辞。
⑪眷注：想念。
⑫应门：看门。
⑬如：遵照做。
⑭疴(kē)：病。
⑮质：对照。

"视妾今日何如畴昔美①?"公子曰:"今日美则美矣,然较畴昔则似不如。"女曰:"意妾老矣!"公子曰:"二十余岁何得速老!"女笑而焚图,救之已烬。一日谓公子曰:"昔在家时,阿翁谓妾抵死不作茧②,今亲老君孤,妾实不能产③,恐误君宗嗣④。请娶妇于家,旦晚侍奉公姑,君往来于两间,亦无所不便。"公子然之,纳币于钟太史之家⑤。吉期将近,女为新人制衣履,赍送母所⑥。及新人入门,则言貌举止,与小翠无毫发之异。大奇之。往至园亭,则女亦不知所在。问婢,婢出红巾曰:"娘子暂归宁⑦,留此贻公子。"展巾,则结玉玦一枚⑧,心知其不返,遂携婢俱归。虽顷刻不忘小翠,幸而对新人如觌旧好焉⑨。始悟钟氏之姻,女预知之,故先化其貌,以慰他日之思云。

异史氏曰:"一狐也,以无心之德,而犹思所报;而身受再造之福者,顾失声于破甑⑩,何其鄙哉!月缺重圆,从容而去,始知仙人之情亦更深于流俗也!"

①畴昔:过去。
②抵死不作茧:到老不生养孩子。此处是以蚕作茧比喻妇女生孩子。
③产:生育。
④宗嗣:传宗接代。
⑤太史:原为古代史官,因明清翰林院也管修史,所以也称翰林为"太史"。
⑥赍(jī):送。
⑦归宁:回娘家省亲。
⑧玉玦:通常表示决别的含义。
⑨觌(dí):见。
⑩失声于破甑(zèng):甑,古代煮饭的一种瓦器。此处讽刺王太常气度太小,打碎一个玉瓶就失声骂人。

席方平

【题解】小说通过对席方平到地府替父申冤,层层告状而处处碰壁的描写,表明阎罗殿上只有强权而无公理,从上到下无不贪赃枉法,肆威行虐,极其残忍。小说对人物的刻画十分生动,如席方平面对酷刑恶鬼,敢于挺身而出,虽九死一生而百折不回,这样的形象在中国古典小说中并不多见。

席方平，东安人①。其父名廉，性戆拙②。因与里中富室羊姓有隙③，羊先死；数年，廉病垂危，谓人曰："羊某今贿嘱冥使搒我矣④。"俄而身赤肿，号呼遂死，席惨怛不食⑤，曰："我父朴讷，今见凌于强鬼；我将赴冥，代伸冤气矣。"自此不复言，时坐时立，状类痴，盖魂已离舍⑥。

席觉初出门，莫知所往，但见路有行人，便问城邑。少选，入城。其父已收狱中。至狱门，遥见父卧檐下，似甚狼狈。举目见子，潸然流涕，曰："狱吏悉受赇嘱⑦，日夜搒掠，胫股摧残甚矣！"席怒，大骂狱吏："父如有罪，自有王章⑧，岂汝等死魅所能操耶！"遂出，写状。趁城隍早衙⑨，喊冤投之。羊惧，内外贿通，始出质理。城隍以所告无据，颇不直席⑩。席愤气无伸，冥行百余里至郡⑪，以官役私状，告诸郡司。迟至半月始得质理。郡司扑席⑫，仍批城隍复案⑬。席至邑，备受械梏⑭，惨冤不能自舒。城隍恐其再讼，遣役押送归家。投至门辞去。

席不肯入，遁赴冥府，诉郡邑之酷贪。冥王立拘质对。二官密遣腹心与席关说⑮，许以千金。席不听。过数日，逆旅主人告曰："君负气已甚⑯，官府求和而执不从，今闻于王前各有函进⑰，恐事殆矣⑱。"席犹未信。俄有皂衣人唤入。升堂，

①东安：今河北省东安县。
②戆（zhuàng）：憨厚老实。
③隙：嫌隙，感情的裂痕。
④搒（bǎng）：用棍子或竹板打。
⑤怛（dá）：忧伤。
⑥舍：这里指身体。
⑦赇（qiú）：贿赂。
⑧王章：王法。
⑨早衙：古代官吏早晚两次坐堂理事，处理政务，受群吏参谒。早晨坐堂称为"早衙"。
⑩不直席：判席方平没有理。直，用作动词。
⑪冥行：摸黑走路。
⑫扑：打。指杖责。
⑬复案：重审。
⑭梏（gù）：木制手铐，代指严刑。
⑮关说：说情。
⑯负气：赌气。
⑰函进：信函进献，代指贿赂。
⑱殆：危险。

见冥王有怒色，不容置词，命笞二十①。席厉声问："小人何罪?"冥王漠若不闻。席受笞，喊曰："受笞允当②，谁教我无钱也!"冥王益怒，命置火床。两鬼捽席下③，见东墀有铁床④，炽火其下，床面通赤。鬼脱席衣，掬置其上⑤，反复揉捺之。痛极，骨肉焦黑，苦不得死。约一时许⑥，鬼曰："可矣。"遂扶起，促使下床着衣，犹幸跛而能行。复至堂上，冥王问："敢再讼乎?"席曰："大冤未伸，寸心不死，若言不讼，是欺王也。必讼!"王曰："讼何词?"席曰："身所受者，皆言之耳⑦。"冥王又怒，命以锯解其体⑧。二鬼拉去，见立木高八九尺许，有木板二仰置其上，上下凝血模糊。方将就缚⑨，忽堂上大呼"席某"，二鬼即复押回。冥王又问："尚敢讼否⑩?"答曰："必讼!"冥王命捉去速解。既下，鬼乃以二板夹席缚木上。锯方下，觉顶脑渐辟，痛不可忍，顾亦忍而不号。闻鬼曰："壮哉此汉!"锯隆隆然寻至胸下⑪。又闻一鬼云："此人大孝无辜，锯令稍偏，勿损其心。"遂觉锯锋曲折而下，其痛倍苦。俄顷半身辟矣⑫；板解，两身俱仆。鬼上堂大声以报，堂上传呼，令合身来见。二鬼即推令复合，曳使行。席觉锯缝一道，痛欲复裂，半步而踣⑬。一鬼于腰间出丝带一条授之，曰："赠此以报汝孝。"受而

①笞（chī）：用鞭、杖或竹板打。
②允当：即"活该"的意思。这是激愤不平的反话。
③捽（zuó）：揪。
④墀（chí）：台阶上的空地。
⑤掬（jū）：两手抓住。
⑥许：大约。
⑦"身所受者"两句：意思是身上所受的酷刑，都是讼词内容。
⑧解：锯开。
⑨方：正要。
⑩尚：还。
⑪寻：不久。
⑫半身辟：两半身子已锯开了。
⑬踣（bó）：跌倒。

束之，一身顿健，殊无少苦①。遂升堂而伏。冥王复问如前；席恐再罹酷毒②，便答："不讼矣。"冥王立命送还阳界。隶率出北门，指示归途，反身遂去。

席念阴曹之昧暗尤甚于阳间，奈无路可达帝听。世传灌口二郎为帝勋戚③，其神聪明正直，诉之当有灵异。窃喜二隶已去，遂转身南向。奔驰间，有二人追至，曰："王疑汝不归，今果然矣。"捽回复见冥王。窃疑冥王益怒，祸必更惨；而王殊无厉容④，谓席曰："汝志诚孝⑤。但汝父冤，我已为若雪之矣⑥。今已往生富贵家，何用汝鸣呼为。今送汝归，予以千金之产、期颐之寿⑦，于愿足乎？"乃注籍中⑧，嵌以巨印，使亲视之。席谢而下。鬼与俱出，至途，驱而骂曰："奸猾贼！频频反复，使人奔波欲死！再犯，当捉入大磨中细细研之！"席张目叱曰⑨："鬼子胡为者⑩！我性耐刀锯，不耐挞楚耶⑪！请反见王，王如令我自归，亦复何劳相送。"乃返奔。二鬼惧，温语劝回。席故蹇缓⑫，行数步辄憩路侧⑬。鬼含怒不敢复言。约半日至一村，一门半开，鬼引与共坐；席便据门阈⑭，二鬼乘其不备，推入门中。

惊定自视，身已生为婴儿。愤啼不乳⑮，三日遂殇⑯。魂摇摇不忘

① 殊：一点。少苦：小痛苦。
② 罹（lí）：遭受。毒：毒打，酷刑。
③ 灌口二郎：即民间传说中的二郎神杨戬。他是玉皇大帝的外甥。灌口，山名，在四川省灌口县西北，相传二郎神居于此地。
④ 厉容：严厉的神态。
⑤ 诚：实在。
⑥ 若：你。
⑦ 期颐之寿：百岁的寿命。
⑧ 注籍：在籍簿上注明刚才许诺的内容。相传冥王掌着的籍簿上有阴阳两界的人名及从生到死的经历，阳间人的寿命与经历是由簿上所写的预先决定的。
⑨ 叱（chì）：大声责骂。
⑩ 鬼子：对小鬼的蔑称。
⑪ 挞（tà）：用鞭、棍子等打。
⑫ 蹇（jiǎn）：跛。
⑬ 憩（qì）：休息。
⑭ 门阈：门槛。
⑮ 不乳：不吃乳。
⑯ 殇（shāng）：没成年而死。

灌口,约奔数十里,忽见羽葆来①,幡戟横路。越道避之,因犯卤簿②,为前马所执,絷送车前③。仰见车中一少年,丰仪瑰玮④。问席:"何人?"席冤愤正无所出,且意是必巨官,或当能作威福,因缅诉毒痛⑤。车中人命释其缚,使随车行。俄至一处,官府十余员,迎谒道左,车中人各有问讯。已而指席谓一官曰:"此下方人,正欲往诉,宜即为之剖决。"席询之从者,始知车中即上帝殿下九王⑥,所嘱即二郎也。席视二郎,修躯多髯,不类世间所传。九王既去,席从二郎至一官廨⑦,则其父与羊姓并衙隶俱在。少顷,槛车中有囚人出⑧,则冥王及郡司、城隍也。当堂对勘,席所言皆不妄。三官战栗,状若伏鼠。二郎援笔立判;顷刻,传下判语,令案中人共视之。判云:"勘得冥王者:职膺王爵,身受帝恩。自应贞洁以率臣僚,不当贪墨以速官谤⑨。而乃繁缨棻戟⑩,徒夸品秩之尊;羊狠狼贪⑪,竟玷人臣之节。斧敲斫,斫入木⑫,妇子之皮骨皆空;鲸吞鱼,鱼食虾,蝼蚁之微生可悯。当掬江西之水,为尔湔肠;即烧东壁之床,请君入瓮⑬。城隍、郡司,为小民父母之官,司上帝牛羊之牧⑭。虽则职居下列,而尽瘁者不辞折腰⑮;即或势逼大僚,而有志者亦应强项⑯。乃上下其

① 羽葆(bǎo):饰有鸟羽的华盖。
② 卤簿:皇帝或官员出行时的队伍。
③ 絷(zhí):捆,拘禁。
④ 玮(wěi):珍奇。
⑤ 缅(miǎn):追想,回忆。
⑥ 殿下:对太子和亲王的尊称。
⑦ 廨(xiè):官员办公的地方。
⑧ 槛车:囚车。
⑨ 以速官谤:以招来非议。速,招致;官谤,此处指因贪污受贿,以招致人们的非议。
⑩ 繁缨棻戟:指贵官的仪仗。繁缨,马腹下的饰带。
⑪ 羊狠狼贪:语出《史记·项羽本纪》:"猛如虎,狠如羊,贪如狼。"此处用以比喻官吏对人民的压迫和剥削。
⑫ "斧敲斫"等几句:比喻官吏用种种手段对人民的敲诈勒索。斫,大锄。
⑬ 请君入瓮:比喻拿某人整治别人的办法来整治他自己。典出自《资治通鉴》。
⑭ 司上帝牛羊之牧:意思是替上帝治理人民。封建统治者把人民比作牛羊,把官吏比作放牧人。司,主管。
⑮ 尽瘁者不辞折腰:能鞠躬尽瘁的人是避免不了折腰的。此处作恭谨于职守解释。
⑯ 强(jiàng)项:硬着脖子不低头。

鹰鸷之手①，既罔念夫民贫；且飞扬其狙狯之奸②，更不嫌乎鬼瘦。惟受赃而枉法，真人面而兽心！是宜剔髓伐毛，暂罚冥死③；所当脱皮换革④，仍令胎生。隶役者：既在鬼曹，便非人类。只宜公门修行⑤，庶还落蓐之身⑥；何得苦海生波，益造弥天之孽？飞扬跋扈，狗脸生六月之霜⑦；䜣突叫号⑧，虎威断九衢之路⑨。肆淫威于冥界，咸知狱吏为尊；助酷虐于昏官，共以屠伯是惧⑩。当以法场之内，剁其四肢；更向汤镬之中，捞其筋骨。羊某：富而不仁，狡而多诈。金光盖地，因使阎摩殿上尽是阴霾；铜臭熏天，遂教枉死城中全无日月⑪。余腥犹能役鬼，大力直可通神。宜籍羊氏之家，以偿席生之孝。即押赴东岳施行⑫。"

又谓席廉："念汝子孝义，汝性良懦，可再赐阳寿三纪。"使两人送之归里。席乃抄其判词，途中父子共读之。既至家，席先苏：令家人启棺视父，僵尸犹冰，俟之终日，渐温而活。又索抄词，则已无矣。

自此，家道日丰，三年良沃遍野；而羊氏子孙微矣⑬；楼阁田产尽为席有。即有置其田者，必梦神人叱之曰："此席家物，汝乌得有之！"初未深信；既而种作，则终年升斗无所获，于是复鬻于席。席父九十余岁而卒。

① 上下其鹰鸷之手：指官吏暗中作弊，互相勾结。
② 狙狯（kuài）：像猴子一样狡诈。狙，猴子的一种；狯，狡诈。
③ 冥死：阴间的死刑。
④ 脱皮换革：指脱去人皮，换上兽革，即令他转生为畜生。
⑤ 公门修行：在官署里做善事。
⑥ 落蓐之身：即转生为人身。蓐，草垫、草席，此处指产蓐。
⑦ 狗脸生六月之霜：比喻差役惨白阴冷的面孔。传说，战国时邹衍本来忠于燕惠王，反被人诬陷下狱。他仰天大哭，时正盛夏，天为之感动而下了霜。
⑧ 䜣（huī）突叫号：大喊大叫横行无忌的样子。
⑨ 九衢之路：四通八达的道路。
⑩ 屠伯：指杀人不眨眼的酷吏。
⑪ 枉死城：传说屈死鬼住的地方。
⑫ 东岳：泰山。传说泰山神东岳大帝，掌管阴间刑法。
⑬ 微：衰落。

异史氏曰："人人言净土①，而不知生死隔世，意念都迷，且不知其所以来，又乌知其所以去；而况死而又死，生而复生者乎？忠孝志定，万劫不移，异哉席生，何其伟也！"

①净土：即佛教所说的佛国、佛土，没有烦恼灾难，清净安乐，故称"净土"。

胭　脂

【题解】本篇故事通过胭脂的不幸遭遇，抨击了专制司法的黑暗腐朽，揭露了专制官吏安富尊荣，玩忽人命，以致于冤案累累的罪恶。另一方面，小说也表彰了某些清官办事谨慎认真，能细心体察案情并为平民百姓平反冤狱的事迹。本文的教训意味在于提倡为民办事要注重调查研究，反对主观武断，尤其反对滥施权威。

东昌卞氏①，业牛医者，有女小字胭脂，才姿惠丽。父宝爱之，欲占凤于清门②，而世族鄙其寒贱，不屑缔盟，所以及笄未字。对户庞姓之妻王氏，佻脱善谑，女闺中谈友也。一日送至门，见一少年过，白服裙帽，丰采甚都③。女意动，秋波萦转之④。少年俯首趋去。去既远，女犹凝眺。王窥其意，戏谓曰："以娘子才貌，得配若人，庶可无憾⑤。"女晕红上颊，脉脉不作一语。王问："识得此郎否？"女曰："不识。"曰："此南巷鄂秀才秋隼，故孝廉之子。妾向与同里，故识之，世间男子无其温婉。近以妻服未阕⑥，故衣素。娘子如有意，当寄语使委冰焉⑦。"女无语，王笑而去。

数日无耗⑧，女疑王氏未往，又

①东昌：清代府名，府治在今山东省聊城县。
②占凤于清门：许嫁给读书人家。
③都：华美。
④秋波：指目光。
⑤庶：差不多。
⑥妻服未阕：为妻子服丧，还没有满期。阕，终了的意思。
⑦委冰：托人作媒。"冰人"，古代媒人的代称，典出《晋书·艺术传》。
⑧耗：消息。

疑宦裔不肯俯就①。邑邑徘徊②，渐废饮食；萦念颇苦，寝疾惙顿③。王氏适来省视，研诘病由。女曰："自亦不知。但尔日别后，渐觉不快，延命假息④，朝暮人也⑤。"王小语曰："我家男子负贩未归⑥，尚无人致声鄂郎。芳体违和⑦，莫非为此？"女赪颜良久⑧。王戏曰："果为此，病已至是，尚何顾忌？先令其夜来一聚，彼岂不肯可？"女叹气曰："事至此，已不能羞。若渠不嫌寒贱，即遣冰来⑨，病当愈；若私约，则断断不可！"王颔之而去⑩。

王幼时与邻生宿介通⑪，既嫁，宿侦夫他出，辄寻旧好。是夜宿适来，因述女言为笑，戏嘱致意鄂生⑫。宿久知女美，闻之窃喜其有机可乘。欲与妇谋，又恐其妒，乃假无心之词，问女家闺闼甚悉⑬。次夜逾垣入，直达女所，以指叩窗。女问："谁何？"答曰："鄂生。"女曰："妾所以念君者，为百年⑭，不为一夕。郎果爱妾，但当速遣冰人；若言私合，不敢从命。"宿姑诺之⑮，苦求一握玉腕为信⑯。女不忍过拒，力疾启扉⑰。宿遽入⑱，抱求欢。女无力撑拒，仆地上，气息不续。宿急曳之。女曰："何来恶少，必非鄂郎；果是鄂郎，其人温驯，知妾病由，当相怜恤，何遽狂暴若此！若复尔尔⑲，便当鸣呼，品行亏损，两

① 宦裔：官员的后裔。
② 邑邑：同悒悒，忧郁不乐。
③ 惙（chuò）：忧愁。顿：困顿，精神不振。
④ 延命假息：借着一点气息来苟延生命。
⑤ 朝暮人：朝不保夕，快要死的人。
⑥ 负贩：背着卖的东西，指外出做生意。
⑦ 违和：生病。
⑧ 赪（chēng）：红色。
⑨ 冰：冰人，媒人。
⑩ 颔：点头称许。
⑪ 通：通奸。
⑫ 致意：转达意思。
⑬ 闼（tà）：小门。
⑭ 百年：百年和好，一辈子。
⑮ 姑：姑且。
⑯ 为信：作为凭信。
⑰ 力疾启扉：有病而勉强起来开门。
⑱ 遽：忽然。
⑲ 尔尔：这样做。

无所益①!"宿恐假迹败露,不敢复强,但请后会。女以亲迎为期②。宿以为远,又请。女厌纠缠,约待病愈。宿求信物,女不许;宿捉足解绣履而出。女呼之返,曰:"身已许君,复何吝惜?但恐'画虎成狗③',致贻污谤④。今亵物已入君手⑤,料不可反。君如负心,但有一死!"宿既出,又投宿王所。既卧,心不忘履,阴揣衣袂⑥,竟已乌有。急起篝灯⑦,振衣冥索⑧。诘王,不应。疑其藏匿,妇故笑以疑之⑨。宿不能隐,实以情告。言已遍烛门外,竟不可得。懊恨归寝,犹意深夜无人,遗落当犹在途也。早起寻,亦复杳然。

先是巷中有毛大者,游手无籍⑩。尝挑王氏不得⑪,知宿与洽,思掩执以胁之。是夜过其门,推之未扃,潜入。方至窗外,踏一物,软若絮帛,拾视,则巾裹女舄。伏听之,闻宿自述甚悉,喜极,抽身而出。逾数夕,越墙入女家,门户不悉,误诣翁舍⑫。翁窥窗见男子,察其音迹,知为女来。大怒,操刀直出。毛大骇,反走。方欲攀垣,而卞追已近⑬,急无所逃,反身夺刃;媪起大呼,毛不得脱,因而杀翁。女稍痊,闻喧始起。共烛之,翁脑裂不能言,俄顷已绝。于墙下得绣履,媪视之,胭脂物也。逼女,女哭而实告之;不忍贻累王氏⑭,言鄂生之自至而已。天明讼于邑。

①两无所益:我没好处,你也没好处。
②亲迎:六礼之一,即迎亲。
③画虎成狗:即"画虎不成反类犬"的省语。
④贻:给人留下借口。
⑤亵(xiè)物:私物。
⑥阴揣衣袂:暗中摸摸衣袖。
⑦篝(gōu):笼,灯笼。
⑧冥索:连阴间也找遍了,指搜遍。
⑨故笑以疑之:故意笑,使宿拿不准是不是她拿了。
⑩无籍:此处指没有固定的职业。
⑪挑:挑逗,调情。
⑫诣:到。
⑬卞:卞翁。
⑭贻累:连累。

官拘鄂。鄂为人谨讷，年十九岁，见人羞涩如童子。被执骇绝①。上堂不能置词②，惟有战栗。宰益信其情实③，横加桎梏④。生不堪痛楚，遂诬服⑤。及解郡⑥，敲扑如邑⑦。生冤气填塞，每欲与女面质；及相见，女辄诟詈⑧，遂结舌不能自伸⑨，由是论死⑩。经数官复讯无异。

后委济南府复审。时吴公南岱守济南⑪，一见鄂生，疑其不类杀人者，阴使人从容私问之⑫，俾尽得其词⑬。公以是益知鄂生冤。筹思数日始鞫之⑭。先问胭脂："订约后有知者否？"曰："无之。""遇鄂生时别有人否？"亦曰："无之。"乃唤生上，温语慰问。生曰："曾过其门，但见旧邻妇王氏同一少女出，某即趋避，过此并无一言。"吴公叱女曰："适言侧无他人，何以有邻妇也？"欲刑之。女惧曰："虽有王氏，与彼实无关涉。"公罢质⑮，命拘王氏。拘到，禁不与女通⑯，立刻出审，便问王："杀人者谁？"王曰："不知。"公诈之曰："胭脂供杀卞某汝悉知之⑰，何得不招？"妇呼曰："冤哉！淫婢自思男子，我虽有媒合之言，特戏之耳。彼自引奸夫入院，我何知焉！"公细诘之，始述其前后相戏之词。公呼女上，怒曰："汝言彼不知情，今何以自供撮合哉？"女流涕曰："自己不肖，致父惨死，讼结不知何年，又累他人，诚不忍耳。"

① 被执：被拘役。
② 置词：说话辩解。
③ 情实：事情属实。
④ 桎梏：指严刑拷打。
⑤ 诬服：认了被诬陷的罪名。
⑥ 解：押送。
⑦ 敲扑如邑：受到的严刑跟邑里一样。
⑧ 詈（lì）：骂。
⑨ 结舌：舌头打结，指不能说话。
⑩ 论死：判死刑。
⑪ 吴公南岱守济南：吴南岱，江苏省武进人，进士，清初曾做济南知府。守，做太守。
⑫ 阴：偷偷。
⑬ 俾（bǐ）：使得。
⑭ 鞫（jū）：审问。
⑮ 质：审讯。
⑯ 通：通话。
⑰ 悉：全。

公问王氏:"既戏后,曾语何人?"王供:"无之。"公怒曰:"夫妻在床应无不言者,何得云无?"王曰:"丈夫久客未归。"公曰:"虽然,凡戏人者,皆笑人之愚,以炫己之慧,更不向一人言,将谁欺①?"命梏十指②。妇不得已,实供:"曾与宿言。"公于是释鄂拘宿。宿至,自供:"不知。"公曰:"宿妓者必非良士③!"严械之。宿供曰:"赚女是真④。自失履后,未敢复往,杀人实不知情。"公曰:"逾墙者何所不至!"又械之。宿不任凌藉⑤,遂亦诬承⑥。招成报上,咸称吴公之神。铁案如山,宿遂延颈以待秋决矣⑦。

然宿虽放纵无行,实亦东国名士⑧。闻学使施公愚山贤能称最⑨,且又怜才恤士,宿因以一词控其冤枉,语言怆恻⑩。公乃讨其招供⑪,反复凝思之,拍案曰:"此生冤也!"遂请于院、司,移案再鞫。问宿生:"鞋遗何所?"供曰:"忘之。但叩妇门时,犹在袖中。"转诘王氏:"宿介之外,奸夫有几?"供言:"无有。"公曰:"淫妇岂得专私一人⑫?"又供曰:"身与宿介稚齿交合⑬,故未能谢绝;后非无见挑者⑭,身实未敢相从。"因使指其挑者,供云:"同里毛大,屡挑屡拒之矣。"公曰:"何忽贞白如此?"命搒之。妇顿首出血⑮,力辨无有,乃释之。又诘:"汝夫远出,宁无有托故而来者⑯?"曰:"有之。某甲、某乙,皆以借贷馈赠,曾

① 将谁欺:要欺谁。
② 梏十指:即夹手指。
③ 宿妓:当为宿奸。
④ 赚:骗取。
⑤ 凌藉:折磨痛苦。
⑥ 诬承:承认没犯过的错。
⑦ 秋决:秋后问斩。古制,凡是地方官审定的死刑,要报到中央,由皇帝亲笔同意方可执行。皇帝批准的时间一般在秋冬之时。
⑧ 东国:指山东省。
⑨ 施公愚山:清初诗人施闰章,字尚白,号愚山,安徽宣城人。曾任侍读,顺治十三年任山东省提学佥事。
⑩ 怆恻:悲伤。
⑪ 讨:研究、推求。
⑫ 私:私通。
⑬ 稚齿:小时,年轻时。
⑭ 挑:挑逗。
⑮ 顿首:叩头。
⑯ 托故:找借口。

一二次入小人家。"

盖甲、乙皆巷中游荡之子,有心于妇而未发者也①。公悉籍其名②,并拘之。既齐③,公赴城隍庙④,使尽伏案前。便谓:"曩梦神人相告,杀人者不出汝等四五人中。今对神明,不得有妄言。如肯自首,尚可原宥⑤;虚者廉得无赦⑥!"同声言无杀人之事。公以三木置地⑦,将并夹之。括发裸身⑧,齐鸣冤苦。公命释之,谓曰:"既不自招,当使鬼神指之。"使人以毡褥悉障殿窗,令无少隙⑨;袒诸囚背,驱入暗中,始投盆水,一一命自盥讫⑩;系诸壁下,戒令"面壁勿动,杀人者当有神书其背"。少间,唤出验视,指毛曰:"此真杀人贼也!"盖公先使人以灰涂壁,又以烟煤濯其手:杀人者恐神来书,故匿背于壁而有灰色;临出以手护背,而有烟色也。公固疑是毛,至此益信。施以毒刑,尽吐其实。判曰:

"宿介:蹈盆成括杀身之道⑪,成登徒子好色之名⑫。只缘两小无猜,遂野鹜如家鸡之恋⑬;为因一言有漏,致得陇兴望蜀之心⑭。将仲子而逾园墙⑮,便如鸟堕;冒刘郎而至洞口⑯,竟赚门开。感帨惊龙⑰,鼠有皮胡若此?攀花折树,士无行其谓何!幸而听病燕之娇啼,犹为玉惜;怜弱柳之憔悴,未似莺狂。而释幺凤于罗中,尚有文人之意;乃

①未发:没有向王氏表达。
②籍:登记在簿。
③齐:把相关人抓齐了。
④城隍庙:供奉着城隍神的庙。城隍是护城河,后指地方守护、管理民间事务的神。
⑤原宥:原谅,宽容。
⑥虚者:说假话的人。廉:访问考察。
⑦三木:加在颈、手、足上的三种木制刑具。
⑧括发裸身:束起头发,褪下裤子,这是受刑前的准备。
⑨令无少隙:使没有一点缝隙。
⑩盥:洗。
⑪盆成括:战国时齐人,孟子认为他小有才干而不懂得大道理。后在齐做官果被杀。
⑫登徒子好色:典出宋玉《登徒子好色赋》。
⑬野鹜:野鸭子,比外遇。家鸡:比妻子。
⑭"得陇"句:比喻人贪心不足。
⑮将:请求。
⑯刘郎:指到天台山遇仙女的刘晨。
⑰感帨(shuì)惊龙(máng):原意是写男女幽会时,女方要男方不要太鲁莽,此处是借喻宿介对胭脂的无礼举动。帨,佩巾;龙,长毛犬。

劫香盟于袜底①，宁非无赖之尤；蝴蝶过墙，隔窗有耳；莲花卸瓣②，堕地无踪。假中之假以生，冤外之冤谁信？天降祸起，酷械至于垂亡；自作孽盈，断头几于不续。彼逾墙钻隙，固有玷夫儒冠；而僵李代桃，诚难消其冤气。是宜稍宽笞扑，折其已受之惨；姑降青衣③，开彼自新之路。

若毛大者：刁猾无籍，市井凶徒。被邻女之投梭④，淫心不死；伺狂童之入巷⑤，贼智忽生。开户迎风，喜得履张生之迹；求浆值酒⑥，妄思偷韩掾之香⑦。何意魄夺自天，魂摄于鬼。浪乘槎木，直入广寒之宫；径泛渔舟，错认桃源之路⑧。遂使情火息焰，欲海生波。刀横直前，投鼠无他顾之意；寇穷安往，急兔起反噬之心。越壁入人家，止期张有冠而李借；夺兵遗绣履，遂教鱼脱网而鸿罹。风流道乃生此恶魔，温柔乡何有此鬼蜮哉！即断首领，以快人心。

胭脂：身犹未字，岁已及笄。以月殿之仙人，自应有郎似玉；原霓裳之旧队⑨，何愁贮屋无金⑩？而乃感关雎而念好逑⑪，竟绕春婆之梦⑫；怨摽梅而思吉士⑬，遂离倩女之魂⑭。为因一线缠萦，致使群魔交至。争妇女之颜色，恐失'胭脂'；惹鸳鸟之纷飞，并托'秋隼'。莲钩摘去，难保一瓣之香；铁限敲来，几

①香盟：绣鞋。
②莲花卸瓣：指宿介脱掉鞋。
③姑降青衣：这是对秀才的一种处分。秀才原穿蓝衫，处分后改穿青衣，并停止一年参加"科考"的资格。
④被邻女之投梭：指毛大调戏王氏被拒绝。
⑤狂童：指宿介。
⑥求浆值酒：求水喝，却遇到了酒吃。此处指毛大到王氏家偷听，却得到了胭脂的消息。
⑦妄思偷韩掾之香：指毛大对胭脂的非分之妄想。偷韩掾香，即"韩掾偷香"。
⑧"径泛渔舟"二句：此处以渔人泛舟误入桃花源，比喻毛大错闯到卞翁的窗下。
⑨原霓裳之旧队：意思是说，胭脂容貌美丽，有如霓裳队仙女下凡。
⑩何愁贮屋无金：意思是说，像胭脂这样一个出色的女子，何愁嫁不到一个宝贵的好丈夫。
⑪感关雎而念好逑：意思是，因听到关雎雌雄相和的叫声，就想到自己也要找一个好的配偶。
⑫春婆之梦：指胭脂的希望，像一场春梦似的落了空。
⑬怨摽梅而思吉士：意思是说，胭脂到了青春期，有和异性恋爱的要求。语出《诗经·召南·摽有梅》。
⑭遂离倩女之魂：指胭脂因思念鄂生而成病。

破连城之玉①。嵌红豆于骰子，相思骨竟作厉阶②；丧乔木于斧斤③，可憎才真成祸水④！葳蕤自守⑤，幸白璧之无瑕；缧绁苦争，喜锦衾之可覆⑥。嘉其入门之拒，犹洁白之情人；遂其掷果之心⑦，亦风流之雅事。仰彼邑令，作尔冰人。"案既结，遐迩传颂焉。

自吴公鞫后，女始知鄂生冤。堂下相遇，腼然含涕，似有痛惜之词，而未可言也。生感其眷恋之情，爱慕殊切；而又念其出身微贱，日登公堂，为千人所窥指，恐娶之为人姗笑，日夜萦回，无以自主。判牒既下，意始安贴。邑宰为之委禽，送鼓吹焉。

异史氏曰："甚哉！听讼之不可以不慎也！纵能知李代为冤，谁复思桃僵亦屈？然事虽暗昧，必有其间⑧，要非审思研察，不能得也。呜呼！人皆服哲人之折狱明，而不知良工之用心苦矣。世之居民上者，棋局消日⑨，绸被放衙⑩，下情民艰，更不肯一劳方寸。至鼓动衙开，巍然坐堂上，彼嚣嚣者直以桎梏静之⑪，何怪覆盆之下多沉冤哉⑫！"

①"莲钩摘去"四句：前两句指宿介脱去胭脂一只绣鞋；后两句指毛大闯入胭脂家，几乎使胭脂失身。铁限，铁门槛。
②"嵌红豆于骰（tóu）子"二句：意思是说，胭脂思念鄂生，反而招致了祸害。
③乔木：此处是父亲的代称。
④可憎才：这是爱极的反语，指情人。
⑤葳蕤（wēi ruí）自守：指胭脂虽遇挑引，尚能严正自守，不为所污。葳蕤，草木枝叶繁盛的样子，借喻少女的年华正茂，容艳美好。
⑥锦衾之可覆：指对过去的差错可以遮盖、原谅的意思。这是宋元时代的俗语。
⑦遂其掷果之心：满足她思慕鄂生的心愿。
⑧间：缝隙、破绽的意思。
⑨棋局消日：指官吏不理政事，终日下棋消磨时间。
⑩绸被放衙：也是用来形容官吏不理正事的情状。放衙，免去属吏入衙参见。
⑪嚣嚣（xiāo）者：指含冤告状的老百姓。
⑫覆盆：指人含冤不得伸雪。

钮琇

钮琇（1681年前后在世），清代文学家。江苏吴县人。著有《觚賸》正、续集共12卷。

睐娘

【题解】本篇选自《觚賸》初集。通过睐娘的悲惨命运，表现了旧式包办婚姻及"乱离"之世给妇女带来的痛苦。艺术方面，小说文采华艳，运笔凝练，故事情节的安排起伏跌宕。

睐娘者，姓易氏，居松陵之舜水镇①。祖某，以阀阅世宦，累赀亿万②。其父某，尽散其赀，蓄古名画，环室为香木城。城有十架，架藏百卷为率，各以镂金牌记之，其锦韬玉轴者为最品③。睐方四五岁，性聪良，善记诵。父尝戏举古人姓名，叩以所作某画④，睐即指第几卷中，靡不悉符。父以是爱之。令其掌镂金牌，而司画城，呼曰"画奴"。长及齿龀⑤，作花鸟小图，工刀札⑥，善吟咏。姿体绝丽，未尝假粉脂，而浮香发艳，盈盈欲仙。星眸流离，远黛明媚⑦，复嫣然善睐⑧。故其母氏更画奴名为睐娘。

明甲申岁⑨，海内鼎沸⑩，兵燹所被⑪，诸郡县皆陆沉⑫。秋八月，睐与父母夜饭罢，画楹间列绣灯，围以紫丝步障⑬，月光掩映帘幕。睐方研墨濡颖⑭，手摹吴道子画观音相⑮，将赛

① 松陵：苏州一带地方。
② 赀（zī）：计量的意思。
③ 锦韬玉轴：用锦缎做外套，用玉石做画轴。韬，套子。
④ 叩：问的意思。
⑤ 齿龀（chèn）：换牙的意思。过去一般认为女孩子在七岁换牙。
⑥ 刀札：指书信、文章。
⑦ 远黛：指眉。
⑧ 嫣然善睐：顾盼时很好看。嫣然，美好的样子。睐，顾盼，旁视。
⑨ 甲申岁：即公元1644年，这一年清兵攻入山海关，明朝灭亡。
⑩ 海内鼎沸：整个中国就像开了锅一样乱糟糟，形容天下大乱。
⑪ 兵燹（xiǎn）：兵祸，兵灾。兵，指清兵。
⑫ 陆沉：比喻国土沦陷。
⑬ 紫丝步障：用紫丝布做的屏障。
⑭ 濡颖：润笔。颖，毛笔尖。
⑮ 吴道子：唐代名画家。

于邻侧醉香庵①，施其庵之女冠②。未举笔，忽闻号呶成雷③，燎火四张，外宅大呼曰："兵至矣！兵至矣！"睞仓卒入内阁④，取画城之锦韬玉轴者，持以出，从父母走僻巷中，潜达金牛村。居金牛村三载，卖珠以缀衣⑤，佣绣以佐馔⑥，备旅食之困⑦。时，舜水庐室悉灰烬。乱稍定，睞父将理故业⑧，而无资可缮。睞泫然曰⑨："吾家世业隆大⑩，不幸蹈于离乱，茕茕飘寄⑪，非长策也。闻女之姑在午溪东新巷，姑以艾孀守贞⑫，女可就访合居，共为晨昏。女装中有古画十余卷，售之当得千金。父以其值稍葺故庐而新之⑬。女时可以从父母⑭，从容完聚耳。"

父然之。为买小舫，从一女奴曰问香，赋诗泪别。诗曰：

漂泊何由返故园，
桃花春雨照离魂⑮。
凭将别后双红袖⑯，
记取东风旧泪痕。

遂至东新巷，次于姑家⑰。姑，字倩娘，夫家姓言氏，于新巷亦豪族。倩夫以瘨痁之病⑱，走死乱军⑲，无子；倩故甚爱睞娘，视睞若子也。倩有表之自出潘生⑳，绪其亲与倩乃异姓之叔嫂。生故世胄㉑，其父母以行秽见黜于族㉒，僦倩之侧舍以居㉓。

①赛：用各种方式报答神佛保佑。此处指献观音菩萨像。
②女冠：女道士。
③号呶（náo）：喧闹声。
④内阁：内室。
⑤卖珠以缀衣：卖掉珠玉买布做衣服。缀，缝制。
⑥佣绣以佐馔：为人刺绣赚钱作为柴米费用。
⑦旅食：流落在外的生活。
⑧故业：原来的产业，此处指房舍。
⑨泫（xuàn）然：伤心流泪的样子。
⑩世业：代代相传的基业。
⑪茕茕（qióng）：孤立无援的样子。
⑫艾孀守贞：年轻失偶而守寡。艾，年少；孀，寡妇。
⑬葺（qì）：修缮房屋。
⑭时：那时。
⑮离魂：睞娘自指。
⑯凭将：凭借。
⑰次：留住。
⑱瘨痁（hū）：发疯狂走。
⑲走死乱军：跑进乱军中送了命。
⑳表之自出：表亲的亲生子。
㉑世胄：大家子弟。
㉒以行秽见黜于族：因为行为不端被族人驱逐。行秽，指淫乱之类的事情。
㉓僦（jiù）：租赁，租用。

生能诗文，然无士君子行①，倩寡处阒寂②，日以事请见，眯目哆口③，欹肩摄足④，以意挑倩娘。倩娘意惑焉，久而相悦。眯之卧室，去倩之卧室可百武⑤，在东厢小红楼，锁帘闭帏，旦晚不下楼级。倩之事，问香稍知之，以告眯，眯默不应。倩之家有一园，名"隔梦"，景颇幽胜。时暮春初旬⑥，倩娘辟诸女从⑦，邀眯娘往游。眯辞以午绣方倦。倩频促之，乃启隔梦门，转曲池上小山左侧，憩半峰亭⑧。绿柳数树，红栏三折，茶以竹垆⑨，棋以石磴⑩。复转而左，隔太湖石累丈⑪，海棠盛开，烂如绣屏。缘海棠行数十武，一径皆樱桃花，一径皆蔷薇花。倩曰："樱桃未子而花容少媚，不若蔷薇红香可爱也⑫。"挈眯左腕⑬，低扇微笑⑭。乃至蔷薇架下，瞥然一声⑮，片花乱舞，落红满鬟髻间，垂垂拂衫袖⑯。有细采流苏，贯相思子⑰，缀以同心凤凰结⑱，杂花而坠⑲，中眯之右肩。眯惊愕，隔花望见一生，乌巾倩容，凝睇于眯。问香遽呼之曰："潘秀才，从谁来耶？"倩娘曰："潘郎从樱桃径来耶？郎素不识眯娘，何敢唐突西子⑳？"生视而笑，倩亦视生而笑，遂散去。眯知倩之卖己也，赪颜不怿者累日㉑。盖倩娘素悦于生，耻眯娘之独为君子也。故潜生于园，以俟眯之至，将市秽于眯㉒。倩知事不可谐，于是，

① 士君子行：正人君子的行为，指品行端正，不做坏事。
② 阒（qù）寂：寂静，寂寞。
③ 眯目哆（chǐ）口：眯着眼睛，张着嘴。
④ 欹（qí）肩摄足：斜着肩膀，抬起脚来。
⑤ 武：半步。
⑥ 暮春初旬：三月上旬。
⑦ 辟诸女从：让众女仆都避开。辟，意同"避"。
⑧ 憩：休息。
⑨ 竹垆（lú）：竹制茶壶。
⑩ 棋以石磴：在石磴上设置棋盘。
⑪ 太湖石：产于太湖地区的一种多孔而玲珑剔透的石头。
⑫ "樱桃未子"二句：樱桃是倩娘自喻，蔷薇喻眯娘。
⑬ 挈（qiè）：提，拉。
⑭ 低扇：脸向下低而用扇遮着。
⑮ 瞥然：突然而短暂。
⑯ 垂垂拂衫袖：不断从衫袖上滑落而下。垂垂，下落的样子。
⑰ 相思子：即相思果。
⑱ 同心凤凰结：凤凰形的同心结。
⑲ 杂花：杂在花中。
⑳ 唐突西子：冒犯西施。西施是春秋后期吴越的美女。
㉑ 赪（chēng）颜不怿（yì）：因生气而脸红。赪，红色。怿，喜悦。
㉒ 市秽：把淫乱的行为转嫁出去。

始不慊于睐①，而为生计益深②。一日，睐娘晓妆方竟，倚窗无事，偶叠红笺作细字，集唐句成一绝云③：

早是伤春梦雨天，
莺啼燕语报新年。
东风不道珠帘卷，
引出幽香落外边。

盖隐刺倩事也④。书毕，以玉篆狮镇纸⑤。忽闻楼级有点屐声⑥，乃倩娘至。睐拾袿连屣趋迎倩⑦，红笺诗犹在镇狮下，睐急取置镜台锁楄内⑧，而纸尾半露。倩出读之，纳于杏衫左袖⑨，遽下楼级。睐止之不能，悒悒而已⑩。倩出中堂，适遇生于梧桐轩下。倩出笺于袖，望生而投曰："樱桃径上，有援琴之挑⑪；梧桐轩中，乃无掷车之果耶⑫？"生舒笺展视，乃绝句云云。后有"画奴戏草"四楷书。倩曰："画奴，是睐娘小字；红笺，是潘郎良媒也。"生携笺而去。后累日，新霁始凉，金风初扇⑬，沼荷零香，庭草凄绿⑭。睐孤坐凝目，惘惘有思归之意。见问香携斑竹锁丝篮，篮置画金小方奁⑮，进曰："倩娘以为娘午茶，少润诗脾⑯。"开奁视之：乃石榴子二盒、金柑四蒂，果尽覆奁，奁衣下文锦尺幅⑰，绣带双结，密缄重重⑱。发缄而观，则薄赫蹄也⑲。得五十六字云：

①慊：满意，惬意。
②为生计：为潘生打算。
③集唐句：古代的一种文字游戏，即用唐代诗歌拼凑成新的诗篇。
④隐刺：暗中讽刺。
⑤玉篆狮：用玉石雕刻的狮形镇纸器。
⑥点屐（jī）声：穿木底鞋的脚步声。
⑦袿（guī）连屣（xiè）：疑指带高腰的木底鞋。袿，衣袖，此处指鞋腰，屣，鞋的木底。
⑧锁楄：指镜台下部有门带锁的部位。
⑨杏衫：杏红色的上衣。
⑩悒悒：怅恨，烦闷的样子。
⑪援琴之挑：用琴音表达自己的心意，此处借指上文蔷薇架下一事。
⑫掷车之果：指对来意的回答。据说潘安貌美，出门时车上满是妇女扔的果子。
⑬金风初扇：秋风初起。按五行说，秋属金，故称秋风为金风。
⑭沼荷零香，庭草凄绿：池中荷花，残香飘零；庭间绿草，也带凄凉。这是用景物来写睐娘的心境。
⑮画金小方奁：画着金色花纹的小匣子。
⑯少润诗脾：这是文雅的客套话，即少吃点东西之意。
⑰奁衣：匣的外套。文锦尺幅：一尺见方的带花纹的锦缎。
⑱缄：封闭，扎束。
⑲赫蹄：古代一种薄而小形的纸张。

珠楼十二夜初长，
秋恨应知怯晚妆。
巫水有云通楚佩①，
贾墙无梦问韩香②。
锦弦旧瑟调鹦鹉，
兰酒新垆忆鹔鹴③。
落月斜阳无限意，
可能流影到西厢。

篇末著云："米在田而可食，水非米而何炊④。"睐以指画者久之，作"潘"字状。潸焉起，立碎纸而掷于地，堕鬟拂衣，遂往见倩。时倩方坐绣茵⑤，裁凤花细袜，忽见睐。以睐至，意必有合，移席骈坐⑥，为睐整髻上坠钗。睐晕脸潮红，严容噎气。良久乃言曰："侄以稚年，背慈就外，孤迹单心，托命于姑。以姑之惠，被以绮绣⑦，饵以珍错⑧，良厚矣。乃不训之以德，而假道于不令之生⑨，传以亵词⑩；姑纵不爱侄，独不自爱乎？曩者以楮墨闲情⑪，染成小句⑫，姑掠而取之，致以秽意见诱。修筠有节⑬，高柏有心，岂相浼也⑭。陌上之金，尚不能乱桑中之妇⑮，而谓红闺流叶，乃自媒于东墙宋玉哉⑯！侄非敢断绝雅恩，然久安于此，实败令名，请从此辞。"欷歔再拜而起⑰。倩以好言固留，不许。

时，舜水已成小筑，睐之父母将欲迎睐。睐适归⑱，惊喜道故⑲。睐

①楚佩：楚王。
②"贾墙"句：韩寿与贾充相爱之事。
③"兰酒"句：司马相如与卓文君相爱之事。
④"米在田"二句：暗指"潘"字。
⑤茵（yīn）：床垫，坐垫。
⑥骈坐：并列而坐。
⑦被以绮绣：穿着绮绣的衣服。绮，有花纹的丝织品；绣，带有刺绣的衣物。
⑧饵以珍错：吃着稀有的珍贵食品。珍，山珍，山中所产的珍贵食品；错，海错，水产食物。
⑨不令：不善。
⑩亵词：内容肮脏的诗词。
⑪楮（chǔ）墨：纸和墨，指诗词。
⑫染成：写成。
⑬修筠有节：比喻自己的坚贞有如青柏翠竹。修筠，长得很高的竹子。
⑭浼（měi）：玷污。
⑮"陌上之金"二句：汉乐府《陌上桑》载，美女罗敷在采桑时，有达官想收买并霸占她。罗敷严辞拒绝。
⑯红闺流叶：参见《流红记》。
⑰欷歔：叹气，抽噎的样子。
⑱适归：恰好归来。
⑲道故：诉说归来的缘故。

所不悦于倩娘者，匿不以告也。先是，生之父母，为生婚于王氏。自溺志于倩①，遂背婚于王，王亦以生狂荡无检，字女他姓。至是，生欲因倩娘求合于睐，而不惬其愿②，故扬红笺之诗以诬睐，使闻于睐之父母，因而求娶。阅岁余③，倩以他事至睐父母家。起居外，并为睐议姻，口筹心语，未白其人④，而数目睐父，睐父无忤色⑤。因极口潘生之才⑥，而讳其贫，又附睐母耳密语。父母默然，相顾微叹⑦，遂首肯之。倩归，即为生致六礼。睐父母择吉将赘生于家⑧，而绝不以闻于睐。至宴尔之夕⑨，银缸斜照⑩，黼帐高张⑪，夜阑撤妆流盼，见此良人，则即隔梦园樱桃花下生也。睐大号恸，绝而后苏。问香驰走，惊呼睐父母至。睐悲极不能言，良久唯曰："倩娘误我！"父母再四救解。然伉俪之际，非其本情，虽勉为笑语，而眉妩间锁愁驻恨⑫，如不胜致。居又二年，生亦构数椽别墅⑬，挈睐以归。生之父母，穷悍极虐，素知睐之不礼生也，乃盛怒以待睐。睐拜告方毕，含啼入室，意不聊生⑭。

岁辛丑⑮，生以不给家食⑯，为砚耕之谋⑰，复隙窥馆之邻女⑱，见黜于主⑲。睐愈不礼生。生大愠睐⑳，叱詈之声达于庭户。睐支颐语生曰㉑："薄命之薄㉒，衔冤可知；狂童之狂㉓，负心若此，何须何眉㉔，无耻无礼。我死为鬼，尔生尚能为人

① 溺志：迷恋。
② 惬：满意，满足。
③ 阅岁余：过了一年多。
④ 白：说出。
⑤ 忤（wù）：反对的表示。
⑥ 极口：极力夸赞。
⑦ 相顾微叹：此处暗示倩娘诬陷睐娘的人格。
⑧ 赘：入赘，男方到女方家。
⑨ 宴尔：新婚。
⑩ 银缸：灯烛。
⑪ 黼（fǔ）帐：绣有花纹的屏障，幔帐。黼，黑白相间的花纹。
⑫ 眉妩：原意为眉样姣好，此处指眉。
⑬ 数椽：数间房屋。
⑭ 意不聊生：好像无法活下去的样子。意，意态。
⑮ 岁辛丑：清顺治十八年（1664年）。
⑯ 不给：不足，不能供给。
⑰ 砚耕：靠为人做文墨工作而赚钱。
⑱ 隙窥：指调戏妇女的行为。
⑲ 见黜：被免职，被赶走。
⑳ 愠：恼怒。
㉑ 支颐：以手支下巴。
㉒ 薄命之薄：薄命当中的薄命者。
㉓ 狂童之狂：狂童之中的狂童，最坏的男人。狂童，狂放无守，道德败坏的男人。
㉔ 何须何眉：算个什么男子汉。须眉，指男子汉。

乎?"语未竟,鞭楚乱下①,散发蒙面,流血被肩。维时,明月入户,青灯荧荧。睞蒙目呜咽而叹曰:"命尽此矣!"令问香于故箧中取《愁盐》一卷②,诗词若干首,及绿窗小写百叶,皆幼时所画花鸟粉本③,悉焚之火。乃裂帛盈尺,和泪为书,授之问香曰:"迟明④,汝为吾送易氏爹娘。"书略云:

女不幸少逢离乱,骨肉飘依,两地异处。况复长年羸病⑤,自知弱蕙易殇⑥,薄云难寿⑦。然从垂髫以来⑧,溺情芸艺⑨,散志签图⑩,将谓结褵名族⑪,执爨良家⑫,俾慈帏二人⑬,得慰心于白发,窃所愿也。不意媒妁之欺,近在至戚,涅我素名⑭,织彼蔓计⑮,致匹合于琐类⑯,终身之仰⑰,失在一朝。怨魄不舒⑱,愁魂欲断,岂知有生之乐哉!女自春首分袂而后⑲,郁为沉疾。尝累日一粥,而见粒则呕⑳,薄饮不及蠡勺㉑,悲苦之状不可殚陈㉒。当夫兰门暮掩,薄寒中人㉓,檐雨淅沥,灯花频落,砧声远飘,谯鼓断续㉔,女于斯时,凄其泪零,倚枕竟夕,不知忧之何从也。及夫画窗晓开,丽花笑暖㉕,慧鸟争啼,凭栏数回,因

① 鞭楚:鞭和棍。楚,荆木条。
② 箧:小箱子。
③ 粉本:画稿。
④ 迟明:清晨,将近天亮。
⑤ 羸(léi)病:瘦弱多病。
⑥ 弱蕙易殇:体弱多病的女子容易夭亡。
⑦ 薄云难寿:淡云不能久留。
⑧ 垂髫(tiáo):古代童子未冠者头发下垂,因以"垂髫"指童年。
⑨ 溺情芸艺:沉溺在诗文当中。
⑩ 散志签图:心有余闲,也喜爱绘画。签,画签。
⑪ 结褵(lí):结婚。褵,女子出嫁所带的佩巾。
⑫ 执爨(cuàn):烧火做饭。
⑬ 慈帏:父母。
⑭ 涅我素名:污我的清白名声。
⑮ 织彼蔓计:编造逸言和诡计。
⑯ 匹合于琐类:与卑微的人结合。
⑰ 终身之仰:终身的依靠,指丈夫。
⑱ 怨魄:哀怨的心。
⑲ 分袂:分手、分别。袂,衣袖。
⑳ 粒:饭食。
㉑ 蠡勺:勺。蠡,瓢,这里也是小勺之意。
㉒ 殚陈:尽述,全都说明白。
㉓ 薄寒中人:轻寒侵人。
㉔ 谯鼓:更鼓。
㉕ 笑暖:在阳光下开放。

思稚年西园随伴，踏青始归，泛锦瑟于芳楼①，驰红衫于细马②，匏丝稠杂③，谐笑为欢，方之今时，遂若隔世。同是一身，而苦乐顿异，命之不犹④，夫复何言！今秋，负心人以窥逾失意，迁怒于女，笞楚千态，垂垂待毙，无复生理。爰令丫鬟问香告情父母⑤，即夜是命尽之日。父母一来垂视，永以遐隔。绿香帐里，岂有冷翠零膏⑥；红叶窗前，莫问韶颜稚齿⑦。将见柳眼凝露，埋春化泪⑧；莲心风折，劈恨成丝⑨。明月三更，天涯草碧，还家之期，当在晓风新梦间耳。父母春秋已高⑩，强饭自爱⑪，无以女为念。幸收女余骨，覆以抔土⑫，得以脱迹人间，销形天上，梁黄槐绿⑬，烟冷云荒，遂毕此生矣！孟光同隐，未得其人⑭；弄玉俱仙，徒为虚语⑮。独念父母畜我不卒⑯，绕膝之欢⑰，邈矣难再。梅花犹在额乎⑱？莲花犹在足乎⑲？镜台旧影，翠帷余香，姗姗其来迟者，知是亭亭倩女魂也⑳。

及晨，睐父母得书，愤骇长恸而至，则睐已缢于前轩左楣间矣㉑。生与父母俱逃，莫晓所在。睐父母及易氏诸戚，乃棺睐于两槛，而以问香归。

①泛：泛驾，指马不受驾御，此处指随意弹弄琴瑟。
②驰红衫于细马：大约指"投壶"一类游戏。红衫，指少女。马，投壶的用具。
③匏丝：各种乐器。匏，笙；丝，琴瑟；古有八音，其中包括匏丝。
④命之不犹：命不好。不犹，不如。
⑤爰：乃。
⑥冷翠零膏：指遗下的首饰脂粉。
⑦韶颜稚齿：代指睐娘自己。
⑧"柳眼凝露"二句：柳叶的露珠，好像为我的早死垂泪。埋春，指掩埋年青的姑娘。
⑨"莲心风折"二句：莲梗被风吹折，这丝丝相连，就像我的遗恨无穷。
⑩春秋已高：年岁大。
⑪强饭：努力加餐饭。
⑫抔（póu）土：一捧土，一堆土。
⑬梁黄槐绿：人生一梦。
⑭"孟光同隐"二句：意谓没有嫁得一个好丈夫。孟光，东汉时女子，与丈夫梁鸿感情很好。
⑮"弄玉俱仙"二句：意谓恩爱夫妻善始善终的梦想，也成了虚话。弄玉，春秋时秦穆公之女，与丈夫萧史都善吹箫，后二人一同仙去。
⑯畜我不卒：没有扶养我善终。
⑰绕膝：儿女围绕在父母跟前。
⑱梅花：即梅花妆。
⑲莲花犹在足乎：《南史·齐东昏侯纪》载，东昏侯凿金为莲花形贴地上，让潘妃在上面行走，叫做"步上生莲花"。
⑳倩女魂：唐传奇《离魂记》上说，张倩娘曾为爱还魂。
㉑楣（lí）：屋梁。

盖睐之为人，风神散朗，亦珊珊流雅，而幽情如缄①；慧心长结，艺能穷巧，而貌若不知②；咳唾生珠玉，而寡于辩给③；援管成牍④，而挥染必本于性。故写愉，则墨以欢露；道哀，则字与泪并。盖孝穆所谓"妙解文章"者也⑤。惜紫纨无托⑥，红颜非耦；才丰命啬⑦，生短恨长。悲哉！睐生才二十四岁。殓后数日，忽有豪士，戟髯拳发⑧，红巾绿缦⑨，跨剑跃马而驰。后从碧眼奴，背负血囊，至睐之门，排门直入。豪士立马柩前，掀髯大呼曰："负心人已杀之矣！"从者下囊前倾⑩，血模糊一髑髅着地疾走，乃生之首也。其明年，午溪盗乱，倩娘虏去，不知所终。人咸以为睐冤之所雪云⑪。

①"风神散朗"三句：开朗大方，像珠玉一样，外面流露出风雅的姿态，但内心情感封闭很严。珊珊，珠玉声。
②"慧心长结"三句：心极灵，手极巧，外貌好像什么也不知道。
③辩给：争辩。
④援管成牍：拿起笔来就能成文。
⑤孝穆：南朝陈徐陵字孝穆。
⑥紫纨：指高贵的女子。
⑦才丰命啬：多才但命不好。
⑧戟髯拳发：胡须硬而张起，头发弯曲。
⑨红巾绿缦：红头巾，绿僧衣。
⑩下囊：放下囊。
⑪云：语尾助词。

沈起凤

沈起凤（1741～?），清代作家。字桐威，苏州人。以戏曲名世，作品有三四十种，今存四种。此外有文言小说《谐铎》。

鲛 奴

【题解】 本篇选自《谐铎》。小说通过描写景生与陶万珠的婚姻波折，尖锐地批判了旧式买卖婚姻的丑恶，赞扬了纯情男女爱情的真挚可贵。小说叙事回环曲折，文字简练，形象生动，寓意深刻。

茜泾景生①，客闽三载，后航海而归。见沙岸上一人僵卧，碧眼蜷须，黑身似鬼，呼而问之。对曰："仆鲛人也②，为水晶宫琼华三姑子织紫绡嫁衣③，误断其九龙双脊梭，是以见放④。今漂泊无依，倘蒙收录，恩衔没齿⑤。"生正苦无仆，挈之归里。其人无所好，亦无所能。饭后赴池塘一浴，即蹲伏暗陬⑥，不言不笑。生以其穷海孤身，亦不忍时加驱遣。浴佛日⑦，生随喜昙花讲寺⑧。见老妇引韶龄女子，拜祷慈云座下⑨。白莲合掌⑩，细柳低腰，弄影流光，皎若轻云吐月⑪。拜罢，随老妇竟去。迹之⑫，入于隘巷。访诸邻右，知女吴人，姓陶氏，小字万珠，幼失父，为里党所欺，三年前，随母僦居于此⑬。生以孀贫可啖⑭，登门求聘，许以多金，卒不允。生曰："阿母居奇不售⑮，将使令千金

① 茜泾：镇名，在今江苏省太仓县境内。
② 鲛人：《述异记》载，南海有鲛人，水居如鱼，织布不停，哭泣时眼泪成珠。
③ 水晶宫：传说中龙王的宫殿。绡：生丝。
④ 见放：被放逐。
⑤ 恩衔没齿：感恩终生。
⑥ 陬（zōu）：角落。
⑦ 浴佛日：浴佛节，每年四月八日为佛诞日，各寺庙都以香汤浴佛。
⑧ 随喜：佛教用语，浏览寺庙。
⑨ 慈云：佛教用语，喻佛的慈心广大如云，此处借指佛。
⑩ 白莲合掌：双手相合如白莲瓣，形容手好看。
⑪ "弄影流光"二句：形容女子新鲜漂亮，光彩照人。
⑫ 迹之：追踪。
⑬ 僦（jiù）：租。
⑭ 啖：利诱。
⑮ 居奇不售：奇货可居，不肯出卖。

以丫角老耶①?"老妇笑曰:"蓝田双璧,索聘何嫌②?且女名万珠,必得万颗明珠,方能应命,否则,千丝结网,亦笑越客徒劳耳③!"生失望而回,私念明珠万颗,纵倾家破产,亦势难猝办④,日则书空⑤,夜则感梦,忽忽经旬,伏床不起。延医诊视,皆曰:"杂症可医,相思疾未可药也⑥。"瘦骨支床,恹恹待毙⑦。

鲛人入而问疾。生曰:"琅琊王伯舆,终当为情死⑧。但汝海角相依,迄今半载,设一旦予先朝露⑨,汝安适归?"鲛人闻其言,抚床大哭,泪流满地。俯视之,晶光跳掷,粒粒盘中如意珠也⑩。生蹶然而起⑪,曰:"愈矣⑫!"鲛人讶其故。生曰:"予所以病且殆者,为少汝一副急泪耳!"遂备陈颠末。鲛人喜,拾而数之,未满其额。转叹曰:"主人亦寒乞相⑬,得宝骤作喜色,何不少缓须臾,为君尽情一哭也。"生曰:"再试可乎?"鲛人曰:"我辈笑啼,由中而发⑭,不似世途上机械者流⑮,动以假面向人。无已,明日携樽酒,登望海楼,为主人筹之⑯。"生如其言,侵晨,挈鲛人登楼望海,见烟波汩没⑰,浮天无岸。鲛人引杯取醉,作旋波宫鱼龙曼衍之舞⑱。南眺朱岸⑲,北顾天墟⑳,之罘㉑、碣石,尽在沧波明灭中。喟然曰㉒:"满目苍凉,故家何在?"奋袖激昂,慨焉作思归之想,抚膺一恸㉓,泪珠

① 丫角:幼女梳的双髻。
② "蓝田双璧"二句:意谓高抬身价,也没有什么使不得的。
③ "千丝结网"二句:意谓枉费心机。
④ 猝:突然,仓促中。
⑤ 书空:以手指在空间写字。
⑥ 药:治疗。
⑦ 恹恹:精神不振。
⑧ "琅琊王伯舆"二句:晋王,字伯舆,曾登茅山,放声痛哭,说了这样两句话。此处是借用。琅琊,当时山东郡名。
⑨ 朝露:指死亡。
⑩ 如意珠:宝珠。
⑪ 蹶(guì)然:急剧的样子。
⑫ 愈:病愈,病好。
⑬ 寒乞相:寒酸的样子。
⑭ 由中而发:由内心真实情感引起。
⑮ 机械者:巧诈的人。
⑯ 筹之:想一个办法。
⑰ 汩(gǔ)没:犹汩汩,波涛声。
⑱ 旋波宫:疑即水晶宫之类。鱼龙曼衍之舞:《汉书》中记载的一种百戏节目,此处是跳舞的意思。
⑲ 朱岸:古代多用"朱"指南方,此处朱岸即指南海岸。
⑳ 天墟:天涯,天边。
㉑ 之罘(fú)、碣石:两山名。之罘,在今山东省烟台市;碣石,在今河北省沿海。
㉒ 喟然:叹息声。
㉓ 抚膺一恸:拍胸大哭。

迸落。生取玉盘盛之，曰："可矣。"鲛人曰："忧从中来，不可断绝①。"放声一号，泪尽乃止。生大喜，邀之同归。鲛人忽东指笑曰："赤城霞起矣②。蜃楼十二座③，近跨鼍梁④，琼华三姑子今夕下嫁珊瑚岛钓鳌仙史。仆灾限已满，请从此逝！"耸身一跃，赴海而没。生怅然独反。越日，出明珠，登堂纳聘。老妇笑曰："君真痴于情者。我不过以此相试，岂真卖闺中女，靦颜求活计哉？"却其珠，以女归生。后诞一子，名梦鲛，志不忘作合之缘也。

铎曰⑤："借穷途之哭，为寒士之媒，鲛人之术奇矣，吾更奇乎阿母之始索其聘，继却其珠，使绝代娇姿，闺房吐气。否则，量石家一斛珠⑥，虽高抬声价，亦何异卖菜而求益者乎⑦？"

① "忧从中来"二句：用的是曹操《短歌行》中的成句。
② 赤城：山名，在今浙江省天台县北。
③ 蜃楼：光线折射产生的楼台等幻景，古人认为是蜃（大蚌）吐气而成，此处指神仙住处。
④ 近跨鼍（tuó）梁：形容很近。
⑤ 铎曰：这是作者对本篇故事内容的评论。铎，大铃，此处用为动词，有警戒世人的意思。
⑥ 量石家一斛珠：向有钱人家索取十斗珠子。
⑦ 卖菜而求益：意即卖高价菜，把女儿当商品与人作交易。

村　姬

【题解】本篇选自《谐铎》。作品描述陈姓新科状元偶遇可爱少女，遂用尽办法以图接近，最后被严辞拒绝。小说对人物个性的刻画十分成功，新科状元的自负、庸俗，少女的天真、泼辣，老媪的沉稳、超脱，无不跃然纸上。

内姑丈陈公永斋①，己丑大魁天下②，给假南至③。行至甜水铺，旁有小村落，绿树荫浓，野棠花妥④，顾而乐之。遂步屧独行⑤，忘路远近。村尽处，见竹篱半架，左有双黑扉，一女郎倚扉斜立，捉风中絮

① 内姑丈：妻子的姑父。
② 己丑：当指乾隆三十六年（1769年）。大魁天下：中了状元。
③ 南至：至南，回南方。
④ 花妥：花落。
⑤ 步屧（xiè）：穿着鞋走，指步行。屧，木鞋。

搓掌上,嗤嗤憨笑。陈睨之,魂飞色夺。因兜搭与语①,女郎不怒亦不答,但呼阿母来。亡何②,一驼背媪出,问女何为。女曰:"不识何处来一莽汉,烦絮煞人③。"陈意窘,诡以乞浆告④。媪曰:"斗室难容客坐。小慧,取一盏凉水来。"女嗷声而进⑤。陈曰:"令嫒年几何矣?"媪曰:"但记其生年属虎⑥,不知今当几何岁也?"问:"婿家为谁?"媪曰:"老身残废,止此一女,留伴膝下⑦,不欲遣事他人。"陈曰:"女生有家,膝下非长计也。"适女取凉水至,闻余语,大声谓媪曰:"是客不怀好意,毋多谈。"媪笑曰:"可听则听,是诚在我⑧。婢子何必琐琐。"陈乃夸状元以歆动之⑨。媪俯思良久,曰:"状元是何物?"陈曰:"读书成进士,名魁金榜。入词垣⑩,掌制诰⑪,以文章华国⑫,为天下第一人,是名状元。"媪曰:"不知第一人几年一出?"曰:"三年。"女从旁微哂曰⑬:"吾谓状元是千古第一人⑭,原来只三年一个。此等脚色,也向人喋喋不休⑮,大是怪事。"媪叱曰:"小妖婢!嚣薄嘴⑯,动辄翘人短处⑰。"女曰:"干侬甚事⑱,痴儿自取病耳⑲。"一笑竟去。陈惘然久之,继而谓媪曰:"如不嫌弃,敬留薄聘。"脱囊中双南金予之⑳。媪手摩再四,曰:"嗅之不馨,握之辄冰㉑,是何物哉?"陈曰:"此名黄金,汝辈得

① 兜搭:牵缠,招惹,无话找话。
② 亡何:不久。
③ 烦絮煞人:唠叨死人,嫌恶语。
④ 浆:水。
⑤ 嗷(jiào)声:高声答应。
⑥ 生年属虎:即寅年生的人。寅为虎。按,由寅年至丑年只有十二虚年,老媪口中的村姬只有十二虚岁。
⑦ 膝下:跟前。
⑧ 是诚在我:听不听这件事实在由我来定。是,此,指听不听。
⑨ 歆(xīn)动:打动,引诱。
⑩ 词垣:指皇帝的文书机关,如翰林院。
⑪ 制诰:由皇帝名义下达的各种文件。
⑫ 华国:给国家增光彩。
⑬ 哂(shěn):微笑。
⑭ 谓:以为。
⑮ 喋喋(dié)不休:说个没完。
⑯ 嚣薄:轻浮刻薄。
⑰ 翘:举,揭。
⑱ 干侬甚事:关我什么事。侬,代词,我。
⑲ 自取病:自找受辱。
⑳ 南金:指金元宝。南,指荆、扬两州,古时这里多产美金。
㉑ 冰:像冰那样凉。

之，寒可作衣，饥可作食，真世宝也①。"媪曰："吾家有桑百株，有田半顷，颇不忧冻馁。是物，恐此间无用处，还留状元郎作用度。"掷之地，曰："可惜风魔儿，全无一点大雅相②，徒以财势恐吓人耳。"言毕，阖扉而进③。陈痴立半晌，嗟叹而返。

铎曰：黄口金多④，乌纱势横⑤，古今多少男子，缘此摧磨傲骨⑥。不谓闺阁中，有此诙谐人也。石榴裙底⑦，当叩首三千下矣。

① 世宝：世上的宝物。
② 大雅相：正派的样子。
③ 阖扉：关门。
④ 黄口金多：当是"黄口多金"的倒装，意为黄口小儿就知道夸耀钱财。
⑤ 乌纱势横：大小官吏倚势横行。
⑥ 缘此摧磨傲骨：因为金钱、势力两种东西把骨气都消磨尽了。
⑦ 石榴裙：红裙。

桃夭村

【题解】本篇选自《谐铎》。小说通过幻想的故事情节，讽刺了当时社会上贿赂风行、是非颠倒的情形。作者对于那些依仗金钱势力营私舞弊的人深恶痛绝，并希望人们能够坚持自己的清白情操，与社会的恶浊势力划清界线。

太仓蒋生①，弱冠能文。从贾人泛海，飘至一处，山列如屏，川澄若画。四围绝无城郭，有桃树数万株，环若郡治②。时值仲春，香风飘拂，数万株含苞吐蕊，彷佛锦围绣幄，排列左右。蒋大喜，偕贾人马姓者，傍花徐步而入。忽见小绣车数十队③，蜂拥而来。粗钗俊粉④，媸妍不一。中有一女子，凹面孪耳，龃唇历齿⑤，而珠围翠裹，类富贵家女。抹巾障袖⑥，强作媚态。生与马皆失笑。末有一车，上坐韶齿女郎，荆钗压鬓，布衣饰体，而一种天姿，

① 太仓：地名，即今江苏省太仓县，清代为太仓州的治所。
② 郡治：郡城。
③ 绣车：妇女乘坐的车。绣，指车上挂的绣幔。
④ 粗钗：指粗蠢的女子。俊粉：指俊俏的女子。
⑤ "凹面孪耳"二句：这两句语本宋玉《登徒子好色赋序》。凹面，指颧骨突出，两腮凹陷；孪耳，耳朵减缩不舒展；龃唇，嘴唇遮不住牙齿；历齿，牙齿稀疏。
⑥ 抹巾：用手巾掩住嘴。障袖：用衣袖遮住脸。

玉蕊琼英，未能方喻①。生异之，与马尾缀其后。轮轴喧阗②，风驰电发，至一公署，纷纷下车而入。生殊不解，询之土人。曰："此名桃夭村③。每当仲春男女婚嫁之时，官兹土者，先录民间女子，以面目定其高下，再录民间男子，试其文艺优劣，定为次序，然后合男女两案，以甲配甲，以乙配乙，故女貌男才，相当相对。今日女科场，明日即男闱矣④。先生倘无室，何不一随喜⑤？"生唯唯，与马赁屋而居。

因思车中女郎，其面貌当居第一；自念文才卓荦⑥，亦岂作第二人想？倘得天缘有在，真不负四海求凰之愿。而马亦注念女郎，欲赶闱就试。商诸生，生笑曰："君素不谙此，何必插标卖钱赈博耶？"马执意欲行，生不能阻。明日，入场扃试⑦，生文不加点，顷刻而成，马草草涂鸦而已。试毕归寓，即有一人传主试命，索青蚨三百贯⑧，许冠一军⑨。生怒曰："无论客囊羞涩，不足以餍老饕⑩，即使黄金满屋，岂肯借钱神力令文章短气哉⑪！"其人羞惭而退。马蹑其后，出囊中金予之。案发⑫，马竟冠军，而生忝然居殿⑬。生叹曰："文字无权，固不足惜，但失佳人而获丑妇，奈何！"亡何，主试者以次配合，命女之居殿者，赘生于家。生意必前所见凹面孪耳，龂唇历齿者。及揭巾视之，黛

① "玉蕊琼英"二句：玉蕊琼英都是花名，以其花像玉一样鲜洁美好，故名。方喻，比喻。
② 喧阗（tián）：声音大而杂乱。
③ 桃夭村：以鲜艳的桃花比喻女子的美好。本篇写女子婚姻，因将其村名为"桃夭村"。
④ 闱：科举考试的试院，一般作为科举考试的代称。此处是借称。
⑤ 随喜：此处用作"观光"的意思，即去参加考试。
⑥ 卓荦（luò）：出众，超绝。卓，特出；荦，显明。
⑦ 扃试：科举时闭门答题。扃，锁。
⑧ 青蚨（fú）：指铜钱。
⑨ 许冠一军：此处用作战比喻考试，即许他为第一名。冠，作动词，成为一军之冠的意思。
⑩ 餍（yàn）：满足。老饕（tāo）：此处指贪财无厌的人。饕，饕餮（tiè），传说中恶兽名。
⑪ 岂肯借钱神力令文章短气：意思是说，用钱贿赂是可耻的行为，如果这样，自己的文章也要蒙受耻辱，不得扬眉吐气。
⑫ 案发：揭榜。清代县、府、院试后出榜揭示名次，称为"案发"。
⑬ 忝然：一般用作自谦之辞。此处是感到羞辱的意思。殿：借作考试最后一名的代称。

色凝香,容光闪烁,即韶齿女郎也。生细诘之。曰:"妾家贫,卖珠补屋①,日且不遑②,而主试看,索妾重赂,许作案元③,被妾叱之使去,因此怀嫌,缀名案尾。"生笑曰:"塞翁失马,焉知非福④。使予以三百贯钱,列名高等,安得今夕与玉人相对耶?"女亦笑曰:"是非倒置,世态尽然。惟守其素者,终能邀福耳。"生大叹服。翌日,就马称贺。马形神沮丧,不作一词。盖所娶冠军之女,即前所见抹巾障袖,而强作媚态者也。笑鞫其故⑤。此女以千金献主试,列名第一,而马亦夤缘案首⑥,故适得此宝。生笑曰:"邀重名而失厚实,此君自取,夫何尤?"马郁郁不得意,居半载,浮海而归。生笃于伉俪,竟家于海外,不复反矣。

铎曰:钱神弄人,是非颠倒;岂知造化弄人,更有颠倒钱神之柄哉⑦!然此女出千金装不吝⑧,意气故自不凡,即谓之嘉耦亦可。

① 卖珠:言衣食不继。补屋:言住屋破败。
② 日且不遑:一天到晚还顾不过来。遑,闲暇,空闲。
③ 案元:与下文"案首"义同。清代县、府、院试取列第一名者称"案院"或"案首"。
④ 塞翁失马,焉知非福:典出《淮南子·人间训》。
⑤ 鞫(jū):问。
⑥ 夤(yín):攀附上升,向上巴结。
⑦ 柄:权柄。
⑧ 装:此处作"束装"解释。原指人远行时整束行装,此处用作贿赂的委婉说法。

和邦额

　　和邦额（1736~?），清代满族作家。字尔斋，号霁园主人。所作《夜谈随录》四卷，收文言短篇小说140篇。

米芗老

【题解】 本篇小说通过一对青年男女在患难中幸运结合的故事，反映了地主武装对百姓的掳掠和残害，表现了社会底层人民互助互爱的朴实情感。作品爱憎分明，人物性格各有其特点。

　　康熙间，总兵王辅臣叛乱①，所过掳掠，得妇女，不问其年之老少、貌之妍丑②，悉贮布囊中，四金一囊，听人收买③。三原民米芗老④，年二十，未娶，独以银五两诣营，以一两赂主者，冀获佳丽。主者导入营，令其自择。米逐囊揣摩，检得腰细足纤者一囊，负之以行。至逆旅起视，则闯然一老妪也，满面瘢痕⑤，年近七旬。米悔恨无及，默坐梱上⑥，面如死灰。

　　无何，一斑白叟，控黑卫载一好女子来投宿，扶女下，系卫于槽，即米之西室委装焉⑦。相与拱揖，各叩里居姓字。叟自述："刘姓，蛤蟆洼人，年六十七，昨以银四两，自营中买得一囊人，不意齿太稚，幸好颜色，归而著以纸阁芦帘⑧，亦足以娱老矣。"米闻之，心热如火，惋惜良深。刘意得甚，拉米过市饮酒，米念借他人酒杯，浇自己垒块，计亦得，乃从之去。

①王辅臣：大同（今山西大同）人。明末参加了农民起义，绰号马鹞子，降清后隶汉军正白旗，授侍卫。后随洪承畴进攻滇黔明军。康熙九年（1670年）任陕西提督。三藩叛乱发生，他起兵响应。康熙十五年在清军围攻下，势穷投降，死于入京途中。王辅臣叛乱时官提督，文中称总兵，不确。
②妍（yán）：美丽。
③听：听任，随便。
④三原：今陕西省三原县。
⑤瘢痕：伤疤。语出扬雄《长杨赋》。
⑥梱（kǔn）：门橛，埋在门中央地上的短木桩，关门时用来止门。此处指门槛。
⑦委装：放下行装。
⑧纸阁芦帘：以纸糊壁，编芦为帘，指乡村的简陋房屋。

妪俟其去远①，蹀躞至西舍②，启帘入，女子方掩面泣，见妪乃起敛衽③，秋波凝泪，态如雨浸桃花。妪诘其由，女曰："奴平凉人④，姓葛氏，年十七矣。父母兄弟，皆被贼杀，奴独被掠，逼欲淫污，奴哭骂，群贼怒，故以奴鬻之老翁⑤，细思不如死休⑥，是以悲耳。"妪叹曰："是真造化小儿⑦，颠倒众生⑧，不可思议矣。老身老而不死，遭此乱离，且无端窘一少年，心亦何忍。适见尔家老翁，龙钟之态，正与老身年相当。况老夫女妻⑨，未必便利⑩。彼二人一喜一闷，不醉无归。我二人盍李代桃僵⑪，易地而寝，待明日五更，尔与我家少年郎早起速行，拼我老骨头，与老翁同就于木⑫，勿悲也。"女踟蹰不遽从⑬，妪正色曰："此所谓交易而退，各得其所，一举两得之策也，可速去，迟则事不谐矣⑭！"解衣相易。女拜谢，妪导入米房，以被覆之，嘱勿言，乃自归西室，蒙首而卧。

二更后，叟与米皆醉归，奔走劳苦，亦各就枕。三更后，米梦中闻叩户声，披衣起视，则老妪也。米讶曰："汝何往？"妪止之，令禁声，旋入室闭户，以情告之。米且惊且喜曰："虽承周折⑮，奈损人利己何？"妪哂曰："不听老人言，则郎君弃掷一小娘，断送一老翁矣，于人何益，于己得无损乎？"米首肯，妪启衾促女起⑯，

① 俟（sì）：等待。
② 蹀躞（dié xiè）：小步走路。
③ 衽（rèn）：衣襟。敛衽为女子与人见面时的行礼。
④ 平凉：今甘肃省平凉县。王辅臣驻此。
⑤ 鬻（yù）：卖。
⑥ 死休：死了算了。
⑦ 造化小儿：命运这个小东西。造化，运气，命运。
⑧ 颠倒：此处是"捉弄"的意思。
⑨ 老夫女妻：已嫁称"妇"，未嫁称"女"。此处的意思近乎"老夫少妻"。
⑩ 便利：合适。
⑪ 盍：何不。李代桃僵：李树代替桃树接受虫子咬而枯死，喻相互顶替。僵，枯死。
⑫ 同就于木：一起死。就，去，到；木，棺材。
⑬ 踟蹰（chí chú）：犹豫着想走又不走。
⑭ 谐：成功。
⑮ 周折：此处是费心谋划的意思。
⑯ 衾（qīn）：被子。

嘱之再四。米与女泣拜，妪止之，嘱："早行①！恐叟寤②，老身从此别矣。"即出户去。米亟束装，女以青纱幛面，米扶之出店，店主人曰："无乃太早发③？"米漫应之曰④："早行避炎暑也。"遂遁去。

翌日，叟见妪大惊，诘知其故，怒极，挥以老拳，妪亦老健，搒掠不少让⑤。合店人环观如堵⑥。叟忿诉其冤，欲策蹇追之⑦，闻者无不粲然。居停主人曰⑧："彼得少艾而遁，岂肯复遵大路以俟汝追耶？况四更已行，此时走数十里矣。人苦不自知耳，人苟自知而安分者，竟载此妪以归，老夫妻正好过日，勿生妄念也！"叟痴立移时，气渐平，味主人言，大有理，遂载妪去。迄今秦陇人皆能悉之⑨。

① 早行：快离开。
② 寤（wù）：醒。
③ 无乃：难道不是。
④ 漫：随口。
⑤ 搒（péng）掠：打。搒，用棍子或竹板打；掠，用棍子或鞭子打。
⑥ 堵：墙。
⑦ 蹇（jiǎn）：驴。
⑧ 居停主人：所居房屋的主人，此处指客店主人。
⑨ 秦陇：今陕西、甘肃一带地方。陕西春秋战国时为秦国。甘肃东南部有陇山，秦时为陇西郡。

浩歌子

浩歌子（生卒不详），名庆兰，字所村，姓章佳氏，满族镶黄旗人。约生活于乾隆、嘉庆年间。著有《萤窗异草》12卷。

落花岛

【题解】 本篇选自《萤窗异草》初编。作品讲述申翊与海商合伙，因经受不住洪涛颠簸，竟病卒于舟。其魂效列子御风，前往落花岛神游，遇一美女子，并与之"两情款洽"。文中对落花岛环境的描摹极其铺张华美，对人物的刻画也极为生动形象。

申无疆，字仲锡。跨鹤维扬①，历有年所②。一旦，遇海商于市肆，与坐谈，歆其获利之美③，乃以数千金畀其子若侄④，使合伙焉。子名翊，颀而白皙，且善讴，年仅二十三，海舶人咸喜之。比入大洋，舟如一叶，翊年少，未惯洪涛，因惊遂卧病，欹枕呻吟⑤，恍惚若梦寐中，闻有人语曰："落花岛中花倒落。"翊素不能文，觉而语其侣，虽熟历海境者，莫能举其名⑥。一客颇娴吟咏，笑曰："何不云'垂柳堤畔柳低垂'？句虽佳，犹有对者。"众与翊皆称妙。翊因默识于心。

无何，病益剧，未及抵岸，竟卒于舟。其从兄某大恸，草草殓讫，载柩而行。而翊则罔知其死，顿觉身轻，都无窒碍。因思效列子御风⑦，遨游水面。虽风涛汹涌，毫无沾濡，不禁

① 跨鹤维扬：带着巨资，客居扬州。殷芸《小说》："有客相从，各言所志：或愿为扬州刺史，或愿多资财，或愿骑鹤上升，其一人曰：'腰缠十万贯，骑鹤上扬州。'欲兼三者。"维扬，即今之江苏扬州。
② 历有年所：已有不少年头。年所，年数。
③ 歆（xīn）：羡慕。
④ 畀（bì）：给予。若：此处是和、同、及的意思。
⑤ 欹（qī）：倾斜，引申为斜靠。
⑥ 名：指上文"落花岛"这个地名。
⑦ 列子：列御寇，战国时郑国人，与庄子同时的思想家。著有《列子》。御风：指飞行。

大喜。犹忆落花岛之名，窃计其境必不凡，顿欲往游。转瞬即得一山，形如覆盂，悬于波际；其色若蜀锦①，五色缤纷，且香气浓郁，馥馥数里②。心爱好之。奋身以登，旋已舍水就陆，西行里许，见若山口者，遂入之，则坦坦康庄，无复巉岩之象③。山径皆落花，约寸许，别无隙地，踏花前进，滑软如茵褥④，而香益袭鼻。神气为之发越⑤。环瞩皆茂树合抱，花即生于其上。细玩之，诸色具备，浓淡相间。香如庾岭之梅⑥，而馥郁过之。尚有存于树杪者⑦，则低枝似坠，绕干如飞；亦多含苞欲吐者，意盖四时咸有焉⑧。欣然前行。约数百步，花益繁，而落者益厚。且四望并无屋宇，即山之层峦叠嶂，亦隐现花中，不以全面示人。翊至此，心旷神怡，小憩于梅花树下。发声一讴⑨，花益簌簌自落，若细雨然。

俄闻娇音叱曰："何来妄男子？此仙人所居，岂汝行乐地耶！"翊急视之，则一美女子，通体贴以落花，宛如衣锦；手一小竹篮，亦贮落英⑩，徐徐自树后出。翊起迎致揖，告以所来。女微哂曰："汝一龌龊商⑪，何福至此。虽然，不可谓为无因⑫。予有一语⑬，久无能对者，汝能则留宿于此，且有佳处与若栖身。否则宜远飏⑭，不宜再溷仙境⑮。"翊既临胜地，兼恋丽容，顿忘其拙，毅然请命⑯。女因朗诵一句，则固梦

① 蜀锦：蜀地（今四川）产的锦。
② 馥馥（fù）：香气浓郁。馥，香气。
③ 巉（chán）岩：高而险的山石。
④ 茵：垫子或褥子。
⑤ 发越：激昂。
⑥ 庾（yǔ）岭之梅：庾岭即大庾岭，在今江西大庾县南，以产梅著称。宋王巩《闻见近录》："庾岭险绝，通渠流泉，涓涓不绝，红白梅夹道，仰视青天，如一线然。"
⑦ 杪（miǎo）：树梢。
⑧ 意：揣测之词，意料，料想。盖：大概，可能。
⑨ 讴（ōu）：歌唱。
⑩ 落英：落花。
⑪ 龌龊（wò chuò）：不干净，品德恶劣。
⑫ 因：原因，指缘分。
⑬ 语：话，指对联的上半联。
⑭ 飏（yáng）：飞扬，这里指快滚的意思。
⑮ 溷（hùn）：厕所，此处作"玷污"解。
⑯ 请命：请求任务。

中所闻也。翙喜出望外,即应声以客所属者对之。女称善,良久,慨然曰:"此才殆由天授。吾不能恝然于子矣①。"直前笑把其袂曰:"请行,行与妾归,花密处即是予家。"

翙悦而从之。至则篱落四围,远望亦绮绾绣错②,盖皆以花片砌成者。逡巡间,得其门,乃巨树二株,柯交于上③,俨有闬闳之象④。女逊翙入⑤。中无数椽之屋⑥,几榻皆以彩石,尽铺以落瓣。仰而窥,其上幕天日⑦,亦茂干为之庇荫⑧,花叶周遮,恍一天造地设者⑨。女未延坐⑩,即治具,曰:"郎馁矣,枵腹不可以晤言⑪。"于是尽倾筥筤⑫,而湘之烹之⑬。及进馔,花之外,无兼品⑭。翙疑虑不敢食。女笑曰:"此仙人所饵,啖之无伤也。"翙试尝之,甘香肥美,视人间粱肉如尘土。女又进百花酿,味又香冽,吸之如醍醐款洽⑮,神清气爽,飘飘欲仙。翙因不自知其鬼,遂窃幸长生可以立致⑯。食已,始相款洽⑰,渐及谐谑。女情不自禁,一振衣而群花皆落,皓体生辉,乃与翙欢合于石榻之上,备极绸缪⑱,两情深相缱绻⑲。已而女觉其非人,诧曰:"郎何有形而无质也?幸早语我,毋使自误。"翙亦自思:"予何得至此,且海亦何可浮?"因抚膺大戚⑳。女止之曰:"慎勿悲。鬼而仙,犹愈于人而鬼也㉑。况有术在,子何忧。"因出一瓷罂㉒,内贮清

① 恝(jiá):无动于衷,不经心,不重视。
② 绮绾(wǎn)绣错:指图案复杂,色彩艳丽。绮,花纹或图案;绾,把长线状东西打结;绣,用彩线在布上织图案;错,在凹下的文字或花纹里涂东西。
③ 柯:枝条。
④ 闬闳(hàn hóng):大门雄伟壮丽。"闬"、"闳"都是里巷的大门。
⑤ 逊:恭顺,谦恭。指客气地请人进去。
⑥ 中无数椽之屋:是说这里根本没有人间那种用椽、瓦盖屋顶的屋子。
⑦ 幕:此处作动词。"幕天日",以天日为幕。
⑧ 茂干:枝叶茂盛的树干。
⑨ 恍:恍然是。
⑩ 延:请。
⑪ 枵(xiāo):空着。
⑫ 筥(jǔ):圆形竹筐。
⑬ 湘:烹。
⑭ 无兼品:没有第二种食品。
⑮ 醍醐:炼制乳酸时浮在最上一层的精华。款洽:凡一切合于心意,使人感到舒畅的,都叫"款洽",此处指味美适口。
⑯ 立致:马上实现。
⑰ 款洽:指交谈愉快。
⑱ 绸缪(chóu móu):缠绵。
⑲ 缱绻(qiǎn quǎn):缠绵。
⑳ 膺(yīng):胸。戚:悲伤。
㉑ 犹愈于人而鬼:总比从人变成鬼要好。
㉒ 罂(yīng):小口大肚的瓶子。

泉斗许，遍沃翙身，曰："此百花之夜，妾晨起收之，实天浆甘露之属，人浴之而成仙。鬼浴之亦成形，加以服食，更采花之精英饵之，则鬼仙不难立证①。第妾数百年之积蓄②，一旦为郎耗矣。"语次，翙觉沃处肌骨坚凝，非若向之虚而无寄者，此心乃释然；自视其衣，则本属乌有。女以花为之被服，而粲兮烂兮③，两人相对，不啻锦羽鸿鸘④。女昼与翙出，采花共餐，暮与翙归，席花同梦。其所衣者，卧则一拂而尽，无事解脱⑤；醒则绕树徐行，瞬息曳娄⑥。其地无寒暑，亦无昼夜，以花开为朝，花谢为夕，衣食一出于花，寝息即在于花，方丈蓬壶⑦，不独擅胜焉⑧。

数年，翙忽谓女曰："赖子再生，宜谐永好。但亲老弟少，欲归省视。予其许我乎⑨？"女正色答曰："此君之孝也，妾敢不勉成君志？第以鬼出，以人归，尔墓之木拱矣⑩，谁其信之？"翙曰："姑试一返，予亦不克久留矣⑪。"径听其行。且以花叶为翙制衣，俄顷即成华服。临别，赠以一瓯，瞩曰："饥则饮此，慎毋食烟火物，食则神气日薄，不可以生。酒尽宜速返，勿再留。"翙约以匝月⑫。即行。

至海，仍复如踏平地。遂不假舟楫，直达越省⑬。比至扬，仲锡已老，弟已成立，翙突入，咸疑其鬼，惊避之，独仲锡抱持而泣曰："予误

①鬼仙不难立证：你是鬼还是仙马上可以证明。
②第：但是。
③粲兮烂兮：即粲烂，华丽鲜明的样子。
④鸿鸘（xī chū）：一种很像鸳鸯的水鸟，又名紫鸳鸯。羽毛五彩，非常美丽。
⑤无事解脱：不需要用手解脱。事，作动词，从事，做事。
⑥曳娄（yè lú）："曳"、"娄"二字同义，本义为牵引，此处指穿衣。
⑦方丈、蓬壶：古代传说中的二座神山。
⑧不独擅胜焉：不能独占神仙胜境的称号。
⑨其许我：是否答应我。
⑩木拱：树长到两手合握那么粗。
⑪克：可以。
⑫匝（zā）月：一个月。匝，周，围。
⑬越省：今浙江省。其地春秋战国时为越国，故称"越省"。

儿。儿归，其憾我乎①？"翊乃详其颠末②。人皆愕然。郡中有杖者③，少曾航海，闻岛名，恍然曰："是诚有之。岛在东海之偏，人罕能至。予曾经其处，闻系神仙所居，无径可入，至今犹仿佛其风景。"人因稍释然厥惑④。仲锡在扬犹客居，翊侍膝下，数日不饮亦不食。浃旬⑤，忽失其所在。

　　外史氏曰："百花之精，人饵之可以延年，不谓鬼服之竟以登仙也。申翊借人成事，游香国，得佳偶，且以跻寿域⑥，何事桃源中人⑦，不以鬼为憎，反羞与鬼为好哉⑧！是诚吾所不解者。"

① 憾我：让我内疚。
② 颠末：自始至终的经过。颠，头顶，代指始。
③ 杖者：柱着手杖的人，指老人。
④ 释然厥惑：消除了疑惑。厥，其，代词，他们的。
⑤ 浃（jiā）旬：十天。浃，遍。
⑥ 跻寿域：享高寿，指长生不死。跻，登，上升。
⑦ 桃源中人：即世外仙人。
⑧ 羞：做害羞的事。

翠衣国

【题解】本篇选自《萤窗异草》初编。作品以童话形式叙述蒋十三与翠衣国友好往来的故事，热情赞美了人们之间团结友爱、互相同情、互相帮助的美好品德，同时对残害善良、损人利己的恶德恶行则加以严厉的谴责。

　　陇蜀故多鹦鹉①，土人恒罗之以为玩具。成都人蒋十三，畜一佳者，驯养数年矣。一日，有鹳鹆来②，止于树梢，呼鹦鹉为"能言公"，隔笼与之语，询之曰："君不游翠衣国几年矣？"答曰："丙年离乡，丁年罹罗③，今居樊中④，岁又三稔⑤，通其首尾计之，已五易春秋矣。"鹳鹆又曰："颇亦思归否？"答曰："胡不思⑥？君不知我，我非生而羽者也。犹忆昔年为商，贩于湖湘间⑦，贾尝

① 陇蜀：四川和甘肃一带地方。
② 鹳鹆（qú yù）：八哥。
③ 罹罗：遭网捕。
④ 樊：笼。
⑤ 稔（rěn）：年。古代谷一熟为一年，因称年为稔。
⑥ 胡：何，怎么。
⑦ 湖湘间：湖南、湖北一带地方。

三倍，且颇善言语，恒为人解纷，人无有难之者。某岁仲春，与同伴航海，将谋重利。舟行至一岛，碧嶂插天①，蔚蓝无际。偶拉客夥数人登眺其上，愈入则其境愈佳。涉历既深，顿忘归路。岛中无一人，惟有公辈飞鸣上下②，不知几千万亿。予等病不能兴③，又无弋获之具可仿罗雀之风④，遂饿死于岩下。他人我不能知，予则渺渺然游行至一国土，宫殿巍峨，城郭富丽。其人无贵贱，皆衣翡翠裘。予询之，人曰：'此海中第七岛，翠衣国也。'予因谒见其王，欲图归计。王年可五旬余⑤，亦衣翠服，能识义理⑥，通阴阳⑦。其国中上大夫必能诗，中大夫皆能曲，下大夫亦能言，以捷给为才⑧，从无有不鸣者。遂馆予为客卿⑨，后以贵主下降⑩。主貌姣好，亦娴歌咏，与予伉俪甚欢。明年为予制此服之，遂能飞举。时与主翱翔于茂树，倡随无间⑪。不意为近侍所诱⑫，将欲归视故乡。行至山中，下而取食，为人所获，羁绁于兹不能返⑬。每思主爱，如割寸心。君今去能为我致一口音⑭，则幸矣。"鹦鸰曰："愿为驿使⑮，虽远弗辞。"鹦鹉乃低吟一绝曰："双飞何日向晴皋⑯，每为卿卿惜羽毛⑰。最是舌尖消瘦尽，绕笼犹自语叨叨。"诗成，俯首拳足⑱，若不胜情。鹦鸰即振翼而飞，回翔而语曰："必不辱命，君勿过伤。"遂

①嶂（zhàng）：如屏障的山峰。
②公辈：指多只鹦鸰。
③病不能兴：饥饿疲累得不能行动。病，极度疲乏；兴，起来，行动。
④弋获：捕捉禽类。罗：捕鸟的网。
⑤可：大约。
⑥义理：儒家经典。
⑦阴阳：阴阳术。阴阳家以阴阳五行为基本原理。
⑧捷给（jǐ）：言词敏捷，善于应对。
⑨馆予为客卿：留我住下，让我做官。馆，招待宾客的房舍，这里用为动词，即留住馆舍的意思；客卿，把外国人留在本国做官称客卿。
⑩贵主：公主，国王的女儿。下降：下嫁。
⑪倡随无间：互相间言听计从，感情很好。倡，倡导；随，跟随。
⑫近侍：在身边侍候的人。
⑬绁（xiè）：捆。
⑭致一口音：送一个口信。
⑮驿使：信使，送信的人。
⑯皋（gāo）：沼泽，溪岸。
⑰卿卿：这里指公主。
⑱拳足：曲足，缩足。

飞去。时蒋卧小窗下，院宇无人，闻其语甚为惨然，乃起辟其笼而纵之。且嘱曰："翠衣国路远，子宜自爱，慎勿再罹罗网之灾。"语竟，鹦鹉啁哳作谢①，飘然高举，渐入云汉间，不转瞬而逝。蒋以此事语其家人，多不之信，且疑其故纵，蒋竟无以自明。

逾年，蒋患疾疫，病垂毙。迷惘中见有人皂衣而鸟喙，直前启曰："君家之囚已言于翠衣国主矣。命仆奉延②，即请税驾③。"蒋正昏愦④，莫知所指，竟毅然随之行。其人奋臂一呼，早有绿衣人十数辈，驾一肩舆⑤，舁蒋前往。须臾至海上，波如山立，心甚惴惴。视其舆，轻犹一叶，去水仅寻余⑥，毫无沾湿，行且如飞。既至，有绝境，都如鹦鹉所言。即有人迎于郊外，俯伏路旁，引吭而谢曰⑦："主君体好生之德，罢悦耳之具⑧，网开三面，德并二天⑨，使折翼之禽无难旋里⑩，嫌笼之羽竟得生还。不独乐昌之镜重圆⑪，抑且若敖之鬼弗馁⑫。感恩涕泣，深愧衔环⑬，拥篲郊迎⑭，聊酬翼卵⑮。"言讫，伏地哀鸣，一若感激不胜者。蒋自舆中窥之，驺从甚盛⑯，冠盖甚都⑰，其人年二十许，翠衣翩跹⑱，疑即曩昔所纵者⑲。乃降舆慰劳，并驾而进。入其国，人皆衣碧，语言皆带鸟音。将至路门⑳，国主躬亲迎迓，揖而言曰："寡人愚昧，国禁废弛，致令金闺爱

① 啁哳（zhāo zhè）：形容琐细的鸟语。
② 奉延：相请。
③ 税驾：原意为停车、休息，这里是登车轿启行之意。
④ 昏愦：昏迷之中。
⑤ 肩舆：轿子。
⑥ 寻：古代长度单位，八尺为一寻。
⑦ 引吭（háng）：放开嗓子说话。
⑧ 悦耳之具：指鹦鹉。
⑨ 德并二天：恩德如天。
⑩ 旋里：回家乡。
⑪ 乐昌之镜重圆：夫妻离散后重逢。唐《本事诗》载：乐昌公主与徐德言因战乱分散，各执破镜的一半。后来，就用破镜为凭信，夫妻得以重逢。
⑫ 若敖之鬼弗馁：意为子孙不绝，地下之鬼永享祭祀。《左传》载，楚国令尹子文是若敖氏的后代。他的儿子不学好，他担心若敖氏将来要被灭族，因此对儿子说："若敖氏的鬼魂将来要挨饿的。"
⑬ 衔环：报恩的意思。《续齐谐记》载，东汉杨宝救了一只黄雀，某夜有黄衣童子送白环四枚相报。
⑭ 篲（huì）：拿扫帚扫路。
⑮ 翼卵：遮护，爱护，就像鸟雀用翅膀遮护起卵那样。
⑯ 驺（zōu）从：达官贵人出行时，前后侍从的骑卒。
⑰ 冠盖甚都：服装和车饰都很华丽。
⑱ 翩跹（piān xiān）：姿态轻盈。
⑲ 纵：放。
⑳ 路门：古代天子宫廷有五道门，最内一层为路门。

婿辱于弋人①。微先生释之归里②,则弱女无与并栖,即不谷亦无与共治矣③。"语甚谦㧑④。蒋目之,貌古神清,被服赫奕⑤,因逊谢。国主揖蒋入,延至殿廷,纳之上坐。将下拜,蒋辞让至三,然后以宾主礼相见。既坐,国主又言曰,"儿女辈赖君完聚,时铭五中⑥,无由申报。适闻病在床蓐⑦,故遣剪舌侯奉邀⑧,幸辱惠临,当令叩谢。"因命传语后庭,使白贵主,旋铺红㲲于地⑨。俄有小鬟十余,自屏后捧一丽人出,齿甚稚⑩,翠羽之服,玉声璆然⑪。夫妇并肩皆北面再拜,蒋不获辞⑫,却而后受,主即退。国主命设宴于"望祢亭",与蒋欢饮,且告曰:"此寡人跂望正平之地也⑬。异世知心,今与君为二矣。"于是飞觞痛饮。诸大夫皆在坐,有献诗者,有歌曲者,纷沓而前,蒋亦不甚记忆。国主知蒋有恙⑭,命取海中神露和酒饮之,恍若沃以冰雪,病遂除。宴毕,国主谢曰:"敝路褊小⑮,土产绝稀。不腆敝赋⑯,未足以酢大恩⑰,聊供君之玩好,幸勿挥斥⑱。"乃进明珠十粒,紫玉一双,约值数千缗⑲。小鬟又传夫人命,致水心镜一围,珊瑚树盈尺,曰:"敬以报钗合镜圆之德。"贵主夫妇又私有赠遗⑳,国主命寄于近海市肆㉑,以券付蒋,令其自取。仍命皂衣人送之还,国主冰玉亲饯于郊㉒,握手流连,

①弋人:猎鸟的人。
②微:非,不是。
③不谷:国王自称。
④谦㧑(huī):谦让。
⑤赫奕:显耀盛大。
⑥铭五中:深刻在内心,永记不忘。铭,刻;五中,五脏。
⑦蓐(rǔ):草席。
⑧剪舌侯:八哥。据说八哥要剪舌后方学人语。
⑨㲲(shū):毛毯。
⑩齿甚稚:年龄甚小。
⑪璆(qiú)然:玉相碰击的响声。
⑫不获辞:推辞不得。
⑬跂(qì)望正平之地:望祢亭,是看望祢正平的地方。跂望,翘足而望;正平,三国时祢衡,字正平,曾写过《鹦鹉赋》,因此翠衣国主把他称为"异世知心",修亭子盼望他前来。
⑭恙:疾病。
⑮敝路:是对自己国家(地方)的谦称。
⑯不腆(tiǎn)敝赋:礼物很轻的谦词。腆,丰厚;赋,财物。
⑰酢:同"酬",报答的意思。
⑱挥斥:辞谢,弃掷。
⑲缗(mín):一千个大钱为一缗。
⑳遗(wèi):赠送。
㉑市肆:店铺。
㉒冰玉:形容酒的清润。

甚不忍别。蒋思归念切，登舆而返。

比至家①，举家号咷，将殓尸于椁，死已二日矣。蒋推衾而起，家人大惊，询之，始得其故。出视庭柯②，有鹦鹉爰止未去③，始悟所谓剪舌侯者，即此是也。乃设食饲之，三嗅而作④。蒋疾大愈，欲诣海肆合其券，家人以为妄，力止之，遂不果行⑤。至今蜀人呼鹦鹉曰"能言公"，其遗意云⑥。

①比：等，等到。
②庭柯：院中树枝。
③爰：乃，于是。
④作：飞起，飞去。
⑤不果行：未去成。
⑥云：语尾助词，常用于一篇文章的结束。

青　眉

【题解】本篇选自《萤窗异草》初编。小说通过城市普通百姓在恋爱婚姻和日常生活中的不幸遭遇，反映了清代乾隆年间社会动荡不安的某些侧面。作者以充满感情的笔调，对主人公的遭遇作了生动、细致的描写，令人印象深刻。

皮工竺十八，邑之鄙人也①。年仅弱冠②，貌姣好如女子，虽居市廛③，里之美少年，莫之能掩④，以故有俊俏之号。其室曰青眉⑤，色尤殊丽，见者疑为画图。初诘其所自，坚讳不言。后乃稍稍露之，则实北山之狐也。

盖竺少佣于乡，始学裁皮，年甫十六耳⑥。师嗜酒，夜出恒不归。肆中惟竺一人，缝纫至中宵⑦，然后就寝，率以为常。一夕，师又出，竺方夜作，闻弹指声，意为比邻取履者⑧，隔扉询之。则答曰："侬⑨。"其音绝娇细，竺大骇。且虑为市中恶

①鄙人：地位卑贱的人。
②弱冠：二十岁。
③廛（chán）：平民住的房屋。
④莫之能掩：没有人能比得过他。掩，遮掩。
⑤室：妻子。
⑥甫：才。
⑦中宵：半夜。
⑧意：以为。
⑨侬：我。

女侦其师不在，来寻断袖欢①，心益惴惴。乃绐之曰②："已卧矣，客请明日来。"外又曰："侬非暴客，实邻女也。盍开我与若一言③。"竺不得已，从板缺觇之④，果似女人垂鬟立于檐下，因启之。女径掩笑入。竺视其貌，容光照映斗室，虽少小，心亦不能无动。遂腆然诘所自来⑤，答曰："家居距此咫尺，缘夜绩，烛为风火，特来乞取新火，非有他也⑥。"竺素醇谨，慨然与之，不敢交一言。女亦持炬径去。竺虽未通情话，而心颇爱好，冀其复来。乃师归，女竟不再至。日夕坐肆中伺之，亦杳无其迹。

无何，师又他往，女则又来乞火，两情渐稔⑦，欣然延入与坐谈⑧。女以年岁询竺，答曰："一十有六矣。"女微笑曰："阿侬适与君同庚⑨。"竺亦询女之居址，答曰："久当自悉。"絮语移时⑩，犹无去志。竺亦贪其貌，眷恋勿舍，四目痴凝，将不可解⑪。女忽回顾衽席，谓竺曰："此即君之卧榻耶？恐逼仄不足以容二人⑫。"竺会其意，乃答曰："卿试先卧，看能容否？"女笑而起曰："来夕当试之。"又复去。竺终腼腆⑬，弗能挽留，然心志已蛊惑矣⑭。

晨起，无心操作，惟冀其师不归，得以成此佳会。而师果为曲糵所羁⑮，向晦不复⑯，心益悦。及昏，

① 断袖欢：指玩弄男色。典出《汉书·董贤传》：董贤仪容美丽，得到哀帝宠幸，常与哀帝一起睡觉。一次昼寝，董贤枕着哀帝的衣袖而卧，哀帝想起身，为了不惊醒董贤，便断袖而起。
② 绐（dài）：欺骗。
③ 盍开我：何不开门让我进屋。
④ 觇（chān）：窥视。
⑤ 腆（tiǎn）：惭羞。
⑥ 非有他也：并无其他缘故。
⑦ 稔：熟悉。
⑧ 延：请。
⑨ 庚：岁，年龄。
⑩ 移时：一会儿。
⑪ 解：舍得。
⑫ 逼仄：狭窄。
⑬ 腼腆（miǎn tiǎn）：害羞，不自然。
⑭ 蛊惑：毒害，迷惑，这里指受迷惑心动。把许多毒虫放在器皿里使互相吞食，剩下的不死的毒虫叫蛊。
⑮ 曲糵（niè）：本指酒母，后代指酒。曲，酒曲；糵，本指植物被砍后新长的嫩芽，后成为酒母。
⑯ 向晦：傍晚。向，靠近；晦，暗。复：回来。

明灯兀坐①，形状类痴，亦不再捆屦②。漏下二鼓③，女果来。启户款之入④，则靓妆艳服，迥异昨之朴素。询之，笑而不答，径登竺榻面壁卧。竺知其惧羞，乃先解己衣，熄火就枕。及寤，而东方已白。竺尚流连，女早揽衣先起曰："乐正未央⑤，不可使他人窥见底里。"乃去。

　　竺起而师返，女绝不来，竺亦不以为讶。阅数夕，乘师之出，又复欢会，款洽且倍于初⑥。起谓竺曰："侬自见君，顿为情系，以故不以自坚，致有前宵之事。今幸两相欢爱，生死勿渝，君能不弃，即以妾为糟糠妇乎？"竺嗫嚅良久，始答曰："阿谁不愿？但予幼失怙恃⑦，育于兄嫂，今从师习此末艺，将来尚未知若何，谁有余资为予纳妇耶？且年齿尚卑，尤未敢漫然启口。"女曰："然侬侬计之，君能辞师出游，妾自能相君立业⑧，奚为仰人眉睫，使我燕尔不欢⑨？"竺恍然，乃诘之曰："若言有家在，岂无父母而可自主耶？"女笑曰："妾初给君，今乃悟乎？侬字青眉，居北山，实狐也。羡其玉貌，故假邻女以相就，岂真有高堂为予束缚者？"竺年幼，且贪新欢，茫不知惧。唯曰："闻狐恒为人害，信然否⑩？"女曰："亦信有之⑪，而妾非其伦也⑫。妾不爱君，亦不屑至此；爱之而复杀之，宁能见容于天地乎？"因侃侃鸣誓，竺亦

①兀（wù）坐：挺直坐着。
②捆屦（jù）：屦，葛、麻等制成的单底鞋。捆，敲打、捶击，织屦时的一种动作。捆屦，泛指做鞋。《孟子·滕文公上》："捆屦织席以为食。"
③漏：更漏，更次。二鼓：二更天。古代把一夜分为五更，每更二个小时。报更用钟或鼓。
④款：招待。
⑤未央：未尽，指来日方长。
⑥款洽：欢愉融洽。
⑦失怙（hù）恃：死了父母亲。怙，依靠，代指父亲；恃，依靠，代指母亲。
⑧相（xiàng）君立业：帮助你创立家业。相，帮助，辅佐。
⑨燕尔：指新婚。语出《诗经·邶风·谷风》："宴尔新婚，如兄如弟。"燕，同"宴"。
⑩信：真实。
⑪信有：确实有。
⑫伦：类。

相信不疑。临去，授竺以策。

竺如其教，启于师曰："昨闻里人言，予嫂病且危殆。予少受其抚育，请给假一归省视。"言已泣下。师亦微闻其嫂病，见其悱恻①，心甚悯焉。乃自营肆务，遣之行。竺出肆未及里许，女早迎于道周②，问之曰："君将奚适③？"竺曰："将归予家。"女大笑曰："君误矣！若往汝家，有兄嫂在，其何能从之？"竺曰："为之奈何？"女曰："侬视之，君业虽未游刃有余④，而尚可以进乎技⑤。妾幸有薄资，请与君游于外郡，自立生计，必有以愈于为人佣⑥，君以为何如？"竺本漫无主裁，欣然从之。女出白金一锭，觅舟南行。竺与女倡随甚乐⑦，亦不念及乡族。舟抵常熟⑧，女犹欲前进，竺不愿，乃僦居邑之北门⑨。女又以金半笏为营肆具⑩，遂开设于市中。其后为居室。女以竺齿尚稚，不令合人生理⑪。凡竺所不能制者，女皆代庖为之，式甚新奇，名乃大噪，邑中之履咸归焉。女亲操井臼，治饔飧⑫，暇则织屦相夫子，怡怡然无怨色，竺益心德之。

明年，竺已十七，家小裕，志遂少荒⑬，数从无赖游。女禁之，弗听。适常熟有富家子，性佻达，尤好龙阳君⑭。时来肆中市履，见竺之色，深悦之。会竺与无赖交，乃以重金唊诸无赖⑮。值望后⑯，月色甚

① 悱恻（fěi cè）：悲苦。
② 道周：道旁。
③ 奚适：适奚，去哪里。
④ 游刃有余：这是用"庖丁解牛"的典故，见《庄子·养生主》。游刃有余，形容做事熟练，解决问题胜任有余。
⑤ 进乎技：借用《庄子·养生主》"臣之所好者，道也，进乎技矣"语，指技术已经不错了。
⑥ 愈于：好过，比……好。
⑦ 倡随甚乐：指夫妻感情融洽，生活快乐。倡随，夫唱妇随；倡，同"唱"。
⑧ 常熟：今江苏省常熟县。
⑨ 僦（jiù）：租赁。
⑩ 半笏：古代金银的锭铸为长条形，唐制为长三十厘米，宽八厘米，厚零点五厘米，重五十两（宋元时亦重此数）。因为锭的开关像笏，所以又称为"笏"，一锭又称为一笏。半笏为二十五两。
⑪ 合人生理：和人谈生意。生理，生意。
⑫ 饔飧（yōng sūn）：早饭和晚饭。
⑬ 少荒：稍有点荒废。
⑭ 龙阳君：指男色。《战国策·魏策》载：魏王的幸臣龙阳君得到王的宠爱。魏王为免龙阳君妒忌，下令国内，有谁敢言美人者，灭族。
⑮ 唊：用利益诱惑。
⑯ 望后：十六日。望，每月十五日。

明，置酒于邑中慈觉寺，邀竺为长夜饮。竺以他故给女，遂从无赖行。至则富家子亦在座，极致款曲。竺素限于量，饮未毕，已不胜酒力，众引至别室，使其小憩，实则以计嬲之也①。竺方转侧欲眠，忽闻人小语曰："舍妾孤栖，君乃在此高卧耶？"竺亟张目视，则青眉立于榻侧。因诘其何以至此，女曰："君之危，若履虎尾②，犹问乎？请即从妾归。"竺内惭，因诈以醉辞③。女以气噀竺面④，冷若觱栗之风⑤，酒顿醒，强起随之行。女曰："君未得其实⑥，归将怨妾，盍少留⑦，当有笑柄供君解颐⑧。"随捉一矮凳置床头以待，麾之⑨，倏成人形，衣缕面容，与竺无差别。竺亦莫测其意，惟伫伺之。有顷，见富家子与众嬉笑而入，狎亵之状，不可胜言。竺面赤汗流，始悟众等恶计。女以纤腕相握曰："去，去。"遂悄然出走，恍若梦寐，而身早在空中矣。

既归，女延之坐，长跪且数之曰⑩："妾携君远离故里，虽不敢望君大成，亦宜自爱。今君数作游荡，几以丈夫之躯，陷入妾妇之队。使狡谋果遂，不独妾羞为弥子之妻⑪，君又有何面目归向桑梓乎？"语甚悲咽，泣下数行。竺愧悔无以自容，颜色沮丧，莫措一词。女恐其过惭，乃起以温言慰藉曰："后勿复然，过，贵于能改也。"遂仍欢好，不再言。

①嬲（niǎo）：戏弄。
②若履虎尾：比喻处于危险境地。
③辞：推辞，不回家。
④噀（xùn）：喷的意思。
⑤觱（bì）栗之风：即严冬寒冷之风。
⑥未得其实：没有看到事实。
⑦盍：何不。
⑧解颐：笑。颐，脸颊。
⑨麾（huī）：军中旗子，这里指用衣袖拂过。
⑩数：劝说。
⑪弥子之妻：弥子，弥子瑕，春秋时卫灵公幸臣，以容颜美丽，得到卫灵公宠幸。后来年老色衰，被黜去。见《韩非子》。此处因竺险些被人玩弄，故以弥子瑕作比。

乃富家子视之，竺之迹渺然，大惊，疑竺为妖，与众共首于县。时，巴陵苏苾臣以进士宰常熟①。素稔富家子有邪行，不欲究其事。然因马朝柱一案②，逮捕妖术甚亟，爰命役拘竺。竺至，公见其少小，且事涉暧昧，略加研诘，竟笑遣之。

竺归肆，女忽谓之曰："是地不可复居，将有祸至。"遂货其器具，束装北行，徙家于瓜步间③，爰卜山阳之南郭而居之④。女以竺少不更事⑤，前因多资，致荡其心，遂不复设肆，日令竺荷担入市，所得者，仅足糊口。已乃茅屋数椽，纺绩相助，此外别无赢余。竺渐不能堪。每出，窃与市儿赌。始以获采⑥，少助杖头⑦，遂以为欣欣得意。故女知而不问。

一日，女出汲⑧，突遇同巷某，瞥见之，惊以为神仙中人。盖某素业赌博，以博得罪于势豪，方切忧惧⑨。见女，居为奇货，顿思假此为释憾之计，献媚于豪。因乘间以言餂竺曰⑩："子业此，欲赡两口，势必有所不能，且男子远离乡井，亦当思奋身立业，始可归见里族⑪。若仅日觅蝇头，竟同株守⑫，不第不能归，归亦何颜也。"竺闻言，适中所患，乃咨嗟曰："君言良是，但无处措资，业何由立？"某又佯为踌躇，徐曰："此事亦非大难，某同辈中某某，均以博起家，获资巨万。闻子

① 巴陵：古代县名，治所在今湖南岳阳。
② 马朝柱一案：乾隆十七年（1752年），湖北罗田县民马朝柱以符箓聚众，计划在英山县天马寨起事，事泄露，罗田知县冯孙龙以开脱马朝柱，被处死，朝廷下令通缉严办。
③ 瓜步：步，一作"埠"。镇名，在今江苏六合县东南瓜步山下，滁河东岸，因山得名。
④ 山：指瓜步山。阳：指山的南面。郭：外城。南郭：城南关。
⑤ 少不更事：年轻人阅历不多。
⑥ 获采：指赌博获胜。采，采头，胜采。
⑦ 杖头：即"杖头钱"，指买酒的钱。《晋书·阮修传》载：阮修出外散步时，就以百钱挂杖头，遇到酒店，就用它买酒喝。
⑧ 汲（jí）：打水。
⑨ 方切忧惧：正在非常忧惧的时候。切，迫切，此处作"非常"解。
⑩ 餂（tiǎn）：诱取。《孟子·尽心下》："士未可以言而言，是以言餂也。"赵岐注："餂，取也。"此处是"引诱"的意思。
⑪ 里族：犹言"乡亲"。里，乡里，故乡。
⑫ 株守：守株待兔，指希望不劳而获。

采兴甚高，战无不利，盍为此不母而子之策①，白手可致素封②，犹愈于坐操会计多多矣。"竺本以此自负，又不禁歆羡之私③，遽攘臂曰："君能贷我十缗我当试一为之，看花骨子非我如意珠耶④？"某慨然许诺。暮又偕一人来，曰："予适小匮乏，贷于此兄，幸如数，请即署卷⑤。"竺素不能书，女虽能，又不敢以告，即倩某捉刀⑥。其名实即某豪，竺不及知也。其一人得券，即以资付竺，匆遽而去。竺亦未及致诘，径携资就某家赌。其始小胜，后乃大亏，比及鸡鸣，早已万钱立罄⑦。众哄然散去，竺亦垂首而归，抵家倦卧。女故悉其所为，亦不致诘。又明日，竺诣某处，与商背城之策⑧，数往皆不遇。

瞬息月余，某忽偕数人至，衣帽甚都，前人亦在内。某谓竺曰："积欠猝未能清⑨，其子可偿也⑩。"竺为此故，已私蓄千钱，毅然曰："息几何矣？"答曰："五十缗耳。"竺骇曰："其母仅十千⑪，其子何反数倍耶？"众哗曰："语都不类。"亟出卷令竺自阅，则已千缗实书其上矣。竺不觉颈赤，与某力争，某亦不相下，手口交加⑫。众咸怒曰："逋欠者亦敢肆虐耶⑬？"遂群殴之，几毙而后去⑭。邻人有怜竺者，扶掖入室。女为之抚摸疮痍，毫无诟谇⑮，人益贤之。

诘朝⑯，豪仆又来取索，且风示其指曰⑰："能以妇偿，百缗尚可得。"

① 不母而子：不用本钱而可得利。
② 素封：不当官但很富的人。封，封官爵。
③ 歆羡之私：即羡慕之心。私，个人的，指内心。
④ 花骨子：即骰子，赌博用的工具。如意珠：佛教语，即宝珠；因可由它求种种之物，故名"如意珠"。佛教说此珠出龙王或摩竭（古中印度国名）鱼脑中，或说是由佛舍利（佛骨）所化。
⑤ 署卷：立借据。署，签署，指在借据上签名画押；卷，借卷，即借据。
⑥ 捉刀：指代笔，代替别人写东西。
⑦ 罄（qìng）：尽，空。
⑧ 背城："背城一战"的省语，指赌博。
⑨ 积欠：指本金和利息加在一起的欠债。
⑩ 子：指利息。下文的"母"指本金。
⑪ 十千：即十缗。一千钱为一缗。
⑫ 手口交加：犹言又打又骂。
⑬ 逋（bū）：拖欠。
⑭ 几：几乎。
⑮ 诟谇：责骂。
⑯ 诘（jí）朝：清早，明早。
⑰ 风：通"讽"，劝告，此处是"暗示"的意思。

竺大詈之①。其人即返，又引前数人来，挞门秽辱，比邻俱掩耳恶闻②。女背竺出，亟止之曰："若勿尔尔③，若之意，在人不在资，侬已知之。但竺为侬夫，今甚狼狈，伉俪之情，不忍遽绝。归与若主言，果相悦，俟竺愈，径来相迎，侬固不惜此一身。"豪仆闻之皆喜，敬诺而去。里中有聆其言者，俱以女为缓攻计，即竺亦不疑其有去心。

浃旬④，竺已复初，惟忧豪家来索逋，已而果至，女出与之约，竺亦不能尽知。晚间，女置酒室中为竺庆。少酣，女起，满酌而语之曰："妾为君妇，三载于兹，不克有所裨益，既致君离其乡里，骨肉不通笑言，今义以蒲柳之庸姿，辱君于狂奴之毒手，心实怍焉⑤。刻下积逋无偿，进退维谷⑥，君将何以处之？"竺默然，既而叹曰："予诚不肖⑦，重负吾卿，豪家之事，情甘与之涉讼⑧，他复何言。"女泫然曰："君奚固执若此？君以异乡之身，与豪右相较⑨，危可翘足而待⑩。若整装急旋故土，上可广先人之祀⑪，下可酬兄嫂之恩，计诚莫逾于此。"竺已喻其恉⑫，因曰："我归，子将若何？"女曰："豪之所图者，色也。妾以色事君，即以色事豪，渠必不追吾夫矣。"竺艴然色异曰⑬："是何言也？予宁死，不以妻抵债！"女遂不再言。及寝，又以利害说之，竺方首肯。女

①詈（lì）：骂。
②恶闻：不愿听。
③若勿尔尔：你们不要这样做。
④浃（jiā）旬：一旬。
⑤怍（zuò）：惭愧。
⑥进退维谷：进退两难。语出《诗经·大雅·桑柔》："人亦有言，进退维谷。"毛传："谷，穷也。"维，语助词，无义。
⑦不肖：本指不像贤明之祖，后引申为品行不佳，不争气。
⑧涉讼：打官司。
⑨豪右：豪门大族，豪强。右，古代以右为上，故称世家大族为"右族"、"右姓"。
⑩翘足而待：翘足，举足，抬起足，形容时间极短。
⑪广先人之祀：句意是说，竺急归家，可不遭危险，如此，又可增加一个祭祀祖先的人。广，增多，扩大；祀，祭祀。
⑫恉：同"旨"，主旨，用意。
⑬艴然：恼怒的样子。色异：变脸。

即起为之治装，促之行，曰："不可缓，迟则祸至矣。"

竺尚流连。女强之出门，以手麾之。竺遂不能自由，大奔若狂，直至百里外，始复其故步①。暮投旅店，计去山阳已二日程。竺终以女为念，止不复前，将以探其耗②。阅五日③，果有自淮上来者④，且其熟识也。见竺，即尤之曰⑤："子诚负心！捐妻子而远遁⑥，令其死于强暴，情何以堪？"竺故预料有此，乃大恸。诘其颠末⑦，人曰："尊阃至豪家⑧，涕泣不食，夜出缢于其门，尸重不能举。官知之，检其怀中，得血状，具诉其冤。官将逮子，莫知所往，因执豪于法，并诱子者亦得罪，邻里咸称快。予来时，狱将具矣。"竺心又少慰，乃市楮镪祭之于野⑨，痛哭至呕血。病卧传舍，时时饮泣，旋复述惘。沉顿间，女忽欻然入⑩，就榻抚视。且笑曰："妾已得生，君何为欲死耶？"竺愕然曰："闻卿已殉节，今至此，得毋学桂英来索王魁命乎⑪？予诚负心，殁亦无憾。"女又笑曰："年已如许大，何犹菽麦不辨？呱呱作小儿啼哉！妾本狐仙，宁无自全之策？向之殁者⑫，特江间一片石，岂侬亦效痴妇人，作投缳鬼哉？"竺夙知其灵异，欣喜不胜。而病已甚剧，女投之以药，遂霍然⑬。女又谓竺曰："妾不可露形于此，致人疑怪，当仍往前途

①复其故步：恢复原来走路的样子。
②耗：消息。
③阅：过了。
④淮上：淮，疑作"滁"。淮河距瓜步甚远，方位不合。滁上，指竺原先所居瓜步一带。
⑤尤：责怪。
⑥捐：丢弃。
⑦颠末：始末。
⑧尊阃：对别人妻子的尊称。
⑨楮镪（chǔ qiǎng）：祭供时用于焚化的纸钱。楮，一种可用于造纸的树，后成纸的代称；镪，钱串。
⑩欻（xū）然：忽然。
⑪王魁：犹言王状元。魁，即魁甲，科举考试进士第一名之称。桂英与王魁事，见《醉翁谈录》等，叙桂英因王魁负心而变成厉鬼害王魁之事。
⑫殁（mò）：死。
⑬霍然：病迅速好。

候君，君亦勿久滞。"乃先行。竺至次日亦就道。至夕，与女重圆于旅次。竺谋他适，女不可，曰："前因一时孟浪，屡踬于他乡①，今而知安乐莫如故土也。请即偕归，不再与君作汗漫游矣②。"于是，出金为竺制衣履并己之妆饰，遂返本邑。

初，竺之兄不见弟，欲讼其师，乡人有见竺远行者，力止之。而兄嫂恒思忆不置③。一旦，见竺携艳妻复其邦族，咸惊喜。竺诡言娶于它邑，人亦不疑。女以资授竺，使仍设肆于市，而迎其嫂与兄奉养于家。曰："为我约束狂郎④，妇虽智，究难钳制夫也⑤。"自此，竺与女力作，家以日裕。

余初见青眉，深异其非常人，因再三诘，竺甫肯缅陈其概⑥。更谓予曰⑦："微君之文⑧，予妻将湮没毕世矣。"余亦喜其相夫之智，持节之坚，遂援笔而为之传。

外史氏曰⑨：青眉固功之首⑩，而亦罪之魁。其非诱竺远出，何至屡濒于险？幸而归老首丘⑪，差可自盖⑫。然亦竺之嗜饮嗜赌，自贻伊戚⑬。岂真妇有长舌，为厉之阶哉⑭？温柔乡人慕，而慕醉乡，宜其有兔脱之厄⑮；恩爱海不贪，而贪苦海，宜其有鼠窜之危。故罪不可不专责之青眉，究亦不能末减于竺皮⑯。

①踬（zhì）：不顺利。
②汗漫：漫无边际。
③不置：不停。
④狂郎：指竺郎。
⑤究：究竟。
⑥甫：不。缅：遥远。
⑦更：变更，改变主意。
⑧微：无，假如没有。
⑨外史氏：作者自称。
⑩固功之首：固然功劳最大。
⑪归老首丘：归老故乡之意。据说狐死时，它的头要向着它的窟穴的山头，叫做"首丘"。
⑫差可自盖：基本上可以自我弥补。
⑬自贻伊戚：自己招来忧患。语出《诗经·小雅·小明》："心之忧矣，自诒伊戚。"诒，通"贻"，招致的意思；戚，忧愁，悲伤。
⑭妇有长舌，为厉之阶：惹是生非，招来灾祸。这是《诗经·大雅·瞻卬》中的两句。原诗"为"作"维"，义同。长舌，指爱说闲话，搬弄是非；厉，凶厉，灾祸；阶，阶梯，即媒介之意。
⑮兔脱：脱逃，逃难。
⑯末减：减轻所判之罪。

秦吉了

【题解】 本篇选自《萤窗异草》三编。作品描述书生梁绪与富家大族婢女之间曲折的恋爱故事，表达了青年男女特别是身处社会底层的少女要求婚姻自主和人身自由的迫切愿望，赞扬了他们敢于向旧礼教和不合理的等级制度挑战的意志。

剑南巨家①，蓄一婢，貌美而黠，主人颇宠之，不使与群婢伍。时某太守将致仕②，以一秦吉了相赠③。绝巧惠，能作人言。主因命婢司其饮啄，此外无余事也。

一日，婢饲鸟，鸟忽言曰："姊哺我，当得一好姊夫。"婢羞，扑之以扇，鸟亦不惊。自是，鸟有所语，婢或戏而答之，或笑而置之，习以为常，婢亦不甚介意。盖婢独居一室，鸟即悬其闼④，喁喁小窗⑤，俨然伴侣，人亦莫得问焉。

又一日，婢浴于室。忽闻鸟呼曰："姊姑好身体！"婢大恚⑥，白身往扑之。适鸟亦新浴，因驯，未闭其笼，竟振羽而出，绕屋周匝⑦，婢捉之倍亟⑧。鸟忽洞穿窗纸，翱翔而去。婢遂仓皇无措，深惧主责，顿生狡狯⑨，著衣后，即移笼于檐下，径诣主前泣诉曰："婢子偶不谨，闭户澡身，不意为人所中伤⑩，竟放鸟去，情甘罪责，死无怨。"主人素怜婢，且悉众有妒心⑪。果不究典守⑫，而反究他人。其计亦谲矣！既而莫得其主名⑬，亦姑置之。

①剑南：剑阁以南四川中部地区。
②致仕：退休。致，到了，到头。
③秦吉了：鸟名，即鹩哥，《唐书》译音"结辽鸟"。产于岭南广东、广西山中。大似鸲鹆，青黑色，头两边有黄肉冠，如人耳，红嘴黄距，能学人语。
④闼（tà）：门。
⑤喁（yóng）喁小窗：在小窗下轻声交谈。喁喁，轻声细语。
⑥恚（huì）：怨恨。
⑦周匝：圈圈。匝，圈。
⑧亟（jí）：急迫。
⑨狡狯（kuài）：狡诈。
⑩中伤：暗算。
⑪悉：心里清楚。
⑫不究典守：不追究失职之罪。典守，职守，职责。
⑬主名：主犯，为首的人。

旬日后，婢奉主母命，往省同邑梁孺人①。其子名绪，犹未婚。方昼读于斋中，俄而鸟飞集其案，作人语曰："为君觅一佳配，盍往视诸②？"绪惊而谛观，则一秦吉了，因释卷而逐之。鸟飞甚缓，甫出院门，见有二八妖鬟，青衣红裙，冉冉自外入。鸟忽失所在。绪睨女貌，美丽不群，乃托故尾之以行③，直入内室，与母絮絮话言，始悉为某巨家婢，而姿容态度，娴雅动人。婢见少年郎，亦时时顾之。两情颇眷恋，但不能通片语。良久，婢自归。既复主命，言旋其室④。空笼故在床侧，瞥见前鸟，瞑目拳足⑤，憩息其上。大喜，如获拱璧⑥，将执之，复置诸樊⑦。鸟大噪曰："予为姊奔波几殆⑧，幸得好姻缘，何犹欲以此困我耶？"婢奇其言，诘之。鸟一一缕述。婢顿悟，遽敛其手。鸟亦不飞，止于榻上，谓婢曰："予虽不能如昆仑⑨，出姊于重垣之外⑩，然姊之心事，非予莫与之传，姊果有意乎？"婢腼腆不答。鸟作笑声曰："儿女之态固如是。虑有人来，予且去。"言已，振翮而飞，旋不见。婢故慕绪之丰采，且耻为画屏姬⑪，反侧中宵，不能自主⑫。

明日，鸟瞷无人，又复爱止⑬。婢招之即下。因言曰："主人甚爱予，必不忍以珠弹雀⑭；况梁生青年才俊，纵慕少艾⑮，讵屑以婢妾充好逑⑯？费

① 孺人：明清时为七品官之母或妻的封号，也通用为对妇人的尊称。《礼记·曲礼下》："天子之妃曰后，诸侯曰夫人，大夫曰孺人，士曰妇人，庶人曰妻。"
② 盍：何不。诸：之乎。
③ 尾：尾随她。
④ 言旋其室：回到寝室。言是语助词，无义。
⑤ 瞑目拳足：形容困顿、疲惫的样子。拳，通"踡"，踡曲。
⑥ 拱璧：大璧。拱，两手合握。
⑦ 樊：关鸟兽的笼子。
⑧ 几殆：几乎累死。
⑨ 昆仑：即昆仑奴磨勒，唐裴铏《传奇·昆仑奴》中的人物。他曾冒着生命危险，帮助他的主人崔生与一贵官的侍姬红绡结为夫妻。
⑩ 出：使出去。
⑪ 画屏姬：富贵人家的姬妾。
⑫ 不能自主：不能自禁，禁不住不想。
⑬ 又复爱止：又飞来停在鸟笼上。爱，语助词，无义；止，住，停下来。
⑭ 以珠弹雀：以宝珠作弹丸去弹打野雀，比喻轻重倒置。典出《庄子·让王》："以隋侯之珠，弹千仞之雀，世必笑之。是何也？则所用者重，而所要者轻也。"
⑮ 艾（ài）：美好。
⑯ 讵（jù）：岂。好逑：好配偶。

子苦心，恐事不谐，可奈何？"鸟解所言，两翼旋作，至夕始返。乘昏复婢曰："梁生之情见科词矣。"因诵其所吟曰：不妨团扇白，只喜玉颜红①。倘遂乘鸾愿，终应跨凤同②。婢闻而心喜，遂以意授鸟。侵晨，复纵之去。乃绪在萧斋③，日夕注念于婢。朝起仰视翔禽，颇似畴昔之鸟，因戏曰："卿能语我可人乎？当为汝立传，俾与苏武之雁并传④。"语未已，鸟忽垂翅而下，集于粉垣，与绪对语，致婢相思之意，并所虑之深。绪大悦，因诘婢知书否。鸟答曰："颇识之。"绪即立草数行，备叙渴衷，兼矢永好。缄封而置之地。鸟即下而衔之，径飞去。绪益骇叹其奇。乃自此数日，不再见鸟，而婢之音耗顿绝。

正怅望间，忽传巨家有婢死，既已槁葬。绪心动，疑而询之，果即意中所属者，大恸几失声，而亦莫解其故。殊不知鸟衔笺去，婢见之，愧不能书，乃撤玉瑱一事⑤，畀鸟复之⑥，并告以父母所在，浼去物色之⑦，啖以重金⑧，则蛾眉不难赎⑨，鸾俦可立效矣⑩。鸟唯唯，衔之高飞，至中途，突遭恶少试以弹丸，中其颊，鸟遂殒越⑪，身命俱捐。居无何，而婢之祸作。初，巨家以色宠婢，将以列之小星⑫，婢颇不愿，退有后言⑬。迨婢以失鸟之故⑭，嫁祸于人，虽未

①"不妨团扇白"二句：上句用晋王珉与嫂婢谢芳姿相爱事。此处诗中的"团扇白"指诗作者自己，说自己愿作手执白团扇的王珉，也就是说，不嫌弃婢子的奴婢身份。下句说婢子花一样红艳的玉貌令人喜爱。
②"倘遂乘鸾愿"二句：是表示自己希望同对方能像萧史、弄玉那样结为夫妻。
③萧斋：书斋。
④俾与苏武之雁并传：使你同替苏武传信的大雁一起为人传颂。
⑤玉瑱：戴在耳上的玉。
⑥畀（bì）：给。复：回送。
⑦浼（měi）：请托。物色：寻找。
⑧啖：以利益给某人。
⑨蛾眉：本指美人的细长而弯的眉毛，后也指美人。
⑩鸾俦可立效：可马上仿效鸾俦。鸾，传说中凤凰之类的鸟，喻夫妻。俦，伴侣。
⑪殒越：死去。
⑫小星：妾。《诗经·召南》有《小星》篇，诗序解释此篇诗旨说："小星，惠及下也。夫人无妒忌之行，惠及贱妾。"后来因以小星为妾的代称。
⑬退有后言：当面顺从，退下去（背地里）有别的话（异议）。
⑭迨（dài）：等到。

遭箠楚之威,而同列者靡不侧目①,且虑其专房恃宠,行将长舌为灾②,遂群起而攻。闻其在室与鸟言,夜半不辍,乃诬以与人有私,播之主耳。主闻之,甚怀醋意,搜诸室内,得绪书,益为勃然,毒加拷讯。婢以事涉荒唐,无能自明,遍体疮痍,奄奄待毙。主亦不待其死,生纳诸棺,命仆瘗之野③。此婢之绝命本末。在绪亦未深知,惟有怆怀埋玉④,坐而伤神,不禁隐几而卧⑤。忽梦一女子,羽衣蹁跹,直前敛衽曰:"妾即秦吉了,与某家姊本同类。渠以善行,得以转轮为人,妾与之邂逅复聚,虑其辱于庸夫,敬以先容于君子。不意妾半途折翼,致姊竟遭烁金⑥,负屈重泉,良堪扼腕。虽然,幸有生机,非君孰与援手?"绪梦中大喜,起而询之,女子戟手一指曰⑦:"郊行百步,薛涛坟固不远也⑧。"顿仆地,化为孤鹤,凌空而上。

绪惊寤,即命仆观,访诸邑外。偶忆北村名,似合隐语,径诣之⑨。果得婢之葬处,而未敢遽开。因假村中一席地,至夜,以利啖仆,同往启之。所瘗固不甚深,及棺静伺⑩,似闻呼吸之声,亟破之⑪,婢果复活。绪遂惊喜如狂。左近有尼庵,卑礼叩之,缅陈其故⑫。尼亦乐于为善,慨然许之。相与扶婢出穴,绪亲负之以行,寄养庵中,资以薪水,然后归。

①侧目:怒目而视,指心中怀恨。
②长舌为灾:吹枕边风。
③瘗(yì):掩埋。
④怆怀埋玉:悲悼死去的美人。《晋书·庾亮传》:"亮将葬,何充会之,叹曰:'埋玉树于土中,使人情何能已!'"后来"埋玉"专指美人死去。
⑤隐几:靠着几案。
⑥烁金:"众口铄金"的省词。比喻众口一词,可以颠倒是非。烁,通"铄"。
⑦戟手:伸出食指中指指人,其形如戟,称戟手。
⑧薛涛:唐代女诗人,借指死去的婢。
⑨诣:到达。
⑩伺:等待。
⑪亟:急迫。
⑫缅陈:追叙。

月余，婢竟光采如初。绪乃浼尼为撮合山①，托言贫家之女，力白于其母。母往视之，虽一面之识，颇能记忆。婢因泣诉其情。母素爱子，不拂其意，径为之迎娶于家。且因婢故，不与巨家通。巨家亦以婢故，杜绝往来。婢之踪迹因以秘。惟绪念秦吉了之德，遇有捕获者，必市而纵之。人咸疑讶。至巨家中落，尼乃泄其春光②，而说者遂得其梗概如右。

外史氏曰："鹊传言，古今佳话，此婢独何福消受？然以司鸟为职，其事甚雅，其貌亦必轶群③，安在掌笺之红线④，不足为举案之孟光乎⑤！但非梁生之情痴，纵令巧言如鸟，丽色如婢，恐未必念念不释，况为青衣之下，竟蹈发冢之嫌，几罹开棺之罪如此哉！如有钟情之士，必以绪为异人。"

① 撮合山：媒人。
② 泄其春光：意为泄漏消息。语出杜甫《腊日诗》："侵陵雪色还萱草，漏泄春光有柳条。"
③ 轶群：超群。
④ 红线：唐传奇小说中的侍姬名。掌笺：即"掌笺表"。
⑤ 孟光：梁鸿之妻，她给丈夫进食，举案齐眉，极其恭敬，封建时代把她视为贤妻的典范。以上两句意思是：怎么能说作奴婢的人，不配成为贤良的妻子呢？

陆次云

陆次云，字云士，浙江钱塘人。生卒年不详。一生工诗文，著述颇多。

圆圆传

【题解】 吴三桂引领清军入关，是明清易代的关键一步，原因颇为复杂。本篇及吴伟业《圆圆曲》，均把这归咎于陈圆圆，事实上夸大了女人在政治变迁中的作用，是自古以来所谓"红颜祸水"论调的延续。

圆圆，陈姓，玉峰歌妓也①。声甲天下之声，色甲天下之色。崇祯癸未岁②，总兵吴三桂慕其名，赍千金往聘之③，已先为田畹所得。时圆圆以不得事吴，怏怏也④，而吴更甚。田畹者，怀宗妃之父也⑤，年耄矣⑥。圆圆度流水高山之曲以歌之⑦，畹每击节⑧，不知其悼知音之希也。甲申春，流氛大炽⑨，怀宗宵旰忧之⑩，废寝食。妃谋所以解帝忧者于父，畹进圆圆。圆圆扫眉而入⑪，冀邀一顾，帝穆然也⑫，旋命之归畹第。时闯师将迫畿辅矣⑬，帝急召三桂对平台，锡蟒玉，赐上方，托重寄，命守山海关。三桂亦慷慨受命，以忠贞自许也。而寇深矣，长安富贵家胥皇皇⑭。畹忧甚，语圆圆。圆圆曰："当世乱，而公无所依，祸必至。曷不缔交于吴将军，庶缓急有藉乎？"畹曰："斯何时，吾欲与之缱绻⑮，不暇也。"圆圆曰："吴慕公

① 玉峰：即今江苏省昆山市，境内有玉峰山，故以玉峰代称。
② 崇祯癸未岁：即崇祯十六年（1643年）。崇祯，明思宗年号；癸未，1643年的干支。
③ 赍（jī）：带着。聘：古时称订婚或迎娶之礼。
④ 怏怏：闷闷不乐的样子。
⑤ 怀宗：清初多尔衮给崇祯皇帝定的庙号，顺治十六年（1659年）废止。
⑥ 耄（mào）：年老。
⑦ 度：谱制（乐曲）。流水高山之曲：知音之间的高妙乐曲。据说当年伯牙弹琴，钟子期能听出他是志在高山还是志在流水。
⑧ 击节：打拍子，形容十分赞赏。
⑨ 流氛：寇乱，这里指李自成起义。
⑩ 宵旰（gàn）：宵衣旰食，天不亮就穿起衣服，时间很晚才吃饭，指帝王勤于国事。
⑪ 扫眉：描画眉毛。
⑫ 穆然：静思（国事）的样子。
⑬ 畿辅：国都及附近地区。
⑭ 胥：全，都。皇皇：彷徨不安。
⑮ 缱绻：这里指结交。

家歌舞有时矣，公鉴于石尉①，不借人看。设玉石焚时②，能坚闭金谷耶③？盍以此请④，当必来，无却顾⑤。"畹然之，遂躬迓吴观家乐。吴欲之而故却也⑥，强而可。至则戎服临筵，俨然有不可犯之色。畹陈列益盛，礼益恭，酒甫行⑦，吴即欲去。畹屡易席⑧，至邃室⑨，出群姬调丝竹⑩，皆殊秀。一淡妆者，统诸美而先众音，情艳意娇。三桂不觉其神移心荡也⑪，遽命解戎服，易轻裘⑫，顾谓畹曰："此非所谓圆圆耶？洵足倾人城矣⑬。公宁勿畏而拥此耶？"畹不知所答，命圆圆行酒⑭。圆圆至席，吴语曰："卿乐甚。"圆圆小语曰⑮："红拂尚不乐越公⑯，矧不逮越公者耶⑰？"吴颔之⑱。酣饮间，警报踵至⑲。吴似不欲行者，而不得不行。畹前席曰："设寇至，将奈何？"吴遽曰："能以圆圆见赠，吾当保公家先于保国也。"畹勉许之。吴即命圆圆拜辞畹，择细马驮之去⑳。畹爽然㉑，无如何也㉒。

帝促三桂出关，三桂父督御营名骧者㉓，恐帝闻其子载圆圆事，留府第，勿令往三桂去。而闯贼旋拔城矣㉔，怀宗死社稷，李自成据宫掖㉕。宫人死者半，逸者半㉖。自成询内监曰："上苑三千㉗，何无一国色耶？"内监曰："先帝屏声色㉘，鲜佳丽㉙。有一圆圆者，绝世所希，田

①石尉：西晋石崇，曾任南蛮校尉。其妾绿珠貌美，为当朝权贵垂涎，终于招致杀身之祸。
②设：假如。玉石焚时：玉石俱焚的战乱时代。
③金谷：即石崇为绿珠所建金谷园，后来被人围攻，绿珠坠楼自尽。
④盍：何不。
⑤却顾：回头看，有顾虑。
⑥却：拒绝。
⑦甫行：刚刚开始。
⑧易席：改变坐席（的位置）。
⑨邃室：密室。
⑩丝竹：泛指各种管弦乐器。
⑪神移心荡：神魂颠倒，不能自持。
⑫轻裘：轻暖的皮衣。
⑬洵：通"恂"，诚然，实在是。
⑭行酒：在酒席上依次斟酒。
⑮小语：轻声细语。
⑯红拂：隋末杨素（封越国公）的侍妓。她不贪慕杨素的富有，反而独具慧眼，与尚处贫贱的李靖夜奔。
⑰矧：况且，何况。不逮：不及。
⑱颔（hàn）之：点头。颔：下巴。
⑲踵至：一个接一个地来到。
⑳细马：供女人骑的小马。
㉑爽然：茫然不乐的样子。
㉒无如何：不知该怎么办。
㉓督：监管，护卫。御营：帝王亲征或出巡时驻跸的营帐。
㉔旋：很快。拔城：攻占城池。
㉕宫掖（yè）：即皇宫。
㉖逸：逃跑，散失。
㉗上苑：皇家的园林，这里指后宫。
㉘屏（bǐng）：排除，摒弃。
㉙鲜（xiǎn）：少，少有。

畹进帝而帝却之。今闻畹赠三桂，三桂留之其父吴骧第中矣。"是时骧方降闯①，闯即向骧索圆圆，且籍其家②，而命其作书以招子也。骧俱从命，进圆圆。自成惊且喜，遽命歌，奏吴歈③。自成蹙额曰④："何貌甚佳，而音殊不可耐也⑤？"即命群姬唱西调⑥，操阮筝琥珀⑦，已拍掌以和之。繁音激楚⑧，热耳酸心。顾圆圆曰："此乐何如？"圆圆曰："此曲只应天上有，非南鄙之人所能及也⑨。"自成甚嬖之⑩，随遣使以银四万两犒三桂军⑪。

　　三桂得父书，欣然受命矣。而一侦者至⑫，询之曰："吾家无恙耶？"曰："为闯籍矣。"曰："吾至，当自还也。"又一侦者至，曰："吾父无恙耶？"曰："为闯拘絷矣⑬。"曰："吾至，当即释也。"又一侦者至，曰："陈夫人无恙耶？"曰："为闯得之矣。"三桂拔剑砍案，曰："果有是，吾从若耶⑭？"因作书答父，略曰："儿以父荫⑮，待罪戎行⑯，以为李贼猖狂，不久即当扑灭。不意我国无人，望风而靡⑰。侧闻圣主晏驾⑱，不胜眦裂⑲。犹意吾父奋椎一击⑳，誓不俱生，不则刎颈以殉国难。何乃隐忍偷生，训以非义？既无孝宽御寇之才㉑，复愧平原骂贼之勇㉒，父既不能为忠臣，儿安能为孝

①闯：即闯王李自成。
②籍：将人员、财产等没收入官。
③吴歈（yú）：泛指吴地的音乐。歈，歌曲。
④蹙（cù）额：皱眉，不高兴的样子。蹙，皱，收缩。
⑤耐：忍，受得住。
⑥西调：即高亢激昂的秦腔。
⑦操：弹奏。阮筝：即筝，木制弦乐器，因晋代阮咸而得名"阮筝"。琥珀：即"琥珀词"，又名"浑不似"，一种似琵琶而小的乐器。
⑧激楚：凄清高亢。
⑨南鄙：南方边境地区。鄙，边远的地方。
⑩嬖（bì）：宠幸，宠爱。
⑪犒（kào）：用酒食或财物慰劳。
⑫侦者：侦探敌情、打探消息的人。
⑬拘絷：拘押。
⑭若：你。
⑮荫：庇荫。封建时代子孙因先辈有功而得到封赏或免罪。
⑯待罪：古代官吏对自己任职的谦称，意思是自己不称职，早晚会获罪。戎行：行伍，军队。
⑰望风而靡：看到对方就逃跑，形容军队无斗志。靡，消失，逃散。
⑱侧闻：传闻，听说。晏驾：车驾晚出，古代对帝王死亡的讳称。
⑲眦裂：目眶瞪裂，形容盛怒。
⑳奋椎一击：秦朝张良招揽力士，在博浪沙用大铁椎击杀秦始皇，结果砸中副车。
㉑孝宽：即韦孝宽，北周名将。青年从军，用兵如神。
㉒平原：唐代平原太守颜真卿。德宗时李希烈造反，真卿奉诏前往抚谕，叛军不肯降，真卿骂贼而死。

子乎？儿与父决①，不早图贼②，虽置父鼎俎旁以诱三桂③，不顾也。"

随效秦庭之泣④，乞王师以剿巨寇。先败之于一片石⑤，自成怒，戮吴骧并其家人三十馀口。欲杀圆圆，圆圆曰："闻吴将军卷甲来归矣⑥，徒以妾故，又复兴兵。杀妾何足惜，恐其为王死敌，不利也。"自成欲挈圆圆去，圆圆曰："妾既事大王矣⑦，岂不欲从大王行，恐吴将军以妾故而穷追不已也。王图之⑧，度能敌彼，妾即褰裳跨征骑⑨。"自成乃凝思。圆圆曰："妾为大王计，宜留妾缓敌，当说彼不追，以报王之恩遇也。"自成然之⑩，于是弃圆圆，载辎重⑪，狼狈西行。是时也，闯胆已落，一鼓可灭⑫。三桂复京师，急觅圆圆。既得，相与抱持，喜泣交集。不待圆圆为闯致说，自以为法戒追穷⑬，听其纵逸而不复问矣。

旋受王封⑭，建苏台、营郿坞于滇南⑮，而时命圆圆歌。圆圆每歌大风之章以媚之⑯。吴酒酣，恒拔剑起舞，作发扬蹈厉之容⑰。圆圆即捧觞为寿，以为其神武不可一世也。吴益爱之，故专房之宠，数十年如一日。其蓄异志，作谦恭，阴结天下士⑱，相传曰多出于同梦之谋⑲，而世之不知者，以三桂能学申胥⑳，以复君父大雠㉑，忠孝人也。曷知其乞师之故，盖在此而不在彼哉？厥后

①决：约定，说定。
②图贼：打败叛贼。
③鼎：煮肉的锅和切肉的板，泛指割烹的器具。俎（zǔ）：砧板。
④效：效仿。秦庭之泣：春秋时期，吴国大兵攻楚，楚国大夫申包胥去秦国求援。秦哀公不允，包胥倚宫墙而哭，七日七夜不绝。哀公感其至诚为国，终于答应出兵。
⑤一片石：地名，今河北省抚宁县东北九门口村。
⑥卷甲：卷起铠甲，指撤退或休兵。
⑦事：服侍。
⑧图：谋划，反复考虑。
⑨褰裳（qiān cháng）：撩起下衣。褰，揭起，掀起；裳，古代指遮蔽下体的衣裙。
⑩然：答应，以为……对。
⑪辎重：指随军运载的军用器械、粮草等。
⑫一鼓：击鼓一次，即一举、一战。
⑬法：即《孙子兵法》，其中《军争》篇说"穷寇勿迫，此用兵之法也。"
⑭旋：不久之后。
⑮苏台：即姑苏台，春秋时期吴王夫差为西施所建。郿坞：即郿坞县，汉末董卓为貂蝉所建。
⑯大风之章：汉高祖刘邦晚年还乡，唱《大风歌》，抒发"威加海内"的豪情。
⑰发扬蹈厉：原指周初《武》乐的舞蹈动作。手足发扬，蹈地而猛烈，象征太公辅助武王伐纣时的意志。后比喻精神奋发，意气昂扬。
⑱阴结：私底下偷偷结交。
⑲同梦之谋：夫妻间的谋划。
⑳申胥：即申包胥。
㉑雠（chóu）：同"仇"。

尊荣南面三十馀年①,又复浪沸潢池②,致劳挞伐③,跋扈艳妻,同归歼灭,何足以偿不子不臣之罪也哉④?

陆次云曰:语云"无征不信"⑤,圆圆之说有征乎?曰:"有。"征诸吴梅村祭酒伟业之诗矣。梅村效《琵琶》、《长恨》体⑥,作《圆圆曲》以刺三桂,曰"冲冠一怒为红颜",盖实录也。三桂赍重币,求去此诗,吴勿许。当其盛时,祭酒能显斥其非,却其赂遗而不顾,于甲寅之乱⑦,似早有以见其微者。呜呼,梅村非诗史之董狐也哉⑧?

① 厥后:从那以后。南面:指天子或诸侯之位,吴三桂降清以后,受封为平西王。
② 浪沸潢池:在小水塘里兴风作浪,指吴三桂割据叛乱。
③ 挞(tà)伐:征讨,讨伐。
④ 偿:补偿,弥补。
⑤ 无征不信:没有证据的话或事不可信。征,证据,验证。
⑥ 《琵琶》、《长恨》:即《琵琶行》、《长恨歌》,唐代白居易所作长篇纪事诗。
⑦ 甲寅之乱:即清康熙十三年(1674年),吴三桂起兵反清。
⑧ 董狐:古代秉笔直书的著名史官。

纪 昀

纪昀（1724～1805），清代大臣、学者。字晓岚，一字春帆，直隶县（今河北献县）人。曾主持《四库全书》的修撰，并撰成《四库全书总目提要》。有文集《纪文达公遗集》及笔记小说合集。

老翁捕虎

【题解】 本篇选自《阅微草堂笔记》。小说通过对一位老翁捕虎过程的描写，表现了老翁高超的捕虎技巧。进而揭示，这种高超技巧是多次练习的结果。作品意涵隽永，启人深思。叙述简洁有序，生动形象。

族兄中涵知旌德县时①，近城有虎暴，伤猎户数人，不能捕。邑人请曰："非聘徽州唐打猎②，不能除此患也。"（休宁戴东原曰③："明代有唐某，甫新婚而戕于虎④。其妇后生一子，祝之曰⑤：'尔不能杀虎，非我子也；后世子孙如不能杀虎，亦皆非我子孙也。'故唐氏世世能捕虎。"）乃遣吏持币往。归报唐氏选艺至精者二人⑥，行且至⑦。至则一老翁，须发皓然，时咯咯作嗽⑧；一童子十六七耳。大失望，姑命具食⑨。老翁察中涵意不满，半跪启曰："闻此虎距城不五里，先往捕之，赐食未晚也。"遂命役导往。役至谷口，不敢行。老翁哂曰⑩："我在，尔尚畏耶？"入谷将半，老翁顾童子曰："此畜似尚睡，汝呼之醒。"童子作虎啸声。果自林中出，径搏老翁。老翁手一短柄斧⑪，纵八九寸，横半

① 知旌德县：任旌德县知县。旌德县在今安徽东南部。
② 徽州：清代府名，治所在今安徽省歙县。
③ 休宁：县名，在今安徽南部。戴东原：名震，清初著名学者，著有《孟子字义疏证》《声韵》等。纪昀曾推荐他参与修《四库全书》。
④ 戕于虎：被虎所害。
⑤ 祝：立誓，发誓。
⑥ 艺至精：打虎能力最强。
⑦ 行且至：快走到了。
⑧ 时：不时，常常。
⑨ 具食：备办饮食。
⑩ 哂（shěn）：笑。
⑪ 手：手拿。

之，奋臂屹立。虎扑至，侧首让之，虎自顶上跃过，已血流仆地。视之，自颔下至尾闾①，皆触斧裂矣。乃厚赠遣之。老翁自言炼臂十年，炼目十年。其目以毛帚扫之不瞬，其臂使壮夫攀之，悬身下缒不能动。《庄子》曰："习伏众神，巧者不过习者之门②。"

信夫③！尝见史舍人嗣彪晴中捉笔书条幅④，与秉烛无异。又闻静海励文恪公剪方寸纸一百片⑤，书一字其上，片片向日叠映，无一笔丝毫出入。均习而已矣，非别有妙巧也。

① 尾闾（lǘ）：肛门。
② "习伏"两句：练习可以伏神，巧者不过是练习而成。
③ 信夫：确实如此。
④ 史舍人嗣彪：史嗣彪，字斑如，号岩，乾隆间官内中书，工书画，能日写楷书万字。舍人，官名，任缮写文书职务。
⑤ 励文恪公：励杜讷，字近公，康熙时人。精通书法，擅长楷书，官至刑部右侍郎。死后谥"文恪"。

三宝四宝

【题解】本篇选自《阅微草堂笔记》。小说叙述了一对表兄妹青梅竹马而未能团圆的经过。三宝四宝之婚姻，有家庭的认同，也得到社会某些阶层的支持，本来是皆大欢喜之事。两人在患难中相互鼓励，并克服重重阻力得以团聚，却被道学家横加阻拦，下场悲惨。小说表现了作者对情感的重视及对下层人民的同情。

董家庄佃户丁锦，生一子曰二牛，又一女赘曹宁为婿，相助工作，甚相得也①。二牛生一子曰三宝，女亦生一女，因住母家，遂联名曰四宝②，其生也同年同月，差数日耳。姑嫂互相抱携，互相乳哺，襁褓中已结婚姻③，三宝四宝又甚相爱，稍长，即跬步不离④，小家不知别嫌疑⑤，于二儿嬉戏时每指曰：此汝夫，此汝妇也，二儿虽不知为何语，然闻之则已稔矣⑥。七八岁外，稍稍解事⑦，然俱随

① 相得：合得来，关系处得很好。
② 联名：跟前面的名字有关联。
③ 襁褓（qiǎng bǎo）：包裹婴儿的被子和带子。襁，带子；褓，被子。
④ 跬（kuǐ）步：半步。
⑤ 别嫌疑：避嫌疑。
⑥ 稔：熟悉。
⑦ 解事：懂事。

二牛之母同卧起，不相避忌。

会康熙辛丑至雍正癸卯①，岁屡歉，锦夫妇并殁，曹宁先流转至京师，贫不自存②，质四宝于陈郎中家③，不知其名，惟知为江南人。二牛继至，会郎中求馆僮④，亦质三宝于其家，而诫勿言与四宝为夫妇，郎中家法严，每笞四宝，三宝必暗泣，笞三宝，四宝亦然。郎中疑之，转质四宝于郑氏，或云即貂皮郑也⑤，而逐三宝。三宝仍投旧媒媪，又引与一家为馆僮。久而微闻四宝所在，乃夤缘入郑氏家⑥，数日后，得见四宝相持痛哭，时已十三四矣。郑氏怪之，则诡以兄妹相逢对，郑氏以其名行第相连⑦，遂不疑，然内外隔绝，仅出入时相与目成而已⑧。

后岁稔，二牛曹宁并赴京赎子女，辗转寻访至郑氏，郑氏始知其本夫妇，意甚悯恻，欲助之合卺而仍留服役。其馆师严某，讲学家也⑨，不知古今事异，昌言排斥曰⑩：中表为婚礼所禁，亦律所禁，违之且有大诛⑪，主人意虽善，然我辈读书人，当以风化为己任，见悖礼乱伦而不沮⑫，是成人之恶，非君子也。以去就力争⑬，郑氏故良懦，二牛曹宁亦乡愚⑭，闻违法罪重，皆慑而止。后四宝鬻为选人妾⑮，不数月病卒，三宝发狂走出，莫知所终。或曰：四宝虽被迫胁去，然毁容哭泣，实未与选人共房帏⑯，惜不知其

① 康熙辛丑：康熙六十年（1721年）。雍正癸卯：雍正是清朝第三个皇帝世宗胤禛的年号（1723～1735），雍正癸卯是雍正元年（1723年）。
② 贫不自存：贫困得无法生存下去。
③ 质：抵押。
④ 馆僮：书童。馆，即私塾。
⑤ 貂皮郑：做貂皮生意的郑家。
⑥ 夤（yín）缘：巴结，找关系。
⑦ 行（háng）第：排行大小。
⑧ 目成：用眼光传达感情。
⑨ 讲学家：即理学家，道学家。
⑩ 昌言：即加以赞美，使之发扬之意，引申为直言无忌，这里指公开发表议论。
⑪ "中表为婚……且有大诛"几句：古代认为中表结亲，违背封建伦理，不少朝代都曾明令禁止。
⑫ 悖礼乱伦：违背礼教，败坏人伦。沮：同"阻"。
⑬ 以去就力争：以继续担任还是辞去教职力争。
⑭ 乡愚：愚昧无知的人。
⑮ 选人：在京城等候朝廷选派官职的人。
⑯ 共房帏：指同房。

详耳,果其如是,则是二人者天上人间,会当相见,定非一瞑不视者矣①。惟严某作此恶业,不知何心,亦不知其究竟,然神理昭昭②,当无善报。或又曰:是非泥古,亦非好名,殆觊觎四宝欲以自侍耳③。若然,则地狱之设,正为斯人矣。

①瞑:瞑目,闭上眼睛,指死。
②神理昭昭:指神明扶持什么惩罚什么是非常明显的。
③是非:这不是。泥古:拘泥于古代的制度条文,不知据具体情况变通。

袁 枚

袁枚（1716～1797），清代诗人。字子才，号简斋，又号随园老人。浙江钱塘（今杭州）人。平生著述甚丰，有《小仓山房集》、《随园诗话》、《新齐谐》（原名《子不语》）等三十余种。

地藏王接客

【题解】本篇选自《新齐谐》。作品讲述裘姓书生考举人失利，愤而控诉，却遭呵斥。通过裘生在阴间的所见所闻，揭示了科举功名不由才学决定的不公平现象，并揭示了产生这种现象的原因。小说的表现手法摹仿六朝志怪，但其内容明显射影当时的科举制度及社会风气。

裘南湖者，吾乡沧晓先生之从子也①，性狂傲，三中副车不第②，发怒，焚黄于伍相国祠③，自诉不平。越三日，病；病三日，死。魂出杭州清波门，行水草上，沙沙有声。天淡黄色，不见日光。前有短红墙，宛然庐舍。就之，乃老妪数人，拥大锅烹物。启之，皆小儿头足，曰："此皆人间堕落僧也，功行未满，偷得人身，故煮之，使在阳世不得长成即夭亡耳。"裘惊曰："然则妪是鬼耶！"妪笑曰："汝自视以为尚是人耶！若人也，何能到此？"裘大哭，妪笑曰："汝焚黄求死，何哭之为？须知伍相国乃吴之忠臣，血食吴越④，不管人间禄命事。今来唤汝者，伍公将汝状转牒地藏王⑤，故王来唤汝。"裘曰："地藏王可得见乎？"曰："汝可自书名纸往西角佛殿投递⑥，见不见未可

① 吾乡：指钱塘，即今杭州市，本文作者袁枚是钱塘人。沧晓：胡煦，字沧晓，号紫弦。康熙进士，雍正时官至礼部侍郎，著有《周易函书》《葆璞堂文集》。从子：侄子。
② 三中副车不第：三次乡试，都只中了副榜，没有考中举人。
③ 黄：指用黄纸缮写的文书。伍相国祠：即伍子胥祠。杭州西湖东南胥山（也称吴山）上有伍公庙。
④ 血食：受祭祀。祭祀用牛羊猪，故称"血食"。
⑤ 状：状子，禀告事情的文书。转牒地藏王：把裘的文书转交给地藏王。牒，文书；地藏王，佛教菩萨名。
⑥ 名纸：即名帖、名片。

定。"指前街曰:"此卖纸帖所也。"裘往买帖,见街上喧嚷扰扰,如人间唱台戏初散光景。有冠履者①,有科头者②,有老者、幼者、男者、女者,亦有生时相识者。招之③,绝不相顾,约略皆亡过之人,心愈悲。向前,果有纸店,坐一翁,白衫葛巾,以纸付裘。裘乞笔砚,翁与之。裘书"儒士裘某拜④"。翁笑曰:"儒字难居⑤,汝当书某科副榜,转不惹地藏王呵责。"裘不以为然。

睨壁上有诗笺,题"郑鸿撰书",兼挂纸钱甚多⑥。裘素轻郑,乃谓翁曰:"郑君素无诗名,胡为挂彼诗笺?且此地已在冥间矣,要纸钱何用?"翁曰:"郑虽举人,将来名位必显。阴司最势利,故吾挂之,以为光荣。纸钱正是阴间所需,汝当多备,贿地藏王侍卫之人,才肯通报。"裘又不以为然。

径至西角佛殿,果有牛头夜叉辈⑦,约数百人,胸前绣"勇"字补服⑧,向裘狰狞呵詈⑨。裘正窘急间,有抚其肩者,葛巾翁也。曰:"此刻可信我言否?阳间有门包⑩,阴间独无门包乎?我已为汝带来。"即代裘将数千贯纳之。"勇"字军人方持帖进。闻东角门閛然开矣⑪,唤裘入。跪阶下,高堂峨峨,望不见王,纱窗内有人声曰:"狂生裘某!汝焚牒伍公庙,自称能文,不过作烂八股时文,看高头讲章⑫,全不知

① 冠履者:指做官和有功名的读书人。封建时代,这些人按等级第品各有特定的服装,平民不得穿用。
② 科头:指头无所饰。
③ 招:打招呼。
④ 儒士:研究并信仰儒家学说的人。
⑤ 居:原意为"居住",此引申为"当得起"、"配得上"的意思。
⑥ 纸钱:古代一种迷信用品,用纸做成银钱的形状,认为焚化以后,可在阴间使用。
⑦ 牛头:佛教中的阴间鬼卒名,牛头人身。
⑧ 补服:清代官员罩在蟒袍外面的短褂。
⑨ 詈(lì):骂。
⑩ 门包:送给门房的钱物。
⑪ 閛然:伸出脑袋的样子。
⑫ 高头讲章:明清科举考试的八股文,试题都从四书五经中出。当时有种参考书,因讲解文字在书的上端,所以叫"高头讲章"。

古往今来多少事业学问，而自以为能文，何无耻之甚也！帖上自称'儒士'，汝现有祖母年八十余，受冻忍饥，致盲其目，不孝已甚，儒当若是耶！"裴曰："时文之外①，别有学问某实不知②。若祖母受苦，实某妻不贤，非某之罪。"王曰："夫为妻纲③，人间一切妇人罪过，阴司判者总先坐夫男④，然后再罪妇人。汝既为儒士，如何卸责于妻？汝三中副车，以汝祖父阴德荫庇⑤，并非仗汝之文才也。"

言未毕，忽闻殿外有鸣锣呵殿声甚远，内亦撞钟伐鼓应之。一"勇"字军人虎皮冠者报："朱大人到。"王下阁出迎。裴踉跄下殿，伏东厢窃视，乃刑部郎中朱履忠⑥，亦裴戚也。裴愈不平，骂曰："果然阴间势利！我虽读烂时文，毕竟是副榜；朱乃入粟得官⑦，亦不过郎中，何至地藏王亲出迎接哉！""勇"字军人大怒，以杖击其口，一痛而苏⑧。见妻女环哭于前，方知死已二日，因胸中余气未绝，故不入殓⑨。

此后南湖自知命薄，不复下场，又三年卒。

① 时文：流行的文章，即八股文。
② 某：自称。
③ 夫为妻纲：丈夫是妻子的纲领（领导）。
④ 坐：因事判人之罪，均称"坐"。
⑤ 阴德荫庇：佛教说法。指一个人积了"阴德"，他及他的后代就会受到"荫庇"，即善报。
⑥ 郎中：官名，从隋代至清代，郎中为中央各部内各司的长官。
⑦ 入粟得官：向国家交纳粟米而得到爵位或官职。
⑧ 苏：苏醒。
⑨ 入殓（liàn）：把死人装进棺材。

奇 骗

【题解】 本篇选自《新齐谐》。作品描述一位老翁以假银兑钱的骗局，尤其刻画了店主人在骗局中可怜又可恨的形象。通过骗子被找到后夷然不慌的意外之笔，不仅写出骗子的狡诈与可恶，也揭示出被骗者的自作自受，令人深思。值得注意的是，文章还有隐笔：揭露老翁者，也为老翁同伙，"若为"二字可证也。

骗术之巧者，愈出愈奇。金陵有老翁①，持数金至北门桥钱店易钱②，故意较论银色③，哓哓不休④。一少年从外入，礼貌甚恭，呼翁为老伯，曰："令郎贸易常州⑤，与侄同事，有银信一封托侄寄老伯。将往尊府，不意侄之路遇也。"将银信交毕，一揖而去。

老翁拆信谓钱店主人曰："我眼昏，不能看家信，求君诵之。"店主人如其言，皆家常琐屑语，末云："外纹银十两，为爷薪水需⑥。"翁喜动颜色，曰："还我前银，不必较论银色矣。儿所寄纹银，纸上书明十两，即以此兑钱何如？"主人接其银称之，十一两零三钱，疑其子发信时匆匆未检，故信上只言十两；老人又不能自称，可将错就错，获此余利，遽以九千钱与之⑦。时价纹银十两，例兑钱九千。翁负钱去。

少顷，一客笑于旁曰："店主人得毋受欺乎？此老翁者积年骗棍用假银者也。我见其来换钱，已为主人忧，因此老在店，故未敢明言。"店主惊，剪其银，果铅胎⑧，懊恼无已。再四谢客，且询此翁居址。曰："翁住某所，离此十里余，君追之犹能及之。但我翁邻也，使翁知我破其法⑨，将仇我⑩，请告君以彼之门向⑪，而自往追之。"店主人必欲与俱，曰："君但偕行至彼地，君告我

①金陵：今南京。战国时楚成王曾在今南京市清凉山置金陵邑，后因用作南京的代称。
②钱店：古代一种信用机构，小的称为钱店，仅经营银钱兑换；大的称为钱庄，办理存款、放款，开发庄票，少数还发行银钱票。
③较论：争论，指交易时的讨价还价。银色：银子的成色。
④哓哓（xiāo）：争辩声。
⑤贸易：做生意。
⑥薪水需：生活费。薪，柴草，指烧的东西；水，喝的。
⑦遽：就。
⑧铅胎：里面是铅。胎，包在里面的东西。
⑨破其法：揭露他的骗术。
⑩仇我：以我为仇，恨我。
⑪门向：屋门坐落方位。

以彼门向，君即脱去①，则老人不知是君所道，何仇之有？"客犹不肯，乃酬以三金②，客若为不得已而强行者③。

同至汉西门外④，远望见老人摊钱柜上，与数人饮酒，客指曰："是也，汝速往擒，我行矣⑤。"店主喜，直入酒肆，捽老翁殴之曰⑥："汝积骗也，以十两铅胎银换我九千钱！"众人皆起问故，老翁夷然曰⑦："我以儿银十两换钱，并非铅胎。店主既云我用假银，我之原银可得见乎？"店主以剪破原银示众。翁笑曰："此非我银。我止十两，故得钱九千。今此假银似不止十两者，非我原银，乃店主来骗我耳。"酒肆人为持戥称之⑧，果十一两零三钱。众大怒，责店主，店主不能对。群起殴之。

店主一念之贪，中老翁计，懊恨而归。

① 脱去：离开。
② 三金：三两银子。
③ 若为不得已而强行者：好像是不愿意而不得不去的样子。"若为"二字说明此客与老翁一伙。强行，被勉强去。
④ 汉西门：南京西城城门名。
⑤ 行：走开。
⑥ 捽（zuó）：抓。
⑦ 夷然：安然，泰然自若的样子。夷，平坦，平安。
⑧ 戥（děng）：戥子，称物体的重量的秤。

王　韬

王韬（1828～1897），清代学者。字仲弢，一字紫诠，号南天遁叟。江苏长洲（今苏州）人。著有《弢园尺牍》、《淞滨琐话》等数十种。

因循岛

【题解】本篇选自《淞滨琐话》。写项某遇险滞留因循岛的奇遇。所谓"因循岛"，即影射清政府的因循守旧与闭关锁国。因循岛上的种种现实就是日薄西山的清帝国的缩影。小说笔调辛辣，生动形象，以象征性手法把清王朝从上到下、从里到外的腐朽表现得淋漓尽致。

　　曲沃项某①，本猎户，至项改业读书，文名藉甚②，且喜放生③。尝经河上，见农人拽一黑猿，尾断足伤，血殷毛革④，见项悲嘶仰首，有乞怜态。项心动，购而释之，猿去，频回顾，似感谢状，须臾，遂杳。

　　后项作幕闽中⑤，归乘海舶，晨发，日未午，飓风大作，舟人惊骇。顷之，雪浪排空，挟舟而起，高数十丈，陡落波心，众均逐浪以去⑥。项抱木板，任其所之⑦，风益大，瞬息不知几千万里。自拼一死。既近海岸，懵然不知。无何⑧，风静潮落，腹阁于浅渚石上⑨，呕水斗余，良久渐醒。见黄沙无际，草木不生，时值初秋，天气尚暖，脱衣沙际，曝既干⑩，重著起行⑪，逶迤数十里⑫，日已暝黑⑬，月起海中，三坠三跃，大逾车轮，现五色光。无心观瞩，踏月再趋⑭，至夜半，尚无人家，冈峦

① 曲沃：今山西省曲沃县。
② 藉（jiè）甚：卓著。
③ 放生：将被人捕获的飞禽走兽、鳞介等买来放掉，叫"放生"。佛教说法认为这样能为今生和来世积阴德。
④ 殷：红色，指染红。
⑤ 作幕：作幕僚。
⑥ 逐浪以去：被浪卷走。
⑦ 之：到。
⑧ 无何：不久。
⑨ 阁：同"搁"。渚：水中间的陆地。
⑩ 曝（pù）：晒。
⑪ 著：穿。
⑫ 逶迤（wēi yí）：道路弯曲连绵。这里指走弯曲连绵的路。
⑬ 暝（míng）：天黑。
⑭ 趋：前行。

杂沓，林木渐繁，虎啸猿啼，毛发森竖。腹中大馁，幸怀熟鸡子数枚①，聊息饥火②。方欲再行，而足力已疲，乃息深林中。四面燐火上下③，若相瞰攫④，心头鹿鹿⑤，终夜清醒。

天甫明⑥，又行，午后始见村落。居民披发被肩，形状不类中土，而面瘦肌黄，悴容可掬⑦，如久病者。乃趋前问询，言语啁啾⑧，不甚可了⑨。一老叟出问，项以实告。叟曰："君中华人耶？此因循岛之简乡，去中华九万里⑩。上年有海客朱某亦遭飓到此，居仆处一年，为岛王所知，车载而去，仆因悉中国方言。君无家，盍小作勾留乎⑪？"项喜，从之去。乡人皆至，窃窃私语，似讶奇观者⑫。叟罗酒肴⑬，不甚丰腆，而劝进殊殷⑭。少顷，门外有鸣金声⑮，众人皆仓皇遁。叟急闭户。项问故。曰："此县令也，喜噬人，君初至，勿为所见。"生于门隙窥之，见前后引随者，皆兽面人身，舆中端坐一狼，衣冠颇整，骇绝，入问叟。叟惨然曰："此地本富厚，三年前，不知何故，忽来狼怪数百群，分占各处，大者为省吏⑯，次者为郡守，为邑宰，所用幕客差役，太半狼类。始到时，尚现人身，衣冠亦皆威肃，未数月⑰，渐露本相，专爱食人脂膏⑱。本处数十乡，每日输三十人入署，以利锥刺足，供其呼吸⑲，膏尽释回，虽不尽至于死，然因是病瘠可怜，更

①鸡子：鸡蛋。
②聊：聊。饥火：饥饿感。
③燐：同"磷"，一种化学元素，主要矿石为磷灰石。
④若相瞰攫：好像偷看着人要把人突然抓去。瞰，暗中窥视。攫，原意是鸟用爪迅疾抓取。
⑤鹿鹿：因恐惧而心脏剧烈跳动。
⑥甫：刚，才。
⑦悴容可掬（jū）：憔悴瘦弱的样子非常明显。可掬，可用两手捧出来，指很明显。此词借自"笑容可掬"。
⑧啁啾：鸟鸣声。此处指言语难懂。
⑨了：明白，理解。
⑩去：离。
⑪盍：何不。勾留：停留。
⑫讶：以之为惊奇。
⑬罗：布置。
⑭殷：殷勤。
⑮鸣金：敲锣。
⑯省：地方最高一级行政机关。
⑰未：未到。
⑱脂膏：脂肪。
⑲呼吸：偏义词，即吸。

有轻填沟壑者①。"项讶曰:"岛主亦狼耶?"曰:"非也。主上仁慈,若辈能幻现人形②,诡计深谋,遂为所赚③。"问:"朝臣何以不知?"曰:"立朝者皆声气相通④,若辈又每岁隐赂多金⑤,遂无人发其覆⑥。况其在官之际⑦,仍以好面目示人,岂知出仕临民⑧,别有变相耶!"项曰:"此类当途⑨,尚复成何世界!仆不才⑩,当为汝等诉之岛主,俾此辈尽杀乃止⑪!"叟曰:"君虽心怀忠义,必不能行⑫,况客乡之民,例难越诉⑬,倘遇择肥而噬者,当有性命忧。"

项中心不安,次日不别而行。方欲问途,忽数人来缚之去,迳诣一署⑭,惊怖间,见两廊坐卧者,无非当路君⑮,不觉气馁。未几,一官登堂,衣服苍古,幸是人身,冀可缓颊⑯。顾瞥见项,若甚喜,略问所来,项备述前事。忽顾左右曰:"此人白晳而肥,精髓必美,当献之上司,必可记功邀宠。"项知非好意,再三恳释,不从。即命以木笼囚项,舁之出⑰。

行二里许,众人哗传曰:"太守来!"遂纷纷避道。俄见仪仗森严⑱,拥一贵官至,鼠目獐头,左右顾盼,见缚者,问故。役禀白谓欲送上宪辕⑲。太守命舁至前,熟视,曰:"君项某耶?何故至此?"项亦甚惊,而不解何以相识,因漫应之⑳。立出舆,挥众去,命脱系,呼两骑至,并辔而行。项不知所为,转诘邦族。

①更有:另外也有。轻:随便。
②若辈:这些人。
③赚:骗。
④立朝:当官。
⑤隐赂:暗中贿赂。
⑥发其覆:揭露他们的真面目。
⑦在官:在朝里做官。
⑧出仕临民:当地方官。
⑨当途:当权。
⑩仆不才:仆虽不才,我虽然没什么能力。
⑪俾:使。
⑫能行:能成功。
⑬越诉:越级上诉。
⑭诣:到。
⑮当路君:指狼。
⑯缓颊:缓解脸上紧张的表情。
⑰舁(yú):抬。
⑱俄:一会儿。
⑲宪辕:指总督或巡抚。辕,古代指官署的外门,也用以指官署。
⑳漫应:随口答应。

太守曰："仆侯冠也①。受君大恩，俟入署再诉细情②。"少选③，已至，见前门标"清政府"三字④，下骑同入，胥吏十余辈肃迎于旁，见两旁隐隐有卧狼数头，心震慑不敢顾视。既入内，侯伏地拜。项答拜。因又问故。侯曰："仆即河上老猿也。承君援救，此恩终不敢忘。后遇瘦柴生将夺此岛⑤，以余能幻化人形，招之同至，不期岛主信德，感及豚鱼⑥，瘦柴生不忍相负，只谋方面⑦，现居省要⑧。余以从幕功授此职。今都院以下⑨，大半同群，其尚有人心不肯附和者，则皆赋闲⑩。仆亦每切兢兢⑪，久苦衣冠桎梏⑫。俟有顺便，当送君回耳。"项始恍然。侯亦询来意，略告之，相与叹息。言次⑬，即已传餐，见数狼来，各被冠服，立化为人，与项通款曲⑭，一一由侯为之指示，则丞、尉、案吏及幕中宾僚也。揖让入席，笑语雍和。侯独入内。项与众共饮，酒半酣，两役舁一肥人过，裸无寸缕，众曰："可送斋厨。"项惊问，皆笑不言。俄，庖人进一馔，如鸡子羹，群以敬客，曰："此人膏，余等酷嗜之，惟主人不喜。先生之来，口福诚不浅哉！"项惊曰："适肥人已宰之耶？"曰："然。吾等公膳，本有常供⑮，此间因主人喜斋，故祗日进一人。著大院中，则食人更多。"项惨不能咽，逃席觅侯，始得果腹。

①侯冠：用"沐猴而冠"语暗喻其人为猴。
②俟（sì）：等。
③少选：一会儿。
④清政府："清"字双关语，表面意思是"清正廉洁"，实际上暗喻"清朝"。
⑤瘦柴生：原指豺狗，此处泛指豺狼。
⑥"不期"二句：意思是说岛主忠信仁德，连豚、鱼也受到感化。
⑦只谋方面：只谋求做总督、巡抚一类的官。方面，方面大员，即主管一个较大地区的官员。
⑧省要：省里的要职，指总督或巡抚。
⑨都院：都察院。
⑩赋闲：西晋潘岳辞官家居，作《闲居赋》，后因称不做官在家闲居为"赋闲"。
⑪兢兢：小心戒惧的样子。
⑫衣冠桎梏：指做官所受的种种约束。
⑬言次：说话时。
⑭款曲：衷情，友好之意。
⑮常供：规定的供给量。

项居府中，郁郁不得志，侯察其意，谓："机缘未至，归计难谋。苛县厉令①，余旧属也，彼处山川佳胜，足资眺瞩，当荐君暂入幕中，藉广眼界。"项喜，次日持书去。一见要留②，宾主颇洽。

细察厉亦系狼妖，外示和平，而贪狡殊无人理。幸公事甚简，日惟携仆出游，或止宿山中，数日始返，厉亦不之责。邑绅某横甚，强夺邻田数十顷，邻讼之，绅贿以重赂，厉竟不直邻，逐之去。邻上控，发县复讯，仍执前断，邻无如何，自缢绅门，绅夜至署，与厉密议，设计弥缝之③。项不平，清曲直所在。厉笑曰："先生不知耶？绅子现居京要④，得罪则仆不能保功名，况妻子乎？且民命能值几何，以势制之，彼亦无能为力。"项曰："信如君言，则人情天理之谓何，国法王章，不几虚设耶！"曰："先生休矣！今日为政之道，尚言情理耶？吾辈辛苦钻营，始得此一官一邑，但求上有佳名，不妨下无德政，直者曲之，曲者直之⑤，逢迎存于一心，酬应遹乎百变。上以为可，虽民无爱日之留，而朝有荐章之入矣⑥；上以为不可，则民乐敦庞之化，朝无颂德之碑⑦：国舍有甘棠，不及私门有幸草也⑧。"

正言间，省中有飞牒至⑨，言郎大人将赴苛巡兵⑩，著速备供张。厉

① 苛县厉令：此处县名和县令名分别寓含"苛酷""凶残"之意。
② 要留：邀请他留下。要，通"邀"。
③ 弥缝：补救行事的失误之处。此处指设法加以掩盖，把事情平息下去。
④ 现居京要：现任京中要职。
⑤ 直者曲之，曲者直之："曲""直"都作动词用。把直的说成弯的，把弯的说成直的，也就是把有理的说成无理，把无理说成有理。
⑥ "上以为可"三句：只要上司满意，虽然老百姓不拥护，也会有荐举的奏章递进朝廷（即做官）。上，上司；爱日，珍惜时光。
⑦ "上以为不可"三句：上司不满意，即使人民拥护，接受教化，朝廷里也没人替你说好话。敦庞，民风敦厚朴实。
⑧ "国舍有甘棠"二句：意思是说，得到人民的颂，比不上得到上司、权贵宠爱对自己有利。
⑨ 飞牒：紧急文书。
⑩ 郎：谐"狼"音。巡兵：清代各省最高长官，每年到所属各地检阅一次军队，称为"在阅"。

匆匆别去,召丞尉商议。即让县署为行辕①,次日迁移一空,别居西舍。署中悬灯彩,饰文窗,地铺氍毹②,厚尺许,寝室则八宝之床③,绣鸳之枕,锦云之帐,暖翠之衾④,光采陆离,不可逼视,上下内外,焕然一新。至期,探者属道⑤,迎者塞门,奔走往来,流汗相属⑥。将晚,郎至,炮声隆隆,骑声得得,仪仗数百人,甲胄殊整⑦,其行牌有"粉饰太平"、"虚行故事"⑧、"廉嗤杨震⑨"、"懒学嵇康⑩"等字。项私问小吏,吏曰:"此德政牌也⑪。"既见,武士数十人,各执刀分队疾趋,观者侧目无敢哗,即有十余人拥大吏至,端坐舆中,豕喙虎须⑫,状极狞恶,兵吏皆跪迎,郎置不顾,飞舆入署。项欲瞰其所为⑬,从之入门,吏严色拒之,厉至缓颊⑭,乃入。见堂燃红烛如椽,光明如昼。郎高坐,旁立美服者数辈,须臾传呼:"进兵册!"册上,仍付吏员持去。嗣兵官十余人入叩⑮,有进金宝者,有呈玩具者,有乞怜贡媚者⑯。一时许,厉跪请夜宴,共起身入小厢,即有吏出问:"有歌妓否?"厉无以应,大窘,遽返西舍,饰爱妾幼女以进。郎喜,面称其能,而厉之酬酢周旋⑰,丑不可状⑱。宴已,众皆退,惟妾女伴寝,厉则意气扬扬,若甚得意。项颇愤然,顾莫敢谁何⑲,乃卧。晨兴,复瞰郎尚未起,有军吏至,请阅

①行辕:行营,统帅出征时办公的营帐或房屋。
②氍毹(qú shū):毛织的地毯。
③八宝之床:装饰很多宝物的床。
④衾:被子。
⑤探者属道:探望的人连续不断。
⑥相属:相连。
⑦甲胄(zhòu)殊整:盔甲十分整齐。
⑧虚行故事:敷衍着做每天的事。
⑨廉嗤杨震:我们廉洁连杨震都不如。杨震,东汉人,字伯起。五十岁才出来做官,是著名的"廉吏"。嗤,笑。
⑩懒学嵇康:懒于办理公务,是学的名人嵇康。嵇康,三国时魏国人。
⑪德政牌:一般由百姓所送的颂扬官员德政的牌子。
⑫豕喙:猪嘴。
⑬瞰(kàn):俯视。
⑭缓颊:脸色转好。
⑮嗣:管辖。
⑯乞怜:乞求上司垂怜。贡媚:献媚。
⑰酬酢(chóu zuò):宾主互相敬酒。
⑱状:描述。
⑲莫敢谁何:不敢拿谁怎么办。

操,内史叱曰①:"大人未起,起亦须餐烟霞②,汝何得尔③!"军吏诺而退。半晌,又一内史出,传命免操,即放赏。军吏应而去。日将午,郎始起,厉急进膳,半炊时,传呼命驾,左右仓皇排道,迳发,厉等皆跪送之,妾若女赧然而返。是役所费不赀④,而不闻有所整顿也。项大以为非,即别厉至侯所,途中哗然,厉升某府缺。及见侯,询之。侯曰:"此邦仕宦,大抵皆然,书生眼小如椒⑤,徒自气苦耳。"

项不愿复留,谋归益切。适海客朱奉王命遣回,侯聚珍宝,为项治装,并求附舟,遂相至海口,已有一舟舣待⑥,朱与项登舟,海风大作,揖别开帆,八日至琼州岛⑦,登岸取道而返。出箧中物⑧,易钱购田治屋,称素封焉⑨。

① 内史:古代官名,此处指秘书人员。
② 餐烟霞:指吸鸦片。
③ 得尔:敢这样做。
④ 不赀(zī):难以计算。赀,计算。
⑤ 眼小如椒:眼光小得像辣椒,喻没见过世面。
⑥ 舣(yǐ):船靠岸。
⑦ 琼州岛:今广东省海南岛,清代为琼州府。
⑧ 箧(qiè):小箱子。
⑨ 素封:没有做官但富比封君的人。

宣 鼎

宣鼎（1834～1879），清代画家、作家。字瘦梅，天长（今安徽天长）人。著有《粉铎图咏》、《返魂香传奇》、《夜雨秋灯录》等。

麻疯女邱丽玉

【题解】 本篇选自《夜雨秋灯录》。叙陈生被人骗婚至邱家，洞房花烛之夜，新娘邱丽玉因对陈生已有思慕之情，产生不忍之心，便告诉他自己患有麻疯病的实情。小说以一种奇特的方式表现出邱丽玉的纯真可爱，为了爱情她设计挽救了陈生，放弃了"过毒"于人拯救自己的机会。

淮南禹迹山①，林壑深幽，神龙窟宅也②。至明季始有居人③，渐成聚落④。陈生名绮，字绿琴，亦卜居山麓⑤。父懋，母黄氏，耕种习贾⑥，能小康。生年十五，善读。母仅有弱弟，名海客，游粤之某郡，货殖得资，遂落籍⑦。至是，母病革⑧，私执绮腕，泣曰："为母死后，汝父必继娶，芦花衣⑨，今古如一辙。汝穷促，可遄粤，寻依舅氏。"并私以所蓄数十金与作旅费，生泣受。母殁，父续弦乌氏，果悍恶如母言，朝夕不能容。遂诣母墓痛哭，留书父枕侧而去。跋涉几半载，至则资耗，而舅杳。遍询阛阓⑩，无其人。茕茕走村郭，渐以乞食度命，深悔孟浪⑪，时思遄回⑫。

一日，至郭之东，有槟榔树覆柴门，方引吭唱"莲花落"，内有短髯赤面、一斑白叟出⑬。睨生诧曰："小乞

① 禹迹山：指今安徽省怀远县东南淮河东岸的涂山，山顶有禹墟。
② 神龙窟宅：传说禹乘二龙，故此处说此山为神龙窟宅。
③ 明季：明末。
④ 聚落：村落。
⑤ 山麓：山脚下。
⑥ 习贾：做生意。
⑦ 落籍：定居下来，入了当地的户籍。
⑧ 病革：病急。
⑨ 芦花衣：指继母虐待前妻之子。据说孔子弟子闵子骞小时，其后母给他冬天穿芦花衣，而给亲生儿子穿棉衣。
⑩ 阛阓（huán kuì）：市区街道。阛，市集的墙垣；阓，市集的外门。
⑪ 孟浪：冲动，鲁莽。
⑫ 遄（chuán）回：快快地回去。遄，疾，速。
⑬ 颁白：义同"斑白"，即头发半白。

儿，子何貌之文而音之悲也？"生曰："腹有诗书，焉得不文？落魄穷途，焉得不悲？"曰："何得至此？"生遂自陈乡贯，述寻舅状。叟默视生曰："子舅其黄姓海客，面白多麻？"曰："然。"曰："客死于此久矣。渠生为某巨室司会计①，善营运，娶青楼女②。病殁，女窃资随仆遁。老夫与渠有杯酒之交，代市槽具③，葬东郭尼庵侧大树下，墓树短碑者是也。"陈伏谢，径至所指处，果得舅墓。问庵尼，亦如叟言。遂呼舅哀哭，祝曰："舅若有灵，佑生还，当负舅骨返祖域④。"尼怜之，餐以豆粥。语云："子所遇叟，姓司空名浑，与汝舅有素，第往祈援手⑤，切勿道方外饶舌⑥。"

明日，生见叟，遽呼："司空伯！"惊讶曰："小子！何得知吾姓氏？且知我伯名？"即诡云："夜宿墓下，梦舅氏详告，且谕乞援。"叟愕然，曰："仆与渠，原无车笠盟⑦，不过曾觌面⑧。虽然，当为子徐图，尽寸心。"三日后，以绨袍一袭赠生⑨，慨然有德色⑩。且说生云："仆清贫，无丰赠子，谅可原。幸邻郡某山中，有富室，邱丈子本，仆之葭莩也⑪。老夫妇生有娇女，名元媚，字丽玉。年与子等，貌则鲜丽，择婿眼高，雀屏无选⑫。子虽贫，而清才雅范，此间无与比俦⑬。仆作函，代子执柯⑭，往就甥馆，邱丈必有厚贶⑮。尚不足运舅榇返珂乡欤⑯？"陈

① 渠生：他活着时。渠，他。
② 青楼女：妓女。青楼，最初指显贵之家，后来专指妓院。
③ 槽（huì）：粗陋的小棺材。
④ 祖域：祖茔。域，墓地。
⑤ 第：但，只须。
⑥ 方外：世外，意谓超然于世俗礼教之外。这里是老尼自称。饶舌：多嘴。
⑦ 车笠盟：指不以贵贱而改变的深厚友谊。
⑧ 觌（dí）：见。
⑨ 绨（tí）袍：粗绨做的袍。赠绨袍是为了表示自己不忘故友之情。
⑩ 德色：表示自己有恩德于人的神色。
⑪ 葭莩（jiā fú）：芦苇里的薄膜，因用以比喻疏远的亲戚。此处用作亲戚的代称。
⑫ 雀屏无选：指没有选中女婿。
⑬ 俦：伴侣，对手。
⑭ 执柯：作媒。
⑮ 贶：赠予。
⑯ 珂乡：即珂里、鸣珂里。珂，饰马之玉；鸣珂里，指贵人车马喧闹之地。后用作别人乡里的美称。

生闻之,请思其次。问何故。曰:"侄家山野,荆布藜藿①,恐富室千金未能习惯。矧彰彰入赘②,能任坦腹人乘龙自便者乎③?"叟抚掌曰:"迂哉!书痴也。是不过攫伊财耳。茫茫天壤,渠于何处捕逃亡婿?"

生计窘,姑受函往。至则渠第峨峨,春深兽锁④。司阍人见其落拓,叱远立。及函入,两少年出揖客,云:"奉严命⑤,恭迓玉趾。"知为翁子,随入。见栋宇庭院,俱类世家。一伟丈夫修髯过腹,立阶上。生趋与展谒⑥。坐间,询司空氏起居。旋白夫人来,两婢扶一四十余美妇人出。翁曰:"此山荆也⑦。公子既司空世好,与寒门谊即通家,敢以妻子相见。"生又展拜。妇凝睇,笑谓翁曰:"司空妹倩⑧,眼力不差,公子真可人也。"俟具筵宴,劝爵甚殷⑨。席间,略询乡贯,即语生云:"舍亲与郎君言否?仆小女丽玉,素所钟爱,不欲嫁远方。然觅婿欲得如仙乡人物,裙屐翩翩者⑩,杳不可得。今得红丝牵引⑪,文星惠临⑫,是真石证三生⑬,愿即日奉为箕帚。"生离席,唯唯肃谢,婉陈曰:"自惭樗栎⑭,仰托茑萝⑮,良所深愿。然小生实为寻舅至此,婚后三四日,即拟暂返蓬门,事蒇⑯,再回瀛第⑰。是不得不预陈长者。"妇微笑曰:"公子何匆促若此耶?"翁急止之,曰:"公子孝心,何可过拂。容即代筹五百金,

① 荆布:荆钗布裙,指妇女妆饰穿着简陋。藜:野菜名。藿:豆叶。
② 矧(shěn):况且。
③ 坦腹人:指女婿。乘龙自便:指随意离去。
④ 兽锁:指大门上做成兽头形的饰物,兽口衔环,用以上锁。锁,此处是关闭的意思。
⑤ 严命:父命。
⑥ 展谒:展拜,行拜见礼。
⑦ 山荆:妻子。
⑧ 妹倩:妹夫。倩,女婿。
⑨ 劝爵:劝酒。
⑩ 裙屐翩翩:翩翩少年。裙屐,指少年。
⑪ 红丝牵引:传说掌管人间婚姻的月下老人有一条红绳,用它暗中系住夫妇的足,无论为仇敌或相隔千里,一经系住,必然成为夫妇。
⑫ 文星:迷信说法,有非凡本事的人,都是天上星宿下凡来的。
⑬ 石证三生:指前世因缘,前生注定。
⑭ 樗栎(chū lì):两种树,都不成材,因用它比喻不成材的人。此处是自谦之词。樗,臭椿;栎,柞树。
⑮ 茑萝:指结成亲戚。
⑯ 蒇(chǎn):完成。
⑰ 瀛第:犹言仙府。瀛,瀛州,传说中的东海三神仙山之一。

作为旅费。"生心喜，敬诺。

　　旋即笙管呕哑，灯火匝地①，干仆引生之曲室，更簇新冠带，出就氍毹②。雏婢三四，引一二八好女子，珠翠绮罗，盈盈自内出。与生交拜，送之洞房。却扇视女③，则荷露桃霞，无此艳冶。生意飞驰，反恨顷言新婚暂别，未免孟浪。容有意迁延④，图静好耳。

　　酒阑灯炧⑤，听莲漏三催⑥，婢妾亡去。生正隐几枨触⑦，而女亦时牵绣幕窥良人⑧，粉黛间隐有惨悴色。生不知就里⑨，趋近软语，代为卸妆。女则拒以纤腕。再近，则潸然流珠泪。徐起弹烛，视近闼无一人⑩，始闭门小语曰："郎亦知死期将近乎？"曰："不知。"曰："郎从何处来，何处去？曷明告妾也⑪。"生具告之。女唏嘘欲言又止。生知有变，伏地乞怜。女曰："妾睹郎君风采，意良不忍⑫，故以机密告。妾，麻疯女也。此间居粤西边境，代产美娃⑬，悉根奇疾⑭。女子年十五，富家即以千金诱远方人来，过毒尽，始与人家论婚，觅真配。若过期不御，则疾根顿发，肤燥发拳⑮，永无问鼎者⑯。远方人若贪资误接，三四日即项有红斑，七八日即遍体骚痒。年余，拘挛拳曲，虽和、缓亦不能生⑰。"生闻之，始恍然悟。泣曰："小生万里孤身，担荷甚重，乞娘子垂悯。容我潜逃可

①匝地：遍地，到处是。
②氍毹（qú shū）：毛织的地毯。
③却扇：古代婚礼，两旁有人执扇遮住新娘面，交拜完毕入新房后撤扇，称为"却扇"。
④容：当。迁延：拖延。
⑤灯炧（xiè）：灯芯已快燃尽，指夜已深。炧，蜡烛的余烬。
⑥莲漏：梁庐山僧惠远弟子慧要多巧思，以山中无刻漏，便于泉水中立十二叶芙蓉，因流波转动，以定十二时，称为"莲花漏"。
⑦隐几：靠着几案。枨（chéng）：门左右两边竖以挡车以免触门的木头。
⑧良人：丈夫。
⑨就里：原因。
⑩闼：门。
⑪曷：同"盍"，何不。
⑫良：实在。
⑬代产：每代生下。
⑭根：带着。
⑮发拳：头发枯卷。
⑯问鼎：指求婚。
⑰和、缓：春秋时的两个名医。

乎?"曰:"休矣①!此间觅男子甚难。郎入门时,外间已环伏壮汉,持刀杖防逸②。"生泣曰:"身死不足惜。所悲者,家有老亲耳。"曰:"妾虽女子,颇知名节。常恨是邦以地限,无贞妇,愿死不愿生。郎且与妾和衣眠三日,得资即返。妾病发,亦不久人世。乞归署木主③,曰'结发元配邱氏丽玉之位',则瞑目泉台下矣。"言已,抱持隐泣。生愤然悲曰:"噫!婚则仆死,否则卿死,曷饮鸩同死④,结来生缘乎?"曰:"不可!请书居址门巷,与妾纫衣缝中。俾他日柔魂⑤,度关山,省舅姑,受郎君一盂麦饭耳。"生虽书与之,而涕不可仰⑥。入衾共枕,生屡屡不能自持⑦,女悉劝慰禁止。对食不餐,几与石女、天阉同一恨事⑧。异日,翁媪果顿同陌路⑨。是夕,女以香舌吮生颈,作胭脂色者三四处,曰:"可矣。"私赠黄金、白玉臂缠各二⑩。生订后约⑪,女悲曰:"恐君再来,妾墓门之木拱矣⑫!"

明日,翁赠果践言,即挥手令去。重到尼庵,尼见项上痕,闭门不纳。急以资赁巨舫⑬,启舅梓⑭,载之南下。夜在舟中泣,舟子疑渭阳情重⑮,奇之,敬礼益恭。抵家见父,则继母已殁。父纳婢为小星⑯,见子甚慰。睹腰缠,疑妻弟所遗,不深诘。瘗旅梓⑰,买山田。陈翁善酿,遂种秫开酒肆⑱,得利甚丰。生

①休:没有用。
②逸:逃跑。
③署木主:在木制灵位牌上写字。
④鸩(zhèn):传说中一种有毒的鸟,用它的羽毛泡的酒,有剧毒。这里指毒酒。
⑤俾:使。
⑥不可仰:不可仰视。
⑦自持:忍得住。
⑧石女、天阉:指不能过性生活的女子和男子。
⑨陌路:即陌路人、路人,意指道路中不认识的人。
⑩臂缠:即镯子。
⑪后约:以后见面的日子。
⑫木拱:树有两手合握那么大。
⑬舫(fǎng):船。
⑭梓(chèn):梓树,木材可做家具。这里指棺材。
⑮渭阳:指甥舅的情谊。
⑯小星:妾。
⑰瘗(yì):掩埋。
⑱秫:喂牲口的谷物。

乃下帷读，入胶庠①。邱翁见生去，谓其女毒尽无疑，正说媒妁觅东床，女忽疾发。视之，麻疯也。翁穷追，惟含涕。媪扪之，仍是处子。交詈曰②："淫婢！太不长进，宁定不欲生耶？"月余益急③，遂遣之麻疯局。是局，乃长官好善者所设也。因是病向能传染，家有一则全家皆病。虽掌上珠，亦恩断义绝，无顾复情④。女入局，数雉经⑤，辄见一麻面叟，口操南音来救止。既而思遁⑥，叟慨然愿导引。曰："老夫黄姓，淮南人，娘子得毋欲寻陈生绿琴耶？渠与仆似曾相识，可同行，仆亦欲东耳⑦。"女自恃恶疾，又以叟迈，欣然随之。叟到处，重门自辟⑧。至郊外，叟以唾涂女莲钩⑨，口喃喃若符咒，即迈步若健儿。感翁德，视之如父。旋拔银腕钏，易资为旅费。甫至楚，资已耗尽，遂行乞。叟吹洞箫，女口编《女贞木曲》⑩，歌唱沿门。歌曰：

女贞木，枝苍苍，前世不修为女娘⑪，更生古粤之遐荒⑫。生为麻疯种，长即麻疯疮。衔冤有精卫⑬，补恨无娲皇⑭。画烛盈盈照合卺⑮，侬自掩泪窥陈郎；翩翩陈郎好容止，弹烛窥侬心自喜。妾是麻疯娘，郎岂麻疯子？妾虽麻疯得郎生，郎转麻疯为妾死。郎为妾死郎不知，洞房绣阁衔金卮⑯。孔雀亦莫舞，杜鹃亦莫啼；鹦鹉无言愿飞去，郎堕网罗

①胶庠（xiáng）：周代学校名。此处指清代的府学或县学。
②詈（lì）：骂。
③急：病重。
④顾复情：指父母对子女的痛爱之情。
⑤雉经：缢死。
⑥遁：逃走。
⑦东：向东走。
⑧辟：开启。
⑨莲钩：旧时妇女所缠小足。
⑩女贞木：常绿小灌木，形似冬青，其叶经年不凋，故用它喻女子的贞节。
⑪不修：指不修善，不积德。
⑫更：又。遐：远。
⑬精卫：传说中炎帝之女，淹死在海中，死后变成鸟，恨海，常衔石填海。
⑭娲皇：女娲。传说曾炼石补天。
⑮合卺（jǐn）：成婚。卺是瓢，把一个匏瓜剖成两个瓢，新郎新娘各拿一个饮酒，是成婚仪式。
⑯卮（zhī）：古代盛酒的器皿。

妾心悲。郎不见，骏马不跨双鞍子，烈女愿为一姓死①。郎行依旧貌如仙，妾命可怜薄如纸。肤为燥，肌为皴②，云鬓拳曲黄且髡③。掩面走入麻疯局，不欲传染伤所亲。昔作掌上珍，今作几上肉；昔居绮罗丛，今入郎当屋④。月落空梁悬素罗，一缕香魂断复续。妾虽生，妾不愿守故居；妾既生，妾自当寻找夫。可怜虽生亦犹死，不死不生终何如。女贞木，枝扶疏，上宿飞鸟，下荫游鱼。鸟比翼者鹣鹣，鱼比目者鲽鲽⑤。生同衾，死同穴⑥。衾穴即不同，妾心若明月。月照桃花红欲然，李代桃僵被虫啮⑦。女贞木，红枝叶，悉是麻疯之女眼中血！

女歌韵心酸，叟箫声凄咽。闻者流涕，争以进食⑧，不敢嘑蹴与⑨。半年，抵淮南。将近山村，见老屋万橡，青帘出树杪⑩。叟遥指曰："向南黄石堆门者是也，子当自往。仆从此逝矣。唯祈寄语绿琴父子，云：'海客奉谢'。"言已，即杳。女惊定，诣肆门⑪。见一老翁坐炉侧，面目似绿琴，疑为翁。歌前曲，翁掷一钱与之；再歌，又掷一钱。女泣曰："贤郎陈绮，粤西欠奴债不还，迢迢责负逋⑫，岂一文钱所能偿也？"惊询，具告之。翁曰："陈绮耶，豚子也⑬。汝所言，难遽信⑭。渠秋试金陵⑮，不日归山庄，面当知真赝⑯。"女闻之，即叩以见翁礼。翁

① 一姓：一个男人。
② 皴（cūn）：皮肤裂开。
③ 髡（kūn）：本指剃掉男子头发的刑罚，这里指掉大量头发后的样子。
④ 郎当：原意为潦倒、颓唐，此处作破旧解释。
⑤ 鹣（jiān）鹣、鲽鲽（dié）：比喻感情深厚的夫妻。
⑥ 穴：墓穴。
⑦ 啮（niè）：咬。
⑧ 进食：进赠食物。
⑨ 嘑：同"呼"。蹴与：以足赐物与人，是极度蔑视人的表示。
⑩ 青帘：酒旗。杪：梢。
⑪ 诣：到达。
⑫ 逋（bū）：拖欠。
⑬ 豚子：在别人面前对自己儿子的谦称。豚，小猪。
⑭ 遽：立即。
⑮ 秋试：乡试，在秋天举行，故称"秋试"。
⑯ 赝：假。

送入尼庵中，遣村妇伺应，妇皆唾却走①。幸老尼怜悯，得无苦。

月余生归。翁以女询，生惊惶不知所云。翁曰："是不可负也。吾家不少闲粥饭，虽易枕席②，当豢之③，终其身。"生伏谢，急趋访女。女牵生衣啼曰："妾远来，不敢望伉俪，惟冀以骸骨葬君家祖域耳。"生且泣且慰，问："何能自来？"以黄叟面目颠末告。生惊曰："是吾舅也，其地仙耶？"携女之家，谋酒库隙地④，卧丛瓮中。诸婢咸远立，不敢近。惟一雏婢名甘蔗者，独代撤溲便琐事⑤。至饮食药饵，皆生手调。久更襆被挈甘蔗卧女侧⑥，亦均无恙。榜发，生乡捷⑦，里人争与论婚，生力却。父稍稍劝，生泣曰："儿年甫二十有一⑧，麻疯女量不久生人世⑨，曷姑待其毙再婚，亦未为晚也。"又恐已去，女无人照看，遂告病，罢南宫试⑩。女以头触瓮悲曰："为妾故，使郎迟嗣续⑪，阻上进，妾死后，何以见祖宗于地下，诚不如死！"言已，又触。赖甘蔗救止，始已。

一日，生赴戚家饮，遇雨不归。甘蔗又因病内卧。女听雨剪灯⑫，搔爬不已。忽闻梁际飕飕声，一大黑蛇粗如儿臂，长几七八尺，从空飐至⑬。女始颇惧，继思："得果蛇腹⑭，胜于自戕⑮。"听之⑯。蛇身盘屋梁，垂首下掀酒瓮木盖堕地如掷。

①唾却走：吐着唾沫退走。
②易枕席：不共枕席。
③豢（huàn）：养。
④隙地：有小空隙的地方。
⑤溲（sōu）：小便。
⑥襆（fú）被：用布单包裹着被褥。
⑦乡捷：乡试考中了举人。
⑧甫：才。
⑨量：估计。
⑩南宫试：礼部主持的会试。南宫，唐以后对礼部的别称。
⑪嗣续：后嗣，子孙。
⑫剪灯：古时蜡烛或油灯的灯芯燃烧时间长了，顶端变焦，使光线变暗，为了增加亮度，需时不时地剪掉焦黑的灯芯。
⑬飐至：随着风声而至。飐，风声。
⑭果：填。
⑮戕（qiāng）：杀死。
⑯听：放任不理。

吸瓮中酒喋饮，顷刻满腹。欲上缩则木强如枯藤，倏忽堕瓮中，搅扰翻腾，力尽，声顿寂。女燃灯，强起视之，毙矣。心忆："蛇毒，或可代鸩。"掬饮升许①，心顿清醒，祛烦襟②，肤转奇痒；又掬以洗涤，痒顿止。明日，又潜饮而潜洗之，疾若失。肤之燥者转莹如玉；发之卷者转垂若云；面目手足之皴瘃者转如花如月③，如嫩笋芽矣。甘蕉惊喜告生。询之，以蛇酒告。趋视，则遍体黑章成云篆④，顶有触角，色殷然⑤。盖此山蛇王，名"乌风"者也。具锦裳绮裙，花钿珠玉，妆女出见翁与诸宛若⑥，莫不惊为天人⑦。翁曰："吾幼闻蛇王居此山千年矣。番僧求得片鳞为人医癣疥，不可得。孰知天专留此，为吾疗贤妇疾耶？"即日备礼为合卺，珠履满堂⑧，吹鼓筵宴。百里外男妇咸奔至，一觇女之颜色⑨，归以为荣。

再三年，女生宁馨儿⑩。感甘蕉德，收为簉室⑪。生却之，不可⑫。是年春，生试礼闱⑬，入木天⑭，出为太守，专恤流亡与贫病无告者，人人称众母。升两粤制军⑮，遣材官招邱翁至⑯，索丽玉甚急。翁假泣曰："小女命薄，殒谢久矣。明公尚欲寻故剑耶⑰？"生又索骸骨归瘗。翁惧，献千金为太翁寿。不许。旋访司空，云："惊逸，堕绝涧死。"生笑曰："渠真以小人目我矣⑱。"旋命婢扶夫

① 掬：舀。
② 祛烦襟：去掉烦恼的心怀。
③ 皴瘃（zhú）：皴裂溃烂。瘃，冻疮。
④ 章：花纹。云篆：像篆书的云朵。
⑤ 殷（yān）：赤黑色。
⑥ 宛若：指兄妻或弟妻。
⑦ 天人：天仙。
⑧ 珠履：以珠为饰的履，借指贵客。
⑨ 觇：窥视。
⑩ 宁馨儿：对幼儿的美称。
⑪ 簉（zào）室：妾的别称。
⑫ 不可：（生）没有成功。
⑬ 礼闱：礼部举办的考试，即会试。
⑭ 木天：翰林院的别称。
⑮ 制军：总督的别称。
⑯ 材官：武弁，低级武职人员。
⑰ 故剑：此处指旧妻。
⑱ 目我：看待我。

人出,则衣一品命妇服①,容光焕发,翁几惊伏。视之,即己女丽玉也,洒泪问父母安否。翁咋舌,愧欲死。女亦时归宁。出蛇酒,制药设局,济粤之患麻疯者,治无算。年四十余,太翁犹清健,疏乞终养②。归修舅墓与尼庵,建邱夫人碑,纪事之崖略③。至今,此山药酒尚驰名云。

①一品命妇服:妇人受封号的称"命妇"。
②疏乞终养:上奏疏请求辞官回家奉养父亲。封建官吏因亲老请求辞官归养叫"终养"。
③崖略:大略。